김남주 평전

일러두기

· 김남주의 시는 처음 발표된 판본을 참고하여 수록하였다.
· 김남주가 직접 쓴 회고는 그의 책 『불씨 하나가 광야를 태우리라』에서 인용하였다.
· 단행본은 『 』 단편소설·산문·시·기사는 「 」 신문·잡지는 《 》, 노래·영화는 〈 〉로 표기하였다.

그대는 타오르는 불길에 영혼을 던져 보았는가

김남주 평전

金 南 柱 評 傳

다산
책방

빈 들에 어둠이 가득하다
물 흐르는 소리 내 귀에서 맑고
개똥벌레 하나 풀섶에서
자지 않고 깨어나 일어나
깜박깜박 빛을 내고 있다

김남주, 「개똥벌레 하나」 중에서

차례

책을 내면서　8

앞 이야기　10

1장 │ 나는 해방둥이입니다　27

2장 │ 보리밭을 흔드는 북소리　55

3장 │ 광주의 빈털터리들　99

4장 │ 저 푸른 소나무처럼 더 푸른 대나무처럼　155

5장 │ 파도는 가고　201

6장 │ 카프카서점을 떠난 뒤　249

7장 │ 전사　325

8장 │ 무등산은 옷자락을 말아 올려 하늘을 가려버렸다　397

9장 │ 마지막으로 별들이 눈을 감는가　481

뒤에 남기는 이야기　546

사진 자료　565

김남주 연보　575

참고 자료　578

김남주는 '시인'이라 불리는 것을 기겁하듯이 싫어했다. 그에게 시인이라는 표현은 혁명가에 대한 모독이자 통한의 생에 대한 누명이었다. 하지만 한국문학사는 그에 이르러 민중의 영성이 최고조에 달하는 시적 고양의 상태를 경험하게 된다. 감히 누구를 문학의 구원자라고 말한다면 김남주를 지목했을 때나 가능할 것이다.

김남주 문학은 내가 가장 열정적일 때 앞길을 인도한 스승이었다. 나는 그의 시에 빚을 진 한 사람으로서, 한반도에서 형성된 생태공동체, 문화공동체, 언어공동체가 빚어낸 모국어 정신의 한 절정이 출현한 경로를 밝히는 게 후학의 도리라고 생각했다. 나날이 '공동선'이 지워져 가는 이 미천해 보이는 지상에 김남주라는 영혼이 다녀간 사실을 증언하자는 것, 그의 발자국이 찍힌 자리를 확인하자는 것, 이것이 내가 그의 생애를 추적한 이유이다.

고백하건대, '지금 이곳'의 내가 김남주를 기억하는 일은 날마다 닥쳐오고 있는 '허황한 미래'에 대한 저항의 서사를 놓치지 않으려는 한 수단이었다. 한때 그의 시는 정치적 태도 때문에 칭송되었으나 이제 삶의 위대한 여정을 이끈 정신적 유산으로 재평가되고 연구되어야 한다. 나는 세상의 모든 '촛불' 같은 영혼들이 김남주 이야기를 꼭 간직했으면 좋겠다.

끝으로, 나는 이 글을 부여 신동엽문학관에서 썼다. 내게 김남주 평전을 요청한 다산북스 김선식 대표와 취재의 전 과정을 도와준 김경윤 선배, 또 김남주에 대한 해석의 폭을 넓혀준 이영진 시인에게 감사드린다.

2022년 11월
부여에서

1

내게 김남주를 기록할 용기를 준 것은 「종과 주인」이라고 하는 짤막한 시였다.

> 낫 놓고 ㄱ자도 모른다고
> 주인이 종을 깔보자
> 종이 주인의 목을 베어버리더라
> 바로 그 낫으로

나는 처음에 이 시가 너무나 이상했다. 제목에 사용된 '주인'이니 '종'이니 하는 낱말도 고색창연하지만, '낫'으로 '모가지'를 벤다는 비유도 한없이 식상한 표현이다. 시라고 하기에는 구성도 너무나 흔해터진 조선말의 연결이 전부라고 할 수 있는데, 그러나 읽다 보면 깜짝 놀랄 만큼 섬뜩한 꼬리가 딸려 나온다. 이 귀기 서린 느낌이 나만의 것인가 싶어서 여기저기 물어보기도 했다. 문단 선배나 후배, 아이들까지 소감이 한결같았다. 와, 무섭다! 한 편의 시가 독자에게 두려움을 느끼게 한다는 것은 매우 희귀한 현상이다. 작자는 도대체 무슨 마음으로 시를 썼기에 이런 반응이 나올까?

내가 그 까닭을 헤아려본 것은 세월이 한참 흐른 뒤였다. 김남주 시인이 쓴 에세이 전편이 망라된 책『불씨 하나가 광야를 태우리라』(시와사회사, 1994)를 넘기다 보면 58쪽에「나의 소원」이라는 짤막한 산문이 나오는데, 거기에 이와 관련된 얘기가 있다. 서울 가리봉동의 어느 노동자 모임에서 시 읽기를 하던 중년 노동자가 '낫'이라는 시가 너무 섬뜩하다고 불평하자 시인이 직접 해명하는 장면이다.

한 인간이 다른 인간으로부터 인격적인 수모를 당했을 때 그냥 참아서는 안 된다고 생각합니다.

이런 말을 듣고 고개를 끄덕일 사람은 없을 것이다. 하도 평범한 설명이라 다들 반응이 없자 결국에는 시인이 망이·망소이의 난까지 들먹이며 보충 설명을 한다.

노예가 노예인 것은 자기가 노예이면서도 그것을 깨닫지 못한 자나, 그것을 깨닫고는 있으면서도 주인이 무서워서 노예이기를 거부하지 못하고 그냥 눌러사는 그런 경우입니다.

사실 이런 주장은 아무 책에서나 흔히 접할 수 있는 내용이다. 문제는 왜 이 시는 들여다볼수록 모골이 송연해지느냐 하는 점인데, 내가 시를 읽고 소름이 돋는 경험을 한 것은 이때가 처음이었다. 마치 서슬 퍼런 낫이 금방이라도 위에서 아래로 사선을 그을 것만 같은 느낌? 그런데 이런 느낌이 도대체 어디에서부터 생겨나느냐 말이다.

아마도 이 기록의 결론이 되어야 할 말을 미리 밝히자면, 김남주의 진면목을 가장 명료하게 드러내는 것은 그가 쓴 시이고, 김남주에 대한 이해를 가장 크게 방해하는 것은 그가 생활 전선에서 보여준 일상에 대한 증언들이다. 내가 이런 말을 겁 없이 해보는 것은, 예술이라는 게 주인에게 참으로 방자한 것이라 믿기 때문이다. 작가가 아무리 위장된 모습을 보이고자 해도 자신의 작품을 속일 수는 없다.

내가 막 등단했을 때 선배들이 곧잘 해주었던 덕담 하나가 '악!' 소리가 나는 작품을 써보라는 것이었다. 작품과 대면하는 순간에 경악하는 감탄사가 튀어나와서 어디가 좋네, 마네 하는 평을 도대체 달아볼 수가 없는 작품을 쓰려면 어떻게 해야 할까? 어느 날 밤에 책을 읽다가 강도가 목에 칼을 들이미는 것 같은 구절을 발견한다면 '악!' 소리가 난다고 할 수 있을까? 나는 솔직히 김남주의 시에서 그런 느낌을 받았는데, 구체적으로 어디에서 그런 냄새가 났는지 끝내 이유를 찾지 못하고 말았다.

그리고 세월이 더 흘러 이도 저도 아닌 시절에 접어든 어느 날 우연히 김남주의 에세이를 읽다가 「종과 주인」을 기억해 내고 그 앞에서 다시 악 소리가 나는 경험을 하게 된다. 그 글은 「아버지, 우리 아버지」라는 산문인데, 그가 석방된 후 아버지의 묘소를 다녀와서 쓴 글이다. 아버지는 평생 그가 검판사가 되기를 바랐고, 그는 아버지의 염원을 추호도 받들지 않고 등지는 삶을 살았다. 오히려 정반대로 끔찍한 죄수가 되어서 아버지까지 치도곤을 당하게 했으니 참으로 회한이 컸을 것이다. 그런데 그 자리에서 했던 말이 가관이다. 자신이 검판사의 길을 가지 않은 까닭을 "어찌 내가 인두겁을 쓰고 그런 짓을 하고 있을 수 있겠는가"라고 한다. 그러고 나서 내놓는 말이 살벌하다.

아버지가 숫돌에 낫을 벼르던 그 마음처럼 저의 마음도 벼려져 있습니다.

여기서 왜 낫이 등장해야 했을까? 그와 관련해 나는 퍼뜩 세 가지의 이유를 떠올릴 수 있었다. 하나는 김남주 시인이 철저하게 농경적 인간이라는 점이었다. 농사꾼들이 사용하는 도구 중에 유독 무기로 변용되는 것이 낫이다. 농사꾼들은 분노를 참을 수 없을 때 낫을 휘두른다. 두 번째는 낫이 원한의 기호로 사용될 수 있다는 점이었다. 우리 속담에서 "낫 놓고 기역 자도 모른다"와 "초승달 아래에서 기역 자도 모른다"는 똑같은 뜻으로 사용된다. 초승달은 하늘에 걸린 낫이다. 그래서인지 낫과 초승달은 원한을 상징하며, 보는 이의 간담을 서늘하게 만든다는 공통점을 갖는다. 세 번째는 「종과 주인」이라는 시가 어쩌면 자신의 아버지를 생각하며 쓴 시일지 모른다는 점이었다. 왜냐하면 그의 시들은 누누이 아버지가 '배운 것 없는 머슴'이었음을 강조하기 때문이다. 낫 놓고 기역 자도 모른다는 말은 머슴을 조롱하는 표현이다. 그래 놓고 다시 읽어도 역시 이 시는 그 정조가 '살기(殺氣)' 자체인바 이는 쓰는 사람이 '살의'를 품지 않고도 독자에게 전달될 리 만무한 감흥에 속한다.

내가 마침내 시의 비밀을 알게 된 건 전혀 뜻밖의 자리에서였다.

총 서른일곱 글자에 불과한 시 「종과 주인」은 일가족 삼대의 서사를 담은 활화산 같은 다큐멘터리의 완성본이었다. 내게 그렇게 해석할 실마리를 제공한 이가 전라도 해남이 낳은 재야인사 이강 선생이었다. 나는 그분에게 들은 전설 같은 풍경이 펼쳐지는 시점을 1914년으로 추정해 본다.

2

그날, 그러니까 1914년 이른 봄 어느 날, 해남 삼산면 부자 문 씨는 새벽잠에 깨어서 이상한 기척을 느꼈다. 닭장이 조용한 것으로 봐서 짐승이 든 것은 아니었다. 그래, 곰방대에 담뱃잎을 채우고 부싯돌을 긋는데, 봉창 바깥으로 무엇이 꿈틀대는 느낌이 확연했다.

"누구냐?"

외치자 마당 한쪽 어둠이 풀썩 주저앉는다. 밖에 나가기는 귀찮고 잠은 달아났다. 대문 앞에 놓인 건 틀림없이 살아 있는 물건인데, 담배가 다 탈 때까지 미동도 하지 않는다. 간밤에 머슴들이 뭘 놔뒀나? 퍼뜩, 잠자리에 들 때 마당이 비어 있던 생각이 났다. 그사이에 누가 일어나 활동을 할 리도 만무하고.

"뭐 하는 물건이냐?"

소리 지르자 그때서야 인기척이 나온다.

"소똥 개똥 같은 거라도 치울라우."

일하기에는 아직 앳된 아이의 음성이다. 곧 씨앗을 뿌릴 철이라

일손이 필요한 것은 사실인지라 마루 끝에 나와서 살펴보니 몸집은 작지만 행색은 정갈한 아이가 서 있었다.

"어디서 온 물건이냐?"

"섬에서 왔어라우."

짧게 대답해 놓고는 가만히 처분을 기다린다. 한참을 말없이 들여다보기만 하자 아이가 불안한 듯 뒷말을 덧대었다.

"땔감도 잘허고, 퇴비도 잘해라우."

"깔담살이를 하겠다는 거냐?"

전라도 말로 담살이는 머슴이고 깔담살이는 꼴머슴이다. 꼴머슴이란 소에게 먹일 꼴을 전담하는 아이이니 머슴 중에서도 가장 아랫 것에 속한다.

"밥만 먹으면 돼라우."

새경을 줄 턱도 없지만 받을 기대도 하지 않는다는 말이다.

아니, 어린아이에게 노동착취를 하다니! 당시에 이런 생각을 하는 사람은 없었다. 그 무렵 전라도 농가에서는 윤동주의 「서시」가 들려주는, "죽는 날까지 한 점 부끄럼 없기를" 바라는 처연한 기도 따위가 설 자리라고는 없었다. 부끄러움이 다 뭐란 말인가? 몸을 움직이지 않는 자는 오직 굶주릴 뿐이다. 밥을 먹지 않고도 부지될 수 있는 목숨은 세상에 없다. 다들 코가 석 자인 마당에 깔담살이 따위야 좋은 일 궂은일을 가릴 계제가 아니었다. 오히려 집에서 키우는 소나 돼지, 닭보다도 지체가 낮았으니, 가지를 꺾으면 나무가 아프겠다는 유의, 동식물에게 가해지는 연민조차 여기에는 적용되지 않았다.

한데 그런 미물 하나가 동네 풍경을 바꾸는 수도 있다. 깔담살이가 들어온 뒤 문 부잣집 앞마당은 호젓해졌다. 사람들은 새벽잠에서 깰 때마다 아무 소리도 내지 않고 움직이는 그림자 같은 물체를 확연하게 느꼈다. 작은 꼬마 일꾼이 안개 끼는 날, 눈 오는 날, 심지어는 비 오는 날도 일하고 있었다. 날마다 새벽 어스름 속에서 소똥과 개똥을 줍기 시작하여 해가 질 때 마당가에 꼴을 가득 채우기까지 쉬는 모습을 본 사람이 없으니 마을 길도 덩달아 환해졌다. 오래지 않아 동네 사람들이 이 아이를 매우 신통하게 여겼다고 한다. 그러면 이웃들이 반드시 말을 걸게 되어 있다.

"아야, 니 성씨가 뭣이냐?"

"김가여라우."

"섬에서 왔디야?"

"예."

"완도여 진도여?"

"소안도여라우."

"그럼 본은? 아니, 됐다."

내세울 만한 족보를 가진 사람은 첫인사 때 문중 자랑부터 하는 게 상례였다. 성씨와 함께 본과 항렬을 밝히면 대개는 2대조, 3대조를 넘지 않고 알 만한 이름이 거명되기 마련이었다. 이때 내세울 조상조차 없는 장삼이사들은 오랜 역사 속에서 쌓이고 쌓인 퇴비와 같은 민초들이니, 신상 대화는 거기에서 끝나게 되어 있었다.

해남에서 섬 출신이라는 말은 가계사의 자랑거리가 없다는 말이요, 또한 과거를 묻지 않는 게 예의라는 뜻이기도 했다. 지체 낮은 자리까지 떠내려 오려면 필시 말 못 할 사연이 있을 터, 신분이나 내력을 꼬치꼬치 캐묻다 보면 본의 아니게 불편한 결말에 이르기가 십상이었다.

3

전라도에서는 해남 사람들을 '보리감자'라고 부른다. "풋보리에 물감자이니라." 이 말을 듣지 않고 자란 해남 사람은 없을 것이다. 풋보리는 덜 익어서 까칠하지 않고 물감자는 물컹하여 씹을 것이 없다. 그래도 이들이 좀처럼 화를 내지 않는다는 건 신기한 일이다. 순천에서는 인물 자랑을 말고 여수에서는 돈 자랑을 말며 보성에서는 주먹 자랑을 말라는 속담이 역으로 해남에서는 아무 자랑이나 해도 된다는 불순한 정보를 주는 셈인데 말이다. 하지만 보리조차 껄끄럽지 않고 감자조차 물컹하기 그지없는, 그러니까 '달아날 데 없이 부처님 가운데 토막'이기만 한 이 지역 사람들의 성품이 대지의 긴장미가 없어서 형성됐을 거라 믿는 사람은 해남을 잘 모르는 자이다.

해남은 망망대해의 거친 바람이 가장 먼저 닿는 곳이다. 반도의 남녘 끝에서도 끝이라 지금도 사람들은 세상의 끝을 보러 이곳으로 간다. 그러나 대륙으로 향할 때는 첫 발자국을 떼는 시작점이니 일제도 토지조사를 할 때 이곳을 기점으로 삼았다. 육지의 '끝'과 '시작'을 가진 땅. 이 외진 끄트머리에 전라도 문화의 정수가 쌓이는 것은 실로 오랜 역사의 수난 때문이었다. 도올 김용옥은 조선의 독립운동사를 설파하는 방송에서 동학농민혁명 이후 광주학생운동이 있기까지 전라도에서는 사회 활동에 나설 사내가 없었다고 말한다. 그렇다면 1894년부터 1929년까지 이곳의 마을들은 숫제 공동묘지에 가까웠다는 뜻이 된다. 해남은 그 마지막 전몰지였다. 강진 쪽에서 우슬재만 넘으면 들판에서 마주치는 농사꾼들도 송곳 같은 농담을 하는 게 그 증거일 것이다.

"이짝은 고구려보다 불교가 먼저 들어왔는디, 전라도에 있는 절은 왜 다 신라 거냐 말여. 저 뒷산 대흥사만 해도 신라 진흥왕이 그 엄니 땜에 지었다는 거 아녀."

통일신라 이후 줄곧 버려진 땅이었다. 토호는 많지만 높은 벼슬을 한 사람은 없었다. 해남 명사 1호 윤선도에게조차도 이곳은 은둔과 한거를 위해 숨겨놓은 땅이었다. 양반이 노략질하기가 그만큼 쉬웠고 민심의 이반도 그만큼 컸다. 그래서 머슴들도 역사를 모른 채 나이를 들 수 없었다.

"수운 상제님도 경상도 사람인데 전라도 와서 칼노래를 불렀단 마시. 조용한 사람도 왜 이짝 동네만 오면 과격해지느냐? 그건 다산 선생한테 물어야제. 그 양반도 그랬으니까."

논두렁에는 논두렁의 정기가 있는 법이다. 해남 사람들이 풋보리나 물감자로 살아야 했던 것은 대개 핏줄의 내력을 감춰야 하는 사연들을 가진 탓이었다. 이곳에서 솔바람이나 새소리처럼 흔한 것은 동학군 이야기였다. 마을에는 농민군 패잔병이거나 그 아들딸이 아닌 사람이 없었다.

"그렇다고 낸들 어찌 하리."

이 소리가 동학을 상기하는 유행어가 된 까닭이 있었다.

"장흥 대접주 이방언이 도망갈 때 가마꾼들이 물었다여. 아이고, 장군님. 도술 됐다 어따 쓸라고 그러요? 그러자 '낸들 어찌 하리' 하는 바람에 다들 도망쳐 버렸어. 도사인 줄 알았는디 보통 사람이었던 거제."

깔담살이 김봉수는 본디 완도에서 해남으로 올라왔는데, 그가 새벽 시간에 다다른 삼산면은 공교롭게도 동학농민군이 마지막으로 종적을 감춘 곳이었다. 두륜산 기슭에서 토벌대에 쫓기던 흰옷들이 새소리 속으로 사라져 버린 곳. 황현의 「매천야록」은 '동학 비도'들이 해남 땅에서 더는 갈 데가 없어서 바다에 뛰어들었다고 기록한다. 이곳 농민들에게 그 일은 실로 뼈아픈 역사의 한 수렁이었다.

4

해남의 동학군 이야기는 태반이 갑오년 농민혁명이 실패로 끝난 다음에 생겨난 것이다. 그러니까 전봉준 장군이 공주 우금치로 향할 때 손화중 부대는 일본군의 상륙을 막기 위해 나주에 남고, 김개남 부대는 후방을 지키느라 전주에 있었다. 전라 우도에 속하는 해남 진도 일대 농민군은 나주 부근에서 대기했는데, 천하의 녹두장군이 우금치에서 패하고, 이틀 뒤 김개남 부대까지 청주성에서 패하자 눈앞이 캄캄했다. 설상가상 전국 각지에서 보수 양반 세력이 준동하는 바람에 이를 서둘러 제압하지 않으면 안 되었다. 전라도의 수도라 할 나주성을 치기 위해 북쪽에서는 손화중, 최경선, 오권선 부대가 공격하고, 남쪽에서는 해남, 진도, 무안, 영암, 강진 농민군이 진격했다. 이때 나주 목사 민종렬이 일본군에게 지원 요청을 했던 상황은 매우 급박해 보인다. 음력 11월 15일 「금성정의록」은 "무안군 고막포 등지에 적이 5~6만 명이나 모여 있었다. 이들은 서쪽 5개 면에 침입하여 약탈하며 이미 진등참에 이르러 나주를 공략한다고 큰소리를 치고 있었다"라고 기록하고, 「동학당정토약기」는 "나주에 있는 초토사 민종렬이 구원해 주기를 여러 번 청해왔으나 태인과 기타 지역의 비도를 소탕해야 하므로 다만 회답만을 해주고 말았다"라고 쓴다. 사흘 후 천보총을 가진 동학군 300명이 돌진하여 격전이 벌어지자 관군은 대포를 쏘아서 산에 있던 농민군이 들판으로 내려오게 만든 다음 소총 공격에 나섰다. 동학군은 수적으로 월등한지라 처음엔 기세등등했으나 이내 사기가 꺾여야 했다. 신식 무기의 위세가 하늘을 찔렀다. 일본군이 총을 쏘아봤자 동학 지도자들이 도포 자락을 털면 총알이 우수수 떨어질 줄 알았는데, 웬걸, 도술의 상징물인 '궁궁을을' 부적도 뚫고 대장들도 총알 몇 방에 추풍낙엽이 되는 걸 보았다. 그에 반해 동학군의 조총은 소리가 얼마나 큰지 다들 소스라치게 놀랐다가 확인해 보면 아무것도 쓰러뜨린 게 없었다. 유효사정이 겨우 30미터라 총알이 어지간한 논배미 하나도 넘지 못했다. 게다가 화승총이라 비가 올 때는 축축해서 부싯돌로 불을 붙일 수 없고 총을 든 사람도 열 명 중 한 명꼴이라 동학군 천여 명을 일본군 셋이서 상대해도 혼비백산이 되었다.

전라도 농민군까지 패하자 동학농민혁명은 막을 내리는 듯했다. 그러나 나주성 공격 때 장흥에 머물던 농민군이 김제 금구에서 온 동학군과 합세하여 12월 4일에 장흥 벽사를, 5일에 장녕성을, 7일에는 강진성을, 10일에는 병영을 점령해 버린다. 삽시간에 전남 서남부 지역이 농민군의 수중에 들어갔다는 급보를 받자 진압군은 즉각 경병 120명과 일본군 250명으로 토벌대를 만들어 급파했다. 전남 서남부 동학군도 속속들이 장흥으로 집결했다. 해남 농민군도 1000여 명이 출동했다. 그러자 일본군은 통위병 30명으로 주봉을 공격하고, 본대는 성 모퉁이 죽림에 잠복했다. 그리고 민병 30명을 앞세워 싸우게 한 다음 농민군이 들판에 나오면 마치 저격수가 조 준사격을 하듯이 상대를 제압했다. 이 같은 전술은 우금치 전투와 비슷했고 그 결과 또한 우금치와 비슷했다. 유일하게 장흥 석대들 전투가 저녁까지 이어졌는데, 토벌대는 농민군을 쫓다가 해가 서산에 걸리고 북풍이 매서워지자 본대로 철수했다. 농민군은 대나무 숲이 빽빽한 골짜기로 들어가 있다가 석대들에서 자울재로 옮기면서 대혈전을 펼쳤으나 수백 명의 희생자만 내고 말았다. 결국 토벌대는 산과 바다로 도망치는 농민군을 무작정 뒤쫓아 마음껏 살육하는 것으로 전과를 올렸다. 이것이 동학농민혁명의 마지막 전투로 알려진 장흥전투의 전말이었다.

그리고 쫓기던 패잔군은 도망 끝에 해남에 이른다. 김지하 시인은 그의 외할아버지에게서 들은 이야기를 1991년 동아일보에 기고한 「고향 땅의 회상」에서 아래와 같이 전한다.

"옛날 동학군 5000명이 싸움에 져서 도망치다 해남 우슬치를 넘었다. 고개에서 또 싸움이 붙었는데 그만 져서 몽땅 죽었어."

장흥전투에서 쫓겨 온 숫자가 그렇게 많았다. 해남 서부지역을 이끌던 황산면 출신 대접주 김신영도 건재하고, 해남 동부지역을 이끌던 삼산면 접주 백장안에다 교장 윤종무까지 남아 있었다. 그들이 급히 해남읍성을 공격하면 일본군이 없는 관군이야 오합지졸에 불과했다. 까닭에 서두를 필요 없이 각 지역 농민군과 합류하려고 하루를 기다렸는데, 그사이에 일본군이 와서 막강한 화력을 갖추게 되었다. 이제 싸움은 몇 번을 다시 해도 결과가 뻔했다. 동학군은 뿔뿔이 흩어져서 산중이나 섬으로 피신해 가고 마지막 남은 저항자들이 두륜산 대흥사 앞 숲길에서 최후항전을 맞는다. 두륜산은 비교적 작은 산이지만 곳곳에 수령이 삼사백 년 된 수목들이 울창하기 그지없었다. 또 산세와 계곡이 올망졸망 어우러져 은폐, 엄폐를 하기가 용이해서 지리에 밝은 농민들이 게릴라전을 펼치기에 최적의 장소였다. 그곳에서 농민군과 토벌대 사이에 하루 종일 공방전이 펼쳐져 농민군 태반이 체포되거나 사살됐다.

동학군 조직은 상부는 동학이요, 하부는 두레였다. 두레는 평민 평등주의 조직으로 농사철이면 동네 노동력을 완전히 장악하고 마을 사람들끼리 몰려다니며 같이 일하고 같이 밥을 먹었다. 그래서 관군은 삼남 일대에서 마을을 돌면서 농민군을 발본색원한다는 구실로 동학 냄새가 조금이라도 난다 싶으면 마구잡이로 잡아다가 잔인하게 죽였다. 숨어 있는 농민군을 찾기 위해 자식들을 몰살하겠다는 협박에 부인들이 자식이라도 살리려고 남편을 신고하는 사례가 비일비재했다. 관군은 해남 일대 섬까지 뒤지고 다니며 혹시 농민군은 아니었는지 과거를 캐고 학살하는 패륜을 끝없이 자행했다.

이에 농민군은 어떻게 해서든지 위장하고 살아남아 말 그대로 '해남 물감자'가 되어갔다.

마을 사람들은 대흥사 뒤쪽 숲속에서 소쩍새가 울 때마다 동학 때 패전한 농민군의 넋이라고 믿었다. 깔담살이 김봉수도 섬에서 왔다면 필시 대흥사 뒤 숲길에서 두 패로 갈라진 농민군의 핏줄일 확률이 커지는 것이다.

'그래, 동백 같은 목숨이려니!'

다들 이렇게 생각했다. 동백이란 늘 예기치 않게 피고 지는 것이다. 그가 설령 사람의 자식이 아니라 귀신의 후손일지라도 이승에서 일손을 보태는 이상, 바닷바람을 맞으며 피어난 꽃잎처럼 일일이 기억될 필요 없이 서로들 피었다가 지고 나면 그만이었다. 그사이에 이웃들은 서로가 필요한 만큼의 정을 나누면 될 일이고.

5

깔담살이 김봉수가 머슴 일을 시작하던 1914년에 일제는 조선에서 면제(面制) 리제(里制) 개혁을 단행했다. 동학 때 맹활약을 펼치던 두레의 거점 마을을 몇 개씩 묶어서 리(里)로 개조해 버린 것이다. 이때 마을의 심장부라 할 공동우물은 메워지고 당산나무들은 베어져 길이 되었다. 그리고 세상이 걷잡을 수 없이 변하는데, 이 시기에 문 부자는 슬하에 아들이 없는 게 걱정이었다. 장손은 유교적 가족 질서에서 가장 중요한 축이었다. 인구를 셀 때도 입의 개수가 아니라 호주(戶主)의 숫자로 세었으니 가장이 없는 집은 존재하지 않는 것이나 다름없었다. 그런데 어느 틈엔지 문 부자도 꼼짝없이 근대 계몽기의 '청년'을 필요로 하게 되었다. 일제가 구상하는 식민지 조선의 새로운 주체로 떠오른 것이 '청년'이라 신문은 연일 "사천 년 단군 역사의 영광을 세계에 선양할 자"이며, "하늘에 닿는 홍수에 빠진 이천만 동포를 자유계로 인도할 자"(《대한매일신보》, 1908.10.28)로 서의 '청년'을 예찬하기에 여념 없었다. 문 부자도 고민 끝에 사촌의 아들을 데려다 양자로 앉혔다. 문씨네 가계를 이어갈 새 시대의 청년이 탄생한 것이다. 핏줄이 같은데 종자야 좀 다르면 어떠하랴. 그러고 나면 이제 눈 하나가 성치 않은 외동딸이 짐이었다. 대물림이야 양자에게 맡겼지만 애지중지 키운 외동딸은 천하에 맡길 곳이 없었다. 오히려 남정네들에게 불편한 인상을 준다고 하여 집에서조차 문 밖의 활동을 자제하던 실정이었다. 이를 걱정하느라 마나님이 날이면 날마다 몸살을 앓으니 문 부자가 그 일로 얼마나 많은 밤을 뜬눈으로 새웠는지 모른다.

그러던 어느 명절이었다. 머슴들에게 새경을 주어서 설을 쇠러 보냈는데, 깔담살이로 들어와 상머슴이 된 김봉수가 혼자서 일을 하고 있었다. 문 부자가 이를 보고, 어쩐 일로 안방으로 들였다. 마나님도 동석한 상태였다. 그리고 다짜고짜 "너 일님이하고 살래?" 하고 물으니 파격적인 제안이었다. 일님이는 주인마님의 사랑을 독차지한 외동딸이요, 비록 한쪽 눈에 백태가 끼어 있다고는 하지만 성격도 야무지고 맵시도 정갈했다. 하지만 가부장제의 관습이 엄연하고 남녀차별이 극심한 세상이라 혼처를 찾기가 쉽지 않으니, 오호애재라. 문 부자는 이미 결론을 지어놓고 있었다.

"니가 맡아라. 내가 다 생각해 둔 바가 있느니라."

문 부자의 마음을 이렇게 움직인 것은 아마도 시종 변치 않는 김봉수의 태도 때문이었을 것이다. 깔담살이로 들어와 몇 달, 몇 계절이 아니라 10년이 훨씬 넘는 세월을 하루도 빼놓지 않고 일관되게 일을 하였다.

"그렇다고 머슴이 어찌 아가씨를."

맞다. 머슴은 주인과 구별되는 곳에서 기거하고 주인과 구별되는 음식을 먹어야 한다. 그러다 안채에서 부르면 득달같이 뛰어가서 주인마님이 시키는 일을 해야 한다. 그래서 날마다 심부름이나 하던 처지에 무남독녀의 외동딸과 감히 살림을 차리다니! 하지만 문 부자는 주저 없이 논 몇 마지기를 묶어서 살림을 차려주기로 정해버렸다.

"살아봐라. 내가 제금 내어주마."

그리고 세월이 흘렀다. 머슴은 사는 곳이 달라졌다고 해서 변한 것이 아무것도 없었다. 눈을 뜨면 일하고 눈을 감으면 잠들었다. 명절도 농한기도 없었다. 문 부자 집에 들어간 첫날 소똥과 개똥을 주워서 밥을 얻어먹던 모습 그대로 평생을 일만 하며 살았다.

6

깔담살이는 낮을 가는 사람이다. 당시 농가에서 사실상 소나 개와 같은 취급을 받았던 깔담살이 김봉수는 자신의 신분이 너무나 뼈아팠다. 그래서 평생 낮을 갈면서도 자식에 대한 기대가 끔찍하게 컸다고 한다.

'하나만 잘 가르쳐도 사람대접을 받을 수 있다.'

여기에 대한 집념은 끝이 없었다. 그 일거수일투족을 보고 자란 아들 김남주는 이른 나이에 아버지의 목적지가 허상이라는 걸 알아버렸다. 개인의 출세가 세계의 평화를 가져다주는 건 아니다. 사회적 존재 하나가 세상의 자유를 독식하려고 몸부림친 결과가 만인을 지옥에 빠트리는 사례는 셀 수 없이 많다. 하지만 인간이 부모에게 물려받은 목숨을 부지하고자 사용하는 지상에서의 노고는 영원토록 거룩한 것이다. 따라서 한 인간이 다른 인간으로부터 존재 자체를 부정당하는 인격적인 수모를 당했을 때 절대로 그냥 참아서는 안 된다.

> 당장에 가차 없는 대응이 있어야 한다. 그것이 인간으로서 바른
> 자세이고 태도이다.
> ―『불씨 하나가 광야를 태우리라』

이것을 하나의 사상으로 완성해 간 생애가 김남주의 삶이었다. 세상에! 김남주의 시 「종과 주인」은 깔담살이 김봉수와 자신이 한 목숨임을 깨닫고서 부른 비원의 노래였다.

金南 主平 專

1장

나는 해방둥이입니다

1

김남주가 따르던 선배 박석무는 일찍이 그에게 '물봉'이라는 호를 지어주었다. 기절초풍할 일이다. 얼마나 간 큰 사람이기에 조선 제1의 전사를 '물봉'이라고 부를 수 있지? 독재자 박정희에서 전두환에 이르는 공포정치를 체험한 이들에게 이는 너무 과격한 '농담'에 속한다. 물봉이란 '물렁한 봉'의 준말이니 전라도에서는 마을마다 대책 없는 무능력자를 골라서 이렇게 불렀다. 그렇다면 이 별호는 마땅히 김남주라는 이름으로부터 가장 먼 곳에 놓여야 옳다. 하지만 단 며칠이라도 그를 겪어본 사람이면 누구나 서서히 고개를 끄덕이게 될 것이다. 해남 물감자 중에서도 대표적인 물감자가 바로 이 사람이니, 자연인 김남주에게서는 도대체 모난 구석이라고는 찾을 수 없었다. 아무리 화가 나는 자리에 있다한들 허공에다 대고 "허허" 헛웃음을 날리고 나면 그만이었다. 어쩌면 삼신할미는 그를 '충돌'이 아니라 '완충'이 필요한 자리에 쓰기 위해 점지했는지 모른다. 앞뒤 없이 무르기 그지없었다. 물러도 너무 물렀다. 아마도 그것을 그의 출생연도처럼 적나라하게 보여주는 예는 없을 것이다. 김남주가 감옥에서 석방될 기미가 전혀 없던 시절에 그의 처지를 세상에 알리기 위해 처음 펴낸 책 『김남주론』(김준태, 이강 외, 광주, 1988)은 이렇게 전한다.

김남주는 1946년 출생이다.

이 글을 쓴 필자 김준태는 김남주와 같은 해남 출신이요, 또한 김남주가 그의 시를 읽다가 자기도 시를 쓰게 되었노라고 고백한 모범 제공의 당사자이다. 이승에서 김남주와 가장 근거리에서 살았던 절친 이강조차도 그의 본 나이를 모르고 있었다. 김남주의 동생 김덕종과 결혼한 누이를 둔 강대석 선생이 쓴 『김남주 평전』에도 1946년생이라 나온다. 신기할 따름이다. 사내란 서열 싸움에 민감한 존재라 대략 서른 살까지는 나이를 한 살이라도 높여서 선배 대열에 끼려고 애를 쓰는 버릇이 있다. 너무도 이상한 습관이지만 이는 씨름선수들이 샅바 싸움을 벌이는 것과 비슷한 현상이다. 세상의 어떤 순둥이도 사내라면 무릇 주도권 쟁탈만큼은 놓치지 않는다. 하지만 그런 배짱이 어디에서 나온 건지 그는 두 살, 세 살 아래도 기꺼이 친구로 받아들였다. 그리하여 뒤죽박죽된 생물학적 연대기를 훗날 바로잡은 것도 본인이 아니라 어머니였다.

아니제. 남주는 1945년 음력 10월 16일생이여.

이를 어째야 쓸까나. 최측근의 정보조차 오류였다. 사실은 김남주라고 해서 자신의 나이를 똑떨어지게 밝힌 적이 왜 없었겠는가.

나의 이름은
2164 붉은 딱지입니다
나이는
일제가 뒷문으로 쫓겨 갈 때 어머니의 배 속에 있었고

미제가 앞문으로 쳐들어올 때 세상에 나왔습니다
소위 해방둥이입니다

어디 사냐구요?
광주시 문흥동 88-1이 나의 주소이고
2사 하 41이 나의 집이고 나의 방이고 나의 변소입니다
―시 「나의 이름은」 부분

'2164'는 죄수 번호이니, 이육사에서 작대기 하나가 더 붙은 셈이고, '붉은 딱지'는 무서운 사상범이라는 표지이며, 광주 '문흥동'은 광주교도소가 위치하는 곳, '2사 하 41'은 최악의 정치범이 수용된 방이다. 물론 그는 호들갑을 떨지 않는 사람이다. 하지만 1985년, 옥중에서 「정치범에게 펜과 종이를 달라」는 성명을 발표할 때는 정색을 하듯이 자신이 대한민국과 동갑이라는 사실을 밝힌다.

내 나이와 함께 대한민국이란 공화국도 불혹의 나이입니다.
―『불씨 하나가 광야를 태우리라』

이것은 꽤 중요한 발언이다. 펜과 종이를 달라! 내게서 빼앗아간 모국어 사용권을 되돌려 달라! 그가 이렇게 인간에게 가장 고귀한 것, 사상 표현의 자유를 외칠 때 8·15 해방을 상기시키는 까닭은, 일제에서 벗어나는 것의 의미를 체제의 안정보다 민족의 존엄에 두었음을 뜻한다. 8·15 해방으로 한국이 얻은 최고이자 최대의 전리품이 모국어 탈환이었다.
한국에서 1945년생들은 해방둥이라고 불리는 걸 좋아한다. 대한

민국의 거의 모든 마을에서 이 해에 태어난 사람들은 마치 자신들이 이 땅의 해방을 축복하기 위해 태어나기라도 한 것처럼 스스로 '해방둥이'라 밝히고 다투듯이 계모임을 만들었다. 김남주의 집에서도 그랬을 것이 틀림없다. 아버지는 이 시기에 논농사 스무 마지기를 짓는 자작농 신분이 된 사실에 취해 있어서 슬하에 연거푸 사내가 태어난 것을 특별히 감격해 마지않았다. 가족들에 의하면 온 마을이 나서서 기뻐하였다. 그렇지만 이렇게 김남주의 생애가 시작된 해, 1945년을 나는 한국인들이 한 번 빼앗긴 주권을 또다시 도둑맞은 때로 기록해야 옳다고 본다.

2

지상의 많은 나라 중에 종족상, 인종상, 언어상의 차이가 거의 없는 생태 공동체 하나가 오롯이 정치 공동체를 이루는 경우는 매우 드물다. 한국은 종족과 국가가 일치하는, 지구상에서 가장 동질적인 민족의 하나였다. 그래서 이 나라 사람들은 유가, 불가, 도가적 관념이 혼합된 토착적 세계관을 안고 천 년을 이어왔다는 자랑을 입에 달고 살았는데, 서구 제국주의 열강이 동아시아를 침략하던 시기에 바로 그 '겨레 얼' 자체가 급격히 무너지기 시작한다. 한때 위세를 떨치던 권력 엘리트들은 힘도 없고 부끄러움도 없이 그저 입만 살아서 개화파입네 위정척사파입네 하고 떠들다가 제국주의의 충직한 심복이 되어갔다. 그 해체기에 역사의 도도한 흐름을 밀고 가던 개벽 민중의 지도자가 부지기수로 출현했지만, 그들마저 결국 신무기 앞에서 좌절된다. 그러자 백성들은 여지없이 세계사의 진창에 내동댕이쳐지는 것이다. 일제강점기의 조선인은 국제사회에서 역사의 행위자로 인정받는 데 큰 난관을 겪었다. 올림픽에 출전한 마라톤 선수도 가슴에 다른 나라의 국기를 달았다. 그리하여 자아 상실의 역사가 지속되다 보면 구성원들은 점점 자신의 눈으로 세상을 읽지 못하는 중증의 분열증을 앓게 된다.

김남주가 태어난 해는 마땅히 이 같은 불행이 종료되어야 할 시점이었다. 자신의 존엄성을 지킨다는 것, 이는 가난하게 사느냐 부자로 사느냐 하는 것보다 훨씬 중요한 실존의 문제였다. 그러나 한국이 겪은 식민지 경험의 가장 중요한 특징은 그것이 끝난 방식에 있었다. 8·15 해방은 식민지 상황이 절정에 이르렀을 때 갑자기 찾아와서 한반도의 핵심 거점이 되는 두 도시에 미·소 점령군의 깃발을 꽂게 한다. 김남주가 공교롭게도 분단의 정치가 개시되는 날 태어났다는 사실은 참으로 상징적이다. 우리는 어쩌면 조선의 해방둥이 중에서 점령군의 동선을 마지막까지 놓치지 않은 불타는 영혼 하나가 하필 그날 태어났다는 사실에 위안을 느껴야 할지도 모른다. 그날, 그러니까 1945년 10월 16일에 미·소 양쪽의 군사령부가 둘로 쪼갠 영토의 반쪽 대지에서 각기 다른 정치적 망명자의 귀환을 알리는 환영식을 올린다. 그래서 남반부에서는 미군정 하지 중장의 지원 아래 이승만이 강력한 반공 연설을 하고, 북반부에서는 소련 관리들의 지지를 받는 김일성이 등장하여 항일 영웅으로 소개되는 것이다. 이 둘이 수개월 내에 양쪽 지역에서 가장 강력한 정치적 인물이 되면서 또 하나의 불행을 떠안는 이념 분쟁이 시작된다. 김남주의 생일은 음력이고 이승만과 김일성의 귀환은 양력이었지만, 그 숫자의 동일성 때문에 김남주는 교과서를 펼 때마다 마음이 불편했을 것이다.

그렇다. 이들의 나라가 안정될 확률은 처음부터 없었다. 한국의 현대사에 정통한 세계적인 학자 브루스 커밍스는 이때의 조선을 '폭발 직전의 압력밥솥'에 비유한다. 그럴 수밖에 없는 것이 일본의 야심 찬 식민지 경영으로 조선은 너무나 많은 걸 빼앗긴 동시에 또한 너무나 급속한 산업화 체제의 격랑에 휘말렸다. 이는 단기간에 엄청난 인구이동 현상을 빚어서 1944년에는 전체 조선인의 11.6퍼센트가 나라 밖에서 살게 되는데, 브루스 커밍스는 이게 "어떤 극동 국가도 필적할 수 없고 세계 어느 지역에서도 유례를 찾을 수 없는 비율"이었다고 말한다.

> 모든 한국인의 약 20퍼센트는 외국이나 자기가 태어난 도와는 다른 도에서 살았다. 이들 대부분이 15~50세 사이의 연령집단 이라는 것을 감안할 때 이는 성인 인구의 40퍼센트가 고향에서 뿌리 뽑혔다는 것을 의미했다.
> ─브루스 커밍스, 『브루스 커밍스의 한국현대사』(창비, 2001)

여기에 도로·교통·통신의 발달은 오히려 정치적 질곡을 증대시 킨다. 20세기 전까지 '세계에서 가장 도로가 없는 나라'가 1945년 에는 5만 킬로미터가 넘는 차도와 시골 도로를 보유한다. 일본을 제 외하고는 동아시아의 어떤 나라도 이만큼 발달한 수송 및 통신시설 을 가질 수 없었다. 하지만 도로는 딱딱하게 굳은 흙길이었고, 햇볕 에 그을린 농민들은 논밭에서 소를 몰아 쟁기질을 하거나 짐 나르 는 짐승처럼 어깨에 무거운 짐을 졌으며, 이엉을 얹은 초가집들은 더 말할 나위 없이 빈곤에 빠져 있었다. 일본식 옛 시청과 철도 역사 는 식민지 시대에서 조금도 바뀐 점이 없었다. 이들의 대지에 울려 퍼지는 〈감격시대〉이니 〈귀국선〉이니 하는 노래는 박자도 빠르고 힘차지만, 내용은 공허하기 그지없었다. 정치적으로 안정된 보수의 기반도 없고 진보가 나설 기틀도 없이 온통 뜨내기가 객지를 떠도는 공허감으로 가득 찬 집단이 압력밥솥처럼 끓는 상태가 될 것은 당연했다. 그로부터 파생된 분단의 갈등은 21세기가 한창 깊어버린 지금까지도 수습의 실마리가 보이지 않는다.

자, 이렇게 들뜬 세상에서 태어난 벽촌의 아이들을 누가 공들여 챙길 수 있겠는가. 김남주와 띠동갑이 되는 선배 시인 고은은 당시 농사꾼에게서 태어나는 자식을 달걀에 비유한 바 있다. 달걀은 둥글어서 구를 수 있지만 여차하면 모서리에 닿아 부서지는 것이다. 닭이 양계장이 아니라 마당에서 자라던 시절에 알을 낳으면 대개는 깨지고 운 좋은 몇 개가 남아서 수탉이 되거나 암탉이 되었다. 그 무렵의 아이들도 태반이 어른의 보호를 받지 못하였으므로 영아기에 죽는 것을 비극으로 인식하지도 않았다. 김남주 역시 태아 시절의 영양 상태가 좋지 않았던지 가족 안에서도 유독 체구가 작고 얼굴이 검었다. 게다가 유년기의 발육 상태마저 양호하지 못해서 자라는 동안 내내 외모 콤플렉스에 시달려야 했다. 동생 김덕종은 이렇게 말한다.

> 형은 키가 작달막했고, 얼굴은 가무잡잡했다. 동네 사람들은 늘
> 형을 짱뚱어라고 놀리기 일쑤였다.
> ─김덕종, 「내 형, 김남주」, 『내가 만난 김남주』(황석영 외, 이룸, 2000)

그 깡촌 사람들도 짱뚱어라 놀리고 산골 아이들조차 재래종이라고 불렀다. 당시 농사꾼이 아이를 낳아 기르는 일을 '자식 농사'라

부르는 것은 천수답 때문에 생겨난 은유인지 모른다. 김남주가 태어난 봉학 마을은 해남에서도 천수답이 가장 많은 동네였다. 옛날에 마을 앞이 온통 바다였을 때 봉황이 날아들어 둥지를 틀었다는 산자락이 봉황리였고, 황새가 깃을 쳤다는 황새울 자리가 김남주의 집이었다. 마을회관이 있는 정자에서 제법 가파른 등성이를 타고 올라가야 하는 집. 아침이면 두륜산 너머에서 떠오른 해가 맨 먼저 비추는 생가 안채에서 김남주의 귀가 빠졌다. 아버지가 머슴에서 독립할 때 동네 뒷산에서 손수 나무를 베어다 지은 집이니, 세상에서 가장 귀하게 마련된 보금자리이지만, 아서라, 산골짜기의 꼭대기 집이라는 사실은 바꿀 수 없었다. 그렇다면 인근의 자투리땅은 하늘에서 내리는 비로 농사를 짓는 논밭이 된다. 이를 관개수로 시설이 전혀 없는 논이라 하여 천수답이라 부르는데, 이런 논밭은 근대적 기술이 전혀 영향을 미칠 수 없는 곳에 방치되므로 모든 결과를 자연의 처분에 맡겨야 한다. 풍년이 될지 흉년이 될지 정해주는 것은 햇볕과 비와 바람밖에 없다. 이런 마을의 농사꾼들은 곡식만 자연에 맡기는 게 아니라 사람도 천수답으로 길렀다. 자식을 낳아서 마당에 풀어놓으면 각자가 알아서 하늘의 눈비를 맞으며 자라는 것이다. 농가마다 보릿고개를 못 넘겨 굶던 시절에 태어난 봉학리의 자식들이 모두 그렇듯이 김남주도 태어나자 곧 마당에 내던져졌다.

　그나마 다행인 건 해남은 겨울에도 그다지 춥지 않다는 것이다. 우물가 동백 울타리 아래에서 걸음마를 뗀 김남주는 형 남식과 누나 남심의 뒤를 따라서 이내 어른들이 사는 세상 속으로 쪼르르 걸어가기 시작한다. 네 발로 걷는 건 짐승이요, 두 발로 걸으면 사람 취급을 받는다. 이런 중생들에게 개성을 묻는 건 사치에 속한다. 이웃들의 관심은 한 인간의 생명체에 스며든 조상의 선물이 창졸간에 드러나는 유전의 양상이었다. 시간이 흐르면서 그에게도 핏줄을 타고 떠내려 온 천성이 드러났는데, 그는 성격이 온순하고 두뇌가 명석하며 배움이 빨랐다. 어린 나이에 서당에 보내자 천재라는 평이 자자했다. 천자문을 펼쳐도 막힘이 없고, 하나를 알려주면 셋, 넷을 가리는 솜씨도 여느 아이 같지 않았다. 다소 내성적이라 낯가림이 심하지만 노래도 잘하고 달리기도 잘했다. 새끼줄을 감아서 만든 공으로 논 축구를 해도 재주가 보이고, 제기차기, 뜀박질하기, 딱지치기도 또래들 속에서 도드라졌다. 가난하고 못 배워서 오랫동안 기죽어 살던 아버지로서는 이 같은 아들이 과분했을 것이 틀림없다.

3

나는 생전의 김남주 시인에게서 어릴 때 '남주'라는 이름이 너무 커서 불가피하게 아명(兒名)을 쓰게 됐다고 들은 적이 있다. 가족들은 하나같이 내가 거꾸로 알아들었을 거라고 말한다. 본이름 성찬이 너무 커서 나중에 개명하게 되었다는 것이다. 그런데 형은 남식이고 누나는 남심이며, 호적에도 남주라고 나온다. 어쨌든 상관없지만 내게는 '별처럼 찬란한' 성찬보다 '남녘의 기둥' 남주가 훨씬 더 크게 읽혔던 게 사실이다. 한반도의 정치지형에서 '남'이라는 글자만큼 심오하고 의미심장한 낱말은 없다. 언젠가 "남쪽은 뜨거운 반란의 나라"라고 노래한 김지하는 이렇게 설명한다.

남조선의 남녘 남(南) 자는 단순히 지리적으로 남쪽에 있다는 것을 뜻하는 것만이 아니라 총체적인 사람생활에 있어서의 근

본적으로 회복해야 할 본디 성품, 본디 바탕으로서의 태극 궁
궁을 나타내는 것입니다.
—김지하, 『남녘땅 뱃노래』(두레, 1985)

그러니까 '남'이란 물산이 풍부하면서도 멸시와 탄압과 억압 등
끝없는 역사적 고난을 받아온 남녘을 뜻하기도 하고, 수많은 반란
과 폭동과 혁명을 분출하면서 민중의 구원을 가져올 사상의 탄생지
를 뜻하기도 한다. 그것은 힘없는 민초들이 인류에게 아직 도래하
지 않은 미래 세계의 염원을 희구하는 기호이니, 불교에서 말하는
'세계와 삶의 가장 밝은 곳'이요, 부처가 임하거나 부처가 이루어지
는 땅의 표상이면서, 강증산이 말하는 동서양의 모든 종교나 기성
교파에게 다 빼앗기고 '나머지'가 된, 쓸모없는, 괄시받는 사람의 총
체인 것이다. 바로 이런 글자를 사람의 이름에 얹어놓으면, 뜻이 한
층 준엄해진다. 가령, 김남주가 태어난 전라남도는 1890년대 초 동
학농민전쟁의 싸움터였다. 동학농민봉기가 진압된 후 한참 지난
1920년대에도 일본 여행사들은 전라남도의 내륙에 들어가지 말라
고 경고했다. 특히 도청 소재지가 있는 광주는 1929년 일본에 반대
하는 대규모 학생 봉기가 일어난 장소이자, 이후 민주화운동의 중
심지가 되는 곳이었다. 일본인들은 오랫동안 이 지역을 여행하려면
현지 주민들이 분명하고 노골적인 증오심을 보이는 것을 피할 수
없었다. 여기에 '기둥'이라는 글자를 더 얹어 해남 골짜기에서 까막
눈의 아들로 태어난 아이의 어깨에 짐 지우는 것은 지나친 처사가
아닐 수 없다.
하여튼 분명한 것은 그가 어릴 적에 성찬이라고 불렸다는 사실
이다. 성찬이는 일찍부터 존재를 꾸미거나 약점을 감추는 일에 관

심이 없었다. 아버지의 영향인지 그는 봉건적인 집안의 도련님 같
은 냄새를 전혀 풍기지 않았다.

할머니는 산그늘에 앉아 막대기로 참깨를 털고
어머니는 따가운 햇살을 등에 받으며 호미로 고추밭을 매고
아버지는 이랴자랴 소를 몰아 논밭에서 쟁기질을 하고
나는 나는 학교 갔다 와서 산에 들에 나가
망태 메고 꼴을 베기도 하고 염소를 먹이기도 했지요

물론 이는 자기소개서가 아니다. 그가 시적 화자를 등장시켜 제
고향의 전형적 상황을 그려본 허구의 창작물이지만 문학 이론에서
는 전형적 상황에 전형적 인물이 드러나는 것을 '진실한 형상'이라
고 말한다. 이어지는 구절을 보라.

나는 보고는 했지요 어린 시절에
할머니가 깨를 터시다 말고 막대기를 훼훼 저어
메밀밭을 헤치는 산짐승을 쫓는 시늉을 하는 것을
나는 보고는 했지요 어린 시절에
어머니가 김을 매시다 말고 사금파리를 주워
고춧잎에 붙은 진딧물을 긁어내는 것을
나는 보고는 했지요 어린 시절에
아버지가 쟁기질을 잠시 멈추시고 꼬챙이를 깎아
황소 뒷다리에 붙은 진드기를 떼어내는 것을
—시 「시에 대하여」 부분

이렇게 자란 아이가 자연의 은혜에 감동하거나 대지의 풍요를 찬양할 턱은 없다. 서양 문화사는 우리에게 농촌을 한없이 목가적인 장소로 가르쳐왔으나 그의 시에 나타난 어린 시절의 풍경은 미화될 요소라고는 눈곱만큼도 없이 그저 척박한 농촌 현실로 가득차 있다. 더구나 그는 다섯 살에 제국주의적 갈등이 내전으로 둔갑하는 전쟁을 맞는다.

성찬이가 사는 마을은 삼산면과 화산면의 경계에 있었다. 그곳의 중심을 차지한 두륜산 기슭은 임진왜란이며 동학혁명 같은 역사의 고비를 맞을 때마다 농민들이 무자비하게 살육당한 전례를 가진 장소였다. 6·25전쟁 역시 그 같은 변고를 비껴가지 않았다. 해남은 반도의 남쪽 끄트머리라 전쟁의 포성이 가장 늦게 닿았지만, 항일투쟁과 적색 농민운동이 심하여 일제강점기에조차 제국주의를 비판하는 일본인 반전 인사들이 살았던 곳이다. 대표적으로 일본인 오쿠보 쓰나지로가 해남읍에서 석유와 고무신을 파는 잡화상을 운영하면서 해남 거주 일본인 모임의 회장을 맡고 있을 때 이곳의 진보운동은 정점에 이르러 있었다. 여기에 해방 후 건국준비위원회 활동과 1946년 11월 해남 추수 봉기를 거치며 세칭 '동학 때와 유사한 난리' 상황을 재현하기까지 한다. 이런 곳에서 소위 보도연맹 사건이 그냥 지나갈 리 없었다. 해남의 보도연맹 집단학살은 매우 조직적이고 일사불란한 계통을 갖추어 외딴 섬에서 자행되었다. 지금까지도 전모가 밝혀지지 않은 저 유명한 '갈매기섬 학살사건'에 대해 김남주와 가까운 동네에서 살았던 아주머니가 들려주는 목격담은 끔찍하기만 하다.

그해 7월 어느 날 밤 남편은 경찰의 손에 의해 지서로 끌려갔다. (……) 8개월 된 딸을 시어머니께 맡기고 손위 동서와 함께 시신을 찾아 나서기로 했다. (……) 밤을 이용해 화산 관동에서 출발한 배는 새벽녘이 되어서야 섬에 도착했다. 동백나무들로 둘러싸여 있는 섬 중앙의 시신들은 멀리서도 하얗게 보였고, 시체 썩는 냄새와 섬 전체를 에워싼 파리 떼가 뭐라 표현할 수 없을 정도로 심했다. (……) 다른 배로 이곳에 왔던 화산면 성산마을의 어느 아주머니는 그 역한 냄새 때문에 집에 돌아간 지 얼마 안 돼 죽었다는 소식을 나중에 들었다. 섬 전체에 시신을 쌓기는 역부족이었는지 시신은 포개지고 또 포개져 큰 덩어리를 이루고 있었고, 포개진 시신들은 굴비 엮듯 서로가 엮어져 질서 정연한 모습마저 띠고 있었다. (……) 한여름인 데다 파리 떼가 워낙 극성을 부려 시신을 찾기란 너무 힘이 들었다. 사정이 이러하다 보니 (……) 시신을 찾아간 사람들은 극소수였다는 소문을 나중에 들었다.

—박영자, 『이데올로기에 갇힌 해남의 근·현대사』(해남신문사, 2005)

여기에 영광 불갑산 전투에서 패전한 우익들이 인민군으로 변장하고 와서 주민을 무작위로 총살한 '나주부대 학살사건'까지 겹친다. 그들은 해남 전역을 돌아다니며 민간인 사냥에 나서 여기저기에서 피비린내를 풍겼다. 바로 김남주가 사는 화산면과 삼산면을 잇는 노릿재에서도 양민학살이 일어나 화산면 출신 김준태 시인의 아버지도 변을 당했다. 이 같은 아수라를 겪고도 전쟁은 끝내 휴전하는 것으로 중단되었다. 도대체 이토록 용서할 수 없는 전쟁이 어디 있는가? 김남주가 초등학교에 들어간 것은 그 직후였다.

4

인간을 대지의 자식이라 일컫는 말은 이제 사라진 은유에 속한다. 하지만 한국 사회가 근대화의 물결에 휩쓸리기 전에 문을 연 초등학교 교가에는 반드시 해당 아이들이 어느 대지의 정기를 타고났는지 밝히고 있다. '정기'란 "천지 만물을 생성하는 근원이 되는 기운"을 뜻하는데, 그중에서 '정'은 생명의 기본을 이루는 음양의 기운을 가리키고, '기'란 생명체가 활동하는 데에 필요한 육체적 정신적 힘이 응결된 상태를 말한다. 김남주는 어린 시절에 "두륜산 정기를 받았다"는 노래를 부르며 자랐다. 따지고 보면 이는 매우 불온한 교훈에 속한다. 세상에, 아이들에게 두륜산 정기를 가르치다니! 위정자들에게 잠시도 숨 돌릴 틈을 주지 않는 이 반란의 땅에서 마지막으로 자취를 감춘 이들은 동학농민군만이 아니었다. 해남 대흥사 의병들이 참패한 장소도 이곳인데, 의병의 마지막 뿌리까지 소탕한다는 남한대토벌작전 이후 두륜산 일대로 후퇴했던 의병들이 공식적으로는 1909년 7월 대흥사 심적암에서 최종 섬멸될 때까지 출몰한 것으로 알려져 있다. 광활한 산림이 우거져 있는 대흥사 계곡 주위에는 10여 개가 넘는 암자들이 여기저기 비밀스레 분산되어 있었고, 가까운 거리에 민가가 있어서 토벌 작전에서 살아남은 의병들이 종종 나타난 것이다.

김남주는 두륜산 정기를 받은 아이들 속에서 가장 촉망받는 인재였다. 집안의 기대가 얼마나 크고 이웃들의 관심이 얼마나 뜨거웠는지 동생도 그 열기를 잊지 못한다.

형은 항상 동네 또래들로부터 부러움의 대상이었고, 부모님에

게는 장래 우리 집 명예를 높여줄 훌륭한 사람이 될 거란 기대
를 갖게 해주었다.
　　—김덕종, 「내 형, 김남주」, 『내가 만난 김남주』

　　그는 공부만 잘하는 게 아니라 운동회 때 달리기에서도 늘 1등을
하는 팔방미인이었다. 해남 삼화초등학교 시절의 김남주는 부모에
게는 작은아들의 인생에서 가장 찬란했던 황금의 시기로 간직돼 있
을 것이다. 그는 모든 종류의 활동에서 주위로부터 동경의 눈빛을
한 몸에 받았다. 하지만 이때의 기억에 대해서 세간의 평가와 본인
의 회고 사이에는 큰 편차가 있다. 김남주는 훗날 아내에게 보낸 편
지에서 이렇게 쓴다.

　　머칠 전에 어떤 잡지에서 나에 관한 글을 읽었습니다. (……) 그
　　글에는 내가 초등학교 때 글짓기·붓글씨 대회에 나가서 타 온
　　상장이 우리 식구들이 그걸로 도배를 할 만큼 많았다는 거였어
　　요. 전혀 엉터리예요.

　　난처한 기록이다. 그가 어린 시절에 학교에서 주는 상장을 온통
휩쓸 듯이 거둬간 것은 모두 사실이었다. 국어·자연·산수 등 거의
전 과목에서 1등이었고, 초등학교 1학년부터 6학년 때까지 전교 1등
을 놓친 적이 없었다. 그에게는 공부가 어떤 놀이보다 재미있었을
것이다. 그런데 그보다도 훨씬 큰 게 세상의 이목과 김남주의 관심
사이에 벌어진 엄청난 틈새였다.

　　5학년 맨가 학교 근처 산에 올라가서 글짓기대회를 가졌는데,

아마 그때 나는 시를 썼을 거예요. 내가 지금에도 그것을 기억하는 것은 그 시 때문에 심사평을 했던 선생님으로부터 톡톡히 창피를 당했기 때문이에요. 전교생을 운동장에 모아놓고 심사평을 했었는데 그 선생님 말씀에 내 시가 자연의 아름다움을 더럽혔다는 것이었어요.

신기한 일이다. 어린 시절부터 이렇듯 살아 있는 현실의 구체적인 장면을 포착할 수 있었다니! 이런 기질이 어디에서 기인했는지 나는 알 수 없다. 사실주의니 리얼리즘이니 하는 말은 그것이 이미 '이즘'인 이상 그 시절의 김남주를 규정할 수 없는 개념이 된다. 어쩌면 처음부터 타고난 감수성으로 보이는 그의 특성은 당국의 교육 이념과 곧잘 충돌할 수밖에 없었다. 가령, 황톳길의 아이들은 학교에서 토착어를 경멸하도록 배우는 셈이다. 집에서 익힌 말을 교실에서 사용하면 표준말을 사용하지 않는다고 지적당하고, 공식 문서에 자신도 모르는 사이에 사투리를 사용했을까 봐 몇 번씩 점검하게 된다. 물론 그는 해남의 논둑에서 사용하던 그의 어투가 몸에 붙어 다니는 걸 전혀 부끄럽게 생각하지 않았다. 아니 정반대로 이 모든 기질 속에 '계급감정'이 배어 있었다. 처음부터 이렇게 살아온 아이를, 그러니까 '자연의 발로'를 '의지의 발현'이라 칭하는 것은 억지가 아닐 수 없다. 그래도 어쩔 수 없다. 성찬이는 집에 와서도 책을 읽고 싶은데 농촌 현실이 이를 허락하질 않았다. 시골 농가들은 저마다 일손이 얼마나 달리는지 초등생이고 중학생이고 간에 낮 동안에 공부할 틈을 조금도 주지 않는다. 아침에 일어나면 학교에 가기 전까지 소를 먹이거나 꼴을 베어야 하고, 학교가 파하면 곧장 집에 와서 또 소를 먹이거나 꼴을 베거나 그것도 아니면 높은 산까지 지게를 지거나 망태를 메고 올라가 갈퀴로 솔가리를 긁고 풀 따위를 베어 와야 했다.

> 밤이라고 해서 맘대로 공부할 수 있었느냐 하면 그것도 아녔어요. 기름이 닳아진다고 어서 불 *끄고* 잠 자라고 어머니, 아버지가 성화였으니까요.

학교에서는 선생님 말씀을 잘 듣고 집에 오면 부모님 말씀에 순종하는 모범생으로 사는 것을 그는 희망하지 않았다. 한번은 아버지 몰래 광에 들어가 쌀독에 있는 쌀을 내다 팔고는 그 돈으로 엿을 바꿔 온 동네 아이들에게 나눠주고 말았다. 그가 이때 임꺽정이나 장길산을 알았을 턱은 없다. 그러나 남몰래 자신의 욕심을 채우는 버릇이 그에게는 애초부터 없었다. 좋은 게 있으면 뭐든 가져다가 남에게 퍼주거나 이웃들과 공유했다. 그리고 그것은 표현의 세계에서도 일관되게 관철된다.

김남주가 말하는 어린 날의 추억이 온통 민중 현실을 드러내는 쪽에 집중된다는 점은 인식과 표현의 방법론적 특성으로 충분히 관찰될 필요가 있다. 그는 죽을 때까지 일관되게 가난한 이웃을 염두에 두고 글을 썼으며, 아무리 제 이야기일지라도 사회적으로 곡해될 여지가 있는 표현을 극구 자제했다. 어쩌면 이것도 그 연장선에서 생겨난 현상일지 모르는데 그에 의하면, 농민의 자식으로 사는 것은 독서와 사색을 좋아하는 자신과 체질적으로 영 안 맞는 일이었다. 그는 틈만 나면 일하기 싫어서 꾀를 부리고, 수시로 멍을 때렸으며, 또 마당에 나락을 널어놓고 누워서 비가 오는 줄도 모르고 책장을 넘기다가 된서리를 맞고는 했다. 그에 대한 혜택을 가장 크게 본 것은 동생 덕종이었다.

> 형의 꽁무니를 바늘에 실 가듯 붙어 다니던 나는 형이 따준 구
> 슬과 딱지를 대마지 바지 주머니가 축 처질 정도로 담고 다녔으
> 며, 빈 독에 감춰놓는 것이 내 일이었다.
> —김덕종, 「내 형, 김남주」, 『내가 만난 김남주』

이 같은 아이들이 철드는 시점은 언제가 될까?

5

인간의 나이가 두 자리 숫자로 늘어날 즈음이면 갑자기 세상 물
정이 눈에 들어오기 시작한다. 그는 열 살 무렵에 자신의 집안이 여
느 집과 상당히 다르다는 걸 알게 됐다고 한다. 가령, 이웃집은 모두
가장의 권위가 서슬 푸른데, 자기 집은 이상하게도 위계질서가 흐
트러져 있어서 아이들에게 옷차림을 단정히 해라, 목을 잘 씻어라
하고 꾸짖는 사람이 늘 어머니였다. 집에서 어머니의 잔소리를 듣
는 건 누구나 겪는 일이라 한동안은 그러려니 하고 지나갔다. 그런
데 성찬이네 집에서는 아버지까지도 잔소리를 듣는다는 점이 특이
했다. 어머니는 늘 방에 있으니 옷매무새가 흐트러질 새가 없지만,
아버지는 해가 뜨기 무섭게 일을 나가서는 종일 들판에서 지내다가
땅거미가 질 무렵에야 들어오다 보니 복장이 엉망진창이었다. 뙤약
볕 아래에서 논밭을 일구는 사람의 옷에 흙탕물이 튀고 풀물이 드
는 것은 너무도 당연했다. 그런데 어머니는 이를 허구한 날 칠칠맞

다고 꾸짖는데, 그래도 아버지는 대꾸하는 법이 없었다. 항상 과묵하고, 집에 들어와서도 별다른 주장을 내세우지 않았다. 어지간해서는 자식들을 꾸짖지도 않을 뿐 아니라 이웃을 향해 목청을 높이지도 않았다. 대신에 모든 일을 솔선수범하듯이 앞장서서 해치웠는데, 바깥에서 쪽파 한 단을 가져와도 늘 곱게 다듬어서 곧바로 찬을 만들 수 있는 상태로 내놓았다. 각종 대소사를 도맡아 준비하고 뒷바라지를 하는 것도 아버지였고, 가족의 생일이나 집안의 제사를 알뜰하게 챙기고 빈틈없이 준비하는 것도 아버지였다. 성찬이는 어느 순간 이를 매우 이상하게 여기게 되었다. 어머니는 자기표현이 분명하고 똑똑하나 집안일을 거의 하지 않는다. 부엌에서 아궁이에 불을 지피거나 채소를 다듬는 일도 태반은 아버지가 했다. 반면에 사람을 부리거나 중요한 행사 같은 건 모두 어머니가 결정했는데, 그때도 남의 의견을 좀처럼 듣지 않았다. 그 이유를 김남주는 먼 훗날에 가서야 마치 자기소개서를 쓰듯이 잔잔하게 밝힌다.

제 아버지는 일제강점기 때 태어나서 거의 30년간을 남의 집 머슴살이를 했습니다. 꼴머슴으로 시작해서 중머슴 상머슴에 이르기까지 청춘을 거의 종으로 살았죠. (……) 잘생긴 것도 아니고 허우대가 큰 것도 아닌데 어떻게 해서 종이 주인의 딸과 결혼을 하게 되었는가, 이것은 간단합니다. (……) 어머니는 한쪽 눈이 불구였어요.

'허우대가 큰 것도 아니고, 인물이 잘난 것도 아닌' 일자무식 머슴이 주인집 딸을 아내로 맞아서 꾸린 가정이 얼마나 별났는지 그는 점점 알게 되었다. 가만히 보니 자기 집에 감춰진 비밀이 예기치 않는 순간에 노출되고는 했다. 가령, 아버지가 집안에서 숨도 쉬지 못할 만큼 저자세가 되는 것은 외할머니가 왔을 때였다. 외할머니는 불시에 아무 예고도 없이, 그것도 꼭 양자로 들인 외삼촌을 데리고 찾아와서는, 자신의 귀한 외동딸이 누추한 곳에서 고생할까 봐 걱정되어서 견딜 수 없다는 뜻을 온몸으로 알렸다. 서슬 푸른 장모가 딸 집에 방문해서 조용히 앉았다만 가도 비상이 걸릴 터인데, 정신 사납게도 매번 허리를 새끼줄로 질끈 동여매고서 대청소부터 했다. 그리하여 온 집안을 한 차례 뒤집어 놓듯이 단장을 해놓고 나서 꼭 아버지를 불렀다.

"김 서방, 우리 일님이 고생시키면 안 되네. 내 말 알아들었는가?"

그러면 아버지는 죄인처럼 서서 허공에다 연신 머리를 조아렸다.

"네, 장모님."

여기에 허여멀쑥하게 생긴 외삼촌이 다시 쐐기를 박는다.

"매형, 우리 누님 힘들게 하면 안 돼요, 잉. 내가 날마다 와서 지켜볼라니까."

성찬의 형제들에게는 이런 분위기가 몹시 마음에 들지 않았다. 자식들은 지금도 당시의 아버지만큼 품위 있는 어른을 본 적이 없다고 회고한다. 아버지에게는 인간다운 삶에 대해 무서우리만큼 집요한 열망이 있었다. 특히 하층 출신의 남성들에게 있을 수 있는 무식한 언사와 교양 없는 행동을 피하고자 아버지는 최대한 노력했다. 시골 사람치고는 어울리지 않게 식자층의 고상한 문화나 고매한 인격이 느껴지는 행동거지를 보면 곧잘 따라 배웠다. 또 이웃들에게 한없는 적선을 베풀고, 누구에게도 함부로 꾸짖지 않았다. 하지만 그러다가도 가끔 술에 취해 들어오는 날이 없지 않았다. 논일이 너무 고되었든지, 아니면 들길을 오가다가 멸시를 당했든지, 그런 날은 옷매무새가 흐트러져서 집에 왔는데, 그때마다 어김없이 어머니의 핀잔이 쏟아졌다.

"당신이 어린애요? 바짓가랑이에 묻은 저 흙 좀 보소."

어머니는 옷자락이건 신발이건 흙탕물이 튀긴 것을 그냥 지나치지 못했다. 정갈하지 못한 사람을 견딜 수 없이 싫어해서 항용 흙을 보듬고 사는 이웃들과도 전혀 어울리지 못하고, 심지어는 가족들과도 늘 불화하고 살았다. 너무나 깔끔한 모습으로 맨날 집 안에 박혀서 툴툴거리는데, 취중에는 아버지도 그런 불평을 참지 않았다.

"거 쓸잘데기 없는 소리를 언제까지 할 판이여."

그래도 그치지 않으면 필시 다툼이 일어나고 급기야는 손찌검까지도 나오게 되어 있었다. 그때 연약한 사람이 택할 수 있는 수단이라곤 안전한 곳으로 달아나는 길밖에 없었다. 김남주는 이 장면을 시로 쓴 적이 있다.

이 고개는
솔밭 사이사이를 꼬불꼬불 기어오르는 이 고개는
어머니가 아버지한테
욱신욱신 삭신이 아리도록 얻어맞고
친정집이 그리워 오르고는 했던 고개다
바람꽃에 눈물 찍으며 넘고는 했던 고개다
어린 시절에 나는 아버지 심부름으로
어머니를 데리러 이 고개를 넘고는 했다
―시 「그 집을 생각하면」 부분

이 시는 김남주의 독자들이 가장 기억하지 못하는, 여기저기에서 인용된 바도 거의 없는 무명의 작품이다. 하지만 김남주의 자료사진에서 이 원본이 찍힌 장면을 본 사람의 느낌은 전혀 다를 것이다. 그는 교도소에서 집필의 자유가 허용될 여지라고는 없는, 개인적으로 가장 숨 막혔던 시기에 남몰래 담배 은박지에 못으로 긁어서 이 글을 썼다. 비록 미완성으로 끝난 작품이지만 나는 이 시에 나오는 고갯길이 그의 일생에서 두 번째로 중요한 길이었다고 본다. (첫 번째로 중요한 길은 그가 훗날 전사 한무성이라는 이름으로 재벌 집을 털러 갈 때 걸었던 길이 아닌가 한다.)

6

어머니가 친정으로 가버리면 모시러 갈 사람이 없었다. 외갓집 행차는 어려운 걸음이라서 눈치 보지 않고 갈 수 있는 사람은 작은아들뿐이었다. 성찬이는 공부도 잘하고 사리 분별이 또렷하여 어머니가 집안에서 유일하게 아끼고 챙기는 자식이었다. 평소에 늘 이마를 찌푸리고 있던 어머니도 눈앞에 성찬이가 나타나면 얼굴이 환해지고는 했다. 그래서 아버지도 어머니를 모셔오게 할 때만큼은 작은아들에게 한없이 목소리를 낮추었다. 그처럼 측은해 보이는 아버지가 그는 그렇게 싫을 수가 없었다.

나는 취재할 때 이 길을 직접 도보로 걸었는데, 지금은 풍경이 바뀌어 모든 것이 희미하지만 그 흔적은 다 찾을 수 있었다. 김남주의 시에 나오는 고개를 넘으면 들판을 가로질러 흐르는 개울이 있었다. 성찬이는 이끼와 물살로 찰랑찰랑하는 징검다리를 건너야 했는데, 개울을 지나면 물방앗간이 있고, 그 뒷길을 돌아 바람 센 언덕 하나를 넘으면 팽나무와 대숲으로 울울한 외갓집이 있었다. 좁고 옹색한 고샅길 대신에 넓은 들판이 딸린 동네 한복판에 자리한 외 갓집을 보면 그는 어릴 때부터 까닭 없이 대문턱을 넘기가 무서웠 다고 한다. 시에는 이렇게 그려진다.

> 터무니없이 넓은 이 집 마당이 못마땅했고
> 농사꾼 같지 않은 허여멀쑥한 이 집 사람들이 꺼려졌다
> 심지어 나는 우리 집에는 없는 디딜방아가 싫었고
> 어머니와 함께 집에 돌아갈 때
> 외할머니가 들려주는 이런저런 당부 말씀이 역겨웠다
> —시 「그 집을 생각하면」 부분

여기까지 읽으면 이 시는 천하의 김남주가 감옥에서 그토록 삼 엄한 감시를 피해가며 왜 맹물 같은 시를 쓰느라 귀한 은박지 한 장 을 허비했는지 언뜻 이해되지 않을 만큼 평이해 보인다. 외갓집은 그냥 부잣집이었다. 그가 사는 집처럼 초가가 아니라 우람한 기와 지붕에 마당도 넓고, 쾌적한 마루가 있으며, 집 안 구조도 달랐다. 게다가 외할머니가 부르기만 하면 쏜살같이 달려오는 머슴이 늘 두 셋은 되어서 불편할 게 없었다. 그야 응당 그랬을 것이다. 하지만 그 가 이를 애써 묘사하고자 했던 진짜 이유는 마지막 두 줄에 있다.

> 나는 한번도 들여다보지 않았다
> 아버지가 총각 머슴으로 거처했다는 이 집의 행랑방을

더는 어떤 군더더기도 붙일 수 없었던 이 태도, 아버지가 총각머슴으로 거처했던 행랑방을 차마 들여다볼 수 없었던 이 눈초리 속에 그의 남은 날이 있었다. 성찬이는 바로 이 집에서 외할머니와 외삼촌이 어머니를 달래는 소리를 듣다가 깜짝 놀랐다.

"요놈이 그새 배아지가 불렀구나."

이건 외할머니의 목소리였다.

"누님, 내가 가서 정신 번쩍 들게 한 마디 할라요."

이건 외삼촌의 말이었다. 그들이 자신의 아버지를 일컬어 내놓는 말들을 성찬이는 민망해서 들을 수가 없었다. 그래도 외할머니는 성찬이가 있거나 말거나 상관하지 않고 아버지를 타박하며 어머니를 떠밀었다.

"한 번만 더 그러면 니 아부지한테 일러서 손모가지를 분질러 버릴 테니까 인제 가봐라."

성찬이는 이런 말투에 가슴이 찢어지는 것 같았다. 세상에 태어나서 최초로 가진 자와 없는 자 사이에 굳건하게 세워진 계급적 울타리를 발견한 것이다. 그는 어린 나이에도 한없이 상심하지 않을 수 없었다. 외갓집에 갈 때마다 들곤 하던 이상한 느낌이 바로 가진 자가 못 가진 자를 멸시할 때 풍기는 냄새라니. 기막혀라. 이 신분의 차이, 빈부의 차이가 인간의 존엄성을 마음껏 조롱하고 파괴하는 원인이 되는 것을 그는 이해할 수 없지만 직접 겪고 말았다.

내가 최초로 이런 의식을 갖게 된 것은 책이나 사회의 선배를 통해서가 아니라 외갓집에 대한 반감에서 싹트지 않았나 하는 생각을 합니다.

—『불씨 하나가 광야를 태우리라』

그는 이렇게 어느 날 문득 엄청난 비밀을 알아버렸다. 훗날 그 개념이 확립되는 순간 전율하고 말았던 바로 그 계급 감정! 그것은 개인들의 것이 아니라 위대한 영장류로 꼽히는 인류가 오랜 역사를 통해 비축해 온 뼈아픈 치부이기도 했다.

2장

보리밭을 흔드는 북소리

1

아무리 사나운 길손도 세월만큼 거칠지는 않다. 황새가 날아들던 마을 풍경은 어디로 갔을까? 김남주가 어린 시절에 걷던 들길에는 지금 골프 연습장이 들어서서 옛 모습을 찾을 수 없다. 해남 벽지 봉학리의 아이들을 도회로 끌고 가던 신작로도 시원하게 뚫린 4차선 대로에 밀려 문명의 폐기물이 방치된 유휴지 같은 느낌을 준다. 그곳에서 마을로 들어가는 샛길은 중간쯤에서 허리가 끊겨 있다. 분주한 과속차량의 소음에 짓눌린 굴다리를 끼고 가야 만나는 고샅은 시골 사람이 아니면 찾을 수조차 없다. 그곳에서 어떻게 김남주의 들길 냄새를 다시 맡을 수 있단 말인가. 이는 우리에게 세월은 결코 '불멸'을 용인하지 않는다는 것을 가르친다. 그런데 안타깝게도 나는 그 '불멸'을 말하기 위해 이 길을 찾고는 했다. 김남주가 이곳에서 대지의 감수성을 체득한 기간은 길어야 십오륙 년에 불과하지만, 그토록 길고 모질었던 객지의 나날은 그것을 조금도 지우지 못했다. 그가 대도시에서 겪은 수난의 경험들도 마음의 요람을 깨뜨리지 못했고, 그에게 가혹한 굴욕을 안겼던 교련 수업도, 군대 입영 영장도, 경찰서의 고문실도, 감옥살이도 이를 수정하지 못했다. 나는 김남주의 시에 나타나는 넉넉한 대지 정신의 기운을 바로 이 원적지의 지세를 말하지 않고는 설명할 길이 없다.

해남의 농촌 마을이 대개 그렇다. 깎아지른 산등성이도 없지만 그렇다고 평지도 아닌 완만한 잔등으로만 이어진 길, 김남주의 고향 마을은 오지의 향기가 특히 진하다. 옛 신작로에서 마을로 기어가는 사행 길은 시종 꼬불꼬불해서 마치 대지에 널브러진 탯줄 같은 느낌을 준다. 작고 오밀조밀한 구릉으로 이어진 길의 해 질 녘 풍경은 장관이다. 외지로 나갔다가 마을로 돌아오는 남정네의 얼굴에 들이비치는 햇살이 시시각각으로 각도를 바꿀 때 기다란 마을길을 따라 개 짖는 소리가 구불구불 이어진다. 특히 초겨울의 짧은 해가 서쪽 숲으로 기울 때는 행인의 얼굴이 온통 붉은빛 덩어리가 된다. 황톳길 가에 간간이 노출된 흙더미도 시뻘건데, 느릿느릿 귀가하는 물체들은 술 취한 사람뿐 아니라 가축의 몸통까지 온통 붉은 색채에 덮인다. 그리고 이 분주한 시각이 지나면 일대의 산과 들에서 놀던 새들도 일제히 날아서 시퍼런 대숲과 소나무로 가득 찬 청송녹죽을 향해 날아간다. 신기하게도 이들은 모두 탯줄 같은 끈이 시작되는 지점을 찾아가는데 그곳이 김남주의 영혼과 연결된 '한 우주'의 배꼽이 있는 자리이다.

만일 누군가 김남주의 마을에 방문한다면 나는 생가에서 하룻밤 묵을 것을 권하고 싶다. 김남주의 아버지가 처음 살림집을 차린 황새울은 동네 너머에 속했다. 하도 가난해서 황새가 닦은 터를 차지한 산기슭의 집은 저녁 평화가 일품이다. 일과를 마친 생명체들도 돌아와 몸을 뉘지만, 밤이 새도록 먼 들판의 안개들도 밀려와 아득히 고인다. 세상의 모든 기운이 천천히 다가와 대지의 그림자를 만드는 것이다. 김남주는 자신이 태어난 방에서 내내 자고 깨고는 했다. 깊은 어둠 속에서 생명의 파동을 느낄 수 있는 장소는 인간의 마음가짐을 정갈하게 만든다. 대숲에 부는 바람은 바다의 파도를 연상시킨다. 밤에 불을 끄고 이불 속에 들어가면 그의 가슴은 늘 집 뒤 뜰 대숲에 부는 바람을 따라 출렁댔을 것이다. 온 세상이 휘어지는 느낌이 들도록 숲은 바람을 품고, 뒤란에는 댓잎인지 콩새인지 알 수 없는 것들이 팔랑거리며, 전쟁터에서 표창이 날아와 떨어지듯이 바닥에 쌓인다. 그리고 숙면에 취한 고요가 얼마나 되는지, 여기저 기에서 닭 우는 소리가 정적을 깨면 금방 온 마을이 소란해진다. 이 내 하늘이 깨인 것처럼 동쪽에서 빛이 새어 나와 밝아지면서 행랑 채 문 앞으로 화살이 꽂히듯이 빛이 쏟아진다. 이를 신호로 갖가지 새들이 준동하기 시작한다. 집 뒤의 키 큰 대나무들이 휘이익 바람 을 몰고 오면 까치가 깨작깨작 울며 감나무 가지로 쫓겨 와 매달리 고, 한없이 청량한 참새 울음소리가 쏟아져서 마당에 뒹군다.

김남주가 기거했던 행랑채 옆에는 외양간이 있었고, 그 옆은 변 소였다. 거기서 열 걸음도 안 되는 자리에 보리밭이 있는데, 그 등성 이에 서면 온 동네가 발아래에 펼쳐져 보인다. 그리고 사립문 앞 황 톳길을 따라 내려가면 지붕들이 한 계단 한 계단 낮아지면서 이윽 고 이웃집 마당들이 차례로 드러나는데, 거기 놓인 농기구들은 마 치 거대한 전시장에 초대된 수공예 작품 같은 느낌을 준다. 그리고 마을 복판을 지나면 동네 어귀에 서 있는 팽나무를 만난다. 그 옆으 로는 어성교를 지나서 삼화초등학교로 가는 신작로가 있어서 그 길 가 정경들이 소년 김남주의 감수성을 직조했을 것이다. 반대편인 북쪽은 읍내 가는 길인데, 중학 시절에 이 방면으로 5킬로미터를 걸 었다. 외갓집은 동네 끄트머리에 서쪽으로 난 오솔길을 따라가서 재를 넘고 3킬로미터를 걸어서 물레방아가 도는 방앗간을 지나야 했다.

내가 소위 김남주의 '불멸'이라고 말하는 것들은 방금 묘사한 황톳길에서 만들어진 것이다. 외갓집 가는 길은 그 속살 중에서도 제일 부끄러운 속살이라 어린 김남주에게는 남모를 비밀이었다. 그 쓸쓸한 사연을 공유할 사람이 어디에 있단 말인가. 김남주는 형제들 앞에서도 외갓집에서 겪은 일을 절대로 입 밖에 꺼내지 않았다. 하지만 그 깊은 가슴에 새겨진 외갓집 광경은 아버지가 항구적으로 발밑에 끌고 다니는 보이지 않는 그림자 같았다. 그는 아버지의 음성을 들을 때마다 그 목소리가 외갓집의 행랑채를 한 바퀴 돌아서 오는 느낌을 지울 수 없었다. 고향 집 마당에서 아버지의 발자국이 들리면 그것은 두륜산 기슭에서 울리는 소쩍새의 메아리에 뒤섞여 한없이 쓸쓸한 음향을 남긴다. 그의 귀에 닿는 이런 소리는 모두 그의 예민한 감각기관을 타고 흘러 들어가 훗날 시인 김남주의 내면을 이루는 중요한 구성 요소가 되었다. 이는 세상 사람들이 흔히 상상하는 김남주 이미지와 얼마나 다른가. 그에 얽힌 사연은 무릇 '전사'가 아니라 김소월을 배출해야 마땅해 보인다. 하지만 세상은 그런 일에는 한없이 무심할 따름이다.

외신 기자들은 김남주의 육신을 만든 '존재의 근거지'라 할 당시의 농촌을 매우 '은둔적인 집단'이 칩거하는 곳으로 여긴다. 그에 의하면 한국의 시골 사람들은 오직 친척들에게 잘하고, 자식을 부양하는 일에 최선을 다하며, 조상의 은덕에 보답하기 위해 죽도록 일하는 것을 삶의 전부로 안다. 당연히 아이들도 자신을 기른 부모에게 공을 갚는 자리에 이르기를 생의 유일한 목표로 삼는다. 그것이 사실이라면 그들의 마을은 하나의 완성된 '닫힌 세계'에 가깝다. 그들의 대지에서 삶의 순환을 위협하는 건 자연환경밖에 없다. 하지만 한국의 시골이 저 홀로 한적한 세계는 아니었다. 산골 오지

일수록 수시로 산짐승이나 들짐승이 찾아와 집짐승을 해치고는 했는데, 그보다 훨씬 심각한 위협은 맹수가 아니라 '양복쟁이'가 주는 것이었다. 외견상 허여멀쑥하고 나약해 보이는 양복쟁이들은 거칠고 험한 일을 해치우는 농부들을 마치 솔개가 병아리를 채듯이 간단하게 요리한다.

김남주는 훗날 「양복쟁이」라는 시에서 이 가공할 약탈자 목록을 "면서기 / 조합직원 / 세리 / 산감 / 순사"라고 열거한다. 그러니까 세무서 직원을 비롯하여 면서기, 군서기, 산림계 직원 또는 금융조합 직원 같은 관공서 사람들은 신사처럼 양복을 입고 나타나 농민을 곤경에 빠뜨리는 매우 교활한 사냥꾼 무리였다. 깜깜한 시골은 인근의 말단 관료들이 아무 때라도 출동하여 횡포를 부릴 여지가 항구적으로 보장된 사냥터 같았다. 가령, 날씨가 추워서 솔가지를 꺾어다가 아궁이에 불을 지피면 그게 산림을 훼손한 죄로 지목돼 처벌을 받을 수 있었다. 그런데 농민이 구치소에 갇히거나 벌금을 물거나 과세를 뒤집어쓰면 뼈가 빠지게 일해서 수확한 한 해 농사가 헛것이 된다. 말할 것도 없이 이는 삶의 의지를 꺾는 가혹한 처사였으므로 그들은 산림계 직원만 나타나면 잔뜩 겁을 먹고 마을 이장네 집에 가서 대책을 숙의할 수밖에 없다. 그러나 자기들끼리 아무리 이마를 맞대고 궁리해도 양복쟁이가 눈감아주지 않고서는 무사할 도리가 없으므로 온 마을이 합심하여 주안상을 봐서 씨암탉을 삶아놓고 한없이 비위를 맞춰야 했다. 이렇게 한번 진땀을 빼고 나면 다시는 트집 잡힐 일을 하지 않으면 좋은데, 도대체가 이를 방비할 수가 없다는 데 문제가 있었다. 겨울에 방구들을 덥히지 않고 살 수 있는 사람이 어디 있는가? 민가에서 술을 빚는 것도 밀주라고 해서 처벌의 대상이 되었다. 그러나 농부가 들판에서 땀을 흘리려면 술을 마셔야 한다. 그래서 몰래 술을 담그고, 그랬다가 들키면 또 씨 암탉을 빼앗겼다. 까닭에 동구 밖에 양복쟁이가 떴다 하면 마을에서 제일 먼저 본 사람이 외쳐야 했다.

"양복쟁이가 나타났다!"

이 신호에 동네가 아수라장이 되는 건 순식간이었다.

"마을 사람들아, 안개재에 양복쟁이가 떴단다!"

그러면 모두가 비상이 걸려서 부산을 떨었다. 어머니는 솔가지가 어디 있나 두리번거리다가 하나라도 찾으면 얼른 두엄 속에 묻는다. 또 아버지는 어디다 숨겨놓은 술동이나 그 비슷한 것이 있으면 대밭으로 감추거나 밀밭이나 보리밭에 숨겼다. 그리고 뒷전에 있는 할머니는 할머니 나름대로 허둥댔는데, 그러면 또 애들이 저절로 질려서 앙앙 울고, 덩달아 집과 마을까지도 공포의 도가니 속으로 빠져들었다.

농사꾼들은 오랫동안 이런 시달림을 받았기 때문에 양복쟁이의 마수에서 벗어나는 걸 지상의 소원으로 여길 지경이었다. 농촌에서 아이들을 학교에 보낸다는 것은 농투성이가 양복쟁이로 자식의 신분을 상승시킬 실낱같은 기회를 얻는다는 것을 의미했다. 김남주가 아버지에게 받은 최초의 메시지도 여기에서 나왔다. 그가 뜻도 모르던 시절부터 아버지가 외우던 주문 같은 당부는 제발 자기처럼 되지 않기를 바라는 간절한 탈주의 염원이었다. '너는 이곳을 빠져나가야 한다. 너만은 농사꾼으로 남아서는 안 된다.' 이것은 그를 도회로 내쫓는 강력한 심리적 압박의 하나였다.

　그는 내가 커서 어서어서 커서
　사람이 되어주기를 바랐다

62

농사꾼은 그에게 사람이 아니었다
뺑돌이 의자에 앉아 펜대만 까딱까딱하고도
먹을 것 걱정 안 하고 사는 그런 사람이 되기를 바랐다
—시 「아버지」 부분

멀쩡히 초등학교를 졸업해 놓고 아버지의 기대를 저버릴 재간은
없다. 김남주는 곧장 광주로 나갈 길을 찾았다. 선생님께 물어서 장
학제도를 잘 갖춘 조대부중(조선대학교부속중학교)에 원서를 냈는데,
내심 기대했던 결과를 얻지 못했다. 시골 아이가 도회지로 나가려
면 하다못해 사글세라도 방을 얻어 자취해야 하는데, 촌살림에 이
를 감당하기가 쉬운 일은 아니었다. 그는 전액 장학금을 받지 않으
면 중학교에 가지 않겠다고 작정하고 수석 입학을 목표로 시험을
치렀다. 그런데 처음 대면한 도회의 풍경은 집에서 상상하던 것과
너무 달랐다. 시험 보기 전날 남식 형을 따라 광주로 올라가 수험장
앞 기찻길 주변의 여인숙에서 묵었는데, 밤새 한숨도 잘 수 없었다.
도회의 밤은 크고 작은 소음으로 가득 차 있었다. 그래서 다음 날 아
침에 그가 형에게 했던 말은 먼 훗날까지 그의 출신 성분을 알리는
재미있는 일화로 남게 되었다.
　"형, 광주 사람들은 왜 잠도 안 자고 밤중에 돼지를 잡는당가?"
　"촌놈아, 그건 돼지 잡는 소리가 아니고 기차가 지나가는 소리여."
　그래서인지 합격생 발표를 보니 수석을 놓치고 일반 장학생 명
단에 이름이 들어 있었다. 제길, 그는 낙담하여 집에 돌아와 눕고 말
았다. '광주로 나갈 팔자가 아니구만.' 이렇게 생각했다.

　삶이라는 선박은 사납고 거대한 바다를 만나기 직전에 숱한 방

향 조정을 다시 해야 한다. 인간은 그 방향 전환의 횟수를 일일이 세어볼 수 없다. 김남주가 이때 선택한 항로는 보리밭이 물결치는 외딴 섬을 향하고 있었다. 3월이 되어 해남중학교의 입학식이 열리던 날에도 그는 학교를 등진 채 그냥 집에서 뒹굴었다. '학교라는 게 다들 고만고만한 것이지 촌에서 그 고생을 해서까지 가야 할 필요가 있을까? 남식 형을 보면 배웠다고 해봐야 좋은 게 하나도 없지 않은가?' 그는 이를 당연한 일로 생각했다. 형은 중학교, 고등학교, 대학교까지 들어가도 아무 전망이라곤 없이 집안 살림만 축내고 있었다. 그러나 아버지의 생각은 달랐다. 자식들이 하나같이 성취욕이 없는 게 너무나 답답했지만, 그래도 어느 순간 불이 붙기만 하면 마른 장작처럼 타올라 세상을 활활 불사를 것이 틀림없다. 특히 둘째는 큰놈보다 똑똑하다. 그러니 어떻게든 가르치지 않으면 안 된다. 이런 아버지의 열망이 너무 뜨거워서 그는 도무지 반발할 수가 없었다. 김남주는 하는 수 없이 읍내에 있는 중학교로 진학하게 되었다.

2

김남주가 해남중학교에 들어간 시기는 도회지에서 연일 데모가 일어나고 라디오에서 시국 뉴스가 끊이지 않던 4월이었다. 정원 60명인 학급에 그것도 보결생으로 들어간 까닭에 그는 시험에 낙방하고 마치 기부금 등록을 한 아이처럼 학기가 시작된 지 한참 지나서야 강의실에 배정되었다. 때는 4월도 중순에 이르러 있었고, 그의 등록번호는 합격자 수를 훨씬 초과한 71번이었다. 하필 그와 처지가 비슷한 학생이 뒤를 따라 72번으로 입학하여 같은 책상을 쓰게 되었다. 이름은 이강, 알고 보니 인근 학교 교사의 아들인데 입학금 처리가 잘못되어서 합격이 취소되었다가 부랴부랴 추가등록을 마친 경우였다. 급우들은 첫 시험의 결과가 나올 때까지 둘의 정체를 알 수 없었다. 그래서 영락없는 열등생으로 오해받았으나 서로는 서로를 금방 알아보았다. 등교한 지 사흘 만에 터진 4·19 소식에 만면에 희색을 띠는 얼굴로 교실에 나타난 이들은 그 둘뿐이었다.

"이승만이 목소리 떠는 거 너도 들었구나."

이강의 태도는 마치 어른 같았다. 나이는 어리지만 무사 같은 기개가 느껴졌다.

4·19는 당시 시골 사람들을 모처럼 정치판으로 끌어들인 중요한 사회적 사건이기도 했다. 읍내에서도 사람들은 모였다 하면 정치 이야기를 하느라 시간 가는 줄 몰랐다. 이승만을 하야시켜야 한다는 주장은 시골 술집에서도 이미 4년 전부터 단골 메뉴로 등장할 정도였다. 예컨대, 신익희라는 정치인이 있었다. 그는 한국전쟁 때 이승만이 북벌론을 펴다가 도망쳐 버리자 국회의장으로서 항의 방문을 하였다. "수도 서울을 지키겠다고 해놓고 도주한 점에 대해 대국민 사과를 하시오." 이를 묵살하자 그가 다음 대선 때 이승만과 정치 대결을 벌였다. 1956년 대통령 선거에서 이승만은 자유당 후보로 출마하고 신익희는 민주당 후보가 되었는데, 진보당 후보 조봉암에게 양보를 받아서 야권 단일화가 이루어진 상태라 어느 때보다도 정권교체의 가능성이 컸다. 신익희는 온 힘을 다해 중립화통일론을 펼치며 열차와 고속버스 편으로 전국 유세를 다녔다. 한강 백사장에서 연설할 때는 기세가 하늘을 찌를 듯했다. 이에 고무되어 측근들이 쉴 것을 권해도 듣지 않고 강행군에 나섰다. 그리고 호남선 열차를 타고 전북 익산으로 향하던 중 열차 안에서 커피를 마시다가

쓰러져 숨지고 만다. 어찌 된 영문인지 이유는 밝혀지지 않았다. 다들 독극물 공작을 의심했으나 검찰도 경찰도 눈 하나 까딱하지 않고 딴청을 부렸다. 신익희의 운구가 서울역에 도착했을 때 수많은 군중이 몰려들어서 그의 유해를 경무대 쪽으로 끌고 가는 경찰과 충돌했지만 아무 소용이 없었다. 오히려 10여 명의 사상자가 발생했으며 검거된 자도 700명이 넘었다. 이 사건으로 신익희가 묘사된 것 같은 노래 〈비 내리는 호남선〉이 수록된 음반이 대량으로 팔려나가기 시작했다. "목이 메인 이별가를 불러야 옳으냐 / 돌아서서 이 눈물을 흘려야 옳으냐 / 사랑이란 이런가요 비 나리는 호남선에 / 헤어지던 그 인사가 야속도 하더란다" 이 노래는 신익희의 죽음을 타살로 보는 압도적 다수의 심정을 대변하는 가요가 되었다. 흔히 정치이야기로 빠지기가 십상인 저잣거리의 술자리에서는 틈만 나면 이 노래가 터져 나왔다.

그리고 다시 4년이 흘렀다. 이번에는 대통령 선거에서 조병옥이 민주당 후보가 되어서 부통령후보 장면과 함께 이승만 진영과 대결을 준비한다. 그런데 후보등록을 마친 조병옥이 선거전에 돌입하기도 전에 신병을 얻어서 미국으로 건너가 치료를 받다가 숨을 거둔다. 대통령 선거는 이제 있으나 마나 한 것이 되고, 대신에 부통령선거가 민심의 풍향을 알리는 척도가 되었다. 민주당에서도 장면의 승리가 간절했지만, 자유당에서도 이기붕의 당선이 절실했다. 이승만이 연로하여 부통령이 통치 권력의 미래를 보장해야 하기 때문이었다. 이에 장기집권을 획책하는 부정선거가 극에 달하자 지식인들이 양심선언을 하고 교단이나 공직을 떠나 고향으로 돌아가기 시작한다. 이때 유행하던 박재홍의 노래 〈유정천리〉가 다시 정치적 귀향자들의 심정을 은유하는 힘을 발휘한다. "가련다 떠나련다 어린

아들 손을 잡고 / 감자 심고 수수 심는 두메산골 내 고향에 / 못 살아도 나는 좋아 외로워도 나는 좋아 / 눈물 어린 보따리에 황혼빛이 젖어드네” 이 노래는 당시 지식인의 귀향을 그린 영화로도 제작되어 선풍적인 인기를 끌고 있었다. 그 바람을 타고 경상도에서 학생들이 노랫말을 개사해 조병옥의 죽음을 슬퍼하는 추도가로 애창했다. 그리하여 〈유정천리〉가 퍼지면 퍼질수록 자유당이 불리해지는 상황이 되자 이승만 정부는 마침내 이 노래를 부르지 못하도록 금지령을 내렸다. 이렇게 처음에 경상도에서 시작된 ‘자유당 반대 운동’은 대구 2·28 학생봉기로 이어지고 이것이 다시 마산에서 3·15부정선거에 항의하는 중고생들의 시위를 낳는다. 여기에 경찰이 무차별적인 폭력으로 대응하여 김주열 사건이 발생하자 전국의 청년 학생이 들고 일어나 4·19가 터지게 된 것이다.

김남주가 가장 예민한 나이에 이 같은 상황을 목격하고 있을 때 곁에 이강이 있었다는 건 얼마나 큰 축복이었는지 모른다. 이강은 본디 원주 이씨 양반 집안의 후손으로 유학자 가풍이 엄격한 환경에서 자랐다. 일찍이 할아버지가 설립한 학교에서 아버지가 교직을 맡았는데, 실력이 뛰어나다는 평판이 자자하여 매해 6학년 진학반 담임을 전담했다. 이강이 중학생이 되었을 때 집안 형편은 비록 가난했으나 아버지가 교양과 기품을 중시했으므로 자녀들의 행동거지가 늘 정돈돼 있었다. 형제도 다복하여 어머니가 자식을 열 명이나 낳았는데 두 명이 죽고 여덟 명이 자라면서 우애가 매우 돈독했다. 특히 둘째 이강은 아버지의 영향을 받아서 시국의 변화와 정치 동향을 줄줄이 꿰고 있었다. 그에 비하면 김남주는 집안 고유의 가풍이 형성되지 않은, 뼈대 없는 집에서 자란 아이였다. 그래서 김남주의 행동에는 양반들이 좋아하는 법도가 들어 있지 않았다. 대신에 자유롭고 솔직했다. 당시에 시위 중 실종된 학생이 며칠 후 마산 앞 바다에서 눈에 최루탄이 박힌 채 떠올랐다는 김주열 사건을 알았을 때 그는 자신이 받은 충격을 서슴없이 드러내며 떠들고 다녔다. (이 는 전국 어디에서나 사정이 비슷해서 멀리 경기도에서 김남주보다 다섯 살이나 어린 박광숙 선생도 당시에 어른들의 이야기를 듣고 〈유정천리〉를 알게 되었다고 한다.)

이런 어지러운 세상 이야기를 김남주는 틈만 나면 이강과 나누었다. 그 외진 골짜기의 아이들이 머나먼 도회에서 각축하는 정치적 충돌을 걱정하는 모습은 하나의 동화 같은 느낌을 준다. 더욱이 이때 두 사람의 우정에 불을 붙이는 색다른 인화 물질까지 끼어들어 불꽃이 활활 타오르게 만드는데 그것은 바로 하대성 선생님의 세계사 수업이었다. 하대성 선생님의 수업 시간은 화로 속처럼 뜨거웠다. 선생님이 그리스 로마 신화, 플루타르크 영웅전, 단테의 신곡, 셰익스피어의 4대 비극, 동양의 사기열전 등을 이야기해 주고 인상 깊은 대목을 낭독하면서 원문을 칠판에 적어주면 김남주는 감격하여 중요 구절을 하나도 놓치지 않고 외워버렸다. 이강도 마찬가지여서 김남주와 눈빛이 마주칠 때마다 맞장구쳤다. 두 사람은 이 수업이 각별한 역사의식을 제공했다고 말한다.

훗날 시인 김남주를 대면한 사람은 다들 그 특유의 촌놈 행색에 놀랐다고 한다. 나는 이 '촌놈 행색' 안에 김남주의 꿈과 이상이 숨어 있었다고 본다. 그의 영혼의 동작들은 늘 세상의 이웃들에게 착시현상을 불러일으키곤 했다. 그리고 그 착시현상은 김남주의 생애가 펼쳐지는 동안 내내 계속되었다. 황석영은 말한다. "너희들은 김남주를 촌놈인 줄 알더라. 천만에, 아주 세련된 모더니스트야." 물론 나는 김남주를 '모더니스트'라 규정하는 데는 동의하지 않는다.

황석영 선생이 술자리에서 자주 쓰는 낱말 중에 '변방의 근본주의' 라는 표현이 있다. 세상 넓은 줄 모르고 자기 동네에서 통용되는 척도만을 절대적 표준으로 신봉하는 고집불통을 말한다. 말하자면 김남주는 그런 변방의 근본주의자가 아니다. 그의 가슴은 광활하고 그의 눈빛은 지구의 광범한 대륙을 지평선으로 담고 있다. 그는 분명히 유럽 근대문명의 서자가 아니라 대지의 혈통을 물려받은 적손이지만, 그의 관심과 인식이 특정 지역에서 형성된 특수성이나 고유색 같은 편협한 틀에 갇히지 않고 언제나 보편을 향해 열려 있다는 점은 매우 중요한 특징을 이룬다. 황석영 선생이 강조한 뜻도 이점일 것이다. 그리고 그것은 겉면에 잘 드러나지 않더라도 강바닥에 있는 진흙더미처럼 물길이 흘러갈 방향을 바꾼다. 나는 이를 4·19가 김남주에게 안긴 선물이었다고 본다. 그러니까 그 맥락을 간추리면 이렇게 된다.

우리 사회가 흔히 '전통'이라는 말로 표현하는 조선은 성리학의 나라였다. 그곳에서 사서삼경 같은 경서가 아닌 것은 '잡학'으로 취급되었으며, 심지어는 겸재 정선, 단원 김홍도, 혜원 신윤복 등의 고유미가 등장하는 조선 후기 '진경시대'의 열쇠어도 '조선중화 사상'에 있었다. 그런데 조선 말에서 일제 강점기에 닿기까지 '중화' 혹은 '소중화' 사상에 일대 파란이 일어난다. 조선의 붕괴 과정에서 가장 심각한 도전을 받는 것이 그동안 무소불위의 권위를 누렸던 '정전'의 유효성 문제에 있었던 셈이다. 고을 향교를 거점으로 한 선비사회에서 공동체를 위한 의병이 일어나고, 도끼 상소를 불사하던 매천 황현 같은 유학자들의 실천 의지가 결연하였음에도 불구하고, '소중화'의 권위는 덧없이 해체 일로의 과정을 밟는다. 이때 펼쳐진 '동·서 정전의 충돌'을 교과서는 '개화파'와 '위정척사파' 간의 사상 전쟁이라도 되는 것처럼 설명했다. 조선공동체의 몰락은 근대를 대하는 사대주의적 태도 때문에 무자비하게 진행되었다. 일본제국주의는 '사상적 자중지란에 빠진 이 무리'를 너무도 쉽게 요리할 수 있었는데, 그 같은 혼란의 양상은 해방과 전쟁을 겪은 전후 세대까지 사로잡아 반전의 출구를 찾을 수 없게 만들었다. 바로 이 같은 '정전 갈등'의 시대를 최종적으로 마감시킨 사건이 4·19였다. 1960년 4월이 지나고 나면 한반도에서 꿈꾸는 '인간 세상'의 표상이 '중화'에서 '유럽 근대 시민사회'로 재조정된다. 사회 전면에 4·19 세대가 등장하면서 한국의 문화적 동력이 급변하여 한자 중심 혼용체는 한글 전용론으로, 세로쓰기는 가로쓰기로, 12간지 동물 비유는 그리스 로마 신화로 걷잡을 수 없이 바뀌는 것이다.

　김남주는 이런 시대감각을 예민하게 흡수했다. 그의 외모는 근대와 담을 쌓은 시골 소년 같았으나 내면은 홍수에 둑이 터진 것과 같아서 동양사가 아닌 인류사 전체의 흥망성쇠가 격류처럼 굽이치고 있었다. 여기에 또 한 분의 선생님이 나타나서 김남주에게 결정적인 무기를 안겨준다. 그분은 '독종'이라는 별명을 가진 영어 선생님인데, 이 양반은 교실에서 얼마나 지독하게 구는지, 성적이 우수한 학생 너덧 명을 점찍어 두었다가 수업이 시작할 때마다 교과서를 달달 외우게 했다. 선생님이 호명하여 할당량을 정해주면 무조건 일어서서 줄줄이 암기하게 해놓고는 도중에 잠깐만 머뭇거려도 회초리를 휘둘러 사정없이 두들겨 팼다. 이때 지목받은 우등생 속에서 '독종'의 매를 피할 수 있는 사람은 김남주밖에 없었다. 그만큼 어학 능력이 출중했다. 김남주가 빼어난 역사의식에 남다른 외국어 능력을 겸비하게 되는 것은 이렇게 어린 나이에 해남중학교에서 확보된 자질이다.

3

　김남주는 중학 시절 내내 삼산면에서 읍내까지 통학하였다. 오가는 길이 힘들었지만, 집에 오면 늘 형의 책을 뒤졌다. 당시 남식 형이 구독하는 《사상계》는 다른 잡지나 신문들에서 볼 수 없는 뛰어난 지성인들이 필진으로 참여하고 있었다. 더욱이 한국 사회는 4·19를 겪고 나서 비판적 지성이 최고조로 활성화되어 그 무렵에는 예리한 필치로 사회현실을 분석하는 명문이 유난히 많았다. 김남주는 중학생이지만 정치 현실을 비판적으로 파고드는 글을 특히 좋아했다. 하지만 아무리 수준 높은 글을 읽어도 과시욕의 냄새를 전혀 피우지 않는 탓에 이웃들의 눈에 잘 띄지 않았다. 학교에서도 첫 중간고사를 치르자마자 곧 1등 자리를 차지했지만 잠시도 우등생 표시를 낸 적이 없었다. 동네 친구들은 그런 그를 재래종이라고 불렀다. 문명의 바람이 아무리 거세게 불어도 절대 변하지 않으리라는 믿음을 주는 아이, 그러나 그가 농촌의 삶을 좋아하는 건 아니었다.

　중학교 1학년 여름방학 때였다. 그날은 일할 기분이 아니었는데도 아버지가 시키는 바람에 소에게 풀을 뜯기러 나가야 했다. 마지못해 대문을 나서는데 때마침 어른들이 논에 나가고 없어서 마을이 텅 빈 것 같았다. 잘됐다 싶어서 그는 가까운 솔숲에 얼른 소를 묶어놓고 덕종이를 불렀다. 어린 동생에게 읍내 구경을 시켜주기로 마음먹은 것이다. 동생은 신이 나서 뒤를 따랐다. 그래서 날아가는 발걸음으로 5킬로미터를 걸어서 읍소재지에 도착하자 김남주는 먼저 얼음과자를 만드는 공장을 보여주고 동생에게 '얼음과자'를 사줬다. 그리고 학교로 가서 자신이 공부하는 교실과 운동장을 견학시키고, 이내 문구점에 데려가 구슬을 샀다. 동생은 읍내 이곳저곳을 따라다니면서 풀빵도 얻어먹고 거리 구경도 하며 신나게 떠들었는데, 시간 가는 줄 모르고 놀다 보니 점심때가 한참 지나서야 소를 매어둔 자리로 돌아올 수 있었다. 그런데 하필 그 근처에서 동네 아이들이 구슬치기를 하는 바람에 자제력을 잃고 말았다. 소는 계속 배를 곯고 있건만 김남주는 아랑곳하지 않고 끼어들어 구슬치기를 시작했다. 동생에게 구슬을 따주기 위해서 얼마나 몰두했는지 해가 지는 줄도 몰랐다. 땅거미가 내리고 사위가 어둑해지자 집 앞 언덕배기에서 아버지가 부르는 소리가 들렸다. 그제야 퍼뜩 정신이 들어서 급히 소를 끌고 물이 있는 곳으로 갔다. 소는 그동안 얼마나 목이 탔는지 한참이나 정신없이 물을 마셔댔다. 생각해 보니 종일 소를 곯긴 터라 아버지가 알면 난리가 날 것이 분명했다. 그는 소의 배를 물로 채우려고 거듭 코뚜레를 잡아당기며 논둑 도랑물에 입을 갖다 대주고는 했다. 하지만 아버지는 이런 결과를 일찍부터 예견하고 있었다. 왜냐면 소에게 풀을 뜯기러 나가면 풀밭을 이곳저곳 옮기게 되어 있는데 그날은 먼 곳에서 봐도 소가 내내 한자리에서 서성대고 있었던 까닭이다. 그래서 아버지는 김남주가 집에 도착하자 몹시 화난 얼굴로 쳐다보더니 사납게 고삐를 빼앗아 갔다. 그리고 소의 배를 자세히 살펴서 물이 들어간 자리와 풀을 먹은 자리를 확인하고는 아들을 쏘아보았다.

"네, 이놈."

아버지는 소를 자식보다도 더 소중한 가족으로 여기는 사람이었다. 소를 곯기는 것은 아버지에게는 심각한 패륜에 속했다. 왜냐? 농사꾼에게는 그것이 대지의 윤리이기 때문이었다. 농사를 모르는 사람은 논에 물을 대어서 씨를 뿌리면 곡식이 절로 익는다고 믿는다. 하늘이 비만 제때 뿌리면 된다고 보는 것이다. 하지만 농사란 그렇게 간단한 것이 아니다. 예컨대 벌판에 둑을 만들고, 물을 채워서 씨를 뿌리면 싹은 스스로 알아서 자란다. 그런데 인간이 뿌린 씨앗에서만 싹이 나는 게 아니라 하늘이 뿌린 씨앗, 바람이 뿌린 씨앗도 싹을 틔운다. 문제는 농사꾼이 그렇게 자란 들풀을 골라내지 않으면 안 된다는 데 있다. 땅에서는 그것들도 살아남으려고 끈질긴 생존 싸움을 하는데, 가만히 보면 언제나 잡초의 전투력이 훨씬 강하다. 까닭에 농사를 지으려면 곡식의 성장을 방해하는 잡초들을 아예 뿌리 뽑거나 논둑 바깥으로 내쫓지 않으면 안 된다. 하지만 잡초는 뽑아도 자라고 뿌리를 캐도 또 자란다. 그래서 모든 농사꾼은 잠시도 쉬지 않고 눈만 뜨면 전쟁을 하듯이 잡초와 싸운다. 이 같은 싸움의 시작과 끝 단계가 땅을 갈아엎는 일이고, 그 일을 도맡아서 하는 마지막 일손이 소였다. 소는 논밭을 갈 때도 필요하고 추수할 때도 필요하며, 곡식을 운반할 때나 씨를 뿌릴 때도 필요하다. 그래서 어려운 나라가 무기를 갖추려고 노력하듯이 일감이 많은 농가에서도 소를 키우려고 애를 썼다. 예전에 농촌 마을은 소가 있는 집과 없는 집을 나눠 각각 튼튼한 집과 허약한 집으로 간주했다. 김남주의 아버지는 철들기 전부터 자신은 굶더라도 소만은 절대로 굶겨서는 안 된다는 신념을 갖고 있었다. 이를 어기는 자는 천벌을 받을지라. 그런데 다름 아닌 바로 제 자식이 농사꾼의 목숨줄이라 할 소를 굶기다니!

그래서 아들의 바지춤을 쥐고 끌고 가 안채 기둥에 묶고는 매타작을 시작하였다.

"이 배은망덕한 놈! 은혜도 모르는 놈! 의리도 없는 놈!"

그 앞에서 소는, 이제까지 알지 못했던 전혀 다른 차원의 존재로 되살아나고 있었다. 그가 아무리 잘못했다고 빌어도 소용없었다. 결국에는 외할머니가 와서야 상황이 끝났다.

아버지가 김남주에게 폭력을 행사한 것은 딱 한 번뿐이었다. 그러나 김남주는 이때 아버지에 대해 얼마나 많은 생각을 하게 되었는지 모른다. 오직 일을 위해서 태어난 사람처럼 무섭게 노동만 하는 사람! 농사를 인생의 시작이자 끝으로 알고 거기에 모든 걸 거는 사람! 자신의 운명을 소와 비슷한 자리로 끌고 가버린 사람, 그래서 아버지는 비가 와서 풀을 베지 못해 소가 굶으면 자기도 밥을 먹지 못한다. 마치 소와 의형제를 맺은 의리파처럼 소보다 적게 일한 날은 소에게 미안해하기까지 한다. 길을 가다 쇠똥이 보이면 그걸 주워 와서 논밭에 뿌렸다. 도대체 소처럼 일할 시간도 모자라서 하루에 세 시간밖에 자지 않다니. 그런데 아버지는 왜 가난해야 할까? 이때부터 아버지 김봉수 씨의 삶은 김남주에게 평생을 두고 깨달아야 할 심오한 텍스트의 하나가 되었다.

김남주는 늘 아버지의 숨소리를 읽었다. 아버지는 새 고무신을 마련한 날은 들에 가다가도 사람들이 보면 얼른 신고 눈에 띄지 않으면 벗어서 들고 다녔다. 김남주는 그것이 너무나 속상했으나 그래도 아버지는 개의치 않고 그 악착같고 집요한 근면성 하나로 집안 살림을 빠른 속도로 일으켜 세우고 있었다. 그가 읍내까지 통학하는 동안에 가난했던 집이 눈에 띄게 부농으로 변해갔다. 자식들의 의식주가 이웃들도 모르게 바뀌는 것은 아버지가 혼자서 이룩한 마술 같은 변화였다. 하루에 한 번씩 바닷물이 들어왔다가 빠져나가느라 시끄러운 어성교에서 참게를 잡는 모습은 그 마술의 꼭짓점에 있는 풍경이었다. 그는 이 장면을 평생 잊지 않고 가슴에 담고 살았다.

마을 앞에는 수만 평의 갯벌이 펼쳐져 있었다. 그 일대가 간척지로 바뀐 이후에는 강둑이 놓이고 강폭 사이로 바닷물과 민물이 섞여 오가고는 했다. 그래서 놓인 다리가 어성교였고, 그 아래 흐르는 물은 강처럼 보이는 대양의 꼬랑지 중 하나였는데, 썰물이 되면 이곳에 다양한 조개와 참게와 장어들이 새까맣게 몰려들었다. 다들 무심히 보고 지나가는 것들을 김남주가 유심히 관찰하는 버릇을 갖게 된 것은 아버지 때문이었다. 밀물과 썰물의 조수간만차에 따라 해변에서 뭍으로 올라오는 참게 떼를 아버지는 놓치지 않았다. 민물과 바닷물이 섞이는 구간에 램프를 켜고 물속에 통발을 던져놓으면 장어, 참게 같은 것들이 가득 차고는 했다. 그러면 아버지는 다들 잠이 든 새벽 3시에 나가서 발을 거둬들이는데, 그 양이 논밭에서 추수하는 곡물과는 비교가 되지 않았다. 김남주는 그런 아버지를 돕느라 자다가 깨서 따라 나가는 날이 많았다. 그리하여 새벽 포구에서 갯벌을 헤칠 때마다 인간이 왜 이렇게 고생해야 하는지 답답한 심정을 감출 수 없었다. 하지만 아버지가 부산을 떨어서 노획한 참게는 읍내에 나가면 곧장 돈이 되었다. 그 일이 얼마나 호황을 맞았는지 쉽게 배 한 척을 샀으며 또 논밭을 늘렸다. 이것이 김남주의 머리에 입력된 아버지의 인생이었다. 객지에 나가서도 아버지를 떠올리면 늘 이때의 모습이 생각났다. 하필 그 시절에 〈고향의 그림자〉라는 노래가 유행했는데, 그 노랫말을 들을 때마다 김남주의 머릿속에는 영락없이 아버지의 모습이 그려졌다.

찾아갈 곳은 못 되더라 내 고향
버리고 떠난 고향이길래
수박등 흐려진 선창가 전봇대에
기대 서서 울 적에

똑딱선 프로펠러 소리가

이 밤도 처량하게 들린다

물 위에 복사꽃 그림자 같이

내 고향은 꿈에 어린다

어성교는 바다가 가까워서 이른 봄과 가을에 안개가 끼고는 했다. 그 희미한 다리 아래에 아버지의 똑딱선이 매여 있었다. 그곳에는 늘 바닷물이 들고 나기를 반복해서 교각에 수박 무늬가 그려져 있었는데, 아버지는 남들이 자는 새벽어둠 속에서 그 물 높이를 흔들어놓기가 일쑤였다. 그래서 김남주의 귀는 남들이 못 듣는 소리를 들을 수 있었다. 아버지가 타는 똑딱선의 프로펠러 소리는 굵기가 작아서 가느다랗고 처량했다. 까닭에 이 노래는 김남주가 평생 가슴에 담고 아버지를 생각하며 부르는 인생의 노래가 되었다.

어쨌든 어성교 참게잡이 덕에 그의 집은 점점 일손이 부족해져 머슴을 두기 시작하였고, 빠른 속도로 상머슴, 중머슴까지 생겼다. 그토록 한이 맺히게 머슴살이를 해온 자가 다른 머슴을 함부로 대할 리가 없다. 매사에 머슴을 배려하는 모습을 이웃들도 허투루 보지 않았으니 고샅 평판이 자자했다. 그것은 아버지가 이제 어엿한 동네 유지의 반열에 오르게 되었음을 의미한다. 그래서 마음이 더욱 너그러워지자 아버지도 천부적으로 타고난 문화적 재능을 발휘하기 시작했다. 이웃 어른들과 몰려다니며 시조창을 하기도 하고, 마을 행사에서 풍악이 울릴 때도 아버지가 중심에 섰다.

김덕종은 집안에서 빈농의 경험을 기억할 수 있는 사람은 자신이 마지막이고 여동생은 이를 전혀 모른다고 했다. 자신도 지긋지긋한 가난을 매우 이른 나이에 모면해서 그렇게 홀가분할 수가 없었다. 그런데 김남주의 시선은 그 후로도 오랫동안 부자의 자리로 옮겨가지 않고 빈농의 현실을 지키고 있었다. 김남주의 시에 나오는 농민의 모습은 모두 소작농들이 빚어내는 풍경이다. 그도 그럴 것이 아버지는 빈농의 상태를 벗어났으나 동네 이웃들은 다들 아직 극한의 보릿고개와 씨름하는 처지에 놓여 있었다. 그에 의하면 농촌의 삶이란 참으로 가혹한 것이다. 그것은 문화적 동정의 영역이 아니라 정치적 투쟁의 눈으로 봐야 할 몫이다. 당시의 모든 농촌 마을이 다 그랬다.

농촌 인구의 대다수를 차지하는 소작농은 평년에는 가난하고 흉년이 되면 비참해진다. 마을 사람 대부분이 매달려 있는 소작농업은 흉작 여부와 관계없이 소작료를 매번 전년도의 비율로 적용하는데, 농사꾼들은 이를 거부할 뾰족한 수단이 없었다. 어쩌다 부처님처럼 자비로운 지주가 출현한다면 모를까 그렇지 않다면 다들 보릿고개를 넘지 못하고 생계를 위협받는 벼랑에 몰리기 마련이었다. 지주에게는 소작인을 다른 소작인으로 갈아치울 수 있는 강력한 권한이 있었으니, 소작농은 아무리 부당한 대우를 받더라도 감수할 수밖에 도리가 없었다. 그래서 반복되는 지주와의 협상은 늘 굴욕적이고, 또 늘 마음을 상하게 해서 가슴에 화병이 생겼다. 소작료 문제는 이렇게 정신적 파탄을 안겨주는 주범이었으니, 모든 소작농은 화병을 앓는 환자로 사는 게 당연했다. 아마도 그에 대한 자구책일 것이다. 그 시절에는 마을마다 많은 잔치가 있었다. 닷새마다 열리는 장날에도 잔칫날처럼 흥청거리고, 절기마다 있는 각종 세시풍속의 기념일에도 그랬다. 특히 설과 대보름이 있는 정월에는 세배하러 다니고 덕담을 나누는 풍습이 한 달 내내 계속되었다. 김남주의 시에 나오는 마을 사람들의 시시콜콜한 연대감은 다 여기서 생겨난 것이다. 주민들은 사랑방에서 윷놀이나 새끼를 꼬는 내기를 하다가 몸이 근질근질해지면 옷을 갖춰 입고 꽹과리나 징, 장고, 북을 들고 마을을 돌며 복을 빌어주기도 했다. 김남주의 마을도 전혀 다를 바가 없었다. 정월 대보름에 특별히 마을 사람 모두가 나서서 농악놀이를 할 때 아버지가 차지하는 악기는 북이었다. 이때 아버지가 얼마나 북을 잘 쳤는지 인근에서 고수 중에서도 고수로 소문이 났다. 아버지가 북채를 들어서, 처음에 무릎 아래에서 치기 시작하는 북이 나중에 허공에 던져지듯이 떠올라서 하늘과 가슴을 교대로 왕복하며 마구 난타할 때면 신명에 녹아나지 않는 사람이 없었다.

4

사람의 운수도 봄볕처럼 옮겨 다니는 법이다. 김남주의 아버지는 인정이 많기로 유명했다. 동네에서 상을 당해 장례를 치를 때마다 아버지는 어렵게 매입한 산자락을 서슴없이 무상으로 제공해 주었다. 그러다 보니 존경한다는 이들도 생기고, 또 그러다 보니 옛날에 머슴이었노라고 말하는 사람도 없게 되었다. 김남주도 감쪽같이 부잣집 자식으로 탈바꿈되었다. 그런데 이 같은 아버지의 천성이 집안에서는 가끔 갈등을 일으키는 원인이 되었다. 예컨대 아버지는 논일, 밭일을 나갈 때마다 들밥을 풍족하게 싸가서 지나가는 사람들을 마구 불러 앉히는 습성이 있었는데, 어머니는 이를 전혀 고려하지 않았다. 그래서 아버지가 들밥을 준비할 때 숟가락, 젓가락을 식솔의 숫자에 맞추지 말고 반드시 여분을 챙기도록 아무리 당부해도 어머니는 전혀 주의를 기울이지 않고 습관처럼 까먹었다. 그런

날 다행히도 들길을 지나가는 사람이 없으면 괜찮지만, 그렇지 않은 날에는 불가피하게 숟가락, 젓가락이 모자라서 궁상을 떠는 상황이 발생했다. 그러면 아버지는 화가 나서 노발대발하게 되고, 어머니는 그게 이해되지 않아서 퉁명스럽게 응대를 해서 또 쓸데없는 부부 싸움이 났다. 그것은 가족사회에서도 마찬가지여서 아버지는 어머니가 실수하지 않도록 부엌에다 대고 자꾸 말해주었다.

"이제 쌀밥 먹어도 됭게, 내 자식들 밥그릇에 보리가 안 들어가게 해라."

가족을 하나의 단일한 결사체로 이해하는 현상은 농경 마을의 중요한 특징에 속한다. 아버지가 넉넉해지면 온 가족이 다 넉넉해진다. 그래서 집안의 막내였던 여동생은 가난뱅이 살림이 어떤 건지를 처음부터 알지 못했다. 학창 시절에 친구 집에 갔다가 제 또래 아이들의 밥상을 보고 어찌나 초라한지 깜짝 놀랐다고 한다. 냉장고가 없던 시절에 굴비는 구우면 안 된다 해서 쪄 먹었는데, 김남주의 집에는 굴비가 떨어지는 날이 없었다. 중학생에 불과한 김남주도 동아일보를 구독하고, 집안일에서 놓여나 책을 들여다볼 시간을 갖게 되었다. 김남주가 거의 활자 중독에 가까운 독서 습관을 길들인 데는 이렇게 살림이 좋아진 영향도 컸다. 그는 이때부터 자나 깨나 책을 끼고 살게 되었는데, 그러다 보니 어느 순간 함석헌이라는 이름을 알게 된 것이 그에게 비판적 지식인의 세계로 들어갈 통로를 열어주었다.

어쩌면 이를 '시국의 운세'라고 말해도 될는지 모른다. 중2 때 중간고사도 끝나기 전에 하필 5·16 군사 쿠데타가 발발해 학교에 휴교 조치가 취해졌다. 김남주는 이 가파른 정국을 통과하면서 비평적 독서 습관이 몸에 배었다. 지식인들은 5·16의 결말을 '1961년

체제의 형성'이라고 부른다. 그러니까 1961년부터는 젊은 군인들이 쿠데타로 국가를 장악하여 군사 체제를 확보하고, 이른바 국가폭력이 일상화되는 독재체제를 확립했다는 진단인데, 김남주는 그로 인해 국가권력이 국민이 아니라 소수 정치군인을 위해 국가 형벌권을 사용하게 됐다는 사실에 크게 격분했다.《사상계》에서는 이를 정치사회학적 용어로 '매카시즘의 극단적 돌출'이라고 평가하는 사람도 있었다. 지적 호기심이 큰 김남주가 이렇듯 새로운 언어를 그냥 지나칠 리 없었다. 그는 신문과 책을 뒤져서 매카시즘이 뭔지를 알아보고, 그런 현상이 왜 문제인지를 또 고민했다.

매카시즘은 본디 1945년부터 형성된 냉전의 분위기를 타고 1950년대 초반부터 중반까지 미국을 휩쓴 극성스러운 사조의 하나였다. 당시 미국은 루스벨트 대통령도 공산주의를 했고 케인스도 공산주의자였다는 과도한 이분법에 사로잡혀 온 나라가 이데올로기의 전쟁을 겪고 있었다. 그것이 문화예술계에 끼친 해악은 이루 말할 수 없이 컸다. 이 시기에 미국에서 자유로운 정신을 존중하려는 예술과 지성은 모두 덫이 되었다. 가령, 자본주의의 모순을 비판하고 히틀러와 같은 독재자나 전체주의를 향해 신랄한 조롱을 퍼부었던 찰리 채플린은 반공을 선동하는 자들에게 극심한 공격을 받았다. 그 강도가 얼마나 거세었던지 채플린은 스위스로 이주했다가 20년이 지나서야 미국으로 되돌아올 수 있었다. 그 못지않은 반공주의가 한국에서 괴력을 행사하게 된 건 한반도가 냉전의 최전선이기 때문이었다. 박정희는 자신이 한때 사회주의자였음에도 불구하고 반공주의를 정적 제거에 최대치로 이용했다. 그리하여 반공을 국시로 여기고 우상화하는 상황에 분노하여 당대 지식인 함석헌이 거침없이 비판 글을 쓰곤 했는데, 김남주는 이를 구해 이강과 둘이서 토론하는 재료로 썼다. 특히 함석헌이 《사상계》에 발표한 「5·16을 어떻게 볼까」를 읽었을 때는 그 통쾌함에 취해 밤새 잠을 이룰 수 없었다.

> 그때는 맨주먹(4·19)으로 일어났다. 이번은(5·16) 칼을 뽑았다.
> 그때 믿은 것은 정의의 법칙, 너와 나 사이에 있는 양심의 권위,
> 도리였지만 이번에 믿은 것은 총알과 화약이다.

김남주는 이런 명증한 의견을 갖춘 글이 너무나 좋았다. 특히 함석헌이 문학적 수사를 동원하여 4·19와 5·16을 비교하는 문장은 너무나 매혹적이어서 줄줄이 외우고 다녔다.

> 학생이 잎이라면 군인은 꽃이다. 5월은 꽃 달 아닌가? 5·16은 꽃
> 한 번 핀 것이다. (……) 꽃은 떨어져야 열매를 맺는다. 5·16은
> 빨리 그 사명을 다 잊고 잊혀져야 한다.

한창 사춘기 나이에 불과한 소년들이 이런 문장을 입에 달고 사는 것을 어른들은 도무지 이해할 수 없었다. 하지만 아무리 어려도 김남주가 비판하는 현실은 매우 위급한 것들이었다. 이 시기에 한국은 심각한 국제정세의 소용돌이에 휘말려 있었다. 예컨대 1960년대 들어 미국은 한 차례 경제위기를 겪으면서 한국 문제를 자꾸 일본에 떠맡기려 했는데, 일본이 경제 원조를 제공하고 한국이 미·일 군사 체제의 하위 세력으로 동원된다면 미국은 더없이 좋을 터였다. 게다가 일본은 한국전쟁 때 얻은 호황으로 독점자본주의의 틀을 확보한 터라 기회만 생기면 한국 정치에 개입하려고 호시탐

탐 노리고 있었다. 김남주는 어린 나이에도 한반도를 36년이나 식민통치했던 전범국이 그러는 것은 가당치도 않은 욕심이라고 생각했다. 그런데 그 중요한 순간에 박정희는 철권을 휘두르며 보란 듯이 반동의 길을 가고 있었다. 저 옛날 일본 육사 출신으로 천황에게 충성을 맹세했던 사람이 이제 일본에 기대어서 군사정권을 강화하려 하다니. 이 한심한 작태를 그냥 묵과해서는 안 되는 시점이었다. 그래도 먹고살기에 바쁜 사람들은 시국의 엄중함을 통찰할 틈이 없었다. 오직 소수의 비판적 지식인만이 당시의 정세가 심상치 않다는 것을 불길하게 여기고 저항하는 글을 썼다. 이처럼 외세 종속 구조가 정착되는 엄중한 시국에 쉴 새 없이 일어나는 크고 작은 뉴스들 속에서 김남주와 이강의 우정은 나날이 깊어지고 있었다. 두 사람은 무엇이 그리 심각한지 열심히 읽고 토론을 멈추지 않았다. 그래서 날마다 붙어 다니다 못해 중학교 3학년 겨울방학을 앞두고 같이 살게 되었다. 삼산면에서 통학하던 김남주가 아예 읍내 이강의 자취방으로 옮겨간 것이다. 김남주가 사사로운 감정 따위를 일거에 초월해 버리는 사랑과 우정의 한 전범을 만들어 낸 사례가 이 시기에 이곳에서 출현한다.

김남주는 어느덧 이강의 큰누나가 해주는 밥을 먹으며 학교에 다니게 되었다. 김남주와 이강에게 가족이란 생물학적으로 피를 나눈 관계만을 의미하는 게 아니었다. 중학 시절 내내 두 사람이 얼마나 붙어 다녔는지 그 형제들까지도 서로를 또 다른 가족으로 여기는 걸 전혀 이상하게 생각하지 않았다. 이강의 집은 말할 것도 없고, 어머니 때문에 친구를 집에 데려가지 않는 김남주도 이강만큼은 자신의 그림자라도 되는 양 거리낌 없이 달고 다녔다. 그리고 두 사람은 서로를 도우며 열심히 공부했다. 둘 다 학교성적이 최상위권에 있으나 경쟁심 같은 건 상상도 할 수 없었다. 김남주는 영어와 한문 실력이 뛰어나서 당시에 고등학교를 마친 형의 책까지 막힘없이 독해하는 수준이었다. 이강도 열심히 공부해서 영어 문장 외우기의 천재라 불리던 김남주와 어깨를 나란히 하고 있었다. 학교에서는 이들에 대한 기대가 매우 컸다. 두 사람도 매일 아침에 등교하면서 영어 단어 다섯 개, 숙어 다섯 개, 수학 공식 다섯 개씩을 작은 메모지에 적어갔다가 하교할 때 바꿔서 채점해 주었다. 그리고 날마다 사과 하나씩 또는 우유 한 병씩을 사다가 돈이 없는 날은 작은 사과 하나를 둘로 쪼개고 우유를 반병으로 줄여서 똑같이 나누어 먹었다. 김남주는 이 추억을 얼마나 아름답게 간직하고 있었던지 나중에 사랑을 이야기하려면 꼭 이때 사과를 쪼개어서 나눠 먹던 사례를 표본인 듯이 내놓는다.

사랑만이
인간의 사랑만이
사과 하나 둘로 쪼개
나눠 가질 줄 안다
─시 「사랑1」 부분

5

그해 겨울, 김남주는 광주고등학교에 지원서를 내고, 이강과 나란히 시험을 치르고 왔다. 지역 명문 학교라고 해서 경쟁률이 높았지만 별로 걱정할 건 없었다. 그의 영어 실력은 이미 선생님들이 놀라서 탄복하는 수준에 이르러 있었다. 그런데 뚜껑을 열어보니 이강은 합격인데 김남주는 보기 좋게 낙방해 있었다. 사과 한 알이 반쪽은 상에 오르고 반쪽은 바닥에 떨어진 셈인데, 이 불행한 결과에 대해 오히려 이강이 더 상처를 입었다. 김남주도 졸지에 일격을 맞아 정신이 얼얼했으나 아버지의 뜻이 간절해 재수를 결심하게 되었다. 따지고 보면 수학 성적이 터무니없이 낮았던 게 원인이었다. 선생님도 안타까웠는지 김남주를 불러서 사내는 악착같은 근성이 있어야 한다면서 이제 수학 실력만 기르면 되겠다고 격려해 주었다. 그러나 나는 김남주가 이 조언을 받아들일 가능성은 없었다고 본다. 다른 사람도 아닌 김남주가 자신의 문제로 악착같은 근성을 발휘할 확률이 있다는 말인가. 게다가 수학 실력을 기르다니.

　이건 적절한 비유가 아니라는 걸 전제로 하는 말이다. 나는 성장기에 말을 심하게 더듬었는데, 타인과 이해관계가 충돌할 때마다 사유가 엉기는 고통에 시달려 왔다. 한 걸음만 물러서서 경청하면 전후 맥락을 이해할 수 있을 텐데 상대가 막무가내로 나올 때는 차근차근 설득할 수 없다는 게 내게는 이루 말할 수 없는 상처였다. 그래서인지 이웃과의 손익계산에 밝은 자들이 모두 수리 능력에 뛰어나고, 또 그런 자일수록 한 치도 양보할 줄 모르는 똑똑함을 갖추고 있다는 사실이 너무도 눈에 거슬렸다. 지금도 나는 인간이 핏대를 세우고 싸우는 기세의 태반이 '계산 능력'에서 나온다고 본다. 그런데 이게 문제가 되는 것은, 인간은 누구나 아무런 자격이 없더라도 천부적으로 남을 심판하려는 본능을 갖는다는 데 있다. 인간의 존재적 위대함 속에 흉기가 숨어 있는 것이다. 이 환멸에 찬 존재들을 향해 내가 취할 수 있는, 자해에 가까운 저항이 수학 앞에서 무능해지는 길이었다. 김남주는 나처럼 소심하지도 않고 말을 더듬지도 않았으나 수학과 교련을 경멸하는 태도가 일관되었다. 우스꽝스러운 얘기지만 나는 이상하게 그런 기질을 단숨에 읽었으며 의심의 여지 없이 그것이 김남주의 본질이라고 확신해 왔다. 더구나 내가 그런 이유로 수학을 포기했던 나이가 김남주 시인의 이 시절과 일치한다. 역시 여담이지만 이 문제와 관련하여 내가 반성의 마음을 갖게 된 것은 칼 세이건의 책에서 섬광과도 같은 구절을 발견한 뒤였다. "수학은 실수와 혼동이 가장 적은 언어로서, 만물의 일정한 관계를 표현하기에 가장 훌륭한 언어이다. (……) 그것은 인생의 무상함과 감각의 불완전함을 보완하기 위해 생겨난 인간의 특별한 정신 능력이다." 나는 이와 비슷한 생각을 김남주 시인도 했다고 믿는다. 왜냐면 먼 훗날 병상에서 어린 아들을 남기고 하직할 시점에 자기 자식에게는 역사보다 수학에 관심을 두고 진로도 문과보다 이과 쪽으로 나가게 해달라고 말했기 때문이다.

어쨌든 김남주는 이때 다른 해법을 찾았다. 수학보다 친구를 택한 셈인데, 농촌과 도시는 학생들에게도 결코 균등한 기회를 주는 곳이 아니었다. 시골에서는 부잣집 아이들조차도 그 흔한 참고서 한 권 사 볼 여지가 없었다. 바깥 세계에 대한 모든 정보가 막혀 있었다. 그래서 김남주는 재수를 하더라도 이강을 따라 도시로 나가기로 마음먹었다. 집안 형편도 넉넉한 시점이라 광주에 나가는 게 어렵지 않았고, 또 자취가 아니라 하숙을 할 수도 있었다.

하지만 김남주의 광주 생활은 매우 외롭고 쓸쓸하게 시작되었다. 또래 친구들이 죄다 학교에 가고 없을 때 그는 혼자서 거리를 배회했다. 누군가의 간섭도 없지만, 반대로 배려해 주는 사람도 없이, 오직 단독자의 의지에 따라 광주와 해남을 오가면서 그는 더욱 내성적인 성격이 되었다. 눈빛은 늘 고독한 빛을 뿜어내고 옷깃에도 적막의 물살이 흐르고 있었다. 사색과 수양으로 견디는 시절이었다. 이강이 그가 위축될 것을 염려해서 되도록 붙어 지내려고 노력했다. 수업 시간을 피해 영화 구경도 함께 다니고 헌책방 순례나 독서도 함께 했으며 함석헌의 강연도 함께 들으러 갔다. 그러는 동안에 꾸역꾸역 여름이 가고, 가을에는 박정희가 대통령에 당선되었다. 두 사람은 이것이 얼마나 못마땅했는지 모른다. 현실 정치에 대한 김남주의 관심은 더욱 뜨거워져서 시간이 날 때마다 도서관을 찾아다니며 정치사상 분야의 서적들을 마구 뒤졌다. 어떤 시사 문제들은 영자신문이나 읽어야 보충할 수 있었기 때문에 그의 영어 실력도 더욱 향상되었다. 그리고 그와 어떤 관계가 있는지 모르지만 대략 이때부터 김남주의 말투에 '좆'이 빠지지 않게 되었다. "좆같은 세상이여", "좆도 모르는 것들이 통치한다고", "좆나게 떠들어봤자지." 세상에, 그 나이에 이런 불량스러운 어투라니!

나는 여기서 그의 언어습관에 대해 주석을 달지 않을 수 없다. 언어가 민족 성원 간 연대성의 직접적 표출인 것은 사실이다. 우리가 사용하는 문장과 어휘들 속에는 우리의 과거를 형성하는 사건들이 보관되어 있으니, 우리는 민족정신을 대부분 언어에서 추론한다. 김남주가 매우 일찍부터 언어능력이 뛰어나고 외국어 사용에 능통했다는 것은, 그가 타자의 사유 체계에 밝고 타지의 역사가 만든 사건과 해석을 소화하는 일에 능란하다는 걸 의미한다. 그가 늘 보편성을 중시하고 이질적인 형식에 너그러웠던 것은 외국어 능력이 안겨준 선물일 것이다. 그는 전혀 예기치 못한 장면에서 책을 읽다가 발견한 깜짝 놀랄 만한 구절들을 상기시키는 멋진 언어능력을 지니고 있었다. 그것은 일상에 매몰된 사람들의 상투적 사유를 순식간에 전복하는 천재성의 한 발현이었다.

그러나 다른 한편으로 그는 아주 이른 나이 때부터 자신의 고향 말을 잃지 않으려 했다. 전라도 변경 해남 농촌 마을에서 형성된 투박한 낱말과 억양과 어문구조와 사유 체계가 지닌 소통 형식의 독자성을 그처럼 일관되게 고수했던 지식인은 없다. 한 언어 속에는 수만을 헤아리는 낱말과 숙어, 은유가 있고, 또 그런 것을 구축하여 세계를 조직할 수 있는 수많은 문법 구문이 있다. 지역·계급·계층에 따라 갈라지는 서로 다른 사투리 중에서 어떤 한국어로 세상을 말하느냐에 따라 공동체의 성격과 역사 전개, 꿈과 상처의 내용은 전혀 달라진다. 그래서 누구나 출생지의 언어를 잃으면 자신의 과거로부터 격리되는 것이다. 훗날 그의 시에 보이는 탁월한 민중 체험의 승화는 고향 해남의 부엌 말에서 영향받은 바가 크다. 그가 전라도의 민중 현실이 만들어 낸 욕설들이 섞인 사투리를 특별히 애용한 것은 문화적 습관이 아니라 하나의 정치적 태도였다. 그가 어떤 자리에서 화를 내는지를 보라.

하얗게 이마에 천년의 눈을 이고
파랗게 가슴에 억년의 물을 안고
웅장하게 광활하게 펼쳐지는 화면을 보고
문자 그대로 장관으로 전개되는
백두산을 보고 백두산 천지를 보고
원더풀! 원더풀! 뒤에서 누가 감탄사를 연발한다
어떤 놈이 우리말 좋은 말 놔두고
남의 말 코쟁이 말을 쏟아놓는고 뒤를 돌아보니

빈대코에 마늘 냄새 풍기는 한국 놈이었다
싸가지 없는 새끼!
주먹으로 아갈통을 쥐박아줄까 하다가
와! 화! 우리말 조선말 까먹고
원더풀! 원더풀! 혀 꼬부라진 소리치는 것도
꼭 제 탓만은 아니렸다! 싶어
그만 놔둬버렸다

미제 사십 년 나라 꼴 더럽게 됐다 퉤!
　　　　　　　　—시 「싸가지 없는 새끼」 전문

　이 시를 끌고 가는 것은 '코쟁이 말', '빈대코', '아갈통', '와!',
'화!', '혀 꼬부라진 소리' 같은 비속어인데, 시의 화자는 그런 표현
을 통해 강자들의 문화를 사용하여 주변부 언어를 능멸하는 이들을
'싸가지 없다'고 철퇴를 내린다. 그의 언어에 활력을 보태는 '문제
적 현상'이 매번 표준어가 아닌 주변부 언어에서 발생한다는 점은
매우 중요하다. 고향에서 동네 친구들이 그를 '재래종'이라고 불렀
던 까닭도 여기 있을 것이다.
　한낱 범생이에 불과한 그가 고등학생이 되기도 전에 신문이나
잡지를 보면서 이토록 천연덕스러운 욕설로 세상을 평하는 모습
은 이웃들에게 매우 인상 깊었을 것이다. 중요한 것은 그로 인해 더
욱 통렬해지는 현실의 모순이다. 그 무렵의 신문 기사들을 보면 남
들이 눈여겨보지 않지만 실제로는 보통 심각한 사안들이 아니었다.
예컨대, 1964년 2월 2일에 동두천 미군 부대 주변에서 깡통을 수집
하던 임신부가 미군 초병의 총에 맞고 죽었다. 같은 날 같은 동네에

서 술 취한 미군 세 명이 두 딸의 어머니인 접대부를 부대 안으로 유괴하고 강간해서 거의 죽이다시피 해놓았던 사건도 있었다. 2월 6일 포천에서도 미군 초병이 10대 소년을 사살했다. 어른들 몰래 철조망을 넘어서 깡통을 훔치려고 했던 두 소년이 한 명은 사살당하고 한 명은 중태에 빠졌다. 2월 17일 파주, 2월 18일 송탄, 2월 19일 동두천에서도 연이어 사고가 나자 주한미군 당국이 "부대시설을 보호하기 위해 필요한 조치였다"라고 발표한다. 그러면서 "주한미군 부대에서 매달 7만 달러어치 물품이 도난당하는데 한국 법원은 미군 부대 도둑을 강력처벌하지 않는다"라고 미8군 사령관이 불평을 털어놓았다. 여기에 김영삼 야당 대변인이 "사람의 목숨이란 것이 70만 달러 이상의 물질적 손실과 비교될 수 없는 것이다"라고 논평을 했다.

세상이 이렇게 정신줄을 놓고 있을 때 김남주는 광주일고에 합격했다. 1년간 쓴맛을 본 뒤였지만 그래도 광주일고는 아무나 들어갈 수 있는 학교가 아니었다. 지역사회를 대표하는 최고의 명문이었으므로 주변에서 난리가 났다. 고향 해남에서는 일대 사건이 아닐 수 없었다. 군 단위 중학교에서 1년에 한 명 갈까 말까 한 고교에 합격한 소식이 전해지자 동네 사람들은 물론이거니와 중학교 교장을 비롯한 선생님들과 이웃 마을의 어른들까지 찾아와 입에 침이 마르도록 떠들고 갔다. 아버지와 갑계를 하는 친구들도 빠짐없이 찾아와 집에서는 연일 술판이 벌어졌다. 똑똑한 아들을 둔 덕분에 아버지는 그간에 함부로 말을 걸 수 없었던 면 소재지의 유지들에게도 깍듯한 인사를 받았다. 그렇게 날마다 이웃의 축하를 받느라 고등학교 입학식을 어떻게 했는지조차도 모를 지경이었다. 그 소란이 끝나고 난 뒤의 공허감을 동생 김덕종은 이렇게 말한다.

형이 광주로 떠난 우리 집은 텅 빈 듯했다. 형이 좋아서 그렇게
도 쫄쫄 따라다니던 나는 너무 심심했다. 들에 나가 메뚜기 잡을
기회마저도 없어져 버렸다. 뒷동산에 올라가 떼까치 집을 맞히
러 다닌다거나 솔새 집을 찾아 한나절 땀을 흘려야 하는 일도 거
의 없어졌다.

　　―김덕종, 「내 형, 김남주」, 『내가 만난 김남주』

6

그 시절, 김남주가 광주일고 입학식에 참석하려고 교정에 나타난
모습을 기억하는 친구가 있다. 동창생 이개석 선생은 그날 학교에
서 처음 본 김남주가 말수 적고 털털한 복장의 시골 소년 같았다고
회상한다.

> "그날이 1964년 3월 2일이었어요. 광주일고 입학식을 하는 날,
> 저도 입학생이고 김남주도 입학생이어서 집안 형이 되는 이강
> 형이 찾아왔죠. 친구도 볼 겸 저도 볼 겸해서 온 터라 셋이서 어
> 울려 점심을 먹고 또 영화를 봤어요. 이때 제일극장이 옛 광주
> 역 근처에 있었는데, 입장료는 김남주 시인이 냈죠. 호주머니
> 사정이 우리 중에서 제일 좋았거든요."

이날 관람한 영화는 〈북경의 55일〉이었다. 중국 의화단 사건 때
비밀 결사한 의화단 농민들이 북경에 와서 서양인들을 무차별적으
로 공격하는 내용인데, 결말 부위에 미군이 등장하자 관객이 일어

나 박수를 보내며 응원했다. 김남주는 박수를 보내지는 않았지만 비판하려는 낌새가 전혀 없었다. 그러니까 이때만 해도 김남주에게 서 반미의식 같은 건 형성돼 있지 않았던 셈이다. 그래도 동창 이개 석의 눈에 김남주는 겉모습과 달리 굉장히 특이한 느낌을 주는 사 람이었다. 당시 김남주의 하숙집은 동명동에 있었는데, 그 주소를 김덕종도 잊지 않고 있다.

광주시 동명동 146번지 나찬주 댁.

광주 사람들은 이 같은 주소만으로도 하숙생의 형편을 능히 짐작 할 수 있을 만큼 부유한 동네였다. 게다가 김남주는 인색하게 구는 버릇이 전혀 없어서 마음 씀씀이가 아주 넉넉했는데, 하필 그 무렵 에 그의 첫 번째 짝사랑이 시작되었다. 그래서 이강만 나타나면 하 숙집 근처에 사는 예쁜 여학생이 제 앞으로 지나간 사실을 축복처럼 이야기하며 괜히 즐거워했다. 그 여학생이 지나다니던 골목, 흔적도 남지 않은 발자국, 그 여학생을 스쳐 간 바람결까지도 마구 좋아했 는데, 그 남동생이 눈에 띌 때마다 불러서 챙기는 모습은 아예 실소 를 자아내게 만드는 수준이었다. 그러면서도 막상 마주치면 말 한마 디 건네지 못하고 얼굴만 붉혔다. 이처럼 남들 앞에 나서지 못하는 성격이라 학교에서는 늘 투명 인간처럼 조용했는데, 이개석이 한번 은 그의 손에 들린 책을 무심코 펼쳐 봤다가 깜짝 놀랐다. 쇼펜하우 어 원서인데, 아직 번역되지 않은 『의지와 표상으로서의 세계』였다. 당시 광주일고에 영어 원서를 공부하는 학생은 없지 않았으나 독일 어 원서에 도전하는 경우는 처음 봐서 이개석은 그 기억이 오래오래 잊히지 않았다고 한다.

김남주는 광주일고 시절에 더욱, 이강과 어울려 정부에 비판적인 집회를 빠지지 않고 찾아다녔다. 두 사람은 얼마나 손발이 잘 맞는지 소속 학교가 달라도 찰떡같이 붙어서 둘만의 독서와 토론에 매달리느라 학교생활에 적응하지 못할 정도였다. 문학 소년이던 이개석에게는 정치적인 소재로 열을 올리는 그들의 모습이 너무도 낯설었다. 한번은 함석헌 선생이 광주에 와서 강연회를 갖는다고 하여 수업 시간을 빼먹고 들으러 가는 걸 보고 동급생들과 함께 염려하기도 했다. 학교 수업보다 정치 집회에 참여하는 걸 우선시하는 고등학생은 그들밖에 없었다. 당시 광주공원은 민주당 사람들의 정치 집회가 단골로 열리는 장소였는데, 그곳까지 극성스럽게 찾아간 두 사람은 그날 최루탄을 흠씬 뒤집어쓰고 돌아왔다. 한국전쟁을 기점으로 금기시되었던 통일 논의가 4·19를 기화로 분출되었던 정국을 박정희는 철권으로 누르려고 하고 장준하는 불씨를 최대한 살리려고 애쓰던 시점이었다.

사실 김남주와 이강의 관심은 큰 눈으로 보면 매우 시의적절하고 주제의식도 뛰어난 것이었다. 그러니까 1964년, 박정희 정권은 국민의 의사를 무시하고 제멋대로 헌법을 고쳐 국회를 장악한 뒤에 한일회담을 강행하려 하였다. 한일회담은 매우 굴욕적인 정치 행사로 일제강점기 때 조선 민중이 받았던 피해를 일본이 보상한다는 전제 아래 한일 양국의 국교를 정상화한다는 내용을 골자로 하고 있었다. 원칙적으로 일본이 사죄하고 보상하려면 남한뿐 아니라 북한과도 협상해야 했다. 그런데 이를 어기고 한·미·일 공조 아래 북한을 고립시키려는 회담을 감행하려 한다는 데 문제가 있었다. 이런 시도는 이승만 정권 때도 있었으나 민중의 저항이 심하여 성사되지 못했다. 그런데 이를 군사정권이 다시 꺼내어 도발하려 들자 온 국민이 가만히 있지 않았다. 김종필이 "내가 제2의 이완용이 되는 한이 있더라도 기어이 한일회담을 끝내겠다" 하고 공언

한 사실이 흉흉하게 떠도는 것을 보고 분통을 터뜨리지 않는 사람이 없었다. 김남주가 2학년이 되었을 때 전국적으로 반대 시위가 일어나기 시작했다. 그리하여 1965년 한일 굴욕외교를 중지하라는 투쟁에 4·19 혁명 이후 최대 인원이 참가했다. 광주에서는 광주고등학교가 들고 일어나 고교 최초로 도청 앞 광장까지 진출하여 전남대생들과 합류한 다음에 경찰과 한판 공방을 벌였다. 그러나 박정희 군사정권은 기어이 1965년 6월 22일에 한일협정을 체결하였다. 그리고 남한 전역에 비상계엄령을 선포하고 군대를 동원하여 민중의 의지를 무참히 짓밟았다. 김남주와 이강은 학교 수업을 팽개치고 긴장이 팽팽한 데모 현장을 따라다니느라 연일 흥분을 누르지 못했다. 두 사람은 날마다 시위 현장에서 얻은 무용담을 공유하느라 바쁘고 자신들 나름의 정세 분석에 몰두하느라 정신없었다.

하지만 그는 한편으로 이 시절에 매우 심각한 소외의 감정을 경험하고 있었다. 그가 부딪힌 가장 심각한 문제는 잘난 놈과 못난 놈 사이에 발생하는 차등의 문제였는데, 그것은 개인과 개인 사이에서는 별로 문제 될 게 없어 보이지만 사회제도 속에서 기득권 유무의 문제로 비화하면 심각한 제도폭력을 일으킬 수도 있었다. 그는 사춘기 나이에 이 문제와 예리하게 대면했다. 촌놈 김남주의 비위를 특히 심하게 건드리는 문제는 그의 모교가 민망할 만큼 학구적이기만 할 뿐이라는 점이었다. 매일같이 등교하여 마주하는 교실 풍경은 그에게 극단의 환멸감을 주기에 충분했다. 급우들은 쉬는 시간에도 영어 단어를 하나라도 더 외우느라 아무 정신이 없었고, 어쩌다 대화를 나눠보면 일류 대학에 들어갈 정보가 아니면 말을 알아듣지 못했다. 머리가 좋다는 것들은 죄다 시험의 노예가 되었구나. 천편일률적으로 출세 지향적인 분위기 속에서 김남주는 자신의 모교 분위기가 창피해지기 시작했다. 광주는 학생운동의 도시였고, 무엇보다도 광주일고는 1929년 광주학생독립운동의 발원지였다. 학우들은 입만 열면 교정에 세워진 '광주학생독립운동기념탑'을 들먹이며 전국 학생시위를 주도한 전통과 명예를 자랑하지만 따지고 보면 그런 것도 다 엘리트주의의 하나였다. 김남주는 동기들의 행태가 도저히 마음에 들지 않았다. 지역사회에서 늘 우대받는 학우들의 몸에서 매일같이 풍기는 건 그가 어린 날 그토록 경멸하던 양복쟁이가 되고자 하는 지독한 출세주의의 냄새였으며, 잘난 인간들의 유치한 욕망이 내뿜는 역겹기 짝이 없는 악취였다. 그는 여러 날을 두고 그 문제로 고민했다. 저 눈먼 자들의 대열 속에 끼어 있을 것인가? 싫다. 하지만 학교를 그만두면 아버지는 얼마나 큰 실망감을 맛보게 될까? 자신도 한때 시험에 떨어져서 쓰라린 재수생 시절을 거쳤던지라 학생 신분을 버리기가 아깝기도 하고 미래가 어떻게 될지 불안하기도 했다. 하지만 그는 도대체가 마음에 안 드는 일을 계속하지 못하는 성미였다. '차라리 그만두자.' 따지고 보면 김남주는 사실상 두 살이나 어린 친구들과 학교에 다니고 있었다. 또 그깟 공부가 그리 대수로운 것도 아니어서 조금 잘해본들 대단해 보이지도 않거니와 또 하자면 혼자라고 못할 바도 아니었다. 그 문제를 훗날 시로도 쓴다.

고등학교 2학년 때의 일이야
어쩌다 나는 영어시험에서 일등을 했지
그때 우리 담임 선생님이 나더러 뭐라 했는 줄 알아
육사에 가라는 것이었어 군인이 되라는 것이었어

군인이라니. 그는 명문 학교에 다니고 있어도 여전히 대지의 아들 그대로였고, 제도와 체제의 규율에 전혀 훈련되지 않았다. 천성적으로 그런 딱딱한 기율과 맞지 않았을 뿐더러 이 한심한 제도와 체제 안에서 무엇이 된다는 것은 그 부조리한 구조의 일원이 되는 것과 마찬가지라는 생각에서 벗어날 수도 없었다. 그래서 자신이 제도 속으로 휩쓸려 들어가는 순간을 본능적으로 알고, 중단할 결심을 했다.

> 만약 그때 선생님 말씀대로 군인이 되었더라면
> 나는 어떤 사람이 되어 있을까 지금쯤
> 달러에 팔려 용병으로 월남 같은 나라에 가서
> 제 민족의 해방을 위해 싸우는 베트콩깨나 작살냈을
> 역전의 용사가 되어 있을지도 모르지
> ─시 「그러나 나는 잘된 일인지 못된 일인지」 부분

결국, 김남주는 얼마 안 되어서 학교를 등지게 되었다. 6월 데모에 가담한 때로부터 여름방학 때까지 뜬눈으로 밤을 지새우며 고민한 끝에 교복을 벽장에 처박은 것이다. 오래지 않아 2학기가 시작되었으나 마음은 전혀 바뀌지 않았다.

> 내가 학교를 그만둔 것은 그해 10월이었는데(데모 때문에 방학이 10월까지 연장되었음) 이유가 있었다고 한다면 학교 공부란 것이 나와 무관한 것이었기 때문이었을 거예요. 무슨 말이냐 하면 나는 뭣이 되는 것을 싫어했어요. 뭣이냐 하면 관리 같은 것이, 무슨 회사 직원 같은 것이 맘에 들지 않았어요.

—『불씨 하나가 광야를 태우리라』

  이때 김남주가 느꼈던 감정의 실체는 뭘까? 오랜 수감 경험과 석 방 운동 때문에 매우 일찍부터 작성되기 시작한 김남주의 연표들은 이 문제를 설명하기가 매우 어려웠던 것 같다. 분명히 가치 지향적 인 의지의 한 표현임에도 불구하고 김남주 자신이 무슨 민주주의적 가치나 학생운동에 열중하느라 자퇴한 게 아니라고 밝혀온 까닭이 다. 이는 사실 당시 광주일고의 분위기에 비추어 매우 일탈된 행위 에 속한다. 그러니까 그가 인지하고 있었던 건 아니지만 그의 모교 에는 제법 유서 깊은 이념 서클이 활동하고 있었다. 광주 지역에서 는 꽤 일찍부터 고교생들의 은밀한 활동이 이어져 오고 있어서, 광 주일고에는 빛 광(光)에 사내 랑(郎), 마치 광주의 화랑을 꿈꾸는 것 같은 '광랑'이라는 이념 서클이 있었고, 광주고에는 이홍길, 박석무 등을 배출한 '녹번'이라는 이념 서클이 있었다. 이들은 서로 교제하 면서 지식과 인간관계의 폭을 넓혔는데, 당연히 김남주가 재학 중 일 때도 여전히 활동 중이었다.
  김남주는 이를 몰랐으나 알았더라도 괘의하지 않았을 것이다. 그 는 남조선민족해방전선 준비위원회(약칭 남민전)에 가입하기 이전까 지 어떤 경우에도 조직에 가담하지 않았는데, 천성이 '조직'의 규율 이나 구속감 같은 걸 넌더리가 나도록 싫어했다. 게다가 이들 조직 의 저류에 흐르는 계몽주의적 자긍심을 김남주가 좋아했을 턱도 없 다. 그가 환멸을 느끼는 대상의 본질은 오히려 보이지 않는 엘리트 주의였다. 김남주는 훗날 프란츠 파농을 번역한 뒤에야 자아의 정 체를 이해한 듯이 그때 자신이 왜 광주일고에서 자퇴했는지 명확히 밝힌다.

나는 확신해요. 관리들은 그들의 주인이 누구이건 기름(봉급)만 주면 기계처럼, 기계의 톱니바퀴처럼, 톱니바퀴의 톱니처럼 돌아갈 것이라고. 주인이 떼놈이건 왜놈이건 양놈이건 아프리카 어디의 식인종이건 상관하지 않을 것입니다. 종교인들이 신을 믿듯 나는 이것을 믿어요! 계급사회에서 관리는 지배계급의 기계예요. 그들은 인격을 갖춘 인간이 아니어요. 퉤! 퉤!
—『불씨 하나가 광야를 태우리라』

훗날 김남주가 번역했던 프란츠 파농의 문장들을 다시 읽어보면, 백인을 표준다움으로 설정해 버린 흑인들의 정신분석학을 김남주는 단지 흑인과 백인 문제로 읽지 않고 전라도 개땅쇠들의 이야기로 읽었다. 소외된 자, 더욱 정확하게는 살아남기 위하여 스스로 자기기만을 당하는 자(도대체 이런 말이 어떻게 성립할 수 있는가? 그러나 실제로는 그것이 현실에서 하나의 '어엿한 규범'이자 억압의 기제로 존재한다)의 질병으로 읽은 것이다. 그러니까 식민지화된 민족은 모두 운명을 부여한 나라의 언어, 즉 식민 지배국의 문화와 마주치게 된다. 광주일고는 자신의 대지를 이탈하고자 경쟁하는 예선 통과자들의 대기소였다. 그리하여 김남주는 마침내 결단하기에 이르렀다. 그가 학교에서 모습을 감추자 담임이 가정방문을 와서 등교할 것을 권유했다. 선생님이 찾아오면 김남주는 건성으로 답했다.

"내일 나갈게요."

물론 나가지 않았다. 그런 일이 서너 차례 반복되고 나서도 이미 선택한 결심은 허물어지지 않았다. 이후 등록금을 내지 않자 학교에서는 퇴학 처리를 하는 수밖에 없었다.

3장

광주의 빈털터리들

1

흔히들 청춘은 아름답다고 말한다. 하지만 누구도 생애의 절정을 소년기에 두지 않는다. 자신의 운명이 어디로 떠밀려 갈지 알 수 없고, 미래에 대한 어떠한 전망도 담보되지 않는, 불완전하고 예측 불가능한 시간에 하필 감수성이 가장 활발한 내면의 성수기를 맞는다는 건 모순된 일이다. 그래서 소년 시절에는 종종 인간의 나약함이 극대화되고, 죄수처럼 감시받는 느낌에 사로잡히기도 한다. 자신에게 잔뜩 기대를 걸고 있는 부모라든가 친지 혹은 이웃의 사랑조차 억압의 굴레가 되는 것이다. 그래서 인간이 자살을 생각한 적이 있다는 때도 대부분은 이 시기이다. 나는 김남주의 소년 시절도 그랬다고 본다. 그는 이 가파른 나이에 만인이 부러워하는 명문 학교를 자퇴했다. 자신에게 주어진 기회의 사다리를 스스로 걷어차 버린 것이다. 에구, 이 위태로운 모험이라니! 하지만 한 가지는 분명히 확인시켰다. 김남주는 천성적으로 느슨하고 게으르며 규율에 취약한 사람이나 순수와 정의를 향해 분출되는 모험과 용기는 다들 벌어진 입을 다물지 못할 만큼 뜨거운 사례를 남긴다. 어떤 사람도 그처럼 안정된 궤도를 돌연히 뒤집어서 근원적 본질을 전도시키지 않는다. 모든 인간은 오히려 각자의 삶에서 형성된 순수에의 충동을 여러 번 마모시키고 개량하면서 마치 흐르는 물에 깎여 나가는 조약돌처럼 다듬어지기 마련이다. 본래 지녔던 윤리적 본성이라는 덕목도 알고 보면 의식적이고 반복되는 훈련을 통하여 적당한 덕행과 도덕으로 합리화된 산물이다. 그래서 생명의 방어 기제가 사라지기는커녕 오히려 단단해지면서 하나하나 벽돌을 쌓아 집을 짓듯이 저마다의 고유색을 구성하는 법이다. 그것을 단번에 칼로 발라내듯이 도려내는 자는 엄청난 대가를 치르게 된다. 이 만용에 찬 길을 서슴없이 선택하는 김남주는 얼마나 대책 없는 특이자인가.

나는 김남주가 광주에서 청춘을 보내지 않았다면 인생의 궤도가 과연 얼마나 달라졌을까 하는 터무니없는 상상을 해보고는 한다. 그는 일찍부터 침묵을 견디는 일에 달통한 소년이었다. 음지에서 그가 풍기는 내면의 고요함은 이웃들에게 매우 안정감을 주지만, 그의 눈빛에는 수시로 불꽃이 너울대고 있었다. 이는 한없이 고요하게 타오르는 무등산 숯불 같은 인상을 준다. 불꽃의 정체는 무엇일까? 인간이 탐내는, 저마다의 욕망을 자극하는 모든 감정을 삭이면서도 소외된 자의 연민과 존엄에 가해지는 모욕 앞에서는 한 치의 망설임도 없이 단호히 응대하고 마는, 이 한없이 겸손하고 한없이 격렬한 특이자의 정신적 원형은 무엇일까? 나는 그 이야기를 하자면 우선 무등산이 눈앞에 어른거린다. 다음은 김남주가 무등산을 노래한 시인데, 내게 몇 줄 안 되는 글자로 「종과 주인」 못지않은 신비 체험을 안겨준 작품이다.

힘겨워선가
꼭두새벽부터 피어오르던 가벼운 안개도
아기봉에 잠들고 내가 서 있다

무등산 상상봉
보라
산은 무등산 내가 앉으면 만산이 따라 앉고
보라
산은 무등산 내가 일어서면 만파가 일어선다
무색해선가
이른 아침부터 솟아오르던 찬연한 태양도
구름 뒤로 숨고 내가 서 있다
무등산 상상봉
　—시「무등산을 위하여」전문

　　이 시가 옥중에서 처음 나왔을 때 내 눈길을 사로잡은 셋째 줄은
방금 인용한 대로 "내가 서 있다"였다. 나중에 시집을 보니 "그대가
서 있다"로 바뀌어 있었다. 넷째 줄 "무등산 상상봉"도 "무등산 상
상봉에"로 바뀌고 맨 마지막 줄에도 "투쟁의 나무가"가 추가되었
다. '무등산'과 '자아'를 일치시켰다가 무엇 때문에 둘을 갈라놓으
면서 오케스트라 지휘자가 관객으로 전락하는 것 같은 축소를 시도
했는지 모르겠다. 안타까운 손질이지만 그 상태를 그대로 받아들인
다 해도 내게는 우리나라에 이만한 절창이 다시 있을까 여겨진다.
나는 광주라는 특수한 빛깔을 가진 대지 하나를 이만큼 명징하게
드러낸 형상을 알지 못한다. 또 이 시는 한국문학에는 섬나라의 섬
세함도 대륙의 웅혼함도 없다는, 어릴 때부터 귀가 닳도록 들었던
꾀죄죄한 변두리 의식을 일거에 전복하는 담대한 전환의 예고편이
었다. 내가 시를 읽다가 '아, 모든 지명이 단지 기호가 다를 뿐인 고
유 명사들의 변용은 아니구나' 하는 걸 깨달은 것도 이 작품이 처음

이었는데, 여기에서 '무등산'을 다른 산으로 바꿔놓으면 어조도, 운율도, 의미의 적합성도 성립되지 않는다. 이는 광주를 모르는 사람에게는 이 시가 전혀 다른 감정을 줄 수도 있다는 것을 뜻한다.

　백과사전적 지식으로 구성할 수 있는 무등산은 지리학, 생태학, 풍속학적 수준의 상상력을 넘어서기가 어렵다. 예컨대 무등산은 산세가 웅대하고 산정이 1186미터에 이르는 거대한 산이다. 남녘땅 낮은 지대에서 솟아오른 산꼭대기는 아련한 기암괴석의 절경을 보이지만, 동시에 본체가 완만한 흙산이라 어머니의 품처럼 포근한 느낌을 준다. 서기 1000년 무렵에 『임천고치』라는 산수화 창작 체험론을 쓴 중국의 대가 곽희는 높은 산이면서 혈맥인 물줄기가 아래에 있고, 그 모양이 마치 어깨와 다리를 벌리고 있는 듯하며, 산밑 언저리는 두터우나 정상은 늠름하고, 작은 산봉우리들과 언덕이 서로 감싸서 안는 듯이 연결되는 경우를 외롭지 않고 잡스럽지 않은 산이라고 말한다. 무등산은 홀로 도도하면서도 체간이 잡스럽지 않은 산이다. 게다가 광주는 그 넉넉한 가슴 아랫녘 분지에 형성된 도시라 산정과 도심의 거리가 유난히 짧다. 까닭에 그 낮은 분지에 1000미터가 넘는 '고원' 하나가 동네 뒷산처럼 드리운 셈이라 주민들은 산의 정기를 받느니 마느니 할 필요도 없이 거의 무의식적으로 대지의 동반자 관계를 맺게 된다. 그것을 더욱 강화하는 끈이 있다. 본디 이 고을은 무등산 샘골에서 발원하여 여러 갈래로 흩어져 흐르는 물굽이를 따라 마을들이 형성되었다. 이 실핏줄 같은 물줄기를 일제강점기에 '직강' 공사를 하면서 한 가닥으로 모은 게 지금의 광주천이다. 그리하여 영산강을 이루는 600개의 샛강 중 하나에 불과한 하천이 전라도 사람들에게 나머지 599개의 샛강을 합친 양보다 큰 영향을 미치게 된 까닭은 이 물줄기가 주민 하나하나의 상상력을 늘 무등산 기슭과 연결해 놓기 때문일 것이다. 옛날에는 폭이 수십 미터에 달하는 물길이 뱀처럼 기어 나가는 곳에 아이들이 멱을 감는 자리, 부녀자들이 빨래하는 자리, 또 범람을 막으려는 방죽도 있었다. 이곳의 지명들이 외지에서 온 사람들은 알 수 없는 사라진 문화와 풍속을 담는 것도 무등산이 여러 마을을 한 고을, 한 공동체로 만든 데서 연유한다. 다리의 모양이 아래로 휘어서 배가 홀쭉해졌다고 해서 '배고픈다리', 배불뚝이처럼 솟았다고 해서 '배부른다리', 공사장에서 사용하는, 구멍이 뽕뽕 뚫린 철판을 가져다 만들었다고 해서 '뽕뽕다리'로 불리는 것들이 그런 경우이다.

하지만 더욱 중요한 건 무등산이라는 이름에서 전해지는 사상적 울림인데 '무등'이란 본디 '평등이 크게 이루어져서 평등이란 말조차 사라진 상태'를 뜻하는 불교식 언표이다. 옛날에는 이를 '무덤산' 혹은 '무당산'이라 불렀다는데, 이성부의 시 「무등산」에는 "내가 어렸을 때 / 어머님께서 말씀하셨지. / '저 산은 하눌산이여.' / '하눌님이 계시는 집이여.'" 하는 말이 나온다. 그것이 곧장 '역사의 무덤' 혹은 '역사의 무당'으로 승화되는 건 이곳 사람들이 겪어온 정치적 수난 때문일 것이다. 이곳은 몇백 년에 걸쳐 외세가 침탈할 때마다 민중이 공동체를 지키기 위해 죽음을 불사한 저항의 유산이 쌓인 곳이며, 또한 근대 한국 정부의 산업화 정책에 일방적으로 희생되면서 호남의 민중을 전국 공단의 노동력과 전국 각지의 하층 인력으로 떠나보낸 '내부 식민지'의 정서적 조국이 되는 곳이다. 중요한 것은 그래놓고도 무등산 아래에 여타 근대도시와는 판이한 문화전통을 축적했다는 사실인데, 그 점은 아직도 제대로 해명되지 않은 채 한국 정치의 방향타로 작동되고 있다. 이는 소년 김남주의 지성이 정립되는 시기에 결정적으로 중요한 역할을 했을 것으로 보인다. 그는 학교를 그만둔 뒤에 날마다 혼자서 광주의 천변과 거리와 골목들을 배회했다.

여담이지만 내가 오래도록 김남주 이야기를 쓰지 못하고 미뤄온 것은 바로 이 도시, 광주를 그릴 수 없기 때문이었다. 이제 나는 광주를 그릴 수 있을 것 같다. 도시는 사람들이 고밀도로 모여 사는 장소이다. 도시가 삶의 장소로서 의미를 얻는 것은 하나의 무대에 숱한 세대의 경험과 추억이 덧쌓인다는 점에 있다. 장소는 하나이나 그 장소를 사용하는 세대가 바뀌면 도시의 치장도 달라지고, 그 위에서 펼쳐진 수많은 일화도 나이테처럼 새겨져 흔적을 남긴다. 여기서 주목할 사항은 근대도시들이 대개 사회 구성원들의 정념과 사리사욕의 감정을 다스릴 수 있는 집단의 미덕을 관리할 장치를 두지 못한다는 점인데, 이는 공동체에 속한 구성원 낱낱을 동시대의 다수 동료로부터 떼어놓고, 가족과 이웃의 연대감마저 단절되게 만든다. 대지에 형성된 정치유산이나 문화유산과 절연된 상태를 '자유'요, '개성'이라고 착각하는 고립무원의 신도시 군거(群居) 지역들이 그렇게 조성되는 것이다. 그런데 광주는 다르다. 이곳은 오히려 무등산 아래 들어선 하나의 '마을 공화국'(이는 소설가 송기숙이 명명한 표현이다)이라 해도 된다. 한 도시가 개별적이고 자족적인 우주를 구성하려면 외부와 다른, '집단의 경험과 기억'을 축적해야 한다. 광주에서는 세상을 움직이는 거대한 매혹을 거느린 미덕의 대명사들이 시대와 국면이 바뀔 때마다 반복해서 출현한다. 특히 이 지역의 상징적 인사들이 연이어서 만들어 낸 공동체를 향한 압도적인 헌신의 힘은 항구적 수난과 시련에 노출된 변방의 주민들에게 뜨거운 내적 연대감을 제공하는 연료가 되어 왔다. 그로 인한 감동의 기억들이 오랜 세월에 걸쳐 같은 장소에서 반복되어 쌓이면서 여러 세대에게 동질성을 부여하는 신비한 현상을 우리는 대지의 염력이라고 불러도 될 것이다. 특히 김남주가 청춘의 한나절을 부둥켜안고 악전고투하고 있을 때 그곳에는 광주의 현대적 전통을 만드는 걸출한 대가들의 미덕이 수적으로나 양적으로 최대치에 이르러 있었다. 그것이 여기서 왜 중요한가 하면 김남주가 이 도시를 그렇게 이해하고 행동했기 때문이다.

김남주가 "산은 무등산 내가 일어서면 만산이 일어선다"라고 했을 때 내게 가장 먼저 떠오른 이름은 임방울이었다. 역사적으로 호남은 농경사회에 근거한 구연(口演)과 구술(口述)의 전통이 강한 지역이라 춤보다 노래가 발달했으니, 판소리는 호남인이 수용하고 전파하여 역사에 남긴 절정의 민족 장르이다. 광주는 조선 최고의 명창을 낳은 동네이며, 임방울은 자신이 살았던 장소와 공연했던 극장 등 곳곳에 굿판의 신화를 깔아놓았다. 그는 단지 한 소리의 최고봉이 아니라 동편과 서편을 홀연히 뚫고 올라온 국중의 으뜸인데, 아무리 낮은 데 있는 사람도 넘어서야 할 아픔이 있다면 기꺼이 함께 오를 수 있는 무등의 최정상이었다. 그래서 임방울의 소리는 삶의 신산 고초를 견딘 자들의 '하눌님'처럼 무등산이 품고 있는 모든 만물, 강이나 언덕이나 집은 물론 나무, 꽃, 동물 등의 본성 속에, 밤에 돌아다니는 귀신과 도깨비 속에, 무당의 몸부림치는 주문과 같이 마음과 몸을 하나로 합하는 혼에 감응한다. 이것은 인간의 신체에 깃든 마음이 자연과 접촉하면서 도출되는 직관, 계시, 통찰력, 광기, 지혜들을 자극하는 신명을 형성한다. 광주의 노래와 시와 꿈과 정서 속에 스며든 임방울의 소리야말로 장차 광주 사람들이 간직하게 된 순수한 전라도 문화의 바탕색일 것이다. 나는 김남주의 시 낭송에서도 임방울의 목울대에서 흘러나오는 쇳소리를 듣는다.

그리고 이후에도 무등의 상상봉들이 끝없이 눈앞에 나타난다. 한 예로 나는 '오방'이라는 호를 가진 성자 이야기를 들을 때 그 무등 같은 풍모에 얼마나 감동했는지 모른다. 본명은 최흥종이었다. 그는 1880년 광주 불로동에서 태어나 젊은 날을 온통 깡패로 살다가 스물다섯 살 때부터 전혀 다른 역사를 만들어 낸다. 첫 계기가 되는 사건이 미국 선교사를 만나 기독교에 입문한 일인데, 예컨대 그는 1909년 겨울에 목포에서 광주로 오는 선교사를 마중 나갔다가 추위에 떠는 나병 환자에게 선교사가 자신의 외투를 벗어 입히는 모습을 보고 충격을 받는다. 하필 곁에 서 있던 자신에게 나환자의 피고름이 묻은 지팡이를 주워달라고 했던가? 잠시라도 이를 주저했던 마음이 부끄러워져서 그는 인생의 용기에 대해 다시 생각하게 된다. 그로부터 날마다 선교사 촌에 나갔으며, 나환자를 위해 몸과 마음을 바치되 부모로부터 물려받은 땅을 헌납하여 나환자 전문병원을 세우고, 전국에서 모여든 나환자와 걸인들의 유일한 보호자가 되기에 이르렀다. 광주가 낳은 최초의 기독교인, 최초 장로, 최초 목사로서 그는 광주 3·1운동의 총책을 맡는가 하면, 전국 나환자 집단수용시설과 치료시설을 확보하고자 광주에서 조선총독부까지 대행진을 벌이는 행동에도 들어간다. 그리하여 1932년 봄 광주에서 나환자 150여 명과 출발한 11일간의 행진은 서울에 도착할 때 500여 명에 달하는 기염을 토한다. 그는 이렇게 경양방죽 제방 밑에 움막을 지어서 유리걸식하는 나환자들과 생계를 함께했으면서도 은퇴 후 원로 대접을 받지 않으려고 무등산에 들어가 천막을 치고 도덕경을 읽으며 금식기도를 단행하여 생애를 마감한다. 이 거룩한 성자의 장례식이 있던 1966년 5월 18일(하필 1980년 5·18 투쟁이 그가 세운 광주 YMCA 앞에서 전개된다)에 광주 사람들은 이 고을 최초이자 최후의 '전라남도 사회장'을 거행하여 무등산에 뼈를 묻고 이를 기리느라 빛고을이라는 낱말을 사용하기 시작했다고 한다. 그가 혈연, 지연 등 사적 욕망에서 벗어나기 위해서 지은 '다섯 가지의 해방'이라는 뜻을 가진 호 '오방'을 딴 기념실은 훗날 광주의 어른들이 공동체의 중대사가 있을 때마다 회의실로 활용하는 상징적 장소가 되었다. 이 같은 일을 근거리에서 목격한 시민들이 장차 목회자를 바라보는 눈빛이 어떠했을 것이며 그러한 시민들 속에서 살아야 하는 목회자의 태도는 어떠했을 것인가. 나는 1980년대에 5·18 문제를 수습하느라 애써온 신부와 목사들이 그에 맞는 응답을 했다고 본다.

"보라 / 산은 무등산 내가 일어서면 만파가 일어선다."

광주에는 늘 이같이 큰 노래를 부여할 사람이 살고 있음을 무등산은 날마다 상기시킨다. 우리가 잊으려 해도 소용없다. 그가 태어난 장소가 광주가 아니라는 사실은 전혀 문제가 되지 않는다. 가령, 19세기 조선을 대표하는 산수화가 허유의 집안에서 태어난 허백련은 본디 1891년 진도 태생인데, 서울과 일본 유학을 거쳐 정통 남종화의 법통을 잇는 대가 반열에 이르러 광주에 정착했다. 그는 일본에서 기법을 익혔으면서도 왜색에서 탈피하여 토착적인 예술세계를 구축하면서 산수화에 호남의 밋밋한 황토 산과 전라도의 진경을 그려놓는다. 1922년 제1회 조선미술전람회에서 전통 산수화의 명인으로 등장하여 국전의 추천작가, 초대작가, 심사위원을 거쳐 대한민국예술원 회원이 되고 대한민국 문화훈장을 받지만, 중요한 것은 저 홀로 고고하게 그림만 그리는 개인으로 살지 않았다는 점이다. 그는 일찍이 광주에서 문하생을 두고, 호남의 서화 전통을 세우는 모임을 만들어 이범재, 구철우, 김옥진 같은 화가들을 배출하는가 하면, 무등산 기슭에 대숲이 우거진 화실을 만들어서 이당 김은

호, 소정 변관식 같은 대가들, 또 최남선이나 『25시』의 작가 게오르규 같은 명사들과 교류하는 도인의 풍모를 잃지 않는다. 또 독자적 사상을 가진 민족주의자로서 자신의 시대가 추구할 이념으로 홍익인간을 내세우며, 민족혼을 살리기 위해 일제강점기 때 훼손된 무등산 천제단을 복원하고, 단군 신전을 세우는 시민운동을 전개하느라 작품과 거금을 내놓는다. 아마도 그 일환이었던지 자신보다 먼저 무등산에 들어간 최흥종 목사를 만나 식민지로 피폐해진 나라를 살리기 위한 농촌 부흥 운동을 시작하고 농업학교를 세우기도 했다. 그 여파로 김남주가 광주에서 살던 때는 시내 주요 다방이나 식당마다 으레 허백련이나 그 문하의 화가들이 그린 산수화가 걸려 있었다. 그 앞에 삼삼오오 앉아서 저마다의 품평을 하는 모습은 그야말로 온 시내의 접대 공간이 특급 화랑 역할을 한다 해도 과언이 아니었다. 이는 중국 영화에서 보던 각기 문하를 자랑하던 무림 고수들의 소림사 쟁투를 연상시킨다. 중국에서 산수화라는 장르를 만들어 낸 도가적 수양의 힘이 쇠잔해가던 시대에 의제 허백련이 만들어 낸 신화는 그가 죽었을 때 한국 언론들이 '최후의 정통 화가의 죽음'이라고 대서특필하게 했다.

그러나 광주가 이렇게 '흘러간 이야기'들로만 넘치는 도시라면 거리와 골목마다 영적이고 신비한 발자국만 가득 찍힌 복고적 예향 도시로 저물었을지도 모른다. 그와 거의 동시대에 탁월한 모더니티와 비판적 지성의 예각이 살아 있는 치열한 현실주의의 사례도 출현한다. 아마도 그 절정을 오지호 신화에 둬야 할 터인데, 화가 오지호는 화순에서 태어나 보성군수를 지낸 아버지 아래서 부유한 어린 시절을 보내고 도쿄미술학교로 유학하여 인상파에 심취한 우리나라 서양화 1세대였다. 1931년 녹향회 2회 전람회에 가담하면서 조선인 서양화가들의 유일한 독립단체를 만들어 '조선 양화의 발전 촉진과 그 대중화'의 기치를 내건 사람, 그는 자주정신이 강렬한 작가라는 평을 듣는 대신에 일제의 탄압을 피할 수 없었다. 당시 전남여고 1학년 학생으로 미술반 활동을 시작한 천경자는 이 늠름한 조선인 화가의 화집을 보고 벅찬 감격을 느끼면서 꿈을 키웠다고 한다. 그만큼 오지호는 이론과 실기 양면에서 모두 뛰어난 데다 자신의 정체성을 잃지 않고 남도의 초가집과 들녘의 햇빛에 천착하여 후학들에게 엄청난 영향을 미친다. 1963년부터 1974년 유럽 여행을 떠날 때까지 해마다 전시회를 열고, 국전 초대작가, 국전 심사위원, 예술원 회원을 지내면서 한국 화단에 미친 바도 크지만, 조선대 미대 교수로 부임한 이래 무등산 아랫녘 지산동에 초가로 된 작업실을 짓고, 작고할 때까지 광주의 거리와 술집에 뿌린 일화들은 수십 년에 걸쳐 수많은 후학을 각성시키는 사표가 된다. 특히 일제강점기에 창씨개명 거부, 대동아전쟁 때 전쟁기록화 제작령 거부, 한국전쟁 당시 백아산에 입산하여 빨치산 투쟁을 하다가 생포, 또 박정희의 군사쿠데타 세력에 의해 민자통 사건으로 옥고를 치르며 이어지는 치열한 생애는 예향 광주를 하나의 가치 지향적 정신공동체로 승화시키는 역할을 했다.

1975년에 고등학생이 되어서야 광주에 닿게 된 나도 어디에서나 오지호 이야기를 들을 수 있었으며, 가난해 보이지만 화구를 들고 다니는 사람들을 흔히 볼 수 있었다. 광주 사람들에게 오지호는 1960년대에 사나운 말 한 마리를 발견해 '무등'이라는 이름을 지어주고, 보릿고개를 넘기 힘들던 시절에도 수수 한 자루씩을 먹이로 챙겨서 충장로며 금남로 거리를 타고 다닌 일화로 유명하다. 지산동 초가집 사철나무 말뚝에 매여 있다가 오지호의 기척만 나타나면 반가운 소리를 내며 고개를 흔들었다는 명마 '무등'은 오지호 시대를 그리워하는 수많은 사람의 추억 속에 오래오래 살아 있었다. 오지호의 영향을 받아 훌륭한 작가로 명성을 떨친 화가가 많은데, 훗날 남도 수채화의 절정을 구가했다고 평가받는 강연균은 "선생님께서 승마복을 입고 말 위에 앉아 있으면 언제나 작은 거인처럼 우러러 보였다. 그리고 나는 선생님을 통해 그림쟁이들의 자존심을 본 것처럼 위안을 받곤 했다"라고 말한다. 내게 특히 인상 깊은 이야기는 생애 후반부에 속하는 것인데, 신화적인 일화들의 뒤끝은 언제나 죽음을 통해 완성된다. 오지호는 아들과 손자를 모두 한국 미술사의 거장으로 기르고, 1974년 70세가 되던 해에 딸의 초청으로 유럽 여행을 계획하게 되었다. 그는 왕년의 빨치산 전력으로 해외 비자를 발급받을 수 없는 신분이었다. 그런데 맏아들 오승우가 당시 국무총리 김종필의 미술 선생인 관계로 가까스로 비자를 받아서 유럽 여행을 갔다가 파리에서 세네갈 청년들의 작품을 보고 원시의 빛과 생명력에 큰 영감을 얻었다 한다. 이는 김남주가 『자기의 땅에서 유배당한 자들』(원제 『Peau noire, masques blancs, 검은 피부 하얀 가면』)이라고 번역한 책에서 프란츠 파농이 천착한 알제리 흑인들의 세계를, 역시 김남주가 '전라도적인 것'으로 재해석하면서 읽어간 사례와 너무도 유사한데, 그 뜨거운 예술가 오지호는 노년에 이르러서도 하나의 미학적 탐사로서 세네갈 여행을 감행한다. 그리하여 1980년 4월에 광주를 떠나서 아프리카로 가던 중 스웨덴에서 광주의 오월항쟁 보도를 접하게 되었다. 외신이 전하는 학살 현장을 보면서 고향 사람들의 위대함을 찬탄하며 목 놓아 울었다고 한다. 그가 꿈꾸던, 검은 피부에 흰 이를 드러내며 웃는 세네갈 원주민들의 원시적 생명력을 답사하고 돌아온 뒤에 제자들에게 물었다는 말은 너무도 통렬하다.

"5·18 때 너희들은 무엇을 했느냐?"

그는 자신이 광주를 떠나지 않았다면 절대 살아남지 않았을 거라며 제자들을 꾸짖었다고 한다.

이 같은 사례들, 한없이 가난하고 엄혹했던 시기에 한없이 빈곤하고 탄압받던 지역에서 그러나 토착적 정체성을 잃지 않고, 공동체에 헌신하면서도 이웃을 업신여기지 않고 국중 최고의 반열에 드높이 솟아버린 사람들은 무등산 상상봉처럼 숱한 아기봉을 거느린다. 그리고 그들은 모두 저 낮은 곳에서 우뚝 일어선 한 사람이 만인을 일어서게 하는 사례를 낳는다. "한 지역에서 열성적이고 민족의식이 투철한 지도자가 나오면 반드시 그 지역은 저항운동의 중심지가 되고, 그 지도자가 타계한 후에도 사람들 사이에 내려오는 당시 사실에 대한 전승과 더불어 전통이 이어져 확대 강화되기 마련이다."(김명기, 『이기홍 평전』, 도서출판선인, 2019) 그리하여 광주는 마치 한국의 근현대사에서 양반과 천민이 없는 '정치적 집성촌' 같은 느낌을 주기에 이르렀다. 바로 이런 향기가 가득 차 있는 곳에 방치되는 소년이야말로 어쩌면 가장 풍요롭고 안심할 수 있는 꽃밭에서 '방생'되는 것이나 마찬가지인지 모른다. 당시 김남주는 의식하지 못했지만, 그가 길을 걷다 마주치는 사람 중에는 또 다른 르네상스를 구가하는 문필가 집단이 우후죽순처럼 돋아나고 있었다. 그들에게 또 다른 무등산 상상봉을 보여준 스승은 시인 김현승인데, 그 이야기는 여기서 할 자리가 아니다. 다만 김현승이 가장 많이 앉아 있던 곳이 광주 Y다실인바, 1960년대 문단에 얼굴을 알리며 장차 한국 문단의 건강성을 견인하는 역할을 하는 헌걸찬 문인들이 광주에는 부지기수로 떠돌고 있었다. 물론 당시의 김남주는 그들과 같은 장소를 돌아다니면서도 그들의 존재를 전혀 알 수 없었다.

2

그렇다. 학교를 그만둔 김남주는 광야에 내던져진 것처럼 외로웠다. 돌봐줄 사람도, 동행할 사람도 없었다. 김남주는 한동안 어머니가 보고 싶어도 고향 집에 내려가지 않았다. 아버지가 그토록 자랑스러워하던 학교를 스스로 걷어찼으니 집안에 실망스러운 소식을 안겼다는 사실이 너무나 괴로웠다. 이럴 때 남식 형이라도 잘되었다면 얼마나 좋았을까? 형은 대학을 다녔으나 무늬만 '양복쟁이'라 알량한 사업을 한다고 나서서 아버지의 재산만 축내고 있었다. 그야말로 무골호인의 견본 같은 사람, 하지만 너무나 선량하여 이 사람 저 사람에게 사기나 당하다가 마침내는 밤낮없이 불평이나 하는 '무능한 지식인'의 전형이라 할 수 있었다. 그런 순둥이가 약육강식의 세계에서 남들이 못 얻는 전리품을 챙길 리가 만무하다는 사실은 천하가 알고 있었다. 그것은 배운 사람에게 시달리고 천대만 받아와 숫제 한이 맺힌 아버지의 기대에 전혀 부응하지 못한 결과라서 집에서는 당연히 작은아들에게 기대를 걸 수밖에 없었다. 아버지는 김남주에게 늘상 이렇게 말했다.

"문중 울타리 노릇을 해야 쓴다. 너는 흙이나 파먹고 사는 굼벵이가 되지 마라. 뭔 말인지 알겄냐? 면에 가면 누구 애비라고 의자라도 권하게끔 하란마다."

이 간곡한 바람을 정면으로 내칠 수는 없었다. 그러나 입시 공부에는 도대체 정이 붙지 않으니 어찌해야 좋을지 알 수 없었다. 그래서 갑자기 갈 곳을 잃은 어느 날, 김남주는 미국 문화원을 찾았다가 신기한 책을 한 권 발견하게 된다. 도서관 구석에 아무도 손댄 적이 없이 방치된 서적인데, 제목이 "*Listen Yankee*(들어라 양키들아)"였다.

에고, 이런 책을 그 나이에 만나다니. 그러나 운명일 것이다. 김수영 시인이 일기에 그 소감을 남기는 게 1961년 5월 1일이다. "『들어라 양키들아』(C. 라이트 밀스 저) 독료. 뜨거운 마음으로, 무수한 박수를 보내면서 읽었다." 그렇다면 전설 같은 시인 김수영과 소년 김남주가 거의 비슷한 시기에 같은 책을, 역시 같은 영어 원서로 읽었다는 얘기가 된다.

김남주는 책을 펼치자마자 엄청난 충격을 받았다. 희한하게도 미국은 자국을 선전하고 홍보하는 사무실에 자국의 치부를 드러내는 책도 열람하도록 빌려주는 나라였다. 언론 출판의 자유라는 게 이런 건가? 책에서 다루는 문제들에 관련된 기사는 미국의 시사 정론지를 들추면 쉽게 발견할 수 있었다. 예컨대 1846년에 미국 정부는 인디언의 살가죽 한 장에 50달러씩 주는 법령을 채택했다. 여기에 호응해 인디언들을 야만스럽게 살해하는 이들은 유감스럽게도 기독교를 믿는 신자들이 대부분이었다. 아연실색할 노릇이다. 사람이 사람을 사냥하는 악행은 음지에서 계속되어 미국 잡지에 보도되고 있었다. 1864년에서 1866년 사이에 학살된 인디언의 수만 자그마치 약 30만 명에 이르렀다. 그는 이런 내용을 몰래 읽는 것만으로는 도무지 성에 차지 않았다. 제길, 영문 서적 알파벳 글자들 속에 가득 찬 세계 지성의 바다를 마음껏 헤엄쳐 볼 수는 없을까? 김남주는 이내 마음을 다잡고 시험 준비에 몰두했다. 달아날 곳이라곤 없으니 꼼짝없이 대학 쪽을 쳐다봐야 했다. 일단 방향을 정하자 미적거릴 이유가 없었다. 학원 같은 곳도 다닐 필요가 없으니 곧장 검정고시에 응시하여 합격 소식을 들었다. 미처 한 계절도 지나지 않아서 고교 졸업 자격을 취득해 버린 것이다. 그리하여 이강과 입시 준비를 함께할 수 있었다.

그가 생각보다 빨리 대학 시험에 응시한다는 소식을 듣고 가족들은 대견해하며 보고 싶다는 연락을 자주 보내왔다. 누구보다도 형을 그리워하던 김덕종은 그리운 작은형이 1년에 잘해야 서너 번 집에 다녀가되 그것도 하룻밤 슬쩍 얼굴만 보여주고 마는 바람에 감질나기 그지없었다. 그러나 자기보다 더한 어머니가 있어서 참아야 했다. 어머니는 작은아들밖에 모르는 사람이었다. 그래서 이웃과의 왕래도 없이 적적하게 지내면서 틈만 나면 작은아들을 걱정하느라 덕종이를 부르곤 했다. "덕종아, 행여나 남주가 오지 않는다던?" 이렇게 뜬금없이 안부를 묻기도 하고, 어느 날은 객지에서 공부하느라 집에 올 틈이 없을 거라며 눈물 바람도 하면서, 작은아들이 좋아하는 달걀이라도 쪄서 먹이지 못하는 것이 너무나 속상하다고 혀를 끌끌 차기가 일쑤였다. 이런 어머니의 소식을 들을 때마다 김남주는 마음이 아팠다. 그에게 어머니는 늘 아득한 피안에 서서 홀로 일방적인 사랑을 퍼붓기만 하는 안타깝고 거룩한 경외의 대상이었다.

　김남주가 대학 입시를 처음 맞는 1965년은 일찍이 을사늑약을 겪은 1905년이 한 갑자의 세월을 돌아서 다시 맞은 을사년이었다. 그런데 하필이면 이해에 또 '제2의 을사늑약'으로 불리는 한일협정이 조인되고 비준되어 20년 만에 일본대사관에 일장기가 나부끼게 되었다. 이는 식민지의 기억이 아직 생생한 국민의 자존심에 치명상을 입히는 굴종의 경험이었다. 청년 학생들의 저항이 이루 말할 수 없었는데, 이미 4·19를 겪으며 지성의 깊이를 얻기 시작한 서울대학교는 이해에 '개교 이래 학생시위가 가장 많이 일어난 해'라는 기록을 세웠다. 얼마나 많은 활동가를 배출했는지 자고 일어나면 데모가 나고, 또 자고 일어나면 데모가 났다. 연일 신문을 통해 이를 확인하던 김남주는 이토록 저항정신이 살아 있는 학교가 좋았다. '기왕에 대학에 가려면 저런 데를 붙어야 다닐 맛이 나지.' 그래서 첫해부터 서울대학교에 응시했다. 3학년은 아예 다녀보지도 않았지만, 국어 시험과 영어 문제는 거의 답할 수가 있었다. 하지만 김남주는 서울대학교에 합격하기 어려운 약점을 하나 가지고 있었다. 그곳은 어학 실력이 아무리 뛰어나도 수학을 포기하고 합격할 수 있는 학교가 아니었다. 하지만 김남주는 애초부터 수학 공부를 할 생각이 없었고, 해봤자 좋은 결과도 나오지 않았다. 너무나 일찍부터 이를 등져온 까닭에 이제 수학은 쳐다만 봐도 머리가 아파서 아무리 마음을 고쳐먹어도 책장을 넘길 수 없었다. 당연히 첫 시험에 보기 좋게 낙방했다. 이강도 함께 떨어졌다. 이것이 기나긴 재수의 시작이었다.

여기에서 다시 김남주와 이강의 관계를 들여다보자면, 둘은 하나씩 떼어놓으면 범상한 청년들에 불과하지만 합해 놓으면 놀라운 결과를 만들어 내고는 했다. 둘의 조합은 그만큼 환상적이었다. 끝 모를 행동가와 끝 모를 독서가. 그런데 두 사람의 관심은 늘 세상이 어떻게 돌아가는지에 꽂혀 있었고, 공부보다는 새로운 시대를 이끌어 갈 지적, 사상적 유산에 도취해 있었다. 그리하여 이 시기에도 여전히 서양의 아나키즘 따위, 또는 우리나라의 다산 정약용과 단재 신채호, 동학농민혁명 따위에 주목하면서 서로 열심히 사상 서적을 찾아 읽으며 토론하곤 했다. 특히 김남주는 한문 실력이 출중하여 일본어 독해에 능란하고 외국어 능력이 뛰어나서 홀로 신기한 책을 찾아서 대한민국 상식 세계에 없는 지식을 섭렵했다. 이강은 김남주가 재수생 시절의 초입에 이미 마야코프스키처럼 브나로드 운동과 관련된 시인들을 좋아했다고 말하는데, 분단 한국의 지방 도시에서 이런 이상한 성향의 교양을 가진 지식인은 없었다. 그만큼 입시 공부는 뒷전이었으나 세계에 대한 폭넓은 인식은 한없이 넓어지고 한없이 깊어졌다. 정해진 텍스트 몇 개를 셀 수 없이 반복해서 읽고 암기하는 입시 공부와 달리 김남주와 이강의 공부는 세계에 대한 호기심이 꼬리에 꼬리를 물어서 낯선 세계의 서적들을 탐사해야 풀리는 성격이었으니, 두 사람은 늘 책값이 부족했다. 또 혼자만의 사색으로는 답이 보이지 않는 경우가 많은 탓에 둘만의 토론과 대담의 효과를 내기 위해 늘 건들건들 노는 시간을 확보해야 했다. 곁에 있는 친구들조차 입시에 열중할 수 없었다. 그래서 이강은 틈만나면 이희승의 『국어대사전』을 전당포에 들고 가서 영화 볼 돈을 만들어서 일행을 극장으로 끌고 가고는 했다.

> 그러는 사이에 우리는 후배이자 친구인 이정호, 이개석, 민선중과 어울려 매일 도서관을 얼쩡거리며 지냈지. 심심하면 삼봉을 쳐서 일례로 꼴찌는 계란을 사고, 그다음은 라면을 사고, 그다음은 라면을 끓이고, 일등은 가만히 앉아서 받아먹는 식이었지.
> —성찬성, 「그 사람 김남주」, 《사회문화리뷰》, 1977, 2월호

날마다 빈털터리였으나 행복한 나날이었다. 하지만 그런 낭만적인 시절을 보낸 덕분에 두 사람은 3년을 연거푸 대학 시험에서 떨어지고 만다. 젊은 날의 방심이 빚는 일탈의 끝은 늘 주위에 후유증을 남긴다. 김남주도 갈수록 삶이 피폐해지고, 아버지에 대한 죄책감과 미래에 대한 무대책 그리고 군대 문제에 대한 걱정이 커갔다. 여기에 갑자기 시험과목까지 전 과목으로 늘어 영영 대학길이 막히는 건 아닌가 하는 생각까지 들었다.

사실, 김남주가 재수생 시절을 마감해야 할 징후는 1968년 1월에 이미 예고되었다. 유럽에서 6·8혁명이 일어나고 미국에서 '청년문화'가 건너오기 시작했던 원년을 한국은 청와대 뒷산 세검정의 총소리와 함께 맞았다. 북한의 민족 보위성 정찰국 소속의 무장 게릴라들이 박정희를 응징하겠다고 잠입한 것이다. 소위 김신조의 '124군부대'라는 별칭을 가진 이 무장 조직은 놀랍게도 청와대를 목표로 진격하여 서울 세검정 고개까지 와서 검거되었다. 그 어수선한 시국을 뚫고 김남주, 이강, 이개석이 서울대 시험을 보러 갔는데, 그날도 예의 도서관에서 밤을 새웠다. 그리고 아침에 눈곱을 떼자마자 시험장으로 가기 위해 원남동 로터리를 지나는데 재수 없이 군인들에게 불심검문을 당했다. 당시 서울대학교 교정이 지금의 대학로에 있었는데, 김신조 때문에 혜화동까지 갑호 비상이 걸려서 경계가 몹시 삼엄했으니, 아무리 입시생이라고 호소해도 아랑곳없이 속옷까지 샅샅이 수색하는 바람에 김남주는 얼마나 기분을 잡쳤는지 시험에 열중할 수가 없었다. 그래서 돌아오는 길에, 이번 결과에 따라 목표를 재조정할 필요가 있다는 얘기를 이강에게 털어놓았다. 이강도 이미 다음 해 예비고사 제도가 고지되어 있어서 입시 교과가 전 과목으로 늘어난 이상 재수생이 서울대를 꿈꾸는 것은 무리라고 생각했다. 그래도 이개석은 가정 형편 상 서울대가 아니면 학비를 벌 수 없으므로 자기는 어떻게든 서울대에 응시할 수밖에 없다고 했다. 이렇게 마음이 착잡하기 그지없던 여름에 중앙정보부가 '통일혁명당 지하간첩단' 사건을 발표했는데, 일흔세 명이 체포되고 일곱 명이 처형되는 대형 공안 사건이었다. 김남주는 이 사건에 매우 예민하게 반응했다. 그는 아직 '간첩'이며 '북한'에 대한 생각들을 깊이 해보지는 못했지만, 중앙정보부며 공안 기관들이 얼마나 혐오스러운 짓을 하는지를 속속들이 알고 있었다. 이강이 말했다.

"우리가 시험만 보고 있을 수는 없을 것 같다."

김남주와 이강은 결국 서울대 응시를 포기할 수밖에 없었다. 나이도 들 만큼 들어서 언제까지고 입시생으로 있을 수도 없었으며 머릿속의 생각도 여물대로 여물어 고등학교 참고서나 뒤적일 형편이 아니었다. 그리하여 이개석만 서울대 원서를 사고 두 사람은 전남대학교 원서를 샀다. 그리고 시험을 봐서 셋 다 합격 통지서를 받았다.

3

김남주가 전남대 영문과에 합격한 해는 한국 나이로 스물네 살 때였다. 대학 진학에 그토록 긴 시간을 까먹은 사실이 민망했지만, 고향 집에서는 또 한 번 난리가 났다. 그가 전남대 영문과에 들어갔다는 소문은 꼬리에 꼬리를 물고 퍼지면서 온 동네를 들끓게 하였다. 당시만 해도 해남의 외진 골짜기에서 대학에 들어가기는 하늘의 별을 따는 일만큼이나 어려웠다. 우선 공부에 전념하기도 힘들었지만, 설령 공부를 잘한다고 해도 웬만한 형편으로는 학비를 대기가 쉽지 않았다. 그런데 글자도 모르는 농사꾼의 자식이 전라남도에 하나밖에 없는 국립 종합대학교의 관문을 뚫고, 또한 그곳에서도 성적이 유독 높다는 영문과에 합격하자 부러워하지 않는 사람이 없었다. 동네에서는 큰 잔치가 일어났다. 자나 깨나 자식 걱정에 쫓기던 아버지는 갑자기 등짐을 벗어놓은 듯이 홀가분해져서 마음이 여간 들뜨지 않았다. 그래서 날마다 외부 출입을 하며, 축하주를 마시느라 이웃들과 어울려야 했다. 주위의 모든 이가 나서서 아들을 칭찬하는 바람에 마치 자신의 신분 상승이 이루어진 듯이 신이 나서 귀가할 때마다 술에 취해 있었다. 또 그럴수록 가슴이 부풀어 꺼질 줄 몰랐다. '남주는 어쩌면 검·판사 시험에 합격할지도 몰라.'

물론 김남주는 그깟 일로 우쭐할 만큼 어린 나이도 아니었고, 남보다 앞서가는 걸 자랑스럽게 여기는 성품도 아니었다. 어릴 때부터 나타난 그의 개성적 특질은 몸집이 작으나 가슴은 대륙처럼 광활하다는 점이었다. 그는 매사에 도대체가 근심이라고는 없는 사람처럼 굴었다. 웃음이 헤픈 데다 남에게 까다롭게 구는 것, 좁쌀만한 일로 따지는 것, 쓸데없이 경쟁하는 걸 기겁하듯이 싫어한 까닭에 그 무렵에는 '무량태수'라 불리고 있었다. 이렇게 이웃들 앞에서 언제나 '자발적 무능을 택하는 버릇'은 그의 평생을 관통하는 삶의 노선 같은 것이었으니, 세상사에 가득 찬 '선착순 경쟁'에서 스스로 도태되려는 물봉 기질이 발휘되는 장면을 이웃들은 까닭 없이 좋아했다. 대학 캠퍼스에서도 마찬가지였다. 전남대 시절의 그는 누가 봐도 성격이 괴이하고 허술하기 짝이 없었다. 그는 이렇게 말한다.

> 이해관계 때문에 누구와 싸우는 일처럼 나의 마음을 상하게 하고 불쾌하게 하는 것은 없습니다.
> ─『불씨 하나가 광야를 태우리라』

그런데 사람들은 이를 제멋대로 곡해한다. 학우들은 교정에서 마주치는 김남주를 타인에게 긴장감을 전혀 주지 않는 한 마리의 순한 집짐승에 불과한 존재로 취급했다. 몇 년을 놀다가 들어왔는지 알 수 없는 늙다리 대학생이 늘 털레털레 학교에 나와서는, 도대체가 야무진 냄새라고는 없이 허허 웃기만 하다가 왜 하필 영문과생이 되었느냐고 물으면 손쉽게 답했다.

"내 봉께 광주서는 전남대 영문과에 전남여고생들이 제일 많은 것 같드만. 기왕이면 이쁜 처녀들 곁에서 공부해야제."

말도 안 된다. 전남여고에 특별히 예쁜 학생이 많았던 게 아니라 고교 시절의 하숙방이 그쪽이었던 관계로 그가 본 여학생이 죄다 전남여고생밖에 없었을 것이다. 그중에서도 그를 사로잡아서 짝사랑에 빠지게 했던 여학생은 한 사람밖에 없었다. 그것도 봄바람처럼 애저녁에 지나간 일이다. 그런데 그렇다고 해서 이토록 어처구니없이 답하면 어쩌란 말인가? 그가 영문과를 선택한 이유는 너무나 분명하게도 외국의 진보적인 서적들을 접하려는 불타는 갈증 때문이었다. 그래서 전남대 교문에 들어설 때마다 그는 기대감에 가득 차 있었다.

예감은 일정하게 들어맞았다. 과연 대학생이 되고 보니 동서남북으로 지평이 열리기 시작했다. 부처는 부처를 알아본다고 했던가. 교정에서 아무 존재감이라고는 없는 김남주를, 그보다 1년 먼저 영문과에 들어간 고교 동창 송정민이 알아보고는 그에게 흥미진진한 선배 한 분을 소개시켜 주겠다고 했다. 송정민의 집에서 하숙하는 선배 중에 전남대 법대 대학원생이 있는데, 세상에 모르는 게 없는 사람이라는 것이다. 그리고 김남주와 이강을 데리고 가서 그 앞에 대령시켰다. 선배 이름은 박석무였는데, 이때만 해도 김남주는 자신에게 박석무가 어떤 존재가 될지 꿈에도 상상하지 못하고 있었다.

광주라고 하는 저항적 도시를 관통하는 깊고 푸른 지성의 강물이 그 무렵에는 박석무의 피를 타고 흐르고 있었다. 박석무가 무등산 아래 축적된 당대 지성과 실천의 법통을 한 몸에 이어받게 된 데에는 전후 맥락이 없지 않았다. 우선 박석무는 가문의 전통과 집안 내력부터가 남달랐다. 박석무의 고교 시절 선배 이홍길은 이렇게 말한다.

"석무는 구태여 말하면, 유교 좌파라 할까. 한말부터, 소위 유교 애국운동이 있어. 최익현 선생, 황현 선생, 고광순 선생. 우리나라 한 말 쟁쟁한 선비들의 투쟁사가 있어. 석무 증조할아버지가 최익현 선생하고 서로 문통을 하고 지냈던 분이야. 최익현 선생의 절의라던가 그런 것이 쭉 내려왔지."

그래서 한학 공부를 정통으로 섭렵하고 성장한 사람, 그에게 군이 '유교 좌파'라는 별명이 붙게 된 건 그의 영혼 속에 전통과 혁신이 통일되어 있기 때문이었다. 예를 들면 유교적 선비들이 '동비'라 부르던 동학의 지도자들을 그는 유독 사회개혁의 모범으로 평가했다. 그러니까 박석무는 비판적 유학자 기질에 동학을 중시하고 녹두장군을 으뜸으로 사는 현대판 실학자였다. 당시 박석무라는 존재가 선후배들 사이에 우뚝 서서 발언의 크기를 높이게 된 것은 그 자신이 보여준 실천적 행각 때문이었다.

근대 광주 정신의 뿌리는 1929년 광주학생독립운동으로 거슬러 간다. 동학농민혁명 이후 숫제 사내의 씨가 말랐다고 얘기되던 광주에서 일제에 저항하는 광주학생독립운동을 주동한 강석봉, 국기열, 이기홍, 김세원 등은 한때 4·19 후에 결성된 사회당의 전남 책임자를 맡고 있었다. 이를 흔히 혁신계 운동이라고 지칭하는데, 박정희 군사정권의 폭압 아래서 이들의 맥을 이은 정신적 후계자가 김시현이었다. 김시현은 승주군 낙안면에서 일어난 3·1만세 사건으로 옥고를 치른 김종주의 손자로서 4·19혁명 때 전남대 민통련 의장, 통민청 전남위원회 위원장 서리, 민자통 전남협의회 학생부장을 지냈다. 그가 열정적으로 활동하다가 1961년 통민청 사건으로 실형을 받자 그 후배들이 전남대 6·3세대의 주역이 된다. 그 한 사람인 이홍길은 광주 4·19의 도화선이 된 광주고등학교 시위를 주동했다. 광주 4·19의 발상지를 기념하는 탑이 광주고등학교 교정에 세워진 것은 이 때문이다. 바로 이 시위를 함께한 동기들이 전남대 4학년이 되었을 때 1964년 한일회담 문제가 부상되는데, 그 핵심인 이홍길과 홍갑길의 고교 1년 후배가 박석무였다. 그리고 이들이 결성한 '한일문제연구회'가 전남대 6·3운동의 주력부대로 등장하여 만들어 낸 첫 작품이 한일굴욕회담에 반대한 1964년 3·26 데모였고, 또 그들이 4월 초에 강연회를 준비하여 초청 연사로 온 장준하 선생이 "정부가 옳은 길을 가지 않을 때 학생들은 극한투쟁도 사양하지 말아야 한다", "민족의 장래를 위해 공산주의가 옳은 거라면 그렇게 나갈 수도 있다" 등의 발언으로 학생들을 달구어 놓자, 그곳에서 촉발된 저항 의지를 용암처럼 분출한 것이 '박정권 하야'를 요구한 5·27 데모였다. 그런데 이 데모는 놀랍게도 이홍길·홍갑기 등 선배 그룹이 없는 사이에 후배 박석무가 혼자 주동한 광주 현대 학생운동의 기념비적 업적이었다. 기록에 의하면 이때 박석무는 거의 '박석무 사건'이라고 불러야 할 만큼 독자적인 지도력을 발휘하면서 시위대 선언문 작성, 플래카드 제작, 군중 동원, 선언문 낭독까지 모두 혼자서 도맡고, 데모의 투석전까지 직접 지휘했다. 이 사건이 특히 중요한 것은 학생들이 도청 앞까지 진출하여 광주가 생긴 이래 민간 시위대가 도청 앞 광장을 최초로 점령했다는 점이다. 당연히 이를 기폭제로 한 후속 데모가 6·3 계엄령 후까지 이어지면서 전남대·조선대·광주교대뿐 아니라 고등학생까지 5000여 명이 계엄령 해제를 요구하며 총 궐기한 6·4와 6·5 데모를 만들어 낸다. 그리하여 부상자 속출, 군용트럭 탈취, 도청 앞 바리케이드 돌파, 도청 포위 등 실로 험악한 상황이 연출되는데, 김남주와 이강이 고등학생 때 열심히 쫓아다녔던 시위가 바로 이것이었다. 이를 취재한 기자가 펴낸 책 『오늘의 한국정치와 6·3세대』는 그날의 풍경을 이렇게 전한다.

> 6·5데모는 휴교령에도 불구하고 계림동파출소 앞에 집결한 150여 명의 전남대생들이 연행학생 석방을 외치면서 시작됐다. 이날 전남교대에서도 3백여 명이 쏟아져 나왔고 또 단식데모 학생이 경찰견에 물렸다는 소문에 자극을 받은 학동 캠퍼스의 전남 의대생들이 흰 가운에 들것, 약상자까지 앞세우고 '개에 물린 학생을 석방하라'는 플래카드를 들고 경찰서에 들이닥쳤다. 이날 데모는 군 동원설과 교수들의 설득으로 일부가 자진 해산한 가운데 결사항전 파만 도청 앞에서 경찰에 포위되어 전원 연행됨으로써 오후 2시 반경 모든 상황이 종료됐다.
>
> ─신동호, 『오늘의 한국정치와 6·3세대』(예문, 1996)

그러니까 훗날에 일어날 '5·18 투쟁'의 예고편 같은 6·4 투쟁의 학생 지도자가 바로 박석무였던 셈이다. 김남주와 이강은 이 엄청난 선배를 만난 날 밤늦게까지 넋이 나가도록 세상 이야기에 빠져들었다. 특히 선배가 입에 침을 튀겨가며 장광설을 펴다가 요소요소에 맞는 시를 찾아서 낭송하는 모습은 김남주에게 너무나 강렬한 자극을 주었다. 박석무 선배는 뛰어난 문사들을 소개할 때마다 책꽂이에서 주섬주섬 책을 뽑아 들고는 여기저기 뒤적거리며 말했다.

"야 너희들 한번 들어봐. 이게 우리 현실이야. 이게 4·19가 남겨준 우리 문학의 유산이야. 너 이름이 남주라고 했니? 너 영문과 다닌다고 했지? 너 한번 들어봐."

그러고는 대뜸 시 낭송을 하는데, 입에 침을 물고 격렬하게 손짓과 발짓을 섞어가며 읽는 모습은 차라리 분노였고 절규였다. 세상에! 이렇게 놀라운 선배가 있다니.

김남주는 자취방에 돌아온 뒤에 박 선배가 읽었던 책이 무엇이었는지를 여러 번 생각하고 여러 번 뒤져서 그것들을 일일이 찾아냈다. 낭송한 시들은 대부분 1968년에 교통사고로 숨진 김수영 시인의 죽음을 애도하며 《창작과 비평》이 그해 가을호에 마련한 특집 원고들이었다. 「그 방을 생각하며」, 「푸른 하늘을」, 「사령(死靈)」, 「거대한 뿌리」. 이것들은 아무리 다시 읽어도 가슴을 두근두근 뛰게 하는 힘이 있었다. 그리고 시라면 오직 음풍농월밖에 없는 줄 알았던 그의 편견을 싹 바꾸어 놓았다. 특히 다음의 구절을 읽을 때는 숨이 다 막힐 뻔했다.

비숍 여사와 연애를 하고 있는 동안에는 진보주의자와
사회주의자는 네에미 씹이다 통일도 중립도 개좆이다
은밀도 심오도 학구도 체면도 인습도 치안국
으로 가라 동양척식회사, 일본영사관, 대한민국관리
아이스크림은 미국놈 좆대강이나 빨아라 그러나
요강, 망건, 장죽, 종묘상, 장전, 구리개 약방, 신전,
피혁점, 곰보, 애꾸, 애 못 낳는 여자, 무식쟁이,
이 모든 무수한 반동이 좋다
―김수영, 「거대한 뿌리」 부분

도대체 이런 시가 다 있었다니! 김남주는 박 선배를 '인물'이라 생각했다. 선배가 그 밤에 토해낸 이야기들은 그에게 자신의 배움이 얼마나 얕으며, 책 한 줄을 읽어도 건성으로 보았는지를 절감케 했다. 그야말로 '까막눈에 잡탕'이었던 자신과 달리 박 선배는 말 그대로 인류의 정신사를 망라한 백과전서에 방불했다. 한문학, 영문학, 우리 고전문학, 또 세계적인 문장가들의 이름과 작품 소개, 게다가 4·19 후의 학생운동의 전개 과정과 한일회담 반대 투쟁 당시 자신이 겪은 경험담, 끝내는 쿠바혁명 지도자의 한 사람인 체 게바라에 관한 전설적인 무용담까지 모르는 것이 없었다.

4

하지만 세상에는 빛이 있으면 또한 그림자가 따르기 마련이다. 김남주가 대학생 신분이 된 후 그에게도 자못 당혹스러운 현상이 생겨나는데, 그것은 고향 마을이 자꾸만 밀어내는 것 같은 부력을 느낀다는 점이었다. 처음에는 그 정체를 잘 몰랐다. 그런데 1학년 여름방학 때 마을 입구에 들어서다 느닷없이 분위기가 좀 이상하다는 느낌을 받았다. 광주에서 버스로 두세 시간을 달려 해남읍에 닿은 다음, 그곳에서 다시 완도로 가는 국도를 따라 한 시간 정도 걸어서, 다시 외로 꺾이는 야트막한 산자락의 샛길 앞에 이르면 그는 늘 신체가 먼저 반응하는 천국의 문을 만날 수 있었다. 멀리 대둔산이 보이고 발아래로는 솔밭과 솔밭 사이로 난 붉은 황톳길이 펼쳐지는 고샅을 걷다 보면 늘 객지에서 얻은 긴장이 온몸에서 빠져나가는 정신적 해이의 즐거움을 만끽할 수 있었다. 그리하여 언제 어느 때 걸어도 편한 길에서 그날은 갑자기 낯모를 기운이 엄습하는 것을 감지하게 되었는데, 예컨대 밭에서 김을 매던 동네 아주머니가 그를 보더니, 얼른 일손을 놓고 서서 머릿수건을 벗은 채 공손히 절을 하는 것이었다.

"유순이 오빠 오시요?"

김남주는 엉겁결에 맞절로 응대했으나 여간 불편하지 않았다.

"아, 예."

그래서 재빨리 중동무이해 버리고 고개를 갸웃거리면서 걷는데, 얼마 가지 않아서 이번에는 길가에서 풀을 베던 어른이 벌떡 일어서서 공대말을 했다.

"어이 집에 오시는가, 방학했는가?"

그는 무안해서 고개를 꾸벅한 후 대답도 제대로 하지 못하고 자리를 피했다. 그리고 다음 날 아침에 고샅을 빠져나가 뒷산이며 앞들이며 마을을 둘러보는데, 아랫말 처녀들이 물동이를 이고 가다가 갑자기 그를 향해 공손히 인사를 하고는 얼굴을 붉히며 사라지는 것이었다. '어라, 이게 뭐지?' 고등학교 때까지만 해도 스스럼없이 대하고 함께 놀던 친구들까지도 그에게 조심하는 기색이 역력했다. 김남주는 이때 몸 안에서 비상등이 켜지는 걸 느꼈다. '아, 고향 사람들이 내게 언제 떠날 것인지를 묻고 있구나.' 그것은 고통스러운 확인이었다. 그간 흙이나 파먹고 사람대접도 받지 못하는 무지렁이라고 스스로 비하하는 시골 사람들의 눈에 영락없이 도시의 대학생일 뿐인 김남주는 이미 딴 세상에 속하는 이질적인 존재가 되어 있었다. 내 몸 어디에서 그런 못된 도시 냄새가 날까? 그는 당황스럽고 무안하고 부끄러웠다. 그리고 그것이 이루 말할 수 없이 슬펐다. '이웃을 잃지 않으려면 정신 바짝 차리지 않으면 안 되겠구나.' 이때부터 그는 어색한 순간을 피하려고 마을 길을 걸을 때면 꼭 어두운 시간을 택했다. 부득이 피치 못할 사정이 있어서 낮에 고향에 갈 경우에도 동네 앞길을 택하지 않고 야트막한 뒷산을 넘어서 대숲 사이로 난 가파르고 좁다란 길을 따라 도둑처럼 숨어 들어갔다.

시골 아이들은 공부를 잘하면 고향과 멀어진다. 하급학교에서 상급학교로, 상급학교에서 더 높은 학교로, 그렇게 몇 계단을 오르고 나면 '양복쟁이'들이 사는 별천지가 나온다. 그곳에 이르면 다들 자신이 양복쟁이임을 과시하며 옛날의 아버지 같은 이들을 약탈하러 다니기 시작한다. 그것은 자신을 낳고 기른 대지와 아버지에게 돌이킬 수 없는 배신이자 패륜이다. 김남주는 달아날 데 없는 촌놈이었고, 언제라도 고향 집 대문 안에 들어서야 마음이 평온해지는 사람이었다. 그래서 자신이 고향에 올 때는 이 따뜻한 세계를 지키는 혈육으로 와야 하고, 아버지들의 근심을 덜어줄 해방자로 와야 한다고 생각했다. 그는 마음을 굳게 다잡았다.

'나는 외갓집 사람이 아니여.'

이제는 자신의 대지로부터 버림받지 않으려는 노력이 필요해졌다. 고향 사람들 앞에서는 행동거지를 조심해야 했고, 창비와 같은 책을 들여다볼 때도 비평적인 글보다 시 같은 문학작품에 주의를 더 기울여야 했다. 그러다 보니 들게 된 버릇인데, 책을 읽다가 신통한 구절이 나타나면 곁에 있는 아무나 들을 수 있게 읽어주었다. 그것은 과연 효과가 있었다. 세상의 지식 중에는 문학이 아니고서는 결코 부모의 가슴에 닿을 수 없는 영역이 엄존했다. 이론적인 지식은 어떤 것도 저 가난한 이들의 가슴에 닿지 못한다. 아서라. 김남주는 그간 문학 하는 사람을 경원시했던 태도를 바꾸어야 할 필요를 느끼게 되었다. 사실은 자신도 문학을 좋아했지만 정작 시를 쓴네 소설 공부를 합네 하는 이들은 도대체가 세상이 어떻게 돌아가는지도 모르고 잔뜩 겉멋만 부리는 것이 예사여서 말도 섞고 싶지 않았다. 그런데《창작과 비평》은 전혀 다른 사례들을 보여준다. 한번은 1970년 여름호를 펼쳤는데, 그 속에서 김준태의 시가 눈을 번쩍 뜨게 했다. 「산중가」, 「보리밥」, 「감꽃」 같은 시에 농촌 냄새가 물씬물씬 풍겨서 그렇게 신통할 수가 없었다.

산골의 고영감네 집은 가득하다네
처마 밑에 고사리 다발이 걸려 있고
부엌엔 갈치 두 마리 먹음직하게 매달려 있고
마당귀에 돼지오줌을 엎지른 두엄이 쌓여 있고
헛간엔 어제 만든 싸리비가 세워져 있고
뒷 울안엔 감나무 잎이 바람을 말아올려 소곤거리고
변소간의 망태엔 종이 아닌 지푸라기가 들어 있고
여덟자 정도의 방엔 풍년초 한 봉이 놓여 있고
식구란 고영감과 그의 아내뿐이고
책 한 권도 먼지 묻은 족보도 없지만
밤마다 산딸기 소롯소롯 배인 빨간 꿈속마다
여순반란 때 죽은 아들이 울고 오나니
가득한 집안을 참쑥냄새의 울음으로 텅 비우고 가나니
꼭 핏줄을 이을 아들 하나 남기고자
피마자기름을 머리에 바르고 빗질을 한다네
고영감은 곰보인 젊은 과부를 홀리기 위하여
　　　　　　　　　　　　　　　—김준태, 「산중가」 전문

이 시에는 소위 시인들만이 사용한다는 특유의 어법과 괴이한 상상력이 들어 있지 않아서 그는 얼씨구나 하고 어머니에게 읽어줬다. 그러자 연필 토막이라고는 잡아본 적이 없던 어머니가 너무나 좋아했다.

"영락없이 우리 사는 꼬락서니를 써놨다이."

평생 글을 모르고 살아온 아버지도 재미있다고 했다. 그래서 덕종이에게 보여주면서 장담을 했다.

"야, 요런 것이 시라면 나도 쓰겠다야."

김남주가 시 비슷한 낙서를 즐기기 시작한 것은 이때부터였다. 나는 취재 중에 우연히 김남주가 쓴 최초의 시를 얻게 되었다. 그러니까 그가 김준태의 시를 읽은 직후의 일이다. 그때만 해도 김남주는 광주에서 하숙하면서 '먹고 노는 대학생' 시절을 누리고 있었다. 날마다 이강과 붙어 다니며 박석무 선배 집에나 놀러 다니고는 했는데, 밤이면 하숙집에 혼자 돌아오기가 싫어서 이강을 따라가곤 했다. 그리고 그런 일이 잦다 보니 어느 순간부터 아예 하숙 생활을 접고 이강의 자취방으로 들어가 눌러앉고 말았다.

이강은 두 칸짜리 방을 얻어서 세 명의 동생과 함께 살고 있었다. 방 하나는 여동생 이정이 쓰면서 오빠를 뒷바라지하고, 또 하나는 이강과 광주농고에 다니는 이건 그리고 이황이 차지했다. 당시에 이정은 장갑공장에서 기계로 짠 목장갑을 가져다가 손가락 부분 마무리를 짓는 부업을 하느라 윗목에 일감을 잔뜩 쌓아두고 지냈는데, 김남주가 들어오자 방이 좁아서 이황이 누나 방으로 옮겨 가야만 했다. 그래도 김남주는 말이 통하는 친구와 실컷 토론도 하고, 또 마음껏 게으름을 피우며 책을 읽어도 굶는 일이 없으니 신나기만 했다. 식사 때가 되면 다섯이나 되는 숫자가 둘러앉은 밥상머리에서 이강은 한없이 의젓하건만 그 동생 이황은 입이 짧아서 반찬이 짜네, 시네, 투정하느라 젓가락을 깨작거리기가 일쑤였다. 김남주가 그 버릇을 고치려고 궁리하다가 습작 시인지 낙서인지 모를 글을 써서 바람벽에 붙였다.

허천병은 전염병이다

고향 친구 강이네 자취방에만 오면
나는 허천병이 든다.
여동생 정이가 차려준 밥상만 받으면
나는 아귀걸신이 된다.
짠 것은 짜서 맛나고
시디신 것은 신 대로 눈을 찡그리면서도 맛있다.

입맛 까다로운 동생 황이도
나의 식탐에 덩달아 숟가락질이 빨라진다.
국그릇도 나처럼 들고 마셔버린다.
'한 그릇만 더' 하고 내가 국그릇을 내밀면
덩달아 빈 국그릇을 내민다.

강이네 자취방에서는
희멀건 콩나물국도 시래기국도
푹 우려낸 사골곰국 맛이 난다.
된장 풀어 삶아 낸 선짓국 맛도 난다.
그 맛만이 아니다.

시린 손발을 불며 눈밭에서 캐온 파릇한 보리싹에
홍어 애를 넣고 끓인 홍어보릿국 맛도 난다.

봉두난발 거렁뱅이 꼴로 찾아가
여동생 정이가 차려준 밥상만 받으면
나의 허천병은 나도 모르게 금세 도진다.
허천병은 분명 전염병이다.
면역력이 약한지
입맛 까다롭기로 소문난 동생 황이가
항상 먼저 감염된다.

게트림 나오게 퍼먹고 하품에 기지개를 켜다
비닐장판이 거뭇하게 눌은
뜨뜻한 아랫목에 비스듬히 기대면
허천병은 벌써 가라앉아 눈꺼풀이 처진다.
이때쯤 나는 이미 왕이 되어 등극하고
동생 황이는 이름처럼 황제가 되는 꿈에 빠진다.

신기하게도 이 낙서는 부적 같은 효과를 내어서 이황의 식사 습
관을 완벽히 바꾸어놓았다. 그래서 낙서를 떼지 않고 두었더니 누
렇게 색이 바랜 바람벽에 파리똥이 덕지덕지 슬도록 붙어 있는 동
안 이황의 동생 이헌까지도 다 외우게 되었다.

김남주가 대학생이 되어서 곤혹스럽기 그지없게 된 또 하나의
문제가 있었다. 그것은 이 땅의 장정 모두에게 주어진 병역의무에
관한 것이었는데, 김남주는 한창 노닥거리며 살다가 군에 입대하라

는 영장이 나오자 심히 난감한 신세가 되었다. 그는 애초부터 군대에 대해서만큼은 도무지 화해할 수 없는 저항감을 가지고 있었다. 사상적 기질이 그랬다. 이강은 김남주가 "노자와 장자를 통해 선도를 특히 좋아했고, 사상적으로는 무정부주의의 경지에 이르고 있었다"라고 말하는데, 김남주의 밑바탕은 어릴 때부터 무위자연의 꿈으로 가득했다. 그래서인지 인간이 어떤 강박, 혹은 어떤 이데올로기에 묶이는 걸 기겁하듯이 싫어했다. 그 대상이 무엇이든 간에 인간이 어디엔가 맹종해야 한다는 사실 자체를 경멸했으니, 도대체가 꾀죄죄해지는 걸 견디지 못하는 성미 때문에 군사문화는 체질적으로 도저히 양립될 수 없었다. 더군다나 정권의 안정을 위해 안보로 협박하는 군사정부를 그는 처음부터 미워했다. 특히 김신조 부대의 침투 이후 향토예비군을 설치한 박정희는 반공 협박도 모자라서 국민 개개인에게 고유번호를 붙이는 방식으로 주민등록제도를 강화하고, 국민교육헌장을 반포했으며, 고등학교와 대학교에서도 군사 훈련을 하게 했다. 여학생들까지 전시상황에서의 대처 능력을 높인다는 명목으로 교련을 필수과목으로 지정했다. 그리고 매주 월요일에는 일반 조회 대신 교련 조회를 하게 만들고, 봄 소풍은 춘계 행군 가을 소풍은 추계 행군으로 명명하며, 교련 훈련을 학교별로 겨루는 안보 실기대회도 열었다. 그러니까 전 국민을 단 한 명의 열외도 없이 반공 전선에 집합시켜 병영국가를 만든 것이다. 김남주는 자신이 그러한 병영국가의 부속품이 되는 현실을 받아들일 수 없었다. 그에 대한 끔찍한 기억을 그는 이미 겪은 바가 있었다. 예컨대 대학생이 되어서 교련 수업에 들어갔던 날이었다. 생김새가 망측하기 짝이 없는 교련복을 입고, 아이들의 병정놀이에나 사용되는 말투를 가진 교관의 훈시를 듣는 것도 거북했는데, 훈련 실습이 시작되자 동작들이 낯 뜨거워서 도무지 따라 할 수가 없었다. 평소에도 절도 있는 동작에 길들지 않았던 그의 몸짓이 우스웠는지 여기저기에서 킥킥 웃는 소리가 들리기 시작했다. 그래도 '차렷' '경례' 수준의 제식 동작을 할 때는 어느 정도 창피를 모면할 수 있었다. 그런데 목총을 들고 총검술을 시작하자 동작 하나하나에서 일제히 폭소가 터졌다. 그것은 마치 음향과 행위가 일치하지 않는 영상물같이 희극적이어서 교관이 달려와 자세 교정을 다시 하기를 수차례나 반복했다.

"동작을 그렇게밖에 못하나? 다시!"

다른 학생들은 일제히 관객으로 돌변하고 말았다. 그의 모든 동작이 희극배우의 연기처럼 조건반사를 일으켜서 온 연병장이 떠내려갈 듯이 소란해졌다. 그는 식은땀을 흘리며 모난 돌이 되지 않으려고 노력했지만, 교관의 시범 동작에 도저히 근접하지 못해 중단되고 말았다. 소문난 '고문관'의 출현이었다.

그 일을 생각하면 자다가도 등에 식은땀이 흘렀다. 나더러 저 쿠데타 세력의 폭압 기계에 들어가 정권의 톱니바퀴나 나사못 같은 게 되라고? 하지만 징집영장은 서슬 푸른 국가의 명령이었다. 그 결과를 이강은 이렇게 간단히 전한다.

5월에 군 복무 징집영장을 받고 논산훈련소에 갔으나 건강상의
이유로 징집을 면제받고 돌아왔다.

이강의 설명대로 일단 5월에 징집영장을 받은 것은 사실이었다. 하지만 이강은 친구의 내밀한 부분을 드러내고 싶지 않아서 순한 말로 포장했을 것이다. 당시에는 결핵 환자가 유난히 많았다. 김남

주도 한때 결핵을 앓았는데, 결핵은 전염병이라 완치 판정을 받지 않으면 귀가 처분을 당했다. 하지만 이는 면제 처분이 아니어서 얼마 지나지 않아 다시 영장이 나오게 돼 있었다. 김남주도 1차는 그렇게 지나갔다. 논산훈련소까지 갔다가 되돌아온 뒤 대학 생활에 빨려든 것이다.

박정희 시대는 역동적이란 말로는 다할 수 없을 만큼 많은 일이 폭발적으로 일어난 시기였다. 영화나 연극보다 현실이 훨씬 극적이었다. 1967년 대통령 선거에서 박정희는 유효투표 51퍼센트를 얻어서 당선되자 곧장 장기집권을 위한 개헌에 나섰다. 대통령의 3선 연임 허용, 국회의원의 국무총리 및 국무위원 겸직 허용, 대통령에 대한 탄핵소추결의 요건 강화, 국회의원 정수 증가 등을 골자로 한 이 개헌을 3선개헌이라 한다. 야당과 재야 세력, 학생들은 3선개헌을 반대하는 투쟁을 격렬하게 전개하였다. 특히 1969년 6월 19일 서울대의 학생 궐기 이후 3선개헌 저지투쟁이 각 대학으로 파급되기 시작했다. 김남주는 방학이 끝나기도 전에 광주로 올라가 이강과 함께 데모 현장을 쫓아다녔다. 두 사람은 시위 현장을 누비며 3선개헌 반대 시위가 얼마나 중요한지 역설하고 다녔다. 그것이 정보원들의 눈에 띄지 않을 턱이 없었다. 그리하여 이강은 가을이 되기가 무섭게 강제로 군에 끌려갔으며, 김남주는 도피하여 겨우 강제징집을 면했다. 그 일을 김덕종도 기억하고 있었다. 그해 가을에 고향 집 행랑채에서 혼자 자고 있는데, 느닷없이 방문이 열리더니 형이 허겁지겁 쫓기듯이 들어왔다.

"덕종아, 얼른 문 닫아라. 나 지금 광주에서 오는 길이다."

얼굴은 한쪽 눈두덩이가 새파랗게 멍들고 부어 있었다. 동생이 깜짝 놀라서 물었다.

"형, 눈이 왜 그런가?"

"교련 반대 데모하다가 최루탄을 맞아부렀다."

그러면서 학교에서 도망쳐 나온 과정을 설명해 주는데, 김덕종은 도대체 전후 맥락을 이해할 수 없었다. 형은, 지도교수가 호주머니를 털어서 1500원을 만들어 준 덕에 그 돈으로 겨우 광주를 빠져나왔지만, 만약에 경찰에 걸렸다면 꼼짝없이 강제징집을 당했을 거라며 군대에 끌려가느니 차라리 감옥행이 더 나을 거라 했다. 동생은 왜 위험한 일을 하느냐고 묻지 않았다. 세상을 누구보다도 잘 아는 형이라 분명히 까닭이 있을 거라 믿어서였다.

여기까지가 1차 징집영장을 받은 이후의 상황이었는데, 오래지 않아 2차 징집영장을 받게 되었다. 김남주는 인생 최대의 난제를 맞아서 이리 피하고 저리 피하며 한없이 시간을 끌었다. 그러다 막다른 골목에서 아버지에게 뼈아픈 편지를 썼다. 그걸 대독한 동생은 이렇게 전한다.

"형이, 저는 도저히 못 견딜 것 같습니다. 군대에 가느니 차라리 죽겠습니다. 이렇게 쓴 거여. 아버지가 얼굴이 하애져서 해결한다고 뛰어다녔제."

아버지는 진정으로 위기감을 느꼈다. 남들과 상의할 수 있는 문제도 아니라 혼자 끙끙대며 갖은 궁리를 짜냈으나 출구가 없었다. 그러나 궁하면 통한다고 했다. 그 시절까지만 해도 결핵 증상을 가진 징집대상자를 처리하는 문제는 면사무소에서 호적과 병무를 담당하는 호병계 직원의 펜대에 달려 있었다. 결핵은 완치되지 않으면 입대할 수 없으므로 재차, 삼차 연기되기가 십상이었는데, 당시

병무청의 기록은 1970년도의 병역 기피율이 무려 13.2퍼센트에 달한다고 말한다. 아버지는 이를 알고 일단 논을 몇 뙈기 팔아서 호병계를 찾아가 매달린 끝에 극적으로 해결을 보았다. 김남주가 방위병이 될 걸 보충역으로 돌려서 3주짜리 '실미(실역미필자) 교육'을 받게 하는 것으로 낙착을 본 것이다. 그러니까 아들의 병역의무를 자신이 가장 아끼던 논과 바꾼 셈이다.

5

이강이 군에 입대하고 없는 동안 김남주는 그야말로 날개를 잃은 새가 되었다. 어느새 광주는 텅 빈 도시와 같아서 그가 머물 곳이라곤 없었다. 유일한 안식은 방학 때 집에 가는 일이었다. 그것도 여름에는 잡초를 매고 농약을 뿌리는 등 할 일이 많았는데 겨울에는 농사일이 없어서 거의 방에서만 박혀서 지냈다. 밥 먹을 때나 변소에 갈 때 외에는 문밖에 나가지 않았기 때문에 동네 사람들도 그가 집에 있는 사실을 모를 정도였다. 그는 동생과 함께 행랑채에서 기거했는데, 그 방은 아침저녁으로 쇠죽을 끓이느라 바닥이 늘 지글지글 끓듯이 뜨거웠다. 짧은 해가 저물고 동장군이 기승을 부리는 밤이 깊으면 김남주는 밤참을 얼마나 좋아하는지 고구마, 두부, 달걀 등을 하루도 거르지 않고 즐겼다. 한번은 밤참을 할 시간이 되었는데도 동생이 움직이는 기척이 없자 그가 나지막이 불렀다.

"덕종아, 시간이 다 됐는데 뭐 해?"

"뭘?"

"그거 말이다. 우리가 날마다 성실하게 지키는 거."

동생이 어처구니가 없어서 정색하고 발을 뺐다.

"형, 오늘은 짚불을 넣지 않았당게. 고구마를 구울 데가 있어야제."

그러자 김남주가 지그시 웃으며 말했다.

"사랑하는 동생아. 쇠죽 쑤러 나갈 때 말이다. 니 손에 고구마가 들린 걸 내가 목격하고 말았으니 이를 어쩌면 좋냐?"

동생은 두말없이 나가서 고구마를 꺼내 올 수밖에 없었다. 왜냐면 그러는 형이 너무나 좋았기 때문이었다. 해남 형제의 이 같은 겨울 동화는 방학이 끝날 때까지 계속되었다.

"덕종아, 오늘은 두부가 먹고 싶은데 이때 너는 무엇을 해야 하냐?"

"형, 나 돈 없어."

대뜸 발을 빼는 동생을 김남주는 천 길 마음속까지 들여다보았다.

"아니, 서울에 한강 물이 말랐으면 말랐지, 어찌 네 주머니에서 돈이 마를 수가 있다냐?"

그러면 뿌리칠 수가 없어서 동생은 오밤중에도 차가운 공기를 가르며 두부 파는 집까지 다녀와야 했다. 이렇게 지내다가 방학이 끝나고 다시 광주에 가면 김남주는 또 외톨이가 되었다. 그래도 책 읽기가 유일한 낙인지라, 언제나 책을 살 돈이 없으면 시내 책방이나 교수들의 연구실에서 책을 훔치고는 하였다. 책꽂이에서 거의 장식용에 가깝게 잠들어 있는 책을 훔치는 일을 김남주는 전혀 이상하게 생각하지 않았다. 남들이 읽지 않고 서재에 모셔놓기만 하는 외국 서적의 경우에는 도벽이 특히 더 심해 이상한 재미를 들이기까지 했다. 정 훔칠 수가 없는 책은 잔뜩 꾀를 부려 사기도 했다. 이를테면 헌책방에 들어가서 읽지 않아도 될 몇 장을 몰래 찢어 놓고 다음 날 가서 헐값에 샀다. 문제는 그것을 읽고 토의할 친구가 없었다는 점이다. 이렇게 늘 혼자였던 그에게 1970년이라는 해는 얼마나 사무치는 고독의 시간이었는지 모른다. 그가 하는 일은 한결같아서, 학교에 가면 도서관을 뒤지고, 밖에 나오면 계림동 헌책방을 돌고, 또 밤에 귀가하면 밥상 앞에서 천연덕스럽게 책을 보고……. 이강의 동생 이황은 말한다.

> "남주 형이 하는 일이라고는 책 읽는 것밖에 없었당게요. 한 손은 꼴마리에 넣고, 또 한 손에는 달랑달랑 책을 들고 서서, 밥상이 나와도 앉으려는 시늉도 않고 시 낭송을 해요. 우리나라 시 말고 영시."

자취방에는 이강의 동생이 이황 말고 둘이나 더 있었기 때문에 각자 맡은 역할을 잘해야 했다. 그런데 김남주는 영시를 낭송할 때는 멋있는데 그 외의 일에서는 영 형편없었다. 이강도 없이 그 동생들과 자취하는 동안에도 김남주는 취사는커녕 연탄불이나 설거지 통에 한 번도 손을 대본 적이 없었다. 언제나 한 손은 바지춤에 넣고 다른 한 손은 책을 들고 있어서 밥상을 코 아래까지 디밀어줘야 밥을 먹었다. 그것도 식사 도중에 독서삼매경에 빠져서 밥상을 치우는 줄도 모르다가 동생들에게 숟가락을 빼앗기기 일쑤였다. 한번은 이황이 학교에서 돌아와 보니 남주 형이 아침에 봤던 모습 그대로 책을 읽고 있는데, 밥상을 보니 아침에 먹던 김치가 말라비틀어져서 먹을 수 없게 돼 있었다. 어찌나 화가 솟구치던지 성질을 버럭 냈다.

"형, 밥상 좀 치우쇼. 정 손대기가 싫으면 발이라도 뻗어서 상을 쭈욱 밀어놓기라도 하란 말이요."

이럴 때 김남주는 방긋이 웃고 마는데, 이황은 그런 미소 하나에 갑자기 마음이 녹아버리는 것을 자신도 이해할 수 없다고 했다. "하여튼 신기허당게요. 남주 형의 미소 한 방이면 아무리 화난 일도 금방 사라져 버려요." 그러면서 들려준 이야기가 있다. 전남대학교 도서관 아래층에 가면 이미 비치할 기간이 지난 책을 쌓아두는 장소가 있었다. 그것은 김남주가 필요한 책을 봐뒀다가 남몰래 챙기는 순전히 자기만의 장소였다. 하루는 거기에서 쓸 만한 책을 골라두고, 빈 가방을 가지고 와서 담으려고 보니 인상이 험악한 청년이 먼저 와서 주섬주섬 담고 있었다. 그래서 김남주가 왜 내가 골라둔 책을 가져가느냐고 물으니 그 친구가 다짜고짜 시비를 걸었다.

"야, 먼저 차지한 사람이 임자지. 이게 니 거냐?"

그러면서 거칠게 구는데, 김남주는 싸움을 못해도 무섭다고 피하는 사람은 아니었다. 이를 듣고 이황이 물었다.

"형, 그래서 어떻게 됐소?"

"싸우자는데 싸워야지 피하냐?"

해놓고는 허허 웃었다. 여담으로 하는 말이지만 이강의 동생들은 매우 깡다구가 셌다. 손아래 동생 이건은 광주농고의 소문난 주먹 대장이어서 그 동생 이황까지도 건드리는 사람이 없었다. 그래서 이황도 싸움 구경을 제법 많이 했는데, 자기 생각에 도대체가 싸움이라고는 할 줄 모르는 남주 형이 그럴 때 어떻게 했을지 걱정되어서 물었다.

"그래서라우? 그래서 어떻게 됐소?"

이렇게 다그치자 김남주가 천연덕스럽게 답했다.

"어떻게 되겠냐. 내가 좆되야부렀다."

이황은 어처구니가 없었다.

하지만 이강의 동생들은 다들 제 형이 없어도 김남주를 친형처럼 깍듯이 모셨다. 김남주도 마찬가지여서 서로 간에 타자에 대한 예의를 지키거나 상호 인격이 다치지 않을 만한 거리감 따위를 둘 필요가 없었다. 먹는 거나 쓰는 것도 가릴 일이 없었다. 그런데 신기하게도 그 인정 많은 남주 형이 어쩌다 고향 집에 다녀와도 매번 빈손이었다. 자취방에서 살림을 챙기던 이황은 남주 형의 어머니가 반찬을 해 보내지 않을 턱이 없다 싶어서 매번 궁금해 미칠 지경이었다. 그래서 한번은 고향에 간 김에 몰래 뒤를 밟았는데, 먼발치에서 남주 형이 차에 오르는 걸 보고는 실로 어이가 없어서 말이 안 나왔다. 시골 출신 자취생들이 타는 버스라는 게 차편은 적고 승객은 많아서 언제나 콩나물시루와 한가지였다. 집에서 싸준 김치통을 들고 차에 오르면 버스가 도로포장이 안 된 시골길을 달리는 동안 김칫물이 흘러나와서 냄새가 진동했다. 특히 아침 버스는 바닷가 마을에서 게나 꼬막 바지락 등을 담은 고무 대야를 들고 타는 아주머니들 때문에 옷이 젖지 않는 적이 거의 없었다. 그래서 김남주는 아예 버스정류장에서 죄다 퍼주고서야 차에 오르는 것이었다. '세상에, 저런 괴짜가 어디에 있을까.'

그래도 김남주는 아랑곳하지 않고 이황을 마치 고향 집에서 김덕종을 부리듯이 부리고는 했는데, 가장 빈번하게 시키는 심부름은 집 앞 구멍가게에서 '까치담배'를 외상으로 사는 일이었다. 하도 빈궁했던 시절이라 학생 처지로는 담배를 한 갑씩 통째로 살 형편이 못 되었다. 그래서 김남주도 집 앞 구멍가게에서 낱개로 한 개비씩 외상으로 사다가 용돈을 타면 갚고는 했는데, 하도 게으른 성격이라 그 심부름을 시킬 사람이 이황밖에 없었다. 그런데 이황은 고등학생 신분이라 그 일이 늘 난처하기만 했다. 하루는 김남주가 '까치담배'를 사 오라고 시키는데도 이황이 이제는 동네에서 오해받고 싶지 않다며 버텼다. 김남주는 이 심부름을 하는 수 없이 그 동생 이헌에게 다시 시켜야 했다. 그러고 며칠 안 되어서 대통령 후보로 출마한 김대중이 광주에 왔을 때 유세 현장인 공설운동장에 가면서 이황에게 알리지 않고 이헌을 데리고 갔다. 그곳에서 만난 김남주의 친구가 누구인지는 모른다. 하여튼 그 친구가 부유한 편이라 이헌에게 빵도 몽땅 사주고 용돈도 두둑하게 줘서 보내는 바람에 이황이 화가 단단히 나서 이불을 뒤집어쓰고 말았다. 김남주가 이렇게 말했다.

"황아. 아따, 우리 황이는 오늘 좆돼부렀다."

화가 머리끝까지 올랐던 이황의 마음은 이 말에 또 사르르 풀려버리고 말았다.

그러는 동안에도 세상은 바쁘게 돌아서 나라 형편이 더욱 가파르게 변했다. 국제정세도 여간 거칠지 않았으나 국내 정세야말로 끓는 도가니 속이었다. 박정희는 장기집권을 획책하느라 정치 상황을 수렁으로 끌고 가는데, 더욱 심각한 것은 급속한 산업화가 빚어낸 온갖 사회경제적 갈등이었다. 그 한복판에서 청계천 평화시장에서 고독하게 깨어난 노동자 전태일이 분신하는 놀라운 일이 터졌다. 한국사의 한 지평을 바꾸는, 그리하여 이 땅에 노동자가 살아서 날마다 울부짖고 있음을 알리는 획기적인 사건이었다. 세상이 살아 있다면 반드시 응답이 있어야 하는 상황이었다. 그런데 다들 눈을 감고 있으니 김남주는 자신이라도 움직여 보려고 이 사람 저 사람을 찾아가 봤는데 다들 말을 듣는 시늉조차 하지 않았다. 자기 혼자서 고함을 쳐본들 백사장의 모래알 하나만도 못할 터였다. 그는 이강이 어서 휴가 오기를 눈이 빠지게 기다려야 했다.

이강이 휴가를 나올 때마다 김남주는 이제 더는 혼자가 아니라는 듯이 신명이 나서 돌아다니곤 했다. 그럴 때 빼놓을 수 없는 방문지가 박석무 선배 집 말고도 한 곳 더 있었다. 장기수 출신 이기홍 선생의 집이었다. 이기홍 선생은 일제강점기 때 광주학생독립운동을 주도했던 어른으로서 전쟁 때는 빨치산 투쟁에 나서서 옥고를 치렀으며, 4·19 이후에도 사회당에 참가하고 조직 활동을 멈추지 않았다. 5·16을 겪고 군사독재를 맞아 억압이 극심해지는 폭정의 세월에도 굴하지 않고 독서와 사색에 열중하며 고독한 시간을 형형하게 견뎌낸 역사의 증인이었다. 그분을 알게 된 건 본래 박석무 선배 때문이었는데, 곧이어 이강이 친해지고 점점 김남주까지 연결되었다. 신기한 것은 그분도 그렇고 김남주도 특히 대화가 잘 통해서 틈만 나면 찾아가서 놀다 와도 된다는 점이었다. 본디 말수가 적은 사람들은 말 없는 대화를 잘하는 법이다. 김남주는 이기홍 선생 집에 가면 꾸벅 인사를 한 뒤 아무 말 없이 커피를 한잔 얻어 마시는 게 상례였는데, 우선 그것만으로도 큰 공부가 되었다. 왜냐면 그 집에는 역사의 수난을 이겨낸 실존의 숨소리가 살아 있기 때문이었다. 일제강점기에 사회변혁 운동에 뛰어들어 실로 오랜 시련의 세월을 헤쳐온 이기홍 선생은 단지 상처뿐인 영광을 간직한 옛 활동가가 아니었다. 그분은 격동의 세월을 지켜본 혁신 세력의 대표적인 이론가이자 실천가의 한 사람답게 전 민족 세력을 하나로 묶어 세우는 운동이 필요하다는 열정을 버리지 않고 있었다. 그래서 우리나라는 미국의 군사적 보호 아래 친일세력과 반민주 세력이 결탁한 식민지 상태에 놓여 있다고 규정하고, 우리의 기본 모순은 민족 모순에 있으므로 민족 내부의 계급적, 종교적 차이 또는 빈부격차 등의 기타 이해관계에서 발생하는 모순을 일단 접어두고 외세에 의한 직간접의 영향에서 벗어나 자립구조를 형성시켜 나가야 한다고 생각하고 있었다. 그러면서 이기홍은 민족 간부의 양성이라는 측면에서 까마득한 후배들에게 깊은 애정을 보였다.

사실, 김남주에게는 해방 전후에 활동한 전전(戰前) 세대의 체계적으로 교양된 이념이 없었다. 1970년대 학생운동가들은 가깝게는 제도교육으로부터 주입받은 자유민주주의를 포함하여, 동학혁명으로부터 흘러나오는 저항적 민족주의, 인도의 간디로부터 들려오는 비폭력주의, 니체와 사르트르로부터 배우는 실존주의, 실로 그 족보를 따지기 어려우나 유령처럼 떠돌아다니는 마르크스레닌주의, 그 한 유파로서 모택동주의 등 온갖 유파의 사상이 한반도에 들어와 학생들의 의식에서 한 자리를 차지하고 있었다.

이 잡다한 사상들의 한 가지 공통점이 있다면 그것은 저항정신이었고, 단점이 있다면 일관된 전망을 꿈꿀 수 있는 지적 계통과 체계가 없다는 점이었다. 김남주는 그 모든 사상을 무차별적으로 섭렵한 보기 드문 청년이어서 이기홍 선생의 말을 매우 높은 수준에서 알아들었다. 그래서 몇 마디 주고받을 때마다 그의 가치관이 지향해야 할 방향성과 지적 체계가 다시 세워지고는 했다. 그런데 여기서 언급해야 할 매우 중요한 사실이 하나 있다. 이기홍 선생의 집에는 따님이 있었는데, 공교롭게도 김남주의 영문과 동기생이었다. 김남주는 학교에 가면 틈틈이 이 여학생과 어울렸다. 그를 통해 알게 된 사실이 그 어머니가 일제강점기부터 충장로에서 '삼성당 서점'을 운영하면서 아버지를 뒷바라지했다는 점, 이기홍 선생이 감옥을 드나들며 악전고투를 하는 동안 그림자처럼 숨어서 구명 활동을 했다는 것, 그러다 1970년대가 시작될 무렵에는 어머니마저 사업을 접어서 살림이 몹시 어렵게 됐다는 점이었다.

6

　나는 김남주가 바야흐로 그만의 '무등산 상상봉'을 등정하기 시작한 때를 어쩌면 이 시기로 잡아야 하지 않을까 생각한다. 그는 이 강 없이 고독한 날을 보내며 점점 또렷이 세계 속에 놓인 자아를 발견한 것으로 보인다. 그는 '역사의 포로'처럼 소위 '현실의 벽'이라 하는 생존의 거미줄에 붙들려 있을 생각이 없었다. 개인의 진정한 도약은 치열한 실존 속에 새로운 것을 탄생시키는 데 있다. 자신이 걷는 세계 속에서 일상의 한계를 얼마나 뛰어넘는가에 따라 절대 존재의 영토가 확보된다. 그리하여 초라한 자아 속에 자신을 감금시켜 버리지 않는 것, 그것이 자신을 과거의 수렁에서 벗어나게 하고 자유의 의지를 풀어놓는 일이다. 이 같은 생각은 김남주에게는 꽤 중요한 변화의 서막이었다. 사상가 기질이 다분했던 그가 점점 실천적 결기를 드러내기 시작한 것이 이때부터였다.

　1971년은 교련 반대 시위가 전국적으로 번져간 해인데, 그 때문에 대학가가 한국 정치의 최전선이 되었다. 그해 11월에 심재권, 이신범, 장기표, 조영래 등이 '서울대생 내란음모 사건'이라는 어마어마한 죄목으로 기소되고, 검거를 모면한 김근태는 박정희가 죽을 때까지 잠행하면서 비합법 운동을 전개한다. 전남대 학생운동도 여기에 호응하듯 나날이 치열해져서 김남주도 열심히 시위에 나섰다. 그간에 멋없는 괴짜 이미지를 쓰고 다닌 탓인지 김남주는 좀처럼 존재감을 드러내지 못했지만 그래도 진정성 있는 활동은 계속되었다. 그동안 군인의 신분으로 김남주의 말만 전해 듣던 이강은 이렇게 말한다.

146

원래가 말이 없고 언제나 웃는 얼굴이라서 전남대생 어느 누구
도 김남주를 데모할 학생으로 간주하는 사람이 없었기 때문에
김남주는 처벌 대상자에 오르지도 않고 별 탈 없이 학교에 다니
고 있었다.
　　　　　　　　　　　　　　　　　　　　　—이강, 「김남주의 삶과 문학」

　사람과 사람 사이에서 한 인간의 진면목이 일부러 감추지 않는
데도 은폐될 수 있다는 건 신기한 일이다. 김남주는 성품이 하도 조
용해서 그가 영어를 잘하는 것조차 동료들이 희한하게 여길 정도였
다. 하지만 보편적으로 그렇다고 하여 모두가 그러는 건 아니다. 같
은 시기에 국문과를 다니며 종종 마주치고는 했던 학우는 김남주의
비범성을 매우 주목하고 있었다. 훗날 문단에 등단하여 『뱀딸기의
노래』라는 시집을 낸 김희수 시인은 이 무렵에 김남주가 빚은 일화
들을 매우 세세하게 기억한다. 그에 의하면 전남대 안에서 김남주
의 광범한 독서와 인문학적 소양의 깊이를 따를 사람은 없었다. 그
가 엉뚱한 자리에서 가끔 비상한 일격을 쏟아놓을 때는 주변에 있
는 학우들이 일제히 놀라곤 했다. 특히 수업 시간에 종종 영어로 유
창하게 농담을 던져서 미국인 선생을 폭소에 빠트릴 때면 전남대학
교에서 이렇게 뛰어난 학생은 없었노라고 교수들도 혀를 내둘렀다.
　물론 김남주 자신은 그런 칭찬에 아무 관심이 없었다. 되레 그런
교수들과 학교를 싫어하는 문제아였고, 교련이며 군대며 아니면 무
슨 직장생활에 대한 준비 같은 것이며 하는, 말하자면 장차 진출할
온갖 상명하복의 체계에 순응하는 것을 노예가 되는 일만큼이나 꺼
리는 사람이었다. 그래서 전공과목을 비롯한 몇 과목을 제외하고는
모든 강의를 아예 수강조차 하지 않았다. 그런데 불행하게도 그 탁

월한 어학 능력이 오히려 전공 수업마저 환멸을 갖게 만드는 이유
가 되었다. 가령, 2학년 때까지 교양과목이라는 게 있었는데, 영문
학 교수는 영미 작가의 단편소설이나 시를 한 문장씩 읽어가며 해
석해 주는 것이 고작이었고, 학생들은 그런 도식적인 해석을 한 자
도 빠뜨림 없이 노트에 베껴 쓰는 것이었다. 그것은 문학 수업이 아
닐 뿐 아니라 번역 수업이라고도 할 수 없었다. 남의 나라 언어를 그
냥 읽고 떠듬떠듬 이해하는 것에 불과할 뿐인데, 그중에서도 그를
실망케 하고 기막히게 만드는 것은 영어 회화 시간이었다. 이 과목
을 가르치는 자는 미국 문화를 주로 제3세계에 전파하는 걸 목적으
로 파견된 이른바 '미국 평화봉사단'의 요원들이었다. 그들은 교수
의 자질을 따질 바도 없이 그냥 철없는 미국의 대학생이거나 휴학
생으로서, 김남주가 다니는 영문학과에도 서너 명이나 배속되어 있
었다. 그들이 한국의 대학생들에게 전하는 수업이란 미국식 생활양
식과 용어를 달달 외우게 하거나 문답 형식의 문장을 주고받게 하
는 게 다였다. 이미 20대 중반을 넘긴 김남주가 한낱 애송이에 불과
한 그들의 치기에 놀아날 턱이 없었다. 김남주는 지배자 노릇을 하
는 원어민 강사들과 영어로 수작하는 것도 과히 보기 좋은 편이 아
니고, 그런 영어 회화를 해서 어디 써먹을 데도 있을 거 같지 않아서
갈수록 수업에 빠지는 날이 늘게 되었다. 그나마 유학파 출신 교수
라도 지성미를 보이면 좋을 텐데 태반이 그러지 못했다. 그리하여
새 학기의 열기가 가득 찬 영문학 강의 시간이었다. 김남주는 전날
박석무 선배를 만나서 김정한의 소설이며 김지하와 양성우의 시 이
야기를 듣고 온 터라 세상을 대하는 자신의 안목을 뉘우치는 중이
었다. 세계를 되도록 편향되지 않게 객관화시켜서 봐야 한다는 생
각으로 모처럼 교수의 말을 경청하고 있었다. 그런데 미국에서 공

부했다는 양반이 저 홀로 신이 나서 미국식 선진문화를 찬양하느라 떠들어대는데, 그 수준이 한심하기 이를 데 없었다. 김남주가 참다 못해 반문했다.

"그런 문화를 비판 없이 추종할 때 우리나라는 점점 더 미국의 문화식민지가 되지 않겠습니까?"

그러자 교수가 화를 버럭 냈다.

"학생! 식민지 운운하는 것이야말로 불순분자들이 즐겨 하는 말 아닌가? 하루바삐 미국의 민주주의와 자유로운 생활방식을 배워서 우리도 선진국의 대열에 올라서야지. 그리고 우리를 일제 식민지로부터 해방시키고 공산주의 침략으로부터 보호해 준 게 어딘데 그걸 배반하려는 건가. 그것이야말로 인간적으로나 정치 도의상 배은망덕이지."

교수가 이렇게 열변을 토하는 동안 김남주는 창밖으로 먼 산을 쳐다보다가 하도 기가 차서 허허 너털웃음을 웃었다. 절이 싫으면 중이 떠나야 하나? 어처구니가 없어서 그는 자리를 박차고 나와 버렸다. 그것이 그의 마지막 수업이었다.

'명색이 대학이라는 곳이 말이 통해야 정을 붙이지.'

텅 빈 교정에서 김남주는 늘 혼자 고립되었다. 나날이 상황이 나빠지고 있는 세계, 투쟁하기를 요구하는 세계, 항상 파멸인가 고독인가만이 문제인 세계 한복판에서 그는 늘 외로웠다. 그나마 말동무를 하고 지내는 같은 과 여학생 두 명은 실력도 뛰어나고 하는 짓도 예쁘지만 그렇다고 위험한 정치적 모험을 약속할 사이는 아니었다. 그래서 정치고 사상이고 문학이고 철학이고 간에 대화가 일정 한도에서 깊어질 수 없었다. 결국에는 그들과의 대화도 늘 이강 타령으로 끝나고 말았다.

"내 친구 강이가 제대하면 느그들은 다 필요 없을 것이여. 나는 맨날 강이하고만 놀 테니까."

이강은 3년을 채워야 하는 군 복무를 미군 부대에서 수행하고 있었다. 기특한 점은 이강이 어떠한 상황에서도 자신을 과거형의 인간으로 만들어 버리지 않는다는 것이었다. 예컨대 이강은 입대하자 곧 영어 실력을 인정받아서 미8군 직속인 카투사에 배속되어 판문점 파견근무를 나갔다. 그리고 그곳에서도 자신의 서사를 쉽게 바꾸지 않는다. 하긴 삼선개헌 반대, 교련 반대 시위로 군에 강집당한 사람이 카투사 시절이라고 수동적인 성격으로 바뀔 턱이 없었다. 그는 부대 안에서 동료들을 대표하여 미군과 싸우는 일이 잦았는데, 영어 실력이 모자라서 그들에게 욕설을 시원하게 퍼붓지 못하는 게 안타까웠다. 그래서 화내는 데 필요한 영어를 습득하려고 미군도서관에 가서 별의별 책을 뒤지다가 깜짝 놀랄 사실을 알게 되었다. 그곳에는 김남주가 사족을 못 쓰고 좋아하는, 소위 한국 사회에서는 이념적으로 금지된 서적들이 수두룩해서 그 일부를 광주로 보내면 김남주가 밤잠을 마다하고 번역에 몰두할 것이 틀림없었다. 이강은 소중한 친구를 위해서 다소 위험이 따를지라도 우선 『러시아혁명사』부터 빼돌리기로 했다. 한국에 파견을 온 미군들의 수준이라는 게 하나같이 도서관에 와서 그것도 인문사회과학 서재를 기웃거릴 리 만무한 까닭에 책을 훔치기는 너무나 쉬웠다. 문제는 외출 나올 때 피엑스 물품을 빼돌리지나 않는지 단속한다는 점인데, 물론 물품 검사는 엄격하나 책 같은 건 너그럽기 그지없지만, 그래도 혹시나 알 만한 사람이 표지를 들여다보기라도 한다면 사상적으로 심각한 내용인 만큼 문제가 될 수 있었다. 그래서 외출할 때 조심조심 가져다가 처음에는 누나 집에 맡겼다가 우체국 소포로 한두

권을 보냈는데, 아니나 다를까 김남주가 받아보고는 환호성을 올리고 난리가 아니었다. 이에 신이 나서 이강은 금방 묘안을 찾아냈다. 카투사 친구들이 서울에서 대학에 다니는 여대생들과 미팅을 하게 되었는데, 이강이 대화를 나눠보니 이 여성들이 하나같이 미군 부대에 면회 오는 것을 너무도 좋아했다. 그래서 자신의 파트너가 된 재은이라는 학생에게 면회를 오라고 해서 책 심부름을 맡겼는데, 고맙게도 미군 부대에서는 여자들의 소지품은 절대로 수색하는 법이 없었다. 이강은 재은에게 핸드백 큰 것을 가져오라고 해서 책을 여러 차례 내보내서 광주로 발송하게 했다. 김남주가 이를 환호작약하면서 답장을 보내왔다.

"강아, 훌륭하다. 부대 도서관에 있는 책을 몽땅 빼내서 나한테 보내라."

그러면서 영문판 레닌이며 모택동, 체 게바라와 관련된 원서들을 어찌나 요청하는지 이강은 차례차례 책을 훔쳐서 김남주에게 전달했다. 김남주가 하도 열심히 탐독했기 때문에 이강도 50권이 넘는 책을 훔쳐야 했다. 이강은 이렇게 회고한다.

> 나는 미군도서관에서 정반대 성향의 책을 빌려 보면서 실제로 한국에서는 금서로 취급되는 사회과학 서적과 민족해방문학 서적을 훔쳐냈다. 그리고 그 책들을 비밀리에 서울 외출 시에 서울로 옮겼다가 화물로 광주로 보냈다.
> ―이강, 「김남주의 삶과 문학」

이 일은 김남주를 더욱 정진하게 했다. 그의 반미감정은 오래지 않아 매우 수준 높고 정교한 제3세계적 반미 사상으로 정립되었다.

그리고 그럴수록 김남주의 괴짜 일화는 이웃들에게 더욱 심하게 노출되었다. 한번은 이런 일이 있었다. 몹시도 추운 겨울날, 김남주는 동료 학생들과 더불어 칼바람이 부는 문학부 벤치에서 해바라기를 하고 있었다. 며칠 동안의 폭설로 등나무 마른 가지에는 탐스러운 흰옷들이 덮여 있는데, 그 너머로 2층 영문과 교수실 창문이 열려 있었다. 마침 눈이 푸른 미국인이 햇살을 가득 받으며 낭만적이라는 듯이 아래를 내려다보고 있었다. 미스터 인투리지라는 평화봉사단의 일원으로 교양학부 영어를 강독하는 젊은 사람이었다. 김남주는 힘깨나 쓴다는 나라에서 침략자들이 무슨 평화 봉사입네 하고 들어와 거들먹거리는 걸 마치 살모사를 본 듯 싫어했다. 평소에도 강의 중에 그가 천박한 어조로 그것도 원어랍시고 질문을 하면 김남주는 엉뚱한 대답이나 욕설을 섞어 맞받아치고는 했다. 그때마다 그는 얼굴이 벌겋게 상기되어 쩔쩔매곤 했는데 그것을 동료들은 매우 후련하게 여겼다. 주둔군의 백성으로서 우월감에 젖어, 약소국의 대학생을 가르친다는 뻔뻔한 모습을 김남주는 도저히 인정하고 싶지 않았다. 더구나 군대를 면제받는 방편으로서 평화봉사단이라는 미명과 함께 새파랗게 어린놈이 대학 강단에 설 수 있다는 민족적 굴욕감 때문에, 또한 그와 똑같은 영문과 학우들이 그 앞에 알랑거리는 걸 볼 때마다 김남주는 피가 거꾸로 솟는 듯했다. 그래서 친구들이 보는 앞에서 김남주가 몇 개의 눈 뭉치를 준비하더니 2층 창문을 향해 힘껏 던져버렸다. 그러자 눈 뭉치가 폭탄처럼 날아가 미국인 강사의 눈자위에 정통으로 명중되었다. 미국인 강사는 어쩔 줄 몰라 두리번거리더니, "후이스 잇? 니미쩝할 놈!" 하며 욕설을 뱉었다. 벤치 주변에 모여 있던 학생들이 배를 잡고 폭소를 터뜨렸다. 역사의식이 부족하고 세계사에 대한 인식도 부족한 학생들에게 이는 하나의 괴벽이요, 일과성 웃음거리에 불과했다. 그래도 김남주는 그런 어처구니없고 황당한 일화들을 그치지 않고 반복해서 생산했다. 한번은 전남대 문학부 친구들 몇몇이 어울려 미국 공보원을 지나 통술집이 있는 황금동으로 가는 길이었다. 일행이 미국 공보원을 막 벗어났을 때 저만큼 앞에서 미국 공보원에서 막 나온 서양 청년과 용모가 출중한 한국 여성이 다정하게 팔짱을 끼고 대로를 활보하고 있었다. 그때 친구들 사이에서 누가 총알처럼 튀어 나가더니 말릴 새도 없이 서양 청년의 엉덩짝을 냅다 차버리고 골목길 어둠 속으로 사라져 갔다. 김남주였다.

이러한 세월이 흐르는 동안에 청년 김남주는 점점 역사의 기슭 안으로 발을 깊이 들이고 있었다. 영어와 일본어 번역 능력이 탁월하여 『파리코뮌』 같은 책을 틈틈이 번역해서 정리하고, 또 '고임돌'이라고 하는 모임을 만나 토론도 하면서 이념학습을 바탕으로 한 지성을 축적해 갔다.

金南柱專

4장

저 푸른 소나무처럼 더 푸른 대나무처럼

1

전남대 4학년이 되었을 때 김남주는 남들이 가는 길을 또 한 번 이탈하고자 했다. 영문과 졸업장을 등지기로 한 것이다. 그것이 딱히 슬픈 건 아니었다. 왜냐면 이탈하지 않는 쪽이 오히려 암흑 속인 까닭이었다. 그러니까 100만 년 전 지상에는 어떤 국가도, 부족도 없었다. 인간은 수십 명 단위로 구성된 소규모 혈연집단으로 나뉘어 방랑했다. 오직 대지를 뛰어다니는 혈연의 무리가 인간의 군집을 나누는 인식의 경계였다. 그 후로 지평이 확대되어 소규모의 수렵 채집 집단이 하나의 부족으로, 종족으로, 작은 도시국가로, 민족 국가로, 그리고 오늘날의 강력한 현대국가로 성장했다. 그들 중에서 지구를 지배하는 엘리트 문화는 '변두리의 것', '주변적인 것', '정전의 지위를 얻지 못한 것'의 가치를 부정하는 틀로서 마치 서구적 제도가 정치형식의 중심이 된 사례처럼 거대한 제국의 문화적 기획의 복판에 위치한다. 그리고 그것은 오늘날에도 미국식 생활방식을 지상의 모든 약소 문화를 압도하는 위력적인 모범으로 만들고 있다. 그래서 세계의 거의 모든 사회가 미국식 문화에서 파생된 '비지니스 문명'의 특성을 띠게 되고, 미국 대중문화는 어느 나라 사람이나 동경하는 만국 공통의 소비 모델로 작동한다. 이것이 제3세계의 여러 대학에서 영문학을 전공하는 학생들이 자신을 마치 지구촌 경쟁의 첨병이나 되는 듯이 여기는 이유이다. 정신 나간 것들!

그래서 김남주는 일상의 절망 앞에 매우 음산하게 서 있었다. 돌아보건대, 젊음의 심연으로 통하는 길은 얼마나 어두웠으며, 자신의 정열은 얼마나 자폐적이었던가? 고향에서 부쳐오는 '향토장학금'(김남주는 아버지가 대주는 학비를 이렇게 불렀다)은 오히려 자신을 약육강식의 지옥으로 데려가는 차표 같은 느낌을 주었다. 그가 꿈꾸는 이상과 아버지의 기대는 거리가 하도 멀어서 화해하기가 불가능한 괴리를 두고 있었다. '아버지! 당신이 원하는 길은 아버지의 길도, 저의 길도 아닙니다. 안타깝지만 나는 그 길을 갈 수 없습니다.' 그래서 의식적으로 절약했고, 또 그래서 책값을 치르고 남은 돈으로 점심도 라면으로 때우거나 아니면 건너뛰기 일쑤였다. 노상 옷 입는 철이 늦어, 빛바랜 털옷 상의에 허름한 오버코트를 가을부터 이듬해 봄철까지 걸치고 살았다. 그나마 다행인 것은 학내 분위기가 비교적 살아 있다는 점이었다. 바로 전년도에 전국의 대학가가 교련 반대 시위로 소란할 때, 서울에 위수령이 내려지고 전남대 교정에도 경찰이 난입했다. 몇 개의 단과대 안에 걸출한 활동가들이 출현한 탓이었는데, 당시 학내에는 1971년에 정상용, 이양현 등이 만든 최초의 사회과학 동아리 '민족사회연구회'가 암약하고 있어서 그들의 교련 반대 시위로 30여 명이 징계를 당하는 화를 입었다. 정상용, 이양현은 강제징집되고 김정길, 박형선은 무기정학을 당하면서 동아리도 슬그머니 해체되었으나 이들은 다시 '교양독서회'로 이름을 바꿔서 의식화 활동을 계속했다. 세계혁명사에 대해 이미 광범한 학습을 한 김남주는 조직에 몸을 담지 않고도 활동가들의 동향을 알고 있었다. 대부분 광주일고 동문이거나 후배였다.

그리고 박정희 정권의 '7·4 남북공동성명'이 발표되자 한창 반독재 감정이 고양되던 교정은 다시 들뜬 분위기가 되었다. 국민 대다수가 통일의 기대에 부풀었다. 하지만 김남주는 할 일이 없었다. 그는 속으로는 모든 변혁 운동이 계급적 기반을 확보하지 않으면 사상누각이 된다고 생각했으며, 그 같은 인식을 얻지 못한 진보적 대학생들이나 비판적 지식인들의 태도는 너무 안일하다고 보았다. 그러면서 아무런 역할도 하지 않는 자신이 너무나 밉고 마음에 들지 않았다. 사회변혁은 장기적이고 지루한 인고의 시간을 바쳐야 하는 일이었다. 자신은 이 불안한 세계에 만족하는 자인가? 아니면 정녕 나태한 인간인가? 그는 스스로를 계속 채찍질하다가 더는 이렇게 살아서는 안 된다고 생각했다. 솔직히 미지근하지 않은, 말하자면 차든지 뜨겁든지 아니면 펄펄 끓어버리지 않으면 안 될 운명을 살아야 할 이는 바로 그 자신이었다. 하지만 날이 바뀌면 다시 흐지부지되었다.

그러던 초가을 어느 날의 오후였다. 그는 스산하기 그지없는 교정을 내려다보며 자신도 몰래 김지하의 시를 읊고 있었다.

　　잘 있거라 잘 있거라
　　은빛 반짝이는 낮은 구릉을 따라
　　움직이는 숲 그늘 춤추는 꽃들을 따라
　　멀어져가는 도시여
　　피투성이 내 청춘을 묻고 온 도시
　　잘 있거라
　　낮게 기운 판잣집
　　무너져 앉은 울타리마다
　　바람은 끝없이 펄럭거린다

황토에 찢긴 햇살들이 소리 지른다
그 무엇으로도 부실 수 없는 침묵이
가득 찬 저 외침들을 짓누르고
가슴엔 나직이 타는 통곡
닳아빠진 작업복 속에 구겨진 육신 속에
나직이 타는
이 오래고 오랜 통곡
　　　　　　　—김지하, 「결별」 부분

　　이제 떠나리라. 대학을 4년이나 다녀놓고도 졸업장을 받을 형편
이 못 되는 그에게는 교정의 풍경이 황량하기 그지없었다. 교련 반
대 시위를 하던 친구들이 모이곤 하던 문리대 앞뜰의 등나무 밑에
있는 딱딱한 나무 의자에 앉아 담배를 피우다가 그는 이내 엉덩이
를 털고 일어섰다. 이른 봄부터 붉은 벽을 기어오르며 싱싱한 힘을
자랑하던 담쟁이넝쿨은 푸른 잎을 죄다 떨어뜨리고 줄기만 앙상하
게 드러내고 있었다. 수업이 없는 날이나 점심시간이면 하릴없이 앉
아서 잡담을 즐기던 잔디밭도 잿빛으로 변해 있었다. 이따금 알 만
한 학생들이 건물 입구에서 나와서는 도서관 쪽의 돌계단을 내려갔
다. 다들 취직시험을 준비하느라 쫓기던 참이라 영문과 동기생들은
한 사람도 눈에 띄지 않았다. 그를 제외하고는 모두가 교직과목을
이수해서 시내 여기저기 학교를 찾아가 교생실습을 하던 시기였다.
그래서 홀로, 어디로 갈까? 망설이다가 법대 쪽으로 어슬렁어슬렁
발걸음을 옮겼다. 앙상하게 뼈만 남은 가지 사이로 거대한 사과처럼
붉은 해가 산허리를 넘고 있었다. 만날 사람이 이강밖에 없는데, 이
강은 만나면 또 싱거운 표정을 짓겠지. 열흘 전 이강이 제대하자 김

남주가 가장 먼저 꺼낸 말은 우스꽝스럽게도 여학생 이야기였다.

"강아, 너한테 소개할 여자가 있다."

이 말을 한번 해놓고는 이틀 지나 또 하고, 이틀 지나 또 하고를 반복하자 이강이 퉁사리를 먹었다.

"남주야. 너는 여자를 보여준다고 주장만 하고 실천은 안 하나?"

스스로 생각해도 우습긴 하지만 이강의 말은 모두 사실이었다. 김남주가 소개하고 싶은 여학생은 세속적으로 성공 가도를 달리는 처녀도 아니고, 빼어나게 예쁜 미인도 아니었다. 하지만 영문과 안에서는 실력도 있고 품위도 있어서 함부로 대해선 안 되는 상대인데, 막상 소개하자니 여간 걱정되지 않았다. 이강은 한없이 좋은 친구인데, 도대체 무슨 망설임이나 낯가림 같은 게 없는 체질이라 '숙녀 앞의 신사도' 같은 걸 기대할 수가 없었다.

"강아, 이 여학생한테는 말이다. 함부로 굴면 좃된다이."

그래놓고도 마음을 놓을 수가 없어서 자꾸 뜸을 들였다.

"알았어, 인마. 어떤 여자인지 대령해 봐."

결국, 어떤 말도 먼저 꺼내지 않겠다는 약속을 몇 번이나 받아둔 다음에야 자리를 만들었는데, 그 앞에서 입도 뻥긋하지 못하게 단속만 하다 보니 벙어리처럼 눈인사만 나누다가 헤어지고 말았다. 그 이야기가 다시 나오면 이강이 배꼽을 쥐고 웃을 게 뻔했다. 그러나 이날은 그런 얘기를 할 계제가 아니었다. 그래서 광주 시내가 한눈에 조망되는 언덕의 무덤 옆에 자리를 잡고, 김남주는 비로소 이실직고했다.

"강아, 오늘은 너한테 긴히 할 이야기가 있다."

이강이 짐작되는 바가 있다는 듯이 귀를 기울였다. 김남주가 지난 3년 동안에 혼자서 겪었던 절망과 희망, 격동과 울분, 그리고 혁명에 관한 생각들을 밝히느라 목소리를 잔뜩 깔았다. 전남대학교라는 중요한 현장 하나를 친구에게 맡기고 떠나려는 오리엔테이션이었다. 이야기는 1970년 가을 평화시장 노동자 전태일의 분신이 던져준 민중운동사적 의미와 그 후 지식인과 노동자의 결합이 갖는 의의에 대한 것부터 시작되었다. 한 가난하고 순박한 노동자의 어머니가 전 노동자의 어머니로 변화되는 과정은 마치 막심 고리키의 소설『어머니』처럼 그것 자체가 혁명적이라는 주장도 곁들였다. 김남주는 이를 일단 우리나라에서도 혁명의 가능성이 열리기 시작한 전조로 진단했다. 이어서 신문학 100년의 역사에 찬란한 별처럼 떠오른 김지하의 담시『오적』에 대해, 또 1971년 대통령 선거 열풍이 몰고 온 대중의 권력 변화 의지와 자신을 포함한 수많은 대학생의 뜨거운 참여와 거기에 걸었던 희망과 좌절의 쓰라림, 그리고 1971년 광주 대단지 5만 민중의 봉기에서 가슴 설레며 느꼈던 민중의 폭발적 역동성을 묘사하였다. 이강은 이야기를 듣다가 깜짝 놀랄 말이 튀어나와 가만히 김남주의 눈동자를 들여다보았다. 낯가림이 지독히 심한 김남주가 지난 대통령 선거 때 투개표 참관단에 자원하여 경상도까지 다녀왔던 상황을 설명하는데, 말하는 동안 눈동자에서 섬광이 빛나고 있었다. '아, 남주가 변하였구나.' 과연, 전국 대학생들의 교련 반대 투쟁과 군사독재의 위기 상황, 다급한 위수령에 또다시 피눈물 나는 좌절과 군대로 끌려가는 학생, 온 대학가에 퍼진 패배주의, 〈아침이슬〉, 〈지금도 마로니에는〉 같은 어둡고 괴로운 유행가요가 대학문화를 휩쓰는 시대에 혼자서 겪어야 했던 고독감, 관 주도의 7·4 남북공동성명에 의한 관제 희망과 언론의 아귀다툼, 새롭게 싹트는 민족통일에 대한 기대감 등을 설명하는 솜씨가 예사롭지 않았다. 그중에서도 당시 전남대에서 주목할 학생 지도자들을 열거하며 하나하나 설명해 주는 내용이 매우 중요했는데, 이강은 이날 김남주가 들려준 인물평이 얼마나 적확한지를 이후 활동을 통해 뼈저리게 실감했다고 한다. 여기서 몹시 중요한 인물 하나가 새롭게 등장한다. 김남주가 이강과 함께 활동했으면 좋겠다고 콕 찍어서 추천한 김정길이었다.

"나는 이제 4학년이고 어차피 학생운동을 정리할 때가 돼분 거 같다야. 이제 네가 잘했으면 좋겠다. 제발 그래주길 빈다."

김남주는 김정길을 이강에게 연결하는 지점까지를 자신의 몫으로 생각하고 있었다. 이강은 그러한 마음을 충분히 알아들었으므로 다음 날 문리대 앞으로 가서 김정길을 찾았다.

"자네가 정길인가? 아따 반갑네이. 나는 이강이라고 하네. 그런디 오면서 본게 학교가 다 썩어부렀네이. 이 시국에 젊은 대학생들이 저렇게 해이돼서 어떡한당가?"

김정길은 어처구니가 없었다. 주변에 늘 프락치들이 어슬렁거리기 마련이라 매사 조심하던 참이었다. 그날은 여학생들도 있는 자리인데, 이강이 곧장 엄청난 말을 아무렇지도 않게 늘어놓았다.

"전남대도 이상한 놈들이 많구만. 맨 학원사찰이나 하는 놈들, 중앙정보부를 싹 불질러부러야제 안 되겠구만. 자네는 어떻게 생각하는가? 나랑 의기투합을 해볼라는가?"

이 말을 듣고 김정길은 서둘러 자리를 피해버렸다. 잔뜩 경계감이 든 것이다.

그런데 신기한 일이다. 나는 취재하면서 이 이야기를 이강 선생에게도 듣고 김정길 선생에게도 들었는데, 황당하게도 김정길은 그때까지 김남주라는 존재를 모르고 있었다. 그는 당시 '민족사회연구회'라는 모임을 주도하며 단순 행동가가 아니라 이론과 신념이 탄탄한 조직가를 확보하려 했기에 되도록 진지한 사람이 아니면 만나지 않으려 했고, 부득이하게 만나도 금방 피하고는 했다. 그래서 조용하고 묵직하게 움직이는 것을 김남주가 속속들이 봐두었다가 이강에게 추천했는데, 정작 두 사람은 한 번도 인사를 나눈 적이 없었다. 그래서 이강은 이웃들이 흔히 생각하는 물봉 인상과 달리 실제 김남주는 매우 섬세하고 용의주도하며 어려운 문제를 풀 줄 아는 성품이라고 말한다. 그렇다면 김남주는 사람들이 흔히 '본성 따로 대외용 간판 따로'라고 말하듯이 '앞면'과 '뒷면'을 거꾸로 뒤집어서 사용하는 특이한 자가 되는 셈이다. 선의에 가득 찬 사람이 위악적인 외피를 쓰고 다니는 버릇은 대개 위선의 악덕과 싸우면서 생기는 것인데, 나는 이를 지금껏 전라도 체질의 진수라고 생각해 왔다. 그리고 동시에 이 그로테스크한 태도는 예술의 역사에서 미의식이 매우 심화된 결과로 얻어진 것이다.

하여튼 이강과 김정길은 서로 행동 양식을 관찰한 다음에야 신뢰감이 생겨서 다시 만나게 되었다. 장소는 대인동 로터리에 있는 시민회관 옆 다방이었는데, 그 곁에 얼굴이 새카만 사람이 있었다. 이강의 친구라는데, 도대체가 말이 없어서 김정길은 자꾸 그이가 입을 열도록 대화를 유도했다. 저 사람의 정체는 뭘까? 천성적으로 말수가 적은 사람, 나중에 보니 그이가 김남주였다. 김정길은 김남주와 많은 이야기를 나누고 싶었으나 김남주는 이미 해남으로 내려갈 생각을 굳힌 뒤였다. 그런데 마르크스주의와 러시아혁명에 대해 잘 아는 사람이 노동운동보다 농민운동에 애착을 둔 까닭이 무엇이었을까? 나는 그게 이기홍 선생의 영향이었으리라고 본다. 이기홍 선생은 일제강점기부터 계급 운동에 뛰어들었으나 우리 운동의 본질을 민족민주운동에 두고, 오랫동안 농민운동에 투신했었다. 김남주 자신도 대지의 품을 좋아했는데, 문제는 고향 집에 닿는 순간 아버지의 얼굴을 대할 일이 막막하다는 점이었다. 학점 미달로 졸업장을 받을 수 없는 형편에 고시 준비 같은 건 상상도 하고 싶지 않은데, 그렇다고 민중에 대한 사랑과 헌신을 함께 나눌 농민운동의 전망은 아직 기척조차 보이지 않던 시점이었다. 이강은 김남주에게 위안이 될 말을 해주고 싶어도 딱히 해줄 말이 없었다. 급기야 김남주의 입에서 다음과 같은 말이 나오자 얼른 귀를 가려버렸다.

"나한테는 아무짝에도 쓸모없는 대학 졸업장이 우리 아버지한테는 왜 그렇게 중한지 모르겠어야. 솔직히 위조 졸업장이라도 하나 만들어서 갖다 드렸으면 싶다이."

김남주가 꾀죄죄한 일을 참지 못하는 성미라는 것을 누구보다도 잘 아는 이강이었다. "강아, 나 좆돼부렀다." 이 참담한 감정 표현을 끝으로 김남주가 낙향한 것이 10월 초순이었다.

그리고 김남주가 귀향하면서 땅거미 속에서 겪은 일을 나는 김남주 시인에게서 직접 들었다. 그러니까 김남주 시인이 감옥에서 나온 뒤 첫 귀향길에 동행했을 때인데, 주제는 '김남주 문학기행'이었고, 참가자는 강남 사모님이 대부분이었다. 더러 김남주와 김남조를 혼동하는 사람들이 끼어 있어서 어색했는데, 두 사람은 정반대 성향의 시인이니 김남조를 좋아하는 이들은 남민전 전사에 관한 이야기를 듣는 게 매우 불편했을 터였다. 그래도 해남 시골길에 이르자 이내 '오지 기행'을 하는 재미에 빠졌는지 다들 표정이 밝았다. 김남주 시인의 동네 봉학리는 궁핍한 곳이라 버스가 들어가는 데도 여간 애를 먹지 않았다. 신작로에서 동네로 빠져드는 길이 얼마나 옹색했는지, 전진과 후진을 몇 번이나 반복하고 있을 때『국토기행』을 저술한 소설가 박태순 선생이 반촌과 민촌의 차이를 설명해

주었다. 양반이 사는 반촌은 마을 앞이 트이고 길이 넓으며, 상놈이 사는 민촌은 마을길이 추자 씨 같아서 꼬깃꼬깃하기 마련인데 지금 우리가 가는 길이 전형적인 민촌의 모습을 보인다고 조목조목 짚어 주고 난 뒤에 그날의 주인공 김남주가 마이크를 넘겨받았다. 그러고는 다음의 이야기를 들려준 것이다.

그날은 가을도 빨라서 성큼 겨울 기운이 몰아치고 하늘에서는 밤이슬이 내려 옷섶을 적시었다. 잔뜩 가라앉은 마음으로 추수가 끝난 고샅길을 걷는데, 집으로 가는 구불구불한 길 저만치에서 하얀 옷을 입은 농부가 손수레를 끌고 가느라 홀로 몸부림을 치고 있었다. 그가 뒤따르면서 보니 짐을 가득 실은 손수레가 언덕배기에서 힘에 부치는 것 같아서 잰걸음으로 쫓아가 끙끙 밀기 시작했다. 틀림없이 동네 어르신일 터였으므로 말없이 밀면서 따라간 것이다. 그렇게 한참 동안을, 손수레를 끄는 어르신도 힘들어 낑낑 소리를 내고 김남주도 뒤에서 숨을 씩씩거리며 밀다 보니 손수레는 언덕을 넘어 내리막을 타게 되었다. 그리고 손수레가 잠시 멈췄을 때 김남주가 뉘 집 어른인지 보려고 슬그머니 앞쪽으로 가봤다. 때마침 앞에서도 뒤를 향해 말을 걸었다.

"뉘신가 참 고맙소잉."

어른은 큰소리로 인사를 했으나 목소리가 잘 터져 나오지 않았다. 아마도 내내 목이 잠겨 있었던가 보았다. 하지만 김남주는 그 변성된 목소리를 대번에 알아듣고 재빨리 달려가 인사를 올렸다.

"나 남주여라우."

"아니, 이게 뭣이여?"

그리고 다음 동작이 나오기까지 1초도 안 걸렸을 것이다.

"이놈아, 우리 집안에 사람이 하나만 났어도 내가 밤중에 이 고생을 허겄냐? 다 1등 허고 2등 허고 했어. 나보다 농사 더 못 지은 사람도 다 등수 받아서 수매했다마다. 돈 읎고 빽 읎는 것들만 퇴짜 맞아서 요렇게 싣고 오는 것이여."

그날 밤 그 자리에서 두 사람 다 울어야 했다.

2

아침이면 대흥사 너머에서 달려온 햇살이 가장 먼저 닿는 곳이 보리밭이었다. 동쪽 황토흙이 드러난 보리밭에서 열 걸음도 안 되는 자리에 행랑채가 있어서 동이 트면 창호지 문으로 날카로운 빛무리가 쏟아진다. 동네에서 햇빛이 가장 먼저 닿는 곳. 그래서 김남주는 라디오에서 〈해 뜨는 집(The house of the rising sun)〉이라는 팝송이 들려올 때마다 자기 집을 떠올리곤 했다.

> 뉴올리언즈에는 집이 한 채 있지
> 사람들은 해 뜨는 집이라 불렀어
> 그 집은 수많은 불행한 소년들이 파멸하게 된 곳이었고
> 제기랄, 나도 그들 중 한 명이었어

이 집 뒤뜰에서 그는 거듭거듭 마음을 달래고는 했다. 대숲에는 무수히 많은 바람이 산다. 댓잎 부딪치는 소리를 최대치로 끌어올리는 폭우는 대밭이야말로 바람의 거처임을 알려준다. 비가 퍼붓고, 바람이 퍼붓고, 노여움도 퍼붓다가 푸른 대나무 사이사이로 민첩하게 바람이 빠져나가다 보면 어느 순간 대지의 울음소리가 들린다.

이는 어쩌면 만 생명이 내는 함성이다. 그래서 대밭은 늘 서늘하고 신령스럽다. 옛사람들도 대가 꽃을 피우면 난리가 터진다고 했다. 동학군도 이곳에서 무기를 만들었고, 또 노래를 지었다. 그런 생각을 하는 동안에도 쉴 새 없이 불어대는 바람이 대나무숲을 휘저으며 잎사귀를 짓이긴다. 그렇게 며칠이 지났다.

김남주는 아버지에게 학점 부족으로 졸업장을 받지 못한다는 말을 차마 털어놓을 수가 없었다. 그뿐 아니라 시골에서 농사나 지으며 살고자 한다는 말도 꺼낼 수 없었다. 그저 며칠간 다니러 온 사람처럼 아침밥을 먹고 나면 식구들 틈에 끼어서 들에 나가 가을걷이도 하고, 산에 가서 이미 베어놓은 땔나무를 묶어 지게로 져 나르기도 했다. 그 모습을 아버지는 마땅치 않게 여기는 눈치가 역력했다. 학생이 방학이 아닌데도 집에 와 있는 것이 몹시 께름칙했지만 차마 묻지는 않았다. 배우지 못했다고 세상을 모르는 건 아니다. 아버지는 무섭게 뛰어난 직관으로 작은아들이 필시 데모 같은 데 휩쓸렸다가 강제로 귀향 조치를 당했거나 아니면 그 비슷한 사정이 있으리라고 짐작했다. 그렇다고 앞으로 어쩔 셈인지 대놓고 묻는 성격도 아니었다. 평소에도 김남주에 대한 꾸지람은 그 앞에서 하지 않고 죄다 동생에게 옮겨서 간접 전달했다. 장차 검·판사가 될지 모르는 아들이 아닌가. 그래서 아무 말도 없이 묵묵히 일하는 동안에도 내내 긴장감이 흘렀다. 그런데 팽팽하던 그 분위기가 저녁을 먹을 때 갑자기 툭 끊어지고 말았다. 그러니까 10월 17일 정확히 오후 7시 라디오에서 어처구니없는 뉴스가 흘러나온 것이다. 박정희가 이른바 '대통령 특별선언'을 내놓았는데, 내용이 비상계엄령 선포, 국회 해산, 정당 및 정치활동 금지였다. 헌법의 일부 기능이 중지된다는 소식에, 김남주는 밥상머리에서 자신도 모르게 불쑥 욕설을 내뱉고 말았다.

"이런 싸가지 없는 새끼가 다 있나."

다름 아닌 대통령을 향해 내뱉은 말이다. 식구들의 눈이 일제히 동그래졌다. 도대체가 성깔이라곤 없이 물러터진 김남주가 무엇 때문에 저리도 사나운 말을 내뱉게 되었을까? 아버지가 놀란 눈으로 살피는 것도 모르는 모양이었다. 김남주는 오직 박정희가 제2의 쿠데타를 감행한 사실에 참을 수 없는 분노를 느꼈다. 저녁상을 물리치고 나서도 한동안 분을 삭이지 못해 씩씩대다가 결국 우체국에 달려가 이강에게 전화를 걸었다.

"나 내일 올라가마. 뭔 짓이든 해야 하지 않겠냐?"

그가 이렇게 말했던 이유는 자못 충격적이다.

> 이것은 한 인간으로서 자존심의 문제였다.
> —『불씨 하나가 광야를 태우리라』

왜 이게 자존심의 문제라고 생각했을까? 일제강점기에 독립군을 잡아다 죽이는 짓을 일삼던 일본군 장교가 독립 후에 대통령 자리를 차지하고 있다는 사실이 그에게는 늘 치욕적이었다. 말하자면 박정희는, 수많은 청년 학생들의 희생으로 이승만 정권이 무너지고 들어선 지 얼마 안 되는 민주당 정권을 폭력으로 때려눕힌 자였고, 쿠데타로 정권을 강탈하면서 사회가 안정되면 다시 군인으로 돌아가겠다고 약속해 놓고 깨뜨린 자였다. 나아가 그 부당성과 정치적 폭력에 항의하거나 저항의 기치를 올리면 야당이건 학생들이건 가리지 않고 탄압하느라 위수령, 비상사태 선포를 밥 먹듯이 했으며, 걸핏하면 휴교령, 조기방학 등을 통해 학생들이 진실에 접근하는 것을 차단하였다. 영구집권을 위한 3선개헌을 국회 별관에서 날치기로 통과시키고, 오만 가지 사건을 조작하여 진보적인 인사들을 투옥하고 죽이기까지 했다. 한마디로 말해서 박정희는 한 나라의 대통령이기 이전에 민족의 반역자였고, 정치인이라기보다는 사기꾼에 협잡꾼이며, 또한 정치 폭력배의 두목이었다. 그런 자가 다시 정치적인 폭거를 자행하다니! 그는 여기에 침묵하는 것은 제정신을 가진 자의 도리가 아니라고 생각했다.

> 그런 시대인으로서 이자와 어떤 형태로든 대응하지 않고는 제가 인간적인 존엄성의 손상에서 오는 어떤 참담한 때문에 견딜 수가 없었습니다.
> ―『불씨 하나가 광야를 태우리라』

다음 날 해가 뜨자마자 광주로 올라가 이강과 이마를 맞댔다. 어떻게 해야 박정희에게 뼈아픈 한 방을 날릴 수 있을까? 두 사람은 좀처럼 해법을 찾을 수가 없었다. 궁리 끝에 박석무 선배를 찾아갔으나 그 또한 뾰족한 답이 없었다. 박 선배는 오히려 1년 전에 '녹두지'라는 유인물을 제작해서 배포한 이야기를 꺼내더니, 갑자기 신이 올라서 녹두장군 이야기를 밤늦도록 멈추지 않았다. 박 선배가 특히 열을 올린 대목은 자신의 친구 조태일 시인이 동학 이야기를 서사시로 쓰고 싶다고 하여 둘이 답사를 다니면서 얻은 느낌들이었다. 김남주와 이강은 자리를 끝내고 돌아오는 길에 약속이나 한 듯이 입을 꽉 다물고 걸었다. 그리고 터벅터벅 걷던 끝에, 누가 먼저라 할 것 없이 동학군 진군로를 걷자는 제안을 했다. 어떤 수단으로든지 저항해야 한다고 단단히 작정한 터에 역시 역사를 돌아보는 성찰의 시간이 필요했고, 그를 위해 가장 적절한 행위가 동학농민혁명 전적지를 걷는 일 같았다.

다음 날 아침에 두 사람은 사진기를 빌려서 정읍행 버스를 탔다. 초행길을 물어물어 찾아가는데, 교복을 입은 학생들은 동학 전적지를 아는 사람이 하나도 없고, 반면에 나이 든 어른들은 모르는 이가 하나도 없었다.

"요것이 대한민국 교육 현실을 증명하는 거여."

두 사람은 투덜대면서 버스를 갈아타고, 또 걷고 걸어서 백산에 당도했다. 흰옷을 입고 죽창을 든 농민들이 집결해서 마침내 "앉으면 죽산 서면 백산"이라는 유명한 말을 남긴 백산이었다. 그 순간의 감격에 대해 이강은 이렇게 말한다.

> 아아! 감개무량하면서도 허무하도다. 어떻게 이러한 낮은 봉우리가 갑오농민전쟁에서 최초의 완승 전적지란 말인가?
> ─이강, 「김남주의 삶과 문학」

김남주도 한 세기 전에 농민들의 투지를 불러일으켰던 격문, "우리가 의를 들어 여기에 이름은 그 본의가 다른 데 있지 아니하고 민중을 도탄에서 건지고 국가를 반석 위에 세우고자 함이다……"로 시작되는 당당한 울림을 가슴으로 느꼈다. 치열한 역사의 한복판에 선 자들만이 들을 수 있는 시대와 민중의 채찍질이 메아리쳤다. 아무리 다시 외워도 보탤 글씨도 버릴 글씨도 없는 명문이었다. 이에 김남주는 단비를 맞아 잔뜩 물이 오른 죽순처럼 발바닥 끝에서 머리카락 끝까지 제 몸 가득히 어떤 결의를 채웠다. 자잘한 일상의 근심들은 몸 어느 곳으로 숨어버렸는지 알 수 없었다.

그래서 걷고 또 걸어서 정읍 이평면에 있는 전봉준의 고택을 찾고, 그곳에서 전봉준의 흔적을 뒤지다가 뜻밖에도 이웃집 할머니를 만났다. 할머니는 94세나 되었는데도 그 시절 민요를 불러주고 당시의 추억들도 전해주었다. 녹두장군에 대한 추억을 담고 있는 게 너무도 신통했다. 그날의 혁명적 열기와 민족 영웅 전봉준 대장의 모습을 그 나이가 되도록 가슴에 품고 있다니. 녹두장군의 묘는 마을 들녘의 작은 솔밭에 있었다. 시신을 찾지 못해 가묘로 만든 초라한 무덤이 마음을 아프게 했다. 그 앞에서 사진을 찍는다고 둘이 번갈아 가며 사진기를 이리저리 돌리는데 아무리 봐도 피사체가 나타나지 않았다. 그래서 한참 실랑이를 벌이다 보니, 두 사람 다 렌즈에 눈을 대고 셔터를 누르고 있었다. 사진기를 다뤄본 적이 없는 촌놈들이었다. 하지만 그 때문에 "이름을 남기지 않고, 글자를 남기지 않으며, 얼굴을 남기지 않아야 한다"라는 혁명의 3원칙을 다시 토론하게 되었다. 그러면서 가슴이 더 뜨거워지는 걸 느꼈다.

　두 사람은 민중의 가슴에 살아 숨 쉰다는 것이 바로 이런 것이로구나 하는 감동 속에서 녹두장군의 옛길을 따라 걸었다. 만석보를 둘러보고, 저녁나절이 되자 황토현에 들러 돌비로 우뚝 솟은 동학혁명기념탑에 참배했다. 그런데 놀랍게도 그 시각에 그곳에는 갓 쓰고 흰옷을 입은 대여섯 명의 노인들이 모여 있었다. 이 어지러운 세상에 시국 타령을 하러 온 건지 아니면 착잡한 마음을 달래려고 온 건지 알 수 없지만, 노인들은 비문을 손바닥으로 쓸듯이 어루만지기도 하고, 물끄러미 하늘과 들을 쳐다보기도 하며 한숨을 짓고는 했다. 이를 보며 김남주와 이강은 동시에 강렬한 계시와 영감을 얻었다. 두려움과 망설임을 즉시 벗어던지고 민족의 부름에 따를 것을 산천이 명한다. 그래서 녹두장군과 갑오 농민군의 영령 앞에서 결의를 다지는 간단한 의식을 가졌다. 그리고 '새야 새야 파랑새야'를 읊조리며 '청송녹죽', 즉 저 푸른 소나무처럼, 더 푸른 대나무처럼 살자고 다짐하는 심사를 거침없이 뿜어놓게 되었는데, 그것이 「노래」라는 시였다. 아직 등단하지 않은, 습작기의 작품이라고 할 수도 없는, 그야말로 즉흥적 격문에 가까운 이 작품이 갖는 중요성은 크다.

이 두메는 날라와 더불어
꽃이 되자 하네 꽃이
피어 눈물로 고여 발등에서 갈라지는
녹두꽃이 되자 하네

이 산골은 날라와 더불어
새가 되자 하네 새가
아랫녘 윗녘에서 울어예는
파랑새가 되자 하네

이 들판은 날라와 더불어
불이 되자 하네 불이
타는 들녘 어둠을 사르는
들불이 되자 하네

되자 하네 되고자 하네
다시 한번 이 고을은

반란이 되자 하네
청송녹죽 가슴으로 꽂히는
죽창이 되자 하네 죽창이
—시 「노래」 전문

    화자가 만난 전봉준의 장소, 암울한 순간에 찾아간 그 외진 들녘
은 자신에게 꽃이 되자고 충동하고, 깊은 산골은 새가 되자고 충동
한다. 마치 한 세기에 걸친 대하의 서정을 되찾는 듯한 이 시는 옛
유행가에 나오는 "나 홀로 찾아왔네. 두메나 산골"처럼 슬프고 우울
한 마음이 아니라 살아 있는 역사를 명령하는 것이다. 그게 무슨 꽃
인가 하면 필 때마다 생각나서 눈물을 흘리게 하고, 그 눈물이 떨어
져서 발등에서 갈라진 모양을 한 키 작은 녹두꽃, 전봉준의 꽃이 되
자고 한다. 그 전봉준을 못 잊고 또 이 산골까지 찾아와서 길을 묻는
이에게, 아랫녘 윗녘에서 우는 새가 되자고 하며, 또한 전봉준의 죽
창이 되자 하고, 그를 따르는 만인의 불길, 들불이 되자, 반란이 되
자 하니 시의 화자 역시 그 뜻을 받아서 반란이 '되고자' 한다. 그런
데 제목이 왜 하필 「노래」일까? 나는 이 「노래」에서 가장 중요한 낱
말을 '날라와 더불어'라고 본다. '두메' '산골' '들판'이 들려주는 말
은 '나'에게 '더불어' 저항의 몸짓이 되라는 말이다. 천지에 가득 찬
이 '소리 없는 아우성'이 외치는 것은 '천 개의 소리', 즉 '유일하고
(날라와)', '같은(더불어)', 하나이면서 모두이고, 다중이면서 하나인 소
리, '함성'이다. 함성은 '단자'가 아니라 '복수'의 것이다. 개인에게
는 함성이 없다. 그러나 단독자에게도 함성이 나올 수 있다. 그것은
세계의 근원을 알릴 때 성립되는데, 마치 봄이 되자 터져 나온 뻐꾸
기의 울음처럼 자신과 함께 헤아릴 수 없이 많은 존재의 외침을 깨

운다. 중요한 것은 김남주에게서 시를 쓴다는 생각도 없이 이 시가 터져 나온 순간이 바로 지하신문《함성》을 내기로 착상한 순간이었다는 점이다. 그가 자신의 존재를 알리는 최초의 역사 행위가 되는 '함성'은 지하신문의 제목이기도 하지만, 김남주의 시적 화자가 획득한 독보적인 개성의 정체이기도 하다. 김남주가 훗날 대시인이 됐을 때 그를 따르던 청년들이 좋아했던 이 시는 나중에 화가이자 작곡가인 김경주의 곡을 얻어서 1980년대 민주화운동의 현장에서 단골로 소환되는 명곡이 되었다. 오늘날 김남주 생가에 기념비로 서 있는 작품도 이 「노래」이다.

두 사람은 그날 마이산으로 들어가 숙박지를 잡았다. 그리고 밤이 되자 농민군들이 읽었다는 창의문을 읽으면서 자신들이 할 일을 논의했다. "안으로는 탐학한 관리들의 머리를 베고 / 밖으로는 횡포한 강적의 무리를 구축하고자 함이다. (……) 만약 기회를 놓치면 후회하여도 미치지 못하리라." 김남주는 여기에 감동했다. 그것을 나중에 이렇게 기록한다.

> 지금까지 역사에서 이렇게 당당하고 이렇게 간명하게 시대정신
> 을 표현한 글을 읽은 적이 없다. (……) 이것은 차라리 한 편의
> 시였다.
> ─『불씨 하나가 광야를 태우리라』

두 사람은 곧장 돌아가서 할 일을 찾았다. '앞으로 반유신독재투쟁의 방법론으로는 비밀 지하운동을 택하고, 그 내용으로는 지하신문을 발간하여 보급하자.' 그리고 이 지하신문에 자신들도 전봉준 같은 발언을 담기로 뜻을 모았다.

"남주야, 함성 어쩌냐? 제목을 그냥 함성이라고 해버리자."

이강도 똑같은 생각을 하고 있었다. 규모는 작을지라도 목소리만은 전국 방방곡곡에 울려 퍼지라고 신문 제호를 《함성》으로 짓자는 이강의 말에 김남주도 즉각 동의했다.

다음 날 두 사람은 바로 얼마 전까지와 전혀 다른 사람이 되어 들길을 걸었다. 동진강에 이르러 도도히 흐르는 물줄기에 손발을 적시기도 하고, 이제는 흔적조차도 찾을 길이 없는 전주성 입성 전투 장면을 그려보며 남문을 지났다. 혹여 그날의 기록이라도 남아 있을까 싶어 고서점을 들러 헌 역사책들을 뒤져보기도 했다. 그러나 옛 영광의 자리에 오늘날 범람하는 것은 온통 굴욕적인 현실밖에 없었다. 하굣길의 학생들은 교과서의 한 줄로만 기억할 뿐 자기가 사는 자리에서 일어난 일인데도 녹두장군의 유적에 대해서 알지 못했고, 거리에는 온통 외래 양키 문화만 범람했다. 무참한 현실을 목도하고 돌아온 이강은 곧바로 전세방을 사글세로 옮겼다. 그리고 여기서 생긴 차액 6만 원으로 일을 꾸미기 시작했다.

3

도대체 이렇게 무모한 사람들이 어디에 있을까? 박정희 정권의 '철권통치'를 상징하는 낱말 '유신'에 대해 한홍구가 쓴 『유신』(한겨레출판, 2014)은 이렇게 서술한다.

박정희의 18년 중 절반 이상인 120개월가량이 계엄령, 위수령, 비상사태 또는 긴급조치였다. 유신 시대는 1973년에 몇 달과

1974년 육영수 여사 서거 후 이듬해 긴급조치 9호가 발동될 때까지의 몇 달만을 제외하곤 쭉 긴급조치의 억압과 공포가 지속된 시기였다.

—한홍구, 『유신』

몇 줄 안 되는 이 간결한 서술 문장의 행간에 얼마나 많은 피와 눈물과 죽음이 묻혀 있는지 모른다. 그 거대한 공포 체제에 저항의 물꼬를 트는 최초의 행위를 이 어수룩한 두 청년이 개시하고 있었다.

계엄령은 세모가 다 되어가는데도 해제되지 않고 계속되고 있었다. 국회는 해산되고 의사당 앞에는 여전히 탱크가 가로막고 있었으며, 민심은 유신을 앞둔 국가적 진통을 앓느라 흉흉하기 그지없었다. 지하신문 간행 준비에는 철저한 보안이 필요했다. 두 사람은 각기 역할을 분담했다. 김남주는 지하신문의 문안 작성과 보급 배포를 담당하고, 이강은 학생들의 반응에 따른 후속 작업 및 조직화를 맡기로 했다. 그리고 둘이서 담양, 남평, 화순 등 광주 인근 읍소재지들을 돌면서 원지 몇 장, 등사 기름, 등사판 등을 사서 나르기 시작했다. 무슨 일을 하든지 둘이 꼭 붙어 다녔으나 물건을 살 때는 반드시 이강 혼자 들어갔다. 이것저것 준비물을 확보하다 보니 금방 자금이 동났다. 김남주는 이강을 대동하고 영문과에서 유일하게 친했던 여학생 이경순을 찾아가 도움을 청했다. 그와 단짝인 강희순도 함께 나왔다.

당시 전남대 영문과는 지금 우리가 알고 있는 '지방대'가 아니었다. 학생들은 저마다 수많은 과외생을 거느리고 있었으며, 또 그들에게 공부하여 명문대에 들어간 수재들이 다시 사시, 행시를 통과하며 한 나라의 살림을 좌지우지하는 기득권층을 형성했다. 그래서 당시 전남대 영문과생의 태반은 수입이 높았고 용돈이 두둑했다. 이경순과 강희순도 그런 활동으로 졸업기념 반지를 맞추고 또 남은 용돈을 가지고 있었다. 그 앞에 돈키호테처럼 나타난 김남주가 엉뚱하기 짝이 없는 얘기를 진지하게 부탁한다.

"야, 나는 이제 무덤을 팔란다. 그란디 연장도 필요하고 팍팍하다야. 뭐든 좀 도움을 주라."

신기하게도 두 여학생은 이 말이 무엇을 뜻하는지 금방 알아들었다. 강희순이 군말 없이 목돈 2만 원을 챙겨 주었다. 이경순은 즉석에서 지니고 있던 용돈과 졸업기념 금반지를 빼서 주었다. 그리고 불필요한 말은 일절 하지 않고 이렇게 당부했다.

"그럼, 무덤 잘 파. 대신에 절대 거기에 묻히지 마. 알았지?"

이강은 가슴이 뭉클해졌다. 이 장면 하나로 김남주의 인간적 우수성이 엿보여서 더욱 힘이 솟았다. '저렇게 터무니없는 소리를 해도 남주를 믿고 응원하는 사람이 있구나.' 이제 소리 없이 일을 진행하면 되었다. 김남주는 밤에 주로 원고 초안을 작성하고, 이강은 반복해서 읽으면서 원고의 효율성을 검토했다. 지하신문에 담길 거의 모든 내용을 일일이 토론해서 확정해 갔다. 유신정권에 대해서는 제4공화국에 사형선고를 내리자는 뜻으로 넉 사(四) 자 대신에 죽을 사 자를 써서 제사(死)공화국이라고 썼다. 유신에 동조하는 작태는 '죽음의 행렬'이자 '노예의 길'로 묘사하고, 유신에 항거하는 행위는 '역사의 길'이며 '민족 갱생의 길'로 부르기로 했다. 반공이데올로기 문제도 노골적으로 까발리지는 않되 점차 비판하기로 하고, 전체 노선은 민족주의와 민주주의를 철저하게 견지하기로 했다.

그런데 중간에 이강이 느닷없는 제안을 했다. 시를 한 편 써서 유인물에 싣자는 것이었다. 박정희의 반민족적 행각과 비민주적인 정치행태를 폭로하여 사람들에게 분노의 감정을 불러일으키려면 산문보다는 시가 효과적이라는 이유에서였다. 김남주는 다소 난처한 바가 없지 않았다. 그는 데모용 선언문을 쓴 경험은 있지만 시를 써본 적은 없었다. 하는 수 없이 남의 시를 본뜨기로 하고 나라 안팎의 시집과 정치적 선동이 담긴 책들을 뒤져서 모델을 찾았다. 국내시인으로는 한용운의 『님의 침묵』, 이육사의 『육사시집』, 김수영의 『달나라의 장난』, 김지하의 『황토』를 검토했는데, 유인물에 본뜨기용으로 쓰기에 마땅한 작품이 보이지 않았다. 한국의 시들은 대중의 정서에 호소하기보다 자기성찰에 맞춰 있었고, 김지하의 「들녘」이나 「사월」은 예술적 감각이 고급스러워서 김남주가 감당하기 어려운 데다 일반 대중의 가슴에 불을 놓기에도 너무 지적이었다. 김수영의 「푸른 하늘을」이 비교적 명쾌했는데, 이 시는 이강이 추상적이라고 반대했다. 그래서 김남주는 외국의 시들을 다시 뒤지기 시작했다. 파블로 네루다부터 월트 휘트먼을 거쳐 푸시킨을 뒤적이다 김남주는 깜짝 놀랐다. 푸시킨은 "생활이 그대를 속일지라도 서러워하거나 노여워하지 말라" 같은 말랑말랑한 시만 쓴 줄 알았는데 압제에 대한 분노와 자유를 향한 동경을 얼마나 격정적으로 노래했는지 과격하기 이를 데 없었다. 그는 1819년에 쓴 푸시킨의 「자유」가 압제자에 대한 분노의 격렬함을 어떻게 드러내는지를 보고 반해 그 자리에서 외워버렸다.

전제정치로 권력을 휘두르는 악당아
나는 증오하노라 너와 너의 옥좌를
나는 바라보겠노라 잔혹한 기쁜 마음으로

너의 파멸과 네 자식들의 죽음을
민중은 네 이마 위에서
저주의 낙인을 읽노라
너는 세계를 공포에 떨게 하고 자연을 더럽히고
지상에서 너의 신을 모독했다
—알렉산드르 푸시킨, 김남주 옮김, 「자유」 부분

그는 일본의 평범사에서 출간한 『세계 명시 집대성』 중의 '러시아 편'에서 이토록 증오에 찬 시도 있다는 사실을 처음 알았다. 그러면서 어려운 시대에 한 인간에게 어떤 것이 참다운 것이고, 어떤 것이 아름다운 것이며, 또 어떻게 써야 참다운 시가 된다는 걸 나름대로 배워나갔다.

원고가 완성되자 가장 어려운 문제가 기다리고 있었다. 이를 어떻게 제작해서 어디에 배포할 것인가? 지금에 와서 안타까운 것은 《함성》의 원문이 보존되지 못했기에 내용을 알 수 없다는 점이다. 당시 법원 판결문에는 몇 줄 발췌된 내용만 기록돼 있다.

대한민국 대통령 박정희와 그 주구들은 권력에 굶주린 나머지 종신집권 야망에 국민의 눈과 귀에 총부리를 겨누었으며, 한국적 민주주의란 가면을 쓰고 국민의 고혈을 갈취하고 있다. 자학과 어두움 속에 허탈에 빠진 언론, 문화인, 청년학생, 시민이여! 우리의 함성이 들리지 않는가.

지금이야 프린터로 간단히 인쇄할 수 있지만, 당시에는 등사기를 통한 작업이 필요했다. 빛이 새어 나가지 않는 장소에서 원지를 철필로 긁어야 했고, 긁은 원지를 등사판에 붙이고 롤러로 밀어야 했다. 100여 장을 복사하고 나면 원지에 잉크가 배어서 또 새로운 원지를 긁어야 했다. 500장을 복사하려면 원고 다섯 부가 필요한 셈이었다. 이강은 원지를 긁을 줄판을 구하기 위해 혼자서 박석무 선배를 찾아갔다.

4

박석무는 당시에 북성중학교에 근무하는 중이어서 시험문제를 낼 때마다 줄판을 사용하던 터였다. 이강은 복잡한 말을 꺼낼수록 의심할 것이 분명하므로 거두절미하고 단도직입적으로 용건을 전했다.

"석무 형, 저 등사용 줄판 좀 빌려주세요."

박석무가 빤히 쳐다보면서 물었다.

"뭐야, 니가 줄판을 쓸 일이 어디 있다냐?"

"학비 벌려고요. 중고생 학습지 사업을 하게 됐거등요."

박석무가 속을 사람이 아니었다. 그래서 한참을 말없이 쳐다보다가 나직하게 타일렀다.

"강아, 혹시라도 유인물 만들지 말아라이. 니가 지금 군대 제대한 지 며칠이나 됐다고 나서냐. 남주는 언제 온다냐? 오면 곧장 데리고 와라. 함께 차분하게 상황 판단을 해보자."

그러고도 미덥지 못해서, 풀 죽어 돌아가는 이강의 등에다 대고 한 마디를 덧붙였다.

"하여튼 지금은 고개를 가만히 숙이고 있어야 할 시점이다이."

하지만 그게 이강의 귀에 들어올 턱이 없었다. 그는 곧장 양동시장으로 가서 고물상을 뒤진 끝에 중고 줄판을 하나 찾아냈다. 그리고 집에 돌아와 동생들을 불렀다.

"내가 중요한 문건을 하나 만들어야겠다. 너희들이 줄판에 대고 원지 좀 긁어주라."

신문이 배포되면 곧바로 전남대부터 뒤지기 시작할 텐데, 이강의 필체나 김남주의 필체는 중간고사 답안지를 조회하면 금방 밝혀질 것이 분명했다. 까닭에 자취방에 함께 살던 여동생 이정, 남동생 이황, 집안 조카 이정호가 동원되었다. 고물상에서 산 중고 줄판은 마모가 되어서 원지를 긁는 데 애를 먹였다. 여러 번 시도한 끝에 녹물닦기용 페퍼 용지를 이용해서 줄판을 청소하고 나니 원지가 긁혀 어느 정도 등사가 되었다. (이때 동원된 이강의 동생들은 이황은 말할 것도 없고, 나머지도 모두 민주화운동에 투신했다. 이강의 여동생 이정은 또 다른 남동생 이연과 함께 5·18을 맞이했으며 5월 27일 최후의 순간까지 항쟁에 참여했다. 막내 이윤은 이한열 열사의 친구로 6월항쟁에 참여했으며, 1987년 대선 때 '구로을 투표함 사건'에 연루되기도 했다.)

어쨌든 갖은 노력 끝에 지하신문 《함성》이 완성되었다. 두 사람은 흥분된 상태에서 8절 갱지 500장을 깊이 감춰두었다. 그리고 12월 10일에 전국의 대학교가 기말고사를 위해 개학하게 되자, 그 전야에 배포하고자 변장을 서둘렀다. 두 사람은 예비군복을 입고, 모자를 삐딱하게 쓴 채 장갑까지 끼고 방문을 열었다. 김남주는 그 상황에서도 걱정스레 지켜보는 이강의 동생들을 향해 천연덕스럽게 농담을 했다.

"황아, 집 잘 지켜라. 그사이에 안 죽으면 살아서 오마."

밤이 깊어지자 두 사람은 전남대 인문대에서 시작하여 강의실을 돌면서 유인물을 몇 장씩 놓고 나왔다. 자연대에서는 심야에 벤치에서 청춘 남녀가 데이트하는 걸 보고 수상하게 여길까 봐 일부러 다가가 유인물을 전해주며 서울 말씨로 부탁을 했다.

"서울에서 온 학생들인데요. 이 어려운 시국에 데이트만 하지 말고 이런 글도 좀 읽어보세요. 좋은 내용이니 친구들도 보라고 전해 줘요."

그리고 농대, 상대, 공대 순으로 250장을 뿌리고, 곧바로 장소를 이동하여 광주공고, 광주고, 전남여고, 광주일고까지 배포했다. 광주고와 전남여고에는 교실마다 배포했지만, 광주여고와 광주공고는 담 너머로 던져놓고, 김남주의 모교인 광주일고에는 대량살포를 했다. 그러고도 통금시간에 걸릴 것 같아서 100여 장을 남긴 상태로 귀가했다. 밤 10시부터 강행했는데 눈 깜짝할 사이에 자정이 되었다. 두 사람은 그날 밤 잠을 어떻게 이루었는지 모른다.

다음 날 김남주는 해남으로 내려가고, 이강은 시험을 보러 학교로 나갔다. 등교하면서 눈치를 살펴보니, 반응이 즉각적으로 왔다. 전남대학교는 물론이고 광주가 발칵 뒤집혀 있었다. 이미 정보기관이 움직이기 시작했고, 경찰들이 각지에서 유인물을 수거했다. 이강은 학교에 닿자마자 김정길을 만났는데, 그가 은밀하게 《함성》을 꺼내 보여주었다.

"아까 오다가 주웠네."

이강은 시치미를 뚝 떼고 물었다.

"나도 한 장 줄랑가?"

당연히 거절당했다. 곳곳에서 교련반대 시위 주동자들이 유인물을 소지하고 있다가 이강에게 보여주었다. 몇몇 학우들은 유인물이

'굉장한 명문'이라고 수군대면서 누가 했을지 짚어보기도 했으나 아무도 이강을 의심하는 사람은 없었다. 그래서 다소 안심이 되어서 이강은 편한 마음으로 기말시험을 치르고 여기저기 학생들의 반응을 살피고 다녔다. 그러면서 기억해 둘 만한 대화 내용을 메모지에 적어두었는데, 이게 훗날 그들도 《함성》지 관계자'라는 억울한 누명으로 옥살이를 하게 만드는 물증이 되었다.

그때 전남대학교에 시간강사로 출강하던 박석무는 학생처장의 호출을 받고 처장실로 불려갔다. 곁에는 신원을 알 수 없는 정보부 요원이 자리해 있었다.

"이걸 유포한 사람이 누구일지 한번 살펴봐요."

박석무는 유인물을 읽는 동안 얼굴이 하얗게 변했다. 본능적으로 위기감이 엄습하는 것을 느꼈다. 문장은 명문이고, 내용은 깜짝 놀랄 수준이었다.

"전남대학교에 이 정도의 글솜씨를 가진 후밴 없어요. 실력도 이렇게 안 되고."

박석무는 딱 잡아뗐다.

"그럼 이걸 다른 학교 학생이 썼단 말요?"

정보부 요원은 처음부터 문장력이 뛰어난 지성인의 소행으로 생각하고 있었다. 또 유인물이 전남대 교정을 중심으로 배포된 사실로 봐서 전남대 학생운동과 관련된 인물이거나 아니면 광주 전남 일원에서 활약하는 재야인사가 관여됐다고 보았다. 그래서 박석무를 다그쳤지만 아무 단서가 나오지 않자 협박하기에 이른다. 학생처장이 초를 치며 끼어들었다.

"짐작되는 바가 없으면 여기에 근접할 수준이 되는 학생들 이름이라도 적으세요."

박석무는 내심 이강의 단독 작품일 것으로 짐작했으나 그것도 확신할 수 없는 것이, 글의 내용이 정교하고 문장력이 너무 뛰어났다. 그래도 일단 이강을 염두에 둘 수밖에 없으니, 수사에 혼선을 주기 위해서 번지수가 전혀 다른 후배들의 이름을 가려보았다. 머릿속에서는 김정길, 김남주, 고재득, 송정민 등 전남대학교의 학생운동을 주도하는 이름들이 오락가락하고 있었다. 그리고 자신이 정보부 직원처럼 이런 생각을 하는 게 어처구니가 없어서 그는 다시 말했다.

"전남대 후배 중에 이 정도 수준은 없어요. 전문 문필가 솜씨잖아요?"

"그럼 문장이 제일 뛰어난 놈 다섯만 여기에 적어요."

그리하여 남녀 학생 다섯 명을 적었다. 경찰은 그 명단을 들고 돌아가서 보이지 않는 곳에서 수사를 시작했다. '여학생 포함 세 명'은 아무 관련성을 의심할 수 없으니 건너뛰고, 돌고 돌다가 이강과 김남주로 대상을 압축했다. 그런데 주변 조사를 하면 할수록 이강은 알리바이가 분명했다. 입학하자 곧 입대하여 카투사 복무를 마친 복학생이 이런 일을 준비할 만한 맥락을 찾을 수 없으니 논외로 쳐야 했다. 그러면 남는 게 김남주뿐인데, 이 또한 난처하기를, 그의 영문학과 동기를 무려 열다섯 명이나 탐문 수사한 결과 단 한 사람도 예외 없이 그는 그런 주장을 펼칠 만큼 똑똑한 학생이 아니라는 것이었다. 한마디로 바보요, 괴짜일 뿐이라는 진술이 일치했다. 그러는 사이에 유신체제를 공고히 하기 위한 첫 체육관 선거로 예정된 12월 23일이 다가오고 있었다. 10월 유신을 대학생들도 지지한다고 선전해 온 당국은 이 사건을 철저히 은폐하고자 했다. 일시적인 미제사건으로 남긴 것이다.

5

해가 바뀌자 이강과 김남주는 대인시장 한성다방에서 만났다. 수사망이 점점 김남주를 향하고 있음을 이강이 알아챈 것도 이때였다. 오랜만에 만난 터라 잠깐의 정세 동향에 대해 주고받은 뒤 두 사람은 급히 역할 분담을 다시 했다.《함성》을 뿌리기 이전까지 우리나라 학생운동은 애오라지 서울대 중심이었다. 1971년 교련 반대 데모가 고려대에서 주동한 정도였는데, 그것도 김낙중 선생이 있어서 가능한 일이었다. 김낙중 선생이 고려대 아시아문제연구소에 있는 동안을 빼고 나면 모든 학생운동은 서울대 문리대에서 주동하고 나머지 대학의 일부가 따라 하는 방식에 예외가 없었다. 당시 전남대 '민족사회연구회'도 이런 흐름에 늘 아쉬움을 느끼고 있었는데, 두 사람은 '광주 운동의 광주 주도성' 문제를 얘기하다가 지금은 어떻게든 '서울 놈들을 움직이게 해야 한다'는 데 뜻을 모았다. 그러자면 일단 김남주가 거점을 옮겨야 할 필요가 있었다. 그리고《함성》경험을 토대로 김남주는 원고 작성을 담당하고, 이강은 제작을 담당하되, 광주보다 서울의 움직임이 중요하므로 사업을 전국 규모로 확대해 나가자고 결의하였다. 이를 위해 김남주는 서울로 옮기고, 이강은 남아서 지하신문을 제작하기로 했다. 그러니까 김남주가 문안을 작성해서 이강에게 보내면 이강이 편집 등사하여 다시 서울로 보내고, 그것을 김남주가 다시 받아 전국 대학생들에게 배포하기로 약속한 것이다. 그래서 지하신문의 제호도《함성》에서《고발》로 바뀌었다. 그러나 서울로 간 김남주는 약속된 날짜에 원고를 보내지 못했다. 피신처를 찾아 헤매느라 안정된 환경을 확보하지 못한 것이다. 그래도 이강은 새 학기를 맞아 전국적인 반유신운동을 전개하기 위해 유인물을 전국에 배포할 계획을 세웠다. 마침 김남주에게서 "너무 춥다. 이불을 보내 달라"는 연락이 왔다. '이불'은 제2차 지하신문을 가리키는 두 사람만의 은어였다. 이강은 김남주의 상황을 눈치채고 독자적으로 제2차 지하신문을 준비했다. 우선《함성》제작 때 사용하고 남은 원고가 있어서 그걸 토대로 하고, 다음으로 박정희 유신독재의 모순과 비리를 고발하는 글을 직접 써서 편집을 완료했다. 추가된 원고는 대부분 볼셰비키 이전의 '신해방론'에 입각한 무장투쟁론이라 할 체르니셰프스키의『무엇을 할 것인가』에 나오는 혁명가의 교리 27개 조항 가운데 7개 항을 임시방편으로 뽑아서 재정리한 내용이었다. 그것을 동생 이황과 함께 500장을 등사하여 이불에 쌌다. 서울에 있는 김남주에게 수화물로 탁송할 예정이었다. 그리고 다음 날 일찍 이불 보따리를 탁송하려고 문밖으로 꺼내는 순간 형사들이 들이닥쳤다. 그들은 이미 모든 것을 알고 있었다.

발단은 이강의 자취방에서 시작되었다. 이강과 동생 이황은 남들이 잠든 심야에《고발》을 제작하느라 여러 밤을 새웠다. 그 시절의 주택들은 방음벽이 허술해서 심야에 조금만 딸그락거려도 소리가 크게 들렸다. 이를 심상치 않게 여긴 주인아주머니가 학생들이 없는 시간에 슬그머니 방 안을 들여다봤다가 깜짝 놀랐다. 왜냐면 그들의 자취방에 김남주가 대형 히틀러 사진을 걸어놓고 오며 가며 조롱하곤 했는데, 이를 주인아주머니가 스탈린 사진으로 생각한 것이다. 그래서 너무나 수상하다며 경찰에 신고했다. 수사망이 이미 김남주로 좁혀져 있던 참이라 그들은 이 첩보를 쥐고 주변을 잠복 취재하고 있었다. 그러다 이강이 김남주에게 보낸 편지를 포착했고, 곧바로 김남주가 숨어 있는 서울 이개석의 자취방도 파악해 둔 뒤였다. 그리하여 1973년 3월 20일, 전남도경 수사관들이 급습하여 이강은 현장에서 체포되고 전남 도경 대공분실로 끌려갔다. 같은 시각에 김남주도 서울에서 체포되었다. 얼마 안 되어 이강의 동생 이정과 이황, 애인 이재은, 집안 조카 이정호, 또 김정길, 김용래, 이 평의, 윤영훈, 이개석이 추가로 체포되었다. 김남주에게 반지를 주었던 이경순과 강희순, 김남주의 동생 김덕종도 전남 도경으로 연행되었다. 여기에 박석무는 아무 관련이 없으면서도 6·3운동 이후 선배 그룹 활동가였다는 이유로 '수괴'로 지목되어 숫자가 총 열다섯 명이 되었다.

한편 김남주가 떠나던 날의 기억에 대해 김덕종은 이렇게 말한다.

> 1973년 3월 3일이었다. 형이 갑자기 밤늦게 집으로 내려왔다. 형은 나에게 가방 속에서 종이뭉치를 꺼내 달라고 했다. 400매 가량 되는 이른바 불온유인물이었다. 형은 무슨 생각에서였는지 나한테 한 줄 한 줄 읽어주면서 자세한 설명까지 곁들였다. 지금도 기억나는 한 대목을 얘기하자면, 박정희의 심장에 총을 겨누자는 너무도 으스스한 내용이 들어 있었다.
> ─김덕종, 「내 형, 김남주」, 『내가 만난 김남주』

김남주가 한참이나 어린 김덕종을 동생이 아니라 미래의 동지처럼 여기게 된 데에는 까닭이 있었다. 전년도 초겨울 어느 날에 면 직원이 와서 아버지를 불러 세우더니 도로변에 있는 논갈이를 왜 하지 않느냐고 따졌다. 그 새파란 면 직원 앞에서 아버지는 쩔쩔매면서 통사정했다.

"이삼일만 말미를 주시요. 겨우갈이를 꼭 할게라우."

"아따, 시키면 시키는 대로 빨리빨리 해야지 말야."

면 직원의 입이 점점 거칠어지더니 급기야 욕설까지 묻어 나왔다.

"영감탱이가, 씨벌."

이 대목에서 덕종이가 참지 못하고 달려가 그놈의 멱살을 잡아 챘다. 면 직원이 깜짝 놀라서 뒤로 물러서고 아버지가 가로막자 이 번에는 마당에 세워진 삽을 들고 달려들었다. 화가 잔뜩 난 김덕종 의 모습이 얼마나 무섭던지 면 직원은 뒤도 보지 않고 도망쳐 버렸 다. 대문을 열며 들어오던 김남주가 그 광경을 맞닥뜨렸다. 그리고 어떻게 하는지 보자 하고 숨어서 지켜보았더니, 금방 면장이 찾아 와서 아버지를 불렀다. 이를 본 덕종이가 다시 나서더니 큰 소리로 따지기 시작했다. 난처해진 아버지가 얼른 가로막고 아들을 타이르 는 순간에 면장도 슬그머니 꽁지를 빼고 달아나 버렸다. 그러자 만 면에 미소를 띠고 나타난 김남주가 동생을 한쪽 구석으로 데리고 가서 격려해 주었다.

"덕종아, 아주 잘한 일이다. 너는 내 동생이 되고도 남음이 있다."

이때부터 김덕종은 거의 김남주의 등 뒤에서 활동하는 동지나 한가지였다. 당연히 《함성》사건이 터지자 그도 끌려가 고문을 받게 되었다.

> 고문은 주로 원산폭격과 망치로 나의 열 손가락을 찍는 것이었
> 다.
> ─김덕종, 「내 형, 김남주」, 『내가 만난 김남주』

이때 공안 경찰은 김덕종의 손톱 열 개를 모두 망치로 때려서 깨

뜨려 버렸다. 그러는 동안에도 김덕종은 아무 일도 하지 않은 자신이 이렇게 당하는데 형은 얼마나 험한 고문을 당할까 생각하니 가슴이 미어질 것만 같았다. 그건 기우가 아니었다.

과연, 1973년 3월 20일 밤 12시 김남주가 얹혀사는 서울 이개석의 자취방에 느닷없는 불청객이 들이닥쳤다. 숫자는 모두 다섯이었는데, 신발을 신은 채 김남주가 숨어 있던 방으로 돌진한 괴한들은 다짜고짜 김남주의 손을 등 뒤로 젖혀서 오랏줄로 묶었다. 그리고 방 여기저기를 사납게 뒤지더니 김남주가 보던 책들과 원고 더미를 거칠게 압수했다.

김남주는 검은 승용차에 실려 정체불명의 장소에 도착했다. 김남주는 평소에 서울의 지리도 모르고, 복잡한 대형 건물에 들어가도 어디가 어딘지 잘 분간하지 못했다. 그래서 경찰서 건물의 계단 몇 개를 더듬더듬 따라 올라가다가 소스라치는 비명을 듣고 그만 거꾸러질 뻔했다. 인간이 극단적인 공포와 맞닥뜨렸을 때 새어 나오는 날카로운 비명이 김남주의 심장에 칼날처럼 꽂히자 이내 다리의 힘이 쏙 빠져버렸다. 그의 양쪽 겨드랑이를 부축하고 있던 사내 하나가 놀라는 김남주를 보고 비아냥거렸다.

"이렇게 겁 많은 놈이 혁명은 무슨 혁명이야."

다른 쪽에 있던 사내도 거들었다.

"여기 한번 들어오면 벙어리도 입을 열게 돼 있어."

그리고 패대기쳐진 장소에는 다른 경찰관들이 아랑곳도 하지 않고 시끌벅적한 소리를 내며 일에 열중하고 있었다. 수시로 전화벨이 울렸다. 김남주는 귀퉁이에 놓인 긴 나무 의자에 앉혀졌다. 그러고는 한참 동안 방치돼 있어서 눈을 내리깐 채로 실내 이곳저곳을 훑어봤다. 특별히 이상한 것은 없었다. 다만 아까 들었던 다급한 비명이 희미하게 들려와 다시 귀청을 울렸다. 그러나 김남주는 이내 안정을 찾아서 그 소리에 놀라거나 겁을 먹지는 않았다. 그렇게 조금씩 긴장이 풀려가자 졸음이 몰려오고, 동시에 이곳에서 무너져서는 안 된다는 자각이 들기 시작했다. 뭔가 머릿속에 정리해둬야 할 것이 있었다. 그리고 얼마나 시간이 지났을까? 혼자 내버려진 채 그가 그동안 했던 일의 과정과 인과관계를 정리하고 있는데, 갑자기 주위가 적막강산처럼 조용해지더니 멀리서부터 발자국 찍히는 소리가 또박또박 들려왔다. 이윽고 사복 차림의 중년 신사가 들어오는데 경찰서장과 간부인 듯한 사람들이 그를 호위하고 김남주가 앉아 있는 나무 의자 쪽으로 다가왔다. 김남주는 직감적으로 자기에게 다가온다는 것을 알고 벌떡 일어나 차려 자세를 했다. 가만히 앉아 있기에는 그들의 태도가 지나치게 고압적이었다.

"이 새끼가 그 새끼야?"

사복 차림의 신사가 상스럽게 욕설을 내뱉었다. 그와 동시에 찰싹 소리와 함께 볼에서 불덩이가 일었다. 다짜고짜 뺨을 때린 것이다.

"야 이 새끼야. 내 자식은 연세대 다니면서도 아무 일 없이 공부만 잘해. 좆도 아닌 지방대 새끼가 뭘 안다고 지랄이야."

김남주가 지방대 출신이라는 게 같잖다는 말이었다. 그리고 그는 나무 의자 옆에 세워져 있는 각목을 들더니 김남주의 몸을 아무 데나 가리지 않고 마구 두들겨 팼다. 김남주는 꿈쩍 않고 맞았다.

"군대도 안 갔다 왔어? 이거 순 빨갱이 쌔긴데. 어이 서장, 6·25 참상 사진 있지? 이 쌔끼한테 보여줘. 이런 쌔끼를 뭣 할라고 여기까지 끌고 와. 도봉산 골짜기 어디에 처박아 버리지."

순간 김남주에게 공포감이 밀려왔다. 어릴 때 귀에 못이 박이도록 들었던 해남의 '갈매기섬 학살사건'이 떠오른 것이다. 사복 차림은 이를 알고 공포를 조율하는 사람처럼 감정 없는 목소리로 또 한 마디를 뱉었다.

"이런 것들에게는 법이 너무 아까워. 우리나라 법은 너무나 착해."

그래놓고 안주머니에서 손바닥만 한 권총을 꺼내더니 아무 예고도 없이 그냥 김남주의 머리통에 들이댔다. 순간적으로 이기홍 선생이 들려준 테러 이야기가 눈앞을 스쳤다. 일제강점기뿐 아니라 한국전쟁 직후, 아니 5·16쿠데타 직후까지 테러로 숨진 활동가가 얼마나 많은지 몰랐다. 김남주는 엉겁결에 풀썩 무릎을 꿇었다. 자신도 모르게 조건반사가 일어난 것인데, 그 장면을 김남주는 이렇게 그린다.

총구가 내 머리숲을 헤치는 순간
나의 신념은 혀가 되었다
허공에서 허공에서 헐떡거렸다
똥개가 되라면 기꺼이 똥개가 되어
당신의 똥구멍이라도 싹싹 핥아주겠노라
혓바닥을 내밀었다

나의 싸움은 허리가 되었다
당신의 배꼽에서 구부러졌다
노예가 되라면 기꺼이 노예가 되겠노라
당신의 발밑에서 무릎을 꿇었다

나의 신념 나의 싸움은 미궁이 되어

심연으로 떨어졌다
삽살개가 되라면 기꺼이 삽살개가 되어
당신의 발가락이라도 핥아주겠노라

더이상 나의 육신을 학대 말라고
하찮은 것이지만
육신은 유일한 나의 확실성이라고
─시「진혼가」 부분

  인간의 존엄성은 늘 스스로 지켜야 한다고 생각해 온 김남주에
게 이는 너무나 참담한 사건이었다. 그때의 심정을 자신은 이렇게
표현한다.

나는 내가 인간이라는 사실에 혐오를 느꼈다. 나는 나 자신을
저주했다.
─김남주, 『시와 혁명』(나루, 1991)

  사복 차림이 실내에 머무는 동안에는 김남주뿐 아니라 다른 근
무자들도 숨소리를 크게 내쉬지 못하는 느낌이었다. 누가 밖에서
걸려오는 전화를 받다가 그에게 호통을 맞기도 했다. 그가 시끄럽
다고 버럭 화를 내면 경찰서장도 그 앞에서 옴짝달싹하지 못하고
숨을 죽였다. 자세히 들어보니 사복 차림의 무뢰한을 다들 '남산 신
사'라 불렀는데, 김남주는 처음에 이 '남산 신사'가 무엇을 의미하
는 말인지 알아듣지 못했으나 나중에 그게 정보부 고위층을 가리킨
다는 걸 알게 되었다. 추악한 놈! 계급이 높아서인지 역시나 차림새

가 매끈했다. 위아래로 검은 양복을 입었고 머리는 가지런하게 뒤로 넘겼으나 말투는 신사가 아니라 순 깡패였다. 그것도 두목급이 아니고 깝죽대기 좋아하는 똘마니 수준이었다. 김남주가 본격적으로 수사관의 취조를 받은 것은 다음 날 밤이었다. 그동안 스물네 시간이나 밥 먹고 대소변 보는 시간을 제외하고는 쇠사슬에 묶여 있었다. 잠은 긴 나무 의자에서 웅크리고 잤는데, 쇠사슬 한쪽 끝이 의자에 묶여 있었다. 영락없는 개 신세였다.

한참 후 그를 본격적으로 취조한다고 나타난 수사관은 체격이 아주 컸는데 검은 안경을 쓰고 나타나 아주 다정한 사람처럼 굴었다.

"남주, 난 말이야. 말 많은 건 싫어. 말이란 게 참 귀찮은 거 아냐? 그러니까 나는 말 대신 그냥 주물러 주는 사람이야. 어때 신사협정을 맺지?"

답을 해도 그만, 안 해도 그만이라는 투였다. 김남주가 침묵하는 동안 그는 마치 그런 분위기를 즐기는 사람처럼 이죽거리며 마음껏 농락했다.

"난 말이야 인간적인 걸 좋아해. 사내가 떠드는 건 딱 질색이거든. 남주는 싫은 사람을 어떻게 하지? 진심이야. 나는 가능하면 웃는 낯으로, 신사적으로, 인간적으로 널 대하고 싶어."

수사관은 이렇게 제멋대로 연기를 하면서 김남주의 안색을 살폈다. 김남주는 일절 대꾸도 없이 눈을 내리깔고 있었다. 그러자 수사관이 윗도리를 벗기고 겨울 내의까지 빼앗더니, 김남주의 머리를 끌어다가 자신의 가랑이 사이에 처박았다. 그러고는 뭔가 까끌까끌한 것으로 등짝을 긁어대기 시작했다. 나중에 안 사실이지만 그것은 농부가 진드기를 떼기 위해서 철판에 못 구멍을 내서 만들어놓은 농기구였다. 힘줘서 긁으면 피부가 벗겨지는데 그것이 그의 등을 얼마나 심하게 긁어댔던지 김남주는 일주일 후에 손바닥만 한 피딱지를 떼어내야 했다. 이때 생긴 흉터는 그가 죽는 날까지도 등짝에 선연하게 새겨져 있었다.

김남주는 이 공포로 가득 찬 학대 속에서 참담하게 무너졌다. 그래서 훗날 이렇게 쓴다.

> 공포야말로, 체포와 고문과 투옥의 공포야말로 가진 자들의 재산과 특권과 생명을 지켜주는 무기인 것이다.
> ―김남주, 『시와 혁명』

6

김남주 말고도 불시에 체포된 아홉 명의 구속자들은 모두 한 달간 모진 고문을 받았다. 난데없이 수괴로 내몰린 박석무는 매우 심각한 상황이었다. 당시 그는 대학교수 임용을 앞두고 고등학교 교사로 근무했는데, 퇴근하고 집에 닿자 경찰 공작반에서 왔다는 점퍼 차림의 형사 세 명이 다짜고짜 끌어다가 검은 지프에 실었다. 그리고 어느 깜깜한 방으로 끌고 가서 영문도 알리지 않고 넥타이와 허리띠를 빼앗더니 마구 난타질을 시작했다. 몇 차례 매타작이 지나간 뒤에는 그를 꿇려 앉힌 채 군홧발로 허벅지를 짓이기고 주먹으로 내리치다가 몽둥이를 마구 휘갈겨댔다. 이유라고는 없이 오직 기를 죽이자는 목적이었다. 그리고 온밤을 그 상태로 지새우게 한 다음 이강과 김남주를 아느냐고 물었다. 가까운 후배라고 답하자 "이 흉악한 빨갱이 새끼들, 너희들 이제 죽을 날을 맞았다" 해놓고는 그간에 했던 빨갱이 짓거리를 소상하게 쓰라고 하면서 종이와 펜을 주었다. 하는 수 없이 자술서를 써주면 읽고 나서 짝짝 찢으면서 다시 두들겨 패기를 반복했다. 나중에는 벽에 발을 대고 거꾸로 서게 하고는 몸이 움직이면 몽둥이로 마구 패고, 넘어지면 다시 일으켜서 몽둥이로 패대었다. 그렇게 이틀을 고문하고 나서 물었다.

"솔직히 말해. 니가 이강과 김남주에게 학교에서 줄판을 빌려주지 않았어?"

그러니까 그들은 박석무의 자술서에 이강이 줄판을 빌리러 왔던 이야기가 담겨 있지 않아서 계속 고문을 가했던 터였다. 박석무는 줄판을 빌리러 왔지만 자기는 빌려준 사실이 없다고 부인했으나 아무 소용이 없었다.

이렇게 수사가 진행되는 동안 누구보다도 큰 고통을 겪은 것은 이강이었다. 《함성》과 《고발》전 과정을 주도한 그는 동생들을 직접 제작에 참여시키고 친지들을 동원했는데, 무엇보다도 그의 아버지는 수사관들의 공략에 가장 취약한 현직 교사였다. 당연히 교직에서 쫓겨나고, 또 고향 동네가 집성촌이었으므로 집안은 물론 이웃들까지 쑥밭이 되고 말았다. 게다가 더욱 괴로운 것은 미군 부대 도서관 도장이 찍힌 불온서적들의 출처였는데, 이강과 미팅을 한 관계로 책 심부름을 해준 여자친구가 서울에서 끌려와 조사를 받다가 몇 번씩 혼절하는 바람에 난처하기가 이를 데 없었다. 그 밖에도 김정길은 '교양독서회', 김용래는 '삼민회', 이정호는 '그린트리'라고 하는 학내 서클을 이끌고 있다는 이유로 괴롭힘을 당했다. 당시 전남대학교 학생운동은 학내 서클이 주도하고 있었는데, 그중에서도 이 세 서클은 틈틈이 전국 최초의 유신 반대 시위를 도모하고자 준비하고 있었다. 김남주와 이강의 동생들은 《함성》과 《고발》에 가담한 혐의가 뚜렷하였고, 나머지 영문도 모른 채 끌려간 여섯 명 이경순, 강희순, 이정, 이개석, 김덕종, 이재은은 수사가 끝난 뒤 바로 불구속 상태로 재판을 받았다.

이들은 한동안 광주교도소 독방에 갇혔다가 관련자 열다섯 명이 모두 4월 19일 자로 국가보안법상 반국가단체 구성 예비음모죄로 기소되었다. 법정에서는 두 사람의 유인물 살포가 국가체제를 전복시킬 위험한 행위라는 궤변이 펼쳐졌다. 이 재판은 유신체제 최초로 법정에서 정치 공방을 다투는 학습의 장이 되었다. 전남대 법대는 재판이 열리는 날이면 수업을 방청으로 대신했다. 그들의 눈에 김남주의 태도는 너무도 당당하고 의연하여 놀랍기만 했다. 법정은 편파적이라 판사가 피고에게 자꾸만 훈계하듯이 캐물었다.

"피고는 고문을 받았다고 주장하는데, 무슨 고문을 받았다는 것인가?"

김남주가 답했다.

"재판관님은 외국에서 비행기를 타고 오셨습니까?"

방청석이 웅성거렸다. 홍남순 변호사가 법정에서 탁월한 연기력을 보이면서 검·판사들을 비판하고 피고를 감싸는데, 김남주의 당돌함은 그를 훨씬 상회했다. 판사가 다시 물었다.

"피고의 주장 중에는 '혁명은 안 되고 방만 바꾸고 말았다' 하는 말이 있는데, 이는 국가전복을 생각했을 때 나오는 표현이 아닌가?"

김남주가 사정없이 받아쳤다.

"그게 왜 내 이야기가 됩니까? 판사님은 학창 시절에 시집도 안 읽었습니까? 그건 김수영의 시에 나오는 구절이 아닙니까? 「그 방을 생각하며」는 4·19를 대표하는 시예요. 한국 문학사 시간에 다 배워요."

그간에 김남주를 잘못 알았던 사람들의 편견을 단번에 폭파하는 기습적인 재발견이었다. 이웃들에게는 키 작은 물봉이 국가권력 앞에서는 저렇게 거침없는 거인이었다니. 다시 방청석이 웅성대기 시작했다. 재판의 절정은 김남주가 법정 최후진술을 발언하는 장면이었다. 이때 판사 앞에서 내뱉은 말 "좆돼부렀습니다"는 숱한 청년 학생들에게서 삼엄한 유신체제가 주는 심리적 압박감을 대폭 지우는 역할을 했다. 그에 대해 고은은 언젠가 다음과 같이 회고한 바 있다.

> 그 쌔까만 낯짝으로부터 쏘아대는 하얀 이빨의 그 광택의 절실성이 마구 달려오는 것이다. 엄숙할 때도 슬플 때도 웃는 그대 웃음소리가 들려오는 것이다. 70년대 초 재판 최후진술에서 "좆돼버렸다"고 내뱉던 그 독설도 멀리서 들려오는 것이다.
> —김남주, 『나의 칼 나의 피-김남주 옥중시집』 서문(실천문학사, 1993)

"좆돼부렀습니다"로 시작하여 "유신의 잘잘못에 대한 심판은 역사가 할 것이다. 설령 법원이 내게 유죄를 선고한다고 해도 역사는 내게 무죄를 선고할 것이다"로 끝나는 김남주의 최후진술은 당대 학생운동가들의 가슴을 흔든 명구로 남아 널리 회자되었다.

1심 재판에서 검사는 박석무·이강·김남주에게 각각 징역 10년을 구형했는데, 광주지방법원은 박석무·김남주에게 징역 2년, 이강에게 징역 3년을 선고했다. 그리고 언론탄압과 인권탄압의 반민주 악법의 극치인 재판과정에 무료 자진 변론을 맡은 인권변호사 홍남순·이기홍·윤철하의 변론과 함석헌을 비롯해 많은 수의 학생들이 방청하고, 국제엠네스티 도쿄지부에서도 응원을 와서 재판을 지켜본 결과 고법 항소심은 주범 박석무에게 무죄선고라는 승소 판결을 내렸다. 법정에서 검사가 주장한 바에 따르면 열다섯 명의 청년이 반국가단체를 구성하여 대한민국 체제전복을 시도했다는 이 사건은, 이후 유신체제에 대한 반발이 불과 두 달 만에 터져 나온 사실을 알리고 싶지 않았던 박정희의 뜻에 따라 철저하게 은폐되면서 관련자 전원이 항소심에서 풀려나왔다. 그러나 아쉽게도 전남대학교는 1심 구형이 나오자마자 이 학생들을 모두 제적시킨 상태였다.

金
詢
主
平
專

5장

파
도
는 가
고

1

《함성》사건으로 감옥에 들어가 8개월을 사는 동안 김남주가 가장 많이 했던 생각은 무엇일까? 절망? 그렇다. 그 무렵을 상기시키는 모든 시에서 '절망'은 공통되게 나타난다. 역사학자 한홍구는 『유신』에서 "어떤 사람들에게 1970년대는 경부고속도로의 개통으로 시작되지만, 또 어떤 사람들에게 1970년대는 평화시장에서 타오르는 전태일의 불길로 시작된다"라고 썼다. 김남주는 '전태일의 불길' 속에서 뼛속까지 타고 있었다. 세계가 화염으로 가득 찬 느낌이었을 것이다. 그때 얼마나 타버렸던지 그는 나오자마자 「잿더미」라는 시를 쓴다. 그런데 절망의 실체가 암울한 공동체의 미래뿐이란 말인가? 나의 대답은 '천만에'이다. 김남주 이야기를 쓰겠다고 마음먹고, 그에 관한 생각을 한 5년 달고 다닌 끝에 내린 결론이 이것이다. 그는 내성적이지만 낙천적이고 두려움이 없는 성격이었다. 군부정권이 아무리 공포를 안겨준다 해도 그가 두려움에 떨기만 할 턱이 없다. 그의 시 곳곳에 스며 있는 그의 기질이자 세계관이요, 사상이라 할 태도 하나가 그것을 증명한다.

노예라고 다 노예인 것은 아냐
자기가 노예라는 것을 알고 그게 부끄러워서

참지 못하고
고개를 쳐들고 주인에게 대드는 자
그는 이미 노예가 아닌 거야

보라고 옛날 옛적 고려 적에
칼에 맞아 죽을지언정 항복은 하지 않겠다
기어코 개경에까지 쳐들어가
권귀들의 목을 베고 빼앗긴 재물을 도로 찾겠다
이렇게 다짐하고 들고 일어섰던 망이와 망소이를 보라고

(……) 착취와 압박을 당하며 살고 있다는 것을 깨닫고
그게 부끄러워서 참지 못하고 싸우는 자
그는 이제 노예가 아닌 거야
해방자인 거야 해방자!
　　　　　—시「노예라고 다 노예인 것은 아니다」부분

　굳이 논하자면 이를 20세기의 혁명가 정신이라고 말할 수는 없
다. 혁명가란 철저하게 '전망'을 두고 싸우는 자를 말한다. 조직도,
체제적 대안도 없는 망이·망소이의 항거에 어떤 변혁적 세계가 기
대될 수 있겠는가? 하지만 "만인을 위해 싸울 때 나는 자유이다(「자
유」)"라고 노래하는 사람은 다르다. 그러니까 김남주가 생각하는 최
선의 상태는 언제나 '싸운다'이고 그것은 결과가 아니라 과정으로
존재하는 동사적 상황이다. 생명은 언제나 '과정' 속에 놓여 있다.
'과정'이라는 강물 속에는 물살을 헤치며 사는 생명체도 있고, 그것
을 포기한 죽은 물체도 있다. 그는 그렇게 생각했다.

김남주의 시는 이 '과정'을 표현할 때 자주 '파도' 이미지를 동원하는데,《함성》사건 이후 몇 편의 시에는 연달아 의미심장한 '파도'가 등장한다.「잿더미」에도 파도가 나온다. 말하자면 박정희의 시대가 아니라 전태일의 시대를 살고자 한 것은 다름 아닌 자신이었다. 그러나 이 선택 하나로 김남주는 마치 김소월의 「옛이야기」 같은 상황을 맞게 되었음이 틀림없다. 김소월의 「옛이야기」는 밤마다 외로움에 겨워서 우는 사람을 화자로 삼는데, 이 화자는 예전에는 지난날의 이야기를 설움 없이 전할 수 있었다. 하지만 님이 떠나자 그가 가졌던 생각이 모두 흩어져 버리고 만다. 천지에 남은 것은 과거에 님에게 들려주던 옛이야기의 파편들밖에 없다. 나는 그의 시를 읽다가 몇몇 '파도' 속에 필시 은밀한 내막이 있다고 추정하여 '촉'이 닿는 대로 의문을 가져본 끝에 전화번호 하나를 얻게 되었다. 그리고 망설이다가 조심스럽게 전화를 걸었다.

　　"이경순 선생님이죠? 김남주 이야기를 들을 수 있을까 해서요."

　　이때 전화기 너머에서 들려온 답이 잘 생각나지 않는다. 밝고 친절한 목소리였지만, 시원스럽게 약속을 잡아주는 건 아니었다. 일시적으로 바쁜지 항구적으로 바쁜지 알 수 없으나 왠지 기대했던 추억담을 듣기 어렵겠다는 느낌이 왔다. 나의 추측에 그 시절 이야기는 앞뒤 상황이 너무 복잡할 수도 있고, 구체적인 맥락 자체에 불확실한 요소가 너무 많을 수도 있다는 생각이 들었다. 아니면 반지를 빼주면서 "무덤을 파되, 거기에 묻히지 말라" 했건만 이 사내가 대책 없이 묻혀버린 탓일 수도 있다. 그렇다면 무덤을 판 사내는 이미 지상에 없으므로 여성 이경순에게 그의 존재는 허구가 된다. 나는 그렇게 생각했다. 하지만, 김남주의 시에는 그 시절의 상태가 매우 뚜렷이 남아 있다. 어느 날 갑자기 마음의 준비도 없이 '닿을 수 없는 나라'로 보내야 했던 '님'을 김남주는 체구가 건장한 편이라 해서(김남주는 체구가 아주 작은 사람이다) '헤비'라고 불렀다. 헤비급에서 따온 말이다.

　헤비 집에 가면 가난한 아버지가 늘 차를 끓여줬다. 그리고 세상이 어디로 가고 있는지, 그러나 세상은 어디로 가야 하는지, 아주 적은 양의 대화로 몇 마디씩 들려준다. 청년 김남주는 말수가 없는 사람이다. 그에 걸맞게 한 마디도 묻지 않고 차를 마시거나 서재에 꽂힌 책들을 살피지만, 매번 똑같이 말씀과 말씀의 행간에 고인 비극적 상황들을 고스란히 알아듣는다. 헤비 아버지가 말한다.
　"기본 교조에 따르자면 주체가 노동계급이제. 근디 그걸 이 땅에다 적용하면 모순되지 않겠는가?"
　김남주가 놀란 듯이 눈을 동그랗게 뜬다. 머릿속에서는 전라도 섬 지방에서 벌어졌던 일제강점기의 소작 쟁의가 '민족해방운동의 본류였구나!' 하는 각성이 지나간다. 어떤 날은 헤비 아버지가 이렇게 말한다.
　"인민이 물이라면 활동가는 물고기여. 근디 물고기가 물을 떠났어. 살길이 보이겠는가?"
　김남주가 대번에, 빨치산 투쟁이 모험주의였다는 사실을 알아듣는다. 그 놀라운 공감 능력을 헤비 아버지가 놓칠 턱이 없다. 단 몇 마디만으로도 한국 민족민주운동사의 단절된 페이지들이 복원된다. 그러는 동안에도 청년 김남주에게는 그의 따님이 움직이는 소리가 촉각에 닿는다. 그 어머니가 그랬을 것 같은 심성이 느껴져서 한없이 예쁘다. 헤비의 어머니는 해방 공간에서 전쟁을 거쳐 4·19와 5·16을 넘을 때도 서점을 운영하면서 헤비 아버지가 겪는 고난과 시련의 길을 이겨냈다. 백색 테러의 공포도 견뎠고, 남편이 체포되면 빼내기도 했으며, 옥바라지도 거뜬히 해냈다. 그래서 남편이 흡사 인디언의 학살처럼 잔혹한 시대를 증언하면서 존재의 위엄을 간직할 수 있게 만들었다. 청년 김남주는 이 그림을 늘 상상하면서 자신의 앞날을 생각하곤 했는데, 어느 순간 감옥에서 모든 게 허구로 휘발되고 마는 공허감을 느낀다. 혜비를 만날 수도 없고, 위기감의 실체를 확인할 수도 없다.

이런 안타까운 시간에 가끔 이황이 면회를 왔다. 제 형 이강을 만나고 나서 들르는 것인데, 그렇다고 수인이 된 마당에 풀 죽은 모습을 보이는 건 김남주답지 않았다. 그래서 겉으로는 멀쩡하게 퉁바리를 주고는 했다.

"황아, 니가 아무리 정성껏 찾아줘도 나는 하나도 안 반가워야. 그녀가 와야제. 혜비! 혜비한테 와달라고 해봐라."

웃으며 말하지만 간절한 꿈이었다. 고문이 끝났을 때, 그녀의 아버지가 평생 겪은 일을 자신이 조금이나마 겪었다고, 그래서 더 가까워졌다고 생각했는데, 감옥에서 되짚어보니 자신이 미처 상상해보지 않은 현실이 기다리고 있었다. 혜비네 집에서는 아마도 부녀가 충분히 상의했을 것이고, 앞뒤 정황을 판단했을 것이며, 마침내 결단했을 것이다. 김남주라는 청년은 볕 좋은 자리를 골라 딛는 부류가 아니니 십중팔구는 가시밭길을 헤치게 될 것이다. 그래서 예기치 않게 피투성이가 되는 것을 다름 아닌 그 집에서 어떻게 더 견딜 수 있단 말인가. 또 이기홍의 역사와 김남주의 역사가 연결되는 것은 김남주에게도 큰 짐이 되지 않겠는가. '붙들지 말고 놔두자.' 겉으로든 속으로든 얼마든지 이런 판단을 내릴 수 있다. 그렇다면 혜비는 자신을 피할 것이고, 그는 그 집을 더는 찾아서는 안 되는 처지가 된다. 김남주는 감옥살이의 태반을 이 같은 고뇌와 번민으로 보냈다. 그래서 마침내 석방이 통보되고 철문이 열렸을 때 그는 지옥에서 빠져나오긴 했으나 사막의 정거장에 내린 듯한 기분을 느꼈다. 김남주의 청춘 시절은 이렇게 허망하게 끝나고 말았다. 감옥이 청춘의 무덤이었다. 그의 마음속에서 언제나 함께 숨 쉬고 있었으며, 늘 그에게 명령을 내리던 불꽃의 시대, 언제까지 영원할 듯했던 젊음의 숨 가쁜 맥박이 멎어 있었다. 그 황량한 감옥의 잿빛 하늘과 캄캄하게 몰려오는 세파의 포말 속에서 조용히, 또 한없이 슬프게 그만의 시간이 숨을 거둔 것이다. 그래서 자신도 모르게 쏟아낸 시를 나는 5·18을 겪고 나서 사무치도록 매달리면서 다시 읽고는 했었다.

나는 쓴다
모래 위에 그대 이름을 쓴다
파도가 와서 지워버린다
지워진 이름 위에 나는 그린다
내 첫사랑이 타는 곳 그대 입술 위에
다시 와서 파도가 지워버린다
그 위에
모래 위에 미끄러지는 입술 위에
나는 판다 오 갈증의 샘이여
깊고 깊은 그대 몸속의 욕망을 오 환희여
파도가 와서 메워버린다

황혼의 바다 파도는 가고
나는 떠난다

모래 위에 그림자 길게 늘어뜨리고
내 고뇌의 무덤 그대 유방 위에
허무의 재를 뿌리며
—시「파도는 가고」전문

　김남주가 해남에 돌아왔을 때 그의 집은 쑥밭이 되어 있었다. 마을 사람들의 눈에, 그토록 촉망받던 김봉수 씨네 작은아들은 검·판사가 아니라 전과자가 되었고, 남들이 부러워하던 학교에서마저 제적당했다. 아버지도, 또 어머니도 억장이 무너졌지만, 자신도 참담했다. 사랑을 잃었으니 아침노을도 저녁노을도 볼 필요가 없어졌다. 하지만 이내 겨울이 가고 봄이 되었다. 봄은 엘리어트의 「황무지」처럼 죽은 땅에서도 생명을 길러낸다. 사람들이 쳐다보면 김남주의 얼굴은 금방 구름이 걷힌 하늘처럼 해맑은 모습을 드러내곤 했다. 그가 웃을 때 감쪽같이 드러나는 하얀 이는 얼마나 매력적인지 이웃들을 순식간에 친절하게 만들었다. 인간에게 대지의 호흡보다 빠른 치유 수단이 있을까? 낮에는 그가 나앉은 툇마루까지 햇빛이 찾아와서 쉬었다 간다. 그곳에서 조용히 몇 걸음을 걸으면 낮은 구릉으로 이어지는 푸른 솔밭과 붉은 황토밭이 펼쳐지고, 계속해서 발길을 옮기다 보면 햇살이 반사되어 눈부시게 빛나는 뻘밭이 나온다. 그 길가에는 그에게 가장 아름다운 시절이었던 삼화초등학교의 기억들이 돌멩이와 풀뿌리에서 뒹굴고 있다. 김남주가 다시 한번 파도 이야기를 쓰는 건 이때였다.

　뱃길 삼십 리
　오가는 배도 없지에

산길 삼십 리
오가는 차도 없지예

구불구불 육십 리
읍내로 가는 길은 멀지예

바다는 울먹이고
섬은 죽고 싶고
어미 등에 업힌 아기 우리 아기 아픈 아기
파도가 와서 눈을 뜨게 한다
　─시 「파도가 와서」 전문

　파도가 삶이면 세상은 바다일까? '뱃길 삼십 리'에 이어서 '산길 삼십 리', 오가는 차편도 없는 '섬' 같은 영혼은 외로움에 사무칠 수밖에 없다. 그래서 '어미 등에 업힌' '아픈 아기'처럼 그는 여러 날을 어성교를 오가며 갈매기 우는 소리에 눈을 뜨곤 했다.

2

　밤에는 지상을 쓸고 가는 갖가지 바람 소리가 찾아와 대밭에 머문다. 쥐들이 바스락거리며 달리는 소리, 대나무 잎들이 하염없이 쌓여서 부서지는 소리, 산 밑이라 흙은 부드럽고, 어디를 파헤쳐도 지렁이들이 득시글거리고 두더지들이 쑤시고 다닌다. 그리고 종일 일을 마치고 돌아와서 큰 소리를 내는 아버지의 코 고는 소리는 그 모든 것을 제압한다. 그는 이내 따분해지기 시작했고, 텅 빈 몸통 안에 생명이 차오르는지 사지가 근질거리며 뇌가 움직여서 오만 가지 생각들이 밀물과 썰물처럼 들고 나곤 했다. 노예 해방이 선언된 지 100년이 지난 후에도 흑인은 물질적 풍요의 바다에 떠 있는 외로운 빈곤의 섬에서 살고 있었다. 마찬가지로 그의 고향 사람들도 소외가 냉혹한 차별로 이어지는 궁핍한 시대의 한가운데 놓여 있었다. 대지의 사람들은 남이 아니라 모두 아버지이다. 그걸 깨달을 때마다 그는 자기 연소를 통하여 정열을 보유하려고 노력한다. 이내 그의 생을 연소할 장소가 어디인지를 생각한다. 왜냐면 그는 세상의 모든 족쇄로부터 해방되고 싶었기 때문이다.

김남주는 기회만 생기면 광주행 버스에 몸을 실었다. 광주 금남로에 가면 반가운 선후배들이 모인 아지트가 있었다. 가톨릭센터에 현대식 예식장이 들어섰는데, 박석무의 친구 권충선이 운영하는 업소였다. 이곳은 본디 법원 자리였는데, 법원이 지산동으로 이전하자 부지를 천주교에서 매입하여 구법원 제1호 법정 자리에 태권도 도장을 차렸었다. 가톨릭노동청년회 지오세 회장이었던 권충선이 독일에서 광부들이 보내온 돈으로 장만한 장소인데, 천주교 사제들의 심신을 수련하는 데 쓰라고 제공한 태권도 도장을 신부들이 좀처럼 이용하지 않았다. 그래서 이를 다시 광주 최초의 현대적 예식장으로 바꿔놓자 박석무, 이강, 김정길 등이 날마다 출근하다시피 해서 《함성》 관련자들의 사랑방이 되었다.
다시 말하지만, 박석무는 당시 호남 정신의 법통을 잇는 비판적 지성의 상징물이었다. 저 옛날 최흥종 목사가 준비했던 광주 3·1만세운동 이후 예향 광주의 문화적 정체성을 세운 동양화가 허백련

사단, 서양화가 오지호 사단, 또 한국 저항문학을 선도하는 시인 김현승 사단의 시대정신에 영향을 주는 보이지 않는 도덕적 정치세력이 있었는데, 그 실핏줄을 잇는 자가 혜비 아버지 이기홍과 또 한 사람의 혁명가 김세원이었다. 3·1만세운동 이후 광주학생독립운동으로, 일시 단절된 민족민주운동의 길을 이어온 이기홍은 해방정국의 민족운동에서 한국전쟁과 4·19를 거쳐 박정희의 유신 국면까지 활동을 계속하고 있었는데, 그 끈질긴 이기홍과 동지적 관계를 유지하며 활동한 이가 김세원이었다. 김세원은 10대 후반부터 빨치산으로 활동했고, 나중에는 군에 입대해 장교로 전역한 뒤에도 사회대중당과 민자통에서 통일운동을 했으며, 5·16 이후에도 유일하게 잡히지 않고 장기간 도피를 이어간 자로서, 폐결핵을 앓고 있으면서도 강단이 있어서 산골에 있는 지인들의 집을 돌며 신출귀몰하게 숨어 다녔고, 때로는 산속에 비밀 아지트를 판 뒤 은신하면서 경찰수사망을 피한 끝에 홍길동이라는 별명까지 얻었다. 이렇게 광주에는 사회당이나 민자통 활동가 외에도 자기들끼리 별도의 소모임을 하는 빨치산 출신들도 있었다. 물론 그들이 모두 이기홍이나 김세원처럼 새로운 시대를 해석하고 대응할 수 있는 수준은 아니었다. 각자의 치열한 경험들은 있으나 이론적 기반이 취약했던 까닭이다. 바로 이렇게 형성된 보이지 않는 비합법 세력의 동향이 모여서 박석무에게로 전달된다는 얘기였다. 그것들이 후배 김남주에게 이어지지 않을 턱도 없다.

현실 정치에 뛰어든 각종 반동 세력의 가치관을 가진 이들에게 김남주의 존재는 참으로 희귀한 '의문부호'가 아닐 수 없었다. 내가 취재하면서 만난 가장 인상 깊었던 진술은 《함성》사건을 수사하면서 김남주를 추적했던 수사관의 말이었다. 나는 나중에 그가 '남민전'을 수사한 김호욱이 아닐까 하고 감히 추정하게 됐는데, 어쨌든 《함성》 사건이 끝난 뒤 그는 이강을 찾아와서 물었다 한다.

"내가 조사를 다 했어. 그란디 내 상식으로는 김남주 그 사람만은 도저히 이해할 수 없소. 사람이면 누구나 다 잘되려고 노력하는 법인디 김남주는 거꾸로 한단 말이여. 출셋길이 활짝 열려 있는디 그 길을 안 가. 대체 왜 그러는 거요? 자기도 인간인디 그럴 수 있소?"

수사하는 동안 내내 궁금했던가 보았다. 예컨대 그가 보기에 김남주는 누군가에게 기계처럼 세뇌당한 사람도 아니고, 머리가 뛰어나서 실력도 갖췄으며, 아무 때나 무슨 일을 시작해도 충분히 성취를 이룰 수 있는 인재였다. 그런데 얼마든지 잘될 수 있는 사람이 왜 자꾸 망하는 길을 가려고 그리 발버둥을 치는지 알 수 없었다. 이것이 얼마나 이해되지 않는지 그는 인간적으로 너무나 궁금하다며 진솔하게 물은 것이었다. 이강은 기가 차서 이렇게 답해줬다.

"형사님은 그것이 어렵소? 세상이 망가져 있는데 자기만 출세해서 뭣 하겠소?"

이 같은 태도는 김남주의 첫사랑을 좌초시킨 원인이 되기도 했으나 이웃들에게 존경받는 지역 인사들이 김남주를 깜찍하게 아끼는 계기를 만들어 주기도 했다. 당대의 어른들이 이 머리 아픈 특이자를 보호하는 또 하나의 세력 구축기가 형성된 것인데, 가톨릭센터 예식장 시절에 그들의 우산 역할을 해준 건 광주의 수난받는 젊은이들을 외면하지 않으려는 양심적 법조인을 위시한 지식인 집단이었다. 그 좌장인 홍남순은 1914년 전남 화순에서 태어나 스물세 살 때 밀항선을 타고 일본으로 건너가서 공부하고 돌아와 1948년에 변호사 시험에 합격한 법조인이다. 그는 의협심이 많아서 전쟁 때 아내의 만류에도 불구하고 마흔 살의 나이로 군 복무를 마치고, 광주지방법원 판사로 임관하여 광주고법, 대전지법 판사를 거쳐 1963년부터 변호사가 되었다. 1967년 3선개헌 저지를 위한 100만 서명운동에 앞장섰으며, 1971년 민주수호국민협의회 전라남도 대표이사를 맡고, 이듬해 광주변호사협회 회장에 피선되면서 민주인사에 대한 '무료변론'의 길에 오른다. 1973년《함성》사건 당시의 변론은 그가 광주 인권운동의 대부로 칭송받는 결정적인 계기가 되었으니, 이후로도 그는 박석무·김남주·이강·김정길 등의 진로에 깊은 관심을 두게 된다. 그뿐만 아니라 당시《함성》지 사건을 함께 변론한 이기홍 변호사는 이강의 가까운 친척이기도 한데 하필 사무실이 가톨릭센터 옆 동구청 2층에 있는 데다 김정길이 이기홍 변호사 사무실에서 근무하기도 해서 틈만 나면 찾아와서 이 꿈꾸는 빈털터리들에게 밥을 사고는 했다. 또 김남주가 가톨릭센터에 자주 가는 이유는 사람들이 자꾸 찾기 때문이기도 했다. 우선, 그에게도 사람의 도리상 피할 수 없는 일들이 있었다. 당시까지도 호남 사람들의 생존에 최대의 위협을 가하는 것은 '절대빈곤'과 '좌우 갈등'이었다. 못 배운 자는 가난의 굴레에서 벗어나지 못하고, 잘 배운 자는 좌익의 굴레에서 벗어나지 못한다. 하지만 이 두 가지를 피하지 못하면 목숨을 부지하기 어려운 시대였는데, 그걸 조금도 두려워하지 않는 사상을 가진 김남주 같은 사람은 위험한 전염병의 보균자처럼 취급되기가 일쑤였다. 특히 정부의 반공교육에 집중적으로 세뇌된 시골 마을에서는 그로 인해 겪게 되는 고생이 이만저만이 아니었다. 정치적으로 진보적인 태도를 보이는 사람은 빨갱이라 해서 이웃의 배척이 심각한지라 이강처럼 인척들까지 대거 연루되어서 다수의 전과자가 발생할 시에는 아예 마을이 파괴될 정도였다. 이에 김정길이 앞장서서 이강과 김남주를 대동하고 상황이 좋지 않은 후배들을 찾아가기 시작했다. 맨 처음 방문한 곳이 곡성이었는데, 곡성에서는 이평의가 큰 어려움을 겪고 있었다. 그 동생 이재의가 다른 곳에 남긴 기록에는 이런 설명이 나온다.

> 우리 집은 이 사건을 거치면서 가정이 거의 파탄지경에 이를 지경이었다. 경찰의 감시가 극심해졌다. 마을 사람들은 우리 가족을 노골적으로 기피했다. 이런 '왕따' 분위기에서 농사를 지어야 했던 부모님의 고통은 컸지만, 이분들은 그저 묵묵히 일만 하셨다. 내가 보기엔 마을 사람이 야속했다. 하지만 그들만을 탓할 일도 아니었다. 그도 그럴 것이 6·25 때 '큰형님'이 의용군에 입대하여 실종 처리된 사건이 있었다. 이 사건은 나의 어린 시절 60년대 내내 우리 가족의 얼굴에 깊은 그림자를 드리웠다. 70년대 초반까지만 해도 우리 집은 요시찰 대상이었다. 그런 상황에서 작은형의 반공법 위반사건 연루는 치명적이었던 것이다.
> ─노준현추모문집발간위원회, 『남녘의 노둣돌 노준현』(미디어민, 2006)

이 같은 상황을 알고 있는 김정길이 동네 사람들에게 막걸리 잔치를 열어서 자초지종을 설명했다. 현재 나라 사정은 어떠하고 우리 대학생들의 생각은 어떠한지, 그래서 여기에 연루된 사람들에 대해서 세상의 평은 어떠해야 하는지를 설명하는 식으로, 처음에는 곡성, 다음으로 강진, 이어서 장흥, 해남까지 돌면서 관련자들의 입장을 고향 사람들이 이해할 수 있도록 설명하고 돌아왔다.

한편 이 시기에 광주에서는 또 다른 드라마가 시작되고 있었다. 《함성》사건이 관련자와 그 가족들에게만 영향을 미친 건 아니었다. 김남주가 법정에서 보여준 모습은 멀리 서울까지 소문나 있었다. 전남대에서도 비판적 지성의 힘이 더욱 축적되었다. 중요한 것은 이런 분위기 속에서 새로운 동문 하나가 학생운동에 뛰어들고 있었다는 점인데, 그가 바로 광주일고 졸업 후 군 복무를 마치고 농과대학에 입학하여 깎아지른 모범생 소리를 듣던 윤한봉이었다. 그는 "어떤 이론이나 주장도 맹신하지 않고, 일단 회의하고 반문해 보는 자유롭고 개방적인 사고방식을 가진 대신, 아무리 사소한 일이라도 일단 약속을 하면 철저히 지키고, 자기 생각을 실천에 반드시 옮기는 성격"이었다. 인정도 많아서 후배나 동기들을 매우 성실하게 대했고 타인의 이름도 함부로 부르지 않았다. 그래서 김남주도 생애 마지막까지 그를 존중하는 마음을 잃지 않았다. 그의 태도 때문이었다.

> 팬티까지 바꿔 입을 만큼 절친한 친구가 되는 김남주에게도
> '야, 자'를 하지 않고 '하오'체를 썼다.
> ─안재성, 『윤한봉』(창비, 2017)

유신 선포를 보고 분개한 윤한봉이 장차 광주에 몰고 올 파장은 적지 않았다.

젊음의 열정은 또 다른 젊음을 향해 자꾸만 전염되는 특성을 갖는다. 유신헌법은 한국적 민주주의를 구현한다는 명목으로 대통령 직선제를 폐지하고 지역유지들을 모아 통일주체국민회의라는 선거인단을 뽑은 후 그들을 통해 대통령을 선출하는 희대의 독재 헌법

이었다. 순전히 자신의 정치적 졸개라 할 사람들을 체육관에 불러
놓고 단독 출마하여 99퍼센트 찬성으로 뽑히는 '체육관 대통령'이
되는 길을 박정희가 스스로 만든 것이다. 이런 세상을 김남주는 이
렇게 풍자한다.

밭다랑 논다랑은커녕
제 몸 하나 간수할 땅 없는
떠돌이 막일꾼에 고주망태 선달이는
막걸리 반 사발에 개떡 같은
개떡만도 못한 제 주권일랑 팔아넘겼다네
덕망이 골골에 자자한 양조장집 주인에게

고샅이고 한길이고 급하면 어디서고
궁둥이를 까고 소피보기 일쑤인
칠례팔례 선달이 마누라는
고무신짝 한 켤레에 개똥 같은
개똥만도 못한 제 주권일랑 팔아치웠다네
학식이 봉봉으로 높은 방앗간 주인에게

그리하여 학식과 덕망이
선착으로 통대에 당선되어
서울에 가 체육관에 가 99% 찬성으로
박통인가 전통인가를 대통령으로 뽑아내니
고무신 한 켤레 값으로 막걸리 한 사발 값으로 선달이와 그 마누
라는

대통령이 친애하는 국민 여러분이 되었다네
어절씨구 좋아라 밤샌 줄도 모르고
선달이와 그 마누라는
아랫목 뜨뜻한 방에서 떡방아를 찧었다네
—시「대통령이 친애하는 국민여러분」전문

윤한봉은 나라 꼴이 이렇게 돌아가는 모습을 보고는 도저히 참을 수 없어 혼자서 마구 소리를 질렀다고 한다.

"이것들이 국민을 벌레로 아는구나. 어린애로 보고 바보 취급하는구나."

그래서 어떤 필연은 가끔 우연의 모습을 하고 나타난다. 이때 하필 서울대학교 학생운동을 주도하는 나병식과 이철과 황인성이 광주로 내려와 이강과 김남주를 찾았다. 나병식이 광주일고 후배라 지역 사정에도 밝고 주변 관계도 잘 알고 있었는데, 전남대에서 전라남북도 학생운동의 총책임을 맡을 인물을 추천해 달라고 부탁하러 온 것이다. 까닭인즉, 서울대학교에서 1974년 봄 전국에서 동시 다발적인 시위를 일으켜 박정희 정권을 무너뜨리겠다는 일념으로 전국의 학생운동 지도부를 연결하는 중이라는 것이었다. 그래서 전국을 서울권, 영남권, 호남권으로 조직할 때 호남권을 대표할 책임자가 필요하다고 했다. 김남주가 이강과 논의한 끝에 활동력, 조직력, 지도력, 비밀 유지 능력을 겸비한 자로 윤한봉을 추천하게 되었다. 이는 곧 광주를 더욱 뜨겁게 만드는 발단이 된다.

3

1974년 1월 8일 박정희는 긴급조치 1호와 2호를 발동했다. 그 시국이 얼마나 암울했는지를 김지하의 시만큼 실감 나게 보여주는 예는 없을 것이다.

> 1974년 1월을 죽음이라 부르자
> 오후의 거리, 방송을 듣고 사라지던
> 네 눈 속의 빛을 죽음이라 부르자
> 좁고 추운 네 가슴에 얼어붙은 피가 터져
> 따스하게 이제 막 흐르기 시작하던
> 그 시간
> 다시 쳐온 눈보라를 죽음이라 부르자
> 모두들 끌려가고 서투른 너 홀로 뒤에 남긴 채
> 먼바다로 나만이 몸을 숨긴 날
> 낯선 술집 벽 흐린 거울 조각 속에서
> 어두운 시대의 예리한 비수를
> 등에 꽂은 초라한 한 사내의
> 겁먹은 얼굴
> 그 지친 주름살을 죽음이라 부르자
> 그토록 어렵게
> 사랑을 시작했던 날
> 찬바람 속에 너의 손을 처음으로 잡았던 날
> 두려움을 넘어
> 너의 얼굴을 처음으로 처음으로

바라보던 날 그날

그날 너와의 헤어짐을 죽음이라 부르자

—김지하, 「1974년 1월」 부분

긴급조치 1호의 주요 내용은 유신헌법을 부정·반대·왜곡 또는
비방하는 모든 행위와 유신헌법의 개정 또는 폐지를 주장·발의·제
안·청원하는 모든 행위를 금한다는 것이었다. 이를 위반하거나 비
방한 자는 법관의 영장 없이 체포·구속·압수·수색하여 비상 군법
회의에서 15년 이하의 징역에 처할 수 있도록 했다. 그렇게 되면 헌
법에 규정된 국민의 자유와 권리를 잠정적으로 정지할 수 있고, 법
원의 권한을 제한할 수 있으며, 대통령의 명령이 법률과 똑같은 효
과를 발휘할 수 있으니 삼권 분립은 무의미한 것이 된다. 이를 격파
하고자 나선 대학생들은 비장했다. 서울대가 중심이 되어 전체투쟁
총괄, 서울대 각 단과대 담당, 서울 시내 각 대학 담당, 지방 소재 대
학 및 여자대학 담당, 기독교계 학생단체 담당, 사회인 및 재야 담
당, 인쇄 담당 등 역할 분담을 했는데, 이철·유인태·서중석·황인
성·정문화·나병식 등 핵심 활동가들은 1960년대의 공안 사건들
이 어떤 식으로 활동가를 곤경에 빠뜨렸는지 알기 때문에 강령이나
규약은커녕 조직의 명칭조차 붙이지 않았다. 나중에 유인물을 제작
하면서야 임시방편으로 쓴 '전국민주청년학생총연맹'을 줄인 말이
'민청학련'이었다. 어쨌든 민청학련은 전국 각 대학의 운동 세력을
연결하여 일제히 봉기할 날짜를 4월 3일로 잡고, 먼저 3월 21일 경
북대에서 시범 데모를 벌였으나 결과가 좋지 않았다. 4월 3일에는
서울대·성균관대·이화여대·고려대·서울여대·감신대·명지대에
서 시위했지만 역시 기대에 못 미쳤다. 그래도 박정희는 긴급조치 4

호를 선포하고, 이를 수사도 하기 전에 반국가적 불순세력의 배후 조종 아래 인민혁명을 수행하려 했다는 결론부터 내렸다. 그러니까 민청학련 사건의 배후를 '인민혁명의 수행을 위한 통일전선의 초기 단계적 지하조직'으로 규정하고 관련자를 사형에 처하겠다는 엄포를 놓은 것이다.

결과는 무지막지했다. 소위 '2차 인혁당 사건'과 '민청학련 사건'으로 불리는 이 사건은 중앙정보부의 발표에 따르면 주동자가 60명이었고, 관련 혐의로 수사를 받는 사람이 240여 명에 이르렀다. 광주는 특히 활동가가 많아서 윤한봉을 중심으로 김상윤·박형선·김정길 등 다수가 체포되었다. 김남주와 이강도 관련자였는데, 어찌 된 영문인지 김남주는 혐의 대상에서 제외되었다. 사실 거기에는 밝혀지지 않은 내막이 있었는데, 광주지역은 이미 윤한봉을 중심으로 체계가 잘 갖추어져서 투쟁역량도 극대화돼 있었고, 투사들이 겪을 후유증조차 일정하게 조정되고 있었다. 윤한봉은 아직 '옥독'이 풀리지 않은《함성》관련자들을 최대한 숨긴 끝에 이미 노출된 사람은 어쩔 수 없어도 김남주를 감추는 데는 성공한 것이다. 다행히 연행된 누구도 김남주의 이름을 불지 않았다. 서울에서 내려온 수사팀이 '성명 미상의 젊은이'를 못 찾아서 일일이 캐물었지만, 연행자들은 한결같이 "서울 사람을 서울에서 찾아야지 왜 우리에게 묻습니까?" 하고 오리발을 내밀었다.

이 같은 상황을 전혀 모르고 해남에서 농사를 거들던 김남주는 이황의 전보를 받고 부랴부랴 광주행 버스를 탔다. 그의 소중한 벗 이강이 건강도 회복되지 않은 상태에서 다시 구속됐다는 소식을 들은 것이다. 허겁지겁 올라가 이황을 만나보니 이강은 김세원 선생 댁에 다녀오겠다고 나갔다가 중간에 체포된 상황이었다. 박정희는 정권의 위기가 발생하거나 고비가 찾아올 때마다 용공 조작 사건을 만들어 낼 것이 분명했다. 이기홍·김세원 선생은 언제나 이런 상황을 예비하고 있어서 후배들이 찾아가 자문을 얻고는 했다. 김남주도 언제 닥칠지 모르는 일이긴 하지만 늘 마음속에 담아두었던 일이었다. 하지만 안타까운 것은 최고의 조언자 박석무 선배조차 고창으로 교직을 얻어서 떠난 뒤였다는 것이다. 이강은 다시 감옥으로 가고, 자신은 어쩔 수 없이 해남으로 터덜터덜 돌아오는 수밖에 없었다. 단짝 이강도 없고 선배 박석무도 없는 광주를 등지고 와서 김남주는 외롭고 쓸쓸한 20대 말의 시간을 어디에 쓸까 고민하던 끝에 모든 열정을 시에 불태우기로 작심하였다. 동지를 위해 할 수 있는 일이 그것밖에 없었기 때문이었다.

돌이켜보면 김남주가 감옥에서 모든 것을 잃기만 한 것은 아니었다. 그간 시는 한낱 사치에 지나지 않는 지적 오락이고, 고급 지식인들의 역겨운 허세의 하나라고 생각했다. 그런데 《함성》사건으로 갇혀 있는 동안 그는 자신도 모르게 감방의 벽에다가 다음과 같은 문자를 새기게 되었다.

이 벽은
나라 안팎의 자본가들이
그들의 재산 그들의 특권을 지키기 위해
쌓아 올린 벽이다.

놈들로 하여금
놈들의 손톱으로 하여금

철근과 콘크리트로 무장한

이 벽을 허물게 하라

—『불씨 하나가 광야를 태우리라』

　물론 자신은 이를 시라고 생각하지 않았다. 김남주의 동창이자, 이강의 집안 동생이자, 대학입시를 위해 4수까지 할 때도 곁에 있었던 친구이자,《함성》사건 때 도피방조죄로 감옥살이를 함께한 동지이기도 한 이개석이 문학도였다. 광주일고가 자랑하는 유서 깊은 문학회 '원시림' 동인 활동을 했는데, 그에게 김남주는 문학적 향기라고는 풍기지 않는 방외인이었다. 그런데 광주에서 탈출해 그의 자취방에서 신세를 질 때 「공산당선언」을 번역한다고 끙끙대기에 넘겨 보다가 우연히 김남주가 소지한 일본어 서적을 펼쳐 보고는 깜짝 놀랐다. 제목이 『세계 명시 집대성』인데, 페이지마다 피가 뚝뚝 떨어지는 붉은 시들이 실려 있었다. 그래서 김남주에게, 솔직히 예술적 승화가 없는 기록은 시가 아니라고 말해주었다. 그에 의하면 김남주의 옥중 격문은 예술적 승화를 고려하지 않은 것이므로 당연히 시가 아니었다. 물론 김남주는 그렇게 생각하지 않았다. 진정한 시인에게는 세계의 진실을 직조하는 창조의 열정 이외의 어떤 열정도 일탈이다. 그는 쓸데없는 감상에 한눈팔 겨를이 없었으므로 전심전력으로 이 창조의 열정에 몰입하기 시작했다. 여기가 김남주의 데뷔작, 그를 시인이라 부르게 만드는 첫 시가 발원하는 지점을 살필 자리이다.

　폴 발레리는 언어를 가리켜 '육체에 깃든 신'이라고 했다. 그는 육신의 고통을 확대하고 증폭시키는 기술을 최대한 연마해 온 괴물들이 자신들의 장비와 시설을 고루 갖춘 고문실에서, 숨을 삼키는 자유와 내뱉을 자유조차 빼앗은 채 그의 영혼이 존재의 밑바닥까지 긁도록 내동댕이친 자리에서, 놀랍게도 한여름 땡볕 아래 소나무가 꺾인 흉터에서 흘러나오는 송진처럼 끈적끈적한 생명의 원초적 감정과 절대성을 감촉했던 언어를 찾아낸다. 그리고 '꽃이 보이지 않고' '피도 보이지 않는' 고통의 화염 속에서 잿더미처럼 꺼져가던 실존의 마지막 의식을 붙드는 혼절의 언표를 발산하는 것으로 시의 포문을 연다.

꽃이다 피다
피다 꽃이다
꽃이 보이지 않는다
피가 보이지 않는다
꽃은 어디에 있는가
피는 어디에 있는가
꽃 속에 피가 잠자는가
피 속에 꽃이 잠자는가

이렇게 시작되는 긴박한 숨결, 촌각의 최소 단위도 넘지 않는 길이의 단말마적인 비명의 기호는 시적 상징이라고 말할 수도 없었다. 살아 있는 목숨이 대기를 들이마시고 내쉬는 단위를 한 호흡이라 할 때 "꽃이다 피다 / 피다 꽃이다"는 들숨도 마시기 전에 완료되는 문장들의 연결이다. 그러니까 고문실에서 내지르는 혼돈 속의 발성과 의식의 파편을 마구 내질러놓은, 전쟁터의 북소리같이 분절된 낱말의 핏방울이 튀기는 형상이랄까? 이는 분명히 고문실을 재현한 생명의 파편일 뿐 가락도 운율도 내장할 수 없었다. 그런데 뒷말이 점점 상상치 못했던 세계를 펼쳐가기 시작한다.

> 그대는 타오르는 불길에
> 영혼을 던져보았는가
> 그대는 바다의 심연에
> 육신을 던져보았는가
> 죽음의 불길 속에서
> 영혼은 어떻게 꽃을 태우는가
> 파도의 심연에서
> 육신은 어떻게 피를 흘리는가

지나친 감각과 사고의 무절제 속에 빠져들수록 인간은 더욱 자신과 가까워진다. 자아를 버리면 버릴수록 오히려 자신의 본령을 찾게 되는 이 혼몽의 상태를 그는 시 속에서 실험했다. 그리하여 살아서 펄펄 뛰는 말발굽 소리나 대지를 두드리는 북소리처럼 뭔가가 다급하게 들릴 뿐 형용사적 디테일이 없는 시가 탄생하게 되었다. 누가 그토록 삼엄한 불길에 영혼을 던져본 적이 있었던가? 중요한 것은 이때 그가 쏟아놓는 '세상을 향한 고독한 외침'의 내용이다.

> 보리는 왜 밟아줘야 더
> 팔팔하게 솟아나던가
> 잡초는 어떻게 뿌리를 박고
> 박토에서 군거하던가(……)
> 곰팡이는 왜 암실에서 생명을 키우며
> 누룩처럼 몰래몰래 번식하던가

죽순은 땅속에서 무엇을 준비하던가
뱀과 함께 하늘을 찌르려고
죽창을 깎고 있던가
—시 「잿더미」 부분

　독자가 이 참혹한 고문 시를 경험하고 나서 얻는 것은 '영혼이
꽃을 피운다'는 사실과 '육신이 피를 흘린다'는 사실, '새벽' 다음은
'황혼'이지만 황혼 다음은 '또 하나의 새벽'이라는 사실, 그래서 '잿
더미'는 '폐허'의 장소이기도 하지만 '부활'의 장소이기도 하다는
사실이다. 그는 이 시를 고문실에서 동일 체험을 했을 제 친구 이강
과 윤한봉에게 바치고 싶었다. 그리고 시적 창조의 열정이 한번 솟
구치자 연달아서 몇 편의 시를 더 썼는지 모른다. 며칠 동안 쉬지도
않고 얼마나 쏟아냈는지 신체가 텅 빈 상태가 되어서야 원고지를
주섬주섬 챙겨 집을 나섰다. 누구라도 만나지 않으면 안 되었다. 김
정길까지 끌려간 터라 남은 사람은 한 사람밖에 없었다. 박석무 선
배가 전북 고창에 있었으니 자연히 그곳으로 발길을 향했다. 박석
무는 그때가 4월 말쯤 어느 토요일 오후라고 기억한다. 이제 막 수
업이 끝난 학교로 김남주가 불쑥 찾아왔는데, 어깨에 책 보따리를
들쳐 메고 있었다. 두 사람은 면 소재지의 허름한 선술집으로 자리
를 옮겨 붙잡혀 간 이강 군과 시국을 걱정하며 해가 뉘엿할 때까지
취하도록 술을 마셨다. 후배들의 소식이 궁금하여 주말에 광주로
내려가 보려 했던 박석무는 일정을 취소하고 청보리밭을 지나 봄갈
이가 한창인 시골길을 걸어 하숙집으로 김남주를 끌고 갔다.
　하숙집에서 김남주가 풀어놓은 보따리 속에는 그동안 써 모은
시작 원고가 한 무더기 쌓여 있었다. 밤이 이슥하도록 이야기를 나

눈 뒤 박석무는 김남주가 써온 시를 펼쳐 들었다. 그리고 노도 같고, 불꽃 같은 김남주의 시들을 읽고 또 읽었다. 가슴이 얼마나 뛰던지 좀처럼 진정할 수가 없었다. 그래서 베개를 나란히 하고 잠자리에 누워 박석무가 말했다.

"남주야. 시 몇 편 골라서 창비로 보내라."

쇠뿔도 단김에 빼야 한다. 게으른 김남주는 그 순간을 놓치고 나면 또다시 흐지부지할 소지가 많았다. 그래서 다음 날 아침에 광주를 거쳐 해남으로 가는 차를 타야 하는데 방향을 바꾸어서 월산동 이황의 자취방을 찾았다. 그리고 둘이 앉아서 스무 편의 시를 골라서 봉투에 담고 주소를 썼다. 이황이 곁에 있다가 물었다.

"남주 형, 왜 해남 주소로 안 쓰요?"

"야, 투고했다 떨어지면 좆되잖냐? 떨어진 원고는 반환하지 않는다더라만 그래도 남 보기가 우세스러워 그런다."

이렇게 해서 이황이 우체국으로 들고 가 부치게 되었다. 김남주는 다시 해남으로 가는 길에 자신이 쓴 시를 민청학련 친구들도 같이 읽었으면 좋겠다고 생각했다. 아니나 다를까 이 투고작은 산더미처럼 쌓인 원고 더미들 속에서 발견됐는데, 다행스럽게도 염무웅 주간에게 제대로 전달되었다. 염무웅은 이렇게 말한다.

> 어느 출판사 건물의 삐걱거리는 계단을 올라간 2층 한 귀퉁이 책상 두엇 놓은 초라한 사무실이었지만 넘치는 의욕으로 《창작과 비평》을 내고 있을 무렵이다. 어느 날 투고된 원고들 중에서 김남주의 작품을 발견한 것은 신선한 기쁨이고 눈을 번쩍 뜨게 하는 감동이었다.
> ─염무웅, 「사회인식과 시적 표현의 변증법」, 『김남주론』(김준태,

이강 외. 광주. 1988)

염무웅은 지겹게 많은 투고작을 하나하나 넘기다가 어느 순간에 「잿더미」를 발견하고 깜짝 놀랐다. 주소를 보니 전라도여서 제 친구 박석무에게 곧장 전화를 걸었다.

"시가 아주 뛰어나던데, 주소가 전라도 광주요. 혹시 아는 사람인가요? 이름이 김남주예요."

박석무는 전화를 받고는 뛸 듯이 기뻐서 큰 소리로 외쳤다.

"내 후배요, 후배. 아주 뛰어난 친구요."

4

이황의 자취방에 서울 말씨를 쓰는 신사가 찾아온 건 5월 중순이었다. 그 시각에 이황은 외출 중이었고, 이황의 누나 이정은 마당 귀퉁이에 있는 수도에서 빨래하는 중이었다.

"말씀 좀 묻겠습니다. 김남주 씨 댁인가요?"

이럴 때 발휘되는 전라도 여성들의 태연한 연기력과 방어 능력을 당할 사람은 없을 것이다. 이 여성은 온 가족이 이미 민주화 투쟁에서 피를 본 경험이 있었던 데다 오빠가 구속된 상황이었다. 낯선 손님이란 십중팔구는 형사일 터였다.

"그런 사람은 안 살어라우."

천연덕스럽게 시치미를 떼었다.

"주소가 월산2동 557의 15번지 아닌가요?"

"주소는 맞는디 그런 사람은 없어라우."

그렇다고 이곳까지 찾아온 손님 또한 정황을 모르는 이가 아니었다. 신사가 대번에 눈치채고 이렇게 말했다.

"아가씨, 문 좀 열어보세요. 저는 서울 창작과비평사에서 김남주 시인을 만나러 온 사람입니다. 내 이름이 염무웅이에요."

이정은 다른 건 몰라도 '창작과비평'이라는 말에 눈이 동그래져서 얼른 문을 열었다. 정확히 기억할 수는 없으나 그건 남주 오빠가 좋아했던 책 제목이 틀림없었다.

"남주 오빠는 여기 안 계시고 해남 집에 내려가 있는디라우."

신사가 창작과비평사 편집주간이라는 직함이 찍힌 명함을 내놓자 이정은 어쩔 줄 몰라 했다.

"오메, 어려운 선생님이 오셨는디 어쩌야 쓰까이."

"김남주 씨 여동생 되십니까?"

"남주 오빠는 우리 오빠 친구여라우."

"오빠 성함이 어떻게 되세요?"

"이강이어라우. 지금 민청학련 사건으로 구속됐어라우."

"아하,《함성》사건 이강 씨가 오빠 되십니까?"

"오메, 우리 오빠 이름도 다 아시네."

이때 이황이 대문 밖에서 대화를 엿듣다가 형사가 아니라는 걸 파악하고 얼른 집으로 뛰어들었다.

"작은누나, 뭔 일인가?"

"응, 서울 손님이 남주 오빠 만나러 오셨다."

그러자 염무웅이 나섰다.

"《창작과 비평》주간 염무웅입니다. 김남주 씨 시를 발표하게 돼서 한번 만나보려고 왔습니다."

이황은 염무웅이라는 이름을 듣자마자 가슴이 마구 뛰었다.

"아이고, 큰일나부렀네. 해남 남주 형 동네에는 전화가 없어라우. 천상 전보를 치든가 내려가든가 해야 되는디."

"그럼 일정이 빠듯하니 전보를 칩시다."

이황은 당장에 우체국으로 달려가 전보를 쳤다.

창비주간래광급래광요

창비 주간이 광주에 왔으니 김남주도 빨리 광주로 오기를 요망한다는 내용이었다. 그래놓고 이황은 염무웅 선생을 모시고 문병란 시인을 찾아 나섰다. 당시 문병란 시인은 조선대 국문과 교수로 재직하다가 학교 측과의 갈등으로 교수직을 박차고 나와서 입시학원 강사로 명성을 떨치고 있었다. 두 사람이 학원에 들어서자 문병란 시인이 화들짝 반겼다.

"아니, 무슨 일로 염 주간께서 광주를 다 오셨소?"

"문 시인도 뵐 겸 겸사겸사 왔습니다."

이렇게 해서 문병란 시인은 염무웅 주간과 이황을 이끌고 구시청 사거리에 있는 '큰나무집'이라는 선술집으로 갔다. 자리에 앉자 염무웅 선생이 입을 열었다.

"술 드시기 전에 문 선생님께 긴히 드릴 말씀이 있습니다."

"뭔 말씀이요? 아무 말씀이나 편하게 막 하시면 되는디."

"《함성》 관련자 김남주라고 아시지요?"

"내가 아끼는 제자요. 또 뭔 사고를 쳤소?"

"아, 제자로구만요. 사고도 아주 큰 사고를 쳤습니다."

"내 진작 그럴 줄 알았소. 민청학련으로 강이·한봉이·상윤이·정길이 싸그리 들어갔는디, 남주가 빠져서 이상허드랑게. 그런디 뭔

사고요?"

"그런 사고가 아니라 거꾸로 창비에 큰 사고를 쳤어요. 시를 보내
왔는데, 문단을 뒤집어 놓을 작품입니다. 백낙청 교수도 놀라고 나
도 놀라서 마음이 가라앉지 않습니다."

그러고 나서 자초지종을 이야기하는데 이황은 곁에서 듣다가 입
이 다물어지지 않았다. 남주 형이 그렇게 대단한 시를 썼다니.

계간 《창작과 비평》은 당시 지식인 사회의 등대와 같은 역할
을 하고 있었다. 월간 《사상계》를 잇는 대표적인 정기 간행물인데,
1960년대 4·19를 체험한 세대에게 시민사회의 비판의식을 심어준
핵심 매체라는 점에서 중요한 책이었다. 4·19혁명 당시 시대정신을
알리던 《사상계》는 1953년 부산 피난지에서 창간되어 4·19 때 무
려 10만 부를 발행할 정도였다. 그런데 이 놀라운 매체가 독재정권
비판의 선봉에서 탄압과 싸우다가 1970년에 폐간되기에 이르는데,
이때 《창작과 비평》이 떠오르면서 보다 젊은 지식인들이 대거 등장
하여 새로운 시대의 쟁점이 될 만한 주제들을 다루기 시작했다. 소
위 4·19 세대의 진출이라 할 이 책의 필자들은 한국전쟁을 겪고 보
수적인 풍토가 만연한 한국 지성계에 진보 바람을 일으키며 좀 더
참신한 세대를 양산하고 있었다. 화보도 없이 한글 가로쓰기로 편
집하고, 판형도 기존의 책과 다르며, 문학을 중심에 두되 민족과 민
중의 현실을 사실주의적으로 그려낸 작품들을 찾아서 알리는 까닭
에 《창작과 비평》은 당시 우후죽순으로 솟아나는 전라도 시인들의
이목을 집중시켰다. 그런 책이 남주 형을 저리도 평가하는 것은 보
통 경사가 아니다.

따지고 보면 김남주의 등장은 창비도 몹시 중요한 일이었다. 전
라도는 단지 지리학적 위치를 가리키는 말이 아니었다. '전라도' 혹

은 '광주'라는 낱말이 가리키는 좌표는 지역적 특성 못지않게 역사적이고 정치경제학적이며 계급적 이미지를 총괄하는 지역공동체의 하나였다. 광주를 뜨거운 정치적 복잡계의 상징물로 만드는 것은 우선 대지에 축적된 저항적 유산인데, 지난 몇 세기에 걸쳐서 공동체가 위기에 처해 있을 때 전라도 민중의 인식과 반응은 매우 독특했다. 가령, 바다 건너 일본은 지진, 해일 등 지질학적 위기 앞에서 끝없이 대륙 진출을 꿈꾸어 왔다. 그들이 주목하는 곳은 자연히 곡창지대였으므로 일본과 가까운 농경 지대의 인민은 역사적 수난의 방파제가 될 수밖에 없었다. 그래서 임진왜란, 정유재란, 동학, 의병투쟁을 겪기까지 이곳에서 발아된 저항의 역사가 간고했는데, 그 투쟁의 전통을 가장 설득력 있게 설명하는 것은 최근에 '도올TV'에서 김용옥이 펼치는 민중사관이다. 그가 전라도의 수난사를 군사전쟁사가 아니라 민중항쟁사로 보는 순간 이순신 장군이 전라도 민중과 교감했던 해군 지도자로서의 면모는 더욱 또렷해진다. 지도자를 따르는 민중이 없다면 도대체 장군 혼자서 무슨 일을 어떻게 도모할 수 있단 말인가? 그 때문에 생겨난 대응 양식을 보여주는 게 여수와 순천에서 발생한 병사들의 민중항쟁인바, 여순 민중항쟁의 정체는 체제를 전복하려는 군사 반란이 아니라 국군이 불온하게 제주 민중을 학살하려는 부당한 판단과 명령체계를 거부하는 병사들의 의거였다. 이 전통이 당대 민중에게 미치는 영향은 지대하다. 대지에는 기억이 오래 전달될 수밖에 없는 장소가 있으며, 또 그곳에서 살아남은 후손들의 한이 서린 문중 이야기가 묘소에서, 부엌에서, 밥상머리에서 전수된다. 이렇게 해서 형성된 것이 전라도의 저항문화였다. 그런데 여기에 근대적 산업화 과정에서 폭발력을 가질 수밖에 없는 정치 경제적 특성이 다시 부과된다. 박정희의 살농(殺

農) 정책이 농경 문명의 곡창지대인 전라도에서 경제 사정이 열악한 인구를 지속적으로 덜어내서 도시로 이농시킨다. 그리하여 절반에 가까운 숫자가 여타 신흥 도시의 하층 인력으로 깔리게 되는 것이다. 특히 산업화된 도시와 공단 지대의 정치적 성향이 늘 전라도와 함께 움직이는 것은 그들이 뜨거운 핏줄로 연결돼 있기 때문이다. 그것이 가장 극단적으로 구현되던 1970년대 초반에 한국의 저항문화를 형성하는 힘이 '전라도 문화'의 성격을 띠는 것은 너무나 당연한 일이었다. 김지하의 출현은 그 상징물의 하나였다.

나는 생각한다. 살인적인 제도폭력 앞에 선 지식인의 눈초리에 공포의 그늘이 서리지 않았다면 김지하가 획득한 전율의 황홀경은 태어나지 못했을 것이다. 훼손된 역사 체제 구조 안에서 존엄성을 밟히지 않으려는 개인의 삶이 얼마나 무참한 것인지를 김지하만큼 뼈아프게 체험한 시인은 없다. 그의 「고행 1974」는 그가 허약한 '신라 정신'의 그늘에서 장엄한 탈주를 감행하는 풍경을 뜨겁게 묘사한다. 흑산도에서 체포되어 목포를 통과할 때 맞닥뜨린 사람들이 그에게 강도나 절도범을 대하듯 연민을 품는 것을 느끼면서, "저주받은 땅, 전라도의 아들답게 수갑을 차고, 천대받는 사람들 '하와이'의 시인답게 한과 미칠 듯한 분노와 솟구치는 통곡을 가슴에 안고" 그 고향 사람들의 일원으로 복귀했음을 알리는 시가 「지옥1」이다.

새를 꿈꾸네
새 되어 어디로나
나는 꿈을 미쳐 꿈꾸네
남진이 되어 남진이 되어
저 무대 위

저 사람들 위

저 빛나는 빛나는 조명등에 빛나는

저 트럼펫이 되어

외쳐보렴 목 터져라 온 세상아 찢어져라 찢어져 없어져 사라져

호떡도 수제비도 잔업도 없는 무대 위에 남진이 되어

사라져 가렴 손가락아 제기랄!

　　—김지하, 「지옥1」 부분

　여기서 눈길을 끄는 것은 전라도적 '불우'를 상징할 대중 기호로
등장하는 가수인데, 목포 출신 남진은 산업화 초기의 대중문화를
선도하는 당대의 우상이었지만 흥행의 계급적 기반이 달랐다. 낡아
빠진 일제 유물의 인쇄기와 자신을 동일시하는 그('소화 20년제의 낡아
빠진 가와모도 반절기'로서의 자아)가 가수 남진처럼 외치고 싶은 것은, 고
물 인쇄기에 잘려나간 손가락이 그 때문에 감옥에서 해방된다는 역
설이다. 오, 신체의 한 토막이 잘려나가 넋에서 이탈되고 나니까 억
압에서 자유로운 물체가 된다. 이는 분명 지옥이 아닐 수 없다. 그
런데 이처럼 신들린 시인이 당시 전라도에는 한둘이 아니었다. 아
마도 그런 놀라운 문사들을 집단으로 양산하는 현상을 '김현승 사
단'의 등장이라고 말해도 될 것이다. 김현승은 본디 1913년 평양에
서 태어난 목사의 아들이나 일곱 살 때 아버지가 양림동으로 부임
하면서 광주를 제2의 고향으로 삼게 된다. 그리고 1937년 양림동
교회 청년들과 신사참배 반대 운동을 벌이다 온 가족이 반국가집단
으로 낙인찍혀 아버지와 누이까지 체포 고문 투옥되는 시련을 겪게
되며, 그 일로 그도 해방을 맞을 때까지 창씨개명 거부는 물론이고,
조선어 말살 정책에 반대해 일본어로 작품을 쓸 수 없다며 절필했

다가 광주지역 문학청년들과 만나면서 다시 시를 쓰게 된다. 그 주변에서 얼마나 많은 문제 시인이 등장하는지 모른다. 박봉우, 이성부, 조태일처럼 서울에서 활동하는 시인은 물론이고, 문병란, 양성우, 문순태, 김준태 같은 문인들도 무등산을 거점으로 맹위를 떨치던 시절이었다.

《창작과 비평》의 염무웅 주간이 직접 광주를 방문한 것은 그해, 즉 1974년에 계간지의 시단에서 전라도 시인들의 작품을 한 해 내내 소개하려고 준비한 까닭이었다. 그해에 창비는 봄호에는 양성우, 여름호에는 문병란, 가을호에는 김준태, 겨울호에는 최하림과 이시영을 선보일 야심을 가지고 있었는데, 예정에 없이 김남주의 시가 투고된 것이다. 그런데 이 신인은 무명에 걸맞지 않게 치열성과 진정성의 크기에서 기존 필자들의 무게를 훨씬 상회하는 뜨거움을 품고 있었다. 이를 창비가 놓칠 턱이 없었다. 그래서 염무웅은 백낙청과 상의하여 김남주의 시를 여름호에 발표하기로 하고 대신에 문병란의 시를 겨울호로 옮기고 싶어서 양해를 구하려고 찾아온 것이었다. 염무웅은 그러한 사정을 설명하면서 문병란 시인 앞에 슬그머니 봉투를 내놓았다.

"원고료는 미리 드리려고 준비를 해왔습니다. 김남주의 시를 먼저 발표하도록 양해해 주시겠습니까?"

문병란 시인은 펄쩍 뛰었다.

"아이고, 양해고 자시고 할 것이 으디 있다요? 우리 남주 시라면 나부터 빨리 보고 싶소. 여름호를 낼라면 한참 바쁠 것인디, 세상에, 원고료 땜에 여기까지 내려오셨단 말이요?"

"문 선생님의 양해도 받아야 하고, 김남주 씨도 한번 보려고요."

"남주 시가 실린 여름호가 나오면 민청학련으로 들어간 내 제자들에게도 한 권씩 보내고 싶은디, 이 고료로는 부족하지라우?"

문병란 시인이 호주머니에서 돈을 꺼내자 염무웅 주간이 손사래를 쳤다.

"문 선생님, 민청학련 구속자들에게는 창비가 빠짐없이 보내드릴 것이니 걱정하지 마십시오."

실랑이 끝에 염무웅 주간이 문병란 시인의 원고료를 다시 챙겨 책값으로 돌리기로 하고 술자리가 걸판지게 어우러졌다. 그리하여 석양이 타오르는 봄날 늦은 오후에 문병란 시인과 염무웅 선생이 거나하게 취해서 월산동 자취방을 찾았을 때는 김남주가 도착해 있었다. 이황이 신이 나서 말했다.

"아따 딴 때는 느릿느릿하드만 오늘은 겁나게 빨리 와부렀네."

김남주가 염무웅 선생에게 인사를 올리자마자 이황이 뛰쳐나가 다시 술을 사 오고, 이정이 술상을 차려서 재차 술판이 벌어졌다. 구속된 집주인 이강 이야기가 당연히 화제에 올랐다. 문병란 시인은 고생하는 이강에게 아무런 도움을 주지 못해서 너무나 속상하다며 그 동생들에게 몇 차례나 아쉬움을 표했다. 그리고 통금시간이 다 된 시각에 대취한 상태로 염무웅 주간과 김남주를 대동하고 지산동 자택으로 돌아갔다. (이상은 「이황 평전」을 쓰고 있는 전청배 선생의 구술을 옮겨 적은 것이다. 김남주의 등단 과정을 이해하는 데 얼마나 도움이 됐는지 모른다. 그러나 한편으로 염무웅은 김남주의 첫인상을 묘사하는 자리에서 "얼마 후 사무실에 나타난 김남주 당자의 인상은 그의 시의 펄펄 뛰는 생동감과 자못 거리가 있었다"라고 술회한다. 나는 그 비슷한 이야기를 이개석 선생에게서도 들었는데, 그에 의하면 김남주가 이강 소식을 들으러 광주에 간 김에 송기숙 교수를 만나자 송기숙 교수가 반색하면서, "어이 마시. 자네가 염무웅 주간을 봐야 할 일이구만. 내가 전화할랑게 시 몇 편 챙겨서 빨리 창비로 가보소" 하고 등을 떠미는 바람에 서울행 열차에 오르지 않을 수 없었다. 그래도 김남주는 자신이 직접 시를 들고 가는 게 어색해서 서울에 닿자마자 이개석을 만나 도움을 청했다. "요걸 창비에 보여야 한다네. 좀 그렇지이? 같이 좀 가자." 나는 이 같은 이개석 선생의 구술을 통해 매우 흥미로운 사실 하나를 알게 되었다. 그에 의하면, 이미 1970년대 초에 김남주가 조르주 소렐의 책을 읽고 있어서 이개석이 잠깐 빌려 보았다고 한다. 조르주 소렐은 1874년에 태어나 1922년까지 살았던 아나키스트인데, 한때 마르크스주의에 심취하고 드레퓌스 사건 때는 드레퓌스를 열렬히 변호했던 비평가였다. 그의 이론을 대표하는 것은 『폭력론』인데, 김남주가 읽던 책을 펼쳐보니 공교롭게도 '잿더미'라는 산문이 들어 있었다. 그래서 이개석은 김남주가 소렐의 산문을 읽다가 「잿더미」라는 시제를 얻게 되었으리라고 추정한다.)

어쨌든 김남주에 대한 염무웅의 평은 이렇다.

> 그의 시는 김수영, 조태일, 김지하 같은 앞 세대 시인들의 선행 업적을 충분히 숙독한 흔적 즉 날카로운 현대성을 지니고 있었으나, 그의 사람됨은 도무지 때가 벗지 않은 투박함 그것이었다. 맺힌 데 없이 벌씬벌씬 웃는 그의 웃음이 더 그런 느낌을 주었다. 그러나 그 후 드문드문 나타나는 그에게서, 그리고 역시 드문드문 발표되는 그의 시에서 알게 된 것은 그가 단지 선량하고 천진한 촌놈일 뿐만 아니라 비판정신에 가득 찬 독서가이며 또한 우리말의 가락에 민감한 시인이자 현실의 암흑에 온몸으로 맞서고자 하는 불퇴전의 실천가라는 점이었다.
> —염무웅, 「사회인식과 시적 표현의 변증법」, 『김남주론』

김남주의 시 「잿더미」는 결국 계간 《창작과 비평》 1974년 여름호에 발표되었다. 꿈에도 상상해 보지 않았던 문단 데뷔가 이루어

진 것이다. 그리고 이는 곧 김남주의 친구들이 갇힌 옥중에까지 전
달되었다.

5

김남주가 발표한 여덟 편의 시는 민청학련 사건으로 감옥에 들
어간 친구들에게 엄청난 전율을 안겨주었다. 특히 이강은 김남주
의 시를 대하는 순간 숨이 멎는 것 같았다고 한다. '아, 남주가 시를
썼구나.' 그것은 또 하나의 놀라운 사건이었다. 사람들은 시인의 체
온이 담긴 심리학적 매개물, 그 차가운 종이쪽을 만지면서 시인의
형상을 가깝게 호흡하고 친밀감을 느낀다. 하지만 그것이 폭력적
인 세계의 비천함과 싸우는 행위는 아니다. 김남주는 그러한 행각
이 자신을 자기기만의 세계로 휩쓸어갈 수 있다는 사실을 알고 늘
경계해 온 사람이었다. 그래서 다름 아닌 자신의 아버지 같은 사람
들이 마주하고 있는 세계를 이탈하지 않으려고 최대한 노력해 왔으
며, 또한 그래서 그의 강한 의지력은 의식적으로 시를 제쳐두었다.
하지만 그것이 시에 대한 조심스러운 태도라는 것을 사람들은 전
혀 눈치채지 못하고 있었다. 자기 시대의 낭만적인 감정과 문학 취
향을 업신여기는 김남주의 교만은 얼마나 당당한가? 그리고 그것은
장차 자신이 그려낼 시에서 '역사를 사는 자의 열정'이 놓일 자리를
비워두는 마음이기도 했으니, 진정 우주가 되려는 자는 자신의 마
을을 노래하는 사람이라고 했던 톨스토이의 말처럼 김남주가 스스
로 우주 만상의 총화인 인간으로서 해남 대흥사 아랫마을의 척박한
기슭에 굳게 발을 딛고 서 있다는 게 진정 놀랍고 자랑스럽기만 했

다. 이강은 너무도 기쁜 나머지 그것을 드디어 실천하기 시작한 김남주의 시를 자신과 함께 재판을 받은 민청학련 동지들에게 최대한 보여주려고 노력했다. 역시나 김남주가 주는 저항의 메시지, 투쟁의 메시지, 희망의 메시지에 다들 감동했다. 최권행은 이렇게 말한다.

> 그래도 구치소에서는 어찌어찌하여 《창작과 비평》 여름호가 들어와 우리끼리 서로 돌려 볼 수가 있었고, 거기 실렸던 김남주의 「진혼가」는 모두의 마음을 흔들어놓았다.
> —최권행, 「옛 마을을 지나는 시인, 김남주」, 《시와시학》, 2004, 통권 55

또한, 이는 김남주의 집안에도 희소식을 안겼다. 《창작과 비평》에 발표된 시를 보고 《씨알의 소리》에서 원고 청탁을 한 것이다. 그리하여 김남주가 시골 방구석에 들어앉아 겨우내 글을 쓴다고 꼼짝하지 않더니 어느 날 갑자기 덕종이에게 우체국에 다녀오라고 심부름을 시켰다. 얼마 후 동생도 깜짝 놀랄 일이 벌어졌다. 출판사에서 우편물이 왔는데 열어보니 원고료가 든 전신환이었다. 김남주는 얼른 동생을 데리고 우체국에 가서 돈을 찾은 다음 아버지가 드실 술과 고기를 사서 돌아왔다. 아버지는 뛸 듯이 기뻤다. 자식이 펜대를 굴려서 아비에게 술을 사는 걸 난생처음 경험하는 까닭이었다. 그러나 작은아들이 썼다는 글이 너무나 궁금한데도 읽을 수는 없었다. 문맹인 탓이었다.

그러는 동안 1975년 2월이 되고 이강의 출소일이 닥쳤다. 김남주는 수원교도소로 달려가 이강의 석방을 기다렸다. 그리고 친구가 나오자 붙들고 또 한 번의 '오리엔테이션'을 진행했다. 김남주는 이미 주목받는 시인이 되었고, 서울 문단에도 송기원, 이시영 같은 문우가 생겨서 언론 출판계의 동향을 제법 알고 있었다. 그래서 언론은 가진 자와 권력자의 편에 서기 때문에 중요한 사실은 일절 발설하지 말도록 당부했다. 그리고 둘이서 그간에 도와준 분들에게 인사를 다니기 시작했다. 구속자 이강의 석방을 위해 노력해 준 함석헌 선생을 비롯하여 인권단체들을 찾아다니고, 또한 그사이에 시인의 자격으로 알게 된 고은, 백낙청, 신경림, 염무웅 선생을 찾아가 인사를 올렸다. 그러다가 하루는 도무지 믿을 수 없는 소식을 들었는데, 박정희 정권이 인혁당 관련자 7명과 민청학련 여정남에게 사형선고를 내리더니 다음 날 전격적으로 집행했다는 것이다. 그것은 너무나 끔찍한 참변이었다. 1975년 4월 9일 새벽, 국제법률가협회가 '사법사상 암흑의 날'이라 부른 이날의 사형집행은 명백히 국법을 빙자한 연쇄살인이었다. 한홍구의 『유신』은 그 일을 이렇게 기록한다.

> 오전 4시 30분 4월 혁명 후 민민청(민주민족청년동맹) 위원장으로 활동했던 서도원이 제일 먼저 끌려갔다. 53세로, 그날 사형당한 분들 중 가장 연장자였다. 대법원에서 형 확정 18시간 만에 사형이 집행되어 20분 만에 끝이 났다. 두 번째 희생자는 김용원이었다. 새벽잠에 빠진 같은 방 수감자들을 깨울까 봐 미제 새 가죽 수갑을 찬 채, 까치발로 살금살금 걸어 나와 형장으로 갔다. (……) 세 번째는 이수병. 김용원에 대한 집행이 끝나고 15분 후인 6시 5분에 시작되어 딱 20분 만에 끝났다. 1960년 남북학생회담 때 경희대 민통련(민족통일전국학생연맹) 위원장으로 "가자 북으로, 오라 남으로, 만나자 판문점에서!"란 유명한 구호를 만

든 분이었다. 갓 마흔, 두 아이의 아빠였다. 네 번째는 우홍선. 이수병을 보내고 10분 만인 6시 35분 시작, 20분 만에 끝났다. 전쟁 때 고교생 학도의용군으로 참전하여 육군 대위로 예편한 참전용사였다. (……) 다섯 번째는 송상진. 박정희의 대구사범 후배로, 초등학교 교사 시절 교원노조 활동도 열심히 했다. 우홍선을 보내고 뭐가 그리 급했는지 7분 만인 7시 2분에 형 집행이 시작되어 20분 만에 끝이 났다. 향년 48세. 여섯 번째는 여정남. 송상진 집행 후 13분 만인 7시 35분 시작되었다. (……) 일곱 번째는 특무대 중사 출신으로 북한 방송을 노트에 받아 적은 하재완이었다. 감옥에서 김지하를 만나 인혁당 사건이 고문으로 조작되었음을 폭로했다. (……) 마지막은 도예종. 10년 전 1차 사건의 주역으로 1974년 당시에는 삼화건설 회장이었다. 하재완을 보내고 10분 만인 8시 30분 시작되어 8시 50분에 끝났다. (……) 저들은 가족들에게 시신을 돌려주려 하지 않았다. 고문의 흔적이 아직 남아 있어 그랬다고도 하고, 유족들이 한데 모여 억울한 죽음을 호소할까 봐 그랬다고도 한다.

—한홍구, 『유신』

김남주는 망연자실하였다. 국가가 법을 빙자한 살인 행위를 이토록 쉽게 저지르다니! 그래서 다들 박정희가 천벌을 받을 것이라고 입을 모았지만, 김남주는 그 같은 생각에 전혀 가치를 부여하지 않았다.

천벌 같은 건 없다. 이것이 세계의 참모습이다.

세계가 조금이라도 좋아지기 위해서는 오직 싸우는 길밖에는 도리가 없다. 김남주는 이렇게 생각했다. 이 단호함, 어떤 경우에도 미혹에 사로잡히지 않는 이 엄정함, 이것이 '물봉' 속에 깊이 감춰진 김남주의 본질이었다.

6

광주는 잠시도 조용할 틈이 없었다. 1975년 2월 12일 광주 YMCA 강당에서 구국기도회가 열렸는데, 이 기도회는 민청학련 관련자 석방촉구를 위한 것이었다. 여기에 양성우 시인이 참석하여 자작시 「겨울 공화국」을 낭송한다. 유신체제를 '겨울', '한밤중'에 비유하여 암울한 시대상을 묘사한 시를 썼다는 이유로 양성우는 그해 4월에 광주 중앙여고에서 파면되기에 이른다. 광주가 이를 모른 척할 리도 없지만 그렇다고 여학생들까지 나서리라고는 아무도 생각하지 않았다. 그런데 양성우에게 국어 수업을 듣던 여학생 몇이 들고 일어나 광주 중앙여고가 단번에 문제 학교로 등극하게 되었다. 청년들이야 더 말할 수도 없었다. 1975년 2월 15일 민청학련 친구들이 석방되자 무등산 그늘이 본격적으로 들썩대기 시작했다. 그 중심에 윤한봉이 있었는데 그의 지도력은 민청학련으로 이미 검증되었다. 정세 파악이나 전략적 판단이 정확하면서도, 한 치의 어긋남도 없이 자신의 신념대로 행동한다는 점에서 동료들의 신뢰를 받았다. 진실한 인간, 사람에 대한 애정이 한없이 깊은 사람, 그로 인해 광주의 운동권은 뜨겁게 하나의 식구이자 정치 공동체로 뭉쳐가고 있었다. 그래서 먼저 '전남민주회복구속자협의회'를 만들고 윤한봉이 앞장서서 앞으로는 광주지역의 독자적인 판단에 따라 학생 운동과 민중운동을 추진해야 한다는 의견을 모아서 지역사회 운동의 질적 전환을 꾀하게 된다. 그리하여 김상윤·김정길·김운기는 학생운동, 정상용·정용화는 청년운동, 이강·박형선은 농민운동, 이양현·이학영·최연석은 노동운동, 나상기·최철은 기독교학생운동 부문에서 활동하고, 이 모든 분야를 연계하는 지원활동을 윤한봉이 맡기로 했다. 따라서 그 어느 때보다 사회변혁 운동의 이론적 역량이 절실해졌는데, 그에 대해 파다하게 소문난 실력파가 김남주였다. 물론 김남주는 조직이니 지도자니 하는 표현을 질색하듯 싫어했지만 박정희와 싸우는 일에 그만큼 치열하고 헌신적인 사람도 없었다. 그래서 이강의 요청을 받자 자꾸만 광주로 나가고 싶은 충동이 생겼다.

그렇지 않아도 김남주는 예전부터 해보고 싶은 일이 하나 있었는데, 그것은 책방 주인이었다. 이기홍 선생의 사모님이 경영하던 삼성당 서점이 그 모델이었을까? 하지만 누구에게도 그런 속마음을 얘기한 적은 없었다. 다만 집에서 혼자 머리를 싸매고 골똘하더니 어느 순간에 서점을 차리고 싶다고 아버지에게 불쑥 도움을 청했다.

"광주에서 서점을 차리고 싶어라우."

아버지에게는 차라리 반가운 소식이었다. 어려서부터 칭찬이 자자했던, 그래서 세월만 흐르면 검·판사 자리 정도는 따놓은 당상이라고 여기던 작은아들이 시골에서 농사나 짓고 사는 모습을 아버지는 눈 뜨고 볼 수가 없었다. 작은아들은 서당에서든 학교에서든 뭐든 빨리 배우고 똑똑한 까닭에 세상살이에서도 분명 특출나게 도드라질 텐데……. 그래서 손을 내미는 아들이나 이를 다스리지 못하는 아버지나 속수무책이다가 한참을 궁리한 뒤에 합의가 이루어졌다. 아버지가 농사 '전대금' 대출을 얻기로 한 것이다. '전대금'이란 농사를 지어서 갚기로 하고 미리 융자를 얻는 것을 말한다. 그래서 아버지가 만든 돈은 무려 30만 원인데, 이는 시골에서는 집 한 채 값이었다.

"이걸로 광주에서 책방을 차릴 수 있겠냐?"

"예. 조금 작게 차리면 되라우."

그리하여 김남주는 부리나케 광주로 올라왔다. 먼저 계림동 헌책방 거리를 돌며 이모저모 따져봤는데, 광주시 계림동의 중심 도로 하나를 송두리째 차지하고 있는 헌책방 거리는 단지 낡은 책을 헐값에 파는 싸구려 서적 장터가 아니었다. 이곳은 당시 지성의 절정을 구가하던 '광주학파'가 만들어지는 하나의 캠퍼스에 방불했다고 볼 수 있는데, 이강의 모교인 광주고등학교 정문에서 계림 오거리에 이르는 도로 양편을 가득 채운 책방들은 일대 청년 지식인과 문인 예술가의 젖줄이었다. 김남주는 전에도 금서를 읽을 수 있다는 점 때문에 헌책방 거리의 중요성을 김정길에게 강조한 적이 있었다. 그에 의하면 해방 후 사회주의권 서적들이 대거 출간된 적도 있었고, 일제 강점기 때 해방 사상을 접했던 사람들이 남긴 일어판 서적과 러시아어권 번역물이나 출판물도 많았는데, 그것들을 구하려면 다 이곳으로 와야 했다. 이강의 자취방도 이 샛골목에 들어와 있었고, 훗날 녹두서점도 이곳에 차려졌으며, 박봉우·이성부·문순태·조태일 같은 저항적 문인뿐 아니라 박석무·임형택 같은 지사적 학자들도 다 이 거리에서 성장했다. 게다가 자신도 왕년에 이곳을 발바닥이 닳도록 누비고 다니던 대표적인 청년이었으니, 그는 익숙한 곳에 터를 잡되 되도록 헌책방 거리를 살짝 빠져나와서 전남여고에서 경찰서로 꺾어지는 골목 안에 가게를 얻고 책방 이름을 '카프카서점'이라 붙였다.

광주 최초의 인문학서점! 지금도 후배들 사이에서 회자되는, 잊을 수 없는 김남주의 카프카서점 시절이 그렇게 열리는 것이다. 그런데 서점 이름이 왜 하필 카프카였을까? 들은 바에 의하면 김남주는 고개를 갸우뚱거리는 후배에게 한마디로 쉽게 답했다고 한다.

"다 위장술이여."

문제는 그가 위장용으로 떠올린 이름이 왜 하필 니체나 톨스토이가 아니고 카프카인가 하는 점이다. 나는 그 이유를 다음 둘 중 하나로 추정하고 있다. 하나는 역시 「변신」 때문이다.

카프카는 체코 출신 유태인으로 자아가 사회로부터 소외되는 과정에 천착한 작가였다. 1915년 11월, 그가 「변신」을 출간했을 때 유럽의 지성은 출렁대지 않을 수 없었다. 그레고르 잠자라는 상점 외판원이 어느 날 아침에 잠에서 깨어나는 순간 자신이 한 마리의 커다란 벌레로 변해 있음을 발견한다. 이는 당시 이성과 합리성과 의미로 가득 찬 세계를 탐닉하던 지식인들에게 인류가 막다른 미궁에 처해 있는지 모른다는 질문과 대면하도록 만들었다. 그러니까 20세기를 향해 카프카가 내린 진단은 단 한마디, '세계 어디에도 더 이상의 비상구는 없다!'였다. 근대 자본주의의 악마적 성격과 그에 직면한 인간의 무능력을 이토록 통렬하게 고발한 자가 어디에 있을까? 아마도 이 시절 김남주의 상상력은 그 언저리를 오가고 있었는지 모른다. 내게 그런 추정을 하게 만든 실마리가 하나 있는데, 당시에 김남주가 카프카서점에 비치한 계간지 《창작과 비평》에는 김수영 시인이 번역한 파블로 네루다가 게재돼 있었다. 그리고 김남주는 이 시를 가장 좋아했다고 고백한 적이 있다.

나도 그런 건물 속에서 14개월인지

14년인지를 잠을 잤다

나는 나의 비참을 모조리 겪었다.

나는 천진난만하게

신랄한 것을 마구 깨물었다.

이제 나는 지나간다. 그런데 나갈 문이 없다.

비가 너무 오랫동안 오고 있다.

이제 나는 알겠다. 내가 단 한 사람이

아니라 여러 사람이라는 것을.

너무나 여러 번, 어떻게 재생해야 할지는

생각지도 않고, 죽었다는 것을.

흡사 옷을 갈아입을 때마다 다른

생애를 살지 않으면 아니 되었던 것처럼.

그리고 여기에 나는, 어째서 내가 한 사람도

알아보지 못하고 있는가를.

어째서 아무도 나를 알아보지 못하는가를, 조금도 생각하지 않

고 서 있다.

흡사 여기의 모든 사람들이 다 죽고,

그런 망각의 한복판에 내가 혼자 살고 있는 것처럼,

맨 끝까지 살아남은 한 마리의 새처럼-

—파블로 네루다, 김수영 옮김, 「도시로 돌아오다」 부분

네루다의 이 시는 마치 김남주의 머릿속에 투영된 카프카의 '변신'을 옮겨놓은 것 같다. 특히 주목되는 건 제목이 「도시로 돌아오

다」라는 점인데, 대지의 자식들은 도시의 골방에 누우면 자꾸 벌레가 되는 것 같은 느낌에 빠진다. 도시에서 개인은 거리의 주인도, 상점들의 혈육도 아니기 때문이다. 그래서 인간이 한낱 물체로 변하고, 또 개인의 실존 안에서 어떤 비상구도 없는 사회적 소외상태에 빠지는 '희망 없음'의 표지가 된다. 김남주도 도시에 서 있는 자신을 그렇게 느꼈을 것이다. 그는 이곳에서 한낱 책벌레에 불과할 뿐이라, 그가 생각하고 느끼는 것을 거리의 사람들은 알아듣지 못하고 이해하려고 하지도 않는다. 그렇다면 김남주가 서점을 차리면서 상호로 불러온 카프카 이미지는 카프카의 수락일까 아니면 카프카의 극복일까?

하지만 나는 또 다른 이유에 더 무게를 두어본다. 그것은 다름 아닌 헤비와의 관련성인데, 어쩌면 헤비가 카프카를 좋아했을 수도 있고, 아니면 헤비를 생각하는 김남주의 정신적 상황이 카프카적이었을 수도 있다. 내가 헤비와의 관계를 빼놓고는 이 서점을 상상하기 어렵다고 생각하는 맥락은 이렇다. 카프카라는 이름을 가진 괴팍한 작가의 이미지를 음미한다는 것은 어쩌면 김남주의 가장 깊은 내면의 움직임과 그 불가해의 암흑을 탐험하는 것일지도 모른다. 카프카는 김남주처럼 결핵을 앓은 적이 있으며 「심판」, 「성」, 「변신」 외에도 『펠리체에게 보내는 편지』를 쓴 적이 있다. 「심판」에 등장하는 F도 카프카가 구혼을 청했다가 자기 자신과 끝없이 갈등한 끝에 결혼을 포기했던 펠리체 바우어를 지칭한다고 한다. 2차 세계대전에서 러시아혁명에 이르는 기간에 작성된 카프카의 편지들은 자신의 영혼 속에서 불붙고 있는 문학과 결혼 문제를 두고 쟁투를 벌이는데, 그는 이 편지에서 "나는 당신들로부터 너무 먼 곳에 추방되어 있습니다"라고 쓰고 있다. 김남주의 카프카서점 시절을 기억하는 사람들은 그가 이때만큼은 식민주의, 계급투쟁, 역사 변증법에 관한 천착을 잠깐 제쳐두고, 세계로부터 소외당했기에 스스로 절망할 수밖에 없는 어떤 정신과 그 정신으로부터 버림받았기에 스스로 파멸할 수밖에 없는 어떤 세계를 부르는 가엾은 음성에 귀를 기울이곤 했다고 말한다. 그래서 혜비와 같은 도시에서 살면서도 "당신은 지금 도대체 어디에 있습니까?" 또는 "내가 어떤 사회로부터 당신을 빼내려 하고 있습니까?"라고 말할 수밖에 없었던 시절. 그래서 또한 이 시기의 시에서만 나타나는 지나치게 소름 끼치도록 자학적인 고백인 "솔직히 말해서 나는 / 아무것도 아닌지 몰라 / 단 한방에 떨어지고 마는 / 모기인지도 몰라 파리인지도 몰라"(「솔직히 말해서 나는」) 같은 구절을 당황스러워하며 읽을 수밖에 없었다. 어떻든 이 시기를 거치며 김남주 자신조차 거의 알아들을 수 없이 힘없는 음성으로 피력했던 '문학'의 의지와는 별개로 혜비에 대한 미련을 그의 생으로부터 멀리 떠나보냈다. 그러나 어디까지나 이것은 다 나의 추정에 불과할 뿐이니, 객관적인 내용은 그의 행적에서 다시 찾는 수밖에 없다.

金鮎主平傳

6장

카프카서점을 떠난 뒤

1

김남주 연표에 의하면 카프카서점이 문을 연 건 1975년 11월이 었다. 공교롭게도 나는 그해 3월에 광주고에 입학하여 산수동에서 자취를 시작했는데, 도시를 전혀 모르는 촌놈인 데다가 길눈까지 어두웠다. 1학년이 끝날 때까지 대인동 시외버스 정류소를 빼고 나면 아는 곳이 계림동 책방 거리와 충장로 파출소, 광주천뿐이었다. 어쩌다 시내에서 길을 잃으면 무조건 광주천으로 나가서 다시 충장로 우체국 길목을 찾아야 무사히 자취방으로 돌아갈 수 있었다. 바로 그 중간에 카프카서점이 있었다는 사실을 처음 알았을 때 얼마나 놀랐는지 모른다. 복기하자면 이렇다. 광주천을 기점으로, 불로동 다리에서 시내를 가로지르는 골목 초입에 황금동 술집 거리가 100미터쯤 펼쳐진다. 이곳에서 일하는 여성들이 5·18 때 시민군을 보살폈으니 광주 중심지의 뒷골목에 불과한 위치이다. 그 사거리 복판에 경찰 초소가 있어서 황금동 '콜박스'라 부르는데, 그곳에서 몇 발자국을 떼면 충장로, 다음이 금남로, 그 다음이 예술의 거리이다. 또 사거리에 광주경찰서가 있고 세 집 건너가 카프카서점인데, 조금 더 걸으면 전남여고와 광주여고, 그 뒤로 학원가, 바로 이어서 광주의 고급 주택가라 할 동명동, 장동으로 연결된다. 그 너머 산수동부터는 이제 서민들의 동네이다. 그렇다면 카프카서점이 위치한 자리는 요지 중에서도 요지에 속한다. 도청이며 가톨릭센터며 광주 MBC며 하는, 5·18 투쟁의 가장 중요한 현장들이 모두 그 옆집이거나 옆 골목에 있었다. 그곳에, 김남주가 서점을 차렸다! 이 소식은 그를 아는 사람에게는 자다가 봉창 뚫는 소문과 진배없었으나, 상황은 이미 펼쳐지고 말았다. 장소가 하필 광주경찰서 옆이건만 진열된 책이라고는 함석헌이 발행하는《씨알의 소리》와 백낙청이 편집하는《창작과 비평》, 또 몇 종의 사상 서적에 일어와 영어로 된 사회과학 분야의 불온서적뿐이었다. 말 그대로 김남주만이 실험할 수 있는 괴팍스러운 운동권 점포였다. 서점 어디에도 장사를 아는 자의 안목이라고 느낄 만한 것이 없었다. 팔릴 책은 아예 진열조차도 하지 않았으니, 이거야말로 서점을 빙자한, 세계를 환멸하는 자들의 사랑방이나 매한가지였다. 감옥에서 풀려나온 민주 건달들이 운집하는 쉼터이며, 광주일고에서 반골 기질을 배운 후배들이 찾아와서 먹고 자며 뒹구는 놀이터였다. 더구나 김남주는 장사하는 사람의 마음가짐이라고는 눈곱만큼도 없었다. 나는 당시 김남주의 행적을 찾느라 자료를 뒤지다가 그 시절을 회고하는 다음의 일화를 발견하고는 깜짝 놀랐다.

> 카프카서점 시절, 책을 사러 온 우아한 여대생이 보는 앞에서 황석영 선생의 「섬섬옥수」를 펴놓고 소설 말미의 그 유명한 구절을 창문에 써놓았다.
> "똥치 같은 년."
> ─홍희담, 「대지는 어떤 시인을 탄생시키는가」, 『내가 만난 김남주』

아이고 머리야. 모처럼 서점을 찾은 '우아한 여대생'이 김남주의 문법을 이해할 수 있었을지는 알 수 없다. 황석영의 「섬섬옥수」를 읽지 않았다면 이 욕설이 어떤 상황에서 사용된 것인지도 짐작하지 못할 것이다. 하지만 그에 대한 홍희담의 회고는 뛰어난 안목을 보인다. 평소 김남주는 지적 허영을 도무지 견디지 못하는 성격이었다. 그의 눈빛은 늘 '구체적으로 세계를 살아내는 순간'을 놓치지 않는다. 그래서 지식과 교양으로 무장된 화려한 허영의 세계를 과시하는 장면을 보면 그걸 둘러싼 상류 문화의 거짓 아우라를 단숨에 벗겨버릴 욕설을 서슴없이 내뱉고는 했다. 한번은 서울에서 내려온 교수들이 돌아가면서 샹송이며 칸초네를 부르는 자리를 김남주가 "찾아갈 곳은 못 되더라 내 고향"으로 구성지게 엎어버렸다. 마치 법정 최후진술에서 이미 "좆돼버렸습니다"를 선보였듯이 말이다. 그는 항용 그렇게 살아왔다. 근엄하고 딱딱한 언어는 지배자의 것이니, 그는 언제나 적대감을 드러내지 않는 반전의 언술로 자신의 거점을 정확히 '양복쟁이'의 반대편에 서 있는 아버지 김봉수의 자리로 돌려놓아야 직성이 풀리는 사람이었다. 과연 깔담살이 김봉수의 아들이다. 소설가 홍희담(홍희윤 선생과 동일인)은 이를 김남주의 세련된 '모던 감각'으로 읽은 것이다. 그런데 문제는 그러고서야 어떻게 서점을 경영할 수 있느냐는 것이다. 그에 대해 김정길은 이렇게 말한다.

> "카프카서점은 호남민중운동사를 증언하는 중요한 거점이었죠. 광주학생독립운동으로 유명한 이기홍 선생. 김세원 선생의 전통을 잇는 박석무 선배 외에도 1960년대의 민주화운동을 증언할 박세정 선생 등이 매일 이곳을 차지하고 있었어요."

그렇다. 카프카서점은 무언가 다른 기능을 하기 위해 거기에 있었던 셈이다. 예컨대 고정 식객 박세정은 본디 함석헌, 장준하 밑에서 활동한 청년 조직책이었다. 신체가 건장하고 기개가 남달라서 한창때 장준하 선생의 비서를 지냈다. 그런데 유신독재와 싸우다가 그는 검거되고 장준하는 죽었다. 가까운 동지들이 모두 흩어진 뒤 그는 얼마나 지독한 고문을 받았던지 몸에서 성한 데가 한 군데도 없었다. 말 그대로 '어두운 죽음의 시대'가 어떤 것인지를 보여주는 산증인이었다. 그런 사람이 찾아와 머물 수 있는 곳. 당시 김남주가 좋아했던 김수영의 시 「폭포」처럼 "곧은 소리는 곧은 소리를 부르"는 법이니 저 "까마득한 절벽을 무서운 기색도 없이 떨어져" 내리는 심상찮은 논객들이 곳곳에서 찾아오고는 했다. 그 시절에 카프카서점에 와서 김남주의 서사에 매우 중요한 역할을 하게 되는 인물이 또 있다. 광주일고 후배이면서 민청학련으로 감옥에 갔다 나온 최권행이었다. 최권행은 서울대 불문과에 다니다가 학생운동을 한 죄로 제적됐는데, 성정이 온화하고 맑고 곧은 제3세계 지식인의 한 전형이었다. 그에 의하면 카프카서점의 문을 열고 들어섰을 때 김남주는 세상과 전혀 동떨어진 사람처럼 보였다고 한다. 유신체제 최초의 투사요, 죽음의 공포를 헤치고 나온 선배라 해서 인사하러 왔는데 성품이 얼마나 소탈하고 허허롭던지 추수가 끝난 가을 들판을 대하는 것 같았다. 세속적 욕망이라고는 눈을 씻고도 찾아볼 수 없었다. 그래서 겉은 투박하나 내부에 아름다움을 간직한 이 매혹적인 선배에게 단단히 사로잡혔다. 카프카서점은 비록 경찰서 옆이라 늘 감시받는 기분이 들지만 그래도 꽤의치 않고 열심히 드나들었던 건 언제나 유쾌하고, 언제나 장난스럽고, 언제나 지적 세계를 명증하게 논파하면서도 단 한 번도 지식인의 포즈에 빠져들지 않는 선배의 온기 때문이었다. 더구나 그 주변에는 반드시 카프카서점에 어울리는 또 다른 인걸들이 시도 때도 없이 찾아와 자리를 뜰 틈이 없었다. 그중 한 사람이 박형선인데, 박형선은 협기가 있고 배짱도 두둑해서 별명이 『수호지』에서 가장 거친 인물 '흑선풍 이규'에 비견된다고 황석영도 『수인』에 쓴 바 있다.

최권행이 보기에 박형선과 김남주는 너무도 잘 어울리는 선후배였다. 둘은 닮은 점이 많았다. 말하자면 박형선은 보성 사람인데 초등학교 5학년 때 광주로 전학해서 광주서중에 합격했다. 당시는 시골 군 단위 출신의 아이가 광주서중에 합격하면 온 고장이 자랑으로 삼아 현수막을 걸던 때였다. 하지만 박형선은 신기하게도 축구, 레슬링 같은 신체 활동에 능란했다. 그러다 보니 광주일고 2학년 때 뒷자리에 앉은 친구가 교복에 잉크를 뿌려서 두들겨 패주게 되었다. 그런데 제기럴, 뒷자리 친구가 하필 교내 최고의 주먹 조직인 '진클럽' 멤버여서 박형선이 선배들에게 끌려가 사기로 만든 컵에 머리를 가격당하는 보복을 당한다. 화가 난 박형선은 자진해서 '진클럽'에 가입하고는 비겁하게 공격한 자들을 차례로 응징했다. 그리고 이때부터 술, 담배, 당구를 즐기며 위태롭게 고등학교를 마치더니, 1년 재수까지 한 다음에야 전남대 농대 축산학과에 들어간다. 그런데 이번에는 학생운동에 입문해서 '민족사회연구회' 활동을 하다가 윤한봉을 만나 교련반대 시위를 거쳐 민청학련 사건에 연루되기에 이른다. 박형선이 김남주와 특별히 가까워진 것은 아버지들의 역사가 비슷한 까닭이었다. 박형선의 아버지는 자신의 형님을 대신해서 일본까지 강제로 징용되었다가 만주로 탈출하여, 다시 도보로 서울을 거쳐 보성에 내려와 정착한 신화적인 인물이었다. 맨몸으로 윤 부잣집 깔담살이로 들어가 뼈 빠지게 일한 끝에 소농, 중농, 대농

으로 부자 소리를 듣기에 이르러서는 공부 잘하는 아들이 검·판사
가 되기를 눈 빠지게 고대했는데, 어느 순간 그 아들이 시국사범이
되고 만다. 그래도 자식들에게 "끼니 때 굶고 우리 집 앞을 지나가
는 사람이 있어서는 안 된다"라고 가르치는 것도 김봉수 씨와 같았
고, 하다못해 큰아들이 산감 때문에 권력자에 대한 비판의식을 품
게 된 것까지 김남주네와 같았다.

카프카서점에서 이렇게 김남주와 박형선과 최권행이 만나 어울
리던 시절에 광주의 빈털터리들이 구가하는 혁명적 낭만주의는 거
의 절정에 달해 있었다. 전과자를 은유하는 '별'을 이마에 몇 개씩
달고 사는 의인들만의 이야기가 아니었다. 이곳에 들어서면 김남
주처럼 술이 안 받는 체질을 가진 사람도 젊음의 의기로 셀 수 없이
많은 술잔을 비워야 했다. 인류의 양심을 실험했다는 스페인내전
과 베트남전쟁에 대한 비판의식이 커지면서 지구촌에 형성된 청년
문화 바람이 광주까지 불어오고, 영어, 일어, 독어, 불어를 알아야만
접할 수 있는 각종 사상과 사건들이 카프카서점 일행들의 술안주로
올랐다. 그 와중에도 박정희는 1975년 5월 13일 헌법에 관한 일체
의 비판과 반대 논의를 금지하는 긴급조치 9호를 선포한다. 1974년
8월 육영수 피살사건, 1975년 4월 베트남통일(반공에 혈안이 된 군사정
부는 이를 월남패망이라고 홍보했다) 등으로 반공 분위기가 기승을 부리는
틈을 타서 철권통치를 강화하려고 시도한 것이다. 이로써 유신헌법
에 반대하는 사람은 영장 없이도 체포되었다. 그로 인해 '별'(전과자
를 이렇게 불렀다)들의 영향을 받은 이웃들이 또 다른 '별'이 되는 소식
이 그칠 새 없었다. 이 모든 것이 그들에게는 날마다 술을 마시지 않
으면 안 되는 이유가 되었다.

나는 이런 식으로 연계되고 또 연계되던 술자리를, 비유하자면 '광주학파'의 발상지로 부르는 데 주저하지 않겠다. 괜히 해보는 소리가 아니다. 지성의 밀도가 그만큼 높은 장소는 전국 어디에서도 찾을 수 없었다. 카프카서점에서 문을 열고 나가면 몇 걸음 안 가서 호남에서 계란줄깨나 홍정한다는 입담들이 모이는 전일다방, 거기서 길을 건너면 왕년에 오지호, 허백련, 김현승이 진을 치던 Y다실, 도청 앞을 돌아서 천변 쪽으로 가면 전남매일신문사가 있어서 그 곁의 '선선집'이라는 술집을 거점으로 소설가 문순태나 박화강 같은 기자들, 문병란, 김준태 같은 빼어난 글쟁이들, 또 우제길, 최쌍중, 강연균 같은 명품 화가들이 빈대떡과 막걸리에 소주를 축내고는 했다. 술친구가 보이지 않는 날에는 충장로로 들어가 우체국 앞부터 뒤지기 시작하여 충장로 파출소 근처 '영양집'에 이르면 반드시 누군가를 만날 수 있었다. 김남주는 주로 전남일보사 건물 1층 전일다방 옆으로 이기홍변호사 사무실이 있는 동구청 뒤편의 술집 중 하나에서 시국 담화를 하는 박석무, 양성우 시인에게 불려 가거나, 얼마 안 지나서 전국 규모의 민주인사로 명성을 떨치게 될 송기숙, 명노근을 주축으로 한 전남대 교수들에게 술 세례를 받고는 했다. 특히 조태일 시인이 서울에서 내려오면 이 일대에서 술을 마시다가 밤늦은 시간에는 '통금' 때문에 갈 데가 없으므로 그들만이 오붓하게 담소를 나눌 수 있는 황금동 '황금마차'나 '쓰리세븐하우스'를 찾아갔다. 호주머니가 텅텅 빈 사람들이 실컷 매상을 올려놓고 손님 하나를 인질로 잡혀두었다가 바깥에서 돈을 구하여 다시 데리고 나오는 풍습도 있었는데(당시 사람들은 이를 '이노꾸리 잡힌다'고 했다), 이때 단골 인질이 김남주 아니면 김정길이었다. 왜냐면 두 사람이 유독 술에 약해서 담보로 붙잡혀 있는 동안에도 매상을 올려놓지 않기 때문이었다. 하지만 모든 화제가 서울 명동이나 인사동보다 훨씬 풍부했다. 광주 미술계뿐 아니라 한국미술사의 흐름을 바꾸는 구상, 비구상, 동양화, 서양화 등의 유파가 새로이 형성되기도 하고, 또 이 골목에서 러시아 혁명가요가 들리는가 하면, 레닌, 트로츠키, 체 게바라 같은 이름들이 나오기도 했는데, 맥락을 모르면 상식 세계에서 밀리고 대화에도 끼지 못하기 때문에 바보가 되지 않으려면 빨리 달려가서 몰래 책을 뒤져야 했다. 조태일의 「식칼론」과 양성우의 「노예수첩」, 김준태의 「참깨를 털면서」 같은 작품들도 다 이곳에서 평가받고, 또 다른 국내외의 빼어난 작가들이 비교 검토되기도 하였으니, 이 주변 술집 몇 곳에서 좋다는 평판이 돌면 누구나 뛰어난 지성인임을 인정할 수 있었다. 까닭에, 사람들은 늘 이곳에서 입방아에 올랐던 책들을 구하려고 계림동 책방 거리를 배회하기에 바빴다.

그렇다고 하더라도 카프카서점 일대의 술집 거리가 광주학파의 무대가 되려면 그곳에서 마땅히 후학들이 배출되고 있어야 할 것이다. 당연하다. 나는 그 영향이 인근 고등학교 학생들에게까지 미쳤음을 증언할 처지가 되는 것 같다. 당시 내가 소속된 광주고 문예반은 이성부, 황동규의 시를 좋아하고, 이웃에 있는 광주일고 문예반은 신경림, 김지하의 시를 입에 달고 살았는데, 당연히 고학년 선배들의 영향이었다. 김수영은 공통되게 애독되었지만, 그를 지나서는 미학주의와 현실주의의 대비라는 미세한 경향성의 차이를 보여 독서토론회가 있을 때마다 논쟁거리가 되고는 했다. 그러다 보면 아직 문학청년에 불과한 박몽구와 이영진 같은 이름들까지 등장하게 되는데, 내게는 이것이 어지간한 대학의 국문과나 문창과의 수업을 능가하는 문학 공부가 되었다. 여기서 굳이 이런 잡담 같은 추억까지 보태는 이유는 분명하다. 그러니까 내가 1학년 겨울방학을 앞둔 어느 날 조태일 시집 『국토』가 출간됐다. 그때 선배 하나가 어디론가 불려가서 아직 잉크 냄새도 가시지 않은 책을 한 보따리 싸서 안고 왔는데, 시집을 넘겨 보니 섬세한 맛이라고는 없었다. 그래도 우리는 조태일 시인이 모교 문예반 출신인지라 열심히 읽고 뒤져서 문학의 밤 행사 때 '선배 시 낭송'용으로도 쓰면서 두 개의 학풍 차이를 좁혀가고 있었다. 국어 시간에 불온하다고 가르치는 소위 '참여문학'에 대한 저항감을 그렇게 뛰어넘는 참이었는데, 문제는 그 텍스트가 어떤 경로로 우리에게 전달되었는가 하는 점이다. 내 기억에, 우리 문예반 아이들이 시집을 넘겨받고 두서없이 책값을 모았는데, 공교롭게도 자꾸 회식 자리가 생기는 바람에 문예부장이 그 돈을 회식비로 써버리고 다시 만들기를 반복했다. 그러다가 결국 갚았는지 못 갚았는지 알 수 없는 사태를 내가 카프카서점에서 일어난 소동이라고 믿게 된 것은 김남주가 조태일의 『국토』를 몽땅 가져간 뒤 책값을 갚지 못해서 오래도록 창작과비평사의 독촉을 받았다는 이야기를 들었던 데 있다. 꽤 먼 훗날까지도 백낙청 선생이 무책임한 사람은 중요한 일을 할 수 없다는 충고를 자주 했다고 한다. 그런데 또한 이 정도를 '광주학파'의 영향이라 명명하는 것도 빙산의 일각에 불과한 이야기를 자꾸 반복하는 셈이 된다. 더 중요한 것은 세대의 간극을 메우는 인적 결속도이다.

그러니까 광주학파의 교무실쯤 되어야 마땅한 카프카서점에는 불가피하게 《함성》 관련자의 심부름을 도맡는 직속 후배들이 진을 치고 있었다. 먼저 꼽을 사람으로는 이강의 동생 이황, 다음으로는 박석무의 동생 박석면이 있는데, 비록 후배라고는 하지만 이황은 김남주와 자취 생활을 가장 오래 한 사람이요, 박석면은 그해 4월에 광주일고에서 김상진 열사 추모제를 열었다가 제적당한 홍안의 민주인사였다. 박석면의 제적 사건은 그 같은 일이 있다는 것 자체로도 이미 김남주의 영향이 없었다고 보기 어렵지만(김남주가 이 시절에 쓴 시 「그들의 죽음은 지나간 추억이 아니다」는 김상진 열사를 추모하는 작품이다), 더 중요하게는 그가 서점 안쪽 작은 방을 차지함으로써 선후배의 연계를 분명히 잇는 하나의 끈이 되었다는 사실이다. 그러니까 박정희 정권이 인혁당 관련자에게 속성 사형집행을 도발한 데 대한 항의로 분신한 의인이 서울대생 김상진 열사인데, 그에 대해 전국 어디에서도 후속 행동이 나오지 않았다. 그래서 광주일고가 추모제를 열어서 박석면은 제적당하고 김윤창 외 다섯 명은 무기정학을 당하게 된다. 그리하여 졸지에 등교할 곳을 잃은 박석면이 날마다 카프카서점을 드나들자 친구들도 틈만 나면 그곳을 찾게 되었다. 한 부류는 김윤창 등 광주일고 동기들이요, 또 한 부류는 박석면과 문학동아리를 함께 하는 친구들인바, 후자 중 박몽구, 이영진은 상당한 수준의 습작기에 접어들었다. 특히 이영진은 집이 가까워 카프카서점에 날마다 출근하다시피 했는데, 가끔 시를 들고 가면 김남주는 한 번도 평을 하는 법이 없었다고 한다. 애당초 관심이 없는 듯이 조용하게 읽고는 아무 말 없이 한쪽으로 휙 던지면 '마음에 안 들었구나' 하고 생각했다. 한번은 「식구」라는 시를 써서 보였더니, 처음으로 찬찬히 들여다보는가 싶더니 "이 시는 나를 다오"라고 말했다. 그러고 한참 있다가 "이제 시 써서 밥 먹고 살아도 되겠다"라는 최고의 칭찬을 건네주었다. 그로부터 몇 개월 안에 이들은 등단을 완료한다.

이런 관계가 함부로 맺어지는 것도 아니고, 불필요한 평을 아낀다고 해서 글공부가 안 될 까닭도 없다. 게다가 하루는 박석무 선생이 찾아오자 박석면이 제 형에게 이영진이 책을 많이 읽는다고 한

참을 자랑했다. 이날 하필 이영진은 뾰쪽한 구두에 백바지를 입고 한껏 멋을 부리고 있었는데, 박석무가 몇 번을 위아래로 쳐다보더니 물었다.

"책을 많이 읽는담서야. 그럼 니가 잘 읽은 책이 뭐냐? 한번 말해 봐라."

이영진은 갑자기 머릿속이 하얘졌다.

"뭘 읽었는지도 생각이 안 나냐?"

이렇게 묻자 얼른 떠오르는 제목을 들었다.

"『까라마조프 형제들』이요."

"그 책에서 너는 어떤 사람이 좋디? 그래, 어떤 인물이 문제적이라고 보냐?"

그런 생각은 해보지 않았다. 역시 답을 못하자, 박석무가 다시 물었다.

"그럼 그 형제들 이름을 대봐."

간신히 이름 하나가 떠올랐다.

"표도르요."

"표도르 성격이 뭐데야? 그 사람은 어떤 문제를 안고 있는 사람이여?"

여기에는 응대할 수단이 없었다. 친구의 큰형이 하는 말을 못 들은 척할 수도 없고, 마음에 안 든다고 대들 수도 없는데, 자꾸 난처한 질문을 던지니 등줄기에 식은땀이 흘렀다. 대답이 안 나오자 그럴 줄 알았다는 듯이 말했다.

"종이에 적힌 글씨만 스쳐 가면 책을 본 거냐? 뭘 알고 읽어야제."

그때부터 책을 펼치면 반드시 문제성을 포착하는 습관을 들이게 되었는데, 박석무는 까다로운 선비 같은 분이라 절대로 허투루 지나가지를 않았다.

"영진아, 너 「호질」 읽었냐?"

"아니요."

"우리나라 소설은 모르고, 그래도 겉멋은 들어서 다른 나라 소설은 읽냐?"

허를 찌르는 말이었다. 은연중에 문학을 읽되 경서를 보지 않으면 그것은 제대로 된 독서를 하는 게 아니라는 생각을 머리에 새기게 되었다. 다음은 내가 전혀 다른 상황에서 전해 들은 말이다. 그러니까 이영진이 조태일 시집을 뒤적이다가 박석면에게 투덜거렸다.

"야, 시 제목이 「식칼론」이 다 뭐냐? 이게 시냐?"

이를 듣고 박석무 선생이 말했다.

"왜? 너는 「식칼론」이 이상하냐? 시가 그럼 정신과 기세가 살아 있어야지. 그게 없으면 시냐?"

그 말을 듣고 어안이 벙벙한 표정을 짓자 박석무가 천천히 일러 주었다.

"시는 아무 말이나 쓰면 안 돼. 허공에다 대고 아무 소리나 지껄이는 말이 멋있으면 뭐 하고 이쁘면 뭐 한다냐."

또 어떤 날은 이런 말도 들려주었다.

"그런디 시는 아무리 말을 세게 해도 한약 같은 거여야. 요건 세상을 즉각 치유하는 게 아녀. 반면에 혁명은 수술 같은 거다. 세상의 썩은 데를 도려내고 즉각 치료하는 거여. 그래서 시는 시간이 걸리는 거고 혁명은 즉각적인 거제."

내게도 그런 경험이 있다. 카프카서점 때문이었는지 소설 공부를 하는 2학년 선배가 자꾸 카프카 이야기를 해서 나도 까막눈에서 벗어나려고 「변신」을 읽게 되었다. 그런데 소설의 전개가 너무 이상해서 마침내 선배에게 묻게 되었다.

"근데 형, 「변신」에서는 왜 사람이 거대한 벌레로 변해버린당가?
암만 생각해도 그 의미를 잘 모르겠드만."

그러자 선배가 이렇게 답했다.

"응, 그건 말이다. 소외를 상징하는 거란다. 그런 걸 문학적 장치
라고 그래."

이래놓고는 깔깔 웃으면서 덧붙였다.

"좀 쉬운 걸 물어라 이놈아. 식은땀이 흘러서 혼났다. 내가 간신
히 위기를 모면했다야."

이렇듯 광주를 거점으로 한 거대 공동체 하나가 유령사회처럼
연결되어 지적 자극을 주고 있었다. 그래서 돌이켜보면 박석무는
김남주 같은 사람들에게 영향을 주고, 김남주는 이영진 같은 사람
들에게 영향을 주며, 이영진은 나 같은 사람들에게 영향을 준 셈이
된다. 여기에 그 시절의 인간들이 심정적으로 의존할 무형의 교정
이 있었다고 한다면 그것이 카프카서점이었다고 나는 말하고 싶은
것이다.

2

다시, 연표에 의하면 카프카서점은 1976년 10월에 문을 닫은 것
으로 돼 있다. 도서출판 광주에서 출간한 『김남주론』은 그 항목을
이렇게 기재한다.

1976. 10. 함평 고구마투쟁 전개.

263

서점이 상업적으로 실패하면서 일상생활의 갈등을 체험. 서점
을 정리하고 자신의 생활을 재정립하기 위해 광주시 방림동 소
재의 봉심정에 칩거하다.

바로 그 마지막 순간까지 카프카서점은 겉으로 평온했다. 김남
주는 평소와 다름없이 낡고 허름한 군복 상의를 검게 물들여 입고,
혓바닥을 길게 내놓은 군화를 끌고 다녔다. 그래도 음습한 구석이
라곤 없었는데, 나는 그 시절이 김남주의 마음에서 '헤비'의 흔적이
사라지는 기간이었다고 본다. 구체적인 증거는 없지만 그런 상상을
건드리는 장면이 여러 개 나온다. 지인들의 표현에 의하면, 그는 어
쩌다 마음에 드는 여성이 눈에 띄면 혼자서 좋아하다가 가만히 돌
아서는 짝사랑 전문가였다. 가령, 금남로 옛 동구청 상가의 옷가게
에 점원인지 여주인인지 모를 다소곳하고 조용한 미인이 있었다.
김남주는 자꾸 그 집에 가서 옷도 사지 않으면서 한참씩 머물다가
나왔다. 한번은 이영진을 불러서 가만히 가보자고 해서 따라나섰더
니 또 힐끔힐끔 곁눈질이나 하다가 돌아왔다. 그다음에 다시 그곳
에 가서는 그냥 들락거리기만 하는 게 민망했던지 대뜸 옷을 사겠
다고 덤볐다.
"영진아, 네가 입을 거 하나 골라라."
"아니, 형님 걸 사야지 내 걸 왜 사요?"
"난 옷이 필요 없어 인마."
그래서 엷은 소라색 상의를 샀다. 그 집을 찾아가는 것은 그것으
로 끝이었다. 이를 보다 못해 이영진이 김남주 선배에게 중매를 서
겠다고 나섰다. 외대 영문과를 졸업하고 중학교 교사로 발령을 받
은 매우 세련된 선생님을 소개했는데, 아마도 이때 김남주는 자꾸

늘어지려는 마음에 어떤 마침표 하나를 찍고 싶었던 것 같다. 사양할 줄 알았는데 전혀 토를 달지 않고 말없이 가서 만나고 오더니 고개를 설레설레 저을 뿐 말이 없었다. 하는 수 없이 이영진이 선생님에게 물었다.

"누나, 맘에 안 듭디까?"

"결혼 같은 거 하고 싶은 의사가 없는 사람 같더라."

"왜요?"

"이탈리아 활화산 용암이 솟구쳐 오르는 중턱에 집을 짓고 싶다더라. 나를 따라 살 수 있겠어요? 이러드만. 당최 뭔 소리를 하는지 원."

아마도 이때 김남주의 머리에는 수난으로 얼룩진 혁명 전사의 생애가 그려지고 있었을 것이다. 자신은 죽음을 무릅쓴 시련과 고난을 함께해 줄 사람이 필요하다고 생각했음이 틀림없다. 그렇지 않고 내밀한 것이라든가 막연히 관념적인 감상벽을 아무 맥락도 없이 주워섬기면서 고상한 체하는 걸 그는 몸서리치도록 싫어했다. 그렇다고 김남주가 분위기도 모르는 남자인가 하면 그건 아니었다. 자신은 비록 연애 백치에 가까웠지만 남을 훈수하는 데는 박사라, 사내가 여인의 마음을 당겨 와야 하는 지점을 포착할 때만큼은 뛰어난 문학적 감수성을 발휘했다. 예컨대 강진에 있는 윤한봉의 동생 윤경자의 사람됨과 용모가 출중해서 주위에서 잘 보이려는 경쟁이 치열했다. 마침 윤한봉이 민청학련 사건 이후 다시 감옥에 들어가 있던 참이라 김남주가 심부름을 도맡아서 그의 고향 집을 뻔질나게 드나들었다. 박형선 역시 윤경자에게 관심이 컸는데 혼자 속으로만 좋아할 뿐 대책이 없었다. 까닭에 김남주가 시외버스를 타고 열심히 강진을 오가면서 박형선과 연결되도록 맨날 훈수하고 등을 떠밀었다. 한번은 행사를 핑계로 후배 몇을 강진으로 불렀는데,

밤중에 김남주가 박형선을 흔들어 깨웠다.

"형선아, 달도 뜨고 바닷물도 찰랑이겠다. 사랑 고백을 하려면 아무리 밝아도 달빛 밝기 이상이면 안 되는 거 너 아냐? 어서 경자 불러서 할 이야기 있다고 바닷가에 좀 가보자고 해라."

여기서 그 결말을 밝히자면, 김남주가 연애 선생처럼 굴면서 마구 등을 떠밀어 댄 덕에 박형선은 결국 윤경자와 결혼했다. 예식은 광주에서 올렸으나 축하 잔치는 시골에서 했는데, 윤한봉과 연계되어서 농민운동, 학생운동을 하던 광주와 서울의 벗들이 대거 출동하여 소란하기 그지없었다. 게다가 주례는 황석영이 서고 김남주가 사회를 맡았으니 주례자도 첫 경험, 사회자도 첫 경험이라 시종 실수가 연발되었다. 여기에 하객들조차 한통속이라 폭소와 조롱으로 난리가 아니었는데, 정작 재미있는 점은 신랑다루기를 할 때조차 전라도식이라 하여 주례와 사회자까지 잡아다가 발바닥을 사정없이 때렸다는 것이다. 김남주는 까닭 없이 매타작을 당했다. 그렇게, 집에서 담근 온갖 술과 풍성한 안주로 밤 깊은 줄 모르고 민폐를 즐기며 축제를 벌이는 절정의 자리에서 친구들이 결혼식의 일등공신을 일으켜 세웠다. 소견 발표를 안 하면 또 발바닥을 때리겠다는 것인데, 이때 김남주는 덕담도 한마디 없이 부러워하면서 짐짓 처량한 목소리로 "느그들은 진짜 좋겠다" 하여 박장대소를 터지게 하였다.

이런 안쓰러운 세월 속에 김남주의 행색은 거리의 성자처럼 날로 초라해졌다. 김남주가 장사 수완도 없으면서 지푸라기를 잡으려는 집착마저도 도무지 안 보이는 터라 선배들이 나서서 걱정하고 충고했으나 백약이 무효였다. 그와 함께 카프카서점은 가뭄을 맞은 풀잎처럼 나날이 시들어갔다. 흙을 파서 사는 것이 아닌 이상 최소한의 경영적 규율은 있어야 하건만, 주인은 자꾸 자리를 비우고 그 자리에 연일 이영진, 이황, 박몽구, 김현장 같은 후배들이 앉아서 놀고 있었다. 그러다 손님이 다녀가면 다들 한마디씩 거들었다.

"야, 책 팔았으니 우리 밥 먹으러 가자."

그것도 모자라서 나중에는 책을 먼저 사러 온 사람이 뒤에 온 사람에게 판매 대행까지 해야 하는 상황이 되었다. 그러한 결말에 대해 박석무는 단 한마디로 말한다.

> 경제적 계산속이라고는 전혀 없었던 남주였으니까 카프카서점
> 은 망하여 문이 닫히는 것이 너무도 당연하였다.
> ―박석무, 「김남주 시인의 데뷔 무렵」, 『김남주론』

그 같은 진단을 듣고 주변에서 회동하여 결국 김정길에게 긴급히 수습하라는 임무를 부여하였다. 김정길이 들어가서 이모저모 파악해 보니 더는 회복이 불가능한 상태였다. 게다가 김정길에게마저 자꾸 고문 후유증이 나타나서 급히 요양을 떠날 수밖에 없었다. 그리하여 화엄사에 들어가서 잠시 몸을 추스르고 돌아와 보니 서점이 망해 있었다. 김정길은 부랴부랴 뛰어다닌 끝에 선배들로부터 여중 교사 자리가 난 걸 알고 김남주의 등을 떠밀었다. 가톨릭 계통 학교였는데, 재단에서는 단정한 정장을 요구했지만 그에게는 그런 옷이 없었다. 친구들이 나서서 이기홍 변호사 사무장의 옷을 빌려서 헐렁하게 입히고 출근시켰는데, 그는 며칠 다니다 포기해 버렸다. 역시 김남주는 깎아지르는 듯한 모범교사의 삶이 싫었는가 보다고 여겨서 자초지종을 묻자 이렇게 답했다.

"아니여. 재단에서 면접한다고 불러서 묻더라. 솔직히 말하라길래, 나는 당신들 피 빨아먹으러 왔소, 했더니 아무 말 않고 그냥 가라

고 그러드만."

이러는 사람을 남더러 어쩌란 말인가.

돌아보면 누구에게나 운명적인 시간이 있다. 그것은 모두에게 있으면서도 누구나 이해받지 못한다. 아무에게도 이해받지 못하는 상처는 존재를 얼마나 위태롭게 하는가. 나는 이것이 결코 외롭게 살고 싶지 않은 모든 생명이 바라는 항구적 갈망의 민낯이라고 본다. 나는 김남주의 생애에서 가장 힘들었던 시기가 바로 이때가 아니었을까 생각한다. 가진 건 없고, 이미 팔아서 소비해 버린 책값 독촉은 수시로 밀려들고, 가게는 망해서 더는 발붙일 자리도 없고, 아닌 말로 꼼짝할 수 없이 거리에 나앉을 수밖에 없는 상황이었다. 이제 더는 오갈 데조차 없는 김남주를 김정길이 안내해서 봉심정이라는 '산채'로 데리고 갔다. 봉선동 구름다리 아래 끝자락에 자리한 이 산채는 '전씨 제각'을 김정길이 맡아 운영하기로 한 곳인데, 본디 조용해서 고시 준비를 하는 사람들이 하숙하던 곳을 김정길은 운동권 학습과 비밀 회합의 장소로 제공할 계획을 세우고 있었다. 그래서 망설임 없이 이곳에서 박세정 선배와 김남주가 묵도록 해주었다. 나는 이 무렵 김남주가 봉심정에 들어가서 쓴 시가 「솔직히 말해서 나는」이라고 본다.

솔직히 말해서 나는
아무것도 아닌지 몰라
단 한방에 떨어지고 마는
모기인지도 몰라 파리인지도 몰라
뱅글뱅글 돌다 스러지고 마는
그 목숨인지도 몰라

(……)
허구한 날 술병과 함께 쓰러지고 마는
그 주정인지도 몰라
누군가 말하듯
병신 같은 놈 그 투정인지도 몰라
—시 「솔직히 말해서 나는」 부분

절망에 빠진 인간의 모습처럼 내면의 깊이를 잘 보여주는 것은 없다. 누군가의 진면목을 알려면 그가 무엇에 절망하는가를 파악해야 한다. 절망은 인간성의 높이를 재는 눈금이다. 그 심각한 고문의 폭력에도 무너지지 않고 맞서서 싸우던 김남주가 자신에게 실망하며 고통스러워하던 흔적을 어느 날 김정길이 보게 되었다. 하지만 그것은 여기에서 이야기할 자리가 아니다. 그 자리는 김남주에게만 지옥일 뿐 그 친구들에게는 천국에 가까웠기 때문이다. 우선 그들에게는 이강을 결혼시킨다는 급하고 신나는 프로젝트 하나가 가동되고 있었다.

그러니까 김남주가 봉심정으로 거처를 옮기자 카프카서점을 드나들던 패거리들이 이곳으로 우르르 몰려들게 되었다. 그중에서 이학영이 들고 온 신통한 아이디어가 하나 있었다. 사연인즉, 민청학련은 구속될 때는 빨갱이 취급을 받았는데, 석방될 때는 영웅이 돼 있었다. 기독교의 박형규 목사, 가톨릭의 지학순 주교 등이 국제적으로 호소해서 관련자들의 인권 문제가 세계적으로 시끄러웠다. 미국에서도 지미 카터 대통령이 한국의 인권 문제로 강한 드라이브를 걸었다. 그 일로 얼마나 유명해졌던지 김정길도 석방돼서 보니까 위문편지가 몇 상자나 와 있었다. 그런 일환으로 신문을 보고 이학영에게 위문편지를 보냈던 사람 중에 이소라라는 여성이 있었다. 담양 출신인데 부산에서 여공으로 지내다 귀향한 사람이었다. 언니가 결혼하여 담양에서 농장을 했는데, 언니 일을 돕던 중 민청학련에 관한 기사를 읽고 이학영에게 펜팔을 청해 주고받은 편지가 매우 흥미로웠다. 주로 시련에 굴하지 않고 자기의 뜻을 펼쳐가는 사람을 응원하고 싶다는 내용인데, 편지를 보니 노동자 출신 여성이 삶의 태도가 매우 건강하다 하여 이학영이 선배들에게 자랑하게 되었다. 그러면서 넌지시 이런 제안을 했다.

"이소라 씨가 혹시 강이 형하고 결혼하면 어쩌겠소?"

이를 듣고 김남주와 김정길이 쌍수를 들고 환영했다. 당시 광주의 빈털터리들에게는 이념공동체를 생활공동체로 만들어가야 한다는 고민이 있었다. 그리하여 이학영이 이강 선배를 대동하여 담양으로 선을 보러 가게 되었다. 그쪽에서도 이소라 씨의 형부가 광주 청년들과 대화를 나눠보더니 매우 호감을 보였다. 젊은 날에 뒷골목에서 주먹 대장 노릇이나 했던 이소라 씨의 형부는 신념과 지성을 갖춘 신랑감을 대하게 되자 오히려 조급하게 굴었다.

"후딱 정해버립시다. 우리 처제 어쩌요?"

"사람이 아주 좋습니다."

"글먼 결혼을 빨리 올려부러야제."

"부모님 승낙을 받아야지라우."

"아따 스물여덟이나 되신 양반이 자기가 알아서 해야제 부모 승낙은 또 뭐여? 글먼 후딱 승낙 받아갖고 오쇼."

상황이 이쯤 되자 결혼 문제가 코앞에 닥치게 되었는데, 산채에서 이 소식을 기다리던 김남주는 김정길, 윤강옥과 함께 곧바로 이를 실행할 토론을 시작했다. 지금 당장 결혼을 감행할 것인지 말 것인지 검토한 끝에 신붓감이 아까우니 즉각 식을 올리는 게 좋겠다는 결론을 얻었다. 다만 이강의 앞길에는 험한 시련이 있을 수밖에 없다는 점을 신부가 이해하고 스스로 감당할 수 있는지 판단하는 게 순서일 것 같아서 그 심부름을 김정길이 맡게 되었다. 그래서 김정길은 다시 이소라 씨를 만나서 민주화 투사와 함께 산다는 게 얼마나 힘겨운지를 아주 구체적으로 주지시켰다. 그러고는 이렇게 물었다.

"우리는 목숨을 내놓고 싸울 판인데, 그래도 이소라 씨가 결혼하는 게 옳을까요?"

그러자 이소라 씨가 자신 있게 답했다.

"나는 뻔히 정해진 삶은 싫어요. 아무리 힘들어도 서로 가치가 맞아야 하고, 또 그 가치를 둘이 땀 흘려 가꾸어가는 게 좋아요."

다시 김정길이 물었다.

"강이 형은 생활력도 없고 돈 버는 일에는 관심도 없어요. 민주화투쟁을 한다는 건 맨발로 가시밭길을 걷는 일이라니까요. 그래도 될까요?"

"일은 내가 해도 돼요. 나는 지게질도 할 수 있어라우."

이렇게 답을 듣자 산채에서는 신이 났다. 이강의 결혼식을 어떻게 올려야 좋은지에 대한 토론이 벌어졌다. 민주투사의 모습이 이웃들에게 초라해 보이면 안 되니까 이 결혼식은 되도록 성대하게 올리자는 의견이 지배적이었다. 주례도 외부에서 모셔오기로 했는데, 당시 재야인사 중에서 김동길이 문화적으로 젊고 자유로웠다. 그래서 김동길을 모시기로 하되 여기에도 한 가지 걸리는 게 있었다. 그들이 아주 존경하는 어른 중에 홍남순이라는 분이 계신데, 그분이 혹여 젊은이들이 자신을 피하는 것으로 오해할까 걱정되었다. 그래서 다시 김정길을 보내서 홍남순 변호사에게도 미리 양해를 구하는 절차를 밟았다. 그 또한 흔쾌히 동의해 주자 김동길 선생을 찾아갔는데 그분도 역시 망설이는 기색을 보였다.

"광주에도 어른이 많지 않아요? 게다가 나도 결혼을 안 한 사람이에요."

그럴 줄 알고 광주의 어른들에게 미리 승낙을 받았다고 말하자 김동길도 주례로 나서는 걸 영광스럽게 받아들였다. 결국 이 결혼식은 박석무가 선례를 남겼던 국제예식장에서 선배의 방식을 그대로 따라서 매우 짜임새 있게 진행되었다.

그런데 이강까지 결혼하고 나자 김남주는 더욱 외롭고 처량해졌다. 친구들은 다들 가진 건 없을지라도 가슴은 뜨겁던 시절이라 그 기세가 하늘을 찌를 듯했다. 그래서 김남주가 어려울 거라는 생각조차 놓치고 있었는데, 이를 가만히 관찰하던 소설가 문순태가 손을 쓰기 시작했다. 김남주를 전남매일신문사에 기자로 입사시키려는 공작을 벌이게 된 것이다. 당시 전남매일신문사에는 문순태뿐 아니라 박형선의 형 박화강 등 훌륭한 인재들이 꽤 여럿 근무하고 있어서 주위에서 다들 반기며 김남주의 취업이 이루어지기를 바랐다. 사전 정지작업은 문순태가 훌륭하게 마쳤고, 이제 사장님 면접만 통과하면 되는데, 그들이 듣기에는 사장님 또한 몹시 기대하고 있었다. 드디어 면접 날짜가 잡혀서 김남주를 사장 앞에 앉혀놓게 되었다.

"인재라고 들었는디 어째 얼굴색이 얼마 안 좋네. 혹시 어디 아픈 데는 없소?"

서점이 망한 뒤 식사를 거르는 일이 다반사였으니 영양 상태가 좋을 리 없었다. 여기까지는 사장도 알고 있는 사실이었다. 그런데 김남주가 천연덕스러운 표정으로 이렇게 답했다.

"예, 나는 폐병쟁이여라우."

사장이 어처구니가 없어서 일단 알았다고 내보내고 나서 문순태를 불러 말했다.

"아무리 뛰어난 인재라도 저렇게 답하는 사람하고 같이 일할 수 있겠소?"

친구들은 다시 혀를 내둘렀다. 그래도 김남주는 낙천적인 편이라 초조한 기색을 전혀 비치지 않았다. 그래서 박세정 선생은 주로 산채에 박혀서 지냈는데 김남주는 자주 바깥으로 나돌았다. 이 무렵 김정길은 겸업으로 남광주에서 옷가게를 해서 형편이 제법 괜찮았다. 그래도 김남주가 계속 빈둥거리자 용돈을 주지 말라고 친구들을 단속하고는 그 자신도 끊었다. 김정길이 다른 사람들에게 술값도 내지 못하도록 막았기에 김남주는 담뱃값만 챙겨 수시로 우체국 앞을 서성거려야 했다. 김정길의 옷가게에서 점심을 먹고 '우다방'(광주 사람들은 우체국 앞이 가장 좋은 약속 장소라고 해서 이렇게 불렀다) 앞에 나가 있으면 아는 사람을 셀 수 없이 만날 수 있었다. 그는 이미 훌륭한 시인이었으므로 우체국 앞에 서 있으면 이 사람 저 사람에게 이끌려 밥 먹고 술 마시고 하다가 얼렁뚱땅 며칠씩 흐르는 경우가 허다했다. 당시 부산에서 불교계 민주화운동에 참여하던 승려 김효사는 한 사람의 문학도로서 감동적인 시 「잿더미」를 쓴 김남주를 보러 광주로 왔다. 만날 때는 의기양양해서 시내 술집에서 떠들고 노래도 불렀는데, 밤이 되자 갈 곳이 없었다. 마침 김남주 시인이 봉선동 산채로 가자고 해서 따라가 보니, 광주 운동권 선후배가 일이 있을 때마다 모이는 비밀회담 장소였다. 김효사는 그곳에서도 김남주와 헤어지기 싫어서 여러 날을 따라다녔는데, 그 덕에 며칠을 굶었는지 모른다. 친구들은 김남주에게 고향에 내려가 농민운동을 하라고 권하며 일부러 그를 돕지 않고 있었다. 김효사는 그래도 더 따라

다니고 싶었지만 어릴 때부터 어렵지 않게 자란 덕에 그렇게 기약 없이 굶는 걸 한 번도 경험해 보지 못했다. 마침내 배고파서 정신을 잃을 지경이 되자 김남주와 헤어져 부산으로 돌아갔다. 아마도 그 기간에 김남주는 고민하고 또 고민했을 것이다. 그러나 카프카서점 이전의 시대로 돌아갈 수는 없었다.

그렇게 백수 노릇을 하고 있을 때 이번에는 동생 김덕종이 군에 입대한다며 형에게 인사하러 왔다. 그 역시 묻고 물어서 형이 있는 산채에 당도해 보니 방은 잔뜩 어지럽혀 있고, 쌀통에는 당장 먹을 쌀 한 톨도 남아 있지 않았다. 동생이 심란해서 한참을 서 있다가 잘 다녀오겠다고 인사하자 김남주가 말했다.

"덕종아, 식량 살 돈이 있거든 좀 놓고 가라."

동생은 호주머니를 탈탈 털어서 형에게 쌀과 보리쌀을 사주고 용돈까지 건네고 왔다. 김남주가 그렇게 살았던 기간이 얼마인지 모른다.

김남주의 상황이 이렇게 된 것을 고향에 있는 아버지가 예감하지 못했을 턱이 없다. 아버지는 오직 실낱같은 희망을 걸고 작은아들이 마음을 바꿔서 펜대를 굴리며 살기를 기원하고 또 기원했다. 그러다 아무래도 못 미더워서 마침내 아들의 상태를 확인하러 광주까지 방문하게 되었다. 주변 사람들에게 묻고 물어서 아들을 찾은 아버지가 김남주를 앞세워서, 사는 곳이 어디인지 보겠다고 하자 산채로 안내하였다. 그리고 비탈진 산길을 오르는데 가도 가도 끝이 없었다. 이윽고 심한 갈증을 느낀 아버지가 목이 탄다며 풀썩 주저앉았다. 김남주가 얼른 약수를 떠다 드리자 아버지가 낙심한 표정으로 말했다.

"도대체 니가 사는 곳이 어디냐?"

난처했지만 달리 방법이 없었다.

"조금만 더 올라가면 돼라우."

"나는 이런 곳에 방 얻으라고 돈 주지 않았다. 힘들어서 못 걷겠다."

그러고는 싸늘하게 돌아서서 고향으로 내려가 버렸다.

봉선동 산채에 김남주의 아버지가 다녀간 이야기를 김정길이 모를 턱이 없었다. 김정길은 평소에 김남주의 문학적 저력과 '투사'의 풍모를 매우 높이 사서 이제 남주 형이 농민을 위한 시를 썼으면 좋겠다고 생각하여 해남으로 내려갈 것을 자꾸 건의하고는 했다. 그러다가 어느 날 우연히 서울에 있는 연세대 호남향우회에서 간행한 소식지를 봤는데, 김남주의 시가 떡하니 실려 있었다. 반가워서 들여다보다가 "어쩌면 나는 모기인지도 몰라 파리인지도 몰라" 하는 구절을 발견하고는 어찌나 화가 나던지 곧장 달려가 강력하게 항의했다.

"형, 이게 시요? 맨날 이렇게 사니까 시가 이러는 거 아니요."

김남주가 "허허" 하고 웃었다.

"어서 해남으로 가시오. 요런 거 말고 농민 시를 써야제."

그래놓고도 더는 안 되겠다 싶어서 김정길이 팔을 걷어붙이고 나섰다. 그가 봉심정에서 직접 술상을 차려서 독대해 보니, 김남주가 해남에 내려가지 못하는 사정은 두 가지가 있었다. 하나는 카프카서점을 차리기 위해 아버지가 융자받은 빚이었다. 전대금 30만 원은 결코 적은 돈이 아니었다. 또 하나는 김남주가 단 한 차례도 예비군 훈련을 받지 않아서 누적된 예비군법 위반이었다. 박정희의 유신체제는 예비군법 위반을 매우 엄하게 다루고 있었다. 그렇지만 생각하기에 따라서는 이 두 문제가 딱히 풀기 어려운 숙제만은 아니었다. 그래서 김정길이 제안했다.

"형, 내가 두 가지를 해결할 테니 해남에 갈 거요?"

김남주가 허허 웃으면서 말했다.

"니가 그럴 수 있겄냐?"

"어쨌든 해결하면 되지라우. 아버지가 양해하고, 예비군법 위반이 해결돼 버리면 되는 거 아니요?"

"그야 그렇제만."

"까짓거 도전해 보지 뭐. 내가 해볼게라우."

김정길은 곧장 정보과로 찾아가 담당 형사에게 면담 요청을 했다. 그리고 복잡하게 말할 필요 없이 단도직입적으로 제안했다.

"광주경찰서는 김남주가 광주에 있어야 좋소, 아니면 해남에 내려가서 농사를 지어야 좋소?"

"그야 고향에서 농사를 지으면서 글을 쓰는 게 좋지 않겄소? 그 사람은 시인인데."

"그럼 이렇게 합시다. 시인이 예비군 훈련 좀 안 받았다고 법으로 걸면 어떡한다요? 담당님이 예비군 문제만 풀어주쇼. 나머지는 내가 알아서 고향으로 보낼랑게."

이렇게 해서 합의가 이루어졌다. 김정길은 신이 나서 당장에 해남행 버스표를 샀다. 삼산면 봉학리까지 찾아가 아버지를 만났다.

"아버님, 저희가 죽을죄를 지었습니다. 남주 형이랑 서점을 잘해보려고 했는데, 결국에 다 망했습니다."

아버지는 아무 대꾸가 없었다. 김정길이 한없이 공손한 자세로 앉아서 다음과 같은 의견을 자분자분 전해 올렸다.

"아버님, 그런데 돈보다 중요한 문제가 있습니다. 김남주는 세계적인 시인입니다. 염무웅이라고 하는 유명한 평론가는 김남주의 시를 보고, 그간 한국문학이 낳은 최고 시인인 김지하의 뒤를 이을 유일한 사람이라 평했습니다. 그런디 그건 염무웅 선생님의 생각이고 저희는 다릅니다. 김남주는 김지하를 잇는 정도가 아니라 그를 훨씬 능가하는 시인이라고 봅니다. 제가 보기에는 우리나라에 이만한 시인이 나온 적이 없습니다."

도대체 대꾸라고는 않던 아버지에게 김정길은 알아든든 말든 미주알고주알 늘어놓다가 어느 순간에 아버지가 놀라운 반응을 보여서 깜짝 놀랐다.

"긍게 남주 시가 도대체 어떤 점이 뛰어나다는 거냐?"

김정길은 급히 둘러댈 말을 찾았다.

"남주 형의 시는 글 쓰는 사람들이 자기들끼리만 좋아하는 시가 아닙니다. 김지하의 글은 잘 배운 사람만 알아듣는데, 김남주의 글은 못 배운 사람도 알아듣고, 시를 안 좋아하는 사람도 시를 읽다가 깜짝 놀라서 벌벌 떱니다. 그래서 남주 형은 장사나 하고 있을 게 아니라 시골에서 열심히 글을 써야 합니다."

이렇게 중언부언하는 걸 아버지가 새겨듣더니 가만히 입을 열었다.

"무슨 말인지 알겠다. 내가 빚을 갚을란다. 남주를 보내라."

이렇게 극적으로 문제가 해결되어서 김남주가 해남으로 내려가자 아버지는 장가들 때 받아 온 문전옥답 다섯 마지기를 이 아들에게 주었다.

김남주는 다시 농민의 삶을 살게 되었다. 대지는 언제라도 그를 품어주었다. 그의 시에서 초기의 농민시들이 쏟아져 나온 때가 이때였다.

3

해남은 바다가 가까운지라 봄이면 연일 안개가 끼곤 했다. 그 짙은 안개 속에서 김남주는 몇 날을 쉬었는지 모른다. 그러다 어느 날 아버지가 쇠똥 거름을 손수레에 가득 실어다 마당 한쪽에 부려놓았다. 김남주는 바지게로 거름을 내다 논밭에 뿌리기도 하고, 들판에 내려앉는 봄빛을 바라보는 호사를 누리기도 했다. 앞들과 뒷산을 정원으로 하고, 비단 안개에 싸여 위안을 받거나 또 어떤 날은 투명한 햇살을 헤치는 바람결에 파묻혀 생기를 회복했다. 이제 농사꾼이라 까치들이 들끓는 산 밑에 밭작물을 심는 것도 여간 신경 쓰지 않으면 안 되었다. 앞마당은 언제나 까치들 차지였다. 닭장에도, 개 밥그릇에도 까치들이 들락거리며 훔쳐 먹기 일쑤였다. 녀석들은 사람도 두려워 않고 밭에 심어놓은 것들을 마구 파헤쳐 먹는다. 싹들이 우쭐우쭐 자라면 까치와의 머리싸움은 끝이 나고 잡초와의 전쟁이 시작된다. 조선의 창호지에 먹물을 듬뿍 머금은 것 같은 하늘, 그 시커먼 하늘과 땅 사이로 역시 비를 잔뜩 머금은 바람이 낮고 무겁게 불고는 했다. 폭풍우는 모든 걸 쓰러뜨리고 비에 잠기게 한다. 비가 밤새도록 쏟아지고 난 다음 날 눈을 뜨면 마을 앞 논들은 온통 물바다였다. 이 모든 것이 그간의 독서를 통해 머나먼 남아메리카의 혁명 전선을 떠돌던 김남주의 영혼을 고향으로 불러들였다. 그의 신체에 깃든 신의 음성도 다시 소리 내기 시작했다. 고향 마을에서 그의 시가 새로 시작된 것이다.

어떤 비는 난데없이 왔다가
겨울 속의 꿈을 앗아가지만

봄비는 나물 캐는 소녀의 까칠한
손등을 보드랍게 적시지 않는다

어떤 비는 폭군처럼 왔다가
들판을 마구 휩쓸어가지만
여름비는 두레질하는 농부의 금 간
논바닥을 다물게 하지 않는다

어떤 비는 살며시 왔다가
채전을 촉촉이 적시어주지만
가을비는 김장하는 아낙네의 벌어진
손바닥을 아물게 하지 않는다

어떤 비는 당돌하게 왔다가
젊은 날의 언덕을 망가뜨려 놓지만
비의 계절에 미쳐버린 나의
영혼을 어루만져주지 않는다
　　　―시 「비」 전문

　나는 이 무렵의 시에서 홀연히 김수영의 늪을 헤치고 나온 김남
주의 과도기를 느낀다. 그가 좋아하는 시인은 처음부터 김수영이었
다. 그래서 소위 '전통적 감수성'이라 하는 감상과 허영에 잠식되는
경향을 지독히 싫어했다. 그런데 김수영은 치열한 근대적 자아를
가졌으나 공업화의 신봉자였고, 김남주는 어떤 경우에도 대지를 버
리지 않고 껴안는 농본주의자였다. 그리하여 김남주의 시는 대지의

품으로 돌아오자 금방 주관적 진술의 미학에서 벗어나 민중의 생활 화폭 속으로 재빠르게 걸어 들어가기 시작한다. 나는 이 시 「비」가 그 입구에 찍힌 발자국이라고 본다.

김남주는 이제 새사람이 되었다. 그 무렵 해남은 새마을운동이 막 시작되던 참이었다. 박정희의 '조국 근대화' 노선은 근본적으로 '농촌 죽이기 정책'을 수단으로 삼아서 산업 노동력을 늘리는 것이었다. 당연히 시골마다 빈집이 늘어나고 온 나라의 농촌이 와해 직전에 놓여 있었다. 그런데도 박정희는 농촌까지 근대화를 꾀한다면서 경작지를 적게 가진 자작농과 소작농을 도태시키고 중농 이상의 농민을 선동하여 식량 증산과 특용작물로 농촌 경제를 살린다는 기획을 실행에 옮겼다. 그래서 빈농은 어쩔 수 없이 고향을 버리고 공장지대로 떠날 수밖에 없었는데, 그 때문에 빈 들판에는 농경지 정리 사업이 진행되고, 빈농들은 도시 변두리의 빈민이 되거나 저임금 노동자가 되었다. 얼마 안 되어서 마을마다 동네 스피커가 설치되어 이장이 〈새마을 노래〉, 〈나의 조국〉 같은 건전가요를 틀어주었다. 이런 방송은 아침부터 시작되어 시도 때도 없이 마을 청소 방법, 쥐잡기 요령, 예비군 민방위대 소집 통고, 정부 시책 홍보, 도·군·면 사업 실적 보고, 세금 납부 일자 통고, 농산물 수매 일자 통고, 송아지 출산 장려금 지급 요령 같은 사항들을 공지하고 나머지 시간을 몽땅 국가 선전가요로 채운다. 그에 따라 잔치 때마다 할아버지와 할머니들이 부르던 창이나 타령 같은 가락들이 없어지고, 대신에 "새벽종이 울렸네"나 "어제의 용사들이 다시 뭉쳤다" 같은 가요가 마을 분위기를 휘어잡았다. 농촌에서 들을 수 있는 노래가 이뿐인 까닭에 온 주민이 합창할 수 있는 노래도 관제 가요밖에 없었다.

김남주가 그런 꼴을 보자니 눈꼬리가 사나워서 견딜 수가 없었다. 그런데 더욱 끔찍한 것은 1970년대 내내 하루에도 몇 번씩이나 반복해서 들어야 했던 〈새마을 노래〉와 〈나의 조국〉의 작사 작곡자가 박정희였다는 사실이다. 기가 막힐 노릇이다. 이 사악한 놈들! 이렇게 '조국 근대화'의 반대편으로 거슬러 올라가면서 김남주는 다른 길을 꿈꾸고 있었다.

'이제야말로 해남도 농민운동이 절실히 필요하구나.'

그는 앞으로 농사일을 하면서 되도록 농민운동과 농민문학에 전념하고자 마음을 잡았다. 그런데 공교롭게도 이를 알고 기다리는 듯이 놀라운 인물이 해남에 와서 머물고 있었다. 소설가 황석영이 『장길산』을 쓰려고 자료를 트럭에 싣고 우슬재를 넘어온 것이다. 황석영은 해남군청 뒤 향교 옆의 400년 묵은 느티나무가 있는 민가를 얻었는데, 여기에 김남주가 찾아가 만나는 장면을 이렇게 묘사한 글이 있다.

> 이사한 지 보름쯤 지나서 대문도 없는 우리 집 마당으로 누군가 들어섰다. 농사꾼처럼 얼굴이 시커멓게 그을었지만 어울리지 않게 뿔테안경을 쓴 남자였다. 그는 마루로 나선 나에게 목례를 하면서 말했다. "김남주라고 합니다."
> ─황석영, 『수인』(문학동네, 2017)

황석영은 진작부터 김남주라는 이름을 알고 있었다. 창비에 발표된 시를 너무나 인상 깊게 읽어서 뇌리에 깊이 각인되었던 까닭이다. 그의 시들은 매우 현대적이어서 도대체가 농촌 출신의 글이라고는 상상할 수 없었는데 그 깊은 시골 동네에서 만나는 게 너무나 뜻밖이었다. 그런데 내성적인 김남주와 외향적인 황석영은 의외로 조합이 잘 맞았다. 둘 다 지식인들에게 흔한 현학 취미를 극도로 싫어하는 공통점이 있었다. 황석영은 자칭 '황구라'라는 별명을 앞세우고 자신의 본색을 '양아치'라고 말해서 주위를 즐겁게 하곤 했다. 저잣거리에서 양아치라는 말은 대개 하급 깡패를 일컫는 것으로 인식되는데, 황석영은 이 말이 체제에 포섭되지 않은 비정형적 인간이라는 뜻으로, 원래 그 의미가 동령아치에서 나왔다고 말한다. 움직일 동에 방울 령. 뒤에 붙는 아치는 '장사아치'처럼 사람을 낮잡아 이르는 말인데, 봉건시대에 구걸하러 다니는 사람들은 '광대짓'을 하거나 '중 행세'를 하면서 밥그릇 따위를 두드리고 다닌다고 해서 동령아치가 되었다. 그렇다면 남의 마을을 떠돌아다니며 살기 때문에, 어디에도 속하지 않는 다소 뻐딱한 사람, 즉 서양식으로 말하면 보헤미안이라는 뜻이 된다. 김남주는 그 유명한 작가가 스스로 근엄해지거나 엄숙주의에 빠지지 않고 자신을 이렇게 낮추는 점을 너무나 좋아했다. 그래서 두 사람은 만나자마자 '민중과 더불어' 저항적 내공을 쌓지 않으면 독재를 무너뜨릴 수 없다는 인식을 공유하고 해남에서 농민을 위해 뭔가 노력해 보자는 의기투합을 이루었다. 그로부터 곧 농민운동 바람이 불기 시작했는데, 그래도 둘은 지식인이라 주목하는 모델이 머나먼 곳에서 펼쳐지는 제3세계의 혁명 사례들뿐이었다. 중국 마오쩌둥의 대장정이며, 알제리 혁명에서의 프란츠 파농, 베트남 해방전쟁에서의 호찌민, 쿠바의 카스트로와 체 게바라 같은 지구촌을 대표하는 혁명가들을 1970년대 전라도 변방에서 마치 자신의 동지들처럼 논평하고 추억하는 게 두 사람이 우정을 나누는 방식이었다. 한번은 바람이 몹시 불어서 황석영의 시골집 뒤뜰의 "400년 묵은 느티나무가 파도 같은 소리를 내

며 떨던 밤"인데 두 사람이 집안 이야기를 나누다가 민중의 역사에
도취해 이국의 혁명가요를 부르기 시작했다.

노래 부르세 즐거운 노래
이른 아침 안개를 뚫고
내일은 전선 멀리 떠나갈
이 밤을 노래 부르자

"야, 남주 너는 왜 꼭 반음을 틀리게 부르냐?"

황석영이 김남주를 지적했다. 김남주는 허허 웃고는 또다시 틀리
게 불렀다. 불치였다. 그것은 어쩌면 그들이 살아온 대지의 기울기
에서 오는 차이였는지 모른다. 김남주는 이미 "찾아갈 곳은 못 되더
라 내 고향"이라든가 "엘레나로 변한 순이" 같은 흘러간 유행가를
구성지게 부르기로 소문난 터였지만, 황석영이 듣기에는 그 어딘가
에 해남의 흙냄새와 갯내가 고여 있었다. 문학적 영혼도 떠돌이 이
야기꾼의 것과 토박이 이야기꾼의 것이 따로 있는 법이다. 그것은
'뜬패'와 '두레패'처럼 종자가 아예 다르다. 그래서 옥신각신 떠들
다 보면 담화가 한없이 심오한 세계 지성사의 감춰진 길을 헤매게
되었다.

그런데 황석영과 김남주가 이렇게 의기투합하고 있을 때 그들
앞에 또 한 사람의 걸물이 나타났다. 해남에서 누구에게나 '정집사'
라 불리는 정광훈이었다. 세상에! 김남주의 일대기에는 뛰어난 명
사들이 왜 이다지도 많이 등장하는가. 황석영의 『수인』에 의하면,
"그는 고등학교만 나온 뒤 군대에 가서 통신병 일을 하면서 전기기
술자가 되었다. 혼자 라디오, 텔레비전, 냉장고 등의 가전제품을 분

해하고 조립하기를 수없이 반복하면서 기본 회로를 익혔고, 해남읍의 유일한 전자기기 기술자가 되었다. 그는 읍내의 가장 큰 교회인 해남교회에 나가고 있었는데 워낙 부지런하고 성격이 싹싹하여 교회에서는 그에게 '여러 가지 문제 연구소장'에 해당하는 집사 직함을 주어 선교에 적절히 활용하고 있었다." 훗날 정광훈은 '전라도식 재담의 달인'으로서 명성을 떨쳤다. 제아무리 세상을 공포에 빠트리는 난공불락의 독재자도 그의 입방아에 오르면 통쾌한 해학의 소재가 되는 걸 피할 수 없었다. 그의 말솜씨는 늘 농민들에게 한없이 재미있고 자신감을 북돋우는 조선식 구비문학으로 전환되고는 했다. 오죽했으면 일상의 재담이 그 자체로 공연물이 되어 무대에 오른 적도 있었다. 이렇게 놀라운 기술에, 또 놀라운 재담에, 그러고도 뭐가 모자라서 인성도 훌륭하고 친화력 또한 으뜸이었다. 까닭에 농민들은 멀리 정광훈의 모습이 보이기만 하면 서로 데려가려고 다투기 일쑤였다. 황석영은 본능적인 감촉으로 이를 알아보았다. 작가 황석영의 탁월한 능력 중 하나가 상황의 본말을 꿰뚫는 통찰력일 것이다. 그가 살아온 궤적이 그것을 증명한다. 그는 4·19 때는 서울의 학원가에, 전태일 열사가 분신할 때는 구로공단에, 베트남전 때는 파병 용사들의 최전선인 다낭에서 해병대로 근무하고 있었다. 훗날에도 5·18 때는 광주 운암동, 사회주의 해체기에는 평양에, 천안문 사태 때는 북경에, 베를린장벽이 무너질 때는 브란덴부르크 문 앞에 기거하면서 실제 현장들을 모두 지켜보았다. 이 귀신같은 직관의 작가가 보기에 정광훈은 전천후적으로 타고난 민중 조직가였다. 더구나 정광훈은 지식인의 말투를 일절 쓰지 않고, 책을 읽으면 그 나름대로 쉽게 풀어서 매우 재미있는 일상의 담화로 전환해 놓을 줄 아는 데다 언제나 탐구하는 버릇까지 있었다.

여기에 또 한 사람 윤기현까지 섞이게 된다. 천부적 동화작가 윤기현을 문단으로 불러낸 것도 황석영이었다. 전말은 이랬다. 당시 농촌에는 작은 개척교회들이 들어서고 있었는데, 그중 대다수는 기독교장로회였다. 당시 민중신학을 섬기는 한신대 목회자들은 예수님의 정신으로 돌아가는 길은, 민중의 곁으로 가서 그들과 함께 살고 생각하며 가난한 사람들을 위해 실천하는 거라고 믿었다. 그래서 빈민을 찾아 판자촌에 들어가고, 노동자를 위해서 산업선교회를 만들며, 농민선교를 하느라 시골 교회를 개척하는 운동이 막 싹트던 무렵이었다. 정광훈에게서 옥천교회의 담임 전도사가 민중에 관한 말귀가 매우 밝다는 귀띔을 들은 황석영은 우슬재를 넘어가 교회를 방문했다. 그리하여 교회당 살림집에서 전도사를 만났는데, 마침 점심때여서 함께 쌈밥을 먹게 되었다. 그때 교회에서 봉사하던 청년하나가 어린이들을 모아놓고 이야기를 들려주는 걸 무심결에 듣다가 어찌나 신통하던지 그냥 나올 수 없었다. 작은 벌레가 똥 속에서 태어나 다른 벌레들에게 온갖 구박을 받으며 자라다가 나중에 껍질을 벗고 날 수 있게 되자 몸에서 작은 불빛이 흘러나와 어두운 밤하늘을 밝게 빛내게 되었다는 이야기였다. 황석영이 그런 이야기를 어디서 읽었느냐고 물었더니 청년이 쑥스러워하면서, 집에는 책도 없고 동네에서 재미난 이야기를 얻어들을 데도 없다, 그래서 자기가 아이들에게 뭔가 들려줄 이야기가 없을까 하고 궁리한 끝에 밭 갈고 들판을 거닐면서도 이리저리 엮어보았다는 거였다. 황석영은 그 말이 하도 놀랍고 신기한지라 단도직입적으로 권해보았다.

"동화를 한번 써보지 그래요?"

윤기현이 어리둥절해하며 되물었다.

"동화가 뭐시라우?"

기가 막혔다. 황석영은 어디서부터 설명해야 좋을지 몰라서 그냥 아이들이 읽는 이야기를 글로 쓴 것이라고 일러주었다. 그러자 윤기현이 되받는다.

"그것이 가능할랑가 모르겠어라우?"

"아까 이야기했던 것을 그대로 쓰기만 하면 돼요."

이렇게 해서 탄생한 것이 명품 동화 『서울로 간 허수아비』이다.

황석영, 김남주, 정광훈의 자리에 윤기현이 합류하여 가장 신이 난 것은 김남주였는지 모른다. 그 시절에 김남주는 윤기현이 거처하는 골방을 너무나 좋아했다. 윤기현의 집은 산 아래 자리 잡은 토담집 두 칸짜리 오두막인데, 집 뒤로는 산에서 내려오는 도랑이 있고, 그 도랑을 끼고 우거진 대숲에는 울창한 소나무 숲이 연이어 있었다. 윤기현의 골방은 또 뒷문이 도랑으로 이어져 자유롭게 드나들기 좋고, 유사시에 산으로 튀어서 고개 너머 강진 땅으로 피신하기에도 제격이었다. 행정구역이 바뀌면 관공소의 장악력도 허술해지는 법이다. 게다가 윤기현의 집에서 내려다보면 동네가 한눈에 보이는데 다른 집에서는 이 집을 올려다볼 수밖에 없다는 점도 마음에 들었다. 가족들 분위기도 한없이 편했는데, 윤기현의 아버지는 일제 강점기에 일본으로 징용까지 갔던 터라 바깥세상을 보는 눈도 밝고 의협심과 배짱도 있었다. 그래서 아들이 당국의 비위에 거슬리는 활동을 해도 모르는 체하고, 김남주처럼 수상한 손님이 와도 신상을 캐묻거나 불필요한 관심을 두지 않았다. 어머니 또한 교회의 일이라면 무조건 지지해서 아들이 하는 일을 전혀 간섭하지 않았다. 그뿐 아니라 윤기현은 학생운동 출신의 목사님과 반독재투쟁에 관심이 큰 교회에서 청년회장을 맡고 있어서 교회 등사기를 이용해 유인물을 만들기도 안성맞춤이었다. 이 신나는 집을 김남주는 주로 해남이 아니라 강진 쪽에서 연결되는 산길을 타고 찾아가 한 달씩 숨어 지내곤 했는데, 바깥소식이 궁금해지면 파출소 앞에 있는 옥천교회의 성창효 목사에게 소식을 묻고는 했다. 그는 김남주의 옆 동네 출신에다 초등학교, 중학교 동창이기도 하고, 한신대 시절에 학생운동을 해서 은밀한 동지적 관계를 유지할 수도 있었다. 비록 옥천교회는 파출소 앞이라 조심해야 했지만, 그 역시 윤기현네 교회 목사님과 학생운동을 같이했던 사이라 김남주에게 필요한 정보 제공이며 허드레 심부름을 잘해주었다. 대흥사 아랫마을에서 절 구경만 하고 자란 김남주가 기독교 쪽에 피신하리라고는 아무도 생각하지 못했다.

하지만 더욱 중요한 것은 김남주가 농민 윤기현을 끔찍이도 아낀다는 점이었다. 그는 윤기현처럼 온화하고 성실하고 창의적인 농사꾼이 농민운동가가 된다면 얼마나 좋으랴 싶어서 틈만 나면 남미 혁명가들의 일화를 들려주기에 바빴다. 미국의 약탈성과 남미에서 펼쳐진 혁명의 역사와 해방신학에 대해 들려주면서 김남주가 윤기현의 귀에 못이 박히도록 강조한 이야기는 계급성에 대한 것이었다. 어떤 날은 밤새워서 지식인들의 문제점을 지적했는데, 그때는 자기 자신까지도 혹독한 비판의 대상으로 삼았다. 하루는 둘이서 새벽까지 이야기를 나눈 다음 날 아침에 윤기현이 일찍 일어나 일하러 갔다가 들어오자 혼자서 실컷 늦잠을 자고 일어난 김남주가 어처구니없다는 듯이 말했다.

"봐라. 나도 먹물이여. 긍게 머리로는 되는데 몸으로는 좆도 안 돼. 요게 지식인의 한계여."

그러니 지식인을 믿어선 안 된다, 지식인들은 전부 기회주의자들이고, 역사적 수난기에 나라를 망친 사람들이다, 너처럼 못 배우고 가난한 민중이 들고 일어서야 나라가 바로 서는 법이다. 윤기현은 이런 이야기를 들으며 세계에 대해서 눈떠가고 있었다.

여기에 김동섭이라는 사람까지 더해지자 해남에 제대로 된 농민들의 사랑방이 구축되었다. 김동섭은 평소에 하는 일 없이 빈둥거리는 백수였는데, 심심하면 정광훈과 함께 황석영의 집에 와서 놀다 가곤 했다. 객지에서 들어온 황석영이야 어려울 때 손발이 되어주고 지역사회에서 필요한 일들을 거들어줘서 고맙긴 하지만, 한편으로는 젊은 사람이 하는 일 없이 지내는 게 답답해서 한번은 잔소리를 늘어놓았다.

"너는 그저 한량처럼 술이나 마시고 돌이나 주우러 다니면서 평생을 허비할 거냐? 뭔가 생업을 가져봐야 하는 거 아니냐?"

그러자 그가 점포를 차리겠다고 했다. 읍내 큰길가에 자기네 소유의 점포 자리가 몇 있는데 그중 모퉁이 가게의 임대 기한이 끝났다는 거였다. 그래서 전자제품 대리점을 내고 정광훈을 기술 담당으로 영입하여 꾸려보겠다고 하더니, 대번에 광주의 지점과 연결되어 물건이 들어왔다. 정부는 농촌에 텔레비전을 보급하는 데 적극적이었으며 매체를 통하여 유신체제 선전과 정치적 통합을 해낼 수 있다고 보았다. 도시에는 1970년대 초반부터 흑백텔레비전이 쏟아져 나왔고 냉장고가 보급되었으며 에어컨, 선풍기, 전기난로, 온열기, 다리미 등 가전제품의 종류도 다양해졌다. 이 같은 전자제품 바람이 농촌에도 밀려들자 이 점포가 너무나 유용해졌다. 김남주와 정광훈, 윤기현 등은 읍내를 벗어나서 면 단위 동네를 찾아다니며 농민과 사귀었다. 그렇게 해서 친해진 농민들이 오일장에 나오면 만날 장소가 마땅치 않았는데, 김동섭의 전자대리점이 생기자 안성맞춤이 되었다. 이러한 만남이 거듭되면서 태어난 것이 '사랑방 농민학교'였다.

황석영의 『수인』에는 '사랑방 농민학교' 풍경이 상세하게 그려져 있다. 예컨대, 황석영의 집은 부엌과 안방이 붙어 있고 가운데 마루가 있으며 건넌방은 서재였다. 책장과 책상을 방에 들이고 나자 커 보이던 방이 사람 두엇 누우면 가득할 정도로 좁아져서 서재를 이웃집으로 옮기고 건넌방을 농민학교를 위한 사랑방으로 내놓았다. 그때부터 장날마다 정광훈과 김남주가 교대로 전자대리점에 앉아 있다가 농민들이 모이면 그곳으로 데리고 와서는 주로 김남주가 세상 이야기를 풀어놓았다. 처음에는 박현채의 『민족경제론』, 리영희의 『전환시대의 논리』 같은 책을 해설해 주다가 점점 분위기가 익으면 이제 정광훈이 나서서 '농민이 왜 못 사는가?' 같은 주제로 토론을 펼쳤다. 그럼 농민들은 군청과 면사무소에서 관리에게 당한 일이라든가, 읍이나 면의 유지가 어떻게 괴롭히는지, 또한 농협은 농민 조합원이 아니라 임원들의 소유물이라는 것, 농협이 일방적으로 농수산물의 수매단가를 정하고 대출이나 상환 문제에서도 횡포가 심하다는 것을 각자가 경험한 대로 떠들었다. 그러한 모임을 한 달에 두세 번씩 갖고 있을 때 광주에서 이강이 찾아왔다. 그는 광주에서 가톨릭농민회의 업무를 담당하고 있었는데, 해남을 찾은 것은 가톨릭 운동을 하던 중에 사랑방 농민회 소식을 듣고 본격적인 교육 프로그램을 논의하기 위해서였다.

그들은 그해 가을에 해남 농민들의 모임을 공식화하기 위해 '농민잔치'를 열었다. 황석영, 김남주, 정광훈, 윤기현, 홍영표 등이 합세하여 서림 당산마당에서 농민추수감사제 굿을 연 것이다. 여기에 서울대, 이화여대 탈춤반 출신으로 구성된 '한두레'와 광주의 운동권이 참여했다. 이 학생운동가들이 그해 겨울 광주 YMCA가 주최

한 탈춤 강습회에서 교육을 받아 1978년 3월 전남대 민속문화연구
회가 출범하고 극단 '광대'로 발전한다. 어쨌든 이 행사에서 김남주
가 농민들을 위해「고구마 똥」이라는 시를 읽자 농민들이 떼굴떼굴
구를 만큼 좋아하며 웃었다. 시가 생산 대중의 생활 현장에서 광채
를 발휘하는 보기 드문 사례였다.

어떤 놈은 큼직한 것이
댈롱댈롱 마구간 황소 봉알 같고
어떤 놈은 넓죽한 것이
샛골댁 손주 놈 낯바닥 같고
언뜻 보아 빵긋 벌어진 폼이
골짜기의 탐스런 ○ 같고
이리 뒹굴 저리 뒹굴 뒤집어보아
낙락장송 솔밭에 매어놓은 말좆 같고
어떤 놈은 주렁주렁 매달린 꼬락서니가
골아실댁 새끼들의 대가리 같고
쑤세미 같고 부스럼 딱지 같고
아 겨울 내내 고구마로 때우며
똥이나마 미끈하게 쌓아올리는 재미로 사는지도 몰라
모락모락 피어오르는 김 냄새나 맡아가며
한겨울 뜨뜻하게 넘기는 재미로 사는지도 몰라라
　　—시「고구마 똥」부분

이 시를 듣고 신이 나서 깔깔거리던 처녀가 있었다. 농민학교 교
육 문화 프로그램에 빠짐없이 나오던, 달덩이처럼 복스럽고 눈매

가 서글서글하며 머리를 길게 땋아 늘인 시골 아가씨였다. 토론 시간에는 조용했으나 오락 시간에는 토속적인 춤을 잘 춰서 분위기를 살리는 데 그만이었다. 이를 김남주가 좋아했다. 그래서 시인 김남주가 어서 장가를 들어서 해남에 눌러앉기를 바라는 농민회장이 두 사람을 묶어주려고 애를 썼다. 하루는 아가씨가 집에 갈 때 김남주가 바래다주지 않을 수 없는 상황을 만들었다. 김남주는 얼굴이 빨개지면서 발뺌을 했지만 다들 등을 떠미니 어쩔 수 없이 따라나섰다. 반달이 예쁘게 떠 있어 분위기도 더없이 좋은 달밤이었다. 그런데 김남주가 바래다주고 와서도 아무 말이 없자 다들 궁금해서 안달이 났다. 다음에 또 기회가 있어서 김남주의 등을 떠미는데, 이번에는 아가씨가 한사코 회장님더러 직접 데려다 달라고 졸랐다. 까닭을 물으니 그녀가 귀가할 때 족히 30분은 걸어야 하는 고갯길을 김남주가 단 한 마디도 하지 않고 넘었다고 한다. 아가씨도 내심 고상한 시인이 말을 걸어주기를 바라고 있었는데, 집 앞에 닿을 때까지 도대체 입을 열지 않아서 하는 수 없이 자신이 말을 건네었단다.

"뭐라고 말 좀 해보시오."

그러자 김남주가 퉁명스레 했다는 답이 이랬다.

"참 못생겼소이."

대지의 자식들이 사는 방식이 그랬다. 이 투박한 김남주를 황석영은 이렇게 설명한다.

나는 그가 어느 해 추석날 밤에 술 한잔 먹고 내 집에 찾아왔던 일이 잊지지 않는다. 한 손에는 닷되들이 됫병에 담은 저희 집 동동주 한 병을, 그리고 다른 손에는 새마을 도로 가에 심어놓은 걸 꺾어 왔을 듯싶은 코스모스 한 다발을 쥐고 있었다.

"이것이 시키지도 않았는데 거기 피어 있습디다."

—황석영, 「동백처럼 피어나리」, 김남주 시집 『옛 마을을 지나
며』 발문(문학동네, 1999)

4

김남주의 일대기에서 가장 평화롭던 시절이 언제였을까? 나는
해남 서림마당에서 추수감사제를 올릴 무렵이라고 추정해 본다. 그
해에는 농사도 풍년이 들었다. 김남주가 지은 나락이 제대로 익어
서 황금 들판이 되었을 때, 서울에서 나병식이 내려와 광주에서 김
정길과 합류하고 《함성》 사건에서 민청학련 사건에 이르는 일당들
이 모여서 해남으로 갔다. 읍내에서 다시 황석영을 만나고, 또 이강
이 합세하여 김남주의 집에는 모처럼 귀한 손님이 가득 찼다. 김남
주가 흥이 올라 자신이 농사지은 이야기도 들려주고, 농촌과 농민
들에 얽힌 여담들도 한껏 늘어놓았다. 당연히 그사이에 쓴 시를 보
자고 조르는 이들이 많았는데, 「추곡」이라는 시를 내놓자 다들 돌려
읽고는 김남주가 그새 훌륭한 농민 시인에 이르렀다며 칭찬하고 축
하해 주었다.
　돌이켜보면, 이 왁자지껄한 자리에서 김남주가 적어도 세 가지 정
도는 찬사를 들어야 마땅했다. 우선 하나는 이강이 사랑방 농민회
에 찾아와 부탁한 글을 써준 점이었다. 당시 이강은 가톨릭 농민 활
동 프로그램에 '녹두위령제'를 넣고 싶다는 계획을 밝히면서 김남주
에게 《함성》을 만들기 전 동학군 진군로를 답사하면서 느낀 감동을
써달라고 당부했다. 그래서 쓰게 된 글이 시 「황토현에 부치는 노래」

와 '격문'인데, 이 두 글의 중요성은 한국 농민운동의 역사에 갑오년 동학농민혁명의 기억을 접목하는 계기를 마련했다는 데 있다. 흔히 「황토현에 부치는 노래」는 김남주가 쓰고, 격문 「녹두의 피와 넋을 되살리자」는 황석영이 썼다고 전해지는데, 내가 읽기에는 내용과 어휘들이 모두 《함성》의 글을 쓸 무렵의 김남주 냄새가 짙은 걸로 미루어 최소한 초고는 김남주의 것이 아닌가 생각된다. 그런데 이강이 준비한 행사는 1977년에 성사되지 못한다. 대신에 1978년 4월 함평 고구마사건 투쟁을 성공적으로 마치고 그해 가을에 농민운동가들이 광주 계림동에서 이틀에 걸쳐 행사를 열게 되었는데, 김남주의 시는 2부 행사에서 발표되었다. 이때는 김남주가 잠행을 떠난 뒤였으므로 이황이 두루마리에 써준 시를 어떤 농민이 대독했다고 한다.

한 시대의
불행한 아들로 태어나
고독과 공포에 결코 굴하지 않았던 사람
암울한 시대 한가운데
말뚝처럼 횃불처럼 우뚝 서서
한 시대의 아픔을
온몸으로 한 몸으로 껴안고
피투성이로 싸웠던 사람
(……)

보아다오 그들은
강자의 발밑에 무릎을 꿇고
자유를 위해 구걸 따위는 하지 않았다

보아다오 그들은
부호의 담벼락을 서성거리며
밥을 위해 땅을 위해
걸식 따위는 하지 않았다
보아다오 그들은
판관의 턱을 쳐다보며 정의를 위해
기도 따위는 하지 않았다
　　　—시 「황토현에 부치는 노래」 부분

　행사가 끝나고 이 시가 농민운동가들에 의해 전국 각지로 퍼지
면서 동학혁명이 농민운동의 유구한 전통이자 전범으로 자리 잡게
된다.
　다음으로 찬사를 들어야 할 점은 역시 사랑방 농민회가 얻은 실
천적 수확으로, 해남 서림마당에서 '추수감사제'라는 이름으로 올
린 농민잔치였다. 이 행사를 통해 황석영, 김남주 같은 지식인들의
문제의식이 정광훈, 윤기현 같은 농민들의 자주적 민중운동으로 이
월해 갔기 때문이다.
　세 번째로 찬사를 들어야 할 점은 농민잔치가 개최되는 현장에
대학생들의 탈춤반들을 위시한 민중문화 운동의 결합이 이루어진
다는 점이다. 이는 곧 김남주를 더 깊은 곳으로 끌고 들어가는 요인
이 된다. 어쨌든 모두 김남주가 해남에서 농사를 지으면서 얻은 성
과였다.

　하지만 그러는 동안에도 김남주는 고향의 삶이 편치만은 않았다.
아버지는 무능한 자식들 때문에 평생을 일해서 얻은 제 살점 같은

농토를 조금씩 내다 팔았다. 그중에는 김남주가 군대 가는 걸 빼내느라 갑자기 팔아넘긴 논밭도 있었다. 그런데 아버지는 그렇게 허무하게 팔린 논둑길을 걸을 때면 어느새 남의 차지가 되어버린 땅을 차마 똑바로 바라볼 수가 없어서 고개를 외로 틀고 다녔다. 김남주가 그런 눈치도 없을 리 없다. 한번은 아버지가 땅에 자란 것들은 모두 자식 같아서 곡식이고 푸성귀고 간에 살필 때마다 쓰다듬고 다독여준다는 것을 알게 되었다. '우리도 저렇게 사랑하겠거니!' 하고 생각하는 순간 김남주는 몸서리가 쳐지도록 부끄러움이 일었다. 게다가 김남주에게는 형도 있고 아우도 있으며 누이들도 있었으나 아버지를 가슴 아프게 하지 않은 식구가 한 명도 없었다. 형은 진작에 도시로 나가 전전긍긍하다가 삼륜차 운전사가 되었고, 아우는 도시에도 농촌에도 정을 붙이지 못하고 떠돌았으며, 김남주 자신은 감옥을 들락거리는 사람이 되었다. 까닭에 아버지가 내쉬는 한숨 소리를 듣는 것이 이만저만한 고통이 아니었다.

그러던 어느 날 황석영이 새로운 제안을 내놓게 되었다. 광주를 거점으로 민중문화를 체계적으로 전승하고 조직하는 문화 운동을 펼치자는 것인데, 황석영은 이미 서울에서 그런 경험을 하고 온 터였다.

> 나는 서울에서 해오던 현장 문화 운동의 시발점을 해남으로 정하고 있었고 이를 계기로 광주에 전라도 전체를 대상으로 하는 전문 문화 운동의 거점을 세울 생각을 했다.
> —황석영, 『수인』

황석영은 가는 곳마다 일거리를 만들기 좋아하는 사람이었다. 구상을 들어보니 꽤 설득력이 있었는데, 그런 문화 운동을 시작하기 위해서는 김남주와 최권행의 헌신이 필요했다. 이 둘은 오래 고민하지 않았다. 그리하여 제안이 곧 현실이 되기에 이르렀는데, 김남주의 사진첩에는 이를 증명하는 매우 인상 깊은 기념사진이 있다. 1977년 광주 민중문화연구소 개소식이 끝나고 찍은 건데, 앞줄에 김남주와 최권행 등 세 사람이 앉고, 뒷줄에 박석무, 송기숙, 문병란, 황석영, 백기완, 고은 등 당대 저명인사 여덟 명이 서 있다. 장소는 무등산이고 뒤편 멀리 산장호텔이라는 글씨가 보인다. 이렇게 해서 문을 연 단체는 김남주와 최권행이 운영을 맡게 되었는데, 김남주의 직함은 소장이었다. 그리하여 매우 중요한 또 한 시절이 시작된다. 우선 이들은 서울에서 불러온 문화패들을 광주의 한 여관에 잡아놓고 한 달씩 교대로 숙식을 하면서 전남대와 조선대의 지망자에게 풍물, 탈춤, 마당극 등을 가르치게 했다. 이때 연수받은 후배 중 대표적인 인사가 전남대학교 탈춤반의 첫 번째 회장 김선출이다.

> 77년 겨울방학을 이용해 서울에서 채희완, 임명구, 류인택 씨 등을 초빙해 광주 YMCA에서 강습을 받았다. (……) 그때 합숙소인 금남로여관에 남주 형님은 황석영 씨와 함께 자주 찾아와 우리를 격려하고 막걸리를 나누기도 했다.
> —김선출, 「한반도의 '체 게바라'」, 『내가 만난 김남주』

이 문제가 중요한 것은 한국의 미의식에 일대 혁신을 가져오는 민족미학 운동의 열풍을 김남주가 매우 이른 시기에 그것도 복판에서 경험한다는 사실 때문이다. 이는 좀 더 자세한 설명이 필요한 일인데, 애초에 이 운동을 시작한 것은 김지하였다.

그러니까 1969년에 조태일 시인이 시 전문지《시인》을 창간한 때는 남한 시단의 첨병이라 할 김수영과 신동엽이 요절한 직후였다. 여기에 김준태, 양성우와 함께 김지하가 등단하면서 문단에 일대 혁신이 일기 시작한다. 특히 첫 등장부터 세상의 이목을 끌었던 김지하는 그해 10월부터 이듬해 4월까지 여덟 차례에 걸쳐 광주의 김준태에게 문학 동인을 결성하자는 편지를 쓴다. 김준태 시인이 하필 이때 군에 입대하는 바람에 동인 결성이 무산되지만, 이 편지에서 "민예 속에서 한국 저항 미학의 혈통을 찾아야 한다"라고 주장한 김지하의 발상은 한국의 예술 양식을 그 토대부터 재구성하자는 하나의 거대 기획의 출발점이었다. 당시 비판적 지식인의 상징이었던 김수영의 시에는 사실 민중과 대지의 숨결이 없었다. 무엇이든 그곳의 '자연'과 연관되지 않은 것은 '전통'이 아니라는 말이 있다. 김수영은 후배 신동엽을 발견한 이후에 마치 새로운 길을 찾아가듯이 「거대한 뿌리」를 쓰지만, 그가 천착한 민중 언어들에는 낱말이 열거될 뿐 대지의 그림자가 대동하지 않는다. 말하자면 이성적으로는 땅을 디딜지라도 그의 몸에는 땅 냄새가 배지 않은 것이다. 이와 관련하여 김수영이 "나는 오랫동안 첨단을 노래했다" 하고 반성하는 시의 제목이 「서시」였던 건 주목할 만한 지점이다. 그만큼 김수영은 철저하게 문명의 아들이었다. 그 점을 김남주도 깊이 고민한 흔적이 보인다. 왜냐면 그도 일정 기간 '민족 미학의 결여 증상'을 겪으면서 출발하기 때문이다.

　　대지로부터 곡식을 거둬들이는 농부여
　　바다로부터 고기를 길러내는 어부여
　　화덕에서 빵을 구워내는 직공이여

광맥을 찾아 불을 캐내는 광부여

돌을 세워 마을에 수호신을 깎아내는 석공이여

무한한 가능성의 영원한 존재의 힘 민중이여

(……)

이제 빼앗는 자가 빼앗김을 당해야 한다

—시 「민중」 부분

　여기서 셋째 줄 '화덕에서 빵을 구워내는 직공'은 1970년대 한국
의 노동자를 환유할 수 있는 표현이 아닐 것이다. 근대적 지식인들
이 상투적으로 예시하는 '빵'이 주식을 상징할 수 없는 까닭에 이를
'밥'으로 환치한 사람이 김지하였다. 나는 김지하가 김준태를 생각
한 까닭이 여기에 있었다고 본다. 김준태는 전라도 개땅쇠들의 생
체험이 살아 있는 언어를 가진 시인이었다. 김지하는 이때 아마도
서정주의 '신라'나 김춘수의 '처용' 같은 전근대적 감수성을 배척하
면서 동시에 주류 미학의 관념적 귀족성에 반발한 신동엽이나 이성
부의 '백제정신' 같은 관념적 저항성에도 예각을 세울 필요를 느꼈
을 것이다. 그래서 김준태에게 다음과 같이 역설한다.

　남도 민예의 주된 특징은 대립성, 적대성, 심한 진동(이 진동의 크
　기는 그 진동의 양극간의 갈등이 매우 극적임을 보여줍니다)에 있으며, 따라
　서 그것은 공격적으로, 역동적이며 노동적인 템포로 발전할 가
　능성을 풍부히 가지고 있기 때문입니다. 한마디로 반항적인 요
　소를.
　—김지하, 1970년 3월 11일 자 편지

김지하는 이런 민예에 대한 통찰을 바탕으로 우리 시가 근대 장르로서 갖는 역사적 한계를 뛰어넘어야 한다고 주장한 셈인데, 여기에 김준태도 경계해야 할 점이 있다고 답했던 것 같다. 물론 김지하의 고민은 그런 수준을 이미 넘어서 있었다.

준태 씨의 우려, 즉 민요의 가치를 잘못 사용하면 복고주의에 빠진다는 경고, 늘 신경 쓰고 있습니다. 그렇죠. 언제나 올바로 가려는 자의 좌우엔 벼랑이 있는 법입니다.

그래서 전라도의 민중적 역동성이 살아 있는 시를 쓰는 김준태 외에도 곰브리치의 『서양미술사』를 번역한 최민, 우리 문단에 남미 문학을 소개한 민용태에게 동인 제안을 해둔 상태였는데, 이 주장이 도달하는 자리는 매우 설득력이 컸다.

김수영과 판소리. 비판적 리얼리즘 시와 민족적인 평민예술의 흐름을 결합시킨다는 것은 우리 시대의, 우리 세대의, 또 우리들의 중심과제입니다.
—김지하, 1970년 4월 1일 자 편지

김남주가 이강에게 "신문학 백년사에 별처럼 솟아오른 성과"라고 극찬했던 「오적」은 이런 문제의식을 바탕으로 탄생한 작품이었다. 김지하는 김준태에게 "나는 앞으로 짧은 서정시보다 발라드에 몰두할까 합니다. 풍자적인, 100행에서 200행 사이의 사회 및 문명 비평적인 장시로"라고 포부를 밝힌 뒤 바로 그달에 《사상계》(1970년 5월호)에 담시 「오적」을 발표하여 세상을 놀라게 했던 것이다. 파문이 얼마나 컸는지 모른다. 시 한 편의 힘이 어떤 무기가 발휘하는 물리력보다 훨씬 심각한 파장을 일으켰다. 이로써 김지하는 한국문학사의 최대 난제였던 사대주의적 등성이 하나를 사뿐히 넘어버린 셈이다. 그리고 이는 곧 새로운 민중 미학 세대를 등장시키면서 그의 대학 후배라 할 연극의 김민기, 탈춤 연행예술의 채희완, 판소리의 임진택, 미술의 오윤, 임옥상 등 현실과 발언 그룹의 화가들을 속속 배출하여 한국 사회에 민족·민중문화 운동의 부흥기를 만들어 낸다. 광주 민중문화연구소는 바로 그런 흐름의 선발대로 나선 셈인데, 당시 상황은 농민운동이나 학생운동의 현장에서 김지하, 조동일이 역설한 우리 미학의 실천적 영향력을 확보할 필요가 매우 시급하던 참이었다.

김남주가 여기에 관여한 사실은 그의 시를 해석할 때도 매우 중요해 보인다. 그는 한국 전통문화를 중시하는 시인들의 주술적이고 기복적인 태도를 철저하게 배척하는 '근대적 자의식'이 치열한 청년이었다. 말 그대로 김수영의 적자였던 터라 그는 우리 구비문학을 타고 떠내려 오는 해학이나 골계미조차도 샤머니즘과 토테미즘에 의존적이라 하여 질색하고 싫어했다. 반면에 그의 글에 남아 있는 번역 투 문장이며 서구식 사유의 흔적에는 전혀 거부감을 보이지 않고 있었다. 그런데 어느 순간 그의 시에서 제3세계적 세계관과 전라도 문법에 담긴 민족형식의 결합이 탁월한 성과로 드러나기 시작하는데 그것이 해남 농민운동의 현장에서 낭송된 「고구마 똥」이후였다.

물론 김남주도 처음에는 그런 형식 미학에 대한 태도는 뒷전이고, 애오라지 현장에서의 선전 선동을 중요시했다. 그래서 조직화 사업을 우선하느라 뛰어난 활동가 김상윤의 도움을 받아야 했다. 그러한 결과 광주 문화패를 선도할 사람으로는 윤상원과 박효선이 꼽혔다. 당시 윤상원은 전남대를 마치고 은행에 취직했다가 그만두고 활동가로 복귀한 직후였고, 박효선은 전남대 복학생으로 학내 연극반 회장을 맡고 있었다. 황석영의 『수인』에는 이들이 후배들과 어울려 서울 문화패와 함께 탈을 만들고 농악을 배우고 민요와 탈춤을 보급했다고 나온다. 김남주의 민중문화연구소가 후배들에게 저항적 역사의식을 심어주고 민중문화를 보급하는 역할을 하게 되자 이제 광주에서는 전설 같은 활동가들의 작당 모의가 일상화되기에 이른다.

5

나는 그 시절 이야기를 들을 때마다 광주가 마치 『수호전』의 '양산박' 같다는 인상을 받고는 한다. 별로 크지 않은 지방 도시에 주동자급 활동가들이 수십 명에 이르렀으며, 그들 하나하나가 제각각 전설을 써가고 있었다. 그러니까 민청학련 관련자를 위시한 석방자들이 모여 '전남 민주회복 구속자 협의회'를 결성하고 《구협회보》라는 4면짜리 유인물을 여러 차례 발행하는 동안, 광주는 유신체제에 저항하는 중요한 기지가 되었다. 그 중심에는 윤한봉이라는 아주 특별한 지도자가 있었다. 머리를 언제나 '바리캉'으로 쳐서 시원하게 밀고, 허리가 구부정한 사람처럼 숙이고 다니는 사람, 윤한봉의 호가 '합수'라는 사실은 상징하는 바가 크다. 합수란 땅의 기운을 북돋는 데 사용하기 위해 똥에 짚을 섞어 만든 혼탕 오물덩이인데, 농민들은 이게 토지를 살리는 만병통치약이라 부른다. 아마도 그 말이 맞을 것이다. 농촌에서 합수로 인한 인분 냄새가 풍기는 자리는 농업의 생명력이 살아 있는 자리이다. 광주 사람들이 누구나 윤한봉을 존중하고 따르는 이유는 그가 말을 잘하면서도 시골 사람처럼 구수하여 뭐든지 상의해도 될 만한 '합수' 같은 느낌을 주었던 까닭이 아닐까 한다. 더구나 그는 전략적 판단이나 정세 파악에 정확하면서도 스스로 말하는 신념에 어긋나는 행동을 전혀 하지 않았다. 그래서 다들 윤한봉의 영토에서 사는 듯이 생각하며 활동하는 바람에 "당시 광주의 운동권은 조직이기 이전에 같은 식구였고 공동체"가 되었다. "서울의 운동권은 학생운동권, 노동운동권, 기독교운동권, 재야 운동권이 각각 분별 정립되어 있었으나 광주의 운동권은 분화하지 않고 뭉뚱그려 움직였다."(『합수 윤한봉 선생 추모문집』, 한마당, 2010)

그런데 그 무렵에는 윤한봉이 광주에서 새로운 청년조직을 설립하려고 동분서주하다가 다시 검거되어 대구 감옥에 갇혀 있었다. 만기가 다가올 무렵 공안 당국은 윤한봉에게 반성문을 써야 내보내 주겠다고 으름장을 놓았다. 이에 윤한봉이 절대로 그럴 수 없다며 버티자 모두가 그를 크게 걱정했다. 이때 윤한봉을 섬기는 마음이 끔찍한 박형선이 애가 달아서 그까짓 거 요식행위에 지나지 않는데 써주고 나오라고 책에다 바늘로 점을 찍어서 암호문을 날렸다. 내용은 "조직의 명령이다. 써주고 나와라"였다. 그런데 책이 반입되자 암호문이 적발되는 바람에 중앙정보부 대구지부가 발칵 뒤집혔다. 아니, 조직의 명령이라니! 그렇다면 그들에게 따로 비합법 조직이 숨어 있다는 얘기 아닌가. 윤한봉은 난데없이 정보부 분실로 잡혀가서 추궁당하고, 박형선을 비롯한 민청학련 관련자들도 몽땅 광주 분실에 끌려가 조사를 받았다. 이를 놔두었다가는 언제 간첩 사건으로 조작되어 불거질지 몰랐다. 그래서 긴급히 청년들을 위한 석방기도회가 준비되고 김남주가 해남으로 사람을 보내 황석영을 불렀다. 황석영은 이미 명망이 높았던 소설가라 기독교단체 교직자들, 청년운동가들, 또 서울에 있는 자유실천문인협회의 고은과 조태일, 광주의 문병란, 송기숙 등에게 도움을 요청하여 공안 당국을 규탄하고 항의 성명서를 냈다. 그리하여 온 나라가 한 차례 시끄러워진 다음에야 윤한봉이 석방된 것이다.

　주목할 것은 그러는 사이에 매우 중요한 진지가 하나 만들어졌다는 점이다. 이것이 그 유명한 '녹두서점'인데, 서점을 차린 사람은 김상윤이었다. 그러니까 김상윤은 선배 윤한봉 때문에 민청학련 관련자가 된 후배로서, 윤한봉이 꾸리던 청년운동을 활성화하기 위해 동분서주하다가, 기왕이면 생계를 꾸리면서 청년들도 만나자는 착상을 하게 되어 계림동에 헌책방을 내었다. 광주 운동권의 눈으로 보자면 녹두서점은 카프카서점의 후편이나 한가지였다. 하지만 김상윤은 김남주처럼 느슨하고 아무 대책 없는 사람이 아니었으므로 서점이 매우 알차고 짜임새 있게 운영되었다. 녹두서점이라는 간판을 건 책방 안쪽에는 작은 쪽방 두 칸이 딸려 있어서 광주뿐만 아니라 다른 지역의 활동가들도 들러 지인을 만나거나 소식을 주고받았다. 그래서 매우 안정된 거점 역할을 하게 되었으니 김남주와 박형선과 최권행은 또다시 이곳에서 맨날 만나게 되었다. 밤낮없이 세상모르고 어울려 다니던 중에 셋은, 박형선이 농민운동을 하려고 내려간 보성의 어느 선술집에서 박형선이 김남주를 형으로 모시고 최권행을 아우로 삼는 의형제를 맺게 된다. 그런 사이인지라 김남주는 틈만 나면 박형선의 집에 가서 냄새나는 팬티고 양말이고 가리지 않고 방에다 벗어놓고 세탁된 것으로 갈아입었다. 그 빨래 심부름을 도맡았던 사람이 박형선의 동생 박기순이었다. 이렇게 소문난 오빠들을 둔 박기순은 이듬해 '들불야학'을 하면서 바야흐로 광주에 노동계급 운동의 거점을 구축하다가 과로사하고 마는데, 이를 잊지 못한 후배들이 나중에 박기순과 윤상원의 영혼결혼식을 맺어주면서 지은 노래가 「님을 위한 행진곡」이다. '박기순 평전'에 의하면, 박기순네 다섯 식구가 산수동에서 살 때 날마다 작은오빠(박형선) 친구들이 진을 쳤다는 이야기가 나온다. 그 속에는 김남주의 흔적도 남아 있다.

> 가장 많이 와서 파고 산 사람은 시인 김남주(영문과 69학번)였다. 두 번째로 많이 온 사람은 윤한봉(축산학과 71학번)이고, 문덕희(수의학과 71학번), 조천준(農학과 71학번), 김윤봉(농학과 71학번), 이강(법학과 69학번), 이학영(국문과 71학번), 김현장(조선대 금속공학과 71학번), 정상용(법학과 71학번), 최철(농학과 74학번), 김상윤(국문과 68학번), 윤강옥(사학과 71학번), 최권행(서울대 불문과 73학번), 고영하(연세의대 72학번) 등 많은 사람이 드나들었다.
> —송경자, 『스물두 살 박기순』(심미안, 2018)

실로 혈기왕성한 저항적 청년 인사들이 이렇게 모이면 무서울 것이 없을 터이다. 다들 유신체제를 그렇게도 미워하는 탓에 항거하고 쫓기고, 그러다 보면 비명과 신음과 통곡과 탄식 소리를 벗어날 수 없었지만, 그래도 자기들끼리 뭉쳐 있을 때는 세상에 부러울 게 없었다. 이들이 만나면 주로 하는 일은 노상 정세토론을 하기 마련이지만 그에 못지않게 술자리도 많고 회식도 많았다. 그러한 분위기에 대해서 최권행이 기록한 장면이 있다.

> 음정도 박자도 없이 오직 부르는 사람의 열정만으로 가사가 이어지던 이강 형의 '불나비'와 윤강옥 형의 '봉선화'도 사람들 기

억에 남을 만하였지만 윤한봉 형의 노래는 더했다. 두 분과 달리 음성이며 박자가 나무랄 데 없는 그가 늘상 부르던 곡은 "예성강 모진 바람, 강물도 흐느낄 때 말없이 사라져 간 여기 이 사람들……" 하는 노래였다. 격정을 모르는 사람, 역사를 의식하지 못하는 사람은 제대로 부르지 못할 그 노래를 형은 온몸을 다 흔들며 가슴을 쥐어짜듯 부르다 2절에, "말하라 산이여, 너는 알리라, 누굴 위해 사라진 젊은 넋들인가"에 이르러서는 앞으로 고꾸라지면서 엎어질락 말락 하기까지 했다. 구경하는 우리는 박장대소를 했지만, 다시 생각해 보면 그것은 역사에 접신하는 무당의 신들린 모습, 진정한 가객의 모습이었던 같기도 하다.
　　—최권행, 「별이 된 시골 소년」 『합수 윤한봉 선생 추모문집』

　이 같은 자리가 일상화되었다는 말은 그 시대의 한계를 돌파하려는 수많은 젊은이를 민족민주운동의 길로 끌어당기는 일들이 다반사였다는 말이 된다. 그런 예를 들자면, 김남주 시인과 '남민전 활동'을 함께한 사회운동가 박석삼을 꼽을 수 있다. 그는 1977년 가을에 방위를 마치고 계림파출소 앞에서 가게를 보던 어머니를 돕고 있었다. 급격히 가세가 기울어 형편이 어려워진 그는 할 일 없이 녹두서점이나 드나들면서 김상윤이 추천하는 책을 읽다가 점점 한국 사회의 모순을 알아가게 된다. 그래서 그곳에서 큰형(박석률)의 친구인 윤한봉을 만나 본격적인 학습을 시작하고, 이내 광주고 선배인 이강의 지도를 받으며 함평고구마 투쟁에 참여하게 되었다. '함평 고구마사건'은 농협이 농민들에게 1976년산 고구마를 전량 수매하겠다고 고구마 농사를 짓도록 권장해 놓고, 추수할 때가 되자 약속을 이행하지 않아 고구마를 썩히거나 헐값에 팔아 막대한 피해를 보게 만든 사건이었다. 함평군 전체 피해액이 당시 1억 4000여만 원에 달하는데도 농협은 농민을 기만하기만 했다. 그러자 그해 4월 24일부터 광주북동천주교회에서 60여 명이 무기한 단식투쟁에 들어간다. 이때 박석삼은 농성장과 외부를 연결하는 책임을 맡으면서 해남까지 가서 황석영의 선언문을 받아 오기도 하고, 성당 마당에서 경찰과 대치한 농민회 회원들의 선봉장에 서기도 한다. 함평 고구마 사건은 민중의 투쟁에 마당극을 결합시킨 중요한 선례를 남겼다. 그래서 이때부터는 민중 예인 활동이 지식인 운동과 기층 민중을 매개하는 중요한 촉매제가 되었다. 분위기가 이러다 보니 뜻밖의 자리에서 전혀 새로운 일이 생기기도 했다. 예를 들면 이 시기에 윤한봉의 고향 후배 김현장도 광주에 있었는데, 김현장은 선교사 밑에서 자라나 외국어에 능통하고 재간이 많았다. 그가 소위 '무등산 타잔'이라는 별명이 붙은 '박흥숙 사건'을 파헤쳐서 당대 언론이 온통 오보를 남발하여 파묻어 버린 사건을 일개 청년 하나가 단독 탐사 취재로 뒤집은 일은 새로운 정론 직필의 모범적 사례가 되었다. 박흥숙 사건이란 광주 무등산 골짜기의 무허가 판자촌에서 살던 이농민의 아들 박흥숙이 겪은 억울한 죽음을 말하는데, 당시 박흥숙은 홀어머니와 누이동생들과 함께 무등산에서 살았다. 그런데 철거반원들이 들이닥쳐 난폭하게 구는 데다 판잣집에 불까지 지르자 그들과 실랑이를 벌이던 박흥숙도 눈이 뒤집혀 낫으로 사람을 죽이고 말았다. 이를 언론에서는 엽기적으로 다루느라고 박흥숙을 '무등산 타잔'이라고 부르며 편견과 흥밋거리의 기사를 어지럽게 쏟아냈는데, 내막을 들여다보면 도시에서 밀려난 무허가 판자촌 사람들의 가슴 아픈 사연과 개발 비리의 야만적 속사정을 감쪽같이 은폐한 가짜 뉴스였다. 이를 김현장이 르포 기사로 써서 잡지에 발표하자 그제야 사회적 문제점이 드

러나기 시작했다. 김현장은 이후에도 땅투기 문제를 폭로하고, 1980
년 광주민중항쟁 때는 개인적으로 현장을 취재하여 서울과 부산 등
에 알렸으며, 나중에 부산 미문화원 방화 사건이 일어났을 때는 문부
식, 김은숙 등의 배후 조종자로 몰려 긴 옥살이를 하게 된다.

이렇게 많은 이야깃거리가 살아 있는 도시에서 숱한 조직운동가
들이 부문별, 부분별 활동을 전개하던 터에 민중문화 운동이 불붙자
광주는 얼마나 활기를 띠게 되었는지 모른다. 그들이 동원하는 문화
적 형식도 풍속과 해학을 결합하며 더욱 역동적으로 되었다. 당연히
김남주 역시 더욱 바빠졌다. 당시 운동권에서 가장 절실한 것은 세
계를 좀 더 깊이 있게 이해할 학습 역량이었는데, 여기에 제대로 부
응할 사람이 김남주밖에 없었다. 그래서 김남주가 학습팀을 떠맡게
되면서 김상윤의 '녹두서점'은 거의 '비합법 사상학교'를 방불하게
했다. 『스물두 살 박기순』이라는 책에도 전남대에서 학생운동을 하
는 김정희가 그곳에서 학습했던 장면이 그려져 있다.

> 그즈음 기순을 만나 김선출(사회학과 76학번), 김윤기(법학과 76학번),
> 김태종(국문과 76학번)과 함께 녹두서점에서 공부했다. 1주일에
> 한 차례 모여 김남주 시인이 등사기로 민 교재로 강독하는 형식
> 으로 공부했다. 체 게바라 평전이 일어로만 나와 있었다. 거기
> 서 체 게바라, 브레히트라는 이름을 처음 들었다.
> —송경자, 『스물두 살 박기순』

김남주가 주도하는 '학습팀'에서 일본어 강독을 하면서 일어판
사회과학 서적을 공부하는 면면은 화려하기 그지없었다. 정용화의
기록은 광주의 녹두서점 시대가 얼마나 뜨거웠는지를 증언한다. 일

단 정용화를 비롯하여 전남대 영문과 4년 박현옥, 이화여대 출신 정유아, 민청학련 출신 성찬성(전남대 제적), 최권행(서울대 제적), 서울사대 영어교육과 휴학생 김현준(정용화의 일고 동창), 노준현(6·29 시위 주모자), 안길정, 그리고 부정기적으로 참석하는 조봉훈, 박몽구, 김선출, 김윤기 등이 있었다.

> 당시 시대 상황은 너무도 잘 알다시피 유신독재 말기 상황으로 한 발짝도 움직일 수 없게 학생들을 조여오는 상태인지라, 모일 때도 눈치를 살펴가며 모였고, 우리들은 우리들끼리, 선후배들은 선후배들끼리 서로를 격려하며, 보이지 않는 '지사적 동지애'를 키워나가고 있었습니다.
> ―노준현추모문집발간위원회, 『남녘의 노둣돌 노준현』

이 책자에 「행동하는 청년 노준현」이라는 기록을 남긴 안길정은 김남주의 '녹두서점 강좌'가 어떻게 운영되는지를 매우 소상하게 그려준다. 그에 의하면 어느 날 노준현이 그에게 일어 공부를 하지 않겠느냐고 권했다. 강사가 누구냐고 물으니 김남주라고 했다. 교재는 박성원의 『현대 일본어』인데, 이 책을 떼면 일본의 이와나미 출판사에서 간행한 『현대의 휴머니즘』을 읽는다고 하여 사부 김남주의 문하에 들어갔다. 녹두서점은 서너 평이 안 되는 작은 매장 안쪽에 예닐곱 명이 들어앉으면 꽉 차는 골방을 두고 있었는데, 이 방에 들어서려면 문지방 위쪽에 걸린 녹두장군 사진 아래로 고개를 수그려야 한다. 방문에 들어서서 뒤통수 쪽으로 고개를 돌리면 벽에 선반이 매달려 있는데, 거기에는 집주인이 독파한 책들이 꽂혀 있었다. 빼내서 보면 얼마나 열심히 읽었는지, 여백마다 빼곡한 메모가 가득 차서 그 흔적인 볼펜 똥이 뒷면으로 배어 나올 정도였다.

첫날 들어가 보니 김남주가 아랫목에 누워 있었다. 그는 검은 안경테에 군용 잠바를 입고 방바닥에서 뒹굴다가 후배들이 들어오자 이렇게 물었다.

"야, 늬들 책은 다 준비했냐?"

김남주는 수업 시간에 잔소리를 거의 하지 않는 편이었으나 쏟아내는 말이 매번 독설에 가까웠다. 설명을 못 알아들으면 "머리가 어떻게 된 거야" 하고 호통치고, 수업에 빠지면 "꼴리는 대로 해라만 월사금은 에누리가 없다는 걸 알지야?" 하고 꾸짖었다. 두어 달쯤 배우고 나니 이번에는 활자가 작은 일어판 책자 『크로포트킨』을 강독했다. 이때 김남주는 러시아혁명을 다룬 책 『세계를 뒤흔든 10일간』, 『스페인 내전』 등을 번역하고 있어서 세계혁명사에 대한 일화들이 더없이 풍부하게 다뤄졌다. 물론 한국의 교육정책은 그 같은 교양을 금지해 놓고 있었다. 그리하여 생겨난 비웃지 못할 에피소드가 있다.

어느 날 황석영이 김남주를 찾아와 영화를 보자고 해서 극장에 갔다. 최권행과 셋이 〈닥터 지바고〉를 보러 간 건데 하필 전남여고생들이 단체 관람하는 시간대였다. (송경자의 『스물두 살 박기순』에는 당시 전남여고생들이 무등극장에서 〈닥터 지바고〉를 관람한 이야기가 나온다. 그렇다면 세 사람이 들어간 극장은 무등극장이 확실하다.) 하여튼 여고생들이 가득 찬 극장 안에 어른 셋이 뻘쭘하게 끼어 앉아 영화를 보는데, 영상 화면에는 아름다운 설원을 배경으로 러시아혁명기의 지식인들의 고뇌가 애잔하게 펼쳐지고 있었다. 그중에서도 세련된 청년의사 지바고의 고뇌 앞에서 여고생들은 한껏 숙연해져서 어느 순간 영화 속에 몰입되어 바스락거리는 소리 하나 들리지 않았다. 그렇게 감정이입이 많이 된 상태에서 지바고가 마침내 연인과 헤어지고 한없이 초라하게 전락하는 장면이 나오자 여기저기에서 훌쩍거리는 소리가 들리기 시작했다. 이때 김남주의 자리에서 난데없이 큰 소리가 터져 나왔다.

"지바고 좆돼부렀다. 아따 고소하다."

그것도 몇 차례나 연거푸 "좆돼부렀다"를 연발하자 온 여학생이 일제히 눈총을 쏘았다. 황석영은 어찌나 창피한지 등에서 식은땀이 주루룩 흘렀다고 한다.

"남주야. 조용히 좀 하고 봐야."

그래도 김남주는 아랑곳없이 또 소리를 질렀다.

"지바고가 좆나게 똥폼 좀 잡드만 겁나게 고소해불구만."

이 같은 무뢰한을 어쩌면 좋다는 말인가.

그런데 나는 그 순간의 김남주가 너무나 쉽게 이해된다. 그러니까 김남주는 전남여고생들과 전혀 다른 영화를 보았던 셈이다. 예컨대 김남주는 〈닥터 지바고〉의 막이 열리자 혁명기의 러시아 속으로 정신없이 빠져들었는데, 어머니의 장례식과 함께 첫 모습을 드러낸 유리 지바고는 유난히 눈길을 끌었을 게 분명하다. 그 인물은 하필 예술가의 자식이요, 또한 스스로 대단한 시인으로 성장한다. 직업까지 의사일 건 또 뭐란 말인가. 그런데 여기서 그의 첫사랑과 휴머니즘이 발동을 거는 최초의 장소가 '크로포트킨 거리'라는 점이 중요하다. 크로포트킨을 '크로폿킨'이나 '끄로뽀뜨낀'으로 표기하기도 하는데, 영화 자막은 '크로폿킨 가'라고 번역하고 있었다. 세상에! 그 전날도 김남주는 무정부주의자 크로포트킨의 사상을 녹두서점의 후배들에게 일어 강독까지 해가며 가르쳤다.

수백만 명의 인간이 오늘날 우리가 자랑하는 이 문명을 창조하

기 위해 일해왔다. 지구의 모든 곳에 퍼져 있는 다른 수백만 명
의 인간은 그것을 유지하기 위해 일한다. 그들이 없다면, 50년
후에는 잔해밖에 남지 않을 것이다. 어떤 사상이나 발명도 과거
와 현재에서 태어난 공유재산이 아닌 것은 하나도 없다.
　　─표트르 알렉세예비치 크로포트킨, 『빵의 쟁취』(이책, 2016)

　　이런 주장을 펼쳤던 사상가 크로포트킨의 생가가 있는 거리에 크
로포트킨의 이름을 가진 도로명이 생기고, 또 그곳에 노동자 시위대
가 자주 출몰하는 건 필연이었다. 상징적 가치가 있기 때문이었다.
그런데 그곳에서 심란하게 눈까지 내리는 날 노동자들이 펼치는 평
화시위를 난폭한 기마병들이 와서 짓밟아 버린다. 김남주는 1차적
으로 이 장면에 분노했다. 그 가슴 아픈, 유혈진압으로 피가 낭자한
거리에서 지바고가 시위대를 치료하다가 군인에게 들켜 쫓겨나고
(여기까지는 얼마나 아름다운가), 같은 시각 같은 거리에는 장차 지바고의
영혼을 빼앗는 연인이 될 라라가 어머니의 정부와 바람을 피우고
돌아가는 중이었다. 이후 두 사람의 사랑이 한없이 아름답고 슬프
고, 그러나 반동적으로 펼쳐지는데, 더군다나 지바고는 의사이기 이
전에 시인이었으니, 광활한 설원을 배경으로 전달되는 낭만주의의
매혹은 보는 사람을 '아득히 먼 곳'으로 데려가기에 족하다. 그리고
그것이 안겨주는 몽롱한 세계며 비장미며 하는 것을 포착하고 증폭
시키는 인격체는 부르조아지의 전유물이라 할 만한 감성을 잃지 않
는다. 닥터 지바고는 그를 오래오래 상징할 만한 존재였다. 하지만
김남주는 고상한 포즈로 가득 찬 그의 빛나는 감수성을 계급사회의
인간들이 가장 쉽게 또 많이 속아버리는 부르주아적 휴머니즘이라
고 보았을 것이다. 그것은 인간 세상에 자꾸만 허황한 평화를 유포

시킨다. 왜냐? 당대의 세계에서 절체절명의 주제를 안고 등장한 하
층민의 꿈과 괴리돼 있으니까. 그들의 존엄에 대한 어떤 유형의 공
감도 보이지 않으니까. 이건 다 나의 해석에 불과할 뿐이지만, 나는
김남주가 지바고처럼 '만인을 위해 싸우지 않고 자유를 갈망하는'
지식인들에게 들려주려고 다음과 같은 시를 썼다고 본다.

> 앉아서 기다리는 자여
> 앉지도 서지도 못하고
> 엉거주춤 똥 누는 폼으로
> 새 세상이 오기를 기다리는 자여
> 아리랑 고개에다 물찌똥 싸놓고
> 쉬파리 오기나 기다리는 자여
> ─시 「똥 누는 폼으로」 전문

  결론적으로 말해서, 김남주가 『크로포트킨』을 읽으며 가르치려
했던 점은 바로 이것일 것이다. 아우들이여, 부디 닥터 지바고 같은
삶에 현혹되지 말지어다!

  그러나 비약은 몰락이라는 대가를 치러야 한다. 후배들에게 펼치
는 일어로 된 원서 강독 강의는 얼마나 빠르고 깊이 스며들었든지
짧은 시간에 많은 활동가를 배출하고 있었다. 그 결과는 얼마 뒤 전
남대 교육지표 사건 때 드러난다. 그런데 또 하나의 책 『파리코뮌』
을 공부하는 반에서 문제가 생긴다. 어느 날 학생 한 명이 그 책 복
사본이 담긴 가방을 분실하고 말았다. 그게 하필 경찰에게 전해져서
유인물 몇 장이 딸려 나왔고, 경찰은 또 그 유인물과 함께 발견된 일

본어 복사판 서적을 감식하여 그것이 사회주의 운동에 관한 서적임을 알게 되었다. 일사천리로 수사가 진행되었음은 물론이다. 그리하여 불온서적의 최초 유포자가 김남주임을 특정하게 되고, 신원 파악을 마친 뒤에 곧장 검거령을 내렸다. 이때 김남주의 '민중문화연구소'는 이강이 사는 농성동 집 2층에 있었다. 정보부가 들이닥쳤을 때 그는 이강의 집에도, 또 사무실에도 들어오지 않아서 체포를 피했는데, 녹두서점의 김상윤과 학습 팀은 대부분 연행되었다. 물론 다들 자신이 연행되는 까닭을 알지 못했다. 가령, 보성에서 농민운동을 하려고 크리스천 아카데미 교육을 받던 박형선은 서울로 보내려고 기록한 현장 투쟁일지를 지닌 채 끌려가게 됐다. 지프 뒷자리에 앉았는데, 운전사만 빼고는 다 졸고 있는 틈을 타서 현장투쟁일지를 한 장 한 장 먹어치웠다. 나중에 보니 김남주의 『파리코뮌』 강의가 문제된 것이었다. 이내 안정을 찾은 그는 중앙정보부가 집요하게 김남주가 있는 곳을 캐묻자, "내가 나가 봐야 알 수 있다"라고 말해서 동생들이 사는 산수동 공무원아파트로 가게 됐다. 그리고 감시원의 눈을 피해서 여동생 박기순에게 물봉 형더러 "무슨 일이 있어도 끝까지 피신하라"라는 말을 전하게 했다. 하지만 경찰은 따로 이강의 집을 급습하여 정밀 수색했다. 당시 이강은 농민과 소비자를 직접 잇는다는 취지로 '꼬마시장'을 하고 있었는데, 느닷없이 집에 정체불명의 사내가 예닐곱이나 들이닥쳐서 거침없이 방으로 들어왔다. 그러고는 김남주가 사용하던 책 상자를 뒤지더니 상자째 들어냈다. 이강이 계속 항의하자 구둣발로 안방까지 들어가 쑥대밭을 만들고 이강을 끌어다 차에 태웠다. 그렇게 끌려가서 일주일을 조사받고 나오니 그 사이에 김남주가 다녀갔다고 했다. 정보과 형사들이 눈에 불을 켜고 밤낮으로 잠복근무를 하는 사이에 쥐도 새도 모르게 가게로 들어와 이강이 연행된 사실을 확인하고 귀신같이 빠져나간 것이다.

6

광주에서 흔적을 감춘 김남주는 얼마 후 최권행을 대동하고 해남 황석영의 집에 당도했다. 최권행은 이때 열애에 빠진 참이었는데, 그 계기 또한 김남주가 제공했다고 한다. 그러니까 고교 시절 광주일고와 전남여고가 함께하는 혼성 동아리에 최권행이 호감을 느낀 여학생이 있었다. 대학 진학 후 소식을 몰랐는데 어느 날 녹두서점에서 우연히 보게 되어 그렇게 반가울 수가 없었다. 그때만 해도 특별한 사이는 아닌지라 다시 보자는 약속도 못 했는데, 또 갑자기 연락이 왔다. 긴히 전달할 것이 있다는 얘기인데, 나가보니 김남주가 보낸 쪽지였다. 뜻밖에도 순천 터미널에서 김남주를 마주치게 되었고, 인사를 하자 즉석에서 편지를 써주면서 꼭 좀 전해달라고 했다는 것이다. 그 일로 두 사람은 급격히 가까워졌다. 아무튼 최권행은 다시 서울에서 사회과학 출판사를 차리려고 분주했지만, 김남주의 소식을 듣고 곧장 뛰어나갔다. 때마침 그 일이 황석영과도 관련이 있어서 해남까지 간 김에, 모처럼 셋이 술잔을 기울이다 보니 이 이야기 저 이야기 나눌 말이 많았다. 그 자리에서 김남주가 문득 이런 제안을 꺼냈다.

"나는 답답해서 미치겠어라우. 이렇게 미적지근하게 해서야 유신독재가 언제 끝나요? 차라리 아무것도 안 하고 살등가. 나는 그냥 화끈하게 싸우고 싶소."

문화운동 같은 거 말고 좀 더 직접적으로 권력에 타격을 입히는 활동을 하고 싶다는 얘기였다.

"그럼 뭘 어떻게 하자는 거야? 구체적으로 말해봐."

황석영이 다그쳐 묻자 김남주가 답했다.

"지하신문을 냅시다."

안 그래도 김남주는 러시아혁명기의 지하신문 '이스크라(불꽃)' 이야기를 자주 하던 터였다.

"우리 셋이서? 그건 뒷받침할 조직이 있어야 하지."

"일하다 보면 조직은 생겨나지라우."

김남주는 《함성》을 이강과 단둘이서 만들어 낸 사람이었다. 물론 이때 꺼낸 제안은 의분에 차서 결행하는 일회적 사건이 아니라 좀 더 조직적이고 장기적인 비밀활동을 말하는 것이었다. 황석영은 대중운동이 이제 겨우 출발하는 중이니 조금만 기다리자고 했다.

"야, 두고 봐. 해남농민회가 전남농민회로 나아가는 과정을 보라구."

하지만 황석영은 소설가이지 혁명가가 아니었다. 김남주는 시간을 끌 까닭이 없다고 생각한 탓에 이튿날 황석영과 헤어지면서 형수 홍희윤에게 손수건에 싼 무언가를 주었는데, 가고 나서 펼쳐보니 역사적으로 유명한 편지 두 통이었다. 한 통은 체 게바라가 쿠바를 떠나며 피델 카스트로에게 남긴 것이고, 또 한 통은 체 게바라가 그의 사랑하는 어린 딸 일디타에게 남긴 것이었다.

　오늘 너에게 편지를 쓰지만 너는 아주 나중에야 이 편지를 받아
　보겠구나.

황석영은 이를 보고 대번에 김남주가 아주 먼 길을 떠나기로 작정했구나 하고 생각했다. 그것은 최권행도 마찬가지였다. 그리고 그

길은 틀림없이 체 게바라의 길일 수밖에 없었다.

> 우리 앞에는 끝없는 투쟁이 있음을 기억하거라. 네가 어른이 되
> 었을 때 너 역시 투쟁의 대열에 끼어야 할 것이다. (······) 엄마의
> 키스가 우리가 서로 만나지 못하는 시간들을 채워줄 거야.

당시 최권행은 레지 드브레이가 엮은 프랑스어판 책을 아껴 읽고
있었다. 레지 드브레이는 남미에서 게릴라 활동을 하다가 체 게바라
와 합류했던 인물로서 나중에 남미 혁명에 관한 연구서를 많이 펴낸
저술가였다. 그는 특히 체 게바라를 깊이 다루는 전문가였는데, 그의
책에서 김남주가 자꾸 이 편지에 관심을 보여서 최권행이 번역해 준
것이었다. 그리고 김남주는 이 편지를 그의 결심을 드러내는 데 사용
했다. 최권행 또한 서울에 출판사를 차릴 생각에 마음이 바빴다. 김
남주의 잠행이 길어질 것에 대비하여 부득불 몇 가지 조치가 필요했
다. 우선 김남주에게 여비를 마련할 일감을 찾아주어야 했다. 마침
프란츠 파농의 『검은 피부 하얀 가면』을 내겠다는 출판사가 있어서
번역이 끝나는 대로 원고료를 완불하기로 약속받고 이 일감을 김남
주에게 주었다. 다음으로, 번역이 끝나는 대로 김남주가 전라도를 빠
져나갈 수 있도록 외사촌 형에게 부탁해 두었다. 외사촌 형은 자가용
을 가지고 있었는데 담력도 크고 의협심도 있어서 어려운 사정을 말
해보았다.

"형, 멀리 피신할 사람이 있는데 좀 도와줄래요?"

민청학련 관련자가 피신시킬 사람이란 위험한 시국사범밖에 없
었다. 꽤 무리한 부탁이었는데 외사촌 형은 조금도 망설이지 않고 응
답해 주었다.

"응, 그러자. 내가 해줄게."

일이 술술 풀리자 그도 홀가분하게 떠날 수 있었다. 그리하여 태동한 출판사가 최권행의 '한마당'이었다. 이 출판사는 본디 황석영, 이해찬과 함께 시작한 것인데, 얼마 안 되어 황석영은 글 쓰겠다고 빠지고, 최권행과 이해찬이 남아서 출판사를 하다가 금서를 출간한다는 이유로 등록 취소되고 말았다. 이 때문에 이해찬이 다시 차린 출판사가 돌베개였고, 한마당은 최권행이 재등록 절차를 밟았다.

한편 김남주는 프란츠 파농의 책을 들고 어디로 피신해야 번역에 몰두할 수 있을까 궁리하다 한산촌을 떠올리게 되었다. 한산촌은 목포와 무안의 경계에 있는 결핵 요양원을 일컫는 마을 이름인데, 민주화 투쟁으로 상처 입은 사람들을 아끼고 품어주는 중요한 은신처의 하나였다. 김남주는 마침 결핵을 앓은 적이 있으므로 요양을 핑계로 이곳에 입소했다. 프란츠 파농을 번역하는 일은 김남주의 적성에 제대로 맞는 일이었다. 우선 프란츠 파농은 서른여섯 해라는 짧은 생애 동안 20세기의 사회혁명이나 변혁 운동 진영의 그 누구보다도 강력하게 식민주의와 맞서 싸운 사람이었다. 카리브해의 섬 마르티니크에서 원주민의 아들로 태어나 반식민지 운동에 직접 뛰어들어 투쟁하다가 일찍 세상을 떠난 지식인 혁명가라는 이력 자체가 매혹적이었는데, 김남주가 번역할 『검은 피부 하얀 가면』은 1952년에 발간된 프란츠 파농의 첫 저서였다. 영어본의 이중 번역이라는 한계가 있지만, 당시에는 그렇게라도 번역본을 내는 걸 축복으로 여겨야 했다. 이 책에서 김남주가 특히 마음에 들어 한 것은 파농이 중학교 때 선생이었던 시인 에메 세제르의 영향을 받으며 집필했다는 점이요, 또에메 세제르가 문학 활동 못지않게 마르티니크의 운명 개척을 위해 정치적인 활동에 뛰어든 실천가였다는 점이었다. 과연 『검은 피부 하얀 가면』은 시적이기도 하고 철학적이기도 해서 파농이라는 흑인 청년의 예민한 감수성과 지성이 두드러지게 노출된, 그래서 흑백 관계가 빚어내는 어두운 심리적 상처를 해부한 괄목할 만한 저술이었다. 김남주는 번역을 시작한 뒤부터 파농의 세계에 푹 빠져버렸다.

> 프랑스에서 몇 개월 체재한 후 한 시골 소년이 그의 가족의 품으로 돌아온다. 농기구를 보고, 그는 농사일로 이제 많이 늙어 더 이상 얼굴 모양이 변할 데도 없는 아버지에게 "저 농기구는 그 이름을 무어라고 했었지요?"라고 묻는다. 그러자 아버지는 대답 대신 그 농기구를 소년의 발밑에다 던져버린다. 묘하게도 건망증은 사라진다. 치료법치고는 기막힌 방법이다.
> ─프란츠 파농, 『자기의 땅에서 유배당한 자들』(청사, 1978년)

이런 대목을 읽을 때는 숱한 상념이 들끓어서 가만히 앉아 있을 수가 없었다. 그것이 원제 『검은 피부 하얀 가면』을 『자기의 땅에서 유배당한 자들』이라고 바꾼 이유이기도 하고, 훗날 명시 「종과 주인」을 쓸 시상을 준 화두가 되기도 했다고 나는 생각한다.

그런데 신기한 일이다. 자석이 흙더미 속에서 쇠붙이를 찾듯이 김남주도 어둠 속에서 자신의 길을 걸을 사람을 귀신같이 찾아내고는 했다. 한산촌에 입원하여 거의 산 중턱에 있는 끄트머리 방을 배정받았는데 하필 옆방에 홍성담이 있었다. 물론 이때 두 사람은 서로 시인이며 화가인 줄도 몰랐고, 민주화운동을 향한 관심 정도도 짐작할 수 없었다. 다만 결핵 요양원에 들어온 사람치고는 규율을 싫어하고, 아무리 엄격히 금지해도 담배를 피워야 한다는 공통점이 있어서 틈만 나면 둘이 산 중턱에 올라가 흡연의 우정을 나누곤 했다. 둘의 입담이 얼마나 좋았던지 김남주는 번역을 빨리 끝내려고 물불을 가리지 않다가도 혼자 읽기가 아까운 대목이 나오면 얼른 홍성담을 불러서 담배를 피우면서 소감을 들려줬다.

> 리듬이라는 것은 대단히 쉽게 느껴지는 것이며 극히 비물질적 인 것이다. 그것은 생명적인 요소의 원형인 것이다. 그것은 예 술의 제일의 조건이고 표징인 것이다. 마치 호흡작용이 생명의 그것인 것처럼. 호흡작용은 어떤 때는 완만하고 어떤 때는 거칠 고, 존재의 긴장, 정서의 강도와 질에 따라서 규칙적으로도 되 고 경련적으로도 된다.
> ─프란츠 파농, 『자기의 땅에서 유배당한 자들』

이런 건 화가에게는 그다지 관심을 끄는 대목이 아니었는데도 김 남주는 전라도의 욕설을 열심히 섞어가며 앞뒤 맥락을 설명해 주었 다. 그러면서 애써 강조한 것이 흘러간 유행가의 가치인데, 다들 질 색하는 옛날 뽕짝 노래를 김남주가 어찌나 의미 부여를 잘하는지, 홍성담은 그에 대한 내용을 오래오래 기억했다. 예컨대 일제 강점기 가 시작되고 우리 공동체가 부서지기 시작할 때, 불행하게도 우리 는 한 집단이 외압에 따라 크게 네 쪽으로 쪼개진다. 먼저, 일본 제 국주의에 저항할 사람들은 싸우기 위해서 마을을 떠난다. 다음으로, 출세에 눈이 먼 부역자들은 일본의 앞잡이 노릇을 하느라 이웃들과 격리되고, 언제나 어려움을 참고 견디던 다수는 징용·징병 따위로 타국으로 끌려간다. 마지막으로, 뒤에 남은 잔여 인력이 아버지와 삼촌, 오빠들을 기다리는 임시의 삶을 지탱하는데, 과연 그 끝이 어 디였는가? 8·15가 해방이요, 식민지적 상황의 종료 지점이었다면 그 뜻은 본디 빼앗긴 근거지를 온전하게 회복함을 의미해야 옳았다. 그런데 한번 쪼개져 버린 네 부류가 해방 후에도 계속 한자리를 되찾지 못한다. '해방'이 바로 '분단'이었으니, 잠깐이면 될 것 같던 임시의 삶들이 한국전쟁을 맞고, 분단의 늪에 빠지며, 냉전과 함께 작동하는 두 체제의 야비한 경쟁과 국가 이데올로기에 휘말린다. 특히 20세기라고 하는 진영별 폭력, 국가라고 하는 정치 공동체만을 절대적 단위로 삼아서 세계질서가 형성되어 우리는 그야말로 2대째 3대째 계속되는 나그네 신세로 자신의 근거지에서 멀리멀리 유배되게 된다. 그 상태에서 개발독재를 만나고 허리끈을 조이며 살았던 세월은 '절대적 빈곤'을 벗어나기 위해 오직 앞만 보고 달렸던 뿌리 뽑힌 사람들의 슬픈 여로(旅路)와 같은 것이었다. 근거지를 박탈당한 상태에서 개발독재에 휩쓸려서 먹고살자고 나선 뜨내기 인생들끼리 친구가 되고 동행이 되어서 막연한 그리움에 안식처를 찾아가 보면 고향이라는 것은 없는, 이를테면 지명만 남아 있을 뿐 내용물은 아무것도 없이 텅 빈 세계가 된 것을 소설로 보여준 작품이 황석영의 「삼포 가는 길」이다. 바로 이 '근거지 상실'의 역사를 함께 살아온 노래들이 촌놈들의 뽕짝이니, 김남주는 그런 노래를 부를 때마다 아버지들의 역사가 머릿속에 그려진다는 거였다. 그래서 거리에는 한창 청년문화 바람으로 젊은이들이 죄다 팝송에 빠져서 서민의 애환이 담긴 가요를 헌신짝 버리듯이 홀대하지만, 김남주는 여기에 한없이 애착이 간다는 주장을 아끼지 않았다. 나는 김남주의 이러한 생각을 프란츠 파농과 연결해서 생각하곤 한다. 실제 그의 이런 생각은 프란츠 파농의 영향을 받은 것이 틀림없다. 그간 김남주가 중시했던 러시아혁명이나 마르크스주의에 비하면 프란츠 파농은 전혀 다른 세계였다. 예컨대 서구 제국주의가 전 지구적으로 퍼뜨린

'근대성' 뒤에는, 마치 동전의 양면처럼 '식민성'이 존재한다. 서구 유럽의 경험만을 가지고 세계를 하나의 이론으로 설명하려 드는 서구 중심의 인식과 사유는 그러한 권력 체계를 유지하는 하나의 틀이다. 그런데 프란츠 파농은 근대성과 식민성을 통찰한 탈식민주의 사상가로서 근대성이 아닌 식민성을 극복 대상으로 보고, 서구 중심의 인식과 사유에서 벗어나는 '탈식민적 전환'의 길을 중시했다. 근대성은 식민성 없이는 존재할 수 없다는 것을 지적한 것이다. 김남주는 바로 여기에 뜨겁게 동감했다. 그가 동학농민운동과 전봉준을 한없이 중시한 데는 이 같은 맥락이 없지 않았다.

김남주는 프란츠 파농의 책을 놀랍게도 한 달 만에 번역했다. 그리고 원고는 최권행에게 전달되어 도서출판 청사에서 『자기의 땅에서 유배당한 자들』이라는 제목으로 출간된다. 여기서 한 가지 매듭을 짓고 가자면, 이 책을 통해 유추할 수 있는 점은 김남주가 프란츠 파농의 '폭력론'을 수용했으며, 또한 이 땅에서 필요한 것이 '민족해방'과 '민중민주주의'라는 생각을 굳혔다는 사실이다. 광주는 아직 그런 분위기가 아니었지만, 김남주가 걸었던 거리와 골목에는 그의 그림자가 오래도록 남아 있었다. 어쩌면 5·18의 토양이 되었을지 모르는 그의 발자국들은 김남주가 전라도를 떠난 후에도 한참이나 여파를 미쳤다. 그 예는 얼른 떠올려봐도 적어도 두 개의 중대사를 남기는데, 예컨대 김남주는 서울로 떠나기 직전에 해남에 가서 정광훈을 만나 책을 선물한다. 그 뛰어난 활동가에게 농민들을 부탁한다는 뜻이었을 텐데, 제목이 『체 게바라 평전』이었다. 그로 인해 지구 반대쪽 이름조차 생소한 쿠바라는 나라에서 일어난 혁명과 체 게바라라는 혁명가 이야기는 정광훈의 가슴을 미치도록 뛰게 했다. 불과 수십 명이 혁명의 깃발을 들고 수만 명의 정부군을 무찌르고, 수도 아바나에 입성하는 과정 자체가 감동이고 경이였다. 그래서 정광훈은 죽을 때까지 체 게바라의 신념과 헌신성을 혁명가의 전형으로 삼고 활동했다고 말한다. 그러한 결과 또한 일찍부터 도드라졌는데, 한번은 그가 해남지역에서 농민회 활동에 여념 없을 때 보성에서 박형선과 조계선이 찾아왔다. 민청학련 사건으로 감옥살이를 하고 나온 박형선이 고향 선배 조계선을 꼬드겨 정광훈을 만나러 온 것이다. 정광훈은 광주에서 김남주와 활동했던 박형선이 농민운동에 마음을 두고 찾아온 사실을 기특하게 여겼다.

"아야, 늬들 내 말 듣기 전에 공장 한번 갔다 와라."

정광훈이 말하는 '공장'이란 크리스천 아카데미였다. 정광훈은 크리스천 아카데미가 농민운동에 미치는 영향을 매우 중시했는데, 그 결과 또한 결코 사소하지 않았다. 다음은 『정광훈 평전』에 나오는 장면이다.

마침내 1978년 3월 8일, 해남 신월교회에 해남과 강진, 무안, 보성, 영암 등지에서 온 50여 명의 농민들이 모였다. 애초의 일정은 3박 4일로 농민교육을 진행함과 더불어 마지막 날에 전남 기독교농민회의 출범을 선언하는 것이었다. 교육을 위해 이우재, 심상봉, 서경원 등도 참여하고 있었다. 작은 교회였던 신월교회의 장로가 허락한 것이었는데 곧 경찰에서 정보를 입수하였다. 경찰의 압력으로 도저히 교육을 지속할 수 없게 되자 그들은 장소를 대흥사 내의 서산대사 사액사찰인 표충사 안으로 옮긴다. 일반인의 출입이 통제되는 표충사 안으로 들어갈 수 있었던 것은 윤기현이 대흥사 노승과 친분이 있었기에 가능했다. 그러나 기독교농민회의 출범을 절에서 한다는 것은 있을 수 없는 일이었다. 그래서 장소를 다시 광주로 옮겨 월산동의 갑을여관에서 공식적으로 전남기독교농민회가 선포되었다.
　　—최용탁, 『민중의 벗 정광훈 평전』(한국농정, 2017)

　김남주의 그림자는 녹두서점 후배들에게도 드리워져 있었다. 예컨대 광주가 한창 뜨겁던 시절에 소설가 송기숙 교수가 서울 나들이를 하였다. 서울대에서 해직된 백낙청과 연세대에서 해직된 성내운 등을 만나기 위해서였다. 때마침 해직 교수들의 열정이 폭발 직전에 있었는데, 그래야 할 이유가 너무도 또렷했다. 그러니까 1976년 미국 하원 국제관계위원회에서 박정희 정권의 로비에 대한 추문을 조사하였다. 박 정권의 재미 로비스트인 박동선이 로비활동을 하면서 미 의회에 돈을 뿌린 것이 문제가 된 것이다. 당시 미국에 망명 중이던 전 중앙정보부장 김형욱도 박정희의 비리를 폭로하여 미국 언론들이 대대적으로 '코리아게이트'를 보도하고 있었다. 이에 서울에서는 재야와 야당 정치인, 대학교수와 학생들이 끊임없이 성명서를 내고 시위를 하다 체포, 구속되는 일이 다반사가 되었다. 그래서 해직된 교수들이 해직교수협의회를 결성하고 '민주교육선언'을 발표했는데, 이때 중심적인 역할을 맡고 있던 송기숙은 전남대 교수로서 무엇보다도 학내의 일이 이만저만 고민스러운 것이 아니었다. 전남대에서는 학내 시위가 일어나면 교수들에게 엄중하게 책임을 물어서 난처하게도 캠퍼스 안에서 학생들이 모이는 길목마다 교수들이 지키고 있다가 동향을 보고하게 했다. 한마디로 말해서 당국이 말단 정보과 형사나 하는 사찰을 국립대 교수들에게 강요한 것인데, 송기숙은 이런 굴욕감을 견딜 수 없었다. 게다가 당시 전남대학교는 학생운동 분위기가 제대로 무르익어 있어서 신학기가 되면 학생

사회가 요동칠 것이 너무나 분명했다. 그래서 송기숙은 학내 시위로 퇴학당하는 학생과 구속자가 늘어나면 서울이든 지방이든 즉시 교수들이 힘을 모아 규탄 성명서를 내는 게 맞지 않느냐고 주장하게 되었다. 그리고 백낙청, 성내운 두 사람에게 자신은 정치적 압박을 더는 견딜 수 없으니 뜻이 맞는 교수들을 모아서 학생들과 함께 유신철폐 운동에 나서겠다고 말했다. 이런 상황에서 당시 독재정권은 일제 강점기 때의 '교육칙어'를 본뜬 '국민교육헌장'을 선포하고 초등학생부터 대학생과 군인, 사무원들까지도 암송하게 했다. 송기숙 교수는 '국민교육헌장'에 반대하여 그 대안으로 민주교육을 선언하는 교육지표를 발표할 작정이었다. 그리하여 백낙청 교수가 작성한 선언문을 성내운 교수가 품고 광주에 도착하였다. 물론 서울에서도 50여 명이 서명했으나 의견 일치를 이룬 것은 아니어서 전남대만 열한 명의 교수가 따로 선언하여 마침내 교육지표 사건이 터지게 되었다. 광주가 이런 상황을 조용히 넘길 리가 없다. 전남대 학생운동은 용광로처럼 들끓었다. 김남주가 주도한 일본어 강독을 통해 이론무장을 한 걸출한 후배들이 곳곳에 박혀 있었다. 일부에서는 민청학련 사건의 여파로 학생들이 대거 구속되었던 광주에서 또다시 큰 피해가 발생하는 걸 염려하는 이들도 있었으나 전반적으로는 4·19 이후 처음 시도하는 거리 시위를 앞두고 재야와 학생운동권이 과감하게 밀어붙이자는 의견이 대세였다. 때마침 구성된 문화패 동아리가 활동하고 있어서 시위의 주동이 될 수 있었다. 마침내 세상을 떠들썩하게 만든 이 사건으로 송기숙은 대통령 긴급조치 위반으로 청주교도소에 갇히게 되었다. 사전모의에 참여한 성내운 교수 등도 모두 구속되고 교육공무원법을 위반했다는 죄목으로 파면되었다.

7장

전사

1

　김남주가 서울에 닿은 때가 정확히 1978년 몇 월 며칠인지는 기록에도 남지 않고, 기억하는 사람도 없다. 다만 그해 여름을 김남주가 서울에서 맞은 것은 분명하다. 처음 도착해서는 애로사항이 많았을 것이다. 대지의 아들인 그에게 서울은 적지나 마찬가지였다. 적자생존의 아비규환 속에서 과연 김남주가 온전히 살아갈 수 있을까? 이제까지 알았던 김남주는 이런 걱정을 끼치기에 충분한 사람이었다. 그러나 한편으로 서울은 저항과 혁명을 꿈꾸는 사람들이 숨어 살기 좋은 도시였다. 조선 시대에도, 일제 강점기에도, 대한민국 건국기에도 봉건 중류층 식자들이 살던 도읍지였다. 그래서 김남주가 상경하기 10년 전만 해도 서쪽으로는 독립문과 마포, 동쪽으로는 돈암동과 청량리와 왕십리까지 도로가 있었다. 시속 20킬로로 기어 다니는 전차가 닿는 이 특별한 도시를 사람들은 '서울공화국'이라고 불렀다. 그런데 박정희가 '조국 근대화' 바람을 일으키고 배고픈 사람들이 모여들기 시작하자 청계천 일대가 폭발 직전이 되었다. 판잣집은 아무리 헐어도 도깨비처럼 불어나고, 농촌에서 밤차를 탄 하층민들의 상당수가 종묘 앞 사창굴에 빠져들었다. 소설가 이호철은 「서울은 만원이다」를 신문에 연재했고, 관철동에 무려 31층짜리 빌딩이 들어섰으며, 또 청계천을 복개 공사한 뒤 그 위로 광교에서 마장동까지 고가도로가 들어서는가 하면, 세종로와 명동에 지하도, 남대문시장 앞에 육교 같은 구축물이 마구 들어서 근대화를 상징했다. 그리하여 서울공화국에서 강제 철거된 이주민들이 도시 외곽을 거대 빈민촌으로 만들고 도심을 드나들던 무렵에 김남주가 서울 거리를 떠돌게 된 것이다. 그는 황석영의 표현대로 '구라'도 못 풀면서 '양아치' 신세를 자처해야 했다. 여전히 책벌레라 검은 뿔테안경을 쓰긴 했지만, 서울 땅에 내려놓은 그의 모습은 볕에 그을린 농부의 얼굴처럼 초라하기 짝이 없었다.

이때까지 김남주는 누가 어떻게 말해도 도시 생활에 유능한 사람이 아니었다. 김남주는 몇 차례 연락 끝에 최권행을 만나서 안내를 받았다. 최권행은 작은누나와 결혼한 부산 출신 매형과 대화가 잘 통해서 김남주를 그 집으로 데려갔다. 매형은 중앙대 문창과 출신이라 송기원이나 이시영과도 친하고, 김남주가 시인이라는 것도 알고 있었다. 그 무렵에는 수유리 한신대 근처에서 살았는데, 김남주가 묵을 데가 없다 하자 흔쾌히 작은방을 내주었다. 숙소 문제는 일단 해결되었다. 김남주가 소지한 이념 서적들이 다소 걱정되긴 했으나 작은매형이 능히 대처할 수준이었고, 또 김남주도 아무 때나 잠행을 떠날 준비가 되어 있었다. 1970년대 말, 개혁적인 사상이란 곧바로 빨갱이와 국가보안법을 연상케 하던 시절에 김남주는 마르크스주의를 넘어서 남미와 아프리카, 아시아 등의 제3세계 민족 해방운동에 대해 정통해 있었다. 하지만 말이 없는 편이라 김남주가 어떤 상황에 놓여 있는지 아는 사람도, 알려는 사람도 없었다. 당시 혜화동 가톨릭회관 옆에 사무실을 얻고 번역 일을 하던 성찬성은 김남주가 놀러 오던 시절을 이렇게 회상한다.

예나 그때나 남주는 별말이 없기는 마찬가지였다. 놀러 와서 청
소 아주머니가 지어준 밥을 먹을 때면 맛있다고 진지하게 칭찬
하는 정도였고, 저녁에 술자리라도 마련되어 그런대로 취기가
오를라치면 "찾아갈 곳은 못 되더라 내 고향"을 구성지게 불러
젖히는 것이 고작이었다. 심지어는 남주가 도피 중이라는 사실
도 후배에게 들어서야 알았을 정도였다.
　　―성찬성, 「그 사람 김남주」

　　그런데 얼마 안 되어서 김남주가 후배 이학영을 만나는 장면부
터는 느낌이 상당히 달라진다. 이학영은 김남주가 매우 아끼는 전
남대 후배였는데, 그는 민청학련으로 감옥을 살고 나온 뒤 노동운
동을 하겠다고 상경하여 전혀 뜻밖의 자리에서 그리운 선배 김남
주와 상봉한 터였다. 당시 이학영은 서울역 앞 양동 사창가 부근에
'날방'(일세)을 얻어서 살고 있었는데, 김남주는 이따금 시를 들고 나
타나서 그에게 창비 편집부에 전해달라고 부탁하곤 했다. 그리고
둘이 앉으면 맨날 하는 말이 당시의 미적지근한 운동에 대한 불만
을 토로하는 일이었다.
　　"학영아, 우리나라 운동은 왜 맨날 요 모양 요 꼴이다냐? 너는 이
래도 세상이 바뀐다고 생각하냐?"
　　남미나 베트남의 민족해방운동처럼 치열하지도 못하고, 왜 맨날
유신 반대 성명서나 내고 분개하느냐고 김남주가 푸념할 때면 이학
영은 뭐라고 대꾸할 말이 없었다. 1970년대는 소수의 지식인이 양
심과 도덕을 앞세워 싸운 반독재투쟁의 시대였다. 싸우는 자는 언
제나 고뇌하는 개인이었으며 그 투쟁 형식도 성명서, 양심선언 따
위가 고작이었다. 그래서 사람들은 「아침이슬」을 부르면서, "나 이

제 가노라. 저 거친 광야에 서러움 모두 버리고 나 이제 가노라"하
고 비장한 감정을 토로하는 자를 시대의 선구자로 보았다. 그러나
이 같은 일을 김남주는 '미지근한 태도'라 하여 매우 못마땅하게 여
겼다. "야, 서울 놈들은 내가 무서운갑서야." 김남주가 이렇게 말할
때마다 이학영은 일반 민주화운동 진영의 동지들과 김남주 선배 사
이에 엄청난 괴리가 있음을 체감했다. 다들 고상한 애국지사의 모
습을 하고 있는데 김남주는 총을 들고 나타난 체 게바라 같은 느낌
을 준달까? 그토록 작은 체구에 어쩌면 저리도 당당한 태도가 들어
있는지 몰랐다. 그 무렵에 입에 달고 살던 말을 김남주는 나중에 시
로도 쓴다.

> 자유를 내리소서 자유를 내리소서
> 십자가 밑에 무릎 꿇고 주문 외우며
> 기도 따위는 드리지 않을 것이다
> 적어도 대지의 자식인 나는
>
> 자유 좀 주세요 자유 좀 주세요
> 강자 앞에 허리 굽히고 애걸복걸하면서
> 동냥 따위는 하지 않을 것이다
> 적어도 직립의 인간인 나는
>
> 왜냐하면 자유는
> 하늘에서 내리는 자선냄비가 아니기 때문이다
> 왜냐하면 자유는
> 위엣놈들이 아랫것들에게 내리는 하사품이 아니기 때문이다

—시 「자유에 대하여」 부분

김남주가 그 시절에 분명히 무슨 일인가를 도모하고 있었다는
걸 알 수 있는 에피소드가 황광우의 책에도 잠깐 모습을 비친다. 다
음은 윤한봉이 했다는 말이다.

> 78년 6~7월 여름쯤 일이었어요. 내가 남주 도피처에 찾아갔더
> 니 남주가 이런 말을 했어요.
> "형님, 형님이 깃발을 드쇼. 내가 프로파간다를 맡을게."
> 목숨 걸고 싸워야지 유인물 뿌리고 감방 갔다 오는 것으로는 안
> 된다는 거였지요. 지하조직을 만들자는 겁니다. 내가 그랬어요.
> "남주, 두 달만 기다려." 그랬더니 "만약 두 달 기다려도 형님
> 이 아무 말 없으면 다른 일 하겠소."라고 했어요.
> ─황광우, 『젊음이여, 오래 거기 남아 있거라』(창비, 2007)

이때 윤한봉이 어떤 계획이 있어서 두 달 이야기를 꺼냈는지는
알 수 없다. 다만 김남주는 중대한 마음의 준비가 끝나 있었고, 무슨
일이든 시작하지 않으면 안 되는 지점에 이르러 있었다. 그리고 그
것은 황광우의 책에 기록된 윤한봉의 상태와는 수위가 꽤 다른 것
이었다. 인용문을 보면 우선 김남주는 윤한봉을 '형님'이라 하고 윤
한봉은 김남주를 '남주'라고 하는데, 윤한봉은 1947년생이고 김남
주는 1945년생이다. 윤한봉은 광주일고 1년 선배이고 김남주는 나
이가 두 살 위이다. 물론 김남주는 '물봉'인 데다가 권위 같은 걸 전
혀 따지지 않는 사람이지만, 그렇다고 해서 김남주를 가볍게 대하
는 사람은 적어도 지성인의 범주 안에서는 찾아볼 수 없었다. 세계

를 고민하는 자가 어떻게 세계의 깊은 곳을 아는 자의 눈빛을 몰라볼 수 있겠는가. 여기서 두 사람의 칭호가 중요한 건 윤한봉과 김남주가 서로 좋아하고 존중해서 둘 다 존칭했다는 기록을 쌍방이 다 남겨놓았다는 점 때문이다. 최권행의 기록에도 그런 서술이 있다.

> 나이가 한두 살인가 위였던 김남주 시인도 사람에 대한 평가를 두루뭉수리하게 하는 법이 없었는데 지도자에게 말을 낮출 수는 없는 법이라며 늘 '한봉 씨'라고 부르면서 말을 높이는 바람에 두 사람이 서로 존대하는 모습을 보기도 했다.
> ─최권행, 「별이 된 시골 소년」

아마도 김남주가 윤한봉에 대한 존대를 극구 고집해서 그런 관계가 유지되었을 텐데, 여기서 눈여겨볼 대목은 김남주가 '존대받아야 할 지도자'라고 생각했던 윤한봉에게 '형님'이라고 극존대를 사용해서 내놓은 의견은 틀림없이 사담이 아니라 공적인 내용이 아니겠는가 하는 점이다. 그래서 추정하건대 나는 이 후일담에서 당시 윤한봉이 이끄는 광주 민주화운동의 온도와 김남주가 서고자 했던 전선의 공기가 크게 달랐다고 보는 것이다. 김남주는 윤한봉처럼 존경스러운 지도자가 자신이 기대하는 지하조직을 만들면 좋겠다고 생각하면서도 실제로 그렇게 되리라는 기대는 전혀 하지 않았을 것이다. 왜냐면 김남주는 이때 전혀 다른 차원의 세계에 살고 있었기 때문이다. 그러한 마음을 김남주도 훗날 박광숙에게 고백한다.

> 솔직하게 말하겠어요. 나는 '남민전'에 들어갈 때에 이름도 없이 죽어가야 한다고 생각했어요. 왜 다른 사람이 죽어주기를 내

가 바랄 수 있겠어요. 해방은 죽음 없이 오지 않는다는 것을 인식하면서 그 인식을 왜 내가 실천하지 않고 남이 해주기를 기다려야 되겠어요.

—『불씨 하나가 광야를 태우리라』

당시 김남주가 감히 이런 생각을 하고 있었다는 것을 누구도 짐작하지 못했다. 아니, 있었더라도 그 정체를 이해하지 못했을 것이다. 왜냐면 김남주가 기회 있을 때마다 이를 목이 쉬도록 외쳐도 다들 알아듣지 못했으니까.

그 무렵 황석영은 서울에 닿으면 우선 김남주가 어느 하늘 아래에서 굶지나 않는지 걱정되었다고 한다. 그는 대개 신문사에 들르거나 문인들을 만나거나, 가까이 지내는 출판사를 순회하곤 했는데, 한번은 한마당 출판사에 들렀더니 최권행이 가만히 말했다.

"남주 형이 보고 싶어 하셔요."

황석영은 당장 연락하라고 했다. 그리하여 혜화동에서 여전히 새카맣고 날것 그대로인 김남주와 만났다. 몇 달 만의 해후였는데, 날씨가 한창 서늘해지는 참인데 계절이 지난 차림을 하고 있어서 점퍼를 사 입히고 원고료로 받은 돈 일부를 주머니에 넣어주었다. 이때 김남주는 당시 자유실천문인협의회의 손발이었던 송기원, 이시영의 신세를 지기도 하고, 시인 최민, 화가 오윤의 도움을 받은 이야기도 들려주었다고 한다. 그들에 비해 황석영은 피붙이 같은 사이였으므로 얼마든지 편하게 굴 수 있었는데, 그날은 수유리에 있는 여관을 잡아놓고 하룻밤 자고는 함께 외출했다. 둘이 점심을 먹고 황석영은 출판사에 볼일이 있어 오후에 다시 만나기로 하고 헤어졌다. 마침

근처에 대지극장이 보여서 약속 장소를 그곳으로 정했다.

"저기 영화관이 있네. 동시상영이니 영화 두 편 때리고 나면 내가 돌아올 시간이 되겠다."

김남주가 간판을 올려다보더니 킬킬 웃으며 말했다.

"오메, 앞은 멜로고 다음 건 무협이요. 겁나게 문무 겸비로구만 이."

그래놓고 황석영이 시내로 나갔다가 이 사람 저 사람을 만나다 보니 밤이 되었다. 저녁밥 먹을 시간도 지나서 허둥지둥 택시를 타고 대지극장에 당도하니 김남주가 깜깜한 어둠 속에서 일어섰다.

"나 배고파 죽는 줄 알았소."

늦은 시각까지 김남주가 극장 매표소 앞 계단참에 쭈그리고 앉아 있던 걸 보고 황석영은 자책감이 들어서 오히려 화를 냈다.

"아니 왜 여기 앉아 있어? 내가 안 오면 여관방으로 돌아가서 기다려야지."

김남주가 엉덩이를 털면서 투덜거렸다.

"그 여관이 어느 방향인지 알 수가 있어야지라. 서울은 당최 지리를 모르겄드만."

황석영이 핀잔을 주었다.

"혁명을 한다는 놈이 서울 지리도 몰라서 되겠냐?"

김남주가 발을 맞춰 걸으며 구시렁거렸다.

"에이 씨, 몰라도 괜찮아. 나중에 내가 다 부숴버릴 거니까."

이때 황석영은 김남주가 심상치 않은 조직에 가담한 걸 눈치챘었다. 김남주가 지나가듯 내던지는 말투 속에 밑밥이 깔려 있었는데, 가령 예전 같으면 그의 입에 절대로 오르지 않던 낱말, 즉 '조직', '선전', '작전' 같은 군대 냄새가 나는 용어들이 섞여 있었다. 그뿐 아니라 머리가 하얗게 센 늙은 활동가가 손수 유인물을 철판으로 긁고 등사기로 찍어내는 수고를 일상적으로 해내는 것이 눈물 나더라는 말도 했다. 여기에 대해 황석영은 아무 말도 할 수 없었다.

"생각은 다를 수 있어라우. 너무 앞서가는 점도 있제만 독재를 타도허자는 점은 분명합디다."

생각해 보면, 이 말 역시 김남주가 아니고서는 성립될 수 없는 대사에 속한다. 만약 황석영의 예감대로 그가 지하조직에 가담했다고 한다면, 이런 소견이 나온다는 게 그 자체로 실로 난감한 상황이 된다. 박정희 정권이 인혁당 사건을 조작해서 무려 여덟 명의 인사를 만천하에 공개해 놓고 사법살인을 자행한 지가 언제인데, "너무 앞서가는 점도 있지만"이라니. 그뿐만 아니라 다음의 말은 한술 더 뜬다. 그래도 "독재를 타도하자는 점은 분명합디다"라니! 나는 1980년대 내내 운동권을 따라다니면서 그런 종류의 활동가를 단 한 차례도 본 적이 없다. 혁명 전선에서 특히 위험한 활동에 몸을 담는 자일수록 해당 조직이 정확히 어디에 전망을 두고 있는지, 거기에 수백 수천 개의 이론을 적용해서 모험주의나 수정주의 같은 오류는 없는지, 일일이 따지고 확인하고 타산해서 내적 열정이 충만해지지 않으면 결단코 몸을 던질 수 없는 까닭에, 바로 그에 따라 파생되는 노선 차이로 생기는 갈등이 얼마나 심각한지 모른다. 그것은 한국뿐 아니라 러시아혁명이나 중국혁명에서도 똑같아서 님 웨일스의 『아리랑』에서 김산의 운명을 읽은 사람은 누구나 여기에 동의할 것이다. 그래서 감히 나의 소견을 밝히자면 혁명가가 국가폭력에 의해 희생되는 경우보다 노선 투쟁으로 겪는 손실이 훨씬 더 크다. 그런데 김남주는 자신이 이견을 보일 수도 있는 노선을, 대의만 믿고 따른다는 뜻을 보인다. 이는 그의 관심이 보통의 활동가들과 전혀 다른 데에 있음을 의미한다. 그러니까 혁명의 열매를 기다리는 '추수'가 아니라 '농사' 그 자체에 몸을 던지는 격이랄까. 굳이 그래야 했던 이유는 이후 활동상을 통해서 드러나겠지만, 미리 예단할 수 있는 한 가지는 그가 우리나라에는 담대한 조직과 활동의 시도가 너무 적고, 거기에 총력을 기울이는 사람이 너무 없다고 생각했다는 사실이다.

이를 나는 이렇게 생각한다. 20세기의 혁명가들이 선택한 길을 편의상 두 갈래로 나눈다면 하나는 지도자의 길이었고 하나는 전사의 길이었다. 이를 굳이 동학에 비유한다면 최제우의 길과 전봉준의 길을 예시해도 될지 모른다. 여기서 1990년대 중반에 김근태가 정당에 가입하기 전에 말했던 '네루의 길'과 '간디의 길'은 지도자의 길에서 갈라지는 또 다른 두 갈래에 속한다. 윤한봉은 본인의 의지와는 별개로 주위의 뜻에 따라 장차 민중을 살리는 정치의 길을 가기를 희망했다. 윤한봉이 할 일은 새로운 세상을 건설하는 일이고 민중을 평화로운 세계로 인도하는 길이다. 그것이 김대중의 대안이어야 하는지 문익환의 대안이어야 하는지는 역시 김근태가 말한 네루의 길과 간디의 길처럼 다루어야 할 일이다. 문제는 김남주가 선택하고자 했던 전사의 길인데, 전사가 주목하는 일은 낡은 세계를 깨부수는 것, 즉 현실 세계의 장애물을 해치우는 일이다. 발터 벤야민은 이를 '파괴자'라 부른다. 낡은 세계를 파괴하는 자는 순수하게 파괴에만 전념해야 한다. 전사는 해방된 이후의 세계가 가져다줄, 그것이 긍정적인 대상이든 부정적인 대상이든 '전리품'에 관심을 가져서는 안 된다. 전사는 전선이 있어야 존재할 수 있다. 이 전선을 이해해야 분신자들의 유산을 이해할 수 있다. 그래서 파괴자는 순수하게 파괴 그 자체에 복무할 뿐 나중에 건설을 누가 어떻게 할 것인지는 중요하게 보지 않는다. 이 파괴자를 김남주가 '전사'라고 명명한 까닭은 그들이 전선을 창조하고 지키기 때문일 것이다. 전태일로부터 시작하여 김상진을 거쳐 이한열에 이르기까지, 언젠가 문익환 목사가 호명하여 100만 시민을 울렸던 이름들이 모여서 전선을 형성한다. 분신자는 건설에 간섭하지 않는다. 자신은 그들에게 '잿더미'를 안겨줄 계획이기 때문이다. 전사의 삶이 어떤 건지를 보여준 대표적인 인물이 체 게바라인데, 체 게바라는 쿠바 혁명을 위해 싸울 뿐 건설에 관여하지 않고 볼리비아로 떠난다. 순수 파괴에 전념한 것이다. 김남주가 윤한봉에게 말하고 싶었던 건 아마도 이 전사의 길이었을 것이다. 그는 서울에 올라올 때 체 게바라의 길을 찾아온 사람이었다.

과연 김남주는 당시 윤한봉의 추측대로 실제로 박석률을 만나고 있었다. 박석률은 매우 독특한 성장 과정을 거친 활동가였다. 그는 본디 한국에 제분업소가 생기기 전에 호남의 밀가루 보급을 독점하는 집안의 장남이었는데, 집안 형편도 부유하고 학교 성적도 매우 좋았다. 그래서 광주일고의 전신인 6년제 광주서중에서 성적이 매우 좋은 몇몇이 서울 경기고에 응시하는데, 박석률은 그렇게 해서 경기고로 진학한 여섯 명 중 한 사람이었다. 주목할 것은 그의 집에서 객지로 유학을 떠난 장남에게 임동규라는 가정교사를 붙였던바, 이미 고교 시절부터 운동권 활동을 시작한 임동규는 박석률에게 학교 교과보다 훨씬 많은 열정을 인문 사회과학 지도에 쏟았다. 그래서 아주 일찍 의식화 학생이 된 박석률은 서강대학교에 입학하자 사회주의 서적을 탐독하고 반정부 운동에 가담했다. 이후 온통 지하조직 사업에 몰두하는 박석률이 성공회가 주최하는 '문학의 밤'에서 우연히 김남주를 만났는데, 두 사람은 전남 민주회복 구속자

협의회에서 이미 알던 사이였다. 그런데 재미있게도 둘은 동창이긴 하지만 같은 학교에서 공부한 적이 없는 매우 기이한 유형의 동창이었다. 예컨대 광주서중은 광주일고와 연결된 학교라 동급생 친구들이 모두 이리저리 얽혀 있었는데, 그중에는 김남주처럼 희귀하게 시골 중학교를 마치고 광주일고에 합격한 사람도 있고, 또한 더욱 희귀하게 광주서중에서 경기고로 진학한 소수 정예도 있었다. 김남주는 해남중을 마치고 광주일고에 들어간 경우이고, 박석률은 광주서중에서 경기고로 진학한 경우라 두 사람은 교정을 함께 사용한 적이 없었다. 그래도 반가운 동창인 건 사실인데, 두 사람이 만났을 때 김남주는 피신처가 마땅치 않은 시점이었다. 김남주로서는 혈육 같은 아우 최권행의 도움을 받는 건 좋은데, 그 매형에게까지 부담을 주는 건 아무리 생각해도 지나친 결례였다. 더구나 수배자 신분이라 유사시에 문제가 생겨서 그가 범인은닉죄라도 뒤집어쓴다면 그야말로 난처한 일이었다. 그러던 차에 박석률이 지하신문을 준비하면서 시를 청탁했고 김남주가 「해방자」라는 시를 써주자 박석률이 피신처를 옮길 수 있도록 도와주었다. 이미 관계가 깊어지기 시작한 것이다.

그런데 이 무렵 박석률의 활동에 대해서 광주의 지도자라 할 윤한봉의 평가는 인색하기 그지없었다. 역시 황광우의 책에 나오는 말이다.

그 뒤 석률이가 광주에 왔지요. 광주에서 내로라하는 사람들을 전부 꼬드겼어요. 남민전 전남 총책을 맡길 사람을 찾았던 겁니다. 모두들 합수(윤한봉의 별칭)형한테 가서 말해보라고 했던 모양입니다. 이 친구 말을 들어보니 예비군훈련장에서 실탄 없는 총

을 구했다나요. 나는 속으로 웃었어요. 우리는 박정희 암살 계
획을 세운 적이 있었는데…… 수류탄에 다이너마이트까지 준
비해 둔 적이 있었는데…… 이야기하는 것을 들어보니 뭔가 불
안했어요. 뻥이 심했어요. 그래서 그다음 날 바로 서울로 올라
갔지요. 당시 이해찬하고 최권행이가 출판사를 하고 있을 때였
어요. 돌베개인지 한마당인지 모르겠어요. (……) 서울에서 뭔가
무장투쟁을 지향하는 지하조직이 움직이는 것 같은데 그 조직을
얼마나 신뢰할 수 있는지 판단이 안 서니 알아봐 달라고 부탁했
지요. 권행이가 좀 앉아 있으라고 하더니만 두 시간도 채 안 돼
남민전 강령을 내놓는 거예요. 나는 곧바로 "알았다. 나를 만난
일은 없었던 것으로 하자" 하고 광주로 내려왔어요.
　　―황광우, 『젊음이여, 오래 거기 남아 있거라』

　이때 윤한봉의 눈에 보였던 흠들이 김남주의 눈에 보이지 않았
을 리 없다. 하지만 김남주는 개의치 않았다. 그런 태도가 박석률의
눈에도 보였을 것이다.
　박석률은 김남주에 대한 기대가 이만저만이 아니었다. 놀랍게도
김남주는 유명한 시인이라는 점은 차치하고라도, 유신체제에 저항
하는 최초의 지하신문을 냈고, 감옥살이도 했으며, 사상적으로도 준
비가 잘되어서 세계혁명사에 대한 소양이 더없이 깊었다. 게다가
성격도 낙천적이어서 서울에서 도피 활동을 하는 동안에도 전혀 위
축되는 법이 없으니 그런 인재를 찾기는 어려웠다. 박석률은 김남
주가 지하운동을 하기에 적격이라 판단하여 마침내 집으로 데려가
서 이실직고했다.
　"《민중의 소리》는 우리 비밀조직에서 내는 거여. 남주가 와서 이

걸 담당하면 어떤가?"

김남주도 답변을 길게 끌지 않았다.

"그려? 그럼 그 일을 내가 해보까?"

선선히 승낙하자 일이 일사천리로 진행되었다. 1978년 9월 4일 12시에 하월곡동 박석률의 집에 선생님 한 분이 찾아왔다. 이재문이었는데, 그는 1964년 한일굴욕회담에 반대해 범국민적 저항이 일어났을 때 당국이 빨갱이 짓으로 조작해 수난을 겪게 된 제1차 인혁당 사건의 수배자였다. 당시 중앙정보부는 혁신계 인사와 언론인·교수·학생들을 검거해 엄청난 고문 끝에 '인혁당'이라는 배후세력을 조작해 내고, 4·19혁명 후 민족자주통일중앙협의회 중앙조직 부책을 지낸 도예종, 빨치산 출신 경제학자 박현채, 합동통신 조사부장 정도영, 노동운동가 김금수, 민족일보 기자 이재문이 '인혁당 중앙상무위원회'라고 발표했다. 말도 안 된다. 당시 이들의 관심사는, 아시아·아프리카의 여러 나라가 독립하면서 전 세계적으로 민주주의가 크게 고양되던 시기에 한국도 민족민주운동의 승리를 담보할 혁명의 지도부가 필요하지 않겠는가, 그렇다면 이를 이끌 전위조직을 만들어야 할 단계가 아닐까 하는 것이었다. 물론 이재문 등 다수는 시기상조라는 견해를 가지고 있었다. 그리고 그로부터 10년이 지난 1974년 민청학련 사건이 터지자 중앙정보부는 제1차 인혁당 관련자들을 연행하여 혹독한 고문을 가한 끝에 무려 여덟 명에게 사형선고를 내리고 나머지 사람들에게는 무기징역에서 15년 형을 선고했다. 그리고 대법원 전원합의체가 내린 확정 판결문이 구치소에 도착하기도 전에 형을 집행해 버렸다. (이 엉터리 같은 사법 살인을 국가가 다시 무죄로 돌린 건 32년의 세월이 흐른 뒤였다.) 이재문은 경악스러운 공안 세력의 손아귀에서 유일하게 잠행에 성공하여 가까스로 살아남은 최후의 생존자였다. 그 때문인지 온갖 어려움을 뚫고 음지를 떠돌며 동지들의 한을 풀 전위조직을 건설하고자 백방으로 노력했다. 그러다가 1976년 2월 29일, 청계천3가 태성장 2층에서 통일혁명당의 승계자 신향식, 해방전략당의 승계자 김병권을 만나 마침내 '남조선민족해방전선 준비위원회'를 결성했다. 여기에 안재구 교수가 추가되어 네 사람이 중앙위원이 되었다. 남민전 준비위 결성일이 바로 문익환 목사가 재야에 데뷔하기 전야이며, 다음 날이 '3·1민주구국선언문'을 발표한 날이라는 점은 기억할 만한 일이다. 어쨌든 동지 전원의 죽음을 딛고 혼자 살아남아 와신상담을 해온 이재문은 남민전 준비위의 외곽조직이 될 '한국민주투쟁위원회'(약칭 민투)를 결성하고 그 총책이 되었다. 그리고 한국 변혁운동사는 물론이고, 남로당, 통혁당, 임자도 사건, 조봉암 사건, 인혁당 사건 등 일반인이 접할 수 없는 사건들의 이면, 즉 그들이 어떻게 발각됐고 누가 고문을 받았으며 누구의 진술로 정보가 새어 나갔는지, 또 끝까지 입을 다문 사람과 비밀사항을 밀고해 조직에 피해를 남긴 사례를 일목요연하게 꿰고 있는 사람답게 가위 목숨을 건 자만이 갈 수 있는 행보를 잇고 있었다. 그의 모습을 김남주는 나중에 이렇게 노래한다.

일상생활에서 그는
조용한 사람이었다.
이름 빛내지 않았고 모양 꾸며
얼굴 내밀지도 않았다

무엇보다 그는

시간 엄수가 규율 엄수의 초보임을 알고
일분일초를 어기지 않았다
그리고 동지 위하기를 제 몸같이 하면서도
비판과 자기비판은 철두철미했으며
결코 비판의 무기를 동지 공격의 수단으로 삼지 않았다
조직생활에서 그는 사생활을 희생시켰다
조직의 이익을 위해서라면 모든 일을 기꺼이 해냈다
큰 일이건 작은 일이건 좋은 일이건 궂은 일이건 가리지 않았다
그리고 아무리 하찮은 일이라도
먼저 질서와 체계를 세워 침착 기민하게 처리해 나갔으며
꿈속에서도 모두의 미래를 위해
투사적 검토로 전략과 전술을 걱정했다
―시 「전사1」 부분

바로 이 전설 같은 혁명가가 와서 곧 가입 절차가 진행되었는데, 먼저 박석률이 추천하는 절차를 거친 뒤, 이윽고 이재문이 건네주는 '한국민주투쟁국민위원회'의 강령과 규약을 김남주가 읽고 찬동하는 순서를 밟았다. 이윽고 김남주가 방바닥에 오른쪽 손바닥을 대자 그 위로 박석률의 손, 또 그 위로 이재문의 손이 포개어 얹혔다. 그리고 김남주가 남은 한쪽 손으로 유인물을 들고 선서문을 낭독하자 이재문이 장차 조직에서 사용할 이름 '한무성'을 부여하는 것으로 가입 절차가 완료되었다.

한국민주투쟁위원회(민투)는 남조선민족해방전선 준비위원회(남민전)의 하부에 있는 지하조직이었다. '남민전'은 유신 치하에서 민주화운동이 극심한 탄압을 받는 상황을 고려하여 자신들의 외곽에

'민투'를 두고, 그 아래 청년·농민·노동·학생·연합·교양 등 6부가 따로 활동하고 있어서 각자의 존재를 모르고 있었다. 만일 민투 활동가들이 '남민전'을 알았다면 그런 명칭을 사용한다는 사실만으로도 이탈자가 많았을 것이다. 왜 그런가 하면 '남조선'이라는 낱말과 '해방전선'이라는 단어가 사용되는 까닭인데, 사실 '해방전선'은 제국주의의 탄압이 극심한 제3세계 국가들에서 모색된 매우 보편적인 독립운동의 한 방법이었다. 그리스, 알제리, 앙골라, 바레인, 베트남, 페루, 베네수엘라, 남예멘, 필리핀 등에도 민족해방전선이 있었다. 그래서 이를 수용한다 하더라도 '남조선'만큼은 달랐다. 어쩌면 그것은 사회 구성원들이 아무런 문제의식 없이 받아들이는 '국어'라는 말에 내포된 분단의 함정인지 모른다. 해방 후 남과 북으로 쪼개진 한반도는 국제적 냉전 체제의 최전선이었다. 그로 인해 남과 북에서 강요하는 국가폭력이 얼마나 가혹했던지 그들의 일상을 지탱하는 언어 사용조차도 특정 정치색을 극도로 배제하지 않으면 안 되었다. 예를 들어, 남쪽에서 자주 쓰는 말을 북에서는 피하고, 북에서 즐겨 쓰는 용어를 남쪽 사람들은 입에 담지 않으려 했다. 가령 '동무' 같은 말은 북에서 좋아하기 때문에 남에서는 애써 '친구'로 바꾸다 보니 '죽은 말'이 되었다. 이를 '언어 자살 현상'이라 하는데, 훨씬 심각한 것은 '언어 살해 현상'도 비일비재했다는 것이다. '원양어선'을 '먼 바다 고기잡이 배'라 하거나 '아이스크림'을 '얼음 보송이'라 하는 건 북에서 남파된 간첩으로 의심될 수 있으므로 아예 못 쓰게 했다. 그런 낱말 중에서도 정치적 성격을 띤다고 하여 극단적으로 금지된 표현이 '남조선'이었다. 재일교포들은 분단 이전의 조국을 표현하기 위해 조선이라는 단어를 쓰기도 하지만 적어도 남쪽 대한민국에서는 '남조선'이라는 말을 쓰는 것 자체가 국가를 부정하는 행위로 받아들여질 수 있었다. 그러니까 '국어'의 바깥에 있는 '한국말'이었던 것이다. 그런데도 굳이 이런 단어를 고집하는 사람을 한국인들은 결코 정상적인 사람으로 보지 않으려 했다. 그런데 김남주가 가입한 조직은 가장 중요한 자리에 이 낱말을 배치했다. 그러니 앞길이 얼마나 험하겠는가?

2

김남주가 비밀조직에 가담한 일은 그의 일생에서 단 한 번 돌출된 최대의 모험이었다. 그는 어떤 경우에도 규율과 체계와 조직의 명령대로 움직이는 생활방식을 따른 적이 없었다. 심하게는 직장인이 되는 것조차 그런 이유로 받아들이지 않았다. 그러나 스스로 남민전에 들어가는 순간 그는 운명의 주권을 운명의 품에 돌려주기로 했다. 이제부터 모든 선택에서 자아 의지를 없애고 조직의 뜻만을 따르기로 한 것이다. 남민전에서 민투의 역할은 국민 모두에게 그 삼엄한 시대에도 반유신투쟁을 하는 단체가 있다는 걸 알리고 저항 조직을 확대하는 일에 있었다. 그는 여기에 매진했다.

김남주는 가입한 지 며칠 안 되어서 미아리 대지극장 옆 다방에서 안재구를 만나 교양 자료를 전달받았다. 또 이수일의 아파트에서 해외여행을 마치고 온 이문희를 만나 내의 여덟 점, 신사복 한 벌, 넥타이 열 개를 받았다. 그리고 그때부터 조직이 배포할 유인물의 원고를 작성하고《민중의 소리》를 제작하는 일을 맡았는데, 그는 이미 문화 선전 활동 전문가로서 유인물 투쟁에 관한 한 원고 작성에서 제작 배포에 이르기까지 못하는 게 없었다. 그뿐만 아니라 김남주의 조직원 생활은 누구도 흉내 낼 수 없을 만큼 투철하고 치열한 것이었다. '민투'가 장차 '남민전(전위조직)'을 지킬 수 있으려면 누군가는 어떤 탄압에도 지치지 않고 싸우고 있다는 믿음을 세상에 전하고 그에 대한 민중의 신뢰를 얻어야 했다. 그러려면 그때그때의 정세에 맞춰 유인물을 배포하는 수밖에 없었다. 유인물을 배포할 때는 통상 2개 조가 움직였는데 김남주는 현장 상황에 강한 편이라 배포조를 맡을 때도 있고, 호위조를 맡을 때도 있었다. 그래서 때로는 유인물을 번화가의 공중전화 부스에 두고 나오거나 대학 교정에 있는 벤치라든가 숲길에 흩뜨려놓기도 하고 빈 강의실에 들어가 책상마다 놓아두기도 했다. 유인물에 게재할 내용도 창의적이어서 김장철에 배추, 무 가격이 뛰었을 때는 '박정희 때문에 김치도 못 먹겠다'라고 써서 타도할 대상이 박정희임을 명시했고, 어떤 경우에도 조직의 이름을 각인시키기 위해서 유인물과 성명서의 아래에 반드시 '한국민주투쟁국민위원회'라고 밝혔다. 이 같은 작전은 1978년부터 본격화되었는데, 빌딩 옥상 살포부터 풍선을 이용한 대량 살포까지 다양한 방법이 연구되어 투쟁역량이 날로 확대되었다. 서울 상경 시기와 민투 가입 시기가 비슷하여 김남주와 일찍부터 활동을 함께한 박석삼은 1978년 9월부터 1979년 8월까지 조직에서 유인물을 뿌린 게 총 9회 정도인데 6회를 자신들이 했다고 말했다. 아마도 태반은 김남주가 썼을 것이다.

그가 이렇게 투철한 삶을 살고 있을 때 조직에서 다시 명령이 내려왔다. 예컨대 조직에서는 일정 기간의 실천 활동을 거치고 나면 유능한 사람을 정식으로 '전사'로 승격시킨다. 그를 위해 조직을 확장하라는 임무가 그에게도 떨어졌다. 이때 박석률은 이강을 찾아갔고, 김남주는 최권행을 만났다. 그리하여 정든 후배와 둘이서 밤길을 걸으면서 말을 건넸다.

"권행아, 이거 한번 볼라냐?"

김남주가 손에 쥐여준 것은 추잉 껌이었다.

"웬 껌을 내게 줘요?"

최권행이 열어보니 남민전 강령이 적혀 있었다. 그걸 읽다가 최권행은 놀라서 자지러지는 줄 알았다. 표현 하나하나가 얼마나 무모하던지, 남주 형의 신변이 심히 염려되었다. 그나마 쓰는 어휘조차도 북한식이라 생경하기 그지없었는데, 그래도 인정해 줄 것 하나는 이 삼엄한 시대에도 싸우는 조직이 있구나, 하는 생각을 준다는 점이었다.

"형, 내용이 좀 당황스러워요."

그러자 김남주가 웃으면서 말했다.

"그렇지잉. 너하고는 안 맞지잉."

최권행은 이런 남주 형이 걱정되면서 한편으로 고마웠다. 저토록 중요한 보안 사항을 노출하고도 절대 발설해서는 안 된다는 다짐 따위를 받지 않았다.

하지만 김남주 자신은 누가 어떻게 말해도 망설이거나 회의감에 빠지지 않았다. 원래 '말'과 '행동'은 다른 것이고 그것을 일치시키기란 더욱 어려운 법이다. 한국에도 국제사회와 연대할 전선 조직이 살아 있어야 하고, 그곳에는 비가 오건 눈이 내리건 언제나 싸우는 사람이 있음을 민중에게 알려야 하며, 그를 위해서는 누군가 목숨을 걸고 조직을 지켜야 한다는 것이 그의 생각이었다. 그게 안 되는 가장 큰 이유는 지성과 전통이 모자라기 때문이 아니라 억압받는 사람들이 그만한 용기를 내지 않는다는 데 있었다.

남민전에는 이재문, 신향식, 김남주, 박석삼 등 장기 수배자들이 많았다. 어느덧 활동의 중심에 서게 된 김남주는 10월 5일 오전에 《민중의 소리》 2호 40부를 소지하고 연세대학교 식당 옆 변소에서 20부를 살포하고, 같은 날 오후에 경희대학교 상과대학 강의실에 20부를 살포하였다. 또한 오후 6시 정릉 계곡에서 안재구, 박광숙과 만났다.

어떤 만남은 우연의 얼굴을 한다. 아마도 김남주와 박광숙의 대면이 그런 경우에 속할 것이다. 박광숙은 교사였는데, 성격도 다소 곳하고 나대는 것도 싫어했다. 그저 묵묵히 활동하는 편이어서 조직에서는 《민중의 소리》 편집위원을 맡기고 있었다. 그래서 매번 회의에 참석했다가 그 책임자인 김남주의 표정에서 처연함의 한 경지를 보았다. 세속사회의 근심이 전혀 없는 사람 같았다.

"집이 어디세요?"

박광숙으로서는 매우 어렵게 입을 뗀 참이었다. 그런데 김남주의 대답이 영 무뚝뚝했다.

"나는 집도 절도 없는 사람이요."

잘 보일 생각이라곤 없는 답변이었다. 김남주는 모든 기준을 조직 활동에 두고 있어서 동지에게 불필요한 관심을 두지 않았다. 아마도 김남주는 서로가 모르는 얼굴로 스쳐 가야 후환이 없다고 생각하는 사람임이 틀림없었다. 그래서 《민중의 소리》 3호 편집회의를 하는 동안에도 사무적이었고, 회의가 끝나고 박광숙에게 유인물 제작에 필요한 원지 긁는 요령을 알려줄 때도 거리 유지를 했다. 다만 박광숙은 순박한 사람이라 김남주가 집도 절도 없다고 답한 말을 '천애의 고아'라는 뜻으로 받아들이고 있었다. 둘 사이에는 그냥 그 같은 시간이 흘렀다.

그리고 다시 황석영이 서울에 올라갔다가 김남주를 찾았다. 김남주는 하필 위험 지구였던 연세대를 맡아서 유인물 배포를 끝낸 후에야 신촌 술집으로 갔다. 황석영을 만난 건 밤늦은 시간이어서 여관에 가지 못하고 소설가 박태순의 집을 찾았다. 박태순도 김남주가 수배 중인 걸 아는 터라 어떤 이야기도 자세히 묻지 않았다. 어떻게 사는지, 어디서 무엇을 하는지 따지지 않고 묵묵히 술을 나눠 마시는 것이 예절이던 시절이었다.

　그래도 가을이 깊어가고, 아마도 10월 12일이었을 것이다. 김남주는 전수진의 집에 들러서 이재문이 초안한 대학생 전단용 「격」을 검토했다. "때는 왔다. 드디어 때는 왔다. 박정희 폭정에 항거하여 독재자 박정희를 장사 지낼 날은 왔다." 이 같은 문체에 대하여 세부 의견은 다를 수 있지만 그런 것쯤은 전혀 문제가 아니었다. 김남주는 나이 든 분들이 이토록 헌신적으로 활동하는 것에 늘 감동하고 있었다. 이재문의 「격」은 고교생을 대상으로 하는 전단도 준비해서 안재구가 필경했는데, 김남주는 이를 이재문, 신향식, 이해경과 함께 등사 제작했다. 그리하여 고교생 전단 2000장을 챙겨서 이학영과 함께 종로구 혜화동에 있는 동성고등학교로 갔다. 그날 밤 풍경은 이학영의 기록이 남아 있어서 비교적 상세하게 복기할 수 있다.

　깜깜한 밤이었다. 어둠 속 바로 앞에 김남주가 걸어가고 있었다. 어둠은 칠흑같이 짙어서 사방팔방 그 어딘가에 먹이를 노리는 들짐승처럼 파란 감시의 눈빛들이 번득이는 것만 같았다. 몇 걸음만 뒤처지면 우악스러운 손아귀가 목덜미를 낚아챌 것만 같은 공포가 발걸음을 재게 하였다. 이때의 심정을 김남주도 시에 남긴다.

불이 되어 차라리 불바다가 되어
붉은 연꽃으로 피어오르고 싶은 밤
머리끝에서 발가락까지 타버리고
빈 그릇 한 줌 재로 남고 싶은 밤
(……)

환청이었을까 '어이 학생' 하는 소리에
환각이었을까 목덜미에 닿을 것 같은 검은 손의 촉감에
어처구니없게도 나는 발걸음이 빨라졌고
급기야는 뛰기 시작했다
뛰면서 나는 생각했다 열 번이고 스무 번이고
칵 뒈져나 버려라 이 겁보야
　　　　　　　―시「그날 밤을 회상하면」부분

　　그만큼 무서웠다. 이날 이학영은 얼마나 긴장했는지 정신을 차릴
수 없었다. 무슨 일을 해야 한다는 생각도 없이 다만 김남주의 뒤를
따라가는 일만으로도 버거웠다. 그래서 전단을 다 뿌릴 때까지 그
곳이 어디인지도 인지하지 못했다.

　　얼마쯤 가다가 텅 빈 운동장에 들어섰다. 누가 볼세라 재빨리 늘
어선 교실들의 그림자 속으로 빠져들었다. 그러면서 검은 오버
속에 감추어 넣은 유인물들을 꺼내어 여기저기 뿌렸다. 훗날 생
각하니 혜화동 부근 동성고등학교, 보성고등학교였다. 그것이
투사로서 내게 주어진 첫 번째 일이었고 그때 나를 데리고 갔던
것이 바로 그였다.

—이학영, 「아름다운 영혼의 물줄기를 따라 흐르며」, 『내가 만
난 김남주』

앞서 언급한 시에서 김남주는 마지막 구절을 이렇게 맺는다.

그날 밤 나는
나에게 맡겨진 임무를 성공적으로 끝냈다
아 그날 밤 하늘에서 반짝이는 별 하나 얼마나 아름다웠던가

사실, 이학영을 조직에 끌어들인 사람은 김남주가 아니었다. 늘
자신을 그림자처럼 따르고 누구보다도 자신의 말을 중시하는 후
배였지만, 그래서 더욱 김남주는 그런 후배에게 부담을 줄 수 없었
다. 차라리 자신이 가려는 위험한 길에 동행하지 않기를 바랐다. 하
지만 이학영은 박석률의 집요한 설득으로 지하운동에 덥석 발을 들
였는데, 가입하자마자 분단국가의 비합법 투쟁이 처할 상상 이상의
공포감 때문에 초긴장 상태로 지내야 했다. 그도 인혁당의 죽음을
야기한 민청학련 사건의 관련자 아닌가? 그래서 한 번 잡혀가면 살
아 올 수 없다는 남산의 중앙정보부, 그 지하실의 끝 모를 공포로부
터 한시도 놓여날 수 없을 때 김남주 형을 만나서 그렇게 의지가 될
수 없었다.
　김남주가 곁에 있으니 언제 검거될지 모른다는 불안도 차츰 줄
어들었다. 그래도 둘이 대화할 때 조직 이름을 입 밖에 낼 수 없어
서 불편하므로 별칭을 하나 짓자고 제안했는데, 김남주가 국어사전
에서 '씹거웃'이라는 생경한 말을 찾아냈다. 이 낱말은 성기 주변에
있는 털을 가리키는 단어라서 남 앞에서 함부로 언급할 수 없었다.

그래도 두 사람은 씹거웃의 미래에 대해서 늘 걱정 반 기대 반의 이야기를 나누었다. 그리하여 한번은 신당동 로터리에 있는 다방에서 김남주를 중심으로 임동규, 박석률, 김종삼, 이학영이 만났다. 모두 광주를 본향으로 둔 선후배들이었다. 이들은 세운상가로 자리를 옮겨서 임동규, 김종삼, 이학영은 망을 보고 김남주와 박석률이 상가 2층으로 올라가 "모이자 10·17 광화문 네거리로"라는 유인물 1000매를 종로 쪽 길 위로 던졌다. 유인물이 공중에서 새 떼처럼 흩어져 보도 위로 떨어져 내렸다.

이 같은 활동으로 바쁘던 어느 날 김남주는 돈암동 태극당에서 박석률을 만나 조직 내부 이야기를 들었다. '민투'는 예과에 불과하고 본격적인 활동을 하는 조직이 따로 있는데, 보통 사람은 6개월 이상 민투 경력이 있어야 승격할 수 있으나 김남주는 사전 경력도 많고 지적 훈련도 잘되어서 본인이 결심만 한다면 곧바로 남민전 전사로 승격될 수 있다는 것이었다. 김남주가 조직의 심층에서 흘러나오는 이야기를 정식으로 들은 것은 이 자리가 처음이었다. 그래서 설명을 다 듣고 가입 권고를 수용하겠다고 밝혔다. 그러자 10월 하순에 박석률의 집에서 자리가 만들어져 그는 신향식의 주도로 남민전의 강령, 규약, 선서문 및 전사 생활 규범 10조, 전사 5대 사수 비밀, 전사 4대 임무를 적은 문서를 전달받고 찬동 의사를 표했다. 잠시 후, 아직 대낮인데도 벽에 남민전 기가 게시되고 가입식 절차가 진행되었다. 생전 처음 보는 남민전 기였다. 이 깃발은 실로 삼엄한 감시 속에서 이재문이 전창일의 아내에게 부탁해서 인혁당 사형수 여덟 명의 가족을 일일이 찾아다니며 희생자가 입었던 속옷을 넘겨받아 이를 이어서 만든 것이라 한없이 숙연했다. 참석자 전원이 남민전 기에 경례하고 열사에 대한 묵념을 올린 후 단도를 방바닥에 세워서 세 사람이 함께 잡고 선서문을 낭독한 뒤에 서약서 끝부분에 한무성이라고 서명했다.

사실상 남민전에서 제대로 된 전사는 신향식, 김남주, 박석삼 정도라고 해도 과언이 아니었다. 이들은 혜성대 대원이라는 이유로 거의 매일같이 만나서 같이 훈련하고 밥 먹고 붙어 다녔다. 피신자는 한 군데 오래 머물면 안 된다는 내부 규율 때문에 김남주와 박석삼은 거처를 옮겨야 했다. 박석삼은 거처를 전수진 댁으로 옮겼다가 홍세화 집으로 다시 옮기고, 김남주는 박석률의 집에 있다가 이학영의 자취방으로 들어갔다. 이학영의 방은 돈암동 산동네에 있었는데, 이학영이 신출내기 선반공이라 영등포, 부평, 신설동 등등의 작은 공장을 전전하면서 낮에는 공장에서 일하고 밤에는 조직에서 소모임을 마치고 나서야 귀가했다. 그만큼 바빴다. 김남주는《민중의 소리》편집회의도 하고, 원고도 쓰고, 또 유인물을 살포하는 활동도 했는데, 날이 갈수록 수배자가 늘고 피신할 사람은 많아지는 데 반해 활동비는 턱없이 부족했다. 이를 고민하던 중앙위에서는 사업 구상도 해보고 내부 설문조사까지 실시했으나 뾰족한 방책이 나오지 않았다. 그래서 몇 차례 집단토론을 하던 끝에 누군가 이를 혁명적인 방식으로 해결하자는 의견을 내놓게 되었다. 충분히 고려할 가치가 있는 사안이었다.

사람들은 '현재'가 어디에서 왔는지, 그것이 내포한 과거와 또 그 관성으로 도래할 미래를 상상하지 않고 오직 눈앞의 장면만을 '현재'의 모든 실상인 양 신봉하려 든다. 남민전은 이를 매우 안타깝게 생각했다. 당시 사람들은 식민지 조선이 근대 한국의 번영을 이룬 것은 순전히 기업들의 노력 덕분이고, 이 기업들은 일본이 만든 회사를 해방 이후 미군정의 도움으로 한국인이 인수했기 때문에 건재하게 됐다고 믿고 있었다. 남한의 80퍼센트를 차지하는 적산기업과 재산이 친일행위를 한 일본 앞잡이의 손에 넘어간 것은 사실이었다. '쇼와 기린맥주'는 조선인 관리인 박두병에게 넘겨져 두산그룹이 되고, '조선유지'는 김종희에게 넘어가 한화그룹, '선경직물'은 조선인 관리인 최종건에게 인수돼 SK그룹, '나가오카 제과'는 박병규에게 넘어가 해태가 되었다. 또한 '완다 시멘트'는 이양구에게로 넘어가 동양시멘트, '미쓰코시 백화점'은 이병철에게 넘겨져 신세계백화점, '코레카와 제철소'는 장경호에게 넘어가 동국제강이 되었으며, '조선생명'은 삼성화재, '토요쿠니 제과'는 동양제과, '경기직물'은 쌍용그룹, '조선무선'은 대한해운, '아사노 시멘트'는 벽산그룹, '조선중공업'은 한진중공업, '조선미곡창고'는 대한통운이 되었으니, 결국 독립운동을 한 기업들은 사라지고 친일세력들이 부와 명성을 차지해 떵떵거리는 세상이었다. 그래서 한 줌도 안 되는 부패 세력이 본래 민중에게 되돌려야 마땅할 부를 너무 쉽게 차지한 나머지 이를 함부로 낭비하는 경우가 많았는데, 그 양상이 자못 가관이었다. 당시 재벌 2세들 중에 '장안 7공자'가 있는데, 이들이 얼마나 향락적인지 돈을 무차별적으로 쓰고 다니며 여자들을 유혹해 문란하게 논다는 소문이 저잣거리에 자자했다. 가난 때문에 목숨을 끊는 이가 많은 세상에서 부를 함부로 탕진하는 것도 문제지만, 남들이 뼈 빠지게 일하는 시간에 술과 돈을 뿌리고 다니느라 흥청대는 것도 서민의 의욕을 꺾는 범죄라 하지 않을 수 없었다. 이는 부당한 것이므로 누군가가 그들을 응징하고 낭비되는 돈을 강제로 압류해야 한다는 의견을 내자 다들 귀가 솔깃해졌다. 하지만 이를 조직에서 집행한다면 그건 엄연히 무장 활동을 의미하는 일이므로 조직이 활동가 개인에게 위험을 감수하라고 간단히 명령할 수 있는 사안이 아니었다. 당연히 자발적 참여를 권하는 수밖에 없어서 각 단위에 알려 비밀리에 지원자를 차출했다. 이렇게 해서 재편된 기구가 혜성대 행동대였다.

혜성대 행동대는 처음에 신향식을 대장으로 선임하고 김남주와 박석삼을 대원으로 선발했다. 그리하여 가을이 가고 겨울이 시작되는 어느 날 전수진의 집에 모였다. 신향식, 김남주, 박석삼이 조직의 운영자금을 마련할 모험적 작전을 펼치기로 한 것이다. 첫 작전명은 봉화산 작전, 일시는 12월 5일 오전 10시, 장소는 동대문구 휘경동 구자영의 집으로 정하고, 작전 참가자를 선발했다. 구자영은 상공부 고위직에 있는 부패 관료인데, 뇌물을 어찌나 밝히는지 악질 공무원이라고 소문나 있었다. 그를 타격하기 위해 공격조에 신향식·김남주·박석삼, 수송조에 이재문·박석률·황금수를 편성하고, 상대방의 손과 발을 묶는 결박과 제압 요령에 대한 훈련을 시작했다. 동대문에 있는 봉화산과 강남구 선정능을 오가면서 체력단련도 했다. 날씨가 더욱 쌀쌀해지고 달력이 12월로 넘어가자 그들은 구자영의 집 일대를 샅샅이 답사하여 침입로와 퇴로를 미리 파악해 두었다. 그리고 4일 저녁 전수진의 집에서 봉화산 작전 출정식을 하면서 작전의 성공을 기원하는 묵념과 함께 출정 맹세문을 써서 낭송했다.

"우리 혜성대원은 혁명과 조직의 요구에 목숨을 바쳐 그 임무를 수행하는 전위임을 자부하면서, 드높은 긍지와 필승의 신념으로 봉화산 작전 수행을 자랑스럽게 생각합니다. 혁명의 길은 죽어도 영광의 길이요, 살아도 영광의 길입니다. 우리는 조국과 민족 앞에 이 한목숨 아낌없이 바칠 것을 엄숙히 맹세합니다."

신향식의 선창에 다들 복창했다. 이어서 김남주가 즉석에서 유고문을 써서 읽었다.

"혁명의 과정에서 많은 사람들이 죽어갈 것이다. 나 또한 민족해방을 위해 싸우다 죽어갈 것이다."

다음 날 아침 김남주는 도끼 하나와 노끈 두 개, 장갑과 반창고, 귤 상자를 챙겨서 신향식, 박석삼과 함께 구자영의 집으로 출발했다. 오전 10시에 택시를 타고 구자영의 집 앞에서 내리니 수송조가 대기하고 있었다. 신향식이 초인종을 누르자 구자영의 아내가 문을 열었다.

"우리는 국회의원 선거운동원입니다. 안으로 잠깐 들어가서 얘기합시다."

그러자 수상한 느낌이 드는지 구자영의 아내가 길을 터주지 않았다.

"아니요. 여기서 이야기하세요."

박석삼이 재빨리 다가가 칼을 꺼내어 목에 겨눴다.

"소리치면 죽인다."

집 안에는 아직 어려 보이는 가정부와 나이 든 아버지가 있어서 손과 발을 나일론 끈으로 묶은 다음 눈과 입에 반창고를 붙여서 골방에 몰아넣었다. 그리고 항거하지 못하도록 쐐기를 박았다.

"떠들면 죽게 될 거야."

신향식과 박석삼은 아내에게 칼을 겨눈 채 아래층과 위층을 뒤져서 황금 노리개, 황금 브로치, 황금 반지와 팔찌, 손목시계와 보석 반지, 금도끼와 현금 2만 원을 털어서 구자영의 집을 빠져나왔다. 이때 수송조를 맡은 이재문·박석률·황금수가 바깥에서 대기하고 있다가 금도끼를 넘겨받아 곧장 자리를 떴다. 작전 성공이었다. 그런데 이 작전은 성공의 희열이 금방 물거품처럼 꺼지고 말았다. 본

래 이 계획은 거제도에서 거대 선박을 완공해 한국중공업의 발전에
이바지한 기념식을 하면서 기관장들이 테이프를 끊을 때 사용했던
금도끼 때문에 구상된 것이었는데, 이를 빼앗고 보니 방송에서 눈
길을 끌었던 금도끼가 순금 덩어리가 아니고 그냥 금빛으로 도금한
짝퉁이었다. 대원들의 허탈감은 이루 말할 수 없이 컸다.

이 사건이 뉴스에 나왔을 때 누구보다 놀란 것은 이학영이었다.
이학영이 김남주를 생각하는 마음이 어느 정도인지는 김남주의 시
에 나온다.

> 가난한 이들에게 진실을 말하고
> 허위의 그림자에 쫓기던 그런 어느 날
> 나는 밤의 거리에서 오갈 데 없다가
> 선반공인 고향 후배가 내미는 손을 잡고
> 그가 이끄는 대로 따라갔다 (……)

> 그 집의 벽이란 벽은
> 모래와 자갈과 바람 난 구멍으로 무장하고 있었다
> 지붕은 가로세로 금이 간 함석이었고
> 새끼에 돌을 매달아 자연의 폭력과 싸우고 있었다 (……)

> 나는 굴속을 들어가듯 그 방으로 들어갔다
> 방에는 한쪽 구석에 지퍼가 고장 난 비닐옷장이 있었고
> 다른 한쪽 구석에는 책상 겸 밥상으로 씀직한 앉은뱅이상이 있었
> 는데
> 그 위에는 메모로 접은 쪽지가 놓여 있었다

"형, 오늘밤 못 들어올지도 모릅니다

이불 속에 밥 두 그릇을 해놓았으니

한 그릇은 형이 드시고 남은 그릇은

남주형이 들를지도 모르니 따뜻하게 담요로 싸놓으세요" (……)

목이 메어 나는 그 밥을 다 먹지 못하고

벽을 향해 돌아앉아 담배만 공연히 빨아댔다 (……)

그날밤 선반공의 친구는 돌아오지 않았다

다음 날 아침에도 저녁에도 들어오지 않았다

그를 내가 만난 것은 감옥에서였다

—시 「선반공의 방」 부분

이학영의 자취방에서 거처하는 동안 김남주는 늘 집에 늦게 들어왔다. 분명히 체력단련과 군사훈련 같은 걸 하는 낌새였는데, 조직의 일이라 자세히 물을 수도 없고 내막을 짐작할 수도 없었다. '저러다 남주 형이 다치면 어떡하지?' 이러던 차에 하루는 아침에 나가는데 김남주가 안 하던 말을 했다.

"나 며칠 못 들어올지 모른다이."

가슴이 철렁했지만 붙들 수도 없었다. 그리고 공장에서 하루 일이 끝나갈 때쯤 선반 위에 걸려 있는 라디오에서 저녁 뉴스가 나오는데, 귀가 번쩍 뜨였다. 모 유력인사 집에서 금도끼를 강탈당했다는 뉴스였다. 그 순간 등골이 서늘해졌다. 직감이랄까? 남주 형이 한동안 바빴던 것 하며 아침에 나가면서 했던 말이 사건과 무관하지 않을 것 같은 예감이 엄습한 것이다. 그러나 어디에서 확인할 수도 없는 일이라 무작정 기다렸는데, 다행스럽게도 며칠 만에 김남주가 돌아왔다. 이학영은 그에 대해 아무 말 않고 있다가 둘이서 장기를 두면서 슬그머니 떠보았다.

"형, 형은 죽는 것이 안 무섭소?"

김남주는 듣지 못하는 사람 같았다.

"장이야. 장 받아라, 학영아."

권력의 폭압이 얼마나 거칠던지 산천초목까지 떨던 공포의 한복판이었다. 온 나라의 젊은이들이 자신도 모르게 흥얼댈 만큼 유행하던 대중가요조차도 방송금지라는 간단한 조치 하나로 세상에서 지워버릴 수 있던 시대였다. 훗날 그 시절 이야기를 하면 젊은이들은 아무도 믿지 않는다. 송창식의 〈왜 불러〉는 반말한다는 이유로 금지곡이 됐다. 이장희의 〈그건 너〉는 남에게 책임을 전가한다는 이유에서, 조영남의 〈불 꺼진 창〉은 창에 불이 꺼졌다는 이유로 금지곡이 됐다. 김추자의 〈거짓말이야〉는 창법 저속과 불신감 조장이라는 항목으로 금지되고, 한대수의 〈물 좀 주소〉는 노래 제목이 물고문을 연상시킨다는 이유로, 〈행복의 나라로〉는 '그렇다면 지금은 행복의 나라가 아니라는 뜻이냐'는 이유로, 양희은의 〈이루어질 수 없는 사랑〉은 '사회에 우울함과 허무감을 조장한다'는 이유로, 정미조의 〈불꽃〉은 공산주의를 상징한다는 이유로, 이금희의 〈키다리 미스터킴〉은 '키 작은 대통령의 심기를 불편하게 한다'는 이유로, 배호의 〈0시의 이별〉은 통금이 있던 시절 '0시에 이별하면 통행금지 위반이다'라는 이유로 금지됐다. 국민의 숨소리조차 통제할 수 있었던 셈이다. 이런 판국이라 외국에서 활동하던 유명한 반체제 인사들까지 무지막지하게 끌어다가 고문하고 처벌하는 세상에 한낱 이름 없는 청년 하나쯤 끌어다가 죽이는 일쯤은 아무것도 아니었을 것이다. 그렇기에 잡히면 바로 죽음이라는 강박관념에서 벗어날 수 없었던 이학영은 그처럼 담담한 태도를 보이는 김남주를 도무지 이해할 수 없었다. 눈을 동그랗게 뜨고 있었더니 김남주가 장기 알을 놓다가 그 특유의 미소를 지으며 느린 말투로 일러주었다.

"얌마, 작은 것에 욕심을 부리면 이렇게 잡아먹히는 거여."

그러고는 이렇게 보충했다.

"학영아, 사람은 누구나 다 죽는 거여야."

이학영은 경이로운 눈으로 김남주를 쳐다보았다. 남주 형이나 자신이나 아무 날 아무 시간에 붙들려 가도 지켜줄 눈과 귀가 없는 신세였다. 그런 처지에 날마다 정보기관에 쫓기는 사람이, 잡히면 무슨 일을 당할지 모르는 판에 민족해방 운운하는 조직에 들어가 천연덕스럽게 죽음의 공포를 견디는 모습을 보고 이학영은 이렇게 생각했다. '내가 지금 죽음을 두려워하지 않는 지상에서 유일한 단 한 사람을 목격하고 있구나.'

3

인간 사회에서 혁명이라는 낱말은 희귀어가 아니다. 누구나 쉽게 그 말을 쓴다. 그렇기에 부패한 자를 응징하고, 민중의 해방을 위해 싸우며, 그에 필요한 최소한의 자금을 확보해야 한다는 지당한 명제를 부정할 사람도 없다. 그러나 그와 똑같은 무게로, 자의식이 누구보다도 강한 지식인들에게 담을 넘고 칼을 들이대야 하는 난처한 상황을 감당하라 한다면 이를 견딜 수 있는 사람이 몇이나 될까? 예전의 김남주는 말할 것도 없고, 그 주변의 누구도 한탕주의적 이벤

트처럼 보이기 쉬운 황당한 거사로 세계를 바꿀 수 있다고 생각하는 사람은 없을 것이다. 이 엄청난 괴리를 김남주는 매 순간 혼신을 바쳐 뛰어넘고 있었다. 말로 형용할 수 없는 불립문자의 상황이었다. 그러나 전사는 전선을 지켜야 하는 존재이다. 그가 무너지면 해방 전선이 무너진다. 그래서 모험주의라는 말 따위, 혁명적 낭만주의라는 말 따위로는 설명할 수 없는 극단적 상황을 감내해야 하는, 이 극한의 직업을 온몸으로 감당하고 견디는 삶을 지탱한 인물이 체 게바라였다. 김남주는 체 게바라가 만인을 위해 목숨을 내놓기 위해 언제나 몸을 씻고 청결을 유지했다는 사실을 떠올리며 살신성인의 참뜻을 되새기곤 했다. 다들 그 중요한 사실을 망각한 채 살 것이다. 체 게바라는 중산층 가문에서 태어나 예술가나 지식인과 교류하며 성장했고, 사상과 문학에 밝았다. 그래서 가난과 억압의 고통을 직접 겪은 것은 아니지만, 세계 어디선가 누군가에게 행해질 모든 불의를 깨닫는 능력이 한없이 컸다. 그리고 놀랍게도 "우리는 이론을 만들지 말아야 한다. 우리가 해야 할 것은 오직 행동이다"라고 말하며 이를 실천에 옮겼다. 그래서 사르트르는 그를 신념에 따라 행동하는, 20세기의 '가장 완전한 인간'이라고 칭송했다. 김남주는 투쟁의 나날에 미혹이 찾아오고 나약한 마음이 들 때마다 체 게바라의 편지를 생각했다.

많은 사람이 나를 모험주의자라고 손가락질하지만, 저는 단지 제가 옳다고 믿는 것을 온몸으로 표시하기에 주저하지 않는 한 인간이라는 점에서 모험주의자라는 공격을 기쁘게 받아들이겠습니다.

설을 쇠고 나서 혜성대는 전수진의 집에서 다시 모였다. 김남주
는 이재문·안재구·신향식·이해경·박석률·박석삼과 만나서 민주
구국청년연맹의 이름으로 "기미 항쟁의 불꽃을 박정희 타도의 횃불
로"라는 전단을 등사하여 영등포 영보극장 앞길에 살포했다. 물론
그들이 만세운동의 정신을 살리자고 외친다 해서 삼일절에 특별한
일이 일어나지는 않을 것이다. 하지만 기상대가 일기예보를 하듯이
남민전은 쉬지 않고 불꽃을 피워 올렸다. 그것이 조직의 숨소리를
세상에 확인시키는 길이었다. 그 난망한 일을 위해 김남주는 그날
도 지치지 않고 뛰었다. 그리고 다음 날, 박석률의 전갈을 받고 중량
교 청학다방으로 나갔다. 등산복을 입고 나오라는 걸로 미루어 산
에 올라갈 가능성이 컸다. 도착해 보니 과연 수락산에서 보자는 추
가 전갈이 왔고, 그곳에는 다시 이재문·안재구·신향식이 기다리고
있었다. 그들이 긴급히 회동한 까닭은 다소 위험한 임무가 있기 때
문이었는데, 어쩌면 이 작전은 본격적인 강도 행위에 속한다고 할
수 있었다. 그들은 이를 '지에스 작전'이라고 명명했는데, 타격 지점
은 종로에 있는 '보금장'이라는 보석상이었다.

보금장은 중앙정보부가 금괴를 밀수해서 국내에서 처분하는 창
구였다. 김남주는 이런 정보를 들을 때마다 정권의 타락상을 도무
지 용서할 수가 없었다. 도대체가 지도층의 품위라고는 찾아볼 수
없는 자들이 근엄한 체하며 국가권력을 천박하게 사용하는 모습은
더는 눈 뜨고 봐줄 수가 없었다. 박정희 정권은 외화를 벌어들인다
는 핑계로 매매춘의 국책사업화까지 추진했다. 1973년부터 매춘부
들에게 허가증을 주어 호텔 출입을 자유롭게 보장했고, 통행금지
시간에도 영업할 수 있도록 허가했다. 이에 여행사들은 '기생관광'
을 하겠노라고 해외에 선전하고 있었고, 심지어는 문교부 장관이라

는 자가 매매춘을 여성들의 애국적 행위로 장려하는 발언까지 했다. 한국 정부의 그런 황당한 정책에 재미 들려서 일본의 '여행 알선업체'에서는 관광단을 모집하며 버젓이 '한국 기생파티 관광단'이라는 간판까지 걸어놓고 호황을 누렸다. 추잡한 놈들! 김남주는 이런 자들을 절대로 방치해도 안 되고 용서해서도 안 된다고 생각했다. 이를 외면하고 무슨 낯짝으로 시를 이야기할 수 있으랴.

작전 참여자는 공격진을 12인 4개 조로 꾸렸는데, 김남주는 4개 조 가운데 3조의 조원으로 편성되었다. 1조는 보금장의 정면 진열장을, 2조는 좌측면 진열장을, 3조는 우측면 진열장을, 5조는 후면 세공실을 담당하되, 고객처럼 들어가서 신향식 대장의 신호에 따라 조별로 행동하여 3분 만에 일을 끝내라는 임무였다. 그를 위해 지에스 작전의 발대식을 하고, 수락산에 올라가 조별 훈련도 따로 했다. 김남주가 소속된 3조는 조장 김홍, 조원 윤관덕과 함께 안암동 뒷산에 올라가 예행 연습을 했다. 그리고 마침내 2월 25일 종로2가 다방에서 만나 작전에 돌입할 계획이었는데, 어찌 된 영문인지 약속 시간이 다 됐는데도 김남주가 속한 조장이 나타나지 않았다. 동지 하나가 5분만 늦어도 모든 계획은 포기하기로 약속한 상태였다. 그래서 이 일은 부득이하게 취소되고 말았지만, 조직의 중대사가 실행 단계에서 취소된다는 건 심각한 문제였다. 신향식 대장은 그래도 조장 김홍을 깊이 신뢰하고 있었으므로 황급히 사람을 보내 소재를 확인했다. 그리고 조력자를 데리고 가보니 아니나 다를까 김홍은 준비를 마치고 대기한 상태에서 단지 발길이 얼어붙어서 옴짝달싹하지 못하는 상태였다. 에고, 난처한 일이다. 평생 남을 해치는 일을 해보지 않은 사람이었다. 아무리 부패 세력을 응징하는 작전일지라도 금방을 터는 일이 그에게는 너무나 떨리고 무서운 임무였다.

꾸짖기보다 오히려 얼른 품어서 다독여줘야 했다. 김남주는 이때 체
게바라의 말을 떠올렸다. "진정한 혁명가를 이끄는 건 위대한 사랑
의 감정이다. 이런 자질이 없는 혁명가는 생각할 수 없다."

한번 전선으로 떠난 병사는 다시는 고향에 돌아오지 못한다는
말이 있다. 적과 싸우고, 사람을 해치고, 살육을 경험한 자가 어떻게
고향의 순결한 청년으로 돌아올 수 있단 말인가. 그래서 이 같은 작
전 실패는 얼마든지 예측할 수 있는 일이고, 또 반드시 대비하고 있
어야 하는 일이었다. 오직 선량하게만 살았던 사람들을 데리고 재
산을 강탈하는 작전을 펴는 것은 가능한 일이 아니었으니, 돌이켜
보면 이 또한 지나친 준비 부족이 원인이라 할 수밖에 없었다. 조직
은 여기에 대해 반성하는 시간을 갖고, 앞으로는 전위대를 따로 두
어서 그들이 작전을 전담한다는 결정을 하기에 이르렀다. 그리하여
재편된 정예 요원은 1조 조장 박석삼, 조원 이학영·차성환, 2조 조
장 김남주, 조원 김종삼·박석률, 수송대원 이재문·황금수·김영옥
이었다.

새로 구성된 전위대 발대식은 4월 초순에 강남의 한 음식점에서
거행되었다. 김남주는 대장 신향식으로부터 전위대 노래 가사를 지
어달라는 요청을 받고, 당시 양희은이 부르던 〈늙은 군인의 노래〉를
개사하여 '투사의 노래'로 바꾸었다.

투쟁 속에 동지 모아 손을 맞잡고
운명을 같이 하기 어언 수십 년
흩어져 죽을 거냐, 단결해 싸울 거냐
혁명의 승리에 우리 모두 나서자
아, 전위대여. 혁명의 횃불이여

정의의 성전에 용감하게 나아가자

준비 정도가 높은 대원들로 조직이 재구성되자 분위기가 사뭇 달랐다. 보름 동안에 봉화산, 영동 뒷산, 선정 능을 번갈아 돌면서 달리기를 비롯하여 강도 높은 훈련을 재개했다. 새로운 작전계획도 빠른 속도로 수립되었다. 그리하여 일시를 4월 27일 10시 30분으로 정하고, 타격 지점을 반포동에 있는 동아건설 최원석의 처소로 잡았으며, 작전명을 '전위대 1호 땅벌작전'으로 명명했다. 최원석은 당시 소문난 재벌 2세들 중에서도 장안 7공자를 대표하는 인물로 돈, 여자, 향락을 밝히는 상징물이라는 정보가 있었다. 그래서 목표 지점도 그의 본가가 아니라 '세컨드' 쪽으로 잡았다. 작전내용도 매우 구체적으로 설계해서 강도 높은 예행연습을 실시했다. 먼저, 이학영과 차성환이 건설업 하청 업체에서 상납 차 방문하는 것으로 위장한다. 벨이 울려서 문이 열리면 명함을 제시하고 경비원을 칼로 위협하면, 길 건너에 있던 신향식 대장이 도로를 횡단하는 것을 신호로 삼아서 박석률·박석삼·김종삼·김남주가 들어가서 가족을 제압한다. 이때 박석삼과 김종삼이 집을 수색하여 금품을 빼앗아 수송조에 인계하고 일제히 도주한다. 그런데 여기서 조원 차성환이 대장 신향식에게 뜻밖의 질문을 했다.

"대장님, 칼로 위협해도 제압이 안 되면 어떡할까요?"

"칼로 위협하면 다 제압돼. 칼을 들이대면 누구나 새파랗게 질려서 벌벌 떨게 돼 있어."

"그래도 제압이 안 되면요. 칼을 써요?"

사실 이는 매우 중요한 질문이었다. 위협용으로 소지한 칼을 유사시에 쓸 것인가 말 것인가 하는 문제, 즉 해방투쟁에서 폭력 사용의 문제를 어떻게 판단해야 옳을지를 묻는 사안인데, 신향식 대장은 이날도 명쾌한 해명을 내놓지 못한 채 일단 비상 상황이 되면 칼을 써야 한다고 답해두었다. 경험 부족일 것이다. 사람을 물어 죽인 개를 반드시 사살해야 하는 이유는 그 개가 다시는 사람을 따르는 충직한 개로 돌아갈 수 없기 때문이다. 지배자들은 이를 잠시도 잊지 않는 까닭에 그에 따르는 결과는 혹독한 대가를 치를 수밖에 없었다.

그런데 이때 김남주는 어떤 생각을 하고 있었을까? 남민전을 취조한 검찰의 조서에는 차성환의 질문에 대한 김남주의 생각을 유추할 수 있는 내용이 한 글자도 안 나온다. 물론 나의 예상은 따로 있다. 아마도 김남주는 여기에 대해 매우 확고한 답을 가지고 있었을 것이다. 그는 프란츠 파농을 '미적 태도'가 아니라 정치적 행동강령으로 받아들인 사람이었다. 파농은 식민지 현실에서 압제를 수용하면서 비폭력적으로 개혁하려는 어떠한 노력도 무의미하다는 걸 체험적으로 깨달은 끝에 '폭력론'을 정립한 사람이었다. "식민주의는 생각하는 기계도 아니고 이성적 능력을 갖춘 신체도 아니다. 그것은 본질적으로 폭력이며, 더 큰 폭력 앞에서만 항복할 것이다." 이것이 파농이 쓴 『대지의 저주받은 자들』의 주제였다. 김남주도 반독재 투쟁에 참여하면서 자신의 경험으로 그것을 거듭 깨달아가고 있었다. 어쩌다 군부독재가 양보하는 듯이 보이는 것은 모두 민중의 투쟁에 따른 여파이지 결코 그들의 자성 때문에 생겨나는 현상이 아니다. 지배자들은 끝없이 민중에게 열등감을 유발하고, 또 민중 상호 간이나 개인의 자의식 속에 폭력적인 분위기를 자아내서 사회 전체를 파괴적인 심리 공간으로 만든다. 이런 분위기의 근원을 도

외시한 채 현상적인 결과만을 보면서 민중이 포악하다든지 거칠다든지 하는 것은 얼마나 그릇된 인식인가. 실제, 파농이 무장투쟁의 필요성을 역설한 것은, 그것이 식민주의의 굴레를 벗어나는 유일한 방책일 뿐 아니라, 더욱 중요하게는 억압당하는 민중이 투쟁적 행동을 통하여 오히려 새로운 인간으로 태어날 가능성을 얻는다는 점 때문이었다.

어쨌든 계획이 확정되자 전날 오후 3시에 박석률의 집에서 전원이 만나 출정식을 했다. 이 자리에서 김남주는 "혁명에 임한 나는 민족 앞에 막중한 책임을 느낀다. 나는 자유와 조국의 통일을 위하여 이 몸을 바치나니 후회 없이 민족통일을 위한 싸움에 나선다. 자유 민주 만세! 조국통일 만세!"라는 유고문을 써서 낭송했다.

여기서 나는 다시 이야기에 끼어들 수밖에 없다. '유고문'이란 목숨을 내놓는다는 선언서이다. 그런데 여기에 "자유 민주 만세?" 아서라. 20세기에 민중해방 투쟁의 역사에서 이런 구호를 사용하는 경우를 나는 이 유고문 외에 어디에서도 본 적이 없다. 서구의 지성사에서 '자유주의'라는 낱말은 자본가 계급의 전유물이고, '자유'는 제국주의의 최후 보루였다. 이는 한국에서도 마찬가지여서 언젠가 '자유민주연합'이라는 정당이 출현한 적도 있었다. 해방은 오히려 그 반대의 의미인데, 이를 누구보다도 잘 아는 김남주가 왜 하필 "자유민주 만세!"를 외쳤는가? 이 문제는 내게 많은 생각을 다시 하게 한다. 우선 하나는 그가 시인이라는 사실이다. 당시 한국의 시인들에게 '자유'처럼 숭고한 가치는 없었다. 민음사에서 출간된 김수영의 산문집 제목이 『퓨리턴의 초상』인데, 이는 우리말로 '자유인

의 초상'이라는 말이다. 김수영은 자신의 서랍 속에만 보관했던 미
발표 시에서 분단이 가져온 집회·결사·사상·표현의 자유를 억압
하는 체제를 비판했다. 전문은 이렇다.

"김일성 만세"
한국의 언론자유의 출발은 이것을
인정하는 데 있는데

이것만 인정하면 되는데
이것을 인정하지 않는 것이 한국
언론의 자유라고 조지훈이란
시인이 우겨대니

나는 잠이 올 수밖에

"김일성 만세"
한국의 언론자유의 출발은 이것을
인정하는 데 있는데

이것만 인정하면 되는데

이것을 인정하지 않는 것이 한국
정치의 자유라고 장면이란
관리가 우겨대니

나는 잠이 깰 수밖에

—김수영, 「"김일성 만세"」

이 시에서 가장 중요한 표현은 제목에 붙인 따옴표이다. 시의 화자는 김일성주의자가 아니지만 역시 김일성을 칭송하는 사람이 뒤섞인 현실에서 살고 있다. 그곳에서 언론자유가 보장되려면 그들의 입을 원천 봉쇄하는 재갈이 벗겨져야 하는데 4·19의 상징물이라 할 '조지훈'이나 '장면'조차도 재갈을 벗어서는 안 된다는 걸 전제로 '자유'를 논하려 든다. 이 같은 '분단의 우상화' 때문에 한국의 시민 사회는 사상 표현의 자유를 박탈당했고, 한국문학은 거기에서 비롯되는 문학적 파행을 극복하고자 악전고투를 계속해 왔다. 김수영을 따르던 후배 문인들이 만든 단체 이름도 '자유실천문인협의회'였다. 하지만 김남주는 그런 문제와 싸우는 시인의 칭호를 거부했던 인물이다. 그가 내세우는 정체성은 처음부터 끝까지 '전사'였으며, 그의 생애는 전사의 정신을 일관되게 관철하였다. 그렇다면 그의 '자유'는 다른 층위에서 이야기되어야 할 것이다.

김남주의 독서가 주로 사회과학 서적에 치우쳐 있었으므로 그곳에서 자유를 찾자면 떠오르는 개념이 없지 않다. 5·18을 겪고 나서 내가 처음 철학을 접하고 변증법을 공부할 때 마주친 설명인데, 그때의 자유는 무지로부터의 해방, 즉 '앎'을 통해 얻는 것이었다. 앎은 왜 자유인가? 철학은 어둠 속에 묻힌 존재와 세계의 질서를 인식의 힘으로 극복하는 상태를 '자유'라 한다. 그러니까 깜깜한 어둠 속을 걸을 때 낭떠러지를 만나거나 장애물에 부딪힐 수 있으므로 시종 조심하고 엉거주춤할 수밖에 없는 부자유를 우리는 앎을 통해 극복하는 것이니 결국 앎에서 신념이 나온다고 할 수 있다. 그렇다면 이 또한 상대성을 고려하지 않는 물리학적 자유를 허용하는 셈인데, 김남주가 과연 그런 '지적 영토를 확장하자'는 수준의 낱말에 '민주'를 덧붙여서 그것이 영원하라는 '만세'를 외쳤을까? 당연히 아닐 것이다. 김남주가 자신의 목숨을 내놓는 자리에서, 기꺼이 그럴 만한 가치가 있는 개념으로 섬겼던 자유는 '인식'(철학)의 문제를 '실천'(정치)의 문제로 승화시킨 다음에 발생하는 어떤 것일 수밖에 없다. 그곳에서 보면 '자유'라는 낱말은 체제를 염두에 두고 상상하는 사람들과 양심을 중심에 두고 상상하는 사람들 사이에서 너무나 다르게 쓰임을 알 수 있다. 전자의 세계에서 이 낱말은 극한 대립을 빚는 경향성 때문에 한 발짝도 물러설 수 없는 절벽에 놓이기도 한다. 가령, 문명이 아무리 발전해도 인간은 고립감 속에 놓인다. 오늘날보다 더한 정보 통신 기술의 발달로 정치와 경제, 사상과 문화에 이르기까지 국경을 초월해서 한 덩어리가 되면 모두가 첨단 기술과 커뮤니케이션으로 촘촘하게 연결되는 것처럼 보이지만, 사실은 자기 속에 자기를 중심으로 모든 것을 재단하는 자아가 있다면 타자 속에도 동일한 자아가 있다. 그리하여 모든 존재가 독립하면 사회는 종잡을 수 없는 '자아들의 무리'가 된다. 그리고 각기 다른 자아가 제멋대로 세계상을 그리면서 자기와 타자의 공존을 성립할 수 없게 한다. 도대체 어떻게 해야 서로 연결되는 '회로'를 만들 수 있을까? 그렇다면 저마다 말하는 자유는 관계의 올가미에서 풀려나는 데서 오는 홀가분한 상태의 자유인가, 아니면 공동체 구성원들의 존엄을 지키면서 집단의 사랑 속에 놓이는 자유인가? 김남주는 말한다.

사람은 싫거나 좋거나 칡나무처럼 서로 얽혀서 살 수밖에 없는 사회적인 존재이다. 사회적인 존재로서 그는 공동체의 운명과 떼려야 뗄 수 없이 결합되어 있다. 이것은 인간의 숙명이기도 한 것이다. 이 숙명에서 한 인간이 벗어나려고 한들 그게 가능한 일도 아닐뿐더러 설혹 가능하다 하여도 그게 행복한 인간의 모습이라고 말할 수는 없을 것이다. 공동체의 한 구성원으로서 인간은 보다 인간다운 삶의 터전을 준비하기 위해 공동체의 다른 성원들과 생사고락을 나눠 가질 때 진정한 의미에서 행복을 누리는 것이다. 그럴 때 한 인간은 주객관적으로 행복한 존재가 되는 것이다.

—『불씨 하나가 광야를 태우리라』

김남주는 자아와 세계를 분리하면서 생겨난 '주관철학'을 극복했다는 측면에서 대지의 사상을 구가했던 사람이다. 그는 억압이 있는 모든 곳에서 "만인을 위해 싸울 때 나는 자유"라는 표현을 셀 수 없이 강조한다. 여기서 주목할 것은 '민중'이 아니라 '만인'이다. 만인을 위한 싸움을 배제하는 것, 그러니까 대지의 질서에 복무하지 않는 것은 자유가 아니다. 그래서 나는 엉뚱하게도 김남주의 '자유 만세'에서 그의 전략적 목표이자 최종 목적지가 '평등 세상'이나 '해방 체제'가 아니라 그것이 이루어진 후에도 계속될 수밖에 없는, 만 생명의 존엄에 장애를 주는 모든 것과 싸우는 상태임을 느낀다. 후손들이여, 그대들도 그대들 시대의 자유를 위해 싸워야 할 것이다. 그를 위해 싸우는 사람 만세!

그리고 이재문의 격려사와 함께 일동 건배한 뒤 각자 임무에 맞는 장비를 지급했다. 이날 밤 김남주는 목욕재계하고 영혼을 청결히 하기 위해 명상의 시간을 가졌다. 언제 죽을지 모르는 몸, 심신에 때가 긴 상태로 자신을 대지에 눕혀서는 안 되기 때문이었다.

다음 날 아침 박석률의 집에서 택시를 타고 정확히 오전 10시 30분에 최원석의 집에 이르렀다. 이학영과 차성환이 초인종을 누르자 경비원이 문을 여는데 위아래를 훑어보니 젊고 혈기 왕성한 청년이었다. 차성환이 말했다.

"최 사장 댁입니까? 심부름 왔습니다."

경비원이 의심하는 눈초리로 경계감을 늦추지 않자 이학영이 과도를 꺼내서 경비원의 목을 겨누며 대문 옆에 있는 화장실로 밀어붙였다. 그런데 이 청년이 겁을 먹지 않고 곧장 저항을 시작했다.

"강도야!"

외치는 순간 이학영이 입을 막으며 전신을 덮쳤는데, 젊은 경비원은 몸싸움을 벌이면서도 계속 소리를 질렀다. 위기감을 느낀 차성환이 어쩔 수 없이 과도로 왼쪽 옆구리를 찌르자(나의 이 표현을 차성환 선생의 실물을 보여주지 않고는 설명할 길이 없다. 그는 내가 취재하면서 만난 인물 전체를 통틀어 초면의 사람을 대하는 태도가 가장 안정되고 부드러운 지식인이었다.) 그때서야 비로소 잠잠해졌다. 이학영이 끈으로 손과 발을 휘감은 뒤 얼굴에 벙거지를 씌워서 화장실 안으로 끌고 간 순간에 김남주, 김종삼, 박석삼이 들이닥쳤다. 김남주가 앞장서서 빠르고 냉철하게 현관문을 열었다. 그런데 건축 구조가 독특해서 바깥에서 볼 때는 담과 대문이 높아서 내부가 은폐될 수 있을 것처럼 보였는데, 안으로 들어가 보니 이웃집에서 충분히 들여다볼 수 있었다. 게다가 옆집에서 공사하는 중이어서 마당이 훤히 내려다보였다. 경비원이 "강도야!" 했던 소리를 듣고, 멀리서 공사장의 인부들이 두리번거리며 마당 안을 살피고 있었다. 이윽고 그들이 웅성거리는 소리

를 듣고 주민들이 몰려오는 낌새가 느껴지자 퇴각을 서두르지 않을
수 없었다.

"일동 퇴각!"

박석삼이 빨리 빠져나가라고 등을 떠밀었다. 김남주는 본격 임무
를 수행하기도 전에 돌아서야 했다. 차성환이 다급히 빠져나오면서
화장실에 이학영이 있다고 알렸는데, 나중에 확인해 보니 박석삼은
이 말을 알아듣지 못했다. 그리하여 일제히 썰물처럼 빠져나간 뒤,
화장실에서 경비원을 제압하고 있던 이학영은 바깥이 고요한 게 너
무 이상했다. 마당까지 나와 보니 집 전체가 조용해서 그도 대문을
열고 빠져나갔다. 옷에는 과도로 찔린 경비원의 피가 묻어 있었다.
그래서 후다닥 도로를 건너면서 생각했는데, 아무래도 자기가 독자
행동을 하는 것은 옳지 않았다. 한 사람이라도 조직의 지시 없이 움
직였다가 누군가 위험에 처하면 큰일 아닌가. 그는 얼른 되돌아서
서 다시 최 회장 댁으로 걸음을 옮겼다. 그런데 이때는 이미 주민이
모여들고 경찰이 와 있었다. 꼼짝없이 체포된 것이다.

세상에 나와서 모진 행동이라곤 해본 적이 없는 사람들이었다.
행동대였던 김종삼은 최 회장 댁에서 뛰쳐나와 동지들과 헤어진 뒤
무작정 버스에 올랐다. 남쪽으로 내려가는 차를 탔는데 정신이 하
나도 없었다. 한참 만에야 시장기가 올라오더니 배가 고파지기 시
작했지만 어떤 음식도 넘어가지 않았다. 물도 넘어가지 않을 것 같
았다. 그래도 입 안이 계속 말라붙었으므로 우선 갈증이라도 해소
할 방도를 찾아야 했는데, 깡통에 든 깐포도라면 먹을 수 있을 것 같
았다. 버스에서 내려 장터를 돌면서 간판들을 보니 자신이 당도한
곳이 충남 부여였다. 꽤 큰 재래식 장터를 다 돌았지만 깐포도를 파
는 곳이 한 군데도 없었다. 그래서 버스를 타고 다시 남쪽으로 이동

했다.

　한편, 이학영은 체포되는 순간 김남주와 함께 나선 사건에서 못
나게도 자신만 붙잡혔다는 사실이 그렇게 부끄러울 수가 없었다.
기어이 내가 동지들의 짐이 되고 마는가? 그러나 이학영은 그 순간
에도 절망하지 않았다. 김남주에 대한 기억이 그를 지배하고 있었
던 까닭이다. 그래서 그가 끌려가던 날의 기록은 매우 감동적이다.

> 1979년 그해 봄날 화사한 방배동 주택가에 피어나던 목련을 잊
> 지 못한다. 한순간 해도 운행을 멈추고 바라보는 느낌이었다.
> 나는 스러질지라도 함께했던 그들이 남아 새로운 세상을 만들
> 어준다면 나는 사라지는 것이 아니라는 생각을 하였다.
> ─이학영, 「아름다운 영혼의 물줄기를 따라 흐르며」, 『내가 만
> 난 김남주』

　이때 이학영은 머릿속으로 분주하게 계산했다. 땅벌작전의 실패
로 주변 사람에게 이미 확인된 숫자만 최소 3인이었다. 단순 강도로
밀고 가더라도 자기 입에서 무조건 세 사람의 이름은 나와야 수사
가 종료될 터였다. 그렇다면 김남주와 박석률의 이름을 댈 수밖에
없고, 또 하나의 이름을 더 들어야만 저들이 곧이들을 변명의 서사
를 꾸밀 수 있었다.

4

　김남주는 박석률, 박석삼, 차성환과 함께 도피하여 나흘을 전수

진의 집에서 숨어 지냈다. 긴급 대책을 논의한 결과 장기 은신이 필요한 상황이었다. 조직에서 개별 은신처를 확보할 때까지 그들은 활동을 일절 삼가고 거주 흔적을 감추기로 했다. 여기까지 김남주는 미리 훈련된 사람처럼 침착하게 행동했다. 광주를 떠나기 전 프란츠 파농을 번역하면서 머리에 담아둔 그림이었다. 파농의 '폭력론'에는 어떠한 종류이건 신화적이고, 밀교적이며, 음습한 관념의 요소가 없었다. 오직 냉정한 현실 판단과 식민주의를 극복하려는 불타는 열정만 있을 뿐.

김남주는 그해 5월 3일부터 반년 동안 세 명의 동지들과 잠실 시영아파트에 있는 이재문의 집에서 은신했다. 잠시도 긴장을 늦출 수 없는 삶이었다. 땅벌 1호 작전으로 체포된 이학영의 조직명 청봉을 따서 '청봉회'를 만들고, 매주 월요일에 동지를 위한 묵상의 시간을 가졌다. 그리고 생계를 위한 일과는 번역으로 연명했는데, 단지 의학서적 같은 생계유지형 번역만 한 것은 아니었다. 밀로반 질라스의 『새로운 계급』 영문판을 번역하여 70만 원, 『아세아 아프리카 연감』 일본어판을 번역하여 50만 원, 프레처가 쓴 『여자의 방』 영문판을 번역하여 40만 원을 벌었다. 쫓기는 삶이라 다들 불안하고 우울했는데, 김남주는 힘든 내색을 전혀 비치지 않았다. 방 둘, 거실 하나의 협소한 공간에서 일개 분대 병력에 달하는 숫자가 거주하면서, 김남주는 한때 그토록 게을렀던 사람이 꼭두새벽에 일어나 요가하고, 남들보다 먼저 신문도 보고 책도 읽는 규칙적인 생활로 모범을 보였다. 그러면서도 예기치 못한 장면에서 불쑥 유쾌한 농담을 내던져서 자칫 무거워질 수 있는 분위기를 감쪽같이 뒤집고는 했다. 간혹 김남주와 박석삼이 장기를 두면서 서로 자기가 우세하다고 엄포를 놓을 때는 흡사 판소리를 들려주는 것 같은 전라도의 입심 대결을 펼쳐서 늘 긴장해 있는 동지들에게 활력을 주었다.

그런데 중간에 색다른 일이 하나 끼어들었다. 이재문의 아파트에서 함께 지내던 남민전 산하 민학련의 지도위원 이수일로부터 민학련이 주도하는 '꽃불 1호 작전'의 전단 초안을 검토해 달라는 요청을 받은 것이다. 내용은 YH 사건에 동참하자는 것이었는데, 김남주는 이를 간과해서는 안 되는 중요한 투쟁으로 보았다. "1970년대는 전태일의 죽음으로 시작해서 김경숙의 죽음으로 끝난다"라고 일컬을 때 언급되는 바로 그 사건이었다. 자초지종은 이랬다.

1964년 중국이 핵실험을 강행하자 미국 재무성은 '중공 봉쇄'의 일환으로 원료원산지 증명이 없는 가발을 수입 금지하는 제재조치를 내렸다. 중국제 원료로 미국 시장의 90퍼센트를 차지하는 이탈리아 가발산업을 붕괴시키는 조치였다. 이를 놓치지 않고 기회로 포착한 사람이 뉴욕의 한국무역관 부관장 장용호였다. 그는 한국산 가발이 유망할 것으로 전망하여 곧장 사표를 쓰고 왕십리에 종업원 10명의 공장을 차렸다. 상호를 'YH 무역'이라 지은 것은 그의 이니셜이 YH였기 때문이었는데, 이 회사는 가발이 얼마나 잘 팔리던지 2년 만에 5층짜리 건물을 마련하고 인천에 제2공장을 지었으며, 4년 만에 종업원 수를 4000명으로 늘리고 수출액 1000만 달러를 달성하여 철탑산업훈장을 받았다. 가발산업은 대표적인 노동 집약 산업인지라 여성 노동자들의 저임금과 열악한 근로조건을 토대로 막대한 돈을 벌 수 있었다. 종업원의 대다수는 농촌에서 초등학교를 마치고 갓 올라온 미성년 여성이 대부분이었기 때문에 임금을 제대로 주지 않았다. 결국 노동운동이 발생하여 노동자들이 기숙사 이불 속에서 가입원서를 받고, 브래지어에 숨겨서 회사 밖으로 가지고 나와 마침내 1975년에 대망의 YH무역 노동조합을 건설하기에 이르렀다. 그런데 그해 연말에 회사는 관리직 사원에게 100퍼센트의 상여금을 지급하면서 생산직 사원에게는 한 푼도 주지 않았다. 이 같은 차별에 이의를 제기하자 총무이사는, "억울하면 관리직으로 취직하세요. 여러분은 초등학교만 나와서 키우는 데 돈이 적게 들었지만, 관리직은 다 고졸 이상입니다. 함께 대우하라는 게 말이 됩니까?" 이 무지막지한 말을 듣고 참을 수가 없었다. 다들 원통해서 눈물을 머금고 열심히 투쟁하여 최초로 상여금 50퍼센트를 쟁취했다. 민주노조의 성과였다. 그런데 1977년에 정부 당국의 시책에 따라 가발과를 충북 청산 두메산골로 이전한다는 공고를 내붙였다. 전기나 수도도 없이 낡은 창고 하나뿐인 시골로 옮겨 가야 한다는 사실에 시골에 연고가 없는 가발과 종업원 500명 이상이 사표를 썼는데, 회사는 '정부 시책'을 핑계로 해고수당도 주지 않았다. 그리하여 종업원이 500명대로 줄고 난 뒤에도 회사는 수출순위 86위로 한국 '100대 기업'에 오르게 되었다. 회사가 본 공장은 휴업하면서 근로조건이 나쁜 하청 업체로 물량을 빼돌려 종업원 신분에 불안감을 조장하고, 휴업수당만으로는 살기가 곤란한 종업원을 떠나게 만든 대가로 얻은 실적이었다. 그래도 회사는 정부의 수출 특혜금융을 받아서 오리온전자를 인수하고 새한칼라 주식 40퍼센트를 인수하는 등 무리한 사업 확장을 꾀하다가 끝내 경영난에 봉착했다. 결국, 1979년 4월 30일 자로 폐업한다는 공고문을 붙이면서 기업주는 300만 달러의 막대한 외화를 해외로 빼돌리고 회사가 저지른 외화도피의 부담은 고스란히 저임금에 시달려온 여성 노동자들이 지게 되었다. 노조는 장기전을 각오하고 투쟁에 돌입했다. 노동자들이 공장에서 폐업철회를 외치며 농성에 들어가자 경찰이 투입되어 어린 여공들을 무자비하게 걷어차고 머리채를 휘어잡아 짐승처럼 끌고 갔다. 항거에 나선 노동자들은 숱한 곡절을 겪은 끝에, 관련 기관인 미국 대사관이나 공화당 당사는 경비가 심해서 뚫지 못하고, 당시 야당인 신민당 당사에 들어가 농성을 시작했다. 이에 재야지도자 문동환 목사, 고은 시인, 이문영 교수 등이 신민당 총재를 찾아가 압박하고, 김영삼 총재도 문제 해결에 적극적으로 나서면서 YH 여공들의 신민당사 농성은 정국을 좌우하는 뇌관이 되었다. 그러나 유신체제는 너무나 극악한 국가폭력 체제였다. 경찰이 강경 진압할 태세를 보이자 여성 노동자들은 긴급 결사총회를 열고 모두 4층에서 투신하자는 결의문을 채택했다. 상황이 긴박하게 전개된다는 보고를 받고 김영삼은 흥분한 농성자들을 진정시키랴, 진압할 태세를 굽히지 않는 경찰과 승강이를 벌이랴 혼신을 바쳐서 힘을 쏟았으나 사태는 끝내 수습되지 않았다. 새벽 2시, 자동차 경적이 세 번 울리는 것을 신호로 경찰 1000여 명이 군사작전을 방불케 하는 진압을 개시했다. 특별히 훈련된 사복조들이 4층 창문을 봉쇄하여 투신을 막고, 4인 1조의 전경들이 여성 노동자들을 한 명씩 끌어내 닭장차 15대에 태웠다. 진압 시간이 불과 23분밖에 걸리지 않을 만큼 무분별한 폭력이 자행돼 당사에 있던 신민당 대변인조차 코뼈가 내려앉고 갈비뼈가 부러지는 중상을 입었다. 그 잔인한 진압 과정에서 스물두 살 김경숙이 목숨을 잃었는데, 경찰은 김경숙이 동맥을 끊고 투신자살했다고 발표했다.『김영삼 회고록』(김영삼, 백산서당, 2015)은 YH 노동자들에게 식사를 배달한 인근 식당의 여종업원이 밤중에 경찰에 의해 개처럼 끌려가던 모습을 보고 충격을 받아 목숨을 끊는 일이 있었다고 기록한다. 2007년 진실화해위원회는 김경숙의 부검 보고서와 시신 사진을 근거로 제시하며, 손목에는 동맥을 끊은 흔적이 없고, 손등에는 곤봉과 같은 물체로 가격당한 상처가 발견되었다고 발표했다(한홍구, 『유신』 참고).

이 아수라를 고발하는 전단 내용을 김남주, 차성환, 박석삼이 검토한 결과 기층민이 알아듣기 어렵다고 판단하여 박석삼이 다시 썼다. 그리하여 "압제자 박정희를 타도하자"는 유인물이 완성되었고, 이를 청량리와 서울역 앞에 살포하기로 하고 김남주와 박석삼이 감시조로 출동했다. 청량리 유인물 배포조는 외대생 김부섭과 박미옥이었는데, 이들은 남민전이 처음 개발한 독창적인 방법으로 유인물을 살포해서 놀라운 능력을 선보였다. 김부섭·박미옥이 빌딩 옥상에 올라간 다음, 애드벌룬에 대량의 유인물을 묶어서 쑥으로 만든 불을 붙이고 이를 하늘에 띄워놓고 내려오자 얼마 후에 마치 눈보라가 휘날리듯이 유인물이 공중에 흩어져 날리기 시작했다. 쑥담배가 타들어 가다 유인물이 묶인 끈을 태우면서 종이 뭉치가 허공에서 새 떼처럼 흩어져 바람을 타고 내려앉는 효과를 낸 것이다. 이제까지 있었던 그 어떤 유인물 살포보다 성공적인 작전이었다. 김남주와 박석삼은 이를 확인하고 기분이 매우 좋아져서 잠실로 돌아왔다.
하지만 공안 당국에는 비상이 걸렸다. 유신과 같이 매몰차게 침묵이 강요되던 시기에 바늘 하나가 떨어져도 놀라는 판에 환한 대낮에 박정희를 조롱하는 유인물이 철새 떼처럼 내려앉는 충격은 어마어마했다. 비밀리에 경찰이 정밀수사를 시작했다. 먼저, 청량리에서 가까운 대학의 운동권 학생 중에서 모습을 감춘 사람이 있는지부터 조사했는데, 이때 외대 운동권 김부섭의 최근 동향이 확인되지 않는다는 정보가 들어왔다. 경찰은 정밀 감식하여 유인물의 필체가 김부섭의 필체와 유사하다는 걸 확인하고, 또 지난해 서울대에 뿌려진 유인물과도 똑같음을 알게 되자 그를 범인으로 지목하고 은신처를 캐기 시작했다. 그리하여 김부섭의 주변을 뒤지고 다니다가 마침내 그 여자친구인 박미옥의 연락처를 알게 됐고, 박미옥의 꼬리를 밟다가 그 둘을 소개한 사람이 이수일임을 알게 되었다. 일단 이수일의 행적을 찾기 위해 꼼꼼히 뒤지기 시작했는데, 이수일은 김부섭을 자신의 친구 집에 숨겨두고 있었다. 경찰은 이를 모르고 전전긍긍하다 마침내 이수일이 거처하는 잠실 아파트를 포착하게 되자 진압조를 이끌고 4층 아파트로 들이닥쳤다.

아뿔싸. 그곳은 이재문, 김남주 등이 은신한 남민전의 심장부였다. 안에서 문을 열어줄 턱이 없었다. 경찰과 격렬한 몸싸움을 벌인 끝에 마침내 아파트 문이 열렸는데, 그 순간 깜짝 놀랄 일이 벌어지고 말았다. 문이 열린 채 대치하는 과정에서 상상도 못 할 상황이 발생한 것이다. 경찰이 무력으로 밀고 들어가는 아파트 안에서 무장괴한처럼 생긴 사람이 칼을 들고 저항하다가 실패하자 차성환은 4층에서 베란다로 뛰어내리고, 이재문은 자결을 시도했다. 자신이 소지했던 단도로 정확히 자신의 심장 부위를 찌른 것이다. 경찰은 실로 경악을 금치 못했다. 유인물 살포에 연관된 학생 하나를 찾는 일이라 대수롭지 않게 생각했는데, 전혀 뜻밖의 반응을 보이는지라 뭔가 큰 건이 숨어 있다고 판단해서 병력을 늘리고 총력전을 폈다. 그래서 전원 검거하고 보니 난데없이 강도 사건 수배자가 나왔다. 또 아파트에서 보따리를 내던져 놓고 빠져나가려던 이문희를 발견했는데, 이를 체포하자 그 보따리 속에 엄청난 문건들이 감춰져 있었다. 그간의 남민전 회의 문건을 비롯해 공안 세력을 한동안 노이로제 상태로 몰고 간 유인물들이 한꺼번에 쏟아져 나온 것이다. 이재문은 전에 민족일보사 기자였다. 그뿐 아니라 비밀조직 활동 기록에 대해 일제하 독립운동 기록들처럼 보관의 중요성을 강조하는 사람이라 남한의 반독재투쟁 기록도 꼼꼼히 챙기고 있었다. 까닭에 청량리경찰서는 대어를 낚았다고 판단하고 엄청난 고문을 가하기 시작했다. 수사관들이 확보한 자료들은 김남주 등 검거된 사람들을 무척 곤혹스럽게 만들었다. 간단히 확인만 하고 지나갈 수 있는 것도 많았는데, 지도자 이재문이 과도한 출혈로 중태에 빠져버렸기 때문에 그런 문건들에 대해 답을 할 수 있는 사람이 없었다. 특히 문건 중 하나가 김일성에게 보낸 편지라는 당국의 주장이 나왔는데, 이게 과연 사실인지 조작인지 확인할 사람도 없었다. 수많은 세월이 흐른 지금도 이 편지의 진위 문제는 가려지지 않고 있다. 결국 김남주에게 더욱 강도 높은 고문이 가해졌다.

이때 다른 곳에 은둔했던 이해경·박석률·박석삼은 중앙회 회의를 하기 위해 이재문을 기다리고 있었다. 그런데 약속된 시간에 오지 않았다. 중앙회 회의는 규정상 5분만 늦어도 사고로 판단하고 비상조치를 하게 돼 있었다. 이해경·박석률·박석삼은 바로 이동하여 구로동 자취방으로 돌아갔다. 그리하여 각자 재빨리 도피했다가 박석률·박석삼 형제는 11월 3일에, 또 다른 장소에 있었던 신향식은 11월 27일에 검거되었다. 김남주가 잡힌 뒤 한 달이나 지난 터여서 경찰은 사건의 퍼즐을 맞추기 위해서 김남주에게만 가혹한 고문을 가하고 있었다. 게다가 단순 강도 사건으로 수사를 받고 지나간 다른 사건조차 재조사하게 되었다.

이학영이 수사관 앞에 다시 붙들려 나온 것은 자신이 구속된 지 몇 달이 흘러서 신향식까지 체포된 이후였다. 안정을 찾을 만한 시점에 새삼스럽게 다시 포승줄에 묶여 나가보니 한둘도 아니고 모든 조직원이 다 잡혀 있었다. 그리고 지난번에 받은 사건의 진술이 죄다 거짓이라는 사실이 드러났기 때문에 수사를 처음부터 다시 받아야 한다고 해서 고문실로 끌려갔다. 사실, 이학영이 그간 버틸 수 있었던 것은 동지들이 밖에서 활동하고 있다는 사실 때문이었다. 자신은 비록 갇혀 있으나 동지들이 언젠가 해방을 이루는 날이 오리라는 소박한 믿음을 가지고 있었는데, 모두가 일망타진된 마당에는 다시 모진 고통을 견디며 수사를 받아야 한다는 사실이 끔찍하기만 했다. 한 번 겪었던 모진 고통을 또 겪어야 한다. 더구나 앞으로는 구출될지 모른다는 희망의 근거조차도 없으니 육체적인 고통도 무서웠지만, 정신적인 절망감이 그를 더욱 힘들게 했다. 그래도 이를 앙다물며 참고 진술을 거부하는데, 그 앞에서 수사관이 한심하다는 투로 말했다.

"야, 그럴 것 없어. 네놈들 모두 잡혔어. 너 혼자 거짓말을 해봐야 무슨 소용이 있겠냐?"

그래도 완강한 태도를 보이자 수사관이 이렇게 말했다.

"너 김남주 알지? 거짓말 아냐. 이 건물에 있어. 정 못 믿겠다면 만나게 해줄까?"

이학영은 수사관을 믿지 않았지만 우선 김남주의 이름을 듣자 울컥 그리움이 밀려들어서 얼른 고개를 끄덕거렸다. 수사가 어떻게 진행되느냐를 떠나서 남주 형을 단 한 번이라도 보고 싶었다. 어쩌면 이제 죽을지도 모르는 일, 이 세상에서 한 번이라도 남주 형을 보는 일이 더 소중하게 느껴졌다. 그리고 얼마 후 정말로 김남주가 나타났다. 두꺼운 철문이 열리자 굴비처럼 포승에 엮인 남주 형이 환영처럼 하얀 얼굴로 문턱에 서 있었다. 그리고 정말인지 거짓말인지 알 수 없이 웃는 듯한 얼굴로 서서 자신을 안타깝게 바라보더니 자기와 연관된 부분을 모두 편하게 이야기하라고 말해주었다.

"학영아, 너 고생하지 마. 그냥 다 불어."

5

한편, 이 사건은 밖에 있는 사람들에게도 큰 충격을 주었다. 일단 귀가 밝은 사람들은 1979년 4월에 이미 낌새를 알아차렸다. 당시 뉴스에 의하면 김남주, 박석률, 박석삼, 이학영 등이 동아건설 회장의 집에 들어가 자금을 마련하려다가 성공하지 못하고 이학영만 현장에서 체포되었다. 이때부터 김남주를 향한 사냥개들의 추적이 시작되어서 그전보다 상황이 훨씬 엄중하고 치밀해졌다. 김남주의 가족들에게도 강도 높은 압박이 들어왔다. 전에도 형사들이 틈만 나면 마을에 들어와 김남주를 내놓으라고 겁을 주고는 했는데, 이제는 아예 대놓고 그 어떤 흉악범이나 간첩보다도 더한 사람으로 취급해서 주민들의 생계 활동에까지 지장을 주었다. 당시 공안 당국이 남민전 사건을 어떻게 다루는지를 임헌영의 경우를 보면 매우 실감 나게 알 수 있다. 잠실 아파트 4층이 털린 날 밤부터 시작된 일이다. 당일 자정 넘어서 관할 경찰서 정보과 형사 여덟 명이 권총을 들고 임헌영의 집 담장을 넘어 현관 유리를 깨고 들어와 온 동네를 놀라게 한 소동을 벌이더니, 밤마다 천장을 칼로 긋고 집 안을 들쑤셨다. 시골에서 사는 누나들의 집도 야밤에 급습해서 곳간까지 뒤졌다. 그리고 임헌영의 2층 서재에 눌러앉아 서가를 뒤엎어 놓고 책을 한 권씩 뒤지거나 고스톱을 치기도 하면서 무슨 수사본부처럼 엿새 동안 거기서 먹고 자며 지냈다. 형사 중 한 사람은 날마다 숙명여대로 출근하는 아내를 따라가 지키다가 함께 퇴근했다(임헌영, 유성호, 『문학의

길 역사의 광장: 문학가 임헌영과의 대화』, 한길사, 2021. 참고). 김남주처럼 주동급 활동가에게는 훨씬 심해서 온 마을 사람이 숨도 제대로 쉬지 못할 만큼 공포감을 주었다. 김남주의 아버지는 너무나 오래 시달린 터라 이때는 회복하기 어려운 중병을 얻어서 누워 있었다. 그렇게 좋아하던 술과 담배를 끊고, 평생 흐트러짐 없이 전념하던 농사에도 손을 놓았다. 가까운 병원에서 감당이 안 되자 서울 큰 병원에 올라가 검사한 결과 후두암 말기라는 판정을 받았다. 그리고 그해 4월을 넘기지 못하고 마침내 눈을 감았다. 김덕종이 임종을 지킬 때 "남주야, 남주야" 하고 두 번이나 부르더니, 문밖에 남주가 오지 않았냐고 물었다고 한다. 김덕종은 형이 어디에 있는지, 가족들의 소식은 듣고 있는지 알 수 없었다. 그러나 김남주는 혁명가의 길 말고 다른 길은 아예 끊어버린 상태였다. 어떤 절망이나 현실의 벽에 부딪혀도 돌아갈 곳을 만들지 않겠다고 작심한 것이다.

그리고 또 두 계절이 지났다. 해남에 있는 김덕종은 아버지를 여읠 때까지도 형의 소식을 몰라 답답했는데, 장례를 치르고 나서야 라디오에서 형과 관련된 뉴스를 접했다. 그동안 해남의 면 단위 골짜기까지도 모든 음식점과 술집 벽에 현상수배 사진이 붙어서 형이 뭔가 난처한 상황이라는 걸 알 수 있었다. 하지만 강도 살인 등 흉악범들 사이에 형의 사진이 끼어 있는 걸 눈 뜨고 볼 수가 없었다. 김남주를 신고하면 포상한다는 벽보가 자그마치 어성교 구멍가게 담벼락에까지 붙다니! 그래서 옛날에 아버지가 참게를 잡을 때도 잘 가지 않던 어성교를 밤중에 찾아가서 지명수배자 벽보를 말끔히 뜯어버렸다. 상황은 여기서 그치지 않았다. 경찰이 하루가 멀게 집에 찾아와서 가족들이 김남주가 있는 곳을 모를 리가 없다고 괴롭혔다. 동네에서도, 김남주가 간첩 활동을 하는데 마을 사람들이 국가를 위해 협조해 줘야 한다고 겁을 주었다. 산에 가서 땔감을 해야 할 동네 사람들은 날마다 경찰이 들락거리는 통에 간첩으로 몰릴까 봐 아예 나무를 하러 다니지 못했다. 농사를 지으러 밭에 가는 것도 눈치가 보이다 보니, 이웃 동네 사람들도 발길을 끊었다. 급기야 옆집 아이들까지 피해가 막심하다고 속닥거리기 시작했는데, 그래도 아버지가 쌓은 덕이 커서 어른들은 아무도 대놓고 불평하지 않았다. 왕년에 아버지에게 신세 지지 않은 집이 어디 있겠는가.

　김덕종은 하루도 술 없이는 잠들 수 없었다. 형을 흉악범으로 몰고 싶다면 흉악범이라고만 하면 되지 간첩으로 모는 건 또 뭐란 말인가. 반대 또한 마찬가지였다. 간첩이라 하려면 간첩이라 하지 흉악범 벽보는 또 뭔가? 그토록 잔인한 시간이 흐르다가 그해 10월 어느 날 형이 체포되었다는 뉴스가 텔레비전에 나왔다. 형의 일행이 잠실의 한 아파트에서 검거됐는데, 체포 장면이 텔레비전 화면에 비치면서 형의 모습이 잠깐 나타났다 사라졌다. 짧은 화면으로 스쳐 갔지만 형의 얼굴이 그렇게 반가울 수가 없었다. 마을 사람들은 다시 흉사가 들었다고 속닥거렸다. 그래서 『해남군지』는 봉학 마을을 이렇게 설명한다.

　　마을 지형이 뱀 형국인데 뱀 머리 부분은 마을 주민이 길을 만들었고, 가슴 부분은 일제강점기에 일본인이 혈맥을 끊어버렸으며, 배 부분은 국도가 나면서 끊어졌다. 그래서인지 마을에 인물이 나오지 않고 불행한 일이 많이 발생했다고 한다.
　　—해남문화원 군지편찬위원회, 『해남군지』(해남군, 2015)

　여기서 "불행한 일이 많이 발생했다"라는 말의 중심에는 김남주 문제가 도사리고 있었다.

어쨌든 남민전 검거 사건은 온 세상을 떠들썩하게 흔들었고 김덕종은 형을 도울 방법이 없는지 궁리했다. 하지만 배운 것도, 가진 것도 없는 자신이 헤쳐가기에는 눈앞의 현실이 너무나 엄혹했다. 형 앞에 닥친 위기는 앞뒤 꽉 막힌 언론에 의해 연일 중계되고 있었다. 10월 9일에 내무부장관 구자춘이 특별기자회견을 통해서 '남민전'을 검거한 사실을 발표했는데, 내용이 어마어마했다. 건국 후 반국가활동 단일사건으로는 최대 규모인 74인이 가담한 '남조선민족해방전선 준비위원회' 사건 총책 이재문을 위시한 20명을 검거했으며, 임헌영 등 54인에 대한 검거령을 내리고, 증거물 1374점을 압수했다는 것이었다. 이 같은 사실을 김남주의 아버지가 그토록 선망하던 소위 '검사'라는 자들이 취급하는 방식은 이랬다. 당사자들이 아무리 '남베트남 민족해방전선을 모델로 삼은 진보적 민족주의 성향의 단체'라고 말하고 그에 맞는 정황과 증거가 나와도 그들은 아랑곳없이 '북한 공산집단의 대남 전략에 따라 국가변란을 기도한 사건'으로 공표했다. 혹여 이 사건이 반독재 투쟁의 하나라는 게 드러날까 봐 미리 꽁꽁 봉쇄한 것이다. 그리고 이 문제는 아직도 해결되지 않고 있다. 또 그들은 이 조직을 일컬어 "수사 결과 이들은 불순세력을 규합, 지하조직을 완성하고 도시 게릴라 방법으로 사회 혼란을 조성하여 민중봉기와 국가변란으로 유도, 월남 방식의 적화를 획책해 왔다"라고 발표했다. 그러면 이를 받들어 언론이라는 것들이 열심히 세부 낱말들을 들추면서 호기심이 자극되는 자리마다 반공이데올로기로 페인트칠을 하는 역할을 했다. 가령, 구속자가 이재문 외 파출부 1인, 재감자 5인, 점술가 1인, 크리스천 아카데미 1인, 회사원 4인, 교직자 13인, 신용협동조합 2인, 상업 3인, 학생 12인, 가톨릭 노청회 1인, 가톨릭 농민회 2인, 무직 14인, 한국경제개발협회 연구원 1인, 택시운전사 1인, 기타 3인 등 74인이었는데, 그들의 직업과 남민전 깃발, 혜성대, 봉화산 작전, 땅벌 작전 같은 낱말들을 연결해서 이 모두가 북한에서 사용하는 공산주의 선전 용어라고 떡칠했다. 그 결과, '남조선민족해방전선 준비위원회'는 민주화운동 진영까지 모두 거리두기를 하는 대상이 되었다.

이 같은 아수라 속에서 김남주와 가장 가까웠던 사람 최권행은 남민전 사건이 보도된 신문을 들고 광주 선배 성찬성을 찾았다. 여기저기서 남민전이 얼마나 무모하고, 분별없고, 소영웅주의적이고, 모험적이고, 맹동적이어서 결과적으로 운동에 해만 끼쳤는가를 성토하는 와중에 누군가는 필시 김남주를 챙기지 않으면 안 되었다. 두 사람은 그길로 김남주가 기거했던 집으로 찾아갔다. 그간에 김남주가 보던 책이며 번역 원고를 빨리 챙겨서 따로 보관해야 한다고 생각한 것이다. 그래서 성찬성은 문간에서 망을 보고, 최권행은 얼른 방으로 들어가 큼직한 책 보따리를 싸 들고 나왔다. 형사들이 잠복할 가능성이 커서 매우 걱정되었지만 아무 일 없이 빠져나올 수 있었다. 사실은 그 시각에도 경찰들이 김남주와 내통하는 사람을 잡기 위해 집 주위를 포위하고 있었는데, 희한하게 감시자 누구도 그들을 보지 못한 것이다.

본래 자기 창조의 종교를 가진 정열적인 인간들은 좌우를 살피지 않는 법이다. 김남주는 재판의 결과에 대해 어떠한 기대도 하지 않았다. 세상 사람들이 말하는 '빨갱이 사건'이었기 때문에 변호사들도 나서기를 꺼리고 있었다. 감옥에서 막 석방된 문익환 목사가 유일하게 사람들을 찾아다니며 이들의 석방을 도와야 한다고, 이걸 우리의 운동으로 삼자고 역설하고 다녔다. 저마다 생각이 같든 다르든 목숨을 걸어본 사람들의 행동을 가벼이 평가하는 건 매우 부당한 짓이라는 말씀이었다. 세상에! 어쩌면 이런 지옥도 속에서도 생환의 길을 아는 사람이 다 있단 말인가. 인간의 존엄성에 대해 셀 수 없이 고민한 자들이 선택한, 생사를 초월한 실천의 결과를 한없이 느슨한 자리에서 이성과 합리성의 잣대로만 판단하고 쉽게 논평하는 것은 얼마나 부당한 일인가. 나는 언젠가 『문익환 평전』을 써놓고 그 두꺼운 분량으로도 문익환 이야기를 다 담지 못했다는 점에 절망한 적이 있다. 당시에는 이 문제가 눈에 들어오지 않았는데, 그해 문익환·문동환 형제가 목회하는 '고난받는 사람들을 위한 갈릴리교회'는 남민전을 지키는 유일한 보호장치요, 김남주의 행적에 다가설 수 있는 단 한 가닥의 실오라기였다.

물론 김남주는 세상의 차가움에 대해 아무 미련을 갖지 않았다. 차라리 비극을 동경했다. 느슨한 삶은 그의 관심을 끌지 못했다. 이건 단지 전사의 길이다, 이렇게 생각했다. 대한민국에 고문실이 아닌 곳이 있는가? 대한민국에서 사는 것 자체가 고문이라는 걸 사람들이 인지하지 못하고 있을 뿐. 그렇게 놓고 보면 오히려 긍지를 가질 일이 한두 가지가 아니었다. 중앙정보부는 방대한 조직망에도 불구하고 남민전의 존재에 대해 아무런 정보도 찾아내지 못했다. 남민전이 조직된 후 중앙위원회 김병권이 강령 초안을 소지한 채 검거되어서도 조직의 실체를 불지 않았고, 1977년 민투 책임자 이재오가 구속됐어도 지하조직이 보위됐으며, 1979년 무력부장 임동규가 간첩죄로 들어가 무기징역을 받을 때도 조직을 감추는 데 성공했을 뿐만 아니라 동아건설 회장 집에서 이학영이 붙들려서도 박석률·김남주·차성환이 관련된 단순 강도 사건으로 꼬리를 자르고 끝냈다. 남민전을 적발한 것은 오히려 청량리경찰서였으니, 경호실장 차지철은 중앙정보부장 김재규의 무능을 질타했고, 박정희와 김재규도 남민전을 계기로 관계가 틀어졌다.

내가 자주 강조하는 말이지만 물리학에서는 관성도 운동이다. 그해 가을 박정권은 철옹성처럼 보였다. YH무역 여공 김경숙 씨가 죽었고, 신민당 김영삼 총재가 국회에서 제명당했으며, 남민전 사건이 터졌다. 여기까지만 보면 사건들의 연관성이 거의 없어 보인다. 박정희가 하도 강공책을 쓰는 바람에 사람들은 독재의 위력이 어디까지인지 알 수 없었지만, 사실 그 고무줄은 이제 더는 늘어질 수 없는 한계치에 달해 있었다. 예컨대 남민전 사건이 보도된 며칠 뒤에 부산대에서 조그마한 시위가 발생했다. 주동 학생 몇 명이 "10월 15일 오전 10시 도서관 앞으로 모이자"라는 유인물을 뿌렸는데, 30분이 지나도록 아무 반응이 없자 주동자들이 실패했다고 단정하고 학교를 빠져나왔다. 그런데 잠시 뒤에 도서관 앞 잔디밭과 계단에 학생들이 하나둘 모여들어 숫자가 300명에 달했다. 다들 누군가 나서주기를 간절히 바라고 있었다. 다음 날 또 다른 학생들이 유인물을 뿌렸는데, 전날의 실패를 반성한 주동자들이 이번에는 학생들이 많은 강의실을 돌며 유신독재 정권에 맞서자고 열변을 토했다. "한민족 반만년 역사 위에 이토록 민중을 무자비하고 처절하게 탄압하고 수탈한 반역사적 지배집단이 있었단 말인가?" 이 같은 선언에 호응한 시위대는 처음에 200명이었던 숫자가 순식간에 2000명으로 늘었고, 시내 진출을 기도할 때는 5000명으로 불었다. 그리고 밤이 되자 시위대는 다양한 계층의 시민들로 바뀌면서 5만 명을 넘어섰고, 그 양상도 놀라울 정도로 격렬해졌다. 시위대의 습격을 받는 대상은 초기에 파출소로 시작되어 점차 언론기관으로 확대되었는데, 시민들은 순찰차를 때려 부수고 박정희 사진을 떼어내어 짓밟고 불을 질렀다. 오랫동안 데모가 없던 도시라 시위대도 진압 경찰도 경험 미숙으로 어지럽기 그지없었다. 여기에 박정희가 또 비상계엄 선포라는 강경 진압으로 맞서자 이제 시위를 막는 일에 군대가 나서서 계엄군이 휘두른 곤봉에 중상을 입는 사람이 속출했다. 공수부대의 무자비한 진압에 시위대는 깨어지고 시민들은 셀 수 없이 다치면서 부산 시내가 잠잠해지자, 이번에는 4월 혁명의 도화선이 된 3·15의거의 고장인 마산이 들고 일어나 부산보다 훨씬 격렬하게 투쟁을 전개했다. 박정희 당국은 약이 올라서 미칠 지경이었다. 부산과 마산 시위로, 부산에서는 1058명이 연행되어 66명이 군사재판에 회부되고, 마산에서는 505명이 연행되어 59명이 군사재판을 받았다. 선량한 시민이 하루아침에 돌변하여 파출소를 공격하고 박정희 사진을 불태운 것에 대해 유신정권은 어떻게든 설명을 내놓아야 했다. 그래서 당국이 출구 작전을 시도한 것에 대해 한홍구의 『유신』은 이렇게 설명한다.

> 당시 부산 보안부대장으로 계엄하의 합동수사본부장이었던 권정달의 증언에 따르면 중앙정보부장 모 국장이 "남민전 조직도를 나에게 가져와 남민전 관련자가 부마사태를 일으켰을 것으로 보인다. 여기에 맞춰서 수사를 해주십시오"라고 부탁했다고 한다. 당시 연행된 많은 사람들이 10월 초에 적발된 남민전과 부마항쟁을 억지로 엮으려는 유신정권의 기도 때문에 모진 고문을 받았다.
> —한홍구, 『유신』

이 사건에 대해 박정희 당국은 '불순세력의 배후 조종'이라고 주장하고 중앙정보부장 김재규는 "유신체제에 대한 도전이고 물가고에 대한 반발과 조세에 대한 저항에다가 정부에 대한 불신까지 겹친 민중봉기"라고 진단했다. 이것이 박정희가 죽은 이유였다. 당연히 이 소식을 감옥에 있는 사람들도 듣게 되었다. 그리하여 남민전 관련자들에게도 난데없는 소식이 전해졌는데, 하늘을 나는 새도 떨어뜨린다는 절대 권력자 박정희가 청와대 안가가 있는 궁정동에서 기생파티를 하다가 총 맞아 죽었다는 소식이었다. 그 기억을 임헌영 대담집은 이렇게 전한다.

> 우리가 그걸 안 게 아마 10월 27일이었을 겁니다. 심문이 대충 끝나가던 어느 날, 아침 식사가 끝났는데도 아무도 안 나타나더군요. 고대생인 방위병이 종잇조각에다 '박정희'라고 쓰더니 목이 잘리는 흉내를 내고 지나가지 뭡니까?
> —임헌영, 유성호, 『문학의 길 역사의 광장』

물론 김남주는 여기에 기뻐하지도 슬퍼하지도 않았다. 박정희의 죽음과는 비교할 수 없는 충격적인 소식을 들은 것이다. 그는 수배자가 되고 조직 활동을 하는 동안 되도록 아버지 생각을 피하면서 지냈는데, 근자에 자꾸 눈앞에 어른거리더니 역시 황망한 일이 벌어져 있었다. 아버지가 끝내 돌아가신 것이었다. 사인은 후두암이었다. 김남주는 그 소식을 옥중에서 들었는데, 아버지는 형사들에게 시달릴 대로 시달리다가 화병을 얻어서 그렇게 되었다는 설명이 딸려 있었다. 아, 박정희와 아버지! 한 사람은 돈과 권력의 그늘에서 살았고 한 사람은 가난과 천대의 그늘에서 살았다. 한 사람은 온갖 미녀와 온갖 맛있는 음식을 즐기면서 권세를 누렸고, 한 사람은 눈이 성하지 않은 여인을 만나 평생을 쌀 한 톨 버리지 않고 아끼면서 살았다. 그러나 한 사람은 부하의 총에 맞아 죽었고, 한 사람은 무정한 아들의 이름을 부르며 죽을 때까지 눈을 감지 못하였다. 아버지 말대로 검·판사가 되었다면 집안 형편은 나았겠지만, 뒤틀어진 세상에서 그런 게 다 무슨 소용이란 말인가. 김남주가 도저히 그런 길을 갈 수 없는 사람이라는 걸 아버지도 익히 알았을 것이다. 검·판사? 재수 없다. 퉤! 약자를 짓밟는 사람에 대한 김남주의 경멸과 야유는 너무도 통렬했다.

어찌 내가 그런 짓을 하고 있을 수 있겠는가. 흔히 목구멍이 포도청이라고 변명들을 한다만 인간이 인간을 짓밟고 눌러 타고 앉아 그 짓을 한단 말인가.
─『불씨 하나가 광야를 태우리라』

대신에 김남주는 아버지에 대한 빚을 절대로 잊지 않을 작정이었다. 그래서 단호하게 말한다.

나는 나의 아버지의 소원을 풀어주지 못했지만, 나의 원수, 아버지의 원수를 갚아야 할 의무가 있는 것이다. 이것은 사적인 악감정이 아니다. 이 땅에는 나의 아버지와 같은 사람들이 수없이 많이 있는 것이다. 그것은 갑오농민전쟁 때 수백 수천만 농민들이 지배계급인 양반들에게 품었던 감정이고, 일제강점기에 수백 수천만 농민들이 왜놈과 그 앞잡이들인 친일 매국노들에게 품고 있는 감정인 것이다.

—『불씨 하나가 광야를 태우리라』

이것이 김남주가 쓴 「종과 주인」이라는 시에 깔린 사상이었다. 그래서 마음속에 "종이 낫으로 주인의 목을 쳐버리더라" 하는 이미지를 그려놓고 이제 더는 동요할 일이 없다고 생각했다. 그래, 앞으로는 편하게 싸우자!

6

법정에서는 아무리 진실을 말해도 전혀 반영되지 않았다. 모든 일정은 김남주가 예측한 대로 흘러갔다. 대통령이 죽었어도 삼엄한 법정은 검찰의 공소장을 그대로 판결문에다 옮겨 쓰고, 언론은 그걸 똑같이 받아적었다. 썩을 놈들. 게다가 남민전이 첫 공판도 받기전인 1979년 12월 12일에 이상한 형태의 군사 반란이 일어나 전두환, 노태우 등 신군부 세력이 등장했다. 그들이 가는 길도 처음부터 정해져 있었다. 재판 결과는 참혹했다. 이재문과 신향식에게 사형이 선고되고, 안재구·최석진·이해경·박석률·임동규 등 다섯 명은 무기징역을 받았다. 김남주 등 일곱 명은 징역 15년, 그 밖에 40명에 이르는 동지들은 징역 3년에서 10년 형을 선고받았다. 그런데 이상한 일이다. 김남주가 징역 15년 형을 선고받고 서대문구치소에 대기해 있을 때 장차 그의 투쟁에 커다란 영향을 미칠 희한한 소식이 하나 날아들었다. 그날은 담당 교도관이 편지를 건네주면서 분위기에 어울리지 않게 싱글벙글 웃는 것이었다.

"애인한테 온 편지인 모양이죠? 좋겠습니다."

별 싱거운 사람이 다 있다고 생각했다. 김남주는 애인이 없는 까닭에 그저 여자 이름 같은 느낌을 주는 발신인이 있었나 보다 하고 편지를 받았더니 "박광숙 드림"이라고 되어 있었다. 김남주가 아는 이들 중에 그런 이름을 가진 사람은 같은 사건에 연루되었다가 1심 판결에서 집행유예로 출소한 동지 하나밖에 없었다. 《민중의 소리》를 만들 때 몇 차례 회의를 함께 한 적이 있었다. 조직에서 편집위원을 맡았던 관계로 사무적으로 만나 유인물의 문안을 작성하거나 그것을 인쇄하는 것이 전부였다. 조직의 상층 사람과는 어쩌다가 주말 같은 때 인적이 드문 산이나 술집에서 만나 주변 사람의 이목을 피해 '사업'에 관한 이야기를 주고받는 경우가 있었으나 박광숙 씨하고는 그럴 일도 없었다. 게다가 김남주가 이내 다른 부서로 옮기는 바람에 헤어질 때 서로 이름도 밝히지 않은 것이다. 김남주가 그녀의 이름과 나이를 알게 된 건 재판을 받는 과정에서였다. 그래서 박광숙의 편지는 몹시 뜻밖이었다. 도대체 따로 나눌 용건이라고는 떠오르지 않아서 봉투를 열 때조차도 아무 생각이 없었다. 그런데 몇 줄 읽다가 눈이 휘둥그레지고 말았다. 너무나 파격적인 제안이 담겨 있었다.

"옥바라지하고 싶어요. 허락해 주세요."

아니, 이게 무슨 천둥 같은 소리냐. 제정신이 아니고서야 이리도 무모한 역할을 제안할 까닭이 없었다. 사상범을 옥바라지한다는 말은 혼인 신고를 마쳐서 가족 자격을 취득해야 한다는 조건이 따르는데, 부족한 데라곤 없는 지식인 여성이 어쩌자고 그런 일을 맡는다는 말인가. 김남주는 선뜻 받아들을 수 없었다. 물론 박광숙은 막연한 감상벽을 발휘한 게 아니었다.

남민전 사건에서 징역 1년에 집행유예 2년을 선고받고 풀려난 박광숙은 1950년에 서울에서 태어나 숙명여대 국문학과를 졸업하고 교직에 있던 사람이었다. 그녀의 관심사는 가치 지향적인 일에 헌신하는 삶과 글 쓰는 일상에 기울어 있었으므로《민중의 소리》를 제작하는 사업은 다소 위험하긴 하지만 자신의 적성에 딱 맞는 편이었다. 안타깝게도 조직이 털려 시련을 맞게 되었는데, 인간의 본성이 드러나는 것은 늘 이렇게 위기를 맞을 때였다. 그래서 일정하게 고생할 각오를 하고 수사를 당하고 재판을 받는 과정에서 신기하게도 너무나 차분하고 의연한 태도를 보이는 활동가를 발견했다. 한때 자신과 함께《민중의 소리》를 만들던 시인인데, 사실은 그 일로 회의할 때도 일거수일투족 관심이 가던 사람이었다. 한번은 사는 데가 어디냐고 물었더니 집도 절도 없다고 해서 고아 출신일 것으로 여기고 지나갔는데, 재판 과정을 보니 과연 돌봐야 할 남자임이 틀림없었다. 그런데 그런 희생을 자처할 여인이 어디 있겠는가. 박광숙은 이를 생각하던 끝에 어느 순간 자신이 나서는 게 좋겠다고 판단하게 되었다. 남자가 감옥에 있는 동안 자신도 글을 쓰며 기다리면 되니까.

참, 꿈같은 이야기이다. 세월이 더 흐르면 인류의 심성이 어떻게 변할지 모르지만 그래도 그때는 박광숙 같은 사람이 있었음을 이 편지는 증명한다. 박광숙은 일단 자신이 결심한 이상 자존심 같은 걸 따지지 않고 적극적으로 덤비기로 했다. 그래서 부끄러움을 무릅쓰고 앞뒤 맥락을 구차하게 밝혀가면서 자신이 반려자의 역할을 자처하게 되었으니 받아달라, 이런 편지를 보낸 것이었다. 김남주는 박광숙의 제안을 아무렇게나 내칠 수 없어서 얼른 나이를 계산해보았다. 그녀가 서른 살, 자신은 서른다섯 살. 사건의 성격상 만기를 채울 확률이 있으니 그렇게 된다면 김남주는 쉰 살 박광숙은 마흔다섯 살. 캄캄한 일이었다. 아니, 그때까지 날 기다린다고? 어떻게?

김남주는 고민 끝에 결국 제의를 거절하기로 했다. 사실상 그는 평소에도 결혼을 염두에 두지 않고 있었다. 그가 가려는 길은 너무도 거칠고 험한 곳이니, 여자가 있다면 평생 고생만 시키다 말 것이 분명했다. 그래서 김남주는 면회 온 동생에게 그런 제의를 받아들일 수 없다고 단호히 선을 그었다. 일부러 박광숙의 귀에 들어가도록 최대한 명료한 태도를 밝혀두었다.

"절대 기다리지 못하게 해라."

그러나 박광숙은 김남주의 결정을 따르지 않았다. 일방적으로 자기의 뜻을 관철하면서 처음에는 책과 돈을 차입하다가 점점 속옷까지 챙겨주었다. 김남주는 면회 온 가족을 통해 그러지 말라고 재차 전했으나 박광숙은 막무가내였다. 차입해 주는 책에 자신의 감정과 의지를 담은 몇 줄의 글을 써놓거나 자신이 좋아하는 문장에 볼펜으로 줄을 그어서 간접적으로 속마음을 전하기도 했다. 김남주는 그때마다 마음이 흔들렸지만 되도록 욕심을 부리지 않으려고 노력했다. 혹시라도 2심 재판에서 형량이 10년이나 7년쯤으로 줄어든다면 모를까, 그렇지 않으면 다른 사람의 인생조차 옭아 묶는 결과가 될 것이었다. 그리고 시간이 조금만 흐르면 그녀도 어쩌면 생각이 바뀌어서 한때의 제안을 포기하기가 십상이겠거니 하고 생각했다. 역시 2심 판사가 김남주의 징역 보따리를 슬쩍 만지작대다가 불필요한 인정 따위를 베풀지 않기로 했는지 그대로 놔버렸다. 최종 형량을 1심 대로 확정한 것이다. 그길로 김남주는 모든 미련을 칼로 베듯이 잘라버렸다. 이제 됐어. 더는 어떤 욕심도 남기지 말자. 그런데 어찌 된 셈인지 여자는 생각을 바꾸지 않고 계속 옥바라지를 했다. 대체 어쩌자고 이러는 걸까? 김남주는 걱정이 이만저만이 아니었다. 깊이 사귀던 남자가 감옥에 3년 이상 머물게 되면 그사이에 옥바라지를 열심히 하던 여자들도 교도소 문자로 고무신을 거꾸로 신는 것이 통례인데, 그간 손목 한 번 잡아본 적 없는 여인이 무슨 업보를 지었다고 15년짜리 죄수를 뒷바라지하겠다고 덤비는 것인가! 김남주는 동지적 고통과 희망을 함께 나누는 혁명가들의 사랑은 아름다운 거라고 상상하다가 이내 거기에서 얻는 행복감을 부정했다. 오히려 혁명가에게 가정은 필요 없는 거라고 최대한 매정하게 답했다.

> 그러나 한번 생각해 보라. 그게 얼마나 편협하고 천박한가를. 울타리 밖에는 자기의 삶과 직결되어 있는 공동체의 문제가 산재해 있는데 그것에 등을 돌리고 달팽이처럼 가정이라고 하는 움막에 자기의 삶을 가둬놓고 사는 삶이 과연 행복한 삶이라고 할 수 있겠는가를.
> ―『불씨 하나가 광야를 태우리라』

바깥에서는 여전히 남민전에 대한 불평이 많았다. 호의적인 사람은 박광숙뿐이었다. 김남주는 그때의 심정을 이렇게 쓴다.

> 고약한 시대 험한 구설을 만났다. 나는 버림받았다
> 황혼에 쓰러진 사자처럼 무자비한 발톱처럼 나는 누워있다
> 비비댈 언덕인들 있으랴
> 잡고 일어설 풀 한 포기 없고
> 나무들 있어 손을 내밀지만 부여잡고 사정하기엔
> 너무 좀스럽다
> ―시「포효」부분

金枓奎 主平專

8장

무등산은 옷자락을 말아 올려

하늘을 가려버렸다

1

　지금도 사람들은 그 시절을 일컬어 '서울의 봄!'이라 부르고는
한다. 한국의 미래가 장밋빛 꿈으로 가득하다고 믿었던 낭만적 발
상의 산물이다. 김남주에게야 정말 어처구니없는 얘기였다. 지옥의
길에 들어선 남민전 동지들은 말할 것도 없지만, 김남주의 정치적
형제라 할 광주 친구들도 심각하기 그지없었다. 누구보다도 중요한
인물은 윤한봉인데, 그 시절의 회고담들은 그를 금욕적 인간의 표
상으로 그리고 있다. 그러니까 윤한봉은 지산동 한쪽에 골방을 얻
어두고 '나의 재산목록'을 만들어 팬티, 양말, 칫솔, 손톱깎이 같은
생활필수품을 제하고는 죄다 이웃에게 줘버리고, 말 그대로 간디처
럼 지내되 감옥에 간 사람들을 옥바라지하고, 석방된 후배들 에게
밥을 사주고, 여성들의 조직 '송백회'를 지원하며, 광주의 온갖 대소
사에 헌신하는 것이 일상이었다. 사실 이때까지의 광주는 한국 민
주화 항전의 중심지로서의 위용을 떨치기에 전혀 부족함이 없었다.
그런데 남민전 사건이 터지자 김남주, 이학영, 박석률, 박석삼에다
가 이강, 김정길까지 체포되는 참화를 겪고, 여기에 이재문의 선생
이었던 김세원 어른까지 연루되는가 하면, 얼마 안 돼 부마항쟁이
터지자 지레 긴장한 광주서부경찰서가 윤한봉을 잡아다가 물고문
까지 하는 상황이 벌어졌다. 그래서 이 널뛰기 같은 시국이 어디로

흘러갈지 다들 걱정하지 않을 수 없었다. 그때의 불길함에 대해 김수복은 이렇게 증언하고 있다.

> 그달 26일 박정희가 김재규의 총에 맞아 죽고, 12·12 군사반란이 일어났다. 윤한봉은 광주가 피바다가 될지도 모른다는 불길한 예감에 몸을 떨었다. 5월 15일에는 한 선배의 아기 돌잔치에서 또 피바다 이야기를 했다. "전두환 일당은 결국 쿠데타를 일으켜 권력을 장악하려 할 것이다. 나는 그 시기를 21일에서 25일 사이로 본다. 항쟁은 막을 수 없다. 피해는 줄이되 최대한 정치적 성과는 남겨야 한다. 상징적으로 도청을 점거하자"고 열변을 토했다. 그 자리에는 여덟 명이 있었는데, 훗날 그들 중 여섯 명이 항쟁지도부에 합류했다. 윤상원(항쟁지도부 대변인), 박용준(시민군), 김영철(항쟁지도부 기획실장), 정상용(항쟁지도부 외무위원장), 윤강옥(항쟁지도부 기획위원), 이양현(항쟁지도부 기획위원)이 그들이다.
> ─김수복, 「때때로 보고 싶어지는 소박한 그 모습」, 『합수 윤한봉 선생 추모문집』

이는 윤한봉이 이미 피바람이 불 것을 걱정하고 있었고, 하나의 공동체로서 거의 최상의 상태에 이른 광주가 파괴될 것을 예감하고 있었음을 의미한다.

이때 김남주는 광주로부터 엄격히 격리돼 있었다. 그러니까 5월 2일에 1심 판결을 받고 느긋하게 징역을 살 채비를 하고 얼마 안 지나서 2심을 맞았다. 그사이에 감옥에서 간간이 전해 듣는 소식들은 파편적인데 정세는 불안하고 돌발 변수가 많아서 진상을 파악하기 쉽지 않았다. 세상이 어디로 튈지 모르는 럭비공 같았다. 과연 1980년 5월 15일 서울역 광장에는 10만여 명의 학생과 시민들이 모였다. 계엄령 해제와 민주화를 요구하는 서울 지역 30개 대학교 학생들이 운집한 것이다. 그들은 항의 집회를 계속할 것인지 그만둘 것인지를 논쟁하다가 군부를 자극해서는 안 된다는 결론을 내리고 시위를 중지시키기로 했다. 에고, 이 안타까운 사람들. 김남주는 입만 살아 있는 이들의 논쟁을 공허하게 생각했다. 신군부는 누가 반정부 시위를 벌이든 말든 박정희의 전철을 로드맵으로 그려놓고 하나씩 실행하고 있었다. 전두환이 순박한 평화주의를 높이 살 이유는 천지에 널려 있었다. 신군부는 잠시 소강상태가 찾아든 틈을 타 수많은 지도자를 체포하고, 쏜살같이 학원을 점령했으며, 무장 계엄군을 증강하였다. 그리고 며칠 뒤 광주를 무대로 무지막지한 '활극'을 기획하여 세상에 내놓았다.

그 일은 마치 고요한 마을에 한 무리의 맹수 떼가 몰려와 쓸고 간 사변처럼 황당하기만 했다. 다들 쉬고 있는 5월 18일 일요일에 '화려한 휴가'라는 작전명령 아래 공수부대가 투입되고 상상을 초월한 만행이 시작된다. 그 무서운 흔적을 일컬어 학살자들은 '광주 폭동'이라 불렀고 언론매체는 '광주사태'라고 표현했다. 폭력의 양상도 기이하기만 했다. 짧은 기간의 학살과 무차별 체포, 또 가차 없는 구금과 구타, 그리고 찾아온 잠깐의 '해방'과 참혹한 진압 및 사살을 남기고 다시 맹수 떼처럼 잠적해 버렸다. 살아남은 사람들 사이에서는 진압군에게 환각제를 복용시켰다는 소문이 떠돌았다. 국군이 임신부의 배를 갈랐고 여학생의 유방을 도려냈다는 참상도 전해졌다. 국내에서는 일체 연락이 끊기고 보도가 통제되어 다른 도시에서는 사실을 알지도 못했다. 그나마 외신들이 먼 나라의 텔레비전 뉴스를 통해 광주의 상황을 보도했다. 도청이 함락되고 난 후 29일 저녁 7시에 독일 국영방송(ARD)의 특집 보도를 보고 치를 떤 사람은 해외 유학생과 교포들뿐이었다.

김남주는 서울구치소를 떠날 때까지 이 같은 만행을 전혀 알지 못했다. 그리고 고법 판결이 내려지자 남민전 관련자들이 흩어질 것에 대비해서 전향 문제를 상의하고 있었는데, 그사이에 이감 조치가 취해졌다. 사형·무기 선고자와 군사재판에 회부된 자들을 빼고는 모두가 광주로 가게 되었다. '공범' 30여 명이 버스에 실려서 도달한 자리는 세칭 광주의 시베리아라는 특별 사동이었다. 그곳, 미전향 장기수를 가두기 위한 특별 사동은 광주항쟁 직후에 기존의 장기수를 모두 대전으로 옮기고 겨우 '막걸리 반공법' 위반자 정도만 남겨둔 상태로 남민전의 방이 되었다. 그런데 김남주가 입방한 지 얼마 안 되어서, 무슨 조화인지 광주항쟁 관련자들이 대거 건너편 사동으로 들어오기 시작했다. 죽음의 상무대 영창을 빠져나와 이감을 온 이들은 대부분 지난날 정들었던 친구요, 후배들이었다. 그는 먼 거리에서도 대번에 알아보았다. 초췌할 대로 초췌해진 모습의 김상윤, 정상용, 이양현, 윤강옥 그리고 이름을 기억할 수 없는 동생들. 건너편 철창 너머로 주고받는 안부에는 다들 살아서 만났다는 환희보다 부끄럽게 살아남았다는 회한의 냄새가 진동했다. 김남주는 그 황량한 분위기 속에서 놀라운 소식을 들었다. 누군가가 한 집 건너 울지 않는 사람이 없었다며 5·18 이야기를 들려준 것이다. 전해 듣는 장면마다 놀랍지 않은 것이 없었다. 도청에서 마지막 순간에 윤상원은 죽고 이양현은 살아남았다는 대목에서는 눈이 뒤집히는 것 같았다. 그럼 윤한봉은 어디 있단 말인가? 또 박석무 선배는 어떻게 되었는가?

5·18의 거의 모든 사건이 김남주가 인생의 절정기에 청춘을 묻은 카프카서점을 중심으로 펼쳐지고 있었다. 시민들이 달려가 불을 지른 광주MBC, 공수부대가 학살을 시작한 가톨릭센터, 시민군의 격전지가 된 전일빌딩과 YMCA, 시신을 늘어놓은 도청 앞 상무관, 그리고 마지막 항전을 수행한 도청 앞마당, 도대체 카프카서점에서 한 발짝도 비켜서 지나갈 수 없는 장소들이었다. 아서라. 김남주는 지상 어디에 있으나, 심지어는 미아리 뒷골목을 잠행하는 동안에도 그 아련한 무등산의 그늘을 잊을 수 없었다. 정든 골목길, 금남로며 계림동 헌책방 거리며 광주공원에서 만나는 풍경처럼 평화로운 모습은 없다. 광주의 빈털터리들, 김남주와 박형선과 최권행이 걷던 길가에서 배드민턴을 치는 공돌이, 공순이, 이제 막 세발자전거에 오른 네 살짜리 아이를 뒤따르는 일가족, 시내 구경 나왔다가 돼지국밥을 먹는 장애인 모임, 화구를 옆에 끼고 연애질에 팔려 있는 미술반 학생들, 그 모든 어깨 위로 무등산은 언제나 다소곳이 내려와 있었다. 차등이 없는 땅, 그 위대한 산 그늘을 거침없이 쓸고 간 실로 음험하고 계획적인 학살 작전으로 파괴된 도시! 전두환의 광주 공습은 그가 책에서 보았던 인민해방투쟁사의 어떤 장면보다 살 떨리는 잔혹극이자 바로 자신의 대지에 가해진 참담한 학대였다.

김남주는 머릿속이 뒤죽박죽되어 종잡을 수 없었다. 개인이 아무리 평화주의자라고 외쳐도, 가령 남미의 어느 마을에 미군 폭격기가 포탄을 떨어뜨리면 그곳에서 사는 사람은 성자거나 깡패거나, 아이거나 어른이거나, 남자거나 여자거나 화를 피할 수 없다. 한 발짝만 떨어져서 보면 너무도 선명하다. 어떤 지역이 분쟁 지대가 되면 평화를 잃은 공동체에 소속된 인간은 야만적인 상황에 놓일 수밖에 없다. 임신부의 배 속에 든 아이도 정치적 폭력의 인질이 된다.

그런데도 광주 시민들이 공수부대에 사냥당하고 있을 때 이를 알려야 할 스피커를 차지하고 정반대의 상황 인식을 유도했던 매체들을 어떻게 용서한단 말인가. 연약하고 무기력한 사람도 폭도로 쫓기는 절체절명의 현실을 유언비어로 곡해하고 날조하는 일에 충실히 부역한 그 시절의 유행가들조차도 벌을 받아야 했다. 거대 도시 하나가 파괴되는 시각에 그 같은 유행가에 취해 첫사랑의 애절함만을 슬퍼하는 허구를 참는 것은 고통스러운 일이다. 오죽했으면 광주 시민들이 몰려가서 첫 번째로 불을 지른 곳이 MBC였을까? 그리고 5월 26일 밤, 대한민국 군대가 도청을 침공한다. 무장 정규군과 시민의 전투는 결말이 뻔했다. 날이 밝자 아주 말끔하게 거리의 부랑아, 잡상인, 산책자, 장애인들이 청소되고, 그 자리에 도둑처럼 제5공화국이 끼어든다. 공교롭게도 양희은의 〈늙은 군인의 노래〉를 김남주가 남민전 투쟁을 하면서 〈전사의 노래〉로 개사해 불렀는데, 누가 알고 전했는지 아니면 이심전심의 소통이었는지 후배들은 이를 다시 〈투사의 노래〉로 개사해 항쟁 기간 내내 불렀다는 사실까지 알게 되었다.

김남주는 너무도 원통해서 울부짖었다. 밤새 감옥의 창틀을 뽑아버릴 듯이 쥐고 흔들었지만 속수무책이었다. 울다 지쳐서 잠들었다가 조금만 휴식을 취하고 나면 또 신체에 슬픔이 고여서 처절하게 울어야 했다. 혁명을 꿈꾸면서도 이웃들을 지키기는커녕 그들이 목숨을 걸고 싸울 때 함께하지 못했다는 죄책감을 해소할 길이 없었다. 해방투쟁에서 폭력을 사용한다고 손가락질했던 사람들아, 와서 보라. 바로 그 반년 뒤에 세상에서 가장 순박한 우리 광주 사람들이 총을 들었다. 그래서 5·18을 통해 그 황망한 난리 통에도 유일하게 중요한 한 가지를 건졌다. '대동세상 광주는 깨지기는 했으나 굴복하지는 않았다. 내가 말하는 '자유'란 이 같은 현실의 공기 속에서 살아 숨 쉬고 있는 정신적 생명체를 가리킨다. 그렇게 사흘을 철창을 두드리며 울고 나자 온몸이 텅 비고 말았다. 이미 감옥에 갇힌 사람이 무슨 조치를 할 수 있으랴만 그래도 김남주는 그 순간에도 모험주의를 들먹여가며 남민전을 욕보이던 자칭 진보적 논평가들에게 외치고 싶었다. 자유가 뭔지 모르는 자들아. 나는 하루에도 수십 번씩 마음속의 백지에 쓴다.

나는 듣고 있다 감옥에서
옹기종기 참새들 모여 입방아 찧는 소리를
들쭉날쭉 쥐새끼들 귀신 씻나락 까는 소리를
(⋯⋯)
나는 묻고 싶다 그들에게
굴욕처럼 흐르는 침묵의 거리에서
앉지도 일어서지도 못하고
엉거주춤 똥 누는 폼을 하고 있는 그들에게
(⋯⋯)
어느 시대 어느 역사에서 투쟁 없이
자유가 쟁취된 적이 있었던가
—시「나 자신을 노래한다」 부분

2

그토록 잔인했던 1980년 봄볕 속의 연대기를 박광숙이 아니었으면 김남주가 어떻게 견뎠을지 상상하기 어렵다. 가슴의 불은 활활 타고, 몸은 묶여 있고, 세상은 어지러웠다. 다행히도 박광숙이 면회를 다니기 시작하면서 그에게 광주의 뒷모습을 하나하나 돌려주었다. 박광숙은 본디 서울에서 살았던 사람이라 남녘 사람들의 기질에 대해서는 낯설기 그지없었는데, 김남주의 면회자로 등재되는 순간 광주가 반가운 영혼 하나를 송두리째 삼켜버렸다. 박형선, 윤경자 부부가 박광숙을 광주의 내장 속으로 끌고 들어간 순간 얼마나 놀랐는지 모른다. 그곳 사람들과 접촉하면서 한때 김남주를 '천애의 고아'로 판단했던 게 엄청난 착각이었다는 걸 알고 그녀는 한숨이 나올 지경이었다고 한다.

> 70년대 박정희의 유신과 혹독한 감옥살이를 앞서거니 뒤서거니 치르며 광주의 기둥뿌리같이 버티며 함께 몸 비비며 저항하며 싸워왔던 그들이고, 팬티까지 나눠 입고 신혼방 한가운데 끼어들며 뒹굴던 그들로서는 당연한 일이었는지는 몰라도 나로서는 정말 난감한 일이었다. (……) 천애의 사고무친이기는커녕 광주 시민 모두가 그의 남동생이고 여동생이던 시절, 그 여동생들과 남동생들의 부모들까지, 광주의 노소가 남주 시인의 아버지와 어머니가 되고 형제자매가 되어 내 손을 부여잡고 한숨 쉬고 눈물 자락 훔치며 등을 두드려주는 바람에 호적까지도 남도로 퍼 옮겨 그들의 형수가 돼버리게 하던 그 시절 그 사람들.
> —박광숙, 「두 남자 이야기」, 『합수 윤한봉 선생 추모문집』

어지간해서는 쉽게 마음을 풀어놓지 못하는 서울내기 박광숙으로서는 광주 사람들의 형제애, 동포애, 감옥애의 '끈끈이주걱 같은 질긴 연분'에 그만 자신을 꼼짝없이 옭아매고 말았다. 또 그래서 그 남자의 광주를 면회로든 편지로든 전해주지 않으면 안 되었다.

김남주가 갇힌 방은 소위 정통 좌익수들이 감금되는 특수 사동이었다. 시멘트 복도를 사이에 두고 문패에 1.06평, 정원 세 명이라고 쓰인 방이 서른여섯 개씩 있는 '닭장' 중 하나였다. 넓이가 1.06평이라고 돼 있으나 방에 딸린 변소(뺑끼통)를 빼면 0.7평 정도밖에 안 되고, 정원은 3명이지만 실제로는 한 방에 한 명씩 수용하고 있었다. 그것도 짓궂은 자들이 방 모양을 왜 하필 그렇게 만들었는지 몰랐다. 사람이 죽으면 들어가 눕는 관처럼 생긴 데다 종일 햇빛이 들지 않아 음침하기가 영락없이 땅속의 무덤을 연상케 했다. 이곳에서 김남주는 박광숙의 존재가 지대한 영향을 미친다는 걸 뼈저리게 실감할 수 있었다. 독방에서 사는 폐단은 많고도 많지만, 그중에서도 가장 큰 것은 남에게 말을 걸 일이 없다는 점이었다. 모든 수인이 독방에서 할 수 있는 말은 하루에 두세 마디가 다였다. 식사 때나 교도관이 와서 들여다보면 한 마디씩 주고받을 뿐 그 외에는 '언어'를 사용할 자리가 없어서 자꾸 낱말을 잊어버렸다. 도시에서 사는 사람들이 보통 하루에 5만에서 6만 단어를 쓰게 된다는데, 그 1만 분의 일도 사용할 수 없는 삶이 있다면 그는 어떻게 정상을 유지할 수 있을까? 이때 내밀한 개인 감정을 전할 사람이 있다는 사실이 얼마나 큰 위안이 되는지 몰랐다. 더구나 박광숙은 그의 가슴 깊은 곳에 들어앉아 아주 작은 일까지 일일이 반응해 주는 사람이었다. 그래서 김남주도 금방 본색을 드러냈다.

그대는 내 안에 든 작은 새요. 내 품에 꽉 찬 작은 새란 말씀이

오. 나는 그대의 이마며, 눈이며, 콧날이며, 입술을 공격하고 싶
은 거요. 그러나 몸 전체가 평화요 사랑인 그대는 내 곁에 없소.
이게 절망이 아니고 무어란 말이오! 나의 삶은 급하고 세월의
흐름은 너무 빠르고…… 이게 절망이 아니고 무어란 말이오.
　—김남주, 『산이라면 넘어주고 강이라면 건너주고: 김남주 옥
중연서』(이하 옥중연서, 삼천리, 1989)

　이렇게 해서 김남주는 천성이 수다쟁이였던 것처럼 이 얘기 저
얘기를 편지로 옮기기 시작했다.

　이 사동을 일컬어 '특사'라 하기도 하고 '시베리아'라고 하기도
하는데 그 까닭은 아마 이 사동에 수용되어 있는 수인들의 특수
한 성격과 그 사동의 분위기가 한여름에도 찬바람이 이니까 붙
여진 이름인 것 같습니다. '시베리아'라고 부른 또 다른 까닭은
이 사동이 정치범을 감금하고 있기 때문인지도 모르겠습니다.
　—김남주, 옥중연서

　그랬다. 특사는 처음부터 비전향 장기수를 가두기 위해 설계된
곳이라 교도소 안인데도 다시 담을 쌓아 일반 교도관조차도 함부로
드나들 수 없는 특수 구역이었다. 공산주의자, 간첩, 국가보안법 위
반자, 국가 전복을 획책하는 역도 같은 낱말이 뒹구는 곳이니 당연
히 모든 규칙이 엄격하고 까다로웠다. 일반 형사범들의 사동에서는
따분하고 답답하면 소리 내어 노래도 부르고, 옆방과 얘기를 주고
받기도 하는데 '시베리아'에서는 그런 것도 일절 금지되어 있었다.
그래서 교도관의 발소리와 철문을 여닫는 소리 외에는 아무것도 들

리지 않는, 모든 것이 죽어 있는 공동묘지 같았다. 감방도 협소해서 복도에서 가로 1미터, 세로 1.5미터짜리 철문을 당기고 들어가면 비좁은 공간의 압력 때문에 금방 숨이 막혔다. 천장이 바로 머리 위에서 누르고 양옆의 벽이 옆구리를 조여오는 느낌 때문인데, 방바닥 너비마저 널을 펴놓은 정도여서 김남주처럼 체구가 작은 사람도 꽉 차는 느낌이었다. 예전에 감옥 생활을 해본 경험자조차도 이 폐쇄감을 잘 이기지 못했다. 까닭에 남민전 동지들은 이를 극복하기 위해 벽을 두들겨서 소통하는 타전 방식을 익혀야 했는데, 김남주의 시에는 이렇게 나온다.

> 똑 하나를 두드리면 ㄱ이 되고
> 똑똑 둘을 두드리면 ㄴ이 되고
> 똑똑똑 셋을 두드리면 ㄷ이 되고
> 찍 하나를 그으면 ㅏ가 되고
> 찍찍 둘을 그으면 ㅑ가 되고
> 찍찍찍 셋을 그으면 ㅓ가 되고
> 그래그래 모음과 자음이 어우러져 가갸거겨가 되지
> 이렇게 하여 우리는 통방을 시작했지
> ─시「통방」부분

그러나 소통이 어렵고 제한적이어서 전달이 엇나가는 수가 많았다. 물론 자신을 일찌감치 전사로 규정한 사람은 대처법도 남달랐으니, 김남주는 비인간적인 공간과 대결한다는 사실만으로도 뜨거울 수 있었으며, 또한 모든 야비한 삶과 부끄러운 의식들로부터 자신을 구원할 수 있었다. 그 점을 따로 설명할 필요가 없는 사람, 박광숙은 연인이기 이전에 동지였기에 날마다 너무도 당당하게 눈에 보이는 환경과 사물 하나하나를 문자로 그려서 편지에 담았다. 자신에게 허용된 생활용품은 밥그릇 한 개, 찬그릇 두 개, 국그릇 한 개. 밥과 찬과 국은 철문이 나 있는 '식구통'으로 들어오는데, 밥은 일제 강점기 때부터 먹었다는 소위 '가다밥'으로서 보리와 콩과 쌀로 버무려져 있었다. 반찬 역시 일제 강점기 때 생긴 '감옥용 찬'으로서 한꺼번에 담갔다가 일 년 내내 먹을 수 있을 만큼 짜디짠 무나 오이무침이었다. 도저히 사람이 입에 올릴 음식이라고 할 수 없었다. 그래서 수인들은 이를 물에 빨아서 먹는다. 국은 시래기국과 미역국이 주종인데 시래기국은 밭에서, 미역국은 바닷가에서 쓰레기로 버려진 것을 주워 와서 삶아놓은 것 같았다. 흙탕물 같은 국물에 솔잎이 섞여 있는가 하면 담배꽁초가 빠져 있기도 하고, 또 때때로 지푸라기와 머리카락이 '왕건지'에 얽혀 있었다. 그게 하도 기막혀서 김남주는 편지에다 이렇게 쓴다.

　돼지도 이런 구정물을 보면 고개를 홰홰 저을 것입니다.

　이 한심한 장면들을 박광숙은 마치 자신이 겪는 일처럼 열심히 들어주고 세세한 것에 관심을 보여주었다. 그리하여 김남주와 관련된 빗자루와 쓰레기통, 세숫대야와 주전자 따위도 생기를 얻고, 봄가을에 넣어준 담요 한 장, 겨울에 추가된 거적 한 장과 솜이불 한 개에도 온기가 담겼다. 특히 철문 바로 위에 붙은 나무판자로 된 선반에 그가 왕년에 유일하게 탐내던 책들을 정리하고 그 곁에 신발을 올리고 나니 전사로서 감내해야 할 고통의 필연성이 더욱 확연해지기 시작했다. 어떤 짐승도 이런 곳에 갇히면 며칠을 못 견디고

숨을 거둘 테지만 인간의 환경 적응 능력이란 지독한 것이어서 얼마 지나지 않으면 그런대로 살아지기는 한다. 좋다. 그러나 다른 동지들은 걱정될 수밖에 없었다.

복도를 가운데 두고 양쪽으로 늘어선 독방에 김남주, 최광운, 임헌영, 김홍 등이 살고 맞은편에는 최평숙 등이 있어서 저녁 식사를 마치면 변소로 들어가 옆방과 한담을 나누거나 잡담할 수 있었다. 그래서 가능해진 변소 통방은 그들만의 유일한 오락이 되었다. 저녁밥을 먹고 나서 다들 뺑끼통을 딛고 올라가 통방을 시도할 때면 대개 7, 8명 정도가 한 조를 이루었는데, 이때 애인 이야기부터 온갖 사연이 다 나왔다. 밖에서 들어오는 편지는 모두 공개 낭독된다. 김남주는 15년 형을 받은 걸 입버릇처럼 외우며 "아, 앞이 안 보입니다. 10년만 되어도 앞이 보이는데" 하는 넋두리를 쏟아놓고는 했다. 물론 변소는 방 뒤쪽에 있는 관계로, 방에 붙은 투명한 문을 열면 나오는 뺑끼통을 '똥퍼'들이 자주 퍼가지 않으면 똥물이 엉덩이까지 차오르기가 일쑤고 냄새가 독하여 머리가 띵할 정도였다. 그나마 뺑끼통에 발을 딛고 밖을 보면 하늘이 보이는데 교도관들은 무슨 심보로 그랬는지 철망으로 가린 데를 또 판자로 덧대어 놓았다. 그래서 바늘구멍만 한 틈으로 판자 너머에 있는 바깥 하늘을 구경할 수밖에 없었다. '땅벌작전'을 함께 수행한 차성환은 이런 형편에도 김남주의 목소리가 들리면 수시로 웃음이 터져 나왔다고 한다. 가령, 방 안에서 빨래해도 널 데가 없어서 비애감에 젖는 것도 그는 한마디로 허물어뜨리곤 했다.

"빤쓰를 빨아도 널 데가 읎네. 젠장, 좆을 세워놓고 거기다 널라는 거여 뭐여."

전사 한무성(김남주의 조직명)의 낙천성과 투쟁 감각은 이렇게 깨알 같은 즐거움을 주기도 하지만 비장한 자리에서 세계를 단숨에 개괄하는 각성제 역할을 해서 동지들의 징역 보따리를 덜어주었다. 가끔 기념식을 올릴 일이 있어서 동지들이 일제히 시찰 구멍에 얼굴을 대고 조직 고유의 의식을 행할 때 그의 역할은 너무도 컸다. 주로 민주화와 통일을 위해 싸우다 쓰러진 선열을 기리는 묵념을 올린 다음에 시를 낭송했는데, 그럴 때는 김남주가 직접 시를 지어서 읽었다. 감옥에서 이재문 선생의 죽음을 애도할 때는 김남주의 시 낭송에 다들 등줄기가 지지지 타는 전율을 느꼈다.

해방을 위한 투쟁에서
많은 사람이 죽어갔다
많은 사람이 실로 많은 사람이 죽어갔다
수천 명이 죽어갔다
수만 명이 죽어갔다
아니 수백만 명이 다시 죽어갈지도 모른다

지금도 죽어가고 있다

세계 도처에서 나라 곳곳에서
거리에서 공장에서 산악에서 감옥에서
압제와 착취가 있는 바로 그곳에서
(……)

오늘밤
또 하나의 별이

인간의 대지 위에 떨어졌다
그는 알고 있었다 해방투쟁의 과정에서
자기 또한 죽어갈 것이라는 것을
그는 알고 있었다
자기의 죽음이 헛되이 끝나지는 않을 것이라는 것을
—시 「전사2」 부분

　김남주의 시 낭송은 훗날 오페라 감독 문호근의 연구 대상이 되어서 하나의 공연 장르로 실험되곤 했다. 그만큼 듣는 귀를 사로잡는 매혹이 있었는데, 김남주는 대학생 시절에도 시 낭송을 중시하여 이학영에게 가끔 칠레의 시인 네루다의 일화를 들려주었다. 예컨대, 어느 노동자들의 집회에서 네루다 시인이 열정적으로 시 낭송을 하자 그에 감동한 사람이 앞으로 걸어 나와 모자를 벗고 경건하게 네루다 앞에 경의를 표했다. 이 일화는 나중에 〈일 포스티노〉라는 영화에도 나온다. 당시에는 다들 시 낭송에 관심을 두지 않았지만, 이학영은 김남주의 말이라면 팥으로 메주를 쑨다고 해도 믿는 사람이라 자신도 틈틈이 따라 하곤 했다. 역시 배우기가 어려웠는데, 김남주는 낭송 훈련이 얼마나 잘되었는지 그가 박광숙의 편지를 읽거나 감옥의 동지들을 위해 일본어로 소개된 혁명 시들을 골라서 창틀에 대고 낭송할 때면 다들 숨을 죽였다. 그러다가도 김남주 특유의 유머 감각이 작동되어서 러시아 혁명기의 시에 "레닌 만세!"라는 구절이 나왔을 때는, 혹시라도 누가 들으면 안 되므로 원문 대신 "엘(L) 선생 반자이!" 하고 읽어서 다들 폭소를 터뜨리지 않을 수 없었다.
　그리고 일상으로 돌아오면 그는 건강을 위하여, 살아남기 위하여,

살아남아 뭔가를 다시 하기 위하여 매 순간 긴장의 고삐를 조였다.

나는 나가야 한다 살아서
살아서 더욱 튼튼한 몸으로

나는 보여줘야 한다 나가서
나가서 더욱 의연한 모습을

나는 또한 보여줘야 한다 놈들에게
감옥이 어떤 곳이라는 것을
전사의 휴식처 외 아무것도 아니라는 것을
―시 「권력의 담」 부분

그래서 악착같이 일정량의 음식을 섭취하고, 간식은 금하고, 밥
도 되도록 서른 번 이상씩 씹어 먹고, 조미료 같은 건 일절 쓰지 않
고, 또 입맛이 없어도 억지로라도 식사하는 걸 생활의 신조로 삼았
다. 또 감옥에서 규칙적으로 하는 운동은 너무나 소중한 것이라서
한번은 30분짜리 운동시간을 5분 더 늘리기 위하여 0.7평의 감방
에서 한순간도 나오지 못하고 일주일 동안이나 단식투쟁을 감행했
다. 이런 치열한 과정을 거쳐서 그는 마침내 낮 한때의 운동시간을
빼놓고는 거의 모든 시간을 독서에 전념하게 되었다. 그리고 그의
독서 목록은 한국이 분단 체제를 관리하느라 외면한 20세기의 지
성사를 정통으로 가로지르는 것이어서 아직 번역되지 않은 책이 태
반이었다. 징역살이 초기에는 주로 고전으로 시작해서 인문·사회과
학 분야로는 마르크스나 레닌 외에도 체르니셰프스키, 루카치, 게오

414

르그 뷔히너 등등, 시집으로는 푸시킨, 레르몬토프, 하이네, 브레히트, 네루다, 루이 아라공, 마야코프스키, 그리고 러시아 12월당의 몇몇 시인들 등등, 또 소설에서는 발자크와 톨스토이, 고리키, 솔로호프, 고골 등등이 반입 요청된 목록인데, 이 모든 짐은 감옥 바깥에서 김남주를 챙겨야 하는 박광숙이 다 져야 했다. 책은 안에서 읽는 사람보다 밖에서 넣는 사람이 훨씬 고생이었다. 김남주가 얼마나 많은 책을 읽던지 박광숙은 옥바라지가 너무 벅찼다. 편지로 요청해오는 책을 전부 구하기도 쉽지 않았거니와 사회주의권 서적들은 검열 관계가 심해서 반입하기도 까다로웠다. 그나마 김남주가 외국어 능력이 출중해서 필수적인 책들을 영어판이나 일본어판으로 구해도 된다는 이점마저 없다면 심부름을 하기 어려웠을 것이다.

3

독서는 여행을 대체한다. 시간 여행, 공간 여행, 역사 여행, 내면 여행……. 어려서부터 한곳에 눌러앉기보다 돌아다니는 걸 좋아했던 김남주는 책이라도 실컷 읽어야 직성이 풀릴 것 같았다. 그러지 않는다면 그 좁은 감방에서 무슨 수로 널뛰는 가슴을 주저앉힐 수 있을까? 그리하여 열심히 책도 보고, 감옥 생활에도 어느 정도 적응하고 나자 저 밑바닥에서 새로운 욕망이 꿈틀꿈틀 올라왔다. 그해 7월에 박광숙에게 쓴 편지에는 이런 구절이 나온다.

기다려라 기다려라 기다려라. 오! 세월이여. 지금 시의 흐름,
인생의 흐름이 막혀 있지만 언젠가 제방이 터져 격렬하게 흘러

내릴 때가 있을 것이오.

—김남주, 옥중연서

그리고 맨 뒷줄에 덧댄 추신이 유난히 눈길을 끈다.

이 편지 받는 즉시 와 주시오.

이래서 그는 천상에 시인일 수밖에 없었다. 머릿속에 벌써 여러 편의 시가 쌓여 있다는 얘기였다.

감옥에서는 과연 육체 활동의 반경이 최소화되고 정신의 움직임은 더욱 예민해진다. 그는 자꾸만 그간에 경황없이 달려오느라 놓쳐버린 삶의 여백들을 돌아보고는 했다. 한때는 너무 젊어서 안 보이는 것도 많았다. 돌이켜 살피건대 자신은 피 끓는 나이에 「잿더미」라는 시로 혜성 소리를 들으며 떠올랐으나 얼마 안 되어 문학적으로 꽤 위축된 시기를 보냈다. 그래서 해남에서 농사를 지으면서 다시 쓰게 된 시가 「아우야 우습지 않느냐」, 「달도 부끄러워」 같은 작품들인데, 이를 발표했다가 박석무 선배에게 된서리를 맞은 기억도 있었다.

"남주야. 계백, 견훤, 정여립, 전봉준이 어떻게 살았냐? 김천일, 김덕령, 고경명, 광주학생독립운동 다 봐라. 지고도 일어나고, 망하고도 살아나고, 이 장렬한 혼이 호남정신이여. 이것이 남녘의 기둥이여. 뜨거운 혼이 살아서 움직여야지 역사를 좀 안다는 놈이 글을 그렇게 쓰면 되냐?"

그때는 어쩌자고 그런 콩알만 한 사유에 갇혀 있었을까? 농민들의 피폐한 삶에 대한 연민과 분노는 살아 있었지만, 암벽 같은 현실

앞에서 무력할 수밖에 없는 자신을 자학하고 또 자학하던 시절이 너무 길었다. 시를 쓸 때도 기득권 집단에 대한 증오와 전봉준 같은 민중적 영웅에 대한 그리움이 너무 깊어서 캄캄한 내면을 벗어날 수 없었다. 그 후 오랜 잠행과 투쟁의 시간을 지나 감옥에서 다시 시적 열정이 타오르기 시작하자 이번에는 글을 쓸 자유가 없었다. 참으로 괴로운지고. 그래서 더욱 광주교도소 특사 건물의, 틈만 나면 신경조직의 경련까지 일어나는 그 널짝 같은 방에서 도무지 통제되지 않는 대담한 생각들, 예컨대 낡은 세상의 종말을 부르는 위대한 말들과 동거하고 있었다. 그러다가 이윽고 뜨거운 시심이 폭풍우처럼 휘몰아쳐서 그의 내면을 마구 휘젓게 되었는데, 이때 그는 곧 위험성을 느꼈다. 도대체 나더러 어쩌란 말이냐. 자그마치 15년을 그냥 기다리라는 말이냐. 그래서 자신의 감정을 주체할 수 없을 때 느닷없이 놀라운 소식이 하나 날아들었다.

교도소 안에서 죄수는 원칙적으로 잠자는 시간이 아니면 정좌로 있어야 했다. 그날 밤에도 분출하는 시적 열정을 누를 수 없어서 가만히 허공을 보며 앉아 있었는데, 갑자기 손전등의 불빛이 어두운 복도를 가로질러 장대처럼 뻗어가더니 교도관 한 명이 뚜벅뚜벅 걸어와 방 앞에서 멈췄다.

"이름이 김남주요?"

"예. 그런데요?"

교도관이 낮은 목소리로 말한다.

"박석무 선생이 안부를 전합디다."

김남주는 뜻밖의 이름이 나오자 벌떡 일어설 뻔했다. 박석무 이름 뒤에 선생이라는 호칭을 붙이고 있잖은가. 그렇다고 서두르면 안 된다.

"박석무 선배도 들어왔소?"

"가까운 곳에 있어라우."

이렇게 인사를 트고 가더니, 며칠 후 다시 나타나 친절하게 말을 걸었다.

"건강을 잘 챙기는 게 상수여라우."

자칫하면 교도관도 공범으로 몰려 죄수가 될 수 있는 터라 매우 조심하는 눈치였다. 김남주도 그가 안심할 수 있도록 차분하게 대화를 이끌었다.

"명심하리다."

"나는 혼자서 소설 공부하는 사람이어라우."

간수가 소설 공부를 한다니. 감옥도 사람이 사는 데라 별사람이 다 있구나, 싶었지만 호의를 베푸는 한 마디 한 마디에 착한 냄새가 뚝뚝 묻어나서 안심이었다. 그래서 태연하게 통성명을 하고, 창작에 도움이 될 말도 전하며, 사적 안부도 주고받다가 슬쩍 이런 말을 떠 봤다.

"교도관님, 감방 안에서 습작할 방법은 없소?"

하도 선량한 사람이라 김남주의 부탁을 받고 거절할 뜻을 비치지 못했다. 이름이 홍인표인데, 사실은 그도 뭔가 도움을 주고 싶어서 접근해 온 것이다. 그런데 역시 말단 교도관이 위험을 뒤집어쓸 수는 없는 일이라 한참을 끙끙대다 묘안을 찾아냈다.

"심심풀이로 썼다 지웠다 할 건 있는디, 고걸 한번 써볼라요?"

그에 의하면 교도소에는 화판이라고 부르는 게 있었다. 네모난 합판에 수인들이 입는 옷 조각을 덮어서 싼 다음에, 한쪽 면에 투명한 비닐을 덧붙여 고정해 놓은 판인데, 비닐이 붙은 쪽 천에 마가린을 바르고, 거기에 젓가락 같은 도구로 글씨를 쓰면, 마가린 때문에 밀착 현상이 생긴 자리에서 푸른 옷 색깔의 글씨가 나타난다. 만약 그걸 지우고 싶을 때는 마가린이 붙은 쪽 비닐을 떼어버리면 자동으로 글씨가 지워진다. 죄수들이 이런 걸 만들어서 사용해도 교도관들이 못 본 체하는 건 감옥에서 공부하는 게 장려될 사항인 탓이었다. 하지만 특별 사동에 있는 사람은 예외였는데, 사상범들이 그런 편의를 누리는 건 위험하다고 여겼기 때문이었다. 상부에서 알면 난리가 날 것이다. 하지만 홍인표는 그걸 김남주에게 몰래 제공해 주기로 마음을 먹었다. 설령 방 검사 때 발각되더라도 김남주가 능히 둘러댈 수 있으리라 믿었기 때문이다.

교도소의 모든 감방은 하루에 1회 이상 검사를 해야 한다. 일주일만 방 검사를 하지 않으면 비행기를 만들어서 도망간다는 말이 도는 곳인지라 교도관들은 늘 감방을 샅샅이 뒤져서 재소자들이 소지해서는 안 될 물건을 찾아내는 데 도사가 돼 있었다. 그런 능력으로 홍인표가 화판을 구해주자 김남주가 며칠 후 눈을 찡긋하면서 자랑했다.

"한 편 썼습니다."

"잘했네요."

하지만 다음 부탁이 나오지 않을 리가 없었다.

"그런디 시를 써놓고도 이걸 보관할 수가 없소."

어떻게 말해도 감옥은 문화의 사막 지대일 수밖에 없었다. 인간의 행위를 가둔다는 건 생활의 윤기가 길러내는 무성한 표현의 수풀을 제거한다는 걸 의미했다. 간수들은 아무리 착해도 죄수를 사사로이 간섭해서는 안 되고, 죄수는 간수가 아무리 잘해줘도 자유를 구속당하기 마련이었다. 그러다 보면 죄수의 삶은 풀밭처럼 무성하던 감정조차 시들어 점점 앙상한 뼈다귀만 남게 되는데, 그 점을 홍인표는 누구보다 잘 아는 터라 걱정을 멈출 수가 없었다. 김남주가 유명한 시인인 건 분명할진대, 그래도 그는 창작의 절정기에 자기 시대와 동떨어져 있으며, 대지의 숨소리와도 멀어져 지극히 삭막한 곳에 버려져 있었다. 끝없이 솟아오르는 영감들도 집필 제약 때문에 쓰다가 끊이기를 반복할 것이 불을 보듯 환했다. 홍인표는 이런 생각 끝에 또 다른 방법 하나를 알려주었다.

"교도소에 들어오는 우유 있지라우. 접견물로 들어오는 거. 그 봉지를 찢으면 안쪽에 은박지가 입혀져 있어라우. 가만히 뜯으면 떼어진당게. 말하자면 그걸 습자지로 생각하면 되는디."

그 말을 듣고 김남주가 우유갑을 해체해 보니 정말로 은박지가 나왔다. 아마도 우유를 장기 보관하려는 장치인가 싶었다. 이에 신이 나서, 김남주는 다시 홍인표가 가르쳐 준 대로 칫솔을 부러뜨려서 뾰족한 부위를 시멘트벽에 갈아 펜을 만들고, 이를 은박지에 긁어서 글씨를 새겨보니 제법 그럴싸한 필기구 역할을 했다. 오, 하늘이 무너져도 솟아날 구멍이 있다는 말이 바로 이것이렷다.

김남주가 한창 이러고 있을 때 공교롭게도 박석무가 그 옆방으로 송치돼 왔다. 광주항쟁 때 시민수습대책위원을 맡았던 이들을 광주교도소 특별 사동으로 배치하면서 데려온 것인데, 이는 김남주에게 하나의 축복과 같은 행운이었다. 옳거니.

박석무는 5·18 때 광주 대동고 영어 선생이었다. 당시 광주 민족민주운동 세력의 다양한 관계망이 대부분 그를 매개로 형성되어 있었으므로, 계엄 당국은 그를 전남대, 조선대 학생들을 의식화시킨 불온 교사로 보고 모종의 음모를 꾸미고 있었다. 그러니까 신군부는 광주항쟁의 배후에 김대중이 있다는 그림을 그리기 위해 김대중과 내통한 비밀주동자로 박석무를 점찍어 두고 있었다는 징후가 여러 곳에서 포착되었다. 까닭에 박석무는 항쟁 기간 내내 시민군 앞에 나서지 않고 뒷골목을 숨어 다녔다. 트집 잡을 만한 장면을 확보하지 못한 신군부는 일단 정동년을 주동자로 만들어놓고 박석무를 지명 수배했는데, 그사이에 박석무는 5월 18일부터 27일 전남도청의 시민학살까지 살펴보면서 공수부대의 만행을 샅샅이 메모해 놓고 6월 5일까지 숨어 있다가 서울로 은신처를 옮겼다. 그리고 200자 원고지 140장 분량의 5·18 기록을 정리하고, 12월 30일에야 신군부에 붙들려 광주교도소로 오게 된 것이다. 그가 남긴 자필 기록 「5·18 광주 의거 – 시민 항거의 배경과 전개 과정」은 훗날 '광주 5·18 기념재단'에서 공개되었다. 또 여기에 박석무 외에도 시민과 군 사이의 충돌을 막아보려고 당국과 교섭했던 광주지역 유지들, 홍남순 변호사, 이기홍 변호사, 송기숙 교수, 명노근 교수, 김성용 신부 등 광주를 대표하는 명사들이 단체로 수감되자 교도관들의 태도가 돌연 달라졌다. 광주에서 5·18을 겪은 사람이라면 누구나 존경할 수밖에 없는 이름들이 복도를 사이에 두고 김남주와 마주 보이는 방에 들게 되자 매일 저녁밥을 먹고 나면 신중한 토론 판이 벌어졌다. 5·18의 비극은 모든 일이 하나의 기획된 재난처럼 순식간에 지나갔다는 데 그 심각성이 있는지 모른다. 너무도 엄청난 일이 너무도 짧은 기간에 전개됐기 때문에 아무도 사태의 정체를 꿰뚫지 못하고 성격도 규명할 수 없었다. 실제로 5·18 현장에서 싸우던 후배들은 그토록 중차대한 시기에 현실을 진단하고 이후의 전망을 도출할 지적 역량을 가진 선배 김남주가 없음을 통탄하였다. 그때 카프카서점이 있었다면, 아니면 그때 녹두서점의 일본어 강독팀이 공부하고 있었다면 얼마나 좋았을까? 그래서 감옥 안은 마치 밤마다 광주민중항쟁 세미나가 열리는 장소처럼 돌변했다. 이 자리에서 5·18의 발생부터 경과와 결과까지 일일이 검토되고 논의되었다. 김남주가 「학살」이라는 시를 쓰게 된 배경에는 이 같은 수준 높은 상황 인식의 과정이 뒷받침되어 있었다. 시의 한 연 한 연이 그것을 입증한다.

> 오월 어느 날이었다
> 80년 오월 어느 날이었다
> 광주 80년 오월 어느 날 밤이었다
>
> 밤 12시 나는 보았다
> 경찰이 전투경찰로 교체되는 것을
> 밤 12시 나는 보았다
> 전투경찰이 군인으로 교체되는 것을
> 밤 12시 나는 보았다
> 미국 민간인들이 도시를 빠져나가는 것을
> 밤 12시 나는 보았다
> 도시로 들어오는 모든 차량들이 차단되는 것을
>
> 아 얼마나 음산한 밤 12시였던가
> 아 얼마나 계획적인 밤 12시였던가

(이 긴박한 리듬을 가진 운문은 그러나 형상적으로 보여주는 생활 논리적 전개가 매우 정교하다. 1980년 5월 어느 날 인적이 끊긴 시간에 광주 시내에 전투경찰이 깔리더니 어느 순간 그것이 군인으로 교체되고 이내 미국인들이 도시를 빠져나간다. 면밀하게 계획되었다는 이야기이며 한국의 작전지휘권을 가진 이들이 결재했다는 이야기이다.)

오월 어느 날이었다
1980년 오월 어느 날이었다
광주 1980년 오월 어느 날 밤이었다

밤 12시 나는 보았다
총검으로 무장한 일단의 군인들을
밤 12시 나는 보았다
야만족의 침략과도 같은 일단의 군인들을
밤 12시 나는 보았다
야만족의 약탈과도 같은 일단의 군인들을
밤 12시 나는 보았다
악마의 화신과도 같은 일단의 군인들을

아 얼마나 무서운 밤 12시였던가
아 얼마나 노골적인 밤 12시였던가

(비록 같은 나라의 군복을 입었다고는 하나 그들이 펼치는 작전은 적개심이 가득
찬 '야만의 약탈'과 전혀 다를 바 없었다. 범죄 내용을 보라.)

오월 어느 날이었다
1980년 오월 어느 날이었다
광주 1980년 오월 어느 날 밤이었다

밤 12시
도시는 벌집처럼 쑤셔놓은 심장이었다

밤 12시
거리는 용암처럼 흐르는 피의 강이었다
밤 12시
바람은 살해된 처녀의 피 묻은 머리카락을 날리고
밤 12시
밤은 총알처럼 튀어나온 아이의 눈동자를 파먹고
밤 12시
학살자들은 끊임없이 어디론가 시체의 산을 옮기고 있었다

아 얼마나 끔찍한 밤 12시였던가
아 얼마나 조직적인 학살의 밤 12시였던가

(이를 단지 비극이라는 말로 정리할 수 있단 말인가. 하나의 악보를 가진 노래가 4절까지 반복되면서 그려내는 풍경은 지옥도 그 자체였다. 자국의 마을과 이웃을 향해 어쩌면 이럴 수 있단 말인가.)

오월 어느 날이었다
1980년 오월 어느 날이었다
광주 1980년 오월 어느 날 밤이었다

밤 12시
하늘은 핏빛의 붉은 천이었다
밤 12시
거리는 한 집 건너 울지 않는 집이 없었고
무등산은 그 옷자락을 말아올려 얼굴을 가려버렸다

밤 12시
영산강은 그 호흡을 멈추고 숨을 거둬버렸다

아 게르니카의 학살도 이렇게는 처참하지 않았으리
아 악마의 음모도 이렇게는 치밀하지 못했으리
—시 「학살1」 전문

(괄호 안은 나의 해설이다.)

이 시는 박석무가 석방될 때 소지품에 숨겨져서 아무도 몰래 광주교도소 담장을 넘었다. 그래서 감쪽같이 재현된 광경을 박석무는 박석면에게 전달했고, 박석면은 다시 몇몇 활동가에게 보였는데, 남몰래 이를 열독한 광주의 후배들은 실로 경악을 금치 못했다. 글씨 한 자 한 자가 모두 5·18현장에서 직접 튕겨 나온 것처럼 생생해서 공포와 전율을 불러일으켰다. 시가 아니라 마치 마지막 날 도청에 두고 나온 윤상원의 눈동자를 대하는 것처럼 무서운 '실제'가 전달된 것이다.

「학살1」부터 「학살4」까지 연작 네 편(훗날 시 전집에는 다섯 편이 실리지만)으로 되어 있는 이 작품은 곧장 두 방향의 궤도를 따라 퍼지기 시작했다. 한쪽은 5·18이 끝나고 4년이 지나도록 극심한 후유증에 시달리고 있던 광주의 민주화운동 세력인데, 그들은 그때까지 5·18의 기억조차 복구하지 못하던 상태였다. 우선 항쟁 관련자들의 구속과 석방 기간이 끝나지 않았고, 항쟁을 피했던 사람들은 '살아남은 자의 슬픔'에 맹렬히 쫓기고 있었다. 다들 옷깃에 바람만 스쳐도 상처가 덧나는 공황 장애를 겪었는데, 그런 와중에도 시급히 해결하지 않으면 안 되는 일이 남아 있었다. 대표적인 사건이 어떤 첩보 영화보다도 극적인 윤한봉의 망명 과정으로서, 그 상황은 잠시 요약할 필요가 있다.

1980년 5월 15일에 윤한봉은 광주에 피바람이 불 것을 예언하고도 전두환 군대가 설마 사흘 후에 들이닥치리라고는 예상하지 못했다. 그러니까 윤한봉에게는 어쩌면 닷새의 여유가 부족했는지 모른다. 그래서 항쟁 전날인 5월 17일 밤, 신군부가 예비검속을 자행한 뒤에도 거리에 남은 활동가는 두 부류뿐이었다. 박효선이 이끌던 극단 '광대' 단원들과 윤상원이 이끌던 '들불야학'의 강학들, 당연히 이들이 항쟁지도부를 맡게 된다. 그래서 5월 23일 시민군과 계엄군의 총격전이 시작되자 이들은 녹두서점에 모여 긴급회의를 했다. 좀 더 영향력 있는 지도자가 필요한 시점이었으나 윤한봉과 연락할 길이 없었다. 알다시피 윤한봉은 청년들의 정신적 지주였고, 민주화운동의 수장이었기에 십중팔구는 체포됐다고 봤다. 그런데 그때 윤한봉은 시내를 탈출했다가 어떻게든 후배들에게 돌아가려고 애를 썼으나 도청 항쟁지도부에는 끝까지 닿지 못했다. 사실은 이를 신군부의 수사관들도 매우 아깝게 여기고 발을 구르던 참이었다. 그들은 윤한봉이 김대중의 돈을 받아 폭동을 일으켰다는 각본을 짜놓고 멋대로 통치 지도를 그리고 있었는데, 박석무도 윤한봉도 모두 비켜 간 셈이 되었다. 항쟁이 끝나고 현장에서 체포되어 수사를 받던 후배들은 오히려 정동년이 '반란 수괴'로 발표되자 이제 목숨을 잃지는 않겠다고 판단했다. 윤한봉이 잡히면 무조건 '사전 모의가 된 반란'의 총수가 될 판이라 그런 그림이 나오면 광주의 운동 역량이 뿌리째 뽑힐 터였으며, 항쟁지도부는 항변할 여지 없이

처형될 판이었다. 신군부는 이미 조작에 사용할 물증도 갖춰두고
있었다. 안재성이 쓴 글에는 이렇게 나온다.

> 또한 항쟁 직전인 5월 15일에 열린 8인의 모임에서 윤한봉이
> 했던 이야기가 경찰에 들어감으로써 더욱 긴장을 가중시켰다.
> 광주에서 유혈사태가 날 테니 조직적으로 준비해야 한다는 윤
> 한봉의 말을 전해 들은 전남대 학생회 일부 간부들이 무장투쟁
> 을 논의했는데 그 메모가 담긴 공책이 경찰에 압수당한 것이다.
> 이른바 '자유노트 사건'이었다.
> ─안재성, 『윤한봉』

전후 맥락이 이랬던 까닭에 후배들은 너나없이 윤한봉을 감추려
고 노력했다. 그가 붙들리면 사건이 커지고 모든 수사를 다시 받아
야 했다. 그리하여 윤한봉은 갖은 고생 끝에 전라도를 벗어나 서울
까지 피신하는 데 성공했으며, 그때부터 민주화운동 세력과는 전혀
연관이 없던 소설가 윤정모 선생의 벽장에 은신하면서 다음 행보를
찾아야 했다. 그리고 최권행, 성찬성, 정용화, 박형선, 조계선, 김은
경 등이 그를 극비리에 망명시킬 방법을 찾은 결과 마침내 1981년
4월 29일 마산항구에서 미국으로 가는 화물선 의무실 화장실에 숨
어서 밀항에 성공한다. 실로 험난한 죽음의 여정이었다.

이 숨 막히는 중압감을 광주의 젊은 빈털터리들이 감당하기에는
너무나 벅찼다. 그런데 연이어서 또 다른 일들이 자꾸 터졌다. 5·18
예비검속 때 피신했던 전남대학교 학생회장 박관현은 오랜 수배 생
활 끝에 1982년 4월에 체포되었다. 그리하여 '내란중요임무종사자'

로 징역 5년을 선고받고 광주교도소에 갇혀서 수인들의 처우 개선 문제로 항의를 시작한다. 교도소 짬밥에 계속해서 나팔꽃 씨가 섞여 들어오는 게 발단이었는데, 나팔꽃 씨는 옛날에 피를 마르게 하는 해로운 것이라서 반복해서 먹으면 죽는다고 알려진 독성 식물이었다. 그래서 이에 항의하고 시정을 요구하는 데도 응하지 않자 박관현은 모두 세 차례에 걸쳐 50여 일 동안 단식투쟁을 감행한다. 실로 의지가 강한 지사였으며, 인간이 하는 약속은 반드시 지켜져야 한다고 믿는 보기 드문 학생운동 지도자였다. 그는 교도소 당국의 교활한 배신과 인명 경시의 태도에 분노하여 강도 높게 저항하다 그해 10월 12일에 절명에 이른다. 박관현과 함께 2인 투쟁을 해오던 신영일도 아사 직전의 상태에서 의식을 잃었는데, 그는 전남대에서 비합법 조직을 이끄는 가장 영향력 있는 학생운동가였다. 이 가슴 아픈 소식을 접한 동료와 후배들은 세상이 아무리 삼엄해도 다시 항의 시위를 감행했고, 또 2선, 3선에 있는 활동가까지 붙들려 가게 된다. 그러는 와중에 겨우 일부가 비밀리에 5·18 당시의 일지와 목격담과 기록 따위를 모으고 기억을 재구성하느라 정신없을 때 김남주의 시 「학살」이 음지에서 음지로 돌고 있었다. 그들 또한 언급하지 않을 수 없는데, 김남주와 이강의 《함성》 사건 때 투옥된 이평의의 동생 이재의 등이 숨어서 5·18을 기록해 낸다. 그것이 황석영의 이름을 빌려 출간된 저 놀라운 『죽음을 너머 시대의 어둠을 너머』(풀빛 간)였다. 아직 5·18의 명칭이나 성격을 규정할 엄두도 내지 못하는 때, 김남주의 「학살」이 일으킨 반향은 실로 엄청났다. 예로부터 '남쪽은 뜨거운 반란의 나라'라고 일컫던 전라도 공화국의 '테제'나 '독트린'이 발표된 것 같은 울림이 전파된 것이다.

이들 민주화운동 세력은 「학살」을 보면서 주로 문학적 감동보다 내용 전개에 주목했다. 김남주의 시에는 광주 5·18이 쿠데타 세력의 계획적인 학살이자 그에 맞선 민중의 항쟁이며, 또 배후에 미국이 있었다는 것, 군인들의 공격에 맞선 시민들의 저항적 폭력은 전적으로 정당한 것이며, 사회변혁의 유일한 수단은 민중의 투쟁을 통한 혁명일 수밖에 없다는 것을 포함해 또 한 가지 매우 중요한 진단이 들어 있었다.

> 내 조국의 운명을 요리하는 자 누구냐
> 입으로는 자유와 평화를 사랑하고
> 뒷전에서는 원격조종의 끄나풀로 꼭두각시를 앞장세워
> 제 조국의 해방과 독립을 위해 싸우는 민중들을
> 계획적으로 학살하는 아메리카여
> 보아다오, 너희들과 너희들 똘마니들이 저질러놓은 범죄를
> ―시「학살2」부분

즉, 한국 사회의 변혁적 과제로 '민족해방'의 문제를 상정하면서 5·18 투쟁이 식민주의의 타파라는 전략적 과제를 밝히는 계기가 됐다는 인식을 제공한 것이다. 김남주의 진단은 이렇다.

> 장군들, 이민족의 앞잡이들
> 압제와 폭정의 화신 자유의 사형집행인들
> 보아다오 보아다오 보아다오
> 살해된 처녀의 머리카락 그 하나하나는
> 밧줄이 되어 너희들의 목을 감을 것이며
> 학살된 아이들의 눈동자

그 하나하나는 총알이 되고
너희들이 저질러놓은 범죄
그 하나하나에서는 탄환이 튀어나와
언젠가 어느 날엔가는
너희들의 심장에 닿을 것이다
—시 「학살3」 부분

이로써 5·18의 성격과 '민족해방운동'이라는 좌표가 설정되었
다는 사실은 이후에 전개될 사회 성격 논쟁을 비롯한 지식인들의
담론을 단숨에 뛰어넘어서 향후 40년이 지난 시점까지도 5·18 운
동의 나침반으로 사용되었다.
　김남주의 「학살」을 음지에서 퍼뜨리기 시작한 또 하나의 전파
자는 문학운동을 하는 후배들이었다. 5·18이 끝나고 문단의 관심
은 지식인에서 민중에게로 급격히 기울어지고 있었다. 세상을 이
끌어가는 힘의 중심이 권력 엘리트로부터 기층 민중에게로 넘어가
는 과정을 시대의 감각기관인 문학예술이 놓칠 턱이 없었다. 그 바
람에 일찍부터 아직 전성기가 끝나지 않은 고은, 이문구, 김지하, 황
석영보다 오히려 노동자, 농민, 청년학생 등 거리의 동지들에게 감
동하는 날들이 시작된다. 그것은 매우 색다른 변화였다. 1980년대
사람들은 "태양은 묘지 위에 붉게 타오르고 한낮에 찌는 더위는 나
의 시련일지라" 하는 외로운 선각자에게 더는 귀 기울이지 않았다.
금남로에서 수많은 이가 무기를 들었고 싸웠고 죽었다. 아무 기득
권도 갖지 않은 사람들이 "사랑도 명예도 이름도 남김없이" 앞서간
것이다. 그래서 "타는 목마름으로", "신새벽에 남몰래", "민주주의
여 만세"라고 쓰는 걸 오히려 부끄럽게 여기고, 민중의 현장에 다가

서려는 '오월시', '시와 경제', '삶의 문학', '분단시대' 같은 동인들이 우후죽순 등장한다. 박노해의 『노동의 새벽』 같은 놀라운 성과물도 노동계급의 다락방에서 뛰쳐나온다. 그래서 문단 진출을 꿈꾸는 청년들은 신춘문예 같은 건 쳐다볼 틈조차 없었다. 다들 훈련병 시절도 없이 전쟁터로 배속된 신병들처럼 곧장 민중 현장에 투입되기를 희망했다. 기성 문단의 어떤 기득권도 달가워하지 않고, 훈련될 시간도, 선별될 과정도 밟지 않으며, 누군가에게 축복받고자 하는 욕망도 없이 무명용사를 지망했으니, 이제 문단에는 안정된 매체도 혈연·학연·지연에 의존하는 위계도 없었다. 문제는 그들의 열정에 정당성을 부여할 상징물이 떠오르지 않는다는 점이었는데, 어느 날 그 최대치가 감옥에서 나왔다. 김남주의 시는 대지에 서 있는 것 자체로 자유인 자, 현실의 이념이든 체제든, 물리적이든 추상적이든, 벽이든 폭력이든, 그 모든 억압으로부터 자유롭기 위해서 싸우는 자, 그 모든 압제와 대결함으로써 존재의 위엄과 고귀함을 얻는 자의 미학적 실체를 아낌없이 보여주는 사례였다. 그리고 사실은 이것이야말로 한국문학의 주류에 속하는 정신의 본령이면서 새로운 장이었다. 김수영도, 신동엽도, 김지하도 모두 그걸 위해 싸웠지만, 그 자유를 향하여 전 존재를 내던진 자, 사적 소유로부터 멀찍이 벗어나 버린 자, 개인적 욕망을 아예 포기한 자만이 다다를 수 있는, 자아를 완벽하게 연소했을 때 나오는 하얀 불꽃, 말 그대로 백열하는 불꽃을 보여주지 못했다. 당연히 1980년대는 김남주의 출현으로 비로소 광주민중항쟁의 시대에 맞는 정신적 높이와 문학적 호흡을 확보하게 된 셈이다.

4

　한 인간의 삶에서 정녕 신비에 찬 순간은 그에게서 한 시대의 심미적 표상이 탄생하는 지점이다. 한 개인이 간직한 매혹에 찬 열정이 어떤 고난의 현장에서 흘러나와 수백, 수천, 수십만의 영혼을 사로잡고, 마침내는 그것이 초원의 불길처럼 걷잡을 수 없이 번져가면서 대지를 활활 태우는 모습은 새삼 사상 예술의 기적이 무엇인지를 보여준다. 어쩌면 김남주는 그런 기적을 시범하려고 나온 사람 같았다. 그것도 먼 미래가 아니라 바로 얼마 전에 이미 시작한 셈이었다. 남은 것은 대중 앞에 증명되는 절차와 과정일 뿐.

　한국 정신사의 최전선을 밝히는 불꽃의 발화점은 광주교도소였다. 그 본체는 자신의 위치를 1970년대 투쟁에서 1980년대 투쟁의 한가운데로 옮겨가고 있었으나 정작 주인공은 드높은 담벼락에 둘러싸여 아직 못 보고 있었다. 이 사실을 안타깝게 여긴 사람은 똑같은 처지로 감옥에 있으면서 김남주와 가장 살갑게 지내던 최측근 시인이었다. 그의 이름은 이광웅인데, 그가 김남주의 기적을 예감하게 된 것은 '벌방'에서 쓴 시를 읽을 때였다.

> 어머니 이 밥을 받아야 합니까
> 식구통으로 들이미는 컴컴한 이 주먹밥을
> 수갑 찬 두 손으로 받아야 합니까
> 이 밥을 먹어야 합니까 어머니
> 가마니떼기 위에 놓인 컴컴한 이 주먹밥을
> 수갑 찬 두 손으로 먹어야 합니까

인간이 도야지에게 밥을 줄 때 이렇게 주던가요 어머니
똥개가 똥을 핥을 때 이렇게 핥던가요 어머니
산다는 것이 어머니 이런 것이던가요
차라리 죽어버리라고 어머니 왜 말씀 못하세요
왜 말씀 못하세요 어머니 어머니
—시 「편지2」 전문

　어머니는 자식을 세상에 내놓은 사람이고 모든 일을 행할 때 자식을 가장 앞자리에 놓고 생각하는 사람이다. 그래서 한 인간이 타인에게 쏟을 수 있는 어떤 사랑도 어머니라는 이름에는 미치지 못한다. 여기 극한의 상황에서 지상의 거룩한 존재를 부르며 피를 토할 자의식을 쏟아놓는 사람의 심연을 보라. 그가 반응하는 치욕은 어떤 건지, 그에 임하는 저항의 강도는 어떠하며, 그 정신은 얼마나 팽팽한지. "차라리 죽어버리라고 어머니 왜 말씀 못하세요." 이 시는 가장 쉬운 언어로 인간의 가장 깊은 데서 터져 나오는 처절한 자유 의지를 선포하는 예였다. 그런데 세상은 어떻게 이런 외침을 못 알아듣는 것인가. 그래서 이광웅은 그 답답한 특사, 사람이 살기에는 너무 비좁고, 쥐며느리나 지렁이 같은 벌레들은 좋아서 모여드는 동굴 같은 방을 납골당이라고 부르면서, 그 방의 습하고 괴괴한 음기에 비추어 바깥 공기는 너무 메마르고 느슨하다고 불평할 수밖에 없었다. 그가 생각하기에 저토록 깜깜한 세상이 김남주처럼 환한 불꽃을 보지 못한다는 것은 지나치게 희한한 역설에 속했다. 누구나 비평 능력이 모자랄 수는 있으나 가슴이 호·불호를 느끼지 못할 리는 없다. 예컨대 역사의 구비에도 경사가 있으니, 유신하에서 실로 숨 막히는 반독재투쟁을 전개하는 때에는 호흡이 숨차게 가쁘

되 아직 집단화되지 않아서 예리하게 가쁘고, 만인이 거리에서 드러내놓고 싸우는 시대에는 숨이 가쁘더라도 집단화될 수 있어서 굵직하게 가빠야 했다. 그러니까 1970년대는 천재적 소수가 외롭게 싸우는 때라 가락이 짧고 어렵고 내면적이었다면, 1980년대는 대중이 진출해 나오는 때라 가락이 굵고 쉽고 노골적이었다. 시대적 호흡은 한편으로는 가락을 만든 자의 것이기도 하지만 한편으로는 역사의 것이기도 하다. 그런데 문단이 어찌 그걸 못 알아볼 수 있단 말인가? 그렇다면 어느 날 갑자기 대중이 이를 뒤엎는 소란이 일지 않겠는가? 물론 그때가 언제일지는 알 수 없다.

그들에게 하루하루는 단지 그렇게 흐르고 있었다. 김남주는 오송회 사건으로 납골당에 들어온 이광웅을 진정한 시인으로 생각하고 동네 형처럼 따랐다. 특사에서 그들이 좋아하는 장소는 사형장 맞바라기였는데, 바로 그 좁다란 운동장 가에서 둘은 밀담을 나누고는 했다. 특히 사면이 흰 벽으로 둘러싸인 마당에서 '땅 탁구'를 하는 때가 많았는데, 땅 탁구란 감옥에만 있는 스포츠로서 탁구대 넓이만한 땅에 네트를 치고 나무판자로 채를 만들어서 정구공을 탁구공처럼 사용하여 치고받는 운동을 말한다. 김남주는 감옥에서 땅 탁구 운동을 얼마나 많이 했는지 가히 프로라 할 만큼 공을 잘 다뤘다. 그래서 이광웅이 감탄할 때마다 곧잘 우스갯소리를 뱉었다.

"땅 탁구도 올림픽 종목에 끼어 있어야 하는디. 그럼사 내 팔자도 늘어진 개팔자가 될 것인디."

이렇게 땅 탁구로 어지간히 땀을 흘리고 나면 좁은 운동장을 따라 둘씩 셋씩 혹은 네다섯씩 짝이 되어 돌았다. 이광웅이 가장 좋아하는 시간은 이때인데, 담벼락 밑을 걷는 동안 둘만의 대화를 나눌 수 있기 때문이었다. 두 시인은 만나면 간수들에게서 한마디씩 주위들은 바깥 정보를 교환하고, 간혹 책에서 찾은 신통한 이야기를 들려주며, 또 김남주가 외운 시를 품평하는가 하면, 어떤 날은 도대체가 사람다운 냄새라고는 맡을 수 없는 불쾌한 감시자들과 충돌할 계획을 짜기도 했다. 그러는 과정에서 이광웅은 김남주의 진가를 동서남북으로 깨달을 수 있었다. 그곳은 한 존재의 밑바닥을 가장 깊이 들여다볼 수 있는 곳이었다. 그래서 자신은 김남주가 해주는 이야기를 땅에 떨어지면 안 될 진귀한 보물이라도 되는 양 애지중지하면서 세상 모든 사람에게 나눠주고 싶어 했다. 혁명을 성공적으로 이끌기 위한 헌신으로서 스스로 창녀가 되기를 서슴지 않은 유디트의 결단, 네루다가 스탈린문학상의 수상자 후보로 오르지 못했음을 의아해했던 스탈린에 대한 일화, 제 이름자도 쓸 수 없는 문맹의 사바타가 글을 아는 부하에게 지시해서 '밤하늘의 별'이라는 낭만적인 이름으로 서명케 했다던 어느 협상 자리에서의 당당하고 멋진 태도 같은 것들. 이렇게 아름다운 이야기들이 세상에는 왜 널리 알려지지 않을까? 그러다 보니 이광웅도 자연히 레닌이 사숙한 체르니셰프스키의 선구자적 역할, 초석 광산 광부들의 동지이자 형제라 할 파블로 네루다의 생애와 시의 위대성, 한국에는 연애시로만 알려진 하이네의 정치시에 담긴 저항정신이 얼마나 치열한지 통감하게 되었다. 그뿐만 아니라 세면장 같은 데서 빨래를 하거나 그 밖의 기회로 머리를 맞대고 앉으면 김남주는 지구라는 별 위에서 아메리카 제국주의로 인하여 고통당하는 민중의 수가 얼마나 많은가를, 또 얼마나 많은 사람이 아메리카 제국주의의 피 묻은 손에 의해 학살당했고 학살당하고 있는가를, 칠레, 인도네시아, 멕시코, 베트남, 쿠바, 니카과라, 한반도 등지에서 얼마나 많은 젊음이 그들 때문에 산화했고, 또 얼마나 많은 처녀가 능욕당한 뒤 자본가들의 상품으로 전락했으며, 지금도 얼마나 많은 죄 없는 아이들이 고통당하고 있는가를 주워섬겼다.

그에 비하면 문단에서 마주치던 시인입네 작가입네 하는 글쟁이들은 별로 하는 일도 없이 입만 살아서 시끄럽다 하여 김남주는 이를 너무나 싫어했다. 그래서 가끔 학생운동을 하다가 감옥에 들어온 청년들이 김남주에게 "선생님 글 봤어요" 하고 시인으로 우러러보는 것을 몹시 못마땅하게 생각했다. 글쟁이란 대부분 피 한 방울, 땀 한 방울 흘리지 않고 그럴싸한 표현이 떠오르면 마음껏 써댄다. 표현이 잘못됐다고 죽거나 다치는 사람도 없다. 까닭에 책임감은 고사하고 세계를 일관되게 말하는 일 자체가 불가능하다. 그래서 김남주는 시인들이 자기들의 전유물이나 되는 듯이 마음껏 향유하는 소시민적인 서정성, 자유주의적 서정성, 봉건사회에서 생성된 고리타분한 무당굿이나 판소리 가락에 묻어나오는 골계미, 해학, 한 같은 것을 남발할 때마다 몸에서 닭살이 돋는다며 속삭이곤 했다.

우리는 우리 역사에서 글쟁이들의 역할을 너무나 과대평가해왔습니다. 다시 역사가 쓰일 때가 올 것입니다.
―『불씨 하나가 광야를 태우리라』

그러나 어떻게 말해도 김남주의 본령은 시에 있었다. 이광웅은 그렇게 생각했다. 감옥에서 그에게 전사의 삶을 살게 하는 것도 총이나 칼이 아니라 시였다. 그의 새로운 투쟁도 이곳에서 다시 시작되지 않으면 안 되었다. 그리고 그런 사명을 가진 화살은 이미 시위를 떠났으니, 머잖은 날에 반드시 과녁에 닿을 것이었다. 그런데 활과 과녁의 거리는 얼마나 되는 걸까?

물론 그것이 요원한 거리는 아니었다. 본인은 몰라도 세상은 미리 정해놓고 있었는지 모른다. 김남주와 그의 운명 사이에 일어나는, 중단되지 않는 충돌은 일종의 애정 깊은 적대관계 그것이었다. 운명(이런 낱말을 김남주 시인은 싫어했지만)은 그의 생이 깊은 수렁에 빠져 있다고 느끼면 느낄수록 더욱 뜨겁게 싸울 무기를 주었다. 그래서 종이와 연필이 허용되지 않는 환경에서 처음에는 마음의 글씨를 머릿속에 꾹꾹 눌러서 쓰다가 점점 그것을 남들도 볼 수 있는 자리로 옮기려고 갖은 노력을 하고 있었다. 그것은 교도소에 들어와서 일찍부터 예견된 싸움의 하나였는데, 김남주가 여기에 집중하는 장면을 맨 먼저 맞닥뜨린 건 김덕종이었다.

　김덕종은 광주교도소에서 한 달에 한 번씩 허용한 면회를 빼놓지 않고 다녔다. 형이 처참한 고문을 당했을 게 자명한 터라 애오라지 몸과 마음을 추스르는 데 보탬이 될 수 있다면 무슨 일이든 해야 할 터였다. 면회가 몇 차례 반복되면서 점점 소소한 이야기를 나눌 수 있게 됐는데, 그때도 말을 되도록 가려서 했다. 가령, 형의 재판이 끝난 어느 날 김덕종은 서울 신안무역회사 사장이라는 사람에게서 전화를 받은 적이 있었다. 이름이 김호욱인데, 김덕종은 이 사람을 《함성》 사건 때부터 알고 있었다. 국가 정보기관의 종사자인 것이다. 그가 만나자고 해서 김덕종이 서울까지 올라가 만나보니 형에 대해 이런저런 이야기를 해주었다. 예컨대 김남주가 북의 김일성한테 편지를 썼다는 혐의를 받았으나 자기에게 조사를 받아서 심한 고문을 당하지 않았다는 것이었다. 김덕종은 그런 말을 곧이들을 턱도 없지만, 그자야말로 형의 덕을 본 수혜자라 조금이라도 잘해주는 측면은 있겠거니 생각했다. 왜냐면 그는 《함성》 사건과 남민전 사건으로 특진한 당사자였기 때문이다. 물론 면회 가서 이런 이야기를 나눌 수 있는 상황은 아니었다. 그러다 가족 초청 좌담회가 있는 날이었다. 좌담회는 장기수를 위한 특별행사였는데, 이날만큼은 집에서 장만한 음식을 갖고 들어갈 수 있으며 다른 장기수도 같이 모여서 음식을 나눌 수 있었다. 행사가 시작되자 김남주가 음식을 먹으면서 자꾸 주위를 살피곤 했다. 그러더니 교도관이 잠깐 자리를 비우자 기회를 놓치지 않고 허리춤에서 뭔가를 꺼내 재빨리 밥 속에 쑤셔 넣었다. 그리고 김덕종에게 눈짓했다. 김덕종은 금방 알았다는 표시를 해두고, 집에 돌아와 확인해 보니 일곱 편의 시가 적혀 있었다.

보시다시키 나는
난쟁이 똥자루만 한 키에 거무튀튀한 얼굴
볼품없는 인간입니다
내가 쓴 시도 보잘것없는 것이어서
사람들은 숫제 내 시를 시라고 쳐주지도 않으니까요
그러나 나에게도 자랑할 것이 없는 것은 아닙니다
그것은 내가 어떤 놈도 섬긴 적이 없다는 것입니다

우리 아버지 부잣집 노적가리에 깔려
가난으로 허덕인 적은 있지만 나는
지주의 마름이 되어 우리 아버지 같은
토지 없는 농사꾼의 등짝을 벗겨먹은 적 없습니다
우리형님 남의 차를 굴리다가
구박받고 서러워 우신 적은 있지만 나는
무슨무슨 회사 간부가 되어 우리 형님 같은

임금노동자를 부려먹은 적 없습니다
이 사람의 피를 빨아 저 사람의 배를 채워주는
빨대 노릇을 한 적이 없습니다
—시 「보시다시피 나는」 부분

이렇게 생긴 시들. 하지만 이런 걸 쓰는 일은 김남주에게 매우 중
요한 투쟁이었다. 전사는 싸우는 자이고, 싸움에는 그 대상이 있는
법인데, 그는 감옥에서 맞서야 할 대상을 시 속에서 확보하고 금방
돌파구를 찾아냈다. 임헌영은 그를 일컬어 "하이네처럼 가난했고,
브레히트처럼 쫓겼으며, 네루다처럼 전력투구했다"라고 말한 적이
있는데, 그가 전력투구했던 장소가 감옥 안이었다. 그래서 처음에는
시를 써둔 은박지가 젖지 않도록 비닐에 잘 싸서 독거방 변기 안에
감춰두었다. 시간이 흐르자 차차 간수들의 눈을 피해 밖으로 내보
낼 궁리를 하게 됐는데, 그것은 여러 차례 시행착오를 겪어야 했다.
그러다가 틈틈이 석방되어서 나가는 사람들에게 하나씩 빼돌렸다.
그리고 그 양이 불어나자 어디에선가 김남주 시집을 내자는 바람이
일어나게 되었다. 이거 참 신통한 일이다. 그 진원지가 카프카서점
이 될 수도 있다는 걸 김남주가 어찌 상상이나 했겠는가? 하지만 카
프카서점이 없어졌다고 해서 그곳에서 뒹굴던 형제들이 죽은 것도
아니다. 내가 앞에서 '운명'이라는 단어를 입에 올린 까닭도 여기에
있다.
　그러니까 박석무가 석방될 때 가지고 나온 시를 박석면이 이리
저리 돌리다가 결국에는 카프카서점 시절의 친구들을 찾게 되었다.
　"야, 남주 형 시집이라도 내야 하지 않겠냐?"
　그 시절을 함께 보낸 이영진, 박몽구 등이 마침 '오월시' 동인을

결성하여 1980년대 문학운동의 복판에서 뛰고 있었다. 1980년대를 '시의 시대'라고 한다. 거기에도 앞뒤 맥락이 없지 않은데, 카프카 서점에서 발동이 걸린 이영진, 박몽구 등이 결성한 '오월시'는 광주 민중항쟁의 정신을 문단에 퍼 나르는 중요한 문학운동의 한 축이었다. 그를 박석면, 김경주 같은 친구들이 근거리에서 응원하고 있었는데, 그런 응원을 받으면서 김남주 문제를 외면한다는 건 가당치 않은 일이었다. 더구나 이영진은 당시 김남주의 『자기의 땅에서 유배당한 자들』을 출간한 청사출판사의 편집장으로서 부정기 간행물 《민중》과 부정기 시전문지 《민중시》를 내는가 하면, 양성우의 『오월제』를 비롯하여 저항적이고 투쟁적인 시집들을 거침없이 내던 터였다. 그래서 김남주가 예전에 발표한 시들을 모으고, 농민운동의 현장에서 낭독되었던 「고구마 똥」과 「황토현에 바치는 노래」를 추가해서 본문을 묶은 다음에 부속물을 준비하는 참인데, 박석무 선배가 이를 알고 책을 출간하지 못하도록 자꾸 단속했다. 감옥에 있는 김남주가 그 일로 극심한 고생을 겪게 될 것이라는 이유였다. 이는 정말 진지하게 고려할 문제였다. 김남주 시인이 궁지에 몰리는 걸 용인할 광주 사람은 없었다. 그런데 이번만은 좀 색다른 사안이라 함부로 속단할 수도 없었다. 김남주 같으면 이때 상황을 돌파할 것인가 형제를 보호할 것인가 묻는다면, 역사의 발걸음을 멈춰 세울리 없다고 봐야 옳았다. 박석면은 아무리 생각해도 '남주 형'을 감옥에 유폐시켜 놓고 금지된 인물로 묶어두는 일에 동의할 수 없었다. 누군가 붙들려가더라도, 또 김남주 시인이 한 차례 고생을 겪더라도 그를 시인의 자리로 옮겨놓지 않으면 안 된다고 생각했다. 그래서 자꾸 이영진을 독촉했고, 이영진은 문익환 목사에게 추천사를 부탁하며, 또 김진경 시인에게 해설을 요청했다. 여기에 문익환 목사가 단 하루 만에 추천사를 써주자 더는 시간을 끌 사안이 아니라고 믿게 되었다. 그리하여 시집 발간이 기정사실이 되니 박석무 선생도 발을 벗고 나섰다. 어차피 책이 나올 바라면 독자들이 제대로 알아야 한다며 공력을 들여서 '발문'을 써준 것이다. 그렇게 추가된 「김남주 시인의 데뷔 무렵」은 전통적 지식인의 문체 미학을 살린 명문이자, 공안 세력의 탄압 속에서 터져 나온 김남주에 대한 최초의 해명 글이었다.

이렇게 해서 시집이 출간되는 낌새를 교도소 안에서 알았던가 보았다. 어쩌면 김남주가 소식을 미리 듣고 연막작전을 편 것인지도 모른다. 정황상 내게는 그런 분위기가 느껴지는데, 말하자면 김덕종이 어느 날 형으로부터 급히 면회 오라는 편지를 받았다. 만사를 제쳐놓고 달려갔더니, 보안과장이 오늘은 면회가 되지 않는다고 앞을 가로막았다. 김덕종은 어떻게 왔는데 면회가 안 되느냐며, 자신은 기어이 특별 면회를 하겠다고 강력히 맞섰다. 마침내 면회가 이루어졌는데, 보안과장이 두 사람의 대화를 일일이 감청하고 있었다. 김남주는 매우 초췌한 모습이었다.

"덕종아, 누가 내 시집을 낸다고 하는갑다."

"그런 말을 나도 들어본 적이 있어라우."

"그렇게 되는 배경이 어떻게 되냐? 내가 이 관계로 보안과장한테 열 번 넘게 다니며 조사를 받았다."

"나도 뭔 속인지 잘 모르겠소."

"너 나한테 시를 가져간 적이 있나?"

"언제라우?"

펄쩍 뛰자 김남주가 다시 물었다.

"사실이 아닌 것은 죽어도 아니라고 얘기해라."

"형이 나한테 시를 준 적 있소? 난 한 번도 받은 적이 없는디."

"그럼 어떤 시들이 모여서 옥중시집이 나온다는 거냐?"

"모르겠소. 들어봉게 형이 감옥에 가기 전에 써놓았던 시들 같드만."

됐다. 그 자리에서 꼭 나와야 할 답변이 이것이었다. '감옥에 가기 전에 써놓았던 시들!'

그리하여 보안과장이 믿든 안 믿든 이 일은 그렇게 마무리되었다. 그리고 얼마 안 있어 김남주 시집이 정말로 출간되었다. 1984년 12월 도서출판 청사가 김남주 시집 『진혼가』를 냈다는, 겨우 두 줄밖에 안 되는 짤막한 보도는 그러나 그가 감옥에 간 지 5년 만에 생겨난 첫 희소식이요, 또 시인은 감옥에 있을지라도 시는 인간의 마을을 활보하리라는 것을 알리는 선포식이었다.

이제 시의 기적이 현현될 준비는 마지막 고비를 남겨놓게 되었다. 그것도 싱거워 보이지만 꼭 필요한 절차였는데, 그 자리에는 나도 참석했다. 내가 등단할 문예지가 아직 출간되지 않은 시점이었으나 작품 선정은 결정된 상태라 선배들이 불러 인사도 시키고 심부름도 시켰다. 그리하여 김남주 시집의 잉크 냄새가 채 가시지도 않은 12월 22일, 날씨도 춥고, 눈보라가 치느라 하늘도 사람도 우중충한 오후인데, 나는 처음 보는 선배들을 따라 열심히 장소를 이동해 다녔다. 청사 편집장 이영진 시인은 자신이 출간한 『진혼가』 두 묶음을 양손에 들고 광주 식당 골목을 몇 바퀴나 돌았는지 모른다. 형사들을 피하기 위해서였다. 『진혼가』 출판기념회는 이렇게 몇 차례나 장소를 바꾸는 소동 끝에 마침내 광주 장안회관 식당에서 개최되었다. 외양은 어떤 출판기념회보다 초라했으나 참석자의 면면이며 내막은 세상의 어떤 행사보다도 빛나는 자리였다. 서울에서 내려온 채광석 시인 등 1980년대 문단의 새로운 주역들과 박석무, 황석영, 김준태 등 광주에 있는 명사들이 이마를 대고 앉아 앞으로 김남주 석방 운동을 어떻게 펼칠 것인지 의견을 나누었다. 당국이 김남주에게 덧씌운 간첩 아니면 강도 이미지가 세탁될까 봐 극도로 단속하던 시점인데도, 서울 대표 채광석은 앞으로 김남주를 문단의 한복판으로 소환하여 떠들썩하게 만들겠다는 포부를 만인에게 알렸다. 1980년대 문학운동의 새로운 기수로 떠오른 채광석은 김남주의 시를 한국 시의 정점으로 평가한 최초의 평론가였다. 그래서 다들 들떠서 밤이 되어도 돌아갈 줄 몰랐는데, 그날의 분위기를 김용택 시인은 이렇게 말한다.

> 그날 밤 눈이 무지 많이 내렸습니다. 우리는 석영이 형님네 집
> 을 갔지요. 한 스무 명도 더 되었을 것입니다. 채광석이도 거기
> 있었고, 남일이도 생각이 납니다. 어찌 눈이 많이 왔던지, 차가
> 다니지 않아 우리는 하룻밤을 더 죽치고 놀았습니다.
> ─김용택, 「형」, 『내가 만난 김남주』

이렇게 해서 극적으로 회생 신고를 마친 김남주의 시들은, 등장 직후에는 태풍의 눈처럼 희미해서 겉모습을 잘 드러내지 않았다. 책도 시중에 나오자마자 금서 처분을 받을 게 당연했기 때문에 독서 시장에 미치는 영향도 미미하였다. 그런데 강둑은 한번 구멍이 나면 막을 길이 없다. 이미 김남주의 옥중시들이 음지에서 돌고 있었으니, 당국이 손을 쓸 겨를도 없이 제2 시집이 나오고, 또 이를 계기로 옥중시편까지 해적판으로 돌면서 사회과학 서점들이 소란해지기 시작했다. 시집 제목도 『나의 칼 나의 피』였다. 그리고 그 육성

이 실린 듯한 강렬한 호흡의 작품들이 성난 파도처럼 민중의 생존 현장과 어두운 공단 거리와 소도시의 뒷골목까지 마구 밀려들었다. 얼마 안 지나서 '자유실천문인협의회', '민중문화운동협의회', '민중문화연구회', '전남민주청년운동협의회' 등에서 김남주의 석방을 촉구하는 운동이 일어나고, 1985년 3월에는 '민주언론운동협의회', '민중문화운동협의회', '민중문화연구회', '자유실천문인협의회'의 이름으로 김남주, 이태복, 이광웅, 김현장 등의 석방을 촉구하는 성명서가 나왔다. 공안 당국이 수습하려고 덤볐으나 때를 놓친 후였다. 이는 곧 김남주 투쟁 현장이 감옥에 결박된 '남민전'을 기념하고 기억하는 자리에서 이제 사상 표현의 자유를 놓고 싸우는 '민중문학 운동'으로 이동했음을 의미하는 것이었다. 그리고 재야에서는 이미 그런 투쟁이 들불처럼 번져가고 있었다. 김남주의 시가 진가를 발휘하기에 너무도 좋은 환경이었다.

5

'역사'는 흘러 '문화'가 된다. 그날 밤 화제의 중심에 있었던 '민중'이라는 낱말은 이제 사어(死語)에 가깝다. 그것이 살던 터전도 쓸모없는 텃밭처럼 폐기된 지 오래되었다. 그 달인이 집단의 기억에서 잊히는 것은 당연한 일이다. 하지만 그것이 얼마나 거칠고 역동적인 현실을 떠안고 있었는지는 지금이라도 반드시 재평가되어야 하는 필연적 이유가 있었다. 왜냐? 인간이 겪는 세계고(世界苦)와 인생고(人生苦)는 한 번 극복되는 것으로 영영 사라지는 것이 아니라 그 양상이 바뀌면서 지상의 삶이 계속되는 한 항구적으로 머물기 때문이며, 또 김남주의 시들은 그때마다 그날의 율동을 멈추지 않은 '동사'의 형태로 남아 있을 것이기 때문이다. 나는 확신한다. 김남주의 시들은 머잖은 날에 또 다른 형태로 맞게 될 미래의 이정표로 서서 우리가 필요로 할 때를 기다리고 있을 게 틀림없다. 안타까운 것은 우리가 그 진면목을 확인하기도 전에 주인공을 지나쳐 버렸다는 점이다.

이제 그 이야기를 마저 하자면 시간을 다시 되짚어갈 필요가 있다. 그러니까 김남주가 시를 써서 바깥으로 내보낼 수 있다는 기대가 생긴 뒤에 그 추이가 어떻게 되었을까? 그날의 선량했던 교도관 홍인표가 감당할 수 있는 양은 아주 적은데 김남주가 쏟아내는 작품은 터무니없을 만큼 많았다. 마치 감옥에서 홍수가 진 듯이 시가 넘치는데 이를 어떻게 해야 하느냐? 김남주는 이를 도회의 거리로 흘려보낼 수 없을까 하고 여러 날을 고민하다가 불현듯이 한 지원군을 만나게 된다. 예컨대 광주교도소 의무관 중에 민경덕이라는 사람이 있었다. 그는 학창 시절에 이강의 아버지가 가르치는 학급에서 공부한 학생이었는데, 나중에 교도소 의무실로 배치돼 옛 담임의 소식을 들었다. 민주화운동에 뛰어든 아들을 둔 죄로 교직에서 물러났다고 하더니 다름 아닌 그 아들이 몇 해째 자신의 근무지에 수감된 사실을 알게 된 것이다. 존경했던 분의 혈육인지라 그는 곧장 돕지 않으면 안 된다고 생각했다.

"나는 이훈 선생님 제자여라우. 4학년 때부터 6학년 때까지 내 담임을 하셨어라우. 겁나 존경했는디."

이강은 감옥에서 이런 뜻밖의 인사를 받고 한참을 고마워하다가 즉각 김남주를 떠올리게 됐다. 자신은 곧 석방되는데 김남주는 감옥살이가 많이 남아 있으니 틀림없이 보탬이 되리라 판단했다. 그래서 다정히 민경덕의 손을 잡고 부탁했다.

"정말 반갑소이. 그란디 나는 곧 나간단 말요. 혹시 김남주를 좀 도와줄 수 있소?"

민경덕은 조금도 망설이지 않았다.

"당연히 해야지라우. 설령 옷을 벗는 한이 있더라도 도울라요."

이렇게 해서 새로운 조력자로 나섰는데, 김남주가 있는 특별 사동은 함부로 드나들 수 없는 곳이라 각별한 주의가 필요했다. 방이 자그마치 일흔한 개나 되지만 모두 북한에 이롭다는 좌익사범이거나 국가보안법을 위반한 사상범만 취급하는 곳이라 근무하는 직원도 따로 두었다. 그래도 민경덕은 의무실에서 약품을 담당하는 터라 더러 출입할 수 있었다. 그때만 해도 의약품이 귀해서 재소자가 사제 약품을 구하는 일도 많았는데, 이때 반드시 전문가의 도움이 필요하므로 민경덕은 그 일을 핑계로 삼을 수 있었다. 그래서 곧 김남주를 만나서 먼저 이강과의 인연을 설명한 뒤에 자신이 나타난 취지를 알렸다.

"여보쇼. 김 선생하고 나허고는 입을 좀 맞춰야 돼."

김남주로서는 난데없는 횡재가 아닐 수 없었다.

"고맙소이. 그런디 입을 어떻게 맞춰야 할게라우."

"우리는 밖에서부터 아는 친구다, 강이랑 셋이서 친했다, 이래야 내가 만나도 이상허지 않응게. 나보다 두 살 위인 줄 안디 그래도 친구여야 헌당게. 내 말 어쩌요?"

여부가 있을 턱이 없었다. 친구가 되기로 덥석 약속해 놓고 김남주가 도움받고 싶은 바를 밝히니 그는 신기한 모양이었다. 재소자들이라는 게 하나같이 무슨 약을 구해달라거나 아니면 담배나 속옷 따위를 요청하기 마련인데, 김남주는 독특하게도 시를 쓸 수 있도록 도와달라고 했다. 당시에 마분지라 부르는 32절지 화장지가 있는데, 거무스름하고 누런 종이에, 연필이 없는 관계로 나무 꼬챙이로 눌러서 글씨를 쓰면 힘을 준 자국이 허공에서 비쳤다. 이 말을 듣고 민경덕이 연필을 주자 김남주가 바로 시를 써 보여줬다.

> 한 사흘 콩밥을 씹다 보면 깨우치리라
> 낫 놓고 ㄱ자도 모르는 순 무식쟁이든
> 모르는 것 빼놓고 다 아시는 도사든
> 둘러보아 사방 네 벽 감방에서
> 갖고 놀 만한 것이라고는 네 자지 말고 없다는 것을
> ―시 「독거수」 전문

민경덕이 이를 읽더니 눈이 휘둥그레졌다. 와아, 김남주는 김삿갓 같은 사람인가 보다. 그래서 알 듯 말 듯 웃음을 짓자 김남주가 간곡히 부탁했다.

"친구, 요걸 이강한테 전할 수 있었는가? 내가 원하는 일이 그거여."

"알았네. 남주가 시인이랑게 좋구만. 그란디 나중에 책을 내서 돈을 벌면 반은 내 것이여 잉. 알았제?"

민경덕이 유쾌한 농담을 건네자 김남주는 그렇게 고마울 수가 없었다.

"아먼, 그러세. 나중에 꼭 챙기소. 반은 자네 것인게."

이렇게 해서 김남주는 이제 시를 의무대까지만 가지고 가면 되었다. 물론 다른 교도관들이 수시로 방을 검열하기 때문에 그조차도 쉬운 건 아니었다. 처음에는 혀 밑에 숨겨서 전달할 생각도 했는

데, 매번 출입문을 통과할 때마다 "입 벌려봐" 하고 수색을 시작해서 항문 검사까지 하므로 그것 또한 위험했다. 그래도 갖은 꾀를 내서 의무대로 가져가면 민경덕은 불편한 기색 없이 받아서 감추곤 했다. 문제는 그것을 이강에게 전하기가 쉽지 않다는 데 있었다. 특히 김남주는 아무 때나 시를 맡기지만 민경덕은 이강을 만날 기회가 한 달에 한 번 이상 찾아오지 않았다. 그래서 이 일은 금방 보통 골칫거리가 아니게 되었다. 민경덕이 시를 몰래 관리하기도 쉽지 않은데, 퇴근할 때 집으로 가져간다고 해서 끝나는 일도 아니었다. 벽장에 숨겨두고 있을 때도 문제지만 남에게 넘긴 뒤에도 후유증이 남았으니, 만약 김남주의 글이 발표됐다가 누군가 추궁을 당하게 되면 책임의 종착지가 어디로 향할지 몰랐다. 내용이 심각할 때는 긴장의 강도가 훨씬 클 수밖에 없었다. 예컨대 민경덕이 어느 날 도대체 시 같지도 않은 네 줄짜리 글을 받았는데, 읽는 순간 소름이 돋아서 총기를 맡아달라는 부탁만큼이나 심각한 짐이 되었다.

> 미군이 있으면
> 삼팔선이 든든하지요
> 삼팔선이 든든하면
> 부자들 배가 든든하고요
> —시「쓰다 만 시」전문

세상에, 글 몇 자가 이렇게 서늘한 건 처음이었다. 제목도 얄궂기 짝이 없는데, 놀랍게도 며칠 뒤에 더 무서운 시를 맡겼다. 이번에는 제목이「다 쓴 시」란다.

미군이 없으면
삼팔선이 터지나요
삼팔선이 터지면
대창에 찔린 깨구락지처럼
든든하던 부자들 배도 터지나요
—시 「다 쓴 시」 전문

　이 두 편의 시는 훗날 『김남주 시전집』에 한 편으로 줄여서 「삼팔선」이라는 제목을 달아 게재됐는데, 모르겠다. 이를 시인이 사후에 고쳤는지 아니면 출판 과정에서 변형됐는지. 한 가지 분명한 것은 어떻든 적절치 않은 손질이라는 점이다. 김남주 시의 정본을 확정하는 문제는, 원본을 분실해서 임시로 복구했다가 나중에 되찾은 사례도 있고, 시집을 내는 단계에서 시인이 일부러 순화시킨 예도 있어서 간단히 처리할 사안이 아님이 분명하다. 나는 이 시에서 아마도 "대창에 찔린 깨구락지처럼"이라는 표현을 삭제하려고 그랬으리라 보는데, 그렇다고 두 편이 하나로 합쳐지고, 제목이 「삼팔선」으로 바뀌며, 본문에서 노른자가 될 구절이 사라지면 시가 맥없이 거세되는 화를 입을 수밖에 없다. 왜냐? 김남주 세대는 말할 필요도 없고, 십수 년 어린 우리 세대까지도 춘궁기를 넘으려면 하루에도 몇 번씩 개구리를 잡으러 들로 나섰다. 아무리 먹을 게 없어도 어른들은 이런 일을 하지 않는다. 물론 대창에 찔린 개구리의 참상을 지금의 아이들에게 보여줄 수는 없다. 하지만 그래도 이 시는 그 표현 하나로 시적 화자의 나이를 제시하고, 또 그 때문에 동원할 수 있는 순박한 어투, 그리고 한없이 현란한 세계의 본질을 순진무구한 눈으로 관통해 버리는 길이 열리기 때문이다. 그리고 초등학생이 숙제하듯이 제목을 붙인 '쓰다 만 시'의 완성도는 얼마나 높으며, '다 쓴 시'의 능청스러움은 얼마나 통렬한가. 이 시는 제목이 시적 효과를 극대화하는 매우 드문 사례가 아닐 수 없다.

어쨌든 간명할수록 살기가 도는, 이런 이상한 글을 맡길 때마다 민경덕은 그 고강도의 긴장을 극복하기가 쉽지 않았다. 더구나 자신은 엘리베이터가 없는 5층 아파트의 4층에서 살았다. 만에 하나 집이 검열을 받는다면 사상범이 쓴 메시지를 빼돌린 셈이라 상당히 큰 사건이 될 수도 있었다. 이를 정보부가 문제 삼으면 자신은 파면으로 끝나는 것이 아니라 얼마든지 간첩죄를 뒤집어쓸 수도 있었다. 그래서 곰곰이 생각하다가 하는 수 없이 아파트 총무를 맡겠다고 자원했다. 아파트 앞 공용화단을 자기 마음대로 관리할 수 있어야 운신의 폭이 커지는 까닭이었다. 그리하여 시를 받아오면 이제 비닐종이에 싸서 화단에 파묻었는데, 그것도 계절이 바뀌다 보니 안심할 수가 없었다. 만일에 이강이 들르기 전에 비라도 내리면 종이가 젖어서 망가질 수도 있었다. 한번은 장마철이 되자 화단에 물이 차서 그날은 밤비를 피해 몇 번을 꺼내어서 확인하고 다시 묻기를 반복하느라 밤을 꼬박 새우기도 했다.

상황이 이러한데도 김남주는 민경덕이 며칠 찾아주지 않으면 병색이 완연한 환자처럼 시무룩한 얼굴로 의무실을 찾았다. 그러다 어느 날 문 앞에서 갑자기 몸수색을 당했다. 다행히도 그날은 김남주가 아니라 함께 징역을 사는 후배가 시를 품고 있었다. 이름이 선경식인데, 그는 언론사 기자를 하다가 국가보안법으로 구속된 광주일고 후배로서 김남주를 얼마나 따르는지 정성이 지극했다. 그날 의무실에 올 때도 시를 자신이 숨겼다가 느닷없이 검열을 당하자 그냥 입 안에 털어 넣어버렸다. 그런데 목에 침도 고이지 않은 상태로 오물오물하다 삼키는 바람에 하필 종이가 기도에 걸려서 숨을 쉬지 못하고 캑캑거렸다. 예기치 못한 상황이 벌어지자 김남주도 얼굴이 새하얗게 질리고 민경덕도 깜짝 놀라서 한참이나 소동을 피워야 했다. 이를 민경덕이 침착하게 처치해서 겨우 위기를 면한 이야기를 전하자 이강이 말했다.

"남주더러 인제 그만 좀 쓰라고 하쇼. 그러다 사람 죽겠네."

하지만 간절하기 그지없는 김남주를 보면 도저히 그런 말을 꺼낼 수 없었다. 대신에 민경덕은 이강과 만나는 간격이 너무 길어서 난처하니 제발 좀 빨리 전달할 자리가 생겼으면 했다. 제일 좋은 건 퇴근길에 이강의 동생 이황을 만나서 전하는 거지만 그곳은 사실 너무나 노출된 연결선이라 피해야 했다. 고민 끝에 민경덕은 교도소 정문 앞에서 홍인표를 기다렸다. 그리고 퇴근하는 사람을 붙들고 대뜸 김남주의 시를 맡기고 싶다고 부탁했다. 홍인표는 깜짝 놀랐다. 아니, 저 사람이 어떻게 해서 내게 김남주 이름을 꺼낸단 말인가. 사실, 김남주의 시를 가지고 있는 건 빨갱이의 징표를 소지하는 것이나 마찬가지였다. 그래서 그동안 시를 오래 보관하는 부담을 줄이기 위해 갖은 방책을 연구했었다. 최상책은 김남주가 꽤 인정받는 시인이므로 문예지에 발표해도 되는 작품은 하루라도 빨리 방출해 버리는 거였다. 그래서 어렵게 시간을 내어서 서울까지 올라가 실천문학사의 송기원 선생에게 부탁한 적도 있었다. 송기원은 그를 따뜻하게 맞아주고 김남주의 옥중시도 고맙게 챙겨주었으나 돌아서 생각해 보니 그것도 민폐인 것은 마찬가지였다. 알고 보면 송기원도 정치범 딱지를 여러 개 달고 있는 사람이라 그런 심부름을 하는 게 난처하지 않을 턱이 없었다. 그래서 다음번에는 임헌영 선생을 찾아갔다. 역시 반갑게 맞아주고 도와줬으나 그분도 시를 받으면 다른 사람에게로 전할 자리를 찾았고, 또 감옥살이까지 하고 와서도 그런 부탁을 거절하지 못하는 분을 괴롭히는 게 도리가 아니라고 판단돼서 이내 중단해 버렸다. 상황이 이러하거늘, 또 설령 그렇지 않다고 하더라도 민경덕처럼 접근하는 것은 도를 넘는 처사가 분명했다. 위험한 숙제를 그렇게 조심성 없이 떠넘기려 하다니. 그래서 홍인표는 정색하고 딱 잡아떼는 시범을 보였다.

"김남주가 누구요? 첨 들어보는 이름인디. 나 그런 사람 몰라라우."

더는 그런 이름을 함부로 들이대지 말라는 충고였다.

시를 전달하는 이들의 상황이 이 정도인데 쓰는 사람의 생활은 어땠겠는가. 김남주는 자신의 시 때문에 고생하는 사람이 셀 수 없이 많다는 걸 알지만 그것을 일일이 헤아리는 것은 옳은 일이 아니라고 보았다. 역사의 어떤 부분은 누군가의 일방적, 압도적 헌신을 먹고 자란다. 어떤 개인에게는 역사 앞에서 어떤 대가도 영광도 보상도 이야기할 여지가 없다. 그래서 한없이 억울한 사람이 생길 수 있으나 또한 어떤 공동체든 그런 억울한 상황을 감당할 역량을 어디에선가 확보하지 못하면 쉽게 병들고 무너진다. 세상사에 자신의 전 존재를 바치는 혁명가가 생기는 것도 그 때문이다. 그래서 김남주는 눈을 질끈 감고 모든 관심을 시 쓰는 일에 쏟았다. 그러다 보니 어느 순간 입에서 나오는 말이 다 시가 되었다.

꽃잎처럼 금남로에 뿌려진 너의 붉은 피
두부처럼 잘려나간 어여쁜 너의 젖가슴
철창에 서서 내가 이렇게 오월의 노래를 부르자
맞은편 사동의 소년수 하나가 따라 불렀다

소리 내어 감히 부르지는 못하고 방긋방긋 붕어 입으로
그리고는 한다는 소리가 아저씨 아저씨
우리도 하고 싶은데요 그러면 벌방 가요
손으로 나팔을 만들어 속삭이며 미안해했다

광주학살 두목 전두환을 처단하자
광주학살 지령한 양키들을 몰아내자
철창에 대고 내가 이렇게 구호를 외치자
맞은편 사동의 소년수 하나가 따라 외쳤다
소리 질러 감히 외치지는 못하고 성난 얼굴로만
그리고는 한다는 소리가 아저씨 아저씨
우리도 하고 싶은데요 그러면 벌방 가요
손으로 나팔을 만들어 속삭이며 부끄러워했다

오일팔 광주사태를 계기로 해서 우리는⋯⋯
광주항쟁의 패배에서 우리가 얻은 교훈은⋯⋯
철창 밖으로 내가 이렇게 선전선동을 하자
맞은편 사동의 소년수 하나가 고개 숙여 듣고 있었다
그리고는 고개 들어 한다는 소리가
아저씨 아저씨 아저씨는 시인이지요
그러니까 썰 하나는 잘 푸네요 잉
그리고는 나이롱 박수로 남몰래 응원을 보냈다
─시 「나이롱 박수」 전문

나는 당시에 이 같은 청산유수를 20세기의 마지막 고비를 넘는 혁명적 김삿갓의 출현이라고 생각하고 있었다. 어쩌면 이토록 힘들이지 않고 시를 쓸 수 있을까? 아마도 이렇게 명쾌한 시선으로 세상을 바라보는 자는 허구의 필요성이 없으며, 또 이토록 풍부하게 시적 관능이 살아 있는 자는 어떤 소재도 굳이 시화(詩化)할 필요가 없을 것이다. 그렇다면 그는 공상의 기록자들과 정반대라고 해도 된다. 그에게 시는 상당히 단순한 어떤 것이고, 문학이란 현실의 정밀한 추후 서술이거나 뼈를 깎는 정신적 노고 없이도 이루어지는 모사(模寫)가 되기 마련이다. 그래서 김남주는 초월적 공간에서 애써 이미지를 조립하는 게 아니라 그냥 인류 공동의 대지에서 보고 듣는 말들로 범속한 인간 심정의 내부를 헤치고 들어가 그곳에서 대담하고 모험적인 갱도를 설치하고자 했다. 그리고 그러한 결과로 그가 짧은 시간에 분출한 문학적 현상은 태풍에 비견될 만했다. 양도 놀라우나 질은 더욱 놀라웠다. 다음은 그런 비결을 알리는 창작론을 시로 쓴 것이다.

시가 술술 나오는구나
거미줄이 거미 똥구멍에서 풀려나오듯이
막힘없이 거침없이 빠져나오는구나 (……)

왜 이런 일이 일어나는 것일까 나 같은 놈에게
멋도 없고 가락도 없고 서정도 없는 엉터리 시인에게
이런 일이 어째서 일어나는 것일까 벽이
내 귀를 막아주어서 그러는 것일까 (……)

시인이여 박해가 극에 달해 있어 아슬아슬

백척간두에 모가지를 걸고 있는 자유대한의 시인이여

전후좌우 살피지 말라 시를 쓸 때는

시를 쓸 때는 어둠으로 눈을 가리고 써라

공포탄으로 귀를 막고 침묵 속에서 써라 내일 아침이면

뜨는 해와 함께 밑씻개가 되기 위하여 오늘밤에 써라

쓰는 족족 어둠으로 지워가면서 써라 찢어가면서 써라

사후의 부활? 아나 천주학쟁이 너나 먹어라 내던져주고 써라

사후의 평가? 아나 비평가 너나 처먹고 입심 길러라 하고 써라

—시 「시를 쓸 때는」 부분

이 요지를 한마디로 정리하면 이렇다. 시인들이여. 시를 쓸 때는
자신의 작품이 장차 얻게 될 문학사적 위상이나 전문가들의 논평
따위에 연연하지 말라. 그냥 앉은자리에서 눈치 볼 필요 없이 마구
내질러버려라. 서정 같은 건 사치에 속하나라. 그런데 이렇게 주장
한 결과가 졸작, 태작, 실패작으로 귀착되면 그냥 깡그리 무시하면
된다. 정신 차리시라. 시는 누구나 쓸 수 있으나 감동은 함부로 나오
는 것이 아니다.

당시 노동자, 농민, 청년 학생, 빈민, 시민운동의 현장에서 문예
반을 이끄는 활동가들에게 김남주의 시적 태도는 꽤 중요한 의미를
가졌다. 나는 그 무렵 문예 운동을 한답시고 사방팔방으로 뛰어다
니면서 곳곳에서 이 문제와 부딪쳐야 했다. 김남주의 시적 영향력
이 커지면 커질수록 두 종류의 파장이 확대되었는데, 하나는 정치
적 태도로 예술적 성취를 대체하려는 경향이요, 다른 하나는 시의
본질이 '서정'에 있다는 구실로 정치적 영향력이 큰 시를 예술의 영
토 밖으로 밀어내려는 경향이었다. 전자는 문학을 선전 선동의 도

구로 취급하면서 예술을 경직되게 만드는 잘못을 낳아서 문단 내부의 반발을 일으켰는데, 당시에 이를 비판하던 표현은 "문학은 사회과학의 식민지가 아니다"였다. 다른 하나는 그와 반대되는 견해인데, 이는 좀 복잡한 양상을 띠고 퍼지게 된다. 한국은 분단 문제로 남과 북이 휴전선을 두고 대치하는 냉전의 최전선이었다. 이는 '휴전선'이라는 낱말 뜻과 달리 작가들을 사상 표현의 문제로 극심하게 대립하는 열전지대로 내몰았다. 따라서 해방 후 한국문학의 최대 쟁점은 '삶에 대한 진실한 표현'이 가능한가? 즉, 리얼리즘 문제가 되었는데, 이로 인한 논쟁이 처음에는 소설을 대상으로 펼쳐지다가 점점 '시에서의 리얼리즘' 문제로 번져가고, 나중에는 그에 대해 문예지에 손바닥만 한 글 하나가 발표돼도 일간지의 기사로 다룰 만큼 관심이 뜨거워졌다. 이때 시의 본령은 결국 서정성에 있으므로 리얼리즘 논쟁 역시 이를 중심에 두고 논란이 일었는데, 당시의 공기에 대해 임헌영 선생은 이렇게 개괄한 적이 있다.

> 서정시를 흔히 '전통적 서정시'의 개념으로만 접근하는 자세에 대해 분명히 새로운 울타리를 친 것은 김형수지요. 그는 리얼리즘 시야말로 서정성을 담아야 한다는 논리를 전개하면서 "시는 수천 년 동안 변함없는 서정 장르로서 역사 진보에 관해 본질적으로 무력한 것으로만 취급되어" 온 사실이 잘못이었음을 분석해 줍니다. 서정성에 대한 이런 편견으로 말미암아 김남주도 아예 서정시를 깔아뭉개고 자신의 시는 서정성과 거리가 멀다고 목청을 높이면서 그게 혁명시에 더 가까이 다가서는 것으로 여겼지요. 그런데 김형수는 리얼리즘 시의 서정성을 논하는 글에서 김남주 작품을 인용함으로써 김남주가 그리도 박대했던 서

정성을 역설적으로 증명해 주고 있습니다.

—임헌영, 유성호, 『문학의 길 역사의 광장』

　그 무렵의 모든 문학 논쟁은 김남주를 직접 언급하지 않더라도, 근본적으로 김남주 현상을 배경으로 발생하는 것이었다. 그만큼 영향력이 컸는데, 그의 시는 철학, 인문학, 사회과학 등 한국의 지성을 감당하는 제반 분야를 압도하고 있었다. 그에 대한 뜨거운 열광을 문학사 안으로 받아들일 것인가 아니면 혁명적 선전 선동의 한 형태로 흘려보낼 것인가 하는 자리에 후학들이 서 있었던 셈이다. 그런데 김남주는 전자에 아무 관심이 없고, 반면에 젊은 활동가들은 김남주의 옥중시를 한국문학의 한 절정으로 받아들였던 까닭에 이 문제를 어떻게든 정리하지 않으면 안 되었다. 왜냐? 김남주의 시에는 생활의 풍요로움이 없다는 견해가 비평계 일각에서 마치 논리적 엄정성이라도 되는 양 고개를 쳐들고 있었던 까닭이다. 이에 대한 젊은 시인들의 반론 역시 북한 문예이론의 일부인 듯이 취급받고 있었는데, 나는 그 틈에 끼어서 김남주의 시에 생활 형상이 없다느니 하는 지식인들의 허장성세를 듣는 것이 너무나 불편해서 견딜 수가 없었다. 그것은 마치 1980년 5월의 광주를 알지 못하는 사람이 당시의 금남로에는 유언비어가 있었을 뿐 인간의 삶은 없었다고 말하는 것과 같이 터무니없는 왜곡에 속한다. 굳이 밝히자면 5·18이 전개되던 시각에 한국에서 영위된 어떤 형태의 생활 형상도 5·18 때 광주 시민이 이룬 '대동 세상'의 생활 형상과 비교될 수 있는 의미 평가를 소위 역사 속에서 인정받을 수 없을 것이다. 감히 비교될 수 없는 '공허'가 그토록 치열한 '내실'을 폄훼하려 들다니. 그래서 나는 극구 주장했다. '서정'이 뭔데? 예컨대 서정이란 '객관세계에 환기된 주관적 감정'을 일컫는 것으로서 '서정성'은 하나의 노래가 객관 세계와 마찰하면서 가슴으로 획득한 '진정함'을 가리는 핵심 요소가 아닐 수 없다. 나는 김남주 시인이 '음풍농월'과 같은 거짓 서정성을 배척하느라 '서정성 따위'라는 언술을 사용했을 뿐 그의 본령은 '서정성'에 있다는 착상을 파블로 네루다의 시에서 얻게 되었다. 해당 시는 김남주 시인도 매우 좋아했던 작품이라 그의 번역시집에도 소개돼 있다.

> 당신들은 물을 것이다 – 라일락은 어디에 있느냐고
> 양귀비꽃으로 치장한 형이상학과
> 구멍들과 새들로
> 가득 찬 언어는
> 끊임없이 두들겨 패는 비는 어디에 있느냐고
> (……)
>
> 그래도 당신들은 물을 것인가 – 왜 나의 시는
> 꿈에 관해서 나뭇잎에 관해서 노래하지 않느냐고
> 내 조국의 위대한 화산에 관해서 노래하지 않느냐고
>
> 와서 보라 거리의 피를
> 와서 보라
> 거리에 흐르는 피를
> 와서 보라 피를
> 거리에 흐르는!
> ―파블로 네루다, 김남주 옮김, 「그 이유를 말해주지」 부분

인간의 대지를 떠나서 유지될 수 있는 삶의 시간은 없다. 전쟁터의 휴식도 삶의 일부이고, 시장에서 겪는 아귀다툼도 삶의 일부이며, 감옥에서 겪는 현실도 삶의 일부이다. 그래서 감옥에서 나온 시가 생활의 풍요로운 형상을 담지 못했다는 말은 그곳에서 쓴 작품이 눈앞에서 펼쳐지는 뼈아픈 현실을 외면하고 음풍농월의 세계로 도피했다는 전제가 성립되지 않으면 할 수 없는 말이 된다. 그렇지 않다면 감옥에서 뭔가를 느끼고 반응하면 안 된다는 말인가. 갇혀 있는 까닭에 연애도 할 수 없고 갇혀 있는 까닭에 꽃구경도 다니지 못한 것이 정서적 결격 사유가 되기라도 한다는 말인가. 이 점에 대해 김남주는 훗날 옥중시선집을 낼 때 「머리말」에서 일갈한 바 있다.

> 내 시의 정서가 너무 전투적이라는 독자의 역겨운 반응에 대한
> 나의 대답은 이렇다. 80년대는 '피와 학살과 저항'의 연대였고
> 나는 그 연대에 '인간성의 공동묘지'인 파쇼의 감옥에 있었다
> 고. 일부의 시인들과 평론가들이 이제 와서 80년대의 시문학을
> 전면적으로 부정하고 반성하자고 하는데 나는 그들의 앞날을
> 의심스러운 눈으로 바라보고 있다.
> ─김남주, 『저 창살에 햇살이─김남주 옥중시선집』(창비, 1992)

하여튼 김남주의 이 같은 태도는 계급계층 운동의 현장에서 문학을 공부하는 사람들에게 연쇄 파동을 일으키며 널리 퍼져나갔다. 지금처럼 저작권이 보호되었으면 김남주는 틀림없이 작품 인세로 빌딩 몇 채를 사고도 남았을 것이다.

6

당시 김남주의 시가 세계문학사의 흐름 속에서 어떤 자리에 놓여야 하는지를 내가 단정해서 말할 수는 없다. 유럽의 근대문명을 '보편'이라 중시하고, 아시아 아프리카의 광범한 인민이 사는 방식을 '특수'로 취급하는 눈으로 봤을 때는 그의 미학이 다소 예외적인 것으로 여겨질지도 모른다. 그러나 20세기는 군주와 제국이 몰락하고, 명목상으로나마 민주주의가 발전한 시기이며, 동시에 수많은 이데올로기와 군사독재가 발흥했던 시기임을 고려할 때 김남주의 시는 그 한복판을 관통한 매우 역사적인 정신유산임이 틀림없다. 특히 지구의 광범한 영역에서 출현한 저항시의 유산을 가장 폭넓게 소화했으면서도 자신의 대지가 낳은 고유의 어문구조를 가장 실감나는 시적 성취로 바꾼 매우 보기 드문 기념비가 될 것이다. 그리고 그것이 대한민국에서 가장 열악한 장소, 즉 광주교도소의 특별 사동에서 이루어진 사실을 명기하지 않을 수 없다. 놀라운 일이다.

하지만 그러느라 김남주는 광주교도소의 조력자들을 얼마나 힘들게 했는가. 돌이켜 보면 1986년 여름에 이르러 홍인표나 민경덕의 인내는 거의 한계치에 달해 있었다. 김남주의 자유 의지가 식지 않는 한 두 교도관의 처지는 날로 곤혹스러워질 것이 뻔했다.

> 관가에 들락날락하는 놈치고 쥐새끼 아닌 놈이 없는 법이여
> 보라고 저 쥐새끼들의 피 묻은 주둥아리를
> 그 주둥아리가 물고 있는 나락 모가지를 그것은 다름 아니고
> 우리 백성들이 불볕에 땀 흘려 키워놓은 바로 그 나락 모가지나니
> 오 모가지여 모가지여 피 묻은 모가지여

그 모가지 언젠가 어느 날엔가는 왕의 모가지를 감을 밧줄이여

—시 「모가지여 모가지여 모가지여」 부분

이런 시를 언제까지 무사히 빼돌릴 수 있을까? 그래서 갈수록 긴장감이 커질 수밖에 없었는데, 그 뜨겁던 여름이 채 가시기도 전에 어느 날 갑자기 골치 아픈 숙제가 감쪽같이 사라지고 만다. 김남주가 예고 없이 다른 교도소로 이감된 것이다.

때는 1986년 9월이었다. 김남주는 자신이 가장 어렵던 시절에 도움을 주었던 훌륭한 교도관 친구 둘에게 감사의 인사도 전할 틈이 없었다. 야밤에 보따리를 챙기면서 그들이 잠들어 있을 마을을 향해 고개조차 돌리지 못하고 작별을 고했다. 안쓰러운 일이다. 하지만 한편으로, 죄수들은 우선 죄수들끼리 동병상련할 수밖에 없는 노릇이다. 세상의 헤어짐 중에서 이감 때 동지들과 헤어지는 일처럼 복잡한 감정을 불러일으키는 것은 없다. 김남주에게도 그 일은 마치 살점이 떨어지는 것 같은 아픔을 주었다. 남민전 가족들이 대전과 대구로 각각 갈라진다고 하여 하염없이 손을 흔들었다. 수갑에 포승을 차고 뒤돌아보면서 "잘 있어" "꼭 건강해야 돼" 인사할 때는 다들 설움이 북받쳐 눈물이 그렁그렁했다. 장소를 바꾼다는 건 그런 것이다. 죄수란 공간을 제약당하는 자이고, 하나의 장소에서 다른 장소로 옮길 수 있는 이동권을 빼앗기는 자이다. 그래서 그들에게는 오랫동안 '먼 곳'이 없었다. 당장 눈앞에 보이지 않는 대상은 온통 깜깜한 그리움으로 남길 뿐. 뿌리가 식물의 본능을 만들듯이 다리도 동물의 본능을 제공한다. 문제는 이 사용권을 박탈당할 때 오는 고립감인데, 그로 인해 교도소를 속수무책으로 '옮김당

하는' 체험은 매우 각별한 것이라 이때 인간의 정서적인 반응은 즉 각 폭발을 일으킨다. 그래서 김남주가 이송 가면서 쓴 시 「이 가을 에 나는」은 그에게 서정성이 부족하다고 투덜댔던 이들에게 보란 듯이 서정성의 한 절정을 내놓는다.

> 이 가을에 나는 푸른 옷의 수인이다
> 오라에 묶여 손목이 사슬에 묶여
> 또 다른 곳으로 끌려가는
>
> 어디로 가는 것일까 이번에는
> 전주옥일까 대전옥일까 아니면 대구옥일까
>
> 나를 태운 압송차가
> 낯익은 거리 산과 강을 끼고
> 들판 가운데를 달린다
>
> 아 내리고 싶다 여기서 차에서 내려
> 따가운 햇살 등에 받으며 저만큼에서
> 고추를 따고 있는 어머니의 밭으로 가고 싶다
> 아 내리고 싶다 여기서 차에서 내려
> 숫돌에 낫을 갈아 벼를 베고 있는 아버지의 논으로 가고 싶다
> 아 내리고 싶다 여기서 차에서 내려
> 염소에 뿔싸움을 시키고 있는 아이들의 방죽가로 가고 싶다
> 가서 그들과 함께 나도 일하고 놀고 싶다 (……)

그러나 나를 태운 압송차는 멈춰주지를 않는다

내를 끼고 강을 건너 땅거미가 내리는 산기슭을 돈다

저 건넛마을에서는 저녁밥을 짓고 있는 연기가 피어오르고

이 가을에 나는 푸른 옷의 수인이다

—시 「이 가을에 나는」 부분

　아마도 이 압송차는 장성 갈재를 넘고 정읍평야를 지났을 것이다. 저녁밥 짓는 연기가 피어오르는 마을은 완주 어디쯤이었을 테고, 김남주가 쓴 산문에는 목적지에 도착하니 이슬비가 내렸다고 쓰여 있다. 안 그래도 착잡한 마음이 날씨 때문에 더욱 가라앉았을 것이다.

　김남주가 도착한 자리는 전주교도소였다. 그는 이곳에서 낯선 장소에 적응하는 과정을 다시 겪어야 했다. 철의 규율을 지키겠다고 맹세한 전사 김남주의 결기와 어떤 제도에도 묶이지 않고 대지 위에 그냥 나뒹구는 걸 좋아했던 시인 김남주의 내면이 전주교도소만큼 극명하게 충돌하는 장소는 없었다. 교도소와 대지의 마음은 화해를 나눌 수 없는 것이다. 전주 사옥은 철창을 통해 푸른 하늘이며 환한 달밤이며 아득한 들판을 제법 넓게 마주할 수 있었다. 그가 수감된 방은 철창이 서쪽으로 나 있었는데 그곳에 동학농민혁명 때의 격전지 완산칠봉이 걸리고, 밭과 무덤으로 이루어진 비탈진 구릉과 누렇게 익어가는 들판에는 고향 사람처럼 반가운 허수아비가 보였다. 비록 열쇠 구멍으로 내다보는 것처럼 아스라하지만 그래도 전형적인 시골 풍광과 닿아 있는 게 마음에 위안을 주었다. 게다가 김남주가 거처하는 병사 상층 독거방 옆으로 김병권, 차성환, 이광웅이 들어왔으니 얼마나 다행인가. 김남주는 역사를 사는 긴장과 들

463

판을 지나오면서 파생된 그리움 속을 오가며 며칠간 현기증을 겪었
으나 이내 익숙해졌다. 그러다 전주교도소에서 맞은 첫 면회 때 김
덕종이 찾아와 그간에 알리지 않던 소식 하나를 전했다.

"형, 아버지가 돌아가시기 전에 따로 챙겨둔 논뙈기가 있어라우.
예전에 형이 농사짓던 그 문전옥답인디, 이건 우리 남주 꺼라고, 딴
사람이 손대면 절대 안 된다고 그랬어라우. 내가 잘 챙겨놓고 있응
게 그리 아시오 잉."

김남주는 눈물이 핑 돌았다. 아버지가 어머니와 결혼할 때 딸려
온 그 논이었다. 동생에게 하도 고생을 많이 시켜서 미안한 마음이
땅과 하늘을 가득 채우고도 모자랄 정도였다. 그래서 한참 다른 이야
기를 하면서도 내내 아버지의 생각을 피할 수가 없었다. 이를 떨궈버
리려고 동생에게 말했다.

"덕종아, 내가 땅이 뭔 소용 있겄냐. 너한테 염치도 없는디 니가
필요할 때 써라."

그리고 돌아와서 철창을 통해서 바깥세상을 넘겨다 보는데 화가
치밀어서 견딜 수 없었다. 아, 아버지!

열여섯 살까지였던가 웃마을 고씨 집을 꼴머슴으로 와서 잔뼈
가 굵었고
스무 살 훨쩍 넘어서까지 저 아래 기와집 상머슴이었다네
밤과 낮의 눈코 뜰 새 없는 노동이 그의 하루하루였고
제 앞으로 땅 한 뙈기 가지는 것이 평생소원이었다네
그 꿈은 이루어졌다네 나이 서른둘에
늦은 장가와 함께 이루어졌다네 (……)

자네는 볼 수 있을 것이네 아침에 일어나면

일분일초를 가만히 있지 못하는 이 손을

금방까지 싸리비로 안마당을 쓸고 있었는데 어느새

그 손은 뒤란에서 장작을 패고

쇠죽솥에 불을 때고 있었는데 또 어느새

변소에 가서 합수와 보릿대를 만드네 (……)

그러나 나는 보지 못했네 아직

이 손의 주름이 부자들의 웃음처럼 펴지는 것을

제 노동의 주인이 되어 이 손이

제 입으로 쌀밥을 가져가는 것을

　　　　　　　　　　　　　　　　　—시 「손」 부분

　서쪽으로 나 있는 창문을 열면 싸늘한 철창이 시야를 방해한다. 담 너머 저쪽에는 누렇게 익은 벼들이 꽤 넓게 펼쳐져 있고 뭔가 형체를 분간할 수 없는 것들이 움직이는 게 희미하게 보인다. 그 뚜렷하지 않은 형체들은 아마 들에서 일하는 농부들일 것이다. 김남주는 생애의 태반을 아버지의 영혼을 보듬고 살았으니, 자신은 어떻게 해도 토지의 자식들을 가장 사랑하고 싶고 또 그들에게 존중받고 싶었다. 그러나 현실 세계에서는 도저히 넘어설 수 없는, 그 엄청난 괴리를 어떻게 한단 말인가. 아버지는 마치 초가지붕 위의 박꽃처럼 소박하고 비탈진 언덕에 짐을 싣고 꾸역꾸역 올라가는 황소처럼 어기차고 고집스럽고 부지런했다. 그러면서도 세상에서 가장 못 먹고 못 입었다. 그리고 관리들을 보면 어떤 교활하고, 악랄하고, 포학하고, 탐욕에 찬 짐승보다 더 꺼리고, 두려워하고, 무서워했다. 그런데도 어떻게든 그들처럼 되었으면 해서 바로 자기 자식이 판·검사가 되기를 꿈속에서도 열망했다. 제기랄.

전주 감옥 병사 상층에는 복도가 끝나는 지점에 요란한 소리로 삐걱거리며 열리는 철문이 하나 있고, 그 자물쇠가 벗겨져 문이 열리면 일종의 노대(露臺)라고 할 수 있는 건조대가 나왔다. 김남주는 비 오는 때를 빼고는 날마다 문을 열고 건조대에 이불·담요 등의 침구와 빨래를 널었는데 그것을 꽤 큰 낙으로 삼았다. 고실고실해진 이부자리에서 자게 된다는 생각보다 빨래를 너는 동안 햇볕을 쬐고, 막혔던 시야를 열어볼 수 있다는 점 때문이었다. 그에게는 먼 곳, 광활한 곳이 필요했다. 그래서 가을 어느 날 담요를 널고 잠시 머뭇거리며 햇빛을 즐기다가 어서 방으로 들어가라고 재촉하는 교도관에게 떠밀려 음침한 벽으로 들어서면서 느닷없이 고함을 지르기 시작했다.

"이 무슨 잔인한 짓거리냔 말야. 자연이 주는 혜택마저도 제외해버리다니. 이렇게 고운 가을 햇살마저도 막아놓다니."

안타깝고 공허한 울림이었다. 교도관들은 부식 따위를 문제 삼지 않으니 오히려 좋았다.

그러는 사이에도 세월은 한 땀 한 땀 흐르고 있었다. 해가 바뀌자 어느새 6월항쟁이 일어났다는 소식이 들려오고, 이어서 7, 8월 노동자대투쟁 이야기도 듣게 되었다. 그와 함께 그 조용한 전주교도소에까지 이른바 대학생 정치범이 한도 끝도 없이 들어오고 나갔다. 그들을 통해 바깥소식을 들을 때마다 김남주는 궁금해서 견딜 수 없었다. 투쟁의 거리를 한 번만 목격할 수 있다면, 혁명적 분위기가 성숙한 정도를 눈으로 직접 확인할 수 있다면…… . 거리에는 분명히 자신의 시가 서 있는 자리도 있을 터였다.

김남주는 그 무렵 자신의 옥중시가 광범한 대중에게 퍼지는 걸 꽤 선명하게 느끼고 있었다. 때로는 그의 시를 읽고 삶의 태도가 송두리째 바뀌었다는 사람도 많았다. 그 대상이 주로 청년 학생이라는 점이 아쉽긴 하지만, 그래도 감옥에서 열악한 조건을 극복하고 쓴 시들이 헛되지 않았다는 사실이 그는 말할 수 없이 뿌듯했다. 전사에게는 그가 어디에 있든 전선을 떠나지 않고 투쟁의 현재성을 지키는 것이 중요했다. 그는 누가 일러주지 않아도 그 내용조차 손에 잡힐 듯했다. 이를테면 민족민주운동이 한창 심화되던 시기에 공안 당국을 위시한 기득권 세력은 매우 단순한 공격으로 활동가의 존엄성을 짓밟곤 했다. 그것은 십수 년 전 《함성》 사건 때 소위 '남산 신사'라는 자가 쓰던 것으로, "야 이 새끼야. 내 자식은 연세대 다니면서도 아무 일 없이 공부만 잘해. 좆도 아닌 지방대 새끼가 뭘 안다고 지랄이야" 하며 콤플렉스를 타격하는 방식이었다. 이는 마치 자신들이 우월한 종자라도 되는 양 착각하는 검사들이 즐기는 수법으로 김남주는 이를 인간의 모습 중에서 가장 졸렬하고 저급한 행위라 하여 죽이고 싶도록 미워했다. 그래서 이 같은 학대에는 반드시 추상같은 응징이 따라야 하는데, 또 그러려면 적 앞에서 한없이 용감할 수 있어야 하는데…… 그러나 안타깝게도 저들이 구획 지은 포위망 안에서 늘 지식놀음을 하는 이들이 있어서 자신의 논점에서 한 발자국만 벗어나도 모험주의라 비판하는 몰지각한 행태를 반복하고 있었다. 김남주는 그들에게 유난히 단호한 태도를 보일 수밖에 없었다.

　　묻노니 그대들에게
　　어느 시대 어느 역사에서 투쟁 없이

자유가 쟁취된 적이 있었던가
도대체 자기 희생 없이 어떻게 이웃에게
봉사할 수 있단 말인가 (……)

나는 해방전사
내가 아는 것은 다만
하나도 용감 둘도 용감 셋도 용감해야 한다는 것
　　　　　　　　　　　　　──시「나 자신을 노래한다」 부분

이웃의 고통에 대해 고뇌하고, 그 해결을 위해 자신의 온몸을 던
져 길을 찾는, 그 헌신과 열정과 정신의 강인함을 상찬하는 일이야
말로 너무나 중요한 선배의 역할이었다. 그 같은 마음이 전해져서인
지 아니면 사회적 분위기가 성숙해져서인지 김남주가 옥중에서 내
놓는 메시지 하나하나는 청년 학생들에게 즉각적인 영향을 미쳤다.

강한 자는 항상 약한 자를 앞질러 한 발 먼저 갔나니
가서 저만치 산마루턱에서 억새로 서서 손짓하나니

없어라 많지 않아라
모래알 하나로 적의 성벽에
상처를 입히는 그런 일 작은 일에
자기의 모든 것을 던지는 사람은
　　　　　　　　　　　　　──시「모래알 하나로」 초고

여기서 잠깐, 이 시에 대한 나의 기억 역시 얼마나 정확할지 장담

할 수 없다. 그러나 내가 처음 본 원고는 분명히 상기 인용문에서 둘째 행의 몇 글자가 달라진 상태였다. 나중에 『조국은 하나다』가 출간된 후 인용 시가 두 편으로 나뉘어서 재정리된 사실을 알았는데, 여기서 굳이 전 단계의 작품을 사용한 이유는 그 무렵의 학생운동가들이 틀림없이 이 초고를 읽었다는 점 때문이다. 어쨌든, 나는 이 시가 물리적인 힘으로 전환되는 장면을 여러 번 목격했다. 한때 선구적인 지사 역할을 하던 소수 학생운동가의 희생이 쌓이고 쌓여서 1980년대 중반에 이르면 '전국대학생대표자협의회'가 구성되고, 점점 학과나 학회 혹은 동아리가 단체로 고스란히 민주화운동에 가담할 만큼 분위기가 성숙했다. 그래서 이 세대는 민주화운동의 역사에서 '신인류'라고 부를 만큼 독특한 활동상을 보였는데, 사람들은 그들을 가리켜 '전대협'이라고 불렀다. 나는 개인적으로 '전대협' 활동에서 가장 높이 살 점은 소영웅주의의 극복에 있다고 본다. 가령, 한양대 학생회장이 전국대학생대표자연합 의장이 되기도 하고, 또 일개 지방대 학생회장을 전대협 의장으로 옹립하는 행사에서 서울대 의대생이 쇠파이프를 들고 사수대를 맡기도 했다. 학벌 숭배에서 나온 위계서열을 그들만큼 통쾌하게 지워버린 세대는 없었다. 더욱 중요한 현상은 이론과 실천 양면에서 탁월한 활동가들이 학생회장이나 무슨 대표자 같은 조직의 상층을 맡기보다 오히려 남의 눈에 보이지 않는 자리를 찾아서 헌신하는 무명의 신화를 부지기수로 낳았다는 점이다. 그래서 반드시 평가돼야 할 것은 지금은 사라져 버린, 어쩌면 앞으로 그런 정신이 다시 나타날 수 있을지 알 수 없는, 그 담대한 정신의 실체가 어디에서 탄생했으며 지금은 어디에 남아 있는가 하는 점이다. 나는 그것이 머무는 장소를 가리키기 위해 「모래알 하나로」를 선택했다. 먼 훗날 그들이 '386',

'486', '586' 소리를 들으며 사회적 영향력을 행사한 배경에는 한때 대한민국 지식인 사회의 소영웅주의적 한계를 장쾌하게 극복한 경험이 있다는 데 있었던바, 그런 가치관을 제공한 것은 분명히 김남주의 시였다.

그러나 세상사에는 밝은 면이 나타나면 반드시 어두운 면도 따르기 마련이다. 철없는 대학생 정치범 중에는 노선상의 차이를 이유로 대들고 따지다가 안 되겠으면 비난을 서슴지 않는 관념적 급진주의자도 있었다. 감옥에 있는 김남주도 그런 일을 셀 수 없이 겪었다. 한번은 옆방에 들어온 대학생이 '혁명정부'를 수립해야 한다는 주장을 하도 심하게 해서, 선배 된 도리로 체 게바라 이야기를 들려주면서 그 위대한 혁명가가 "우리는 이론을 만들지 말아야 한다. 우리에게 필요한 건 오직 행동이다" 하고 인터뷰했다고 알려주니 펄쩍펄쩍 뛰었다. 나이가 많든 적든 옥중에서 만난 동지를 따뜻이 감싸주지 않는 건 선배가 아니다. 그래서 이모저모 묻고 달래봤는데 도무지 해결책을 찾을 수 없었다. 그 자칭 혁명가에게 투쟁이란 자신과 다른 낱말을 사용하는 사람을 구박하는 일처럼 보였다.

물론 그의 말을 김남주가 귀담아듣지 않은 것은 아니었다. 1980년대 중반까지만 해도 학생운동의 이념적 지형은 세 가지 경향성으로 나뉘어 있었다. 시민민주주의 혁명을 주장하는 CDR 계열은 남한 사회를 '파쇼적 군사독재'로 규정하고 변혁 운동의 목표를 시민민주주의 혁명으로 보았다. 한국은 주변부자본주의 사회로서 더는 식민지가 아니며, 군사 파쇼로 인한 봉건성이 남은 데다가 대중의 민주주의 의식이 정체된 까닭에 이제 파쇼적 군사독재 체제를 끝내고 시민민주주의 혁명을 달성해야 한다고 주장하는 노선이었다. 그런가 하면 민족민주주의 혁명을 주장하는 NDR 노선은 한국을 신식민지 혹은 반(半)식민 반(半)자본주의로 규정하고 혁명의 목표를 반봉건혁명에 두고자 했는데, 이들이 학생운동의 다수파를 점하고 있었다. 한편 민중민주주의 혁명을 주장하는 PDR 진영은 한국을 독점자본주의 국가로 보고 계급모순을 중시하였다. 이 셋 중 CDR론과 PDR론의 실천적 결합을 주장한 NDR론이 학생운동의 주류가 되더니, 머잖아 북한의 주체사상이 유입되면서 NLPDR로 발전하게 되었다. 이들은 반미투쟁과 민족대단결의 사상을 앞세워서 잠시 민족·민주·민중 즉 '삼민투' 투쟁을 전개하다가 다시 자주민주투쟁위원회(자민투)와 민족민주투쟁위원회(민민투)로 분화되더니, 자민투는 NL 그룹으로, 또 민민투는 CA 그룹으로 발전해 간다. 그리하여 CA는 당시 정부를 타도하고 제헌의회를 구성해서 아예 나라를 새로 만들자는 주장을 폈는데, NL과 CA의 갈등이 얼마나 심한지 6월 항쟁 기간에도 NL은 시민에게 다가갈 수 있는 직선제 개헌을 구호로 내걸고, CA는 제헌의회 수립을 주장하면서 시위 양상을 과격하게 만들었다. 그러다가 북한의 주체사상을 수용한 NL 그룹이 커지고 CA 그룹이 약해지자 다시 레닌주의 노선을 따르던 민중민주 그룹(PD)이 약진하면서 사회구성체 논쟁이 시작되었다. 한국 사회의 본질은 무엇인가? 한국 사회에서 착취자와 착취당하는 자는 누구이며, 누가 누구에게 투쟁해야 하는가? 이는 새로운 사회를 건설하기 위해 변혁 운동의 이론적 기반을 세우겠다는 의지로 출현한 현상이었으나 이내 지엽적인 문제로 말꼬리를 잡는 논쟁이 되어갔다.

김남주는 이게 무슨 얘기인지 금방 알아들었다. 그것들이 근거로 삼고 있는 이론들을 원서로 학습한 지가 언제인지 몰랐다. 그래서 사회의 본질을 밝히고 변혁 운동의 과제를 찾는 태도를 칭찬하고 싶었으나 안타깝게도 이를 분파 싸움으로 몰고 가거나 동지 공격의 수단으로 삼는 것은 경계하지 않을 수 없었다. 심지어는 그 어린 활동가가 김남주조차 재교육 대상이라며 심한 말을 가리지 않는 통에 여간 상처를 입은 게 아니었다. 그래서 한번은 박석무 선배에게 편지를 썼다. 그간에 밀린 안부를 구구절절 전한 다음에 답변을 줘도 되고 안 줘도 된다는 걸 전제로 당면 정세에 관한 질문을 올린 것이다.

> 앞으로(적어도 2~3년 후에는) 노동자들이 계급으로서 그리고 해방투쟁의 전위로서 역사의 무대의 전면에 등장하리라는 것은 객관적으로 명확한 사실이라고들 합니다. 과연 그러는지요. 그리고 과연 그렇다면 지금의 단계에서 노동자계급의 역량과 의식의 수준은 어느 정도인가요? 과연 일부 학생들이 주장하는 것처럼 '군사정권'을 타도하고 민중이 주체가 되는 '혁명정부'를 수립할 정도인가요. 아무래도 저는 믿어지지가 않습니다. 계급으로서의 노동자계급의 전위당이 부재한 조건에서 노동자계급의 역량과 의식 수준 여하만으로 민중이 주체가 되는 혁명정부의 수립은 비현실적일 테니까요.
> —김남주, 옥중연서

이건 1987년 9월 14일 자 편지인데, 박석무로부터 어떤 답장이 왔는지는 확인할 수 없다.

하지만 김남주는 이런 문제에 오래 매달려 있을 수가 없었다. 그는 이미 한 시대를 상징하는 시인이었다. 까맣던 머리가 하얗게 변하고, 무력한 팔다리에서 경련이 일어나며, 가혹한 단식투쟁을 하면서 가물가물 타오르는 정신의 불꽃에서 얻어낸 그의 청동 같은 시들은 많은 사람에게 유례를 찾을 수 없는 인간 승리로 받아들여졌다. 바로 그 점을 중시하는 어떤 기운이 그에게 다가옴을 느낄 수 있었다. 그래서 마음이 급해지기 시작한 것이다. 김남주는 조직운동가답게 전후좌우를 살피면서 뭔가 준비를 서둘러야 했다. 가장 먼저 챙길 것은 역시 시였는데, 그간에 주먹구구식으로 퍼뜨렸던 작품들을 이제라도 목록을 만들어가며 건사하지 않으면 안 되었다. 그것은 분명히 방향성을 잃지 않는 또 하나의 투쟁이어야 한다. 자신은 누가 어떻게 말해도 시인이 아니라 수인이었고, 옥중에서의 시간은 한결같았다. 말의 자폐증은 글의 자폐증을 낳고, 그것은 당장에 문체와 어조를 허약하게 만든다. 그간 독서를 통해 그는 이 점을 뼈저리게 느꼈다. 책을 읽을 때도 일상적으로 타인과 부대끼면서 읽는 것과 시종 혼자 묵독하는 것은 확연히 달랐다. 남과의 소통이 끊긴 채 자신의 말조차도 사라진 공간에서 그가 독서로 얻은 모든 지식은 관념의 뼈다귀로만 남게 되었다. 감옥살이를 오래 한 사람들이 신비주의에 빠져서 도사처럼 굴거나 선문답 흉내에 빠지는 이유도 여기에 있었다. 더구나 시를 쓰는 사람이 말의 가락을 잃는다면 메시지만 남고 노래는 사라지는 치명적인 결여가 발생한다. 그렇다고 필기구도 사용할 수 없는 마당에 외부와 소통할 방안을 어떻게 찾는단 말인가. 김남주가 그런 점을 호소할 사람은 박광숙밖에 없었다.

> 부탁이 또 있습니다. 광주에서 내가 써 보낸 시들 중 『나의 칼 나의 피』에 끼지 않는 것이 광숙이나 또 다른 사람에게 몇 편이나 있는지 꼭 알아야겠습니다. 내 추량으로는 50편 내지 100편 그 어중간이 될 것입니다. 내보낸 시가 없어져 버렸다는 소식을 들을 때면 맥이 확 풀리고 살맛이 없어집니다. 보잘것없는 것이지만 나의 피 나의 투쟁의 분신이라 생각하시고 단단히 간수해

주시기 바랍니다.
—김남주, 옥중연서

그런데 이럴 때 늘 가슴 아픈 것은 공안 당국이 자신의 흔적을 없애고자 혈안이 되어 있다는 점이었다. 그래서 다 알면서도 노파심에 꼭 토를 달지 않을 수 없었다.

번거롭더라도 복사해서 또는 베껴서 분산시켜 간수해야 할 것입니다.

그런데 이때 무슨 조화인지 한국 문단이 시나브로 김남주의 석방 운동에 총력을 쏟겠다고 나서고 있었다. 김남주는 이를 기회라 보고 자신에게 숙제처럼 주어진 투쟁을 시작했다. '수인에게도 펜을 달라' 하고 외치며 단식을 감행한 것이다. 그 소식을 들은 박광숙은 긴장하지 않을 수 없었다. 언젠가 그 일이 시작될 때 밖에 있는 사람이 어떻게 해야 하는지 당부한 적이 있었던 까닭이다. 박광숙은 김남주가 보낸 편지를 뒤졌다. '문명사회에서 펜과 종이는 밥과 수저와 같이 생활상에 절박한 필수품'이라는 주장을 평소에도 자주 하더니, 광주에서 쓴 마지막 편지에 다음과 같은 결의를 밝히고 있었다.

'시인에게 펜을!' 나는 이 슬로건 밑에서 싸우다가 죽을지언정 펜을 포기하지 않겠습니다. 하루 한 끼가 아니라 세 끼를 몽땅 굶는 한이 있더라도, 굶어 죽는 한이 있더라도 펜의 자유를 위해 온갖 형태의 싸움을 할 생각입니다. 그 기회를 나는 엿보고 있습니다. 그 기회가 오면 바깥 사람들의 응원을 기대합니다.
—1986년 4월 5일자 편지

그렇다면 이번 단식투쟁은 간단히 끝날 일이 아니었으므로 박광숙도 총력 투쟁을 단행하지 않으면 안 되었다. 김남주가 건강에 치명상을 입지 않으려면 주변의 호응도 커야 하고 사회적 여론도 환기되어야 했다. 그래서 김남주 시집을 출간했던 출판사들이며, 창비며, 자유실천문인협의회며 가리지 않고 뛰어다닌 결과 지식인들의 이목도 집중시켰으며, 또 6월항쟁 이후 민주시민의 힘으로 창간된 《한겨레신문》으로부터 김남주의 글을 게재하겠다는 약속도 받아냈다. 《한겨레신문》이 존재한다는 게 얼마나 큰 힘이 되는지 몰랐다. 여기에 두 차례에 걸쳐 김남주의 글이 게재됐는데, 당시 한국의 지성이 온통 이 신문을 주목하고 있었으므로 김남주의 주장은 커다란 반향을 일으켰다. 역시 명문이었다.

고대 노예제 사회에서도 정치범에게 펜을 앗아가지 않았다. 유린당한 조국을 해방하기 위해 일을 꾸미다가 투옥되었던 로마의 철학자 보에티우스는 감옥에서 『철학의 위안』이란 저서를 썼다. 노예제 사회에서 말이다. 그것도 만족의 침입을 받은 나라에서 말이다. 소위 인간사의 암흑기라고 하는 중세 농노제 사회에서도 정치범에게서 펜과 종이를 빼앗아가지 않았다. 세르반테스는 이민족의 감옥에서 『돈키호테』를 썼고, 마르코 폴로는 베니스인가 베네치아인가의 어떤 감옥에서 『동방견문록』을 구술하여 쓰게 했다. 짜르 전제군주를 비판하다가 투옥된 러시아의 혁명적 민주주의자 체르니셰프스키는 그 후의 러시아 혁

475

명가들에게 결정적인 영향을 끼치게 했던 소설 『무엇을 할 것
인가』를 썼다. 당국에서는 그 소설의 내용이 '불온'한 것인 줄
뻔히 알면서도 저자에게서 펜과 종이를 끝내 앗아가는 야만적
인 조치는 취하지 않았다. 뿐인가, 영국의 식민지인 인도에서
네루는 제국주의와 싸우다가 투옥되어 식민지 감옥에서 자기
딸에게 보내는 편지 형식을 빌려 『세계사 편력』이란 역사책을
썼다. 그리고 일본 제국주의 식민지였던 조선에서도 신채호는
여순감옥에서 그의 불후의 명작 『조선상고사』를 저술하였고,
만해 선사는 서대문 형무소에서 『독립의 서』를 집필했다.
　―김남주, 옥중연서

　김남주가 말하고자 하는 바는, 문명사회건 야만 사회건, 식민지
사회건 독립 국가건, 옛날이건 현대이건, 민주사회이건 독재사회이
건, 무릇 그 사회나 국가의 성격에 상관없이 인간의 기본권 중의 기
본권인 밥을 금지할 수 없듯이, 필기도구 역시 기본권 중의 기본권
이라서 금지할 수 없다는 주장이었다.
　이 단식은 김남주가 엄청난 대가를 치를 걸 각오하고 시작했는
데, 뜻밖에도 국제사회로 불이 옮겨붙어서 놀라운 응원전을 펼치는
바람에 일이 제대로 풀렸다. 펜클럽 세계본부와 미국 펜클럽이 한
국 정부 측에 석방촉구 공한을 발송했다. 그리고 미국 펜클럽에서
김남주를 명예회원으로 추대하여 그를 '시인이 아니라 강도'라고
우기는 짓도 더는 할 수 없게 만들었다. 여기에 김남주가 전주교도
소로 이감될 때 독일 함부르크에서 개최된 국제 펜 대회에서 '김남
주 시인 석방결의문'을 채택하고 계속 후속 조치가 이어져서 1987
년 일본 펜클럽에서도 명예회원으로 추대한 사실까지 알려지면서

당국이 쩔쩔매지 않을 수 없었다. 그와 함께 한국에서도 자유실천문인협의회가 민족문학작가회의라는 이름으로 확대 개편하면서 강력한 석방촉구결의문을 채택하는가 하면, 문인 502인의 연명으로 법무부 장관에게 탄원서도 보내고, 또 광주, 서울, 부산, 전주 가리지 않고 '김남주 문학의 밤'을 개최하며 석방촉구대회를 열었다. 그리고 무엇보다도 당국을 난처하게 만든 것은 미국의 펜클럽 회장 수전 손택의 활약인데, 그이는 미국의 에세이 작가이자 소설가이며 예술평론가로서 국제적인 명성이 높았다. 수전 손택이 김남주를 석방하는 문제에 지대한 관심을 두고 있어서, 하필 국제 펜 대회의 새로운 개최국이 된 한국 정부는 난처하기가 이를 데 없었다. 이를 수전 손택은 정면으로 파고들어서 김남주의 석방 없이 한국에서 국제 펜 대회를 여는 것은 모순이라며 강력한 여론전을 펼쳤다. 이에 어쩔 수 없이 한국 정부도 감옥에서 펜을 사용할 수 있도록 허가하는 수준으로 일을 무마하려고 했는데, 어쨌든 그것으로도 김남주는 교도소 처우개선의 역사에서 한 획을 긋는 투쟁업적을 남긴 셈이었다. 그리고 더욱 중요한 점은 김남주 석방 문제가 어느덧 국제 문단의 핵심 과제가 되었다는 점이다. 그러나 분단국가의 슬픈 자화상은 언제나 예기치 않은 순간에 그 참모습을 우리에게 확인시키곤 한다. 나는 이 이야기를 선배들의 술자리에서 들었다.

1988년 한국에서 개최된 국제 펜 대회는 김남주 석방 문제를 아예 간판 주제로 내걸었다. 여기에 수전 손택이 맹활약을 전개하고, 또 세계 여러 나라의 대표 작가들이 '김남주 석방안'을 가결하려고 바깥에서 미리 만나서 회의도 하며 분주하게 움직였다. 김남주의 아내 박광숙도 면담하고, 동생 김덕종도 만났다. 그런데 한국 펜클럽이 해외에서 온 작가들을 워커힐호텔에서 밖으로 나가지 못하게 유도하면서 '김남주 석방안'이 가결되지 못하도록 치열한 로비를 펼쳤다. 그리하여 이 안건이 끝내 부결되자 외국에서 온 작가들은 분해서 울고, 한국 펜클럽은 이겼다고 만세까지 부르는 말도 못 할 상황이 벌어진 것이다. 그리고 세월이 흐른 뒤 국제 문단에 떠도는 쓸쓸한 후일담을, 역시 국제 행사에 초대받은 소설가 황석영이 노르웨이에서 듣게 된다. 하필 그해가 9·11 사건이 터지던 해인데, 주제가 '전쟁과 평화'였다. 그래서 성대한 자리가 끝나고 난 뒤에 소련의 저항 작가 예프투셴코(Yevgeny Yevtushenko)가 난데없이 황석영에게 말을 걸었다.

"한국에서 온 소설가 선생, 나하고 술 한잔 하시겠소?"

"그럽시다."

둘이 다소곳이 자리를 갖게 되자 그가 한국 펜 대회에 참석했던 추억담을 내놓았다.

"당신도 감옥에 가고 그랬던 걸 보면, 그때 코리아에서 시끄러웠던 게 당신 친구 문제 아니오?"

"시끄러웠다는 건 무슨 얘기요?"

"1988년에 어떤 저항 시인을 석방하라 마라 그랬던 일이 있었소."

"아, 그 시인 이름이 김남주예요."

"내가 평생 가슴에 맺혀서 이걸 얘길 할지 말지 고민하다가 마침 털어놓는 거요. 당신 친구 맞소?"

"내 친구 맞아요. 형제처럼 지냈던 사이요."

"틀림없이 당신도 당사자일 거 같아서 얘기하는 거요."

"무슨 얘긴지 좀 들어봅시다."

그러자 그가 한국 워커힐 호텔에서 있었던 일을 설명해 주었다.

펜클럽 참가자들의 숙소 배정이 끝난 뒤에 한국 펜클럽 회장이 몇 몇 사람을 대동하고 그의 방을 방문했다. 그러더니 간곡하게 부탁하기를, 한국은 정치적으로 굉장히 혼란하고 취약한 나라이기 때문에 여러 가지 문제가 있을 수 있다, 문인들의 의견이 통일된 것도 아니고 다 다르다. 그래놓고는 깜짝 놀랄 일을 했다는 것이다.

"훌륭한 작가 선생께서 괜히 시끄러운 사람들에게 휘둘리지 마시고, 한국에서는 참가자들의 친목과 세계문학을 위해서만 노력해주기를 바랍니다. 이런 얘길 하면서 봉투를 두고 갔지 뭐요."

"봉투라니요?"

"나중에 열어보니까 5000달러가 들어 있었소."

당시 러시아인에게 이는 엄청난 액수였다. 그가 같이 온 동료 작가들에게 물어봤더니 그들도 다 받았다고 했다. 그리고 무엇보다 놀란 것은 실제 대회장에서 미국 펜클럽이 앞장서서 열심히 석방을 주장했지만 결국 부결되고 말았다는 것이다. 예프투셴코는 분명히 이렇게 말했다.

"나야 석방에 찬성했지만 돌아가는 내내 마음에 걸렸어요. 집에 도착해서 아내한테 얘기했더니, 깜짝 놀라며 '당신 이거 죽을 때까지 발설해선 안 돼요.' 아내는 너무 창피한 일이라 고개를 들 수 없다는 거였소. 당신에게라도 얘길 하고 나니까 후련하네요."

황석영은 마음이 한없이 착잡했다. 김남주를 감옥에 오래 가두지 못해서 환장한 사람들 같았다. 그래도 황석영은 러시아 작가에게 다음의 양해를 구하지 않을 수 없었다.

"우리 한국 사람들이 당신에게 심리적 고충을 줘서 미안합니다. 그런데 이 얘기를 내가 돌아가서 공개적인 매체에 밝혀도 괜찮나요?"

"그럼요."

하지만 이 총회는 결국 김남주를 석방하라는 세계 펜클럽의 결의문을 냈고, 그 여파는 컸다. 그로부터 국내외 각계각층의 민주화 운동단체가 여기에 연대한 결과 한국 정부는 놀라운 결정을 내리지 않을 수 없었다. 시인 김남주를 가석방하기로 한 것이다.

9장

마지막으로 별들이 눈을 감는가

1

"나는 원시(遠視), 그래서 당신은 멀리 있어야 잘 생각난다."

이 말은 시인 신동엽이 데뷔작에서 구사했던 언술이다. 그때 나는 너무 큰 것들이 눈앞을 막아 세상이 잘 안 보였다. 현장에 가까이 갈수록 개괄이 어려워지는 건 사실이다. 예를 들면 20세기의 마지막 10년이 얼마나 혼란스러운 시기였는지를 역사학자들은 먼 훗날에야 확인해 줄 것이다. 지식인들은 그 이듬해에 갑자기 근대가 저물었다고 진단한다. 김남주 시인은 그날 알고 있었을까?

냉전의 상징인 베를린 장벽이 무너지기 직전이었다. 해방을 위해 싸우고 인류의 구원을 예측하던 모든 전망이 닫히고 있었다. 그러나 새로 어떤 일도 시작되지 않는 진공의 상태였다. 그래서 세계에 대한 신뢰를 유지하는 일 자체가 어려워지고 있는 시점에, 한국에서 가장 얌전한 도시, 그것도 한적한 외곽에 있는 교도소의 탄탄한 철문이 열리고, 머리카락이 어느새 백발로 변한, 그러나 나이는 기껏해야 마흔네 살에 불과한, 백전노장의 전사가 모습을 드러냈다. 그 겨울 햇살 아래, 44년 동안이나 연소해 온 육신의 한복판에 자리한 심장은 외로운 박동을 계속하고 있었다. 그의 모습 어디에도 모질다거나 각박한 인상이 머문 흔적이 없었다. 항용 시골 사람 그대로의 수줍음과 잔잔한 느낌뿐. 그러나 사람들은 이를 가만두지 않았다. 전주교도소가 생긴 이래 가장 많은 기자가 몰려들었고, 한국 민주화운동 진영에서 가장 막강한 투쟁력을 자랑하는 전남·북 지역의 대학생들도 와서 병풍을 치듯 둘러섰다. 그로 인해 온갖 굴욕과 수난을 견딘 가족과 동료들이 뛰쳐나와 김남주를 맞았다. 그 순간 박석무, 이강, 김준태, 이영진의 얼굴이 보였으며, 환영 인파의 뒷전에서 눈동자 주위에 물기가 담긴 박광숙의 모습이 확인되었다. 그는 밝고 건강한 표정으로 출옥 일성을 밝혔다.

"천 길 물속에서 겨우 빠져나온 것 같소."

사실은 캄캄한 감옥에서 영혼이라는 넓은 미개지를 놔두고 겨우 몸만 빠져나온 건지도 모른다. 그 틈에 일찍부터 교도소 앞까지 찾아와 문이 열리기를 기다리던 혈기 왕성한 대학생들의 합창 소리가 울려 퍼졌다.

"김남주 선배를 사랑합니다."

어두운 동굴을 뛰쳐나온 맹수도 갑자기 빛 앞에 놓이면 눈을 뜨지 못한다. 김남주는 지상에서 수십 년 동안이나 광기의 구름에 이끌려 다녔다. 무슨 정신이 있었겠는가? 곁에서 이끄는 대로 환영식을 마치고, 인사가 끝나자 곧바로 광주로 내달렸다. 살아 있는 사람들은 마중을 나와도 되지만 그렇지 않은 분들에게는 자신이 가는 게 도리였다. 초겨울의 망월동 묘역은 어쩌면 그리도 싸늘하고 조용한지. 이날 찍힌 사진을 보면 한없이 허름한 코트를 입은 김남주가 윤상원의 영정사진을 들고 무덤을 찾는 장면이 처연하기 짝이 없다. 그 심정을 그대로 뱉은 말이 시가 됐을 것이다.

상원아 내가 왔다 남주가 왔다
상윤이도 같이 왔다 나와 나란히 두 손 모으고

네 앞에 네 무덤 앞에 서 있다

왜 인제 왔느냐고? 그래 그렇게 됐다
한 십 년 나도 너처럼 무덤처럼 캄캄한 곳에 있다 왔다
왜 맨주먹에 빈손으로 왔느냐고?
그래그래 내 손에는 꽃다발도 없고
네가 좋아하던 오징어 발에 소주병도 없다
지금은 그럴 때가 아니다 아직
—시 「무덤 앞에서」 부분

저 아득한 1977년 겨울날, 해남에서 농사를 짓다가 광주로 나와
민중문화연구소를 차리자마자 녹두서점에서 만난 후배였다. 그때
도 김상윤이 함께 와서 인사를 시켰다. 그새 광주민중항쟁을 상징
하는 별이 되다니! 하지만 사람들은 윤상원도 죽음을 무서워했다는
사실을 알까? 그 무서운 공포와 싸우면서도 역사가 점찍어둔 자리
를 기어이 지켜야 했던 절박한 심정을 정말 헤아릴 수 있을까? 그런
생각을 하다가 김남주는 가슴이 얼마나 미어져 오는지 자꾸만 몸이
휘청거렸다.

윤상원은 광주의 빈민 공단에서 '들불야학'을 하던 중 5·18을
맞아서 항쟁 기간에 도청의 시민군을 대표했다. 직함은 시민군 대
변인인데, 훗날 '살아남은 자'들이 두고두고 슬픔을 이야기할 때 지
칭하던 도청 전투의 지도자였다. 그래서 후배들이 그와 함께 '들불
야학'을 이끌다 숨진 박기순을 천상에서 만나도록 혼사를 맺어주었
는데, 그 슬픈 영혼결혼식의 주제가가 〈임을 위한 행진곡〉이었다.
박기순은 김남주가 한때 동쪽에서 자고 서쪽에서 밥 먹던 시절의

의형제 박형선의 자취방에서 오빠들의 속옷과 양말을 빨아주면서
공부하던 여동생이었다. 아, 너무나 그립기만 한 형제들. 그리고 그
의 동지들이 잠들어 있는 곳. 시가전, 아우성, 힘차게 팔을 휘두르는
어린 시민군, 피투성이가 되어 쓰러져 있는 전사들. 감옥에서 단식
투쟁을 함께했던 박관현의 이름도 있었다. 그 말 없는 묘소들을 보
면서 김남주는 슬픔과 분노의 감정을 주체할 수 없었다.

> 파괴된 대지의 별 오월의 사자들이여
> 능지처참으로 당신들은 누워 있습니다
> 얼굴도 없이 이름도 없이
> 누명 쓴 폭도로 흙 속에 바람 속에 묻혀 있습니다
> ―시 「망월동에 와서」 부분

마치 자신이 살던 동네 이웃집 문패처럼 팻말에 박힌 글씨들은
낯선 이름이 하나도 없는데, 세상은 이를 사자들의 나라 망월 묘지
라고 부르고 있었다. 아, 꿈이었나. 그 짧은 사이에 모든 일이 꿈처
럼 지나가 버렸나.

그렇게 가슴 아픈 묵념을 남기고 김남주에게는 또 바삐 가야 할
자리가 있었다. 실로 오랜 날을 생각해 온 장소, 해가 지기 전에, 아
무리 촉박해도 반드시 그날 안에 당도하고 싶었던 장소. 경기도에
있는, 그가 「전사」라는 시를 쓰게 만든 두 지도자 이재문 선생과 신
향식 대장의 묘소였다. 살아 있을 때는 아무리 경계가 삼엄해도 서
로 일분일초를 어기지 않고 이마를 맞댈 수 있었는데, 지금은 혼과
백이 모두 흩어져 묘소조차 같은 자리에 모을 수 없었다. 그렇게 생
사가 나뉘었다고 어떻게 뜻이 달라질 것인가. 동지란 소재지가 어디

든 결국 같은 자리에 서 있는 자라고 그는 생각했다. 그리고 마침내 혼자 남겨지자 발길을 해남으로 돌려 아버지를 찾았다. 고향에 당도하니 이슥한 밤이었는데, 그 장면은 너무나 생생히 기록돼 있다.

추수가 끝난 들녘이다
나는 어머니의 등불을 따라 밤길을 걷는다
마른 옥수숫대 사이로 난 좁다란 밤길이 끝나고
어머니의 그림자가 논길로 꺾이는 어귀에서
나는 잠시 발을 멈추고
논가에 쓰러져 있는 흰옷의 허수아비를 일으켜 세운다
아버지 제가 왔어요 절 받으세요
그동안 숨어 살고 갇혀 사느라
임종도 지켜보지 못한 불효자식을 용서하세요
그러나 허수아비는 대답이 없다
아야 거그서 뭣하냐 어서 오지 않고
저만큼에서 어머니가 재촉하신다
아버지 생각이 나서 그래요 어머니
가뭄의 논바닥에 물을 댄다고
아버지와 같이 여기서 이슬 잠을 자다가
새벽에 제가 피똥을 싸는 배를 앓았어요
나도 알고 있어야 그해 가을 일은
그때 느그 아부지 놀래가지고 너를 업고
어성교 약방으로 달려가던 모습이 눈에 선하다야
그날 새벽에 니가 꼭 죽는 줄 알았어야
나는 다시 어머니의 등불을 따라

도랑을 건너고 솔밭 사이 황톳길로 들어선다
다 왔다 저기 저것이 느그 아부지 묏등이어야
—시 「아버지의 무덤을 찾아서」 부분

실로 회한에 가득 찬 발걸음이었다. 신발을 벗고 절 두 자리를 올리고, 다시 그 앞에 일어나 허리를 펴자 마치 신이 떠난 자리에 자신이 혼자 서 있는 것 같았다. 아직 달빛이 묻은 나뭇가지 끝을 스치는 차디찬 겨울바람 소리가 마른 풀잎을 지나가고 있었다. 오호애재라.

김남주는 적어도 전사가 되겠다고 나선 뒤부터는 늘 자신을 다스리는 몇 가지의 다짐 항목을 정해두고 있었다. 정직하고 성실하게 사는 것만으로 충분한 삶이 되는 건 아니니, 아무리 사소한 일도 먼저 질서와 체계를 세우고 침착, 기민하게 대처할 수 있도록 항상 마음을 준비할 것. 어떤 일에서나 자주적인 입장과 창조적인 입장이 있다는 걸 알고, 불굴의 의지와 초지일관의 신념과 수만 고비 시련의 늪에서도 굴복하지 않는 낙천성을 가질 것. 인간과 사물, 인간과 인간관계, 사물과 사물 관계에서 어떤 운동, 어떤 행동, 어떤 결정을 내릴 때는 반드시 모든 관계를 일면적으로 보지 말고 전면적으로 고찰하여 판단하고, 일을 실행할 때도 스물네 가지 측면에서 검토할 것. 그리고 불가피한 경우가 아니면 여러 사람의 의견을 종합하는 과정을 반드시 거칠 것. 한 인간의 능력이란 우주의 그것 앞에서는 실로 보잘 게 없나니.

그러나 석방 후의 일정을 조정하기란 쉽지 않았다. 세상에는 김남주를 기다렸던 사람이 얼마나 많은지 몰랐다. 틈만 나면 문단 후배들까지 선배의 얼굴을 볼 기회가 며칠 후에 올지 묻느라 작가회의 사무실로 몇 번씩이나 전화를 걸어서 확인하곤 했다. 그것이 김남주를 힘들게 하리라는 생각은 아무도 하지 못했다. 다들 이 불후의 시인이 어서 와서 자신들이 정해둔 자리에 빨리 앉아주길 원했다. 하지만 김남주는 우선 감옥에서 싸 들고 온 마음의 보따리를 풀어야 하는데, 세상은 바쁘고 사람들은 너무 조급했다. 그래서 늦은 나이에 한사코 허둥대면서 가족이 기다리는 생활인의 자리로 귀소하고 있었지만, 아무리 서둘러도 만인이 누리는 '시민의 일상' 속에 이를 수 없었다. 아, 그가 일과를 마치고 허리띠를 풀 수 있는 저녁 밥상 앞까지 가는 길은 얼마나 멀었던가. 반드시 들르지 않으면 안 되는 자리가 너무 많아서 실로 긴 세월을 편지로만 이어왔던 연인과의 회포도 그 앞을 가로막지 못했다. 이것이 김남주가 새로 맞닥뜨린 세상이었다.

그는 우선 자신에게 쏟아지는 홍수 같은 관심이 한풀 멎기를 기다렸다. 세상은 몇 사람의 힘으로 움직일 수 있는 곳이 아니다. 과거에는 100만이라는 단어가 아주 큰 수의 대명사였다. 예수가 태어나던 때 세계 인구는 2억 5000만이었고, 제2차 세계대전 때 인구는 23억 3200만이었다. 그러나 김남주가 석방될 때 인구는 60억을 넘어서고 있었다. 그들이 모두 세계의 지배자이자 개조자 자격을 누리겠다고 버둥거리고 있었다. 그 모두에게 김남주는 그 모두 중 한 사람 몫밖에 할 수 없는 존재였다. 그래서 또 어쩔 수 없이 12월 27일 하오, 김남주가 서울 연세대학교에 모습을 드러냈다. 이번에는 '광주학살 5공 비리 책임자 처벌 및 양심수 전원 석방을 위한 석방자대회'에 참석한 것이다. 혹한의 바람과 얼어붙은 날씨를 무색하게 하는 뜨거운 열기가 대학 대강당 안팎을 달구고 있었다. 전국 각지에서 모여든 노조 대표들과 청년 학생 대표들, 종교계, 학계 등 사회 각 분야의 민주화 투쟁 세력들이 저마다의 주장과 호소를 담은 현수막과 구호, 각종 유인물을 준비하고 양심수 전원 석방을 외치면서 석방자들을 열띤 함성으로 환영했다. 곳곳에서 김남주의 얼굴을 확인하고 싶어서 고개를 쳐들거나 까치발을 했다. 김남주는 낯설고 긴장된 표정으로 단상에 앉아 있었다. 현대·삼성·대우 등 재벌기업과 파업 노조 대표의 근황 발표, 석방자 소개, 전경 해체를 요구하는 전경 양심선언자들의 인사, 민가협과 의문사유가족회 어머니들의 이야기, 양심수 석방을 요구하는 미석방자 가족들의 눈물겨운 호소가 진행되는 동안, 그는 폭발적인 군중집회의 단상에서 미동도 하지 않았다. 남민전 사건으로 함께 투옥되었던 석방자들과 더불어 인사를 하는 순서에만 잠시 앞으로 나서, 환호하는 노동자·학생들을 향해 두 손을 번쩍 들어 인사했을 뿐이다.

그래도 김남주를 취재하려 했던 자유기고가 차미례 씨는 끈기 있게 기다린 끝에 이튿날이 되어서야 겨우 인터뷰할 기회를 얻었다.

"옥중에서 가장 오랜 세월을 보낸 한국 시인으로 기록되실 것 같습니다."

이렇게 질문한 인터뷰에서 그는 처음으로 자신의 조직과 활동에 대해서 체계 있는 답변을 했다. 하나, 남민전은 간첩단으로 조작된 수많은 사건과 마찬가지로 반유신 투쟁의 일환이자 박정희 장기독재에 대항하는 조직이었다. 둘, 조직의 성격은 1960~1970년대에 사회변혁을 이룩한 라틴아메리카 등 제3세계 민중의 민족해방투쟁과 보조를 맞추려 시도한 한국의 지하조직이었다. 셋, 자신은 그곳의 행동대였다. 그 이름 석 자를 시로 만난 사람들이 궁금해하는 문학 이야기는 아직 꺼낼 수도 없었다. 사람들은 아무리 열광해도 생의 알리바이를 헤아리지 못한다. 그래서 체 게바라는 "모든 진실한 인간은 타인의 뺨이 자신의 뺨에 닿는 것을 느껴야 한다"라고 말했다.

연표에 의하면 김남주 시인이 석방된 날은 1988년 12월 21일이고, 결혼식은 그 한 달 뒤에 있었다. 그사이의 바쁜 와중에도 내가 그를 두 번이나 만났다는 사실은 잘 믿어지지 않는다. 첫 번째 만남은 쉽게 그려진다. 시인은 전주교도소에서 석방된 뒤 광주 망월 묘지와 신향식·이재문 선생의 묘소를 거쳐 아버지에게 성묘했다. 그리고 자신의 석방 운동에 매진한 단체에 감사 방문을 다니기 시작했는데, 민족문학작가회의는 최상위 순위였다. 이때 나는 몇 발치 앞에서 간신히 인사를 올리는 것으로 만족했다.

두 번째 만남은 열흘쯤 뒤였는데, 이번에는 문단 식구들과 오붓한 자리를 갖고 싶다고 해서 만들어진 자리라 자못 기대들이 컸다. 그날 나는 얼마나 설레었는지 일이 손에 잡히지 않았다. 당시 수많은 후배에게 그 이름만큼 감동을 주는 글자는 없었다. 우스꽝스럽게도 당시 그의 존재는 마치 나 같은 후배들이 열광하는 어떤 노선의 정당성을 보증하는 징표처럼 보였다. 고은, 신경림, 백낙청 등의 어른들과 식사가 끝나고 술좌석으로 이동하는 시각에 나는 도착했다. 다들 몰려와서 보물을 만지듯이 이리 보고 저리 보는 사이에 회합이 끝났다. 그때 받은 인상을 뭐라고 해야 할까? 마치 다가가서 건들고 때려도 화를 내지 않을 듯한 느낌? 그간에 도저히 상상할 수 없었던 '물봉'이라는 별명에 완벽히 부합하는, 몸에 지닌 거라고는 오직 평화밖에 없을 것 같은, 그 놀라운 이미지의 반전에 후배들은 다들 문화충격을 받았다. 그래서 호프집에서 한창 왁자지껄하다가 마지막 다섯 사람이 남았을 때 한 선배가 의기양양하게 서울의 밤 문화를 보여드리겠다고 호언해서 자리를 옮겼다. 가장 가까운 업소가 마포에 있는 호텔 나이트클럽이었는데, 거기서 간단히 맥주를 마신 뒤 다시 여성 두 분이 가고 최후로 사내 셋이 남아서 춤도 못추고 멀뚱멀뚱 쳐다보기만 하자 곁에 있는 선배가 손가락으로 나를 자꾸 찔렀다. 젊은 사람이 가서 옆 테이블의 아가씨들에게 합석 제안을 해보라는 것이었다. 김남주 시인도 맞장구를 치면서 호기롭게 나를 떠밀었다.

"그래. 네가 가서 말을 걸어봐라 야."

올 데 갈 데 없는 전라도 선배들의 모습 그대로인데, 그렇다고 해도 나는 그런 자리에서 절대로 남에게 말을 걸지 못하는 성격이었다. 아랫배에 힘주고 용기를 내도 끝내 입이 열리지 않아서 나 스스로가 그렇게 미울 수 없었다.

"야, 형수가 수줍음이 많은갑다. 그거 안 나쁜 거여야."

김남주 시인이 이렇게 내 편을 들어줬다. 그래서 더는 분위기를 띄우기가 어려우니 단체로 노는 자리는 나중에 만들기로 하고, 대망의 밤 문화 견학은 곁에 있는 선배가 따로 해결하기로 낙착을 봤다. 그리고 그 약속을 지켰는지, 또 김남주 시인이 젓가락 장단에 노랫가락을 뽑는 광경을 과연 보여줬는지 확인하지 못했다. 그래도 말이 나온 김에 결말을 밝히는 게 좋겠는데, 나는 이 글을 시작할 무렵에야 옛날 그 선배에게 그 약속을 지켰는지 물어보았다.

"형님, 김남주 선배님께 그때 술집 구경하시게 해드렸어요?"

"응, 다음 날 바로 모셨지. 근데 나 충격이 컸네."

"왜요?"

"남주 형을 모시고 제대로 한번 대접하려고 방석집으로 갔거등."

방석집이란 예전에 접대부를 앉히고 젓가락으로 상다리를 두드리면서 노는 술집이었다.

"김남주 선배 잘 노시죠?"

그것이 모두가 받은 인상이었다.

"그때 보니까 잘 놀게 생겼잖여. 그래서 속았지."

그럼 안 그렇다는 건가? 자초지종을 들어보니 사태가 심각했다.

"들어가서 호기롭게 술을 시켜놓고 처음에 화기애애했제. 근데, 얼마 안 되어서 뛰쳐나가더니 골목에서 토하기 시작하는 거여. 아, 혼났네. 자본주의가 우리의 여동생들을 저렇게 만들어 놓았다고 욱욱 토하는데 진짜 난감하대. 그간에 자본주의 문화를 비판하는 사람은 셀 수 없이 봤어도 저렇게 온몸으로 저항하는 사람은 태어나서 첨 봤어."

이때 우리는 김남주가 어떤 사람인지 전혀 몰랐던 셈이다. 나는 이렇게 긴 글을 통해 김남주 이야기를 전하면서도 독자들이 그를 못 알아볼까 봐 걱정된다. 우선 그는 시와 실제가 너무나 달랐다. 놀기도 잘하고, 분위기를 또 얼마나 잘 맞추는지, 더구나 김남주 시인은 말수도 적으면서 자신이 끼어 앉은 자리를 신기할 만큼 편하고 따뜻하게 데우는 능력이 있었다. 경직된 분위기를 바꾸는 데 단 두 마디면 족할 것이다. 도대체가 긴장할 틈이라고는 주지 않는 말투 때문에 그 앞에서는 누구나 아무 얘기나 마구 하게 된다. 하지만 그것은 존재의 크기가 빚는 마술이라는 것을 사람들은 아주 나중에야 깨닫는다. 인간 김남주는 한없이 뒷걸음을 쳐서 멀찍이 물러나야 그 실체가 보인다. 그때 확인되는 모습은 시와 실제가 완벽하게 일치되는 사람 그 자체이다. 아마도 우리가 다음의 시를 사전에 읽었으면 정신이 번쩍 들었을 것이다.

그러니까 그날도 꼭 이런 밤이었을 것이다
바람이 차고 하늘에서는 별들이 으스스 떨던 밤이었을 것이다
(……)

고향이 해남이라고 했던가 그녀는 (……)
오빠는 월남 가서 상자 속의 잿더미로 돌아오고
아버지는 중풍으로 칠 년째 누워 있고
하나뿐인 남동생은 야간상고에 다니는데……
그래서 고향을 버리고 이 거리 저 거리를 헤매었다던가
공장에서 일도 하다가 끝내는 다방까지 술집에까지……

아 미치겠다
이 땅에 흔해빠진 이런 이야기를 들을 때면 (……)

머리 좋아 일류대학 나와서
달러에 엔화에 싸여 유학 갔다 와서
자본가의 이윤추구에 우리네 처녀들을 이용해먹는 화이트칼라
신사들
개새끼들아 개새끼만도 못한 사람 새끼들아 (……)
나는 미치겠다 네놈들 화이트칼라들을 자본가들을
한입에 못 씹어 먹어 환장하겠다 환장하겠다
　　　　—시 「항구의 여자를 생각하면」 부분

　　이 시는 김남주가 석방된 뒤에 어느 요정에서 일본 무역업자를
접대하던 여성이 죽었다는 뉴스를 듣고 쓴 시이다. 기사에 의하면
이 여성은 한국의 소위 '화이트칼라'들이 일본 손님을 접대하는 자
리에서 화투를 쳐서 질 때마다 옷을 벗기로 했는데, 이 여성은 수치
심 때문에 벌주를 대신 마시는 것으로 버티다가 끝내 가슴이 파열
되어 죽었다. 시적 화자는 이 뉴스를 듣고 고향의 여동생들이 떠올

라 몸서리를 친다. 시의 마지막 두 줄에 김남주가 서 있다.

위대한 시인은 곁에서 사생활을 들여다보는 것으로도 큰 공부가 된다. 우리는 한 인간의 위대성을 앎으로써 새롭고 더 큰 척도를 얻는다. 아마 이것이 타인의 시를 읽는 이유일 것이다. 역사에 대한 회의가 본격화되는 시기에 자신에게 닥쳐오는 고통에 대해 아무런 저항감 없이 몸을 맡기는, 말없이 집단의 고통을 제 몸에 수락하는 정신은 김남주가 안고 있는 유일한 신비이며 그의 창조적 불꽃의 원천이었다. 김남주가 이렇게 세상에 돌아옴으로써 우리 후배들이 얻은 것은 지상에서 두 번 만나기 어려운 '한 위대한 척도'였다.

2

그날 방석집 사건이 예고한 것처럼 우리가 맞닥뜨린 인간 김남주에 대한 체험이 얼마나 가관이었는지를 여기서 다 설명할 수는 없다. 하지만 그래도 김남주는 전사니까, 병든 세상과도 싸우고 헤쳐가야 하니까, 우리는 이런 폭력적인 생각으로 수업료도 없이 마음껏 그를 탐구할 준비가 끝나 있었다. 김남주는 감옥에서 보낸 세월이 너무나 길었던 까닭에 긴급히 해치워야 할 숙제가 산더미처럼 많았다. 그 대표적인 행사가 무엇보다도 먼저 연인 박광숙을 아내의 자리에 앉히는 의식을 치르는 일이었다. 두 사람의 연애는 거리에서 마주친 실로 많은 이의 가슴을 적시는 애틋한 드라마였다. 나는 그 일을 따로 취재하지는 않았지만, 몇 년에 걸쳐서 극히 작은 파편들을 마주치는 것만으로도 매번 가슴이 아렸으므로 대충의 윤곽은 그릴 수 있을 것 같다.

처음에 박광숙이 옥바라지를 하겠다고 나설 때는 말 그대로 옥
바라지를 하겠다는 뜻이었다. 그러나 이내 상황이 바뀌어서, 그러
려면 혼인 신고도 있어야 하고, 김남주가 갇혀 있는 낯선 지방 도시
를 찾아다니며 면회도 해야 하며, 이루 말할 수 없이 번거롭고 또 머
리를 쓰는 심부름도 떠맡아야 했다. 더구나 박광숙은 무엇을 차지
하려고 집착하는 마음도 없고 자신을 애써 피력하는 성격도 아니었
다. 그런 두 사람이 내면을 맞춰가는 과정을 옥중 서신으로 해결하
는 건 얼핏 쉬워 보이지만 실제로는 그에 맞는 애정의 강도를 유지
하기가 매우 곤란한 일종의 노역에 속했다. 물론 때로는 둘이서 문
학적 사건을 만드는 기분도 없지는 않았을 것이다.

> 숙이, 한 사람이 아는 것은 극히 적다오. 겨우 열 길의 물속을
> 알고 밑 모를 심연 속으로 빠지고 마는 게 사람이오. 겨우 열 폭
> 의 바위를 알고 수길 낭떠러지로 떨어지고 마는 게 우리네 사람
> 의 일이오. 이런 극히 작은 것도 아주 느리게나 알기 때문에 결
> 국 질문만 하다가 죽고 마는 것이라오.

이런 편지를 주고받는 와중에 한국 민주화운동이 가장 많이 애
창한 노래 〈함께 가자 우리〉가 탄생했다는 사실이 너무나 흥미롭다.

> 함께 가자 우리 이 길을
> 셋이라면 더욱 좋고 둘이라도 함께 가자
> 뒤에 남아 먼저 가란 말일랑 하지 말고
> 앞서가며 나중에 오란 말일랑 하지 말자 (……)
> 가로질러 들판 물이라면 건너주고

물 건너 첩첩 산이라면 넘어 주자 (……)

네가 넘어지면 내가 가서 일으켜주고

내가 넘어지면 네가 가서 일으켜주고 (……)

에헤라, 가다 못가면 쉬었다나 가자

아픈 다리 서로 기대며

—김남주, 옥중연서

    김남주는 이때 특별히 시를 쓰거나 거리의 노랫말을 짓는다고 생각하지 않고, 단지 기약 없이 옥바라지하는 여인에게 동지애를 담아서 편지를 쓴 거였다.

    나는 지금 김남주 시인이 애용하던 표현대로 '동지애'라는 말을 쓰고는 있지만 박광숙 선생의 순정을 과연 이런 낱말로 뭉뚱그려도 되는지는 모르겠다. 그러니까 김남주가 늘 "산이라면 넘어주고 강이라면 건너주자"라고 말하던 배경에는 둘 사이에 셀 수 없이 많은 산과 강이 가로막을 수밖에 없는 현실이 있었다. 감옥에 갇힌 사람은 아무 수단이 없으니 신경이 예민하기 짝이 없고, 밖에서 챙기는 사람은 수인의 안녕을 살피는 일이 너무나 까다로웠다. 그래서 「함께 가자 우리」처럼 "네가 넘어지면 내가 가서 일으켜주고 / 내가 넘어지면 네가 가서 일으켜주고"라고 말해도 어쩔 수 없이, 김남주가 넘어지면 박광숙이 가서 일으킬 수 있지만 박광숙이 넘어질 때는 김남주가 와서 일으키는 게 불가능했다. 혼자 힘들어서 울고 싶을 때 갇힌 사람이 어떻게 한단 말인가? 여기에 또 하나, 김남주가 보내는 아름답고 따뜻하고 감동적인 편지에는 그러나 반드시 「추신」이라는 강제 사역을 요청하는 주문서가 붙어 있었다. 다음은 「함께 가자 우리」를 써 보낸 편지에 딸린 「추신」이다.

* 추신: 월터 스콧트, 괴테, 발자크, 톨스토이 등 러시아 소설
이 있으면 있는 대로 한두 권씩 10일 간격으로 보낼 것.《文藝
春秋》는 차례가 없다고 불허이니 다음번에는 그대로 보내볼 것.
이 편지 받은 즉시 시골에 연락하여 『パリコミューン』 I 권만
우선 우송토록 할 것. 형에게 물어서 클라우제비치의 『전쟁론』,
중국 『고사성어집』이 준비됐으면 한 권씩 부칠 것.

그 많은 책을 한 권씩 10일 간격으로 부치라니! 그토록 정신 사
나운 부탁은 차치하더라도, 내가 정보과 형사라면 이 편지부터 취
조 목록에 올렸을 것이다.《문예춘추》는 일본의 문예지인데, 목차
를 떼고 차입하려고 했던 걸 보면 한국의 정치범이 읽어서는 안 될
문제 작가의 글이 게재됐을 확률이 높다. 김남주는 검열관이 일본
어를 모른다는 걸 전제로 살짝 뜯어낸 목차를 복원해서 재시도하라
고 요청하지만, 한번 반려된 책이 그렇게 한다고 재차 통과되리라
는 보장도 없다. 또 다음 줄에 일본어로 표기된 책자는 『파리코뮌』
인데, 이는 그 자체로 불온서적일 뿐 아니라 김남주가 청년 시절에
녹두서점에서 일어 강독을 핑계로 후배들에게 이념 교양을 시키다
가 지명 수배를 받게 만든 전과 물품이었다. 그리고 클라우제비치
의 『전쟁론』도 전쟁에 관한 최고의 교범으로 꼽히는 책인데, 한국의
좌익사범이 이를 보고자 할 때는 전쟁과 분단의 심층을 재구성하려
는 불순한 뜻이 숨어 있다고 볼 수밖에 없다. 더구나 이 추신은 이상
과 같은 책 부탁만 붙어 있는 게 아니라 앞 문장에 이어서 자의식이
새파랗게 살아 있는 자의 이상한 주장도 딸려 있다. 바로 이어지는
말을 보라.

광숙아. 이런 말 하기 과히 즐겁지 않다마는 사람이 말씀만으로는 살 수 없으니 돈 좀 부쳐다오. 내 생활을 네가 서울 서대문 생활과 같다고 생각 말아다오. 차이가 많다. 1.06평에서 한 줌의 흙도 허용되지 않고, 한 줄기 빛도 없다. 내 건강을 현상대로 유지하는 데 그치지 않고 더욱 튼튼한 몸으로 키워야 하지 않겠소? 모성애와 같은 너의 사랑으로 나를 보살펴야 하지 않겠소? 당신이 집행유예를 받고 서대문구치소에 들어섰을 때의 기분은 어디 여관에라도 드는 기분이었겠지만, 10년, 15년, 무기, 사형을 받은 축들은 어떤 기분이 들었겠는가? 존재가 의식을 결정한다는 말은 잊어서는 안 되오.

아무리 사랑의 편지라고 해도 이 정도를 감당하려면 도대체 얼마만큼의 애정이 솟구쳐야 하는지 알 수 없다. 용돈을 보내라고 모성애까지 들먹이며 부탁하는 사람이, 은근히 박광숙은 집행유예 처분을 받았던 사람이라 구치소를 여관쯤으로 여겨도 되었을 거라는 밑밥까지 깔다니. 특히 존재가 의식을 규정한다고 했는가? 두 사람은 남몰래 골방에서 뒹굴며 은밀한 육신의 언약을 나눈 경험이 한번도 없었다. 그런데 뭘 믿고 이렇게 말하는가. 그러나 이 편지에 자욱이 깔린 넉살과 해학을 기쁨으로 받아들이는 사람에게는 전혀 다른 차원의 내용이 될 것이다. 아마도 박광숙은 김남주의 문체에서 위선보다 위악을 앞세우는 사내의 애교를 먼저 읽지 않았을까 싶다. 다소 위태로운 말투지만 그걸 자유롭게 하는 비법이 따로 있었다. 김남주가 감옥에서 유일하게 휘두를 수 있는 '사랑의 무기'란 시뿐이었는데, 과연 그 막막한 위치에서 내보낸 시들은 폭탄 같은 위력을 장착해 두고 있었다. 옥바라지 3년째를 기념하는 시가 이렇다.

15년
말이 15년이오
처녀가 댕기를 풀고
신부가 아이를 갖고
아이가 학교에 갈 세월이오 (······)

이겨야 한다오
감옥이 주는 이 한속 추위를
새벽같이 일어나 새벽을 깨고
벌거숭이 온몸에 찬물을 끼얹고
싸워야 한다오 싸워야 한다오 (······)

다시 한번 그대 입술 위에 닿기 위해
목놓아 다시 한번 그대 이름 불러보기 위해
님이여
—시 「그대를 생각하며 나는 취한다」 부분(1982. 11. 9. 편지에 쓴 시)

천만다행으로 박광숙은 기댈 언덕이 아예 없지는 않았다. 해남
에는 형을 끔찍하게 생각하는 김덕종이 있었고, 광주에는 김남주와
피를 나눈 형제보다 뜨거운 박형선 내외가 있었으며, 낯선 타지까
지 면회하러 간 날에는 공교롭게도 친오빠가 그곳에서 교수를 하고
있어서 필요한 만큼 신세를 질 수 있었다. 그래서 김남주도 박광숙
의 소식이 조금만 뜸하면 그 오빠에게 편지를 쓰고, 그도 안 되면 자
신의 형에게라도 이렇게 하소연했다.

광숙이가 이곳을 다녀간 지 2주일이 다 되어 가는데 통 연락이 없습니다. 여간 궁금하지 않습니다. 어디 아픈 데가 있어 그러는지 또 다른 이유가 있어서 그러는지……. 여기서는 조그마한 변화에도 신경이 쓰여지고 답답해집니다. 모든 것을 분명하게 알려주세요. 세상에서 기다리는 것처럼 사람을 애태우고 초조하게 하는 것은 없답니다. 그리고 애매한 상태처럼 사람을 못살게 굴고 속 태우는 것은 없답니다.

─형님에게 쓴 편지(1980. 12. 5.)

서로에게 데이트 한번 허용되지 않는 환경에서 이런 난처한 연애를 끝까지 지킨 사례는 세상에서 매우 드물 것이다. 더불어 이를 온전히 감당한 여인에게 김남주가 지닌 마음의 빚은 실로 크지 않을 수 없었다. 이제 신부 옷을 어떻게 해 입혀야 할지, 살림은 또 어디에 차려야 할지. 더구나 나이는 많고, 세상일은 뒤쫓고, 예식은 빨리 올려야 했으니, 두 사람은 고민 끝에 모든 절차를 속성으로 밟기로 했다.

그날이 1989년 1월 29일이었다. 광주 문빈정사에서 지선 스님이 주례를 섰다. 작은 산사를 가득 메운 하객 중에는 송기숙, 조태일, 황석영, 이시영, 황지우 등 문단 선후배들과 어느덧 국회의원 신분이 된 박석무, 정상용, 또 여전히 재야를 지키는 여익구, 명노근 등이 참석해 있었다. 당대의 명사들이 학창 시절의 동아리 행사라도 되는 양 즐겁게 나타나 다들 철없이 굴었다. 그리고 이날 비로소 김남주가 박광숙에게 보낸 편지 속에 실로 아름답고 격정적인 서정시들이 셀 수 없이 많다는 걸 알아차릴 수 있었다.

그대는 내게 왔다 기적처럼

마지막 판가름 한 판 승부에서

보기 흉한 패배로 내가 누워 있을 때

해적의 바다에서

난파선의 알몸으로 내가 모든 것을 빼앗기고

떠돌 때

그대는 왔다

파도 속의 독백처럼

비밀을

비밀 속의 비밀을 속삭이면서

그때 내가 최초로 잡은 것은

보이지 않는 그대 손이었다

그때 내가 최초로 만진 것은

대낮처럼 뛰는 그대 젖가슴이었다

그때 내가 최초로 맛본 것은

꿈결처럼 감미로운 그대 입술이었다

　　─시「지금은 다만 그대 사랑만이」부분(1982. 4. 3. 편지에 쓴 시)

　검정 두루마기를 입은 신랑과 옥색 치마를 입은 신부에게 지선 스님은 "쓰레기 속에서 연꽃을 피워가고, 풍요롭지는 않더라도 항상 넉넉한 마음을 갖고 지내기"를 기원했다. 민족문학작가회의 회장 고은도 김남주의 옥중 시「조국」과「사랑의 기술」을 연거푸 낭송한 뒤 '김남주 박광숙 만세' 삼창으로 뜨거운 축사를 했다.

　이렇게 벼락같이 결혼식을 올린 뒤 김남주가 돌아가고 싶어 한 자리가 따로 있다는 걸 세상은 알지 못했다. 그래서 김남주의 글을 빠트리지 않고 찾아 읽는 사람들조차 이때 김남주가 진로를 고심했던 사실을 먼 훗날 시를 읽고 나서야 알 수 있었다.

어느 길로 들어설 것인가
불혹의 나이에
나는 어느 길로도 선뜻 첫발을 내딛지 못한다

농사나 지을까 (……)
그러나 세상은 내 좋은대로 하라고 내버려두지 않는다
자꾸만 자꾸만 내 등을 밀어 사람들 속으로 집어넣는다
오늘도 나는 어느 집회에 가야 한다
—시 「길」 부분

지금 생각해 보면 이때 훨훨 날아서 고향의 품으로 돌아갈 수 있도록 놔뒀으면 좋았으련만……. 그러나 안타깝게도 숨 가쁜 자리를 찾아가는 일 역시 김남주의 몫이었다. 그는 곤혹과 딜레마의 현장을 피하는 사람이 아니었다. 김남주의 신혼살림은 새로 지은 목동 아파트에 차려졌다. 그날부로 김남주의 서울살이도 돌이킬 수 없는 현실이 되었다.

3

김남주의 문단 활동이 공식적으로 시작된 것은 이듬해 3월이었다. 『한길문학』 창간 기념 '작가·문학연구자·독자가 함께 떠나는 김남주 문학기행'이 그 신호탄이었는데, 이 행사는 반응이 좋아서, 강남 한복판에 참가자가 300명 넘게 쇄도하여 선착순으로 꼬리를 잘랐다. 그리고 50명이 버스에 오를 때 나는 운 좋게도 김남주의 시를 해설할 비평가로 초대받았다. 목적지는 전남 해남군 삼산면 봉학리. 그중에서도 황새들 주민대표는 해남에서 완도로 가는 국도를 벗어나 좁다란 지방도로를 따라 보리밭이 펼쳐지는 길가에 나와 있었다. 마을이 생긴 이래 외지인들이 경사스러운 일로 떼 지어 오기는 처음이라고 했다. 한때 간첩이라느니, 나라 팔아먹는 역적이라느니 하는 불순분자가 사는 동네라고 해서 걸핏하면 예비군을 소집하여 산기슭마다 매복을 시키는 등 난리가 났었다. 그토록 살벌한 소식만 안겨주던 김남주가 십수 년 만에 환영의 뉴스를 안고 고향에 닿다니.

생가 들머리 길목에는 누군가 모닥불을 활활 피워놓고 있었다. 동네 사람들은 손님맞이 준비를 하느라 간짓대를 걸어놓은 빨랫줄에 전구를 매달아 어둠을 내몰고, 또 마당 한가운데 장작을 쌓아 모닥불을 지폈으며, 덕석 여섯 장을 펴서 여덟 개의 큰 상차림을 해놓았다. 그들과 일일이 악수를 하던 김남주의 모습 어디에도 시인이나 전사 표시가 나지 않았다. 그래서 잔치 준비에 바쁜 동네 주민들에, 또 '남주가 온다더라' 하는 말을 듣고 찾아온 이웃 마을 사람들에, 서울에서 따라온 참가자가 보태져 순식간에 100명이 넘는 인파가 북새통을 이루었다. 잔치마당은 시골 행사답게 농경문화의 향기가 진동했다. 쑥국·보리국·고막·상어회·낙지 등 해남 음식이 차려지고, 양동이째 받아놓은 막걸리 추렴과 함께 한바탕 구성진 풍물 농악이 있었다. 그러나 아무리 반가운 풍악이 울려도, 이 자리를 봤다면 한이 풀렸을 아버지가 없는 빈 마당이었다. 살아 생전 억장이 막힐 때마다 아버지는 셋째아들 앞에서 탄식했다 한다. "큰 놈은 사업을 한답시고 땅문서 가져가고, 작은놈은 역적으로 몰려 가막소 가고, 두 형제 놈이 숨도 못 쉬게 옆구리를 질러대는구나." 바로 그 말을 했던 자리에 김남주가 서서 시 「아버지」를 읽었다.

> (……) 그래 그런 사람이었다 나의 아버지는
> 방학 때라 내가 툇마루에서 낮잠 한숨 붙이고 있으면
> 작대기로 마룻장을 두드리며 재촉했다
>
> "아야 해 다 넘어가겄다 빨랑 일어나 나무하러 가거라"
>
> 그래 그런 사람이었다 나의 아버지는
> 저녁 먹고 등잔불 밑에서 숙제 좀 하고 있으면
> 어느새 한숨 자고 일어나 다그쳤다
>
> "아직 안 자냐 석유 닳아진다 어서 불끄고 자거라" (……)
> ─시 「아버지」 부분

김남주의 시어들은 현장을 만나면 물때를 만난 고기처럼 파닥거린다. 그래서 그의 시는 문서 저장고에 있을 때보다 마당에 내놓았을 때 훨씬 더 위력을 보인다. 사람들은 '바로 그 툇마루'에 앉아 시 낭송을 들으며 아직도 처마 밑에 걸린 '바로 그 등잔대'를 보았다. 무릇 보물의 이치가 그런 골동품 같은 건지 모른다. 김남주를 고향 집에서 겪은 기억밖에 없는 여동생과 전남대 영문과 시절의 괴짜

모습, 또 카프카서점 시절의 무능과 회의에 빠진 모습에 익숙한 지인들은 김남주가 영웅시되는 현장을 좀처럼 이해하지 못했다. 세상이 아직 그를 어느 자리에 놓고 어떻게 대해야 좋은지 평형을 찾지 못하고 있었다. 하지만 어쩔 것인가. 김남주는 그렇게 살아왔고 앞으로도 그렇게 살아갈 작정이었다.

까닭에, 기행을 마치고 김남주는 민족문학작가회의 자유실천위원장 직을 수락했다. 그사이에 옥중서한집 『산이라면 넘어주고 강이라면 건너주고』가 도서출판 삼천리에서 출간되었으며, 제4시집 『솔직히 말하자』가 도서출판 풀빛에서 나왔다. 그리고 이내 민족문학작가회의 민족문학연구소 소장으로 출근했는데, 후배들은 이 직함이 그에게 어울리지 않는다고 불평했다. 한 발짝만 거리로 나가면 이는 곧 확인되었다. 군중이 집결하는 거의 모든 자리에서 그의 이름은 어떤 조직이나 단체는 말할 필요도 없고, 어쩌면 문학보다도 크고 재야운동보다도 컸다. 그간에 그가 뿜었던 정신의 광채는 한국 시의 1980년대가 도달한 하나의 절정이었다.

한 정신의 주체, 한 사상의 발원지 격인 인간이 그에 합당한 자리에서 사회적 발언력을 갖는다는 건 얼마나 중요한 일인지 모른다. 김남주는 결코 입으로 떠드는 삶을 좋아하지 않지만, 그리고 민족문학연구소 소장이라는 자리는 그의 이름에 비해 터무니없이 학구적이지만, 돌이켜보면 그에게 꽤 의미 있는 자리가 아닐 수 없었다. 민족문학작가회의는 1974년 김지하 시인에게 사형선고를 내린 박정희 정권에 항의하는 문인들이 결성한 자유실천문인협의회로 시작된 문인들의 결사체인데, 이곳에서 전개된 사상 표현의 자유를 쟁취하는 투쟁과 문학운동, 또 이곳 작가들의 문학적 업적이 괄목할 만했다. 더구나 김남주는 한때 김지하 시인이 시동을 건 민중문화 운동의 현장 역량을 강화하기 위하여 광주에서 민중문화연구소 소장을 지내던 중에 수배되어 전사의 길을 간 시인이었다. 그리고 더욱 중요한 것은 그 무렵 한국 사회가 중대한 고빗길에 접어든 사실을 사회 구성원들이 전혀 모르고 있었다는 점이다.

사실이 그랬다. 감옥 문을 넘을 때는 김남주도 의식하지 못했지만, 그는 그 순간 20세기 전체를 탈주하는 세기의 문턱도 함께 넘고 있었다. 그러니까 어느 날 석방과 함께 갑자기 21세기의 냄새로 가득 찬 세상을 마주하게 된 셈인데, 이 같은 경우를 시인 고은은 '시간의 양서류'라고 한다. 마치 개구리가 물에서 노닐던 올챙이 시절의 기억을 안고, 어느 날 홀연히 뭍으로 올라와서 새로운 환경과 싸워야 하듯이 '시간의 양서류'들은 운명적으로 서로 다른 두 세계의 달빛을 머리에 인 채 살아야 한다. 공교롭게도 그로 인한 대혼란을 극복하려는 움직임이 한국에서 가장 먼저 시작된 자리가 민족문학작가회의였다. 바로 난공불락의 냉전 체제가 균열을 일으키기 직전의 시간을 골라 문익환 목사가 방북을 감행하여 세상을 발칵 뒤집어놓은 것이다. 문익환 목사는 한 세기 전 근대로의 전환기를 무지몽매하게 맞았던 과거사를 반성하면서, 또 한 번 닥쳐올 세계사적 재편기를 주동적으로 맞이하기 위하여 냉전의 최전선에 내몰린 남과 북이 화해할 발판을 만들고자 몸을 던진 것이다. 같은 시기에 황석영도 평양에 당도하여 국가보안법을 넘어서 제 고향 이북을 다시 밟은 자로서 "분단 시대의 작가로서 마지막 콤플렉스를 극복한 것 같다"라고 일갈하여 외신을 떠들썩하게 만들었다. 새로운 세기를 향한 모험에는 낡은 세기의 질서를 전복하는 위험이 따른다. 아무리 사상 표현의 자유와 싸우는 전통을 오래 축적한 단체라도 한 국가와 두 체제가 밑동부터 흔들리는 사변을 감당하기에는 역량이 부족했다. 그리하여 작가회의 사무실이 마비될 정도의 충격에 싸여 있을 때 김남주가 그 한가운데로 복귀한 셈이었다.

아직 옥독이 풀리지 않았으니 그는 쉬어야 했다. 누구나 그를 쉬게 해야 한다고 입을 모았다. 그래도 어쩔 수 없이 출근을 시작하자 침체해 있던 사무실 풍경이 아연 달라지지 않을 수 없었다. 가파르고 험한 고개를 역사의 피난민처럼 넘어온 단체였다. 당연히 원로 세대와 청년 세대의 갈등이 있고, 가부장제 문화와 여성문화의 긴장도 있으며, 미학적 엘리트주의와 민중적 아마추어리즘 간의 충돌도 있었는데, 김남주는 이 모든 대립물의 예각을 통째로 삼키는 완충지대 같은 역할을 했다. 단지 전사가 아니라 시인으로 마주한 김남주는 생애 자체가 경험을 기득권으로 삼는 방식이 아니라 마치 부당한 세계를 향해 날아가는 화살촉 같은 자유인이었으니, 그 영혼이 고인 물처럼 무겁기보다 새털처럼 가볍기만 했다. 그로 인해 긴장과 상처와 절망이 덧쌓여 있었던 사무실 공기도 빠르게 바뀌어서 틈만 나면 자리를 피하던 회원들도 용무를 빨리 끝내지 않고 김남주 곁에 오래 머물며 시간을 끌려고 했다. 1980년대 내내 젊은 활동가들을 달래고 부축하는 역할을 하던 윤정모, 이경자, 유시춘 같은 누님들도 김남주가 나오자 큰오빠를 만난 듯이 신이 났다. 그래서 엄숙한 재야운동의 뒷방에 웃음소리가 넘치면서 작가회의 사무실은 개소 후 가장 분위기가 좋은 호시절을 맞이했다. 안타까운 점은 하늘에서 복덩이가 떨어지듯이 나타난 이 소중한 일꾼의 몸뚱어리가 하나밖에 안 된다는 점이었다.

삶은 늘 곤혹과 딜레마의 한복판에서 펼쳐진다. 그래서 중요한 것은 위대한 인생이 아니라 위대한 생명력이다. 감옥에서 나와 저 잣거리에 던져진다는 것은 끝없는 상황 속에 놓인다는 걸 의미한다. 서울의 삶은 특별한 사건이 없는 날에도 일상 자체가 극적인 순간들로 연결되기 마련이다. 직장인이 퇴근하면 흔히 주거지로 돌아가는 게 아니라 동창 모임, 회식, 거래처, 집안 행사, 병문안 따위에 호출되는데 이웃과의 관계가 원만하려면 어느 것도 등한히 할 수 없다. 관습적이고 문화적인 행위들이 법규 이상, 제도 이상으로 억압하는 이 아수라장 속에서 김남주도 순식간에 자식을 낳았고, 아들의 이름을 김토일(金土日)이라고 지었다. 땀 흘려 일하는 사람들이 일주일에 최소한 사흘, 그러니까 금, 토, 일요일에는 쉬는 세상이 오기를 염원하여 작명한 이름인데, 알고 보면 그 속에 이미 식솔을 먹여 살려야 한다는 실존의 강박감이 숨어 있었다. 김남주는 전선이 아니면 곧장 '물봉'의 풍모로 돌아가 버렸다. 그뿐만 아니라 새 둥지를 차린 뒤에도 먹이를 물고 오지 못하는 바보 새처럼 유능한 모습을 전혀 보이지 못했다. 생활전선에서는 결단력조차 없었으니, 한때 문학소녀였으며 몸도 허약했던 아내 박광숙이 오히려 집안 살림을 주도하게 되었다. 안타까운 노릇이다. 내일에 대한 꿈으로 현재의 고통과 부조리함을 잊고, 지금의 무의미함과 한계를 넘어서는 것은 인간만의 탁월한 존재 방식인데, 각자에게 고유한 오늘과 내일의 차원이 천양지차로 다른 터라 누구도 김남주가 김남주의 바다를 항해할 자유를 보장할 수 없었다. 그의 마음이 평온해지는 시간은 그와 동일한 지평선을 바라보는 고향 후배를 만날 때뿐이고, 육신이 생활인의 전선으로 되돌아오면 카프카의 '변신'을 연상하지 않을 수 없었다. 서울의 주택가에서 김남주는 아침마다 카프카의 주인공이 된 듯한 기분으로 눈을 떴을 것이다. 그의 내면이 벌레가 되는지 맹수가 되는지 이웃들은 눈치챌 수조차 없었다. 그나마 과외 일거리가 있다는 게 다행이었다.

그 무렵 강남구 신사동에 '한길문학예술연구원'이 세운 문학 창작 전문학교가 있었다. 임헌영 선생이 기획한 사설 문학 학교였는데, 이곳은 6개월 과정으로 전 과정이 2년 4학기로 편제되었다. 어떤 대학도 비교되지 못할 만큼 화려한 강사진을 구축한 여기에 김남주 시인이 시 창작반 담임으로 나온다는 사실은 장안의 화제였다. 지상의 정세는 날로 어지러워져서 소련 해체를 낳은 '탈냉전' 바람이 지구촌 곳곳을 향해 가위 '폭력적'으로 밀어닥치고 있었다. 한국의 진보 세력이 밤잠을 설쳐가며 『자본론』을 읽을 때 카를 마르크스의 고향에서는 성난 인민들이 그의 동상을 밧줄로 내걸어 쓰러뜨리는 뉴스가 보도되었다. 냉전 구조가 성채처럼 기세등등하던 시절에는 감히 상상도 할 수 없었던 사건들이 속출하고, 그와 함께 개발 한국의 1980년대를 흔들던 혁명의 열기 또한 순식간에 식어서 욕망의 늪으로 변해갔다. 그래서 서울 거리에서도 누구는 기고만장해서 역사의 종언을, 누구는 또 자본주의의 영원한 승리를 선포하는 기염을 토했다. 공동체의 꿈 대신 개인의 욕망을 숭배하는 낯선 지식 소매상들이 활개를 치고, 대의를 쫓던 지식인들이 절망에 빠져 사회 변혁의 대열에서 떨어져 나갔다. 문화적으로도 X세대니 오렌지족이니 하는 저질문화가 주류로 부상하면서 온 세상이 고삐 풀린 망아지처럼 날뛰어댔다.

이런 시국에 그것도 한국 자본주의의 천민성이 기승을 부리는 강남 신사동 한복판에서 김남주가, 노동자가 아니라 수업료를 지참한 고객들에게 시를 가르친다는 사실은 너무나 어울리지 않았다. 그에게 시는 단지 인생에 대한 첨가물이 아니고 인간 정신에 대한 장식품도 아니었다. 그의 시는 투쟁의 열정을 지피는 도구이고 목적이며 무기였다. 그래도 더러 훌륭한 후학들이 없지 않았고, 또 김남주도 애정이 샘솟는 제자들이 곁에 있어서 일주일에 이삼일씩 학생들을 가르치면서, 오전에 사무실에 나갔다가 저녁 늦게까지 주변을 어슬렁거렸다. 학급마다 따로 있는 단골 술집에서 학생들과 어울려 술을 마시고, 때론 노래방에 앉아 노래를 부르며, 또 때론 생맥주 가게에 앉아 술잔을 기울이다가 학생들의 손에 이끌려 디스코클럽까지 찾아가 블루스를 추는 무대까지 떠밀려 나가고는 했다. 그리고 밤이 깊으면 집에 돌아와 외로이 세계를 개괄하는 시를 썼다. 그 시에는 육두문자가 나오고, 비속어도 날것 그대로 노출되었으며, 자본가에 대한 비난도 원색적으로 표현되었다.

당나귀 귀 빼고 좆 빼고 나면
쥐뿔도 남을 것이 없지요 우리 개털들은 그렇지요
깡다구 하나 빼고 나면 쥐뿔도 남을 것이 없지요
자유다 뭐다 하며 학생들이 오월로 들고 일어나니까
인권이다 뭐다 하며 양심세력들이 따라나서니까
덩달아 우리도 쓸려 들어가게 되었지요
타도하자 독재정권!
누가 선창을 하니까 우리도 따라 외쳤지요 타도하자 독재정권!
(……) 이때
어디선가 귀를 찢는 총성이 났지요
앞을 보니 저만큼에 바리케이드가 쳐져 있고 그 너머로
일단의 군바리들이 이쪽을 향해 시커먼 총구를 들이대고 있었지요
봉기한 시민의 전진이 주춤했지요
대열이 흐트러지기 시작하더니…… 우리는 보았지요

샛길로 빠지는 사람들 뒤로 처지는 사람들 옆길로 새는 사람
들……
—시 「개털들」 부분

이때까지도 김남주는 자신의 전선을 흔들림 없이 지키고 있었다.
'개털'은 교도소에서 돈 없고 권력 없는 무산자들을 가리키는 낱말
이다. 그들이 '당나귀'에 비유되는 것은 몸집은 작으나 생명의 존속
에 필요한 '귀'와 '좆'은 말의 그것처럼 크다는 데 있다. 그래서 세
련미라곤 없는 당나귀의 초라함. 아무것도 가진 게 없으나 자존감
도 크고 이상과 꿈도 나무랄 데 없이 큰 빈털터리들. 이들이 자신
을 멸시하고 소외시키는 지상의 폭군들과 싸우지 않을 리 없다. 그
들의 눈에는 '더불어 사는 세상'을 지키는 사람들이 얼마나 눈부시
고 소중한지 모른다. 대학생, 교수, 목사, 변호사 등 양심세력을 그들
이 존경하고 따라야 할 이유는 너무도 많다. 그런데 모두가 함께하
는 연대 활동의 수준을 뛰어넘는 돌출 상황이 발생하면 그들은, 아
니 그분들의 길은 개뿔이 된다. 저마다의 동굴을 찾아 산산이 흩어
져 버리는 것이다. 이를 광주라는 한 공동체가 5·18 때 겪은 상황을
소재로 잡아서 그린 이 시의 주제는 후미에 있다. 샛길로 빠지고 옆
길로 새는 사람들은 적들의 총공세를 맞으면 전혀 다른 길을 가버
린다. 그렇다면 보라. '개털들'의 지위가 바뀌지 않은 세상은 21세
기가 아니라 그 할아버지가 와도 여전히 병든 세상이다. 그런데 문
제는 이 명백한 가치관이 아무 대안 없이 해체된다는 데 있었다.
　김남주는 이 문제를 정말로 심각하게 생각했다. 불과 한두 해 사
이에 지난 한 세기 동안 유지되었던 세계질서가 무너지고, 상당수
의 국가에서 진보와 보수의 위치가 변동되었다. 이는 국내외가 마

찬가지여서 페레스트로이카로부터 독일통일, 걸프전, 소비에트 연방 해체 등에 이르는 국제적 변동과 함께 한국에서도 김영삼이 변절하면서 생긴 3당 야합과 김대중의 대선 패배로 정치적 패러다임이 크게 바뀌게 되었다. 이제 역사에 대한 불신과 진보에 대한 회의를 막을 길이 없었다. 그렇다고 김남주가 주저앉을 사람은 아니었다. 그의 의지는 세속 안으로 파고드는 게 아니라 언제나 세속을 등지고 초월하는 것이었다. 심지어는 어린 나이에도 그는 마치 적지를 탈출하듯이 학교를 떠나왔다. 그리고 어떤 유혹에도 출세 따위와 타협하지 않았다. 생업을 보장해 준다는 직업과 접촉하는 일도 피했다. 말하자면 '가치 없는 것으로 몰락하는 것'을 단호히 배격했다. 그래서 또 한 번 장엄한 도전을 시작한 것이다.

김남주는 바쁜 시간을 쪼개어서 광주에 내려가 이강을 부르고 김정길을 만났다. 걷잡을 수 없이 변화하고 있는 세계를 이제 어느 쪽으로 길을 내고 헤쳐가야 할지, 우리 공동체가 앞으로 맞이할 세상을 어떻게 보고 발을 어디로 뻗어야 할지 답을 찾아야 할 필요가 절실했다. 그를 위해 김정길은 먼저 이기홍 선생이 고민한 내용을 알려주었다. 그에 의하면 청년 학생들이 사회구성체 논쟁을 할 때 민족해방(NL) 계열에서는 이기홍 선생이 북한 정권에 대해 지나치게 비판적이라 하여 경계했고, 민중민주주의(PD) 계열에서는 '민족'과 '민족의식'을 강조한다고 거리를 두었다. 그래도 본인은 마르크스·레닌주의 사상을 진리로 확신하면서 생애를 온통 여기에 바쳤다. 그러나 소련에서 고르바초프가 개혁 대통령으로 선출되면서 소련공산당이 폐기되고, 여타 사회주의 국가들이 같은 전철을 밟는 걸 보면서 '지각 변동과 같은 충격'을 받지 않을 수 없었다. 이때부터 마르크스·레닌주의를 검토한 끝에 이기홍도 결국은 사회주의를 폐기하기에 이르렀다. 그는 목하 전개되고 있는 사회주의의 몰락이 '역사발전의 합법칙성에 따른 필연'으로 일어난 일이며, '마르크스·레닌주의에도 오류가 있었다'는 데 주목했다. 이기홍 선생이 생각하는 오류는 크게 네 가지였다. 하나, 생산력 발전의 문제인데, 사회주의는 일정 기간이 지난 후 집단생산의 이점이 사라진 뒤부터 생산력의 정체 내지는 후퇴를 경험했다. 사회주의 체제가 생산력의 발전을 보장하기보다 도리어 억압한다는 사실을 그간의 역사 전개가 검증해 주었다. 둘째는 독재 권력의 문제로서, 사회주의 국가들은 민중이 혁명 세력에게 부여한 권력을 소수 혹은 일인이 독점하여 그것을 오히려 민중을 억압하는 데 사용했다. 선거라는 민주주의 과정이 생략되면 독재를 피할 수 없다는 사실은 소련, 중국, 북한 등에서 예외 없이 나타난 현상이었다. 셋째는 민족의 문제이다. 마르크스 레닌 사상에서는 계급의식이 모든 의식과 활동을 규정하고 규제하는 기본의식으로 보지만 현실은 민족의식이 계급의식보다 더 본질적임을 보여준다. 소련 내 130여 개의 크고 작은 민족은 소련 형성 이후 소멸하는 듯이 보였지만 시장경제 도입과 연방해체 과정에서 강렬하게 부활했다. 이들은 머잖아 독립 국가의 길을 가게 될 것이다. 넷째는 종교 문제인데, 종교는 민족과 밀접하게 관련이 있어서 전통종교가 없는 민족은 분열하고 약해져서 결국 소멸할 위기에 처한다. 민족적 신앙은 본능의식으로 잠재되었다가 어떤 역사적 계기를 통해 분출되는 본질적 의식이다.

이 같은 견해를 김남주는 어떻게 생각했을까? 그도 '사회주의 국가의 쇠퇴'에 따른 절망과 성찰의 발걸음을 이미 떼기 시작했으나 대안 모색의 각도는 이기홍과 꽤 달랐을 것으로 보인다. 김남주는 남민전에 뛰어들 때 제3세계 모델에 천착하고, 프란츠 파농의

'폭력론'에 동의했으며, 마르크스·레닌주의에 관한 관심보다 체 게바라에 관한 관심이 훨씬 컸었다. 그는 작전을 앞두고 쓴 유고문을 '자유 민주 만세!'라는 말로 끝맺었으며, 또한 노자에 대한 인식도 깊었다. 이강은 김남주가 재수생 시절에 이미 노자 사상에 심취했다고 말한 적이 있는데, 나는 이 무렵에 그 이야기를 다시 들었다. 김남주 시인은 혼자 있으면 방에서 큰 소리로 옛날 노래를 끝도 없이 부르며 독서 목록도 젊은 날에 탐독했던 노자 사상 쪽이 추가됐다는 말을 박광숙 선생에게 들은 것이다. 물론 이 같은 사실로 김남주의 사상을 추정할 능력이 내게는 없다.

다만 김남주와 김정길 등이 앞으로 토론의 자리를 만들어서 이런 문제들을 하나하나 검토하기로 했다. 그래서 앞으로 참고할 문건을 김정길이 구하기로 하고, 새로운 대안을 찾는 논의를 체계적으로 해나가기로 약속한 사실은 확인했다. 나는 이때 김남주가 고민한 대안적 사유의 단서를 찾지 못한 게 너무나 안타깝다. 흡사 지옥선을 타고 '돛대도 아니 달고 삿대도 없이' 해지는 쪽으로 '가기도 잘도 가는' 인류사의 미래를 걱정했던 그 가치관에 대해서만큼은 무덤 속까지 찾아가서라도 들어보고 싶은 심정이다. 왜냐면 그에 대해 내가 확신할 수 있는 사실 하나가 김남주는 절대로 '도사연'하는 자리가 아니라 '개털들'의 자리에서 사유할 것이 분명했기 때문이다.

4

누구에게나 오르막길은 더디나 내리막길은 급한 법이다. 1991년

연쇄 분신 파동 이후 한국 사회는 한 차례의 대투쟁이 또 실패로 끝나고, 인간의 역사에 임하는 민중의 열정 역시 하루가 다르게 식어가고 있었다. 온 나라가 마치 거대한 몸살을 앓고 일어나기라도 한 듯이 민주화 과정을 서둘러 과거사로 치부하면서 세상이 돌이킬 수 없이 보수화로 치달아갔다. 각개 인간의 이기적 욕망을 제어할 사회적 장치가 더는 손쓸 수 없이 고장 난 것 같았다. 그래서 많은 이들에게 이 시기는 패배의 시기였고, 절망의 시기였으며, 반성과 회한의 시기였다. 거리에서 만나는 모든 사람이 슬퍼 보였다. 어쩌다 정태춘의 〈92년 장마, 종로에서〉가 들려오면 목이 멘다는 사람이 많았다.

> 다시는, 다시는 종로에서
> 깃발 군중을 기다리지 마라
> 기자들을 기다리지 마라
> 비에 젖은 이 거리 위로
> 사람들이 그저 흘러간다 (……)
> 다시는, 다시는 시청 광장에서
> 눈물 흘리지 말자
> 물 대포에 쓰러지지도 말자
> 절망으로 무너진 가슴들

이런 틈새에서 김남주도 어느새 아버지였으니, 어쩔 수 없이 아버지의 역할도 잘해야만 했다. 때로는 너그러운 아버지를 만난 아이가 얼마나 행복하랴 싶어서 부러워하는 사람도 있었을 것이다. 하지만 근거리의 목격자에게는 차라리 동정의 감정이 필요할 정도였다. 세속적 경쟁에서 자진 낙오한 이 허술한 가장에게 '생활고' 문제란 시도 때도 없이 찾아오는 불청객과 다를 바 없었다. 고향 집 살림은 이미 거덜 나 있었고, 평생 안정된 직장을 가진 적이 없는 그는 호주머니를 챙기는 훈련이 전혀 돼 있지 않았다. 언젠가 아버지가 남겨준 논을 동생에게 팔아서 쓰라고 호기를 부렸던 그가 그 마지막 땅뙈기마저 찾아다가 살림 밑천에 보댔다. 이제 어엿한 가장으로서 토일이의 우유를 살 돈이라도 만들어서 귀가하려면 먼 데서 강연을 마치고 돌아갈 때 차비라고 쥐여주는 돈을 아껴야 했다. 그나마 강연마저 끊기면 밥값을 벌 데가 없었다. 이때 사회주의권이 몰락한 사실은 그에게 얼마나 불리한 환경을 안겨줬던가. 세상은 급격히 변하는 중이어서 얼마 전까지 중시했던 민중적 가치관을 말 그대로 '망명정부의 지폐'처럼 홀대했다. 행인들도 지하철에서 김남주를 만나면 감동하기는커녕 시큰둥해하기 일쑤였다.

그래도 김남주가 시대의 길 찾기에 몰두했던 흔적은 여러 군데서 발견된다. 그의 시는 아직도 많은 사람에게 힘과 용기를 주었는데, 시적 감동이 극대화되는 것은 그의 낭송을 직접 들을 때였다. 남주라는 이름에서 '남'은 나머지 사람을 뜻하고 '주'는 기둥을 가리킨다는 김지하의 해석이 이때만큼 실감 날 때가 없었다. 이미 스스로 전사임을 증명했고, 이어서 가난한 자, 소외된 자, 핍박받는 자에 대한 사랑이 가득 담긴 시를 쓴 혁명가의 육성을 직접 듣는 기회를 '나머지 사람'들은 그렇게 좋아할 수가 없었다. 대중에게 사랑받던 어떤 가수보다 그의 시 낭송이 더 감동적이었으므로 '나머지 사람'이 모이는 행사에서는 모든 무대의 하이라이트가 언제나 김남주의 시 낭송이 되었다. 그의 시 낭송은 그만큼 뜨거운 것이어서 그가 묵직한 걸음걸이로 무대에 나가 마이크 앞에 서면 사람들은 벌써 마음이 숙연해졌다. 그리고 꾸밈없으면서도 쩌렁쩌렁한 음성이 울려 나오면 모두 숨을 죽이고 낭송이 끝날 때까지 빠져들었다. 그 일이 반복되자 1992년 여름부터 통일맞이가 전국 순회공연을 조직하여 돌아다니게 되었다. 문호근, 안치환, 류금신, 김영남, 원창연 등이 김남주 시인과 한 팀이 되어서 청주, 부산, 대전, 제주 등 가는 곳마다 성황을 이루었고, 공연하는 사람도 신바람이 나 있었다.

돌이켜 생각하면 얼마나 슬픈 몸짓인가. 한 발짝만 떨어져서 보면 이는 다 패전을 앞둔 최후의 문선대 같은 활동이었다. 그는 날마다 힘들어했다. 그런데도 적들은 교활하게 숨어서 그의 뒷덜미를 끈질기게 괴롭히고 있었다. 그것은 뱀이 소리 없이 양서류를 노리는 것처럼 징그러운 일이라 김남주는 그때마다 불쾌하기 이를 데 없었다.

나를 보더니 보자마자 고선생이
남주야 남주야 다급하게 부르더니
다짜고짜 나를 데리고 근처 다방으로 갔다
거기 어디 구석지고 으슥한 데에 나를 앉혀놓고
은밀하게 타일렀다

너 말이야 앞으로 조심 좀 있어야겠더라
어제 말이야 우연히 저쪽 사람 하나를 만났는데 말이야
그 사람 말을 그대로 옮겨볼 것 같으면 말이야
감옥에서 나와서까지 남주가
그런 식으로 말을 하고 다니고
그런 식으로 글을 쓰고 하면

우리들이 곤란하다고 그러더라
출옥하고 나서 그동안 이년 동안
나는 이런 소리를 여러 차례 들어왔다
기원이를 만나러 검찰청에 갔다 온 시영이한테도 들었고
무슨 일로 남영동에 갔다 왔다는 수택이한테도 들었고
달포 전에는 남산 어딘가에서 들었다면서
형식이가 밤중에 전화까지 해줬다
　　　　　　　　　　　　―시 「밤길」 부분

　이런 일로 자꾸 마음을 상한 탓인지, 엎친 데 또 덮친 격으로 자신의 내부에 있는 적들까지 자신을 공격하는 느낌이었다. 정신의 이완 때문일까, 아니면 신체적 노화 때문일까? 몸에서 자꾸 이상한 신호가 왔다. 글씨를 한 자라도 쓰려면 한껏 긴장해서 머리에 잔뜩 힘을 쏟고 신경을 날카롭게 세워야 했다. 덩달아 마음도 지치고 약해져 갔다. 원기가 충전될 곳은 어디에도 없었다. 서울이 하나의 생체 실험실처럼 느껴지는 날이 많았다.

　하루는 종로에서 해남 후배 윤기현을 만났는데, 김남주가 그를 끌어서 목동 집까지 데려가게 되었다. 집 근처에 다다르자 젊은 날 윤기현의 시골집 골방에서 뒹굴 때 하던 말이 생각났는지 몹시 겸연쩍어하면서 자랑했다.
　"기현아, 나 잘산다."
　윤기현은 이 말을 듣고 집 안이 제법 화려할 것으로 생각했는데, 안에 들어가 보니 조그마한 임대 아파트여서 하마터면 코웃음이 나올 뻔했다. 도대체 이런 선배를 어찌해야 좋을까? 그런데 김남주는 무엇이 그리도 신경이 쓰였는지 집 안에 들어가서도 아파트 자랑을 또 했다.

"기현아, 나 잘살지?"

윤기현은 오히려 형수를 보기가 민망하여 고개를 들 수가 없었다. 윤기현도 유명한 작가로 책을 여러 권 냈던 까닭에 출판가 분위기를 훤히 꿰고 있었다. 김남주가 옥중에서 쓴 시들은 한국문학이 일찍이 경험하지 못한 대폭발 현상을 만들었다. 김남주 시집은 서점의 판매대로는 감당하지 못할 만큼 많은 양이 보급되었다. 지식인의 서재나 대학가의 동아리방은 말할 것도 없고, 책이라곤 평생 사본 적이 없는 노동자, 농민, 빈민들의 일터에까지 마구 퍼져 있었다. 그러나 그 판매대금은 다 어디로 갔는지 아내 박광숙에게는 닿지 않았다. 특히 많이 팔린 책은 해적판이어서 그 양이 얼마나 되는지 추산조차 할 수 없었다. 그런데도 본인은 정작 목동 아파트에 사는 사실만 부끄러워하다니!

가까운 후배들은 이 같은 김남주가 야박한 서울의 삶을 언제까지 지속할 수 있을지 염려했다. 김남주의 삶은 결코 쉴 틈도 없고, 고요히 빛을 반사할 거울도 갖지 못했다. 하지만 삶의 시간은 도도히 흐르는 물살처럼 여기저기 떠다니며 방향을 틀기도 하고, 역류로 흐르거나 급류가 되기도 한다. 오히려 걱정되는 것은 그러는 속에서도 그가 언제나 심연의 소리를 듣고 있다는 사실이었다. 심연은 그의 내부에 있는 것이라 잠시도 피할 수 없는 것이다. 그것은 마치 존재의 그림자처럼 보이지 않는 자리에 숨어 있다가 예기치 않은 순간에 나타나곤 한다. 그렇다 해도 남들의 눈에는 보이지 않는 것이니 어떤 경우에는 좀 무시해도 되련만, 김남주의 심연은 그 자신에 대해 매우 엄격한 심판관 같았다. 자신에게 조금이라도 꾀죄죄한 느낌이 들면 그 불편한 영혼의 오지를 확인한 자의 창피함과 모멸감으로 얼마나 심하게 괴로워했는지 모른다. 그것은 자신에게 지나친 형벌이었다. 자신에게 그토록 혹독한 사람은 찾기 어려웠다.

이는 이학영을 만났을 때도 마찬가지였다. 김남주가 가장 아끼는 후배라고 애써 데리고 갔는데, 정작 집에 닿아서는 편하지 않은 기색이 역력했다. 이학영과 둘이 저녁상을 물리고 창밖을 보며 담배를 피울 때 목동 아파트 단지 한복판에 휘영청 달이 떠올라 있었다. 김남주가 그걸 쳐다보면서 말했다.

"학영아, 전두환 이순자가 많은 사람을 쫓아내고 지은 아파트란다, 요것이. 거기에 내가 들어와 시를 쓴다고 요러고 있다."

이학영이 그걸 왜 모르겠는가. 목동 아파트 단지 일대는 본디 가난한 사람들이 모여 살던 곳인데, 무허가 주택을 폭력적으로 철거하여 1980년대 내내 빈민투쟁이 치열하게 전개된 곳이었다. 이학영은 그런저런 감정에 시달릴 필요 없이 일찍이 시골로 돌아가 지리산 자락에서 살고 있었다. 그런데 김남주야말로 자신 못지않게 대지의 영혼임을 누구보다 잘 아는지라 그는 선배가 시골로 내려와 살기를 간곡히 부탁했다. 드높은 산자락과 아름다운 강줄기가 오랜 고통에 시달린 선배의 내면을 아물게 하고 부드럽게 달래줄 수 있으리라는 생각, 그리고 이제는 제발 느슨하게 선배와 함께 지내고 싶다는 생각 때문이었다. 까닭에, 시골로 돌아온 뒤에도 전화 통화를 할 때마다 반복해서 말했다.

"형, 언제든지 지리산에 내려와요."

그때마다 김남주도 그러겠다고 했다.

"알았다. 내려가마. 꼭 가마."

이럴 때 김남주는 얼마나 시골로 가고 싶었을까? 그러나 삶은 그렇게 되지 않았다. 대신에 김남주는 강화도에 조그마한 농막 하나를 장만했다. 비록 쓰러져 가는 슬레이트 집이긴 하지만 그래도 벽에 흙을 두른 집이었다. 새까맣게 그을음이 앉은 서까래며 흙이 너덜너덜한 벽, 창호지를 바른 격자문과 불을 지필 수 있는 아궁이가 있었다. 그는 이를 어떻게 손봐야 할지 몰라 다음 해에 지을 작정으로 덜컥 헐어버렸다. 그리고 쉬는 날이면 아내는 어린 토일이를 업고 기저귀 가방을 챙기고, 또 김남주는 곁에서 먹을 것과 입을 것을 배낭에 챙겨서 택시 타고 버스 타고 달려가곤 했다. 사무실에 나가지 않아도 되는 날이면 어김없이 강화로 가서 밥 먹고 잠자는 시간을 빼놓고는 허리 한번 펼 틈 없이 땅을 일궜다.

그러던 시기에 김남주는 또 한 번 이학영을 만났다. 이학영은 김남주 선배가 최근에 발표한 작품들을 보면서 '형이 고민이 많은가 보다. 어쩌면 새로운 길을 모색하는지 몰라' 하는 상상을 계속하고 있었다. 그래서 한편으로는 기대가 되면서도 한편으로는 걱정되는 바가 없지 않았는데, 막상 대면하고 보니 얼굴색도 안 좋고 마음도 편치 않아 보여서 안쓰럽기가 그지없었다. 이학영은 선배가 몸도 지치고 마음도 지쳐 있음이 분명하다고 판단했다. 그래서 이제 여기저기 불려 다니는 생활을 그만두게 하려고 다시 시골 얘기를 꺼냈다.

"형, 시골 생각 안 나요?"

그러자 김남주가 대화의 방향을 다른 쪽으로 돌리고 말했다.

"사람들이 김남주가 변했다고 한담서야."

일각에서 김남주의 시가 변한 게 아니냐고 걱정하는 소리가 나오는 게 너무나 뼈아팠음이 틀림없었다. 에고, 이때 나는 몸을 어디에 둬야 할지 모르겠다. 지금에라도 고백해 둘 게 있는데, 김남주가 이학영에게 했던 말을 듣는 순간 나는 곧바로 숨이 막혔다. 그 말은 아마도 나 때문에 나왔을 게 틀림없었다. 그러니까 1991년 5월 명지대생 강경대 군 장례식을 맞아서 시민, 학생, 노동자들의 시위가 한창일 때 한국 지성계에 역류가 일기 시작했다. 국제사회의 진보 진영이 몰락하면서 한국의 인문학도 민중운동을 향해 강공을 퍼붓는 놀라운 반격이 일어난 상황인데, 이런 일은 당시 '문명사적 대전환기'라는 유행어를 퍼뜨리면서 전개되었다.

그런데 문명사적 전환기라……. 이를 멀리 보면 근대적 상상력의 한계를 드러낸 거대 담론에 대한 성찰이 개시된 셈이지만, 가까이 보면 진보적 지식인들의 성급한 궤도 이탈이 속출하면서 젊은 세대에게 심각한 악영향을 미치고 있었다. 지금도 그때의 기억이 생생한데, 한때 진보적이었던 원로작가, 민중을 위해 일하던 신부와 목사 등의 훼절이 반동 성향의 언론을 타고 대서특필되곤 하더니, 급기야는 김지하 시인이 《조선일보》에 「죽음의 굿판을 치워라」를 발표하기에 이르렀다. 김지하의 뜻은 낡은 패러다임을 바꾸는 새로운 생명운동을 시작하자는 논지를 담고 있기는 한데, 당시 현장에서 뛰는 소장파 활동가들이 볼 때 이는 엘리트 기득권층에 기대어서, 애써 가치 지향적인 삶을 살고자 하는 기층 민중의 정치 행위를 공격하는 센세이셔널리즘의 하나라는 측면이 훨씬 강했다. 전부터 자주 그런 식의 찬물을 끼얹어 왔기 때문에 이제는 대놓고 공세를 가하겠다는 뜻으로 읽히기에 충분했다. 나는 그동안 숱한 고난과 시련을 이기며 분단 시대의 한복판을 가로질러 온 민족문학 운동의 장엄한 행진이 『김지하의 사상기행』을 끝으로 걷잡을 수 없이 내리막으로 치닫는 느낌을 지울 수 없었다. 특히 과속으로 퇴각할 때 그 위험이 더욱 크다는 사실을 독일 통일 직후에 동독 작가들이 서로를 밀고했다는 풍문을 통해 우리는 익히 알고 있었다. 나날이 시대적 사표가 사라지는 광경을 확인하면서 가슴이 서늘해지던 민중운동 진영의 젊은 활동가들은 더는 인내할 수 없는 세상의 밑바닥을 보는 기분이었다. 이 같은 지식인들의 태도에 절망감을 이기지 못하고 분신하는 젊은이들이 속출했다. 그 시절에 나는 민족문학작가회의 청년위원회 부위원장이었고, 위원장은 김사인 시인이었는데 '노동해방문학' 사건으로 수배되어 만날 수 없었다. 민족문학작가회의는 본디 김지하 구명운동을 하기 위해 만든 단체였으므로, 우리는 김지하의 견해에 결코 함구하고 지나가서는 안 되는 주체였다. 까닭에 청년 작가들이 모여서 대책회의를 열고, 대표로 내가 《한겨레신문》에 「젊은 벗이 김지하에 답한다」는 비판 글을 쓰게 됐다. 이는 한편으로 내부 균열이 공식화된 셈이기도 하므로 마음이 내내 불편하던 참인데, 얼마 안 되어서 나온 문예지에 김남주의 이름으로 평소에 상상도 할 수 없었던 시가 발표되었다.

> 똥파리는 똥이 많이 쌓인 곳에 가서
> 떼지어 붕붕거리며 산다 그곳이 어디건
> 시궁창이건 오물을 뒤집어쓴 두엄더미건 상관 않고
>
> 인간은 돈이 쌓인 곳에 가서
> 무리 지어 웅성거리며 산다 그곳이 어디건
> 범죄의 소굴이건 아비규환의 생지옥이건 상관 않고
> ─시 「사람과 똥파리」 부분

이 시를 읽고 아마 많은 사람의 눈앞이 캄캄해졌을 것이다. "똥파리에게는 더 많은 똥을 / 인간에게는 더 많은 돈을 / 이것이 나의 슬로건이다" 하는 부제가 달린 김남주의 시는 자본주의 비판을 넘어서 인간의 존재적 근원을 송두리째 부정한다는 점 때문에, 그를 따르던 젊은 후배들을 더욱더 절망감에 빠트릴 수 있다는 우려가 곳곳에서 터져 나왔다. 당시는 아직 '조국은 하나다'의 시대였고, 이 우렁찬 구호를 만든 김남주의 시 「조국은 하나다」는 한국이 20세기를 성공적으로 탈주할 통로로서의 통일운동을 이끄는 제일의 슬로건이었다. 더구나 문익환 목사가 방북 사건으로 징역살이를 하고 나와서 그를 위해 단 하루도 쉬지 않고 전국을 누비며 목이 터지도록 외치던 상황이었다. 훗날 영상기록물을 통해 전해지는 문익환 목사의 쉰 목소리는 이 시절의 위태로운 정세를 방증하는 것이다. 그토록 절박한 시점에 또 다른 사표인 김남주 시인이 인간의 근원에 대한 환멸을 퍼뜨리는 일은 여간 절망스러운 게 아니었다. 그래서 나는 다시 이 시를 비판하는 작품 평을 쓰면서 김남주의 시마저도 변해가는 게 아니냐 하는 근심을 드러냈다. 하지만 이것이 얼마나 짧고 우매한 생각이었는지 김남주 시인을 따라다니면서 금방 다시 깨닫게 되었다. 이제 그 이야기를 할 차례이다.

5

그 무렵 김남주는 목동에서 가까운 곳에 사는 후배 김정환을 자주 만났다. 나는 두 시인의 만남이 각자 의식하든 의식하지 않든 매우 적절한 시기에 매우 의미 있는 교분을 안겼으리라고 본다. 한 사람은 대지의 자식이고 또 한 사람은 온 장안이 알아주는 백과사전인데, 공교롭게도 두 사람 모두 시야가 매우 넓고, 가슴이 광활하다는 공통점을 지녔다. 더욱이 학술적 모색 정도에 그치는 성향이 아니라 삶의 정직성으로 현실의 복잡계를 직진하는 성격이라는 점까지 같았는데, 재미있는 것은 한쪽은 민족해방운동 진영이 획득한 감수성의 정점에 이르렀고, 또 한쪽은 민중민주운동 진영에서 펼쳐지는 예술운동의 지도자라는 양극을 가졌다는 사실이었다. 서울 사람 김정환은 김남주 시인과 어울리면서 이 전라도 선배가 쉬는 날이면 조그만 몸을 동그랗게 모으고 온 방을 데굴데굴 굴러다니며 시를 이렇게 고치고 저렇게 고치고 하는 모습을 보는 게 몹시 행복했다고 한다. 한번은 김남주가 새 컴퓨터 자판에 덧씌운 비닐이 아까워서 차마 벗겨내지 못하는 모습을 보고 의기양양하게 웃기도 했다. 그런데 더욱 주목할 사실은 이런 사사로운 문화충격이 아니라 창조적 상상력이 증폭되는 관계망이었다. 이때쯤 한국의 출판문화는 예전 김남주가 활동하던 시절과 달리 마르크스주의와 관련한 원서들을 빠짐없이 소개하고 있었고, 신생 지식인들이 사회적 실천 과정에서 논쟁하느라 써낸 문건들도 많이 돌고 있었다. 당시 김남주는 체력도 고갈되고 생활 형편도 여의치 않아서 광주 김정길과의 약속을 이행할 여가가 없는데, 가까이에서 김정환이 이를 대신할 학습 여건을 제공하니 그렇게 좋을 수가 없었다. 김정환은 김남주에게 참고가 될 만한 자료를 열심히 구해서 가져다 주었다. 나는 이 일이 왜 중요하다고 보는가 하면, 이때가 구한말에 서구의 근대 문물을 목전에 두고 혼비백산하던 오지에서 거대 선각자들이 우후죽순 출현했던 상황에 비견할 만큼 중요한 시기였다고 보기 때문이다.

다시 말하지만 우리는 이 시기를 너무나 대책 없이 통과해 버렸다. 근대 이전, 그러니까 고대국가 백제의 패망 후부터 축적되기 시작한 민중의 비원(悲願)이 후천개벽 사상에 이르기까지는『김지하의 사상기행』이 확인하고자 했던 갖가지 꿈들이 있었을 것이다. 아마도 그 정점이 동학농민혁명일 테고, 김남주의 생물학적인 연원은 그 꺼진 잿더미에서 시작된 불씨라고 해도 될 것이다. 그 이후의 역사를 개괄할 때 흔히 비유하곤 하는 3월에서 4월로, 4월에서 5월로, 다시 5월에서 6월로 연결되는 민중의 저항사, 즉 3·1운동과 4·19혁명과 5월 광주민중항쟁과 6월항쟁의 바탕에는 그 밑바닥에 하나같이 민초들이 그냥 받아들일 수 없는 거대한 죽음이 침전돼 있었으며, 또한 자신의 모든 걸 바쳐서 그 억울함을 역사의 동력으로 되살려낸 저항의 화신들이 도도히 맥을 잇고 있었다. 김남주는 어쩌면 그런 역사의 사표를 대변하는 '지금 살아 있는 별'이었다고 말해야 할 텐데, 세계사적으로는 이 시점에서 '역사의 종언'이라는 표현들이 나오게 된다. 과연, 이 시대가 지나고 나면 민중의 별들이 모두 사라지고 한국 사회운동의 양상도 세속적 효율성을 추구하는 쪽으로 바뀌고 만다. 그러니까 어떤 미덕과 가치 지향성이 사회적 영향력을 행사하는 게 아니라 대중적 흥행에서 유명세를 누리는 사람의 '스타 기질'이 세상을 주도하게 되면서 옛 투쟁의 맥락을 지워버리는 것이다. 이 직후에 나타나는 신자유주의의 출현을 서방 학자들은 윌리엄 블레이크의 시에 나오는 '악마의 맷돌'에 비유하는데, 이 맷돌은 강과 산과 들로 이어지는 목가적인 대지만 갈아버리는 게 아니라 그것들의 영혼인 인간의 역사적 지향성까지 가루로 만들고 마는 것이다. 나는 그 낭떠러지 앞에서 김남주가 마지막으로 남아서 전망을 찾고자 몸부림쳤다고 본다. 그의 어깨에 실로 무거운 짐이 얹혀 있었다.

　그런데 어느 날 김남주가 김정환이 구해준 자료를 읽다가 힘없이 내던지며 하소연을 했다.

"소용없어, 이런 것. 이제 들어오지를 않아."

이럴 때 김정환의 천재성이 얼마나 돋보이는지 모른다.

"맞아. 형한테는 쓸모없을지 모르지. 형은 실천가니까."

김정환은 사람을 옳은 방향으로 내모는 일에 귀재였다. 그런데 김남주는 그런 말을 하려던 게 아니었다.

"아니여. 정환아. 내 머리가 지금 중학생 수준으로 떨어져 분 거 같어야. 도대체가 돌아가지를 않아. 머리를 회전시킬 수가 없당게."

이때 김정환의 가슴이 갑자기 철렁 내려앉았다. 우선 김남주의 체력이 고갈돼 보였으니, 겪어본 사람만이 아는 신호가 있었다. 허공에서 마주친 김남주의 눈에서 예상치 못한 절망의 빛을 본 것이다.

"형, 안 되겠다. 너무 쇠약해졌구나. 육체가 쇠약해져서 그래."

아, 너무나 안타까운 장면이다. 이때 봉착한 문제에 김남주가 돌파할 사색의 편린을 담은 글이 한 조각만 남겨졌더라도 뒷세대들이 길을 찾는 데 크게 도움이 되었을 것이다. 김정환도 징역을 산 적이 있는 터라 김남주의 상태를 읽고 이때부터 억지로라도 쉬도록 권유했다.

"형, 오라는 데 아무 데나 가지 마. 쉬어야 해. 무조건 쉬어."

여기에 김남주도 대답은 잘했다.

"그래, 이제 그래야겠다."

그러나 크고 작은 행사는 물론, 무슨 모금용 일일 호프집까지 김남주를 불렀고, 또 김남주는 그런 자리를 거절하지 못했다. 당시 시대 상황 속에서 이런 일은 날마다 반복되었다. 감동이라고는 없이 되풀이되는 행사들이 한없이 피곤했지만 그렇다고 피할 수도 없는 날들이 연속되었다. 그래서 김남주는 김정환을 만날 때마다 지겹다고 혀를 내둘렀고, 김정환은 김남주를 만날 때마다 활동을 멈추라고 만류했으며, 또 김남주는 그럴 때마다 그러겠다고 답했지만, 실제로는 남들의 부탁을 전혀 거절하지 못하고 불려 다녔다. 아마도 내가 김남주 시인에게 유사한 부탁을 한 것도 이때였을 것이다. 나로서는 꽤 고민한 끝에 선택한 일이었다.

광주민중항쟁이 끝난 후 부산에서 미국에 대한 응징을 시도한 일군의 학생들이 있었다. 부산 고신대에 다니던 문학청년 문부식, 김은숙이 부산 미문화원에 방화를 시도한 것이다. 안타까운 것은 이때 현장에서 예기치 못한 인사사고가 발생했다는 점인데, 그로 인해 이들은 세상을 더욱 떠들썩하게 만들었고, 가혹한 형벌을 받아야 했다. 나중에 석방되어서도 문부식은 제도 정치권에 진출할 수도 없었으며, 다른 부문 운동에도 적을 두지 못했다. 학생운동에 나서지 않았다면 아마도 그는 훌륭한 목회자나 시인이 되었을 것이다. 여기서 중요한 점은 문부식의 시가 미학적으로 매우 수준 높은 성취를 이루고 있었다는 점인데, 그는 사형선고를 받고 징역살이를 하면서 감옥에 차입된 성경이나 여성잡지에서 글자를 한 자 한 자 오려서 시집 한 권 분량의 작품을 썼다. 그렇게 쓴 작품의 완성도가 대단히 높아서 한번은 그의 대표작 「꽃들」에 곡을 붙인 임준철의 노래가 《한겨레신문》이 창간된 후 공모된 '겨레의 노래'에서 대상의 영예를 안았다. 하지만 문부식이 등단 절차를 밟은 바도 없고, 그런 일을 선망하지도 않은 터라 그냥 노트에 묵혀두었던 걸 내가 발견했다. 그래서 이를 곧 출판 과정에 끌고 들어가 도서출판 푸른숲에서 『꽃들』이라는 시집을 출간하고 출판기념회를 하게 되었다. 내가 김남주를 찾아간 까닭이 여기에 있었는데 우선 문부식과 함께 가서 시를 보여드리고, 나중에는 출판기념회 축사를 요청하기 위해서였다.

우리가 이 일로 찾아다닐 때 김남주는 얼굴에 다소 흙빛이 돌고 몸무게가 뚝 떨어져 있었다. 그에 대해 이렇게 말했던 기억이 난다.

"요가뿐 아니라 뭘 해도 결국은 기초 체력이 중요해야. 그게 안 되니까 감당을 못 한다이."

그래도 몇 차례 만나면서 두 번이나 장시간 회포를 풀었는데, 나는 이때 현실 사회주의권이 무너진 이후의 인류사에 관해 물었고, 김남주는 안 그래도 그 문제로 고민하고 있으며 자신의 동지들과 토론하는 자리를 준비하고 있다고 답했다. 그 때문에 분위기가 얼마나 화기애애했는지 모른다. 김남주는 내가 문부식을 챙기는 것에 큰 위안감을 느끼는 것 같았다. 그리고 어쩌면 후배들의 우정이 부러웠는지 우리가 친하게 지내는 걸 칭찬하면서 이 자리에서 내게 이학영 이야기를 해주었다.

"니들에게 부탁 하나 허자. 나한테 잘할 게 있으면 우리 학영이한테 잘해라. 후배라고 나를 따르다가 얼마나 고생을 많이 했는지 모르겠다. 세상에 그렇게 좋은 사람은 없어야. 형수야, 니가 선배로 잘 모셔라."

이렇게 추억담을 나누는 자리가 유난히 따뜻했던 까닭은 당시 한국 사회가 민중운동을 집단적으로 따돌리는 병리적 증상이 이미 심각하게 진행되었기 때문이었다. 그러한 시기에 몸까지 아프다면 마음이 얼마나 스산해질지 알 수 없다. 하지만 김정환의 글에 따르면 김남주는 바로 그 시기에 병마의 수렁에 빠져들고 있었다. 김남주가 더는 '공익 근무'를 못 하도록 단속하던 김정환이 어느 날 김남주가 '노찾사' 공연의 초대 손님으로 나가면 좋을 것 같아서 등을 떠밀었다. 그리하여 모처럼 칙칙한 자리가 아니라 매우 기분 좋은 행사를 마친 날 김정환이 김남주를 찾아가 보니 그 사달이 나 있었다.

공연이 끝난 후 그는 배를 부여잡고 예의 그 안방에서 시 쓸 때
처럼 몸을 콩콩 굴리며, '아이고 정환아, 나 아프다' 그랬다. 그
때 나는 얼마나 화가 치미는지, 어이없는 실수를 하게 된다. '도
대체 형은, 정신이 있는 거야 없는 거야. 몸이 그렇게 될 지경으
로……. 왜 자기 몸을 그렇게 못 챙겨!' 그는 이번에는 웃지 않
았다. '그래, 그래. 아야 아프다.'
—김정환, 「'불길'에서 아주 가녀린 사랑 노래까지」, 『내가 만난
김남주』

  나는 이 공연이 내가 따라간 그 공연이 아니었을까 생각한다.
다만 공연 내용에 대해서는 기억이 약간 다른데, 그러니까 김남주
시인이 동행을 요청해서 따라갔더니 '안치환 콘서트'가 진행되고
있었다. 간판 행사가 김남주의 시 「자유」에 안치환이 곡을 붙여서
발표하는 순서였는데, 가수 안치환이 그간 록 음악을 하고 싶었으
나 민중가수의 본분을 지키느라고 참다가 마침내 꼭 만들고 싶은
노래를 작곡했다면서, 그 뜻깊은 노래의 가사가 김남주 시 「자유」
라면서 젊음의 열정을 한껏 발산하는 모습이 내게는 매우 인상 깊
었다. 나는 음악을 모르나 이때 두 가지 점만큼은 매우 높이 사고 싶
었다. 하나는 김남주의 「자유」를 가사로 택한 사실인데, 록의 본질
이 저항정신에 있다면 그것이 무엇에 대한 저항이어야 하는지 본질
을 꿰뚫는 선곡이었다는 점이고, 둘째 역시 「자유」를 가사로 썼다는
점인데, 김남주 정신의 진수를 '자유'에서 찾아낸 놀라운 통찰력이
었다. 어쨌든 김남주는 이 자리에 초대 손님으로 갔으므로 안치환
이 노래를 부르고 나서 무대 위로 모셨다. 그리고 몹시 존경하는 태
도로 이렇게 물었던 것 같다.

"선생님, 저는 선생님의 시를 너무나 좋아해서 곡을 붙였습니다. 그런데 무대 위에서 이걸 부르려고 하니 이 시가 너무 불편합니다."

"뭐가 그렇게 불편해요?"

"선생님의 「자유」는 최고의 시인데, 노랫말 중에, 사람들은 겉으로는 자유여 통일이여 외치면서 속으로는 제 잇속만 챙기더라 하는 대목이 나오잖아요. 이때 얼마나 뜨끔한지 몰라요. 제가 자유여 통일이여 외치며 잇속만 챙기고 그러거든요."

꽤 놀라운 대사였는데, 김남주도 소름이 끼칠 만큼 정직하게 말을 받는 사람이었다.

"허허, 나도 그래요. 그래도 하는 수 없어. 그것이 사실이니까."

이렇게 뼈아픈 덕담을 주고받으면서 객석에서 요청하는 질문을 받기로 했는데, 다들 김남주의 근황에 관심이 컸다.

"선생님, 요즘에는 어떤 시를 씁니까?"

여기에 김남주가 천연덕스럽게 답했다.

"나는 요새 시를 못 씁니다. 예컨대 나는 소위 사회주의자인데, 내가 말하는 사회주의는 천상 어디에 있는, 말하자면 하늘의 뜬구름 같은 나라가 아닙니다. 예컨대 소련, 예컨대 동독, 이런 걸 가리키는 거였는데, 그 나라들이 지금 어떻게 돼 있습니까? 도대체 왜 이렇게 형편없이 무너졌는지 모르겠어요. 이 때문에 나는 요새 시를 단 한 글자도 쓰지 못하고 있네요."

지금에 와서 말로 전하려니 당시의 실감을 도저히 살릴 길이 없다. '역사 피로 현상'이 극에 달해서 민주화운동에 참여한 경력을 온 나라가 죄인을 다루듯이 앙앙대던 시점이었다. 그래서 나는 그런 나라처럼 되기 위해 민중운동을 하는 게 아니라 현재 내가 처해 있는 모순을 극복하기 위해 싸운다고 둘러대고 다녔었다. 이 얼마나 한심한 소리였는지 모르겠다. 옳은 말을 늘어놓기로 들자면 김남주는 그 따위의 말을 천 번은 해도 될 사람이었다. 그런데 그는 자신이 요령을 피울 수 있는 퇴로를 절대로 열어두지 않았다. 그토록 조용하면서도 마치 저 남녘에서 홀로 싸우는 무등산처럼 폭풍우 같은 역사 앞에서 당당한 김남주를 보고, 나는 돌아오는 내내 모골이 송연했다. 맞아, 그걸 김남주는 '자유'라고 불렀다.

그리고 이틀인가 후에 문부식 출판기념회가 열렸는데, 이날은 김남주 시인의 건강 상태가 매우 양호해 보였다. 행사장 분위기도 좋아서 사회변혁 운동 진영이 온통 파장 분위기였던 시국에 어울리지 않게 굉장한 명사들이 대거 참석했다. 문단의 고은, 신경림, 백낙청뿐 아니라 재야의 어른, 종교계 어른이 총출동한 자리였다. 내빈 소개가 끝나고 축사 순서가 되자 이날의 주례자 김남주가 단상에 올랐다. 그리고 어느 자리에서나 웅변이라곤 하지 않던 그가 돌연 자세를 다듬어서 예의 시 낭송하던 때의 유장한 음성으로 작금의 분위기를 또박또박 언급하자 다들 입이 쩍 벌어져서 들었다. 그리고 문부식의 시를 소개하다가 목소리가 점점 높아졌던 것 같은데, 그 절정에서 최근 작가 지식인들의 비겁한 태도에 대해 불호령을 내렸다.

"역사 앞에 목숨을 내놓은 적이라고는 없는 자들, 주둥이만 살아서 나불대는 자들이 하는 말을 나는 귀담아듣지 않습니다. 문부식의 시, 이건 목숨을 걸었던 자의 노래입니다. 글이라는 게 원래 이런 건데, 마치 아마추어 시를 대하듯이 진정성은 있으나 이러쿵저러쿵 말하는 건 매우 기만적인 처사입니다. 우리는 역사 앞에 꼭 이렇게 서 있어야 합니다. 사실은 한주먹거리도 안 되는 자들이 감히 어디다 대고 함부로 수작질입니까?"

나는 이날 처음으로 '물봉' 뒤에 감춰진, 엄청나게 큰 거장을 보앉다. 더구나 김남주가 그간 극진하게 모셔온 원로 어른들이 다 앉아 있는 자리였다. 모든 숨소리가 1993년의 어느 지점에서 멈춰버린 것 같았다.

그리고 다음 날부터 김남주는 병원 방문을 시작했다. 매번 병명도 못 찾았지만 다녀와서 상태가 조금 괜찮았던지 김남주는 또 호출돼 거리로 나갔다. 아직도 재깍 불려 나가지 않으면 절대 안 되는 자리가 너무나 많았다. 예컨대 이때 너무나 역설적이게도 소설가 황석영이 감옥에 앉아 있었다. 두 사람의 환경은 마치 익살스러운 연극의 배역 교대처럼 역전되어 전혀 실감이 나지 않는 상황이었다. 1989년에 방북했다가 4년여를 해외로 망명객처럼 떠돌았던 황석영의 안부가 몹시도 궁금했던지 김남주는 서울구치소로 부리나케 달려갔다. 두 사람이 얼굴을 마주한 곳은 유리로 칸막이를 친비좁은 곳이 아니라 특별면회장이었다. 일행 중 국회의원이 있었던 까닭이다.

황석영은 하얀 고무신에 하얀 한복 차림으로 김남주 앞에 나타났다. 그나마 건강하고 차분해 보여서 그는 마음이 적이 놓였다. '벌써 수인 생활에 익숙해졌나?' 바깥사람들은 황구라(황석영의 별명)가 감옥 체질이 아니라고 많이 염려했지만, 그가 아는 황석영은 풍찬노숙에 강하고 단단한 사람이었다. 감옥에서 살아도 긴장된 기색을 전혀 찾아볼 수 없었다. 특유의 입담이며 몸짓도 변하지 않고, 친화력이 얼마나 좋은지 짧은 시간에 교도관들과도 사이가 좋아졌다. 함께 간 두 분의 선배 작가와 황석영 사이에 거의 한 시간 동안 방북과 그 후의 해외 체류 기간에 있었던 일 중에 염려되는 부분이 있는지 묻고 확인했는데, 황석영의 답변은 모두 안기부의 발표와 거리가 멀었다. 김남주는 당국의 수사 발표와 황석영의 반론을 비교하여 조목조목 따질 필요를 느끼지 못했다. 이런 사건에 대한 재판은 대개 실정법에 준거해서 기계적으로 처리되는 것이 관례이고 피의자의 유무죄라던가 형량 같은 것도 판사의 재량보다는 그때그때의 정치적인 고려, 남북관계의 호불호, 나라 안팎의 여론 따위에 영향을 받는 것이 상례인 까닭이었다. 그래서 두 사람은 백전노장들답게 여유작작 농담을 주고받았다. 그러다가 헤어질 시간이 되자 김남주가 마음속에 담아둔 말을 했다.

"형, 독자를 실망시키지 마시오잉."

해남에서 어울려 살던 '석영형'과 '석영형수'가 떨어져 사는 게 너무나 속상해서 한 말이었다. 여기에 황석영은 주먹으로 알밤을 먹이는 시늉을 하며 답했다.

"요게 날 겁주네. 그래, 그래 알았어. 걱정 마."

6

김남주는 이렇게 예전보다 훨씬 편해진 생활에도 불구하고 날마다 전사로서의 사명감과 현실 사이의 괴리에서 오는 갈등으로 정신적 고통을 겪었다. 그는 서울 거리를 오가는 데도 상당한 인내심이 필요할 만큼 심신이 피로했다. 앉아 있는 사람이나 서 있는 사람이나 돌아보면 일제히 스포츠 신문을 읽고 있는 지하철에서, 주말이면 꾸역꾸역 도시를 빠져나가 산으로 바다로 바퀴벌레처럼 기어가는 행락객들의 틈바구니에 끼어서, 또 술집과 다방과 여관과 옷가게와 음식점뿐인 대학가에서 그는 늘 잔인한 벽 뒤에 감금된 1000여 명을 헤아리는 당대의 죄수들을 잊지 못했다. 그러는 동안에도 몸이 고장 났다는 신호가 계속 들려왔으나 돈벌이에 혈안이 된 자본주의의 의사들에게 몸을 맡기고 싶지 않았다. 대신에 가까운 사람들에게만 자꾸 되뇌어 말했다.

"몸에 힘이 없어야. 힘이 하나도 없어야."

돌아오는 답은 대부분 똑같았다.

"옥독 때문일 겁니다. 점점 괜찮아질 겁니다."

김남주의 건강에 실제로 이상이 있다는 걸 가장 먼저 알아챈 사람은 윤기현이었다. 그는 일찍이 목동 아파트에 갈 때 김남주 옆에서 걸어보니 여간 걱정이 아닐 수 없었다. 겉은 멀쩡했지만 걷다 보면 자꾸만 걸음이 느려져서, 기다렸다가 발을 맞추고 또 기다렸다가 다시 발을 맞춰도 자꾸 뒤처지기 일쑤였다. 그래서 방문을 끝내고 돌아갈 때 이 존경하는 형에게 감히 강박관념을 제발 버리시라고 부탁했다. 지금은 1970년대 말의 각박한 대치 상태가 유지되는 세상이 아니라고 강조하며 이렇게 잘라 말한 것이다.

"형님, 건강을 좀 생각하시오. 이제 민중의 역량이 많이 커졌고, 국민의 투쟁력도 겁나게 커졌어라우. 가만히 놔둬도 세상이 돌아가라우."

나중에 들은 바에 의하면, 박광숙은 그보다 훨씬 전에 병세를 알고 있었다고 한다. 이미 1987년 2월 1일 감옥에서 쓴 편지에 그가 원인 모를 어지럼증으로 시달리고 있다는 내용이 담겨 있었다.

사실을 말하면 무슨 원인이 있어 그러는지는 모를 일이로되 최근 한 달 동안이나 어지럼증으로 여간 시달리지 않고 있습니다. 의무과에 있는 의사의 말이나 주변 사람들의 경험담에 의하면 위에 어떤 부작용이 있어서 그럴 것이라고도 하고, 달포 전

에 안경을 바꿔 썼는데 그 때문에 그럴 것이라고도 그러고, 체
한 것이 신체의 어느 부위에서 막혀가지고 아직 그것이 내려가
지 않아 혈액순환을 막고 있기 때문이라고 그러고…….

문제는 병명이 아직 확정되지 않았다는 점이었다. 하지만 감옥
생활을 오래 한 사람은 건강이 이미 훼손되었다는 걸 전제로 그 추
이를 지켜볼 뿐이라고 했다. 이 같은 사실은 이광웅 시인이 말기 암
으로 숨지기 직전에 김남주 자신이 한 말이었다. 이광웅 시인이 그
날을 넘기지 못할 것 같다는 연락을 받고 김남주가 달려가서 손을
만져보더니 기가 막혔는지 허공에다 대고 헛웃음을 치면서 이렇게
말했다.
　"형, 우리 오래 살았잖아. 이제 눈 감어. 내가 따라서 갈랑게."
　나는 이때도 따라갔는데, 아마도 두 사람만 통했던 눈빛 대화가
따로 있었던가 보았다. 이광웅 시인이 김남주의 손을 쥐고 더없이
흡족해하면서 미소를 띠더니 한없이 기어드는 소리로 말했다.
　"응, 그래. 나 죽을게."
　이광웅 시인은 그날을 못 넘기고 운명하였다. 그리고 김남주도
그때 돌아와서 마음의 준비를 했는지 모르겠다. 다음의 시는 아마
그때 썼을 것으로 보인다.

　　그동안 내 심장은 십 년 이십 년
　　바위 끝을 자르는 칼바람의 벼랑에서 굳어 있었다
　　너무 굳어 있었다
　　이제 그만 내려가자
　　등성이를 타고 에움길 돌아

종다리 우는 보리밭의 아지랑이 속으로

가서 내 심장 춘풍에 녹이자

그동안 몇십 년 동안

때라도 묻은 것이 있으면 고개 넘어

불혹의 강물에 가서 씻어내리고

그러자 그러자 잠시

찬바람 이는 언덕에서 내려와

찔레꽃 하얗게 아롱지는 강물에

내 심장 깊이깊이 담그고 거기

피묻은 자국이라도 있으면 그것마저 씻어내고

내 마음의 거울 손바닥만 한 하늘이라도 닦자

맑게 맑게 닦아 그 자리에

무엇 하나 또렷하게 새겨넣자

이를테면 별처럼 아득한 것

절망의 끝이라든가

내가 아끼는 사람 이름 석 자 같은 것이라든가

―시 「절망의 끝」 전문

　이 같은 상태로 추석이 가까워지자 고향을 찾았다. 그는 원래 자기의 땅에 발붙이지 못하고 쫓겨 다녀야 하는 운명을 타고났는지 모른다. 흙을 딛지 않고 사는 삶이 얼마나 비인간적이냐며 도시를 끔찍이도 싫어하던 그였다. 자신이 번역했던 『자기의 땅에서 유배당한 자들』처럼, 언제까지고 토착민의 영혼으로 살고자 했던 꿈을 가진 그를 아버지는 자꾸 도시로 밀어냈고, 도시에서는 독재의 서슬 퍼런 군화가 그를 감옥에 잡아넣었다. 그리하여 밀폐된 공간에

서 10년을 갇혀 살다가 바깥세상으로 나와서도 농사꾼으로 되돌아
갈 수 없었다. 결국에는 자기 땅에서 유폐된 지 10년 만에야 고향에
돌아와 들길을 걷게 되었는데, 이때 전신에 암세포가 퍼져나가고
있는 것도 모르는 채 흥얼흥얼 노래를 부르다가 아들이 쫑알거리는
소리를 듣고 고향 집에서 시 한 편을 썼다.

> 반짝반짝 하늘이 눈뜨기 시작하는 초저녁
> 나는 자식놈을 데불고 고향의 들길을 걷고 있었다
>
> 아빠 아빠 우리는 고추로 쉬하는데 여자들은 엉뎅이로 하지?
>
> 이제 갓 네 살 먹은 아이가 하는 말을 어이없이 듣고 나서
> 나는 야릇한 예감이 들어 주위를 한 번 쓰윽 훑어보았다 저만큼
> 고추밭에서
> 아낙네 셋이 하얗게 엉덩이를 까놓고 천연스럽게 뒤를 보고 있
> 었다
>
> 무슨 생각이 들어서 그랬는지
> 산마루에 걸린 초승달이 입이 귀밑까지 째지도록 웃고 있었다
> ―시 「추석 무렵」 전문

박광숙에 의하면 이것이 김남주가 쓴 마지막 시였다.
그리고 돌아와서 통증이 가라앉지 않아서 몇몇 병원을 전전하다
가 마지막으로 1993년 11월 15일 양의학과 한의학을 겸한다는 경
희대 병원을 찾아가서 정밀 검사를 한 끝에 췌장암 진단을 받았다.

그러나 이미 때가 늦어서 수술도 할 수 없었고, 낯빛까지 새까만 흙빛으로 변해갔다. 그 때문에 광주 빛고을 단식원 기세문 선생 댁으로 내려갔다는 말을 듣고 이학영이 곧장 달려갔다. 그리고 쇠잔해진 얼굴을 보고 이렇게 옛말을 꺼냈다.

"형, 내가 언젠가 그랬제. 죽는 게 안 무섭냐고?"

죽음 앞에 당당하던 옛날의 기억을 되살려 조금이라도 위로하고 싶었던 것이리라. 그러자 김남주가 희미하게 웃으며 답했다.

"학영아, 죽는 것이 안 무서운 사람이 있겠냐?"

그 말을 듣고 이학영은 말도 안 되는 질문을 던진 자신을 자책하느라 가슴을 쥐어뜯었다. 그걸 잊으면 어쩌란 말인가. 김남주도 전사이기 이전에 한 사람의 아들이요, 남편이요, 아버지였다. 나약한 하나의 생명체였다.

김남주는 광주에서도 승산이 없다고 판단하여 다시 서울로 올라갔다. 그때에야 온 세상이 알게 되었다. 며칠 후 성공회 성당에서 열린 '황석영 석방촉구 문학제'에서 한쪽에 쭈그리고 앉아 있는 김남주를 볼 수 있었다. 『깃발』을 쓴 홍희담 선생이 광주에서 올라와 김남주에게 인삼 농축 엑기스를 내밀었다. 김남주가 받아 들며 답했다.

"죽염을 먹기는 했는데, 속이 더 아픈 거 같아라우."

홍희담은 전부터 죽염을 권했던가 보았다. 김남주는 특유의 촌스럽고 구닥다리 물건인 시골 아저씨 점퍼를 걸치고, 흙으로 만든 사람처럼 볕 앞에 앉아 있었다. 후배들은 그 앞을 지나갈 때 가슴이 저려서 오래 쳐다보지 못했다.

"암것도 아녀. 괜찮당게. 암시랑토 안 해."

선배들이 염려스럽게 쳐다볼 때는 괜찮다고 가슴을 활짝 펴 보이고는 하얀 치아를 드러내며 웃었다. 말기 췌장암이 치명적이라는 걸 모르는 사람은 없었다. 췌장암으로 생존하는 방법도 수술밖에 없는데, 이 수술 치료도 초기에 발견되고, 종양이 췌장의 두부(頭部)에 생긴 경우에만 가능한 것이어서 매우 한정적이었다. 그마저도 수술 후 생존율은 25퍼센트. 수술을 포기한 환자들은 증상을 완화하는 처방만 받을 뿐 다른 방도가 없었다. 하지만 누구도 천하의 김남주가 병 따위에 무너지리라고는 믿지 않았다. 그렇다고 여기에 무슨 뾰족한 수가 있는가. 삶은 그에게 무시무시할 정도로 폭력적이었다. 그의 인생은 어느 것 하나 다른 이들이 시민으로서 걸어온 순탄한 길과 비슷하지 않았다. 49년이라는 세월은 갖가지 고통으로 이 허약한 육체를 고문해 왔다. 그의 신체 안에서 신경의 타오르는 철삿줄은 끊임없이 사지를 괴롭히며 움찔거린다. 고문이란 고문은, 아픔이란 아픔은 모조리 다 겪은 몸인데, 그러함에도 이럴 수밖에 없는 것은 그의 삶을 응원했던 사람들에게는 매우 고통스러운 장면이었다. 별빛조차 없이 캄캄한 밤, 이제 난파선은 산산조각이 나고 말았다. 지인들은 그 참혹한 뒤끝을 보고 있었다. 이 낯선 사람이 김남주인가? 그토록 고생해서 돌아온 곳이 병실이었는가? 수시로 의식을 잃는 이 위대한 인간은 생명의 파편만 남아서 이제 어떻게 되는가. 어느 순간 그의 존재의 그림자만이 망령처럼 병실을 떠돌고 있었다.

많은 이들이 이 같은 현실을 받아들이지 않으려 했다. 온 나라에 김남주에 대한 설왕설래가 난무하는 것처럼 보였다. 저 옛날 전라도 보성에서 막걸리를 마시며 김남주와 의형제를 맺었던 최권행은 김남주를 괴롭히는 암이 생겨난 까닭을 그가 '전사'로 살 수밖에 없었다는 데 둔다.

삿된 것도 욕심도 없어서 그래서 가까운 이들에게는, 한껏 자유
로운 사람으로 기억되던 그 사람. 눈 쌓인 밤 벌판 위를 홀로 가
다 눈의 순결 앞에 무릎을 꿇던 그가 왜 그 길을 가야만 했을까.

—최권행, 「옛 마을을 지나는 시인, 김남주」

김남주는 철저하게 대지와 함께 숨 쉬고 야산의 동물이나 수목
들처럼 생명의 율법을 따라 움직이는 사람이었다. 대의에 동의하는
것까지는 좋으나 그것을 위해 조직과 규율을 만들고 이를 엄수하기
위해 일거수일투족을 복속시키는 일처럼 그에게 모순되는 삶은 없
었다. 이 괴리가 그의 신체 안에서 충돌되면서 그로부터 파생되는
극도의 긴장이 암을 만들어 냈을 것이라는 해석이었다. 하지만 아
무리 아쉬워해도 생명에게는 생명의 길이 따로 있는 법, 기적을 기
다리는 건 사람의 일이 아니다.

김남주에 대한 병간호는 예의 김덕종의 몫이 되었다. 김덕종은
형이 고통의 불덩이에서 벗어날 수만 있다면 무슨 일이든 할 태세
로 덤벼들었다. 물론 그렇다고 췌장암의 고통을 막을 길은 없었다.
고문실에서든 감옥에서든 고통을 참는 데는 달인이라는 소리를 듣
던 김남주였지만, 전사라고 해서 췌장암의 공격은 피할 수가 없었
다. 김남주는 날마다 뻗어 나가는 암세포와 싸우면서 신음 한번 내
지 않았다. 아내에게는 그의 등짝과 어깨에 박힌 쇠침으로 긁힌 고
문의 흔적을 내보였다.

"이런 걸 다 참고 버텼는디."

곁에서 아내가 고통스러우면 소리라도 지르라고 외쳤다. 김남주
가 크게 기침을 해서 목청을 다듬더니 〈떠나가는 배〉를 불렀다. 남
민전 전사 시절에 임꺽정처럼 부패하고 타락한 자들을 응징하러 갈

때 부르려고 자신이 개사한 노래였다. 가늘고 쇠잔한 목소리가 나오면서 노랫가락이 흔들렸다. 아내는 눈물을 보이지 않으려고 화장실로 달려갔고, 아우 김덕종은 문밖에 서서 눈물을 닦고 들어왔다. 그럴수록 김남주는 신음을 참았고, 또 그럴수록 김덕종은 기운이 소진될 때까지 환부 주위를 주물러 댔다. 틈틈이 후배들이 와서 돕고는 했는데, 서해성이 단골로 와서 주물러 주니 그렇게 좋았다. 이렇게 고통과 싸우는 동안 자주 찾아와서 김덕종을 가장 많이 도운 사람은 이승철 시인이었다. 그 밖에 숱한 사람들이 몰려와 각종 지혜를 내놓고 갔는데, 그 많은 민간요법 중 지렁이 요법이 통증을 완화하는 효과가 가장 컸다.

죽음을 앞두고도 놀라운 것은 김남주의 언어능력이다. 비몽사몽을 반복하던 통증의 한 극단에서 김남주는 한 줄짜리 메모를 남긴다.

고환을 꺼내서 돌 위에 얹어놓고 망치로 깨버리고 싶다.

정신이 번쩍 드는 구절이었다. 이 말을 들은 후배들이 앞다투어 문안하고자 했으나 환자의 상태가 위중하여 사양할 수밖에 없었다. 김남주와 더불어 호남의 민중운동을 상징했던 윤한봉이 미국 망명에서 돌아오자마자 김남주를 찾아왔다. 그에게 김남주는 이렇게 말했다.

개 같은 세상, 개같이 살다가 가네.

그래도 끝까지 김남주를 살리겠다고 덤빈 사람은 문익환 목사였다. 문익환 목사는 그 노구에 눈코 뜰 새 없이 바쁜 와중에도 반드시 병원에 들러서 특유의 기 치료법으로 김남주를 살리겠다고 애를 썼다. 몹시 춥던 그 겨울에 문익환 목사가 김남주를 살리기 위해 찾아 다니면서 수첩에 남긴 기록은 숫자들뿐이다.

> 1993년 12월 19일 오후 6시 / 22일 오후 7시 / 23일 밤 9시 /
> 26일 오후 4시 / 28일 오후 7시 / 30일(시간미상) / 1994년 1월 3
> 일 오후 / 1월 4일 오후 4시 / 1월 5일 오후 6시 …….
> —박용길, 「민족민주 시인 김남주 님」, 『내가 만난 김남주』

거의 매일같이 병실에 나타나는 문익환 목사가 하루만 오지 않아도 김남주는 기다렸는데, 맙소사, 며칠 후 문익환 목사가 갑자기 심장마비로 죽고 말았다. 그날은 김남주의 눈동자도 빛을 잃고 무거운 눈꺼풀에 눌려 있었다. 이제 죽음을 받아들이기로 한 것이다. 그러는 중에도 설을 맞아서 토일이가 병실에 들어서며 가만히 불렀다. "아빠!" 김남주가 갈퀴 같은 손을 내밀어 토일이의 손을 잡았다. 말할 기력이 쇠잔하여 아들 이름을 부를 힘도 없었다. 퀭한 눈으로 토일이를 바라보기만 할 뿐, 안을 수도, 입을 맞출 수도 없는 몸이었다. 토일이가 세배도 못 하고 작별 인사를 했다. "아빠, 안녕." 토일이가 아빠의 뼈만 남은 손에 입을 맞추고 돌아서려다 다시 그 앞에 서서 "아빠, 빨리 나으세요" 했다. 김남주는 차마 바로 볼 수가 없어서 고개를 돌려버렸다. 그리고 인간은 모두 물질에서 나와 물질로 돌아가기 때문에 죽음이란 일종의 귀향과도 같다고 생각했다. 다만 평등한 세상을 보지 못하고 죽는 것이 안타까웠고 자본주의라는 험한 세상을 남편과 아버지 없이 살아갈 아내와 어린 아들에게 한없이 미안하고 한없이 원통했다. 그리고 또 무슨 생각을 했는지는 알 수 없다.

1994년 2월 13일 새벽 2시 45분 흰 눈이 내리는 시간에 김남주는 서울 고려병원에서 눈을 감았다. 향년 48세.

김남주의 영결식은 서대문에 있는 경기대학교 캠퍼스에서 치러졌다. 인산인해였다. 15일 경기대 민주광장에서 고 김남주시인 추모의 밤이 '만인을 위하여 일할 때 나는 자유'라는 기치 아래 개최되었고, 고향 후배 황지우 시인이 심금을 울리는 조시를 읽었다. 운구 봉사대는 서우영과 신동호가 조직했고, 걸개그림은 박영균이 그렸다. 2월 16일 오전에 '민족시인 고(故) 김남주 선생 민주사회장'이 거행되었다. 이날 오후 전남대 5월 광장에서 노제를 지낸 후 김남주의 유해는 5·18 묘역으로 자리를 옮겼다. 비탄에 잠긴 사람들이 메고 가는 상여에 실린 그는 천연덕스러울 만큼 태연하게, 아무런 호들갑도 없이, 지상에 남은 만인의 가슴속으로 뚜벅뚜벅 걸어 들어가 어느 한순간 사라져 버렸다. 천지에 울음소리가 진동했다.

1

나는 처음에 '김남주 평전'만큼은 아무 자료를 참고하지 않고도 쓸 수 있다고 생각했다. 그런데 막상 쓰려고 보니 내가 제대로 아는 게 한 가지도 없었다. 예전에 간직했던 태반의 잔상들도 전후 맥락에 대한 정보 부족과 인식의 한계가 뚜렷한 반편이들뿐이었다. 그래서 부랴부랴 김남주 시인이 쓴 글들과 기존에 출간된 두 종의 평전을 간추려 일대기를 재구성해 보았다. 그걸 초고라고 생각한 건 아니지만 그래도 뼈대는 갖추었다 싶어서 김남주를 잘 아는 선배에게 보여줬더니 "이건 김남주 이야기가 아니어야" 했다. 그로부터 얼마나 많은 시간을 허비했는지 모른다. 나름대로 취재를 다시 했지만 지금도 세상에 내놓을 자신이 없다. 김남주의 세계는 아직 탐구의 대상에 편입되지 않은 미지의 영토임이 분명하다. 미구에 등장할 연구자들을 위하여 여기서 다소 미진한 것들을 보충하려고 한다.

본문에 썼듯이, 내가 김남주의 행적에서 두 번째로 중요한 장면이라고 생각한 것은 그가 열 살 때 걸었던 '외갓집 가는 길'이었다. 그는 이 길에서 인간들이 이루고 있는 세상의 '계급'을 발견했다. 그것이 구조적 폭력이라는 걸 얼마나 많이 되새기고 되새겼던가? 돌이켜 생각하면, 소름이 끼칠 만큼 냉철한 행적이었다. 전남 해남 벽촌의 무지렁이 자식으로 태어난 그가 세상을 헤쳐 갈 유일한 수단은 체제와 제도가 망가뜨리지 못한, 핏줄 속의 비범한 지능뿐이었다. 이를 깨달은 아버지가 검·판사가 되기를 간곡히 고대했으나 그는 인간으로서 차마 그런 짓은 할 수 없다고 생각했다. 그의 판단이 옳다는 것을 한국 현대사가 셀 수 없는 사례를 통해 증명해 왔다. 그렇다면 일반인들이 걷는 길과 다른 '그의 생애가 그려간 독창적 궤적'은 어떤 것이었을까? 그것은 한마디로 적자생존의 법칙을 역행하는 저항의 궤적이었다. 내가 김남주의 '외갓집 가는 길'을 두 번째로 중요한 장면이라고 생각한 까닭이 여기에 있다. 모름지기 저항의 궤적을 증명하는 장면이 김남주를 상징해야 하기 때문이다. 그래서 나는 남민전 전사의 일원으로 '재벌 회장 집을 털러 가는 길'을 첫손에 꼽았다. 전체적으로 보면 김남주는 이렇게 '폭력적인 세계'와 맞서는 과정에서 인간성이 해방되는 '자유'를 경험했다. 놀라운 일이다. 열 살 때 발견한 숙제를 그토록 무도하게 해결할 동력을 제공한 사상이 틀림없이 있을 것이다. 그 길은 단순한 의지나 결심, 또는 무슨 '주의'가 아니라 전 존재를 불태워야 오를 수 있는 모험이었기 때문이다. 나는 지금도 바로 이 지점에 이 인간의 정신 유산이 있다고 믿는다. 당연히 이 책의 서사에서는 그 두 지점을 잇는 길이 뼈대가 된다.

한 인간의 생애가 얼마나 숱한 오솔길을 거느리는지를 아는 것은 신의 영역에 속한다. 어떤 사실은 동생도 아내도 알지 못한다. 가령, 젊은 날을 온통 교도소에서 흘려보낸 김남주에게도 기상천외한 '멜로드라마'가 있었다. 이건 취재가 끝나고 이강 선생이 농담처럼 들려준 이야기인데, 김남주가 교도소에 있을 때 영치금을 넣어주곤 하던 정체 모를 여인이 있었나 보다. 누군지 알 수도 없고, 또 굳이 알고 싶지도 않아서 그냥 지나쳐 왔는데, 나중에 석방된 뒤 한창 강연을 다니느라 바쁠 때 그 여인이 찾아왔단다. 사연을 들어보니 자신이 영치금을 넣었다고 소개하는데 아무리 봐도 김남주와 연계될 꼬투리가 하나도 없는 사람이었다. 그래도 건강은 괜찮은지, 가정은 별고 없으신지 묻더니, 바로 여기까지가 자기 단짝 친구가 간절히 부탁한 심부름이었노라고 알려주었다. 여인을 보낸 사람은 김남주가 고교 시절에 짝사랑했던 '여학생'이었는데, 그 남편이 김남주와 반대편에서 일하는 사람이라 끝내 얼굴을 내밀지 못하고 남에게 대행시킨 것이었다. 불꽃 튀는 생의 골짜기에서 일어난 이 소설 같은 이야기를 김남주가 발설한 사람은 이강뿐이었다. 생각해 보면 어떤 사람에게는 이런 사연이 자신의 생애에서 가장 극적인 일이 될 수도 있다. 그러나 김남주는 일찍이 미래의 설계를 전혀 다른 쪽으로 옮겨버린 사람이다. 그래서 김남주의 삶은 존재의 잔가지들을 살필 겨를이 없었다. 흔히 기독교인들이 말하는 "주여, 나를 시험에 들지 말게 하옵소서"와 달리 김남주는 자신을 늘 시험에 들게 하려고 노력했다. 그 이유를 찾아내는 것도 김남주를 밝히는 매우 중요한 요소일 것이다. 나는 김남주가 녹두서점에서 후배들을 가르칠 때 사용한 텍스트의 목록이 '그의 길', 즉 사상의 윤곽을 상당 부분 드러낸다고 보았다. 그가 후배들에게 하필 일본어 강독까지 해가며 안겨주려고 했던 정신 유산은 크게 세 가지의 텍스트와 관계되어 있다.

하나, 세상의 모든 재부는 대지의 것임을 설명할 자료다. 김남주는 이 문제를 알리기 위해 '크로포트킨' 이야기를 교재로 삼았다. 크로포트킨은 아나키스트로 알려져 있으나 김남주가 주목한 것은 그보다 먼저 '공동체주의'이며 '대지주의'가 아닐까 한다. 예컨대 크로포트킨의 대표적인 저서라 할 『상호부조론』은 '진화의 원리에는 생존 경쟁만이 아니라 상호 협력이라는 측면도 있다'는 생물학적인 주장을 담은 저술인데, 여기서 중요한 점은 그가 사회적 실천을 상호 경쟁에 앞서 상호 협력의 관점에서 구현했다는 점이다. 이는 같은 시기에 지상을 수놓은 모든 동식물, 심지어 미생물까지도 '동시대'를 구성하는 동지 관계에 있다고 보는 거나 다름없다. 그리고 이러한 이타적 사상은 단재 신채호에서 시인 신동엽을 거쳐 김남주에 이르기까지, 동학과 개벽 사상을 주목한 후예들을 따라 면면히 이어져 왔다. 지상에 존재하는 모든 개체의 대지를 먼저 이해하고 그 속에서 '사회 윤리'를 도출하려고 했던 점은 김남주가 견지한 매우 중요한 사상적 태도의 하나였다.

둘, 대지 위의 인간이 처한 '세계의 실상'을 보여주는 자료다. 강자와 약자 사이에 형성된 불평등한 관계를 극복하고자 할 때 지식인이 불가피하게 부딪쳐야 할 상황을 김남주는 혁명 투쟁의 현장으로 보았는데, 그러한 예로서 김남주가 꼽는 최고의 자료는 '파리코뮌'이었다. '파리코뮌'은 파리 시민과 노동자들이 봉기하여 수립한 혁명적 자치정부를 일컫는데, 프랑스 혁명의 격동기에 국민방위군과 그 지지자들이 임시정부를 부정하고 선거를 통해 '코뮌'이라는 자치정부를 결성해 두 달 동안이나 대치했던 이 사건에서 혹자는 '유럽판 동학농민혁명'을 읽기도 하고, 또 혹자는 '20세기에 등장할 현대 사회주의의 조숙한 예고편'을 읽기도 한다. 김남주도 이를 혁명적 현장의 전형으로 보았다. 왜냐면 수만 명의 활동가가 학살당하고, 남은 이들도 망명객이 되었으나 그래도 파리코뮌은 프랑스뿐 아니라 유럽과 세계 곳곳에서 민중이 주도하는 변혁의 역사적 기억이자 상징이 된 까닭이다. 그리고 이는 50년 뒤에 러시아혁명의 씨앗이 된다. 아우들이여, 이것이 우리 앞에 놓인 근대 인류의 실상이며 우리가 늘 역사라 부르는 것의 실체이니라.

셋, 김남주는 이 같은 상황에서 비루한 현실을 구원할 인간상을 '체 게바라'에서 찾는다. 체 게바라는 혁명의 '열매'가 아니라 '희생'에 투신하는 삶을 상징하는 인물이다. 쿠바혁명 당시 미국과 소련이 팽팽하게 대립하는 세계에서 냉전적 패권 싸움에 몰두하는 '공산당원'들과 달리 오로지 제3세계 민중을 위해 싸우는 전사의 길을 선택한 체 게바라의 주장은 몇 번이고 곱씹을 만하다. '게릴라는 소규모 전투나 강력한 군대에 대항하는 소수 과격분자를 의미하는 게 아니라 압제자에 대항하는 전체 민중의 투쟁에 앞장서는 자, 민중의 전위대'이다. 김남주가 자신의 이름 앞에 극구 '전사'라는 칭호를 붙인 이유도 단지 남민전 조직에서 임명한 지위에 있지 않다. 남민전은 그에게 시를 쓸 임무를 부여하지 않았던바 그는 애오라지 전사의 정신을 알리기 위해 시를 썼다. 바로 민중을 위해서 목숨을 내놓기로 한 사람, 그러니까 지상에서 핍박받는 모든 민중의 전위에서 오직 공동체의 안위를 지키려고 싸우는 자임을 선포하고자 한 것이다.

그런데 공교롭게도 체 게바라의 생애는 김남주의 생애와 여러 면에서 겹친다. 우선, 체 게바라는 중산층의 자녀로서 문학 소년 시절부터 천식을 앓았고, 제국주의에 짓밟힌 남아메리카 민중의 현장을 여행했으며, 혁명 전선에 뛰어들되 혁명 후 체제에서 또 다른 기득권을 얻기보다 혁명 그 자체에 투신하려고 했다. 김남주는 일개 머슴에서 중농으로 성장한 아버지 밑에서 문학 소년으로 성장하면서 폐결핵을 앓았고, 동학에서 여순 항쟁에 이르는 통렬한 수난의 현장을 답사했으며, 마침내 혁명 전선에 투신하되 새로운 세계의 경영자를 꿈꾸는 게 아니라 철저하게 불평등한 체제를 깨뜨리는 전사의 생애를 살고자 했다. 내가 아는 한, 한국 변혁운동사 전체를 통틀어서 자신을 오직 '전사'의 자리에만 위치시키려 했던 인물은 김남주밖에 없다. 그 길에서 김남주가 끝내 췌장암으로 병상에 누웠을 때, 그의 동지 김정길이 말한다. "형, 침대에 누운 소감이 어떻소?" 김남주가 곧잘 "전선이 아닌 침대에서 죽는 건 전사가 아니라고 했다"라는 체 게바라의 말을 패러디한 것인데, 나는 여기에 우리 인식의 허점이 있다고 본다. 김남주가 쓰러진 자리가 어떻게 '전선'이 아니고 '병상'이란 말인가. 그의 죽음이 어떻게 '전선의 일'이 아니고 '질병의 일'로 이야기될 수 있단 말인가.

물론 둘을 억지로 연결할 필요는 없을 것이다. 김남주와 체 게바라가 다른 점이 있다면, 그는 쿠바의 카스트로가 이끄는 성공한 혁명조직을 만나지 못했다는 점이며, 더욱 중요하게는 체 게바라가 얻지 못한 미학적 등가물, 즉 시를 얻었다는 점이다. 내가 김남주의 알맹이를 시에 두는 가장 큰 이유가 여기에 있다. 한반도에서 펼쳐진 김남주의 생애는 서방의 자본가 권력들과 싸웠던 체 게바라의 생애처럼 국제적 명성을 낳지는 못했지만 장엄한 투신과 극적 서사의 측면에서 그에 비해 조금도 모자람이 없다. 하긴 김남주에게 제도권의 명망 따위가 도대체 어느 짝에 소용될 물건이란 말인가. 그러한 결과는 모름지기 우리 문학의 정신사 위에서 빛나고 있으면 되는 법이다.

2

  이 평전의 중심이 김남주의 시에 맞춰질 수밖에 없는 이유를 밝혔다. 그렇다면 그 정신 유산을 나는 어떻게 수습하려 했을까? 이 글을 쓰면서 나는 벌써 여러 차례 '궤적'이라는 낱말을 동원했는데, 그것은 우연한 수사학적 현상이 아니다. 김남주를 이야기하는 자리에서 내가 자꾸 '길'이라는 이미지를 가져다 쓰는 이유는 '길'이란 '미지'를 뜻하는 게 아니라는 점에 있다. 게다가 김남주의 일생이 일관되게 길의 서사를 그려왔다는 말은 그가 이 길의 무서움을 제대로 인지하면서, '인간'이라고 하는 실로 영악하고 미혹이 많은 생명체 하나를 혼신을 바쳐서 끌고 갔다는 사실을 내포하기도 한다. 그게 얼마나 고난에 찬 모험인지를 다음과 같이 헤아려가면서 마지막까지 걸을 수 있는 사람이 세상에 몇이나 된단 말인가.

  길은 내 앞에 있다
  나는 알고 있다 이 길의 시작과 끝을
  그 역사를 나는 알고 있다

  이 길 어디메쯤 가면
  낮과 밤을 모르는 지하의 고문실이 있고

창과 방패로 무장한 검은 병정들이 있다
이 길 어디메쯤 가면
바위산 골짜기에 총칼의 숲이 있고
천길만길 벼랑에 피의 꽃잎이 있고
―시 「길」 부분

고백하건대, 나는 이 길에 얽힌 일화들을 발굴해서 빈칸을 제법 채웠다고 본다. 물론 못 채운 공백도 너무나 많다. 이를테면, 김남주의 심성적 특질이자 존재의 바탕이라 할 인간적 정체성은 "'이기'와 '이기'의 경계가 지워진 사람"이라는 데 있는데, 도대체 그의 '이기'가 폭파된 지점은 어디인가 하는 점이다. 인간의 기질에 반드시 원인과 동기가 있어야 하는 건 아닐 테지만 그래도 그게 중요한 까닭은 김남주 이후의 사람들이 그를 어느 자리에 놓아야 할지를 못 찾는 원인이 바로 이 문제를 명쾌하게 이해하지 못하는 데서 발생하기 때문이다.

내가 비록 '이기'가 폭파된 지점은 찾지 못했으나 그러한 정신은 그의 시편들에 명료하게 새겨져 있다. 언젠가 체 게바라가 그랬듯이 김남주는 항상 윤리적으로 완벽한 인간을 꿈꾸었고, 이 세상의 모든 인간이 도덕적 일원으로 다시 태어나야 한다는, 소위 '자유'의 신념을 노래한다. 크게 보면 김남주의 '자유'는 이타적 실천을 통해서만 달성되는 것인데 그 내용이 지나치게 과격하거나 무모한 느낌을 준다는 걸 어떻게 봐야 할까? 이 문제는 김남주를 폄훼하거나 그 가치를 의심하는 모든 회의적 질문의 뿌리에 속한다. 두 개의 예를 들어보겠다.

하나, 이건 어디까지나 나의 사적 의문에 속하는 것인데, 가령 내가 그 시절에 지도자로 따르던 분은 김근태이다. 한번은 그분과 함께 김남주의 시 이야기를 나눈 적이 있다. 그분은 김남주의 시에 대한 나의 찬탄을 과도한 것으로 보면서 모든 인간은 독재와 목숨을 걸고 싸울 만큼 고고할 수 없다는 점을 중시한다. 그에 의하면 김남주처럼 높은 윤리적 순결을 외치며 저 높은 곳에서 당당하게 외치는 장면을 독자는 도저히 따라갈 수 없다는 것이다. 내가 이런 안목에 감탄하는 것과 별개로 나는 늘 김근태와 김남주의 괴리감을 극복할 수 없어서 고민하곤 했다. 김남주는 한없이 풀어져 있고, 늘 평화로운 분위기에 잠겨 있어서 그 곁에 있을 때는 어떤 긴장도 생기지 않는다. 김남주의 과격함은 자연 상태 그 자체이다. 반면에 김근태 의장은 늘 도덕적 긴장을 풀지 않고 세계 앞에 단단하고 견결한 자세를 유지하는 것으로 우리를 각성시킨다. 이때 차라리 김남주가 혁명적 무장이 덜되어 있었다고 말할 수 있다면 얼마나 좋을까? 이 부조화는 내가 세상을 살면서 해결하지 못한 내적 갈등의 하나이다. 당시에 나는 김근태 의장의 말을 열심히 경청했으나 세월이 흘러보니 생각이 달라진다. 삶의 실제는 그 반대인지 모른다. 김남주는 늘 우리 곁에 있었고, 김근태보다도 훨씬 더 우리와 닮은 사람이었다.

감히 논파하자면, 김근태의 지적대로 김남주는 조직활동가로서의 현실성은 떨어질지 모르지만 모든 현실주의가 돌파할 수 없는 거대 장벽을 자신의 전 존재를 내던져서 넘어서려 했다. 여기에 문학적인 잣대를 들이대면 김근태의 지적에는 '위대한 무능'이나 '불멸' 같은 심미적 개념들이 배제돼 있다. 무서움과 공포 속에서도 감동과 해방의 감수성이 일으키는 반전을 간과한 것인데, 이성과 논리만이 옳다면 우리가 세상에서 경험하는 신화적 현상들은 다 뭐란 말인가. 문학이 파고드는 영역이 이런 실존의 속살이다. 이게 군중이나 민중 같은 추상성의 세계에서도 집단적 초월과 비상하는 날갯짓 같은 현상을 만들어 낸다. 가령, 이성의 질서가 절대적 척도라면 세상에는 폭력을 극복하려는 모험적인 시도가 늘 배척될 수밖에 없다. 문익환 목사가 언젠가 '벽'을 '문'으로 알고 가겠다고 말한 것은 당대가 요구하는 정신이 '모험'에 있음을 알리려는 뜻이었다. 그리고 이런 모험이 낳는 기적을 기독교는 '부활'이라 부르는데, 우리는 초등학교 때부터 역사 시간이 아니라 국어 시간에 배운다. 예컨대 황산벌에서 계백의 기적과 관창의 기적이 다 '김남주적인 것'에서 빚어지는바, 이건 사회주의적 혁명이나 공산주의 사상 너머에 있는 것이다. 생명 활동이란 매 순간 맞닥뜨리는 장애를 어떤 식으로든 넘어서는 걸 의미한다. 그 앞에서 지나치게 도덕적 결벽성, 자기 통제의 엄격성을 강조하다 보면 생명의 폭이 한없이 축소되고 만다.

둘, 이 같은 문제를 문학 내부에서 들여다보면 이해하기가 한결 쉬워진다. 김남주가 '무모한 길'을 걷기 이전, 그러니까 1978년에 해남을 떠나올 때 황석영에게 말한다. "형, 나는 미적지근하게 사는 게 못 견디었어라우." 이때 김남주는 이미 '프란츠 파농'을 번역해서 출판사로부터 원고료를 받았고, 더욱 중요하게는 프란츠 파농에 빙의된 '도상 작전'을 마친 뒤였다. 그래서 황석영은 김남주가 모험주의에 빠질까 봐 걱정했으나 김남주는 듣지 않았다. 사실 이건 어쩌면 김남주가 경애하는 '황석영'들과 펼친 가슴 아픈 내부 논쟁이었는지 모른다. 나는 이를 그 세대가 세 치 혀로 대결하는 게 아니라 사랑과 우정과 헌신의 몸짓으로 주고받은 심미적 투쟁의 일부라고 본다. 김남주가 프란츠 파농의 사례를 빌려 자신의 길을 '예행연습'한 일은 매우 문학적인 행위이다. 그림을 펼치면 이렇게 된다.

프란츠 파농이 알제리 혁명에 참여하는 과정은 지극히 구체적인 체험을 통하여 진행되었다. 그는 정신과 의사 자격을 얻은 지 얼마 안 되어 자기 고향으로 가서 일하기로 결심한다. 그러다 알제리 한 정신병원의 책임 의사로 부임하는데, 그곳에서 죄수처럼 묶여 있는 환자들의 신체를 자유롭게 풀어주고, 환자들 상호 간, 또 환자와 간호사, 환자와 의사 간의 관계를 지시와 복종이 아닌 협력과 이해의 관계로 전환하려고 했으며, 그로 인해 병원장을 비롯해 다른 의사들과도 불화하면서 병원을 떠나 알제리 혁명운동과 만나게 된다. 그간에 프랑스 식민주의로 알제리 원주민들이 끝없이 빈곤과 모욕과 학대에 시달리는 현실을 목격했고, 식민주의적 사회관계가 유발하는 갖가지 '정신질환'과 직접 대면함으로써 내리게 된 결단이었다. 그는 자신이 의사로서 인간의 상처를 치유하는 일에 몰두하는 동안에 이 상처를 대규모로 유발하는 원인, 즉 식민지 현실이라는 정치적 상황의 변혁 없이는 의사로서의 활동이 근본적으로 무의미하다는 것을 깨달은 것이다. 그리하여 파농은 프랑스 사회에서 보장된 모든 경력과 유복한 환경을 던져버리고 알제리 혁명 전사로 투신하게 된다.

프란츠 파농에게 혁명적 투신이 진정한 의사의 길이었듯이 김남주에게도 전사로 투신하는 게 진정한 시인의 길이었다. 이렇게 무모한 투신의 결과가 어떤 중요한 유산을 남긴다는 걸 신동엽은 「서사시 금강」에서 "백제 / 예부터 이곳은 망하고 / 대신 정신을 남기는 곳"이라고 설명한 적이 있다. 신기하게도 문학은 삶이 잃은 것을 미학으로 되돌려 받는다. 이제 그 점을 설명해 보겠다.

문학의 역사에서 하나의 작품이 세상의 어떤 곳에 던져져서 어떤 힘을 만들어 내는가 하는 건 매우 중요한 문제이다. 김남주의 시는 민중의 시대에 소위 민중 현장의 복판에 던져져서 민중적 감성의 폭발 현상을 만들어 낸다. 여기서 김남주의 시가 동시대인들에게 안긴 창조적 자극을 살피려면 다음 두 가지 요소를 측량해야 한다. 하나는 그가 문학의 전제조건으로 삼은 내용이고, 하나는 충족조건으로 생각한 형식인데, 먼저 주목할 점은 시가 '머리'나 '가슴'이 아니라 '온몸'으로 노래한다는 사실이다. 그러니까 어떤 예술이든 작가가 이념이나 기교적 습성을 잊어버리고, 자신의 현 존재를 현실 그 자체로 대체할 수 있을 때에야 비로소 최고의 단계에 도달할 수 있다. 그것이 가능하려면 우선 시인의 언어가 당대의 심장에서 솟아야 하고, 또한 그로써 수많은 사람을 역사의 광장으로 부르는 힘을 가지려면, 시인의 자리가 정치적 내전의 시대라고 할 만큼 격렬한 폭발 현장에 육박해 있어야 한다. 20세기를 통틀어 1억 5000만 개의 영혼이 전쟁과 국가 지도자들의 직접 명령으로 살해되었다. 김남주의 시는 그 치열한 지대의 한복판을 포복하였고, 그래서 얻은 '백열'하는 정신으로 시대적 관능의 정점에 이르렀음을 당대에 증명했다. 그 가치를 선배들과 비교하면 이해하기 쉽다. 김남주에게는 김수영이 보여주는 근대적 자아의 치열성, 그러니까 삼라만상이 오묘하다고 해서 세속의 숙제를 신비주의 속으로 감추지 않는 시적 정직성의 최대치가 있었고, 또 대지 앞에서 겸손한 신동엽에게 조금도 부족할 바 없는 생태적 장엄함이 있었다. 그리고 더욱 중요하게는 김수영과 신동엽이 이르지 못한, 절정기의 김지하가 보여준, 가공할 야만과 맨몸으로 대결하는 '역사적 산화'가 있었다. 반면에 김수영에게는 김남주의 대지가 없었고, 신동엽에게는 언제나 살아 숨 쉬는 세계를 손에서 놓치지 않으려는 김남주의 '치열한 전투'가 부족했으며, 김지하에게는 민중의 대지에서 길러지는 넉넉한 섬김의 자세가 결여돼 있었다. 그런데 김남주는 여기에 매우 고집스러운 태도 하나를 더 추가한다.

> 네가 쓴 시가 깜부기가 될지 보리밥이 될지 그것은 농부에게 맡기고 써라
> 네가 쓴 시가 꼴뚜기가 될지 준치가 될지 그것은 어부에게 맡기고 써라
> 네가 쓴 시가 황금이 될지 똥금이 될지 그것은 광부에게 맡기고 써라
> 네가 쓴 시가 비싸게 팔릴지 싸게 팔릴지 그것은 임금노동자에게 맡기고 써라
> —시「시를 쓸 때는」부분

예컨대, 시인의 외침이 쓸모 있으려면 그 운명을 농부·어부·광

부·노동자의 품에 맡기라는 얘기인데, 이는 문학사 안에서 다소 논쟁거리가 된 사안이었다. 당시에 나는 이를 시대와 예술의 상관관계 문제로 인식했는데, 예컨대 인간의 성장 과정에도 '몸무게'가 채워지는 때가 있고 '키'가 크는 시기가 있다. 사회 변혁기에는 미학적 자양도 인민 대중의 삶에 녹아드는 일이 중요한 때라 시도 쉽게 읽히고 널리 읽히기 위해 경쟁에 몰두한다. 당시에 다름 아닌 바로 나처럼 습작기에 서구 모더니즘의 세례를 듬뿍 받았다가 5·18을 겪고 길을 잃게 된 문학도들은 소위 예술의 당파성 논쟁, 혹은 인민성 논쟁, 또는 민중성 논쟁이라는 이름의 골방 논쟁에 몰두하지 않을 수 없었다. 김남주는 민중의 감동을 특히 중시해서 그 탁월한 기교의 총량을 온통 민중의 밥상에 차려 올리려고 노력했다. 왜냐? 그들이 세상의 중심이라고 생각한 까닭이다. 훗날 문학사도 이 시기를 민중문학의 시대로 명명하는데, 지금도 거기에 이의를 달 여지는 별로 없어 보인다. 그렇다면 민중이 문학으로부터 소외되고, 문학이 민중으로부터 소외되는 현상이 극복되는 현장에 김남주의 시가 압도적인 설득력을 얻는 전범으로 제공된 사실을 폄하할 이유가 없다. 그의 시적 명료함은 고난도의 미의식이 개입된 것이다.

3

이제 마지막 페이지를 할애하여 내가 이 평전을 쓰면서 얻게 된 가슴의 통증 하나를 꺼내보고자 한다. 내가 취재를 시작할 때 박광숙 선생은 강화도에 살고 있었다. 언젠가 김남주와 장만한 외딴 산골 농막을 허물고 지은 집이었는데, 내비게이션이 시골길을 찾지 못해서 얼마나 헤맸는지 모른다. 그 소외 현상에 혹시라도 위안이 될까 싶어서 민청학련 때 윤한봉 이하 모든 동지가 김남주의 이름을 끝까지 불지 않아서 수사망을 벗어난 이야기를 들려주었더니 이렇게 답했다.

"김남주는 그런 복조차도 없어요."

예컨대 가난의 문제인데, 의인들의 역사에는 그로 인해 생계가 열악해진 가족들의 시련이 늘 꽁지처럼 달려 있다. 만일 김남주가 민청학련 사건에 연루됐으면 구속 기간은 상당히 짧았을 것이다. 그의 생애에서 그 정도의 수난은 찰나의 고통에 속할지도 모른다. 그러나 그 일은 김남주의 행적에서 유일하게 '배상 판결'을 기대할 수 있는 사건이었다. 그러고 나면 남민전이 남는데, 남민전은 한국 사회가 아직도 민주화운동 유공자 범주에서 논하려 하지 않는 사건이다. 고로 김남주의 가정이 경제적으로 '정상화될 기회'는 적어도 지금까지는 없어 보인다. 김남주의 생애를 말하는 자리에서 이런 구차한 이야기를 내비치는 이유는 내가 평전을 써서 칭송한 '이 같은 삶'이 후세대에게 남겨지는 방식을 지켜본 후유증 때문이다. 이제 그 이야기를 전하자면 다시 이강 선생을 호출하지 않을 수 없다.

나는 이 평전을 취재하면서 누구보다도 먼저 이강 선생을 찾아갔다. 이강을 모르면 김남주를 아는 것이 아니다. 그는 중학교 1학년 때 김남주를 만나서 평생을 동고동락한 단 한 사람의 '영혼의 동지'였다. 김남주의 《함성》과 《고발》 사건은 이강이 주도한 싸움이었으며, 이 투쟁으로 그는 가족과 애인 그리고 집성촌 마을이 쑥밭이 되는 참상을 겪었다. 그러고도 모자라 김남주가 겪지 않은 민청학련 관련 옥고까지 치루고, 남민전으로 살고 나온 뒤에도 전선을 한 발자국도 떠나지 않았다. 그가 결혼식마저도 광주 운동권 행사로 올렸다는 건 널리 알려진 일이다. 나의 통증은 바로 이 대목에서 덧난 것이다.

이강은 가톨릭 교육부장 때부터 바깥에서 살다시피 했다. 현장을 찾아서 시골 출장을 떠나면 한두 달씩 까먹는 건 예사였다. 김남주가 '파리코뮌 사건'으로 그랬듯이 정보부가 집안을 발칵 뒤집어 놓는 때도 한두 번이 아니었고, 유치장 신세도 단골이었다. 이소라 여사는 애초에 그럴 줄 알고 결혼했고, 꽤 오랫동안 그에 대해 아무 불만이 없었다. 오히려 소설가의 꿈을 키우며 문학 강좌를 찾아다니기도 하고 홍희담 선생님과 어울려 송백회 활동도 열심히 했다. 그런데 아기를 낳고 살아보니 연이어 찾아오는 어려운 문제가 한둘이 아니었다. 우선 시댁의 가풍이 엄격한 곳이라 집안의 풍속적 압박감이 있었고, 다음으로 이강의 인물이 훤하고 똑똑한 데다가 성격조차 시원시원해서 동지며 후배며 여타 이웃으로부터 인기가 많았다는 문제도 있었다. 그뿐만 아니라 돈 버는 일에는 천치에 가까운데도 남들이 볼 때는 아내조차 양반집에 부잣집 며느리 같은 이미지를 갖게 되어서 정서적으로 불편한 일이 너무 많았다. 가정 형편이 어려워서 아이들에게 헌 옷을 사 입히느라 바자회 같은 데를 기웃거릴 때면 속에서 천불이 올랐을 것이다. 이강이 남민전으로 살고 나와서 6월 항쟁을 통과하는 시기에는 아이들이 학업에 열중할 때라

경제적 압박이 극심하였다. 그나마 공부를 잘하니 어머니 역도 소홀할 수 없는데, 남편은 나이가 들어서도 국민운동본부를 이끌고 있었다. 그래서 틈만 나면 교도소에 들락거리는데도 이소라 여사의 입장을 헤아려주는 사람은 없었다. 오히려 집안에서 효성이 지극한 동서며 시누들과 비교되어 눈치나 보이기 일쑤였다. 여기에 갱년기가 찾아오자 우울증이 걸리기 딱 좋은 환경이 되었다. 이후 세상은 정신없이 돌아가서 남편을 따르던 인사들이 권력의 중심에 진입하는 것을 보았다. 정계에 진출하여 국회의원도 되고, 출세 가도를 달리는 사람들도 눈에 띄었다. 세속적 부귀와 성공이 이를 등지는 사람들에게 끼치는 모욕과 멸시감은 얼마나 견디기 어려운 것인가? 당시 숱한 활동가의 아내들은 이를 못 견뎌 정신 치료를 받고는 했다.

　세상의 흐름이 달라질 때는 민심의 변덕이 요동치듯이 심해진다. 문명사적 전환기라 부르는 사회주의권의 몰락기에 민중운동이 해체되는 과정을 이강은 혼자 외롭게 견뎠다. 운동의 타락과 세속화에 흔들리지 않는 자의 의연함을 이강은 제대로 지킨다. 그러나 이소라는 이강이 아니었다. 정신이 아플 때는 누군가 보살펴서 입원하고 격리시켜 치료받게 해줘야 하는데 날로 활동가가 줄어드는 현장에서 이강은 쫓기지 않는 날이 하루도 없었다. 그러는 사이에 이소라는 남편과 특히 한통속이던 김남주가 그 고생을 하고도 아무 보람 없이 속수무책으로 죽어가는 걸 보았다. 김남주의 죽음은 그토록 놀랍게 휘몰아치던 삶이 아무런 대가 없이 허탈하게 종료되는 장면을 연출하면서 그의 동지들에게 엄청난 충격을 주었다. 대개 신을 원망하는 한탄이 쏟아지는 게 이런 때인데, 이소라 사건은 바로 그 발밑에서 나온다. 김영삼이 대통령이 된 뒤에 광주에서도 옛 보상을 받거나 잘나가는 사람이 발에 차일 정도로 많았다. 이강은 그 시국에도 쓸쓸하게 세계를 지키고 있었다. 그날도 술 마시고 심야에 들어와 거실에 누웠는데, 이강도 김남주처럼 주량이 약해서 한두 잔만 마셔도 인사불성으로 잠드는 사람이었다. 이소라 여사의 눈에는 남편의 모습이 자신의 인생을 망가뜨린 악마의 형상으로 보였는지 모른다. 끝이 예리한 도구로 잠들어 있는 남편의 얼굴과 몸통을 가리지 않고 마구 내리찍고는 고속도로로 뛰쳐나가 옛 언니 집 쪽을 향해 달렸다. 시집올 때 지나온 길을 되돌아가는 참이었을까? 심야에 고속도로를 달리는 차량이 여기에 대비할 틈이 없었다. 이소라 여사는 그 자리에서 죽고 이강 선생은 두상이 만신창이가 된 채 발견되어 대수술을 받은 뒤에야 소생할 수 있었다. 이것이 내가 광주 일대에서 들은 풍문의 요지였다.

내가 김남주 이야기를 청하러 갔을 때 이강 선생은 말이 어눌하고 기억이 온전치 못한 상태인지 동생 이황이 모든 말을 대신했다. 이황은 형 못지않게 김남주를 잘 아는 사람이라 필요한 이야기를 마구 쏟아냈으며 나도 열심히 들었다. 그런데 그때 이황 역시 건강이 좋지 않았던지 내가 이 글을 쓰는 동안에 암으로 별세하고 말았다. 실로 안타까운 사연이다. 개인사의 비극과 고통의 양이라면 김남주의 것보다 이강의 몫이 더 큰지 모른다. 아내를 잃고, 동생을 잃고, 자기 자신의 육체마저 파괴되었다. 나는 글을 마칠 때까지도 차마 이소라 여사에 관한 이야기를 물을 수 없었다. 그래도 이 자리를 빌려서 꼭 하고 싶은 말이 있다면, 진보의 타락에 대해 보따리째 욕하고 비웃고 헐뜯는 사람들이 모르는 것은 오늘도 광주 공동체의 일원으로서 이강처럼 그 속에 알알이 박힌 위대한 영혼들이 무심한 세월을 견디고 있다는 사실이다. 그에 대해 함부로 말하는 일이 얼마나 가혹한 폭력이자 학대인지를 이 사건은 내게 뼈아프게 가르쳐 주었다.

4

이제 최종 결론을 짓고 끝내자. 내가 김남주의 생애에서 가장 크게 감동한 점은 그가 이웃들과 힘겨루기를 해야 하는 일상의 경쟁에서 언제나 '자발적 무능'의 길을 선택했다는 점이었다. 이는 그를 추적한 형사조차도 삶의 가치가 무엇인지를 진심으로 묻게 만들었다. 오늘날 사람들은 김남주 같은 정신들이 싸워서 지켜온 인간의 존엄성을 물려받아 지상의 가치들을 학대하거나 탕진하기 일쑤이다. 나는 이 글을 쓰면서 김남주의 굽이굽이, 실로 설명하기 어려운 생의 기슭에서 거듭 '21세기의 인류는 타자 앞에서 무능하기 위해 뼈를 깎는 고통을 치러야 한다'고 생각했다. 우리는 동물들 앞에서도, 저 말 없는 식물들 앞에서도 지금보다 훨씬 무능하기 위해 싸워야 한다. 그래서 세상의 누군가가 이 문명이 가져온 엄청난 손실을 감당할 내공을 기르지 않으면, 대지가 더는 인류를 받아주지 않을 것이다.

사진 자료

▶ 김남주 시인의 모습

▶무등산장에서, 민중문화연구소 개소 기념 사진

▶ 최권행, 윤한봉 등 민청학련 관계자들과 함께

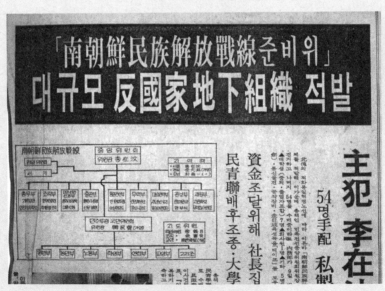

「南朝鮮民族解放戰線준비위」
대규모 反國家地下組織 적발

主犯 李在

54명手配 私製

▶ 1979년 10월 9일, 박정희 정권이 남조선민족해방전선준비위를 반국가지하조직으로 조작 발표한 기사

▶1980년 5월 2일, 남민전 사건의 재판 모습

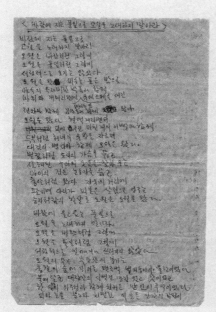

▶「바람에 지는 풀잎으로 오월을
노래하지 말아라」 옥중 육필 원고

▶ 옥중에서 은박지에 쓴 시
「다산이여 다산이여」

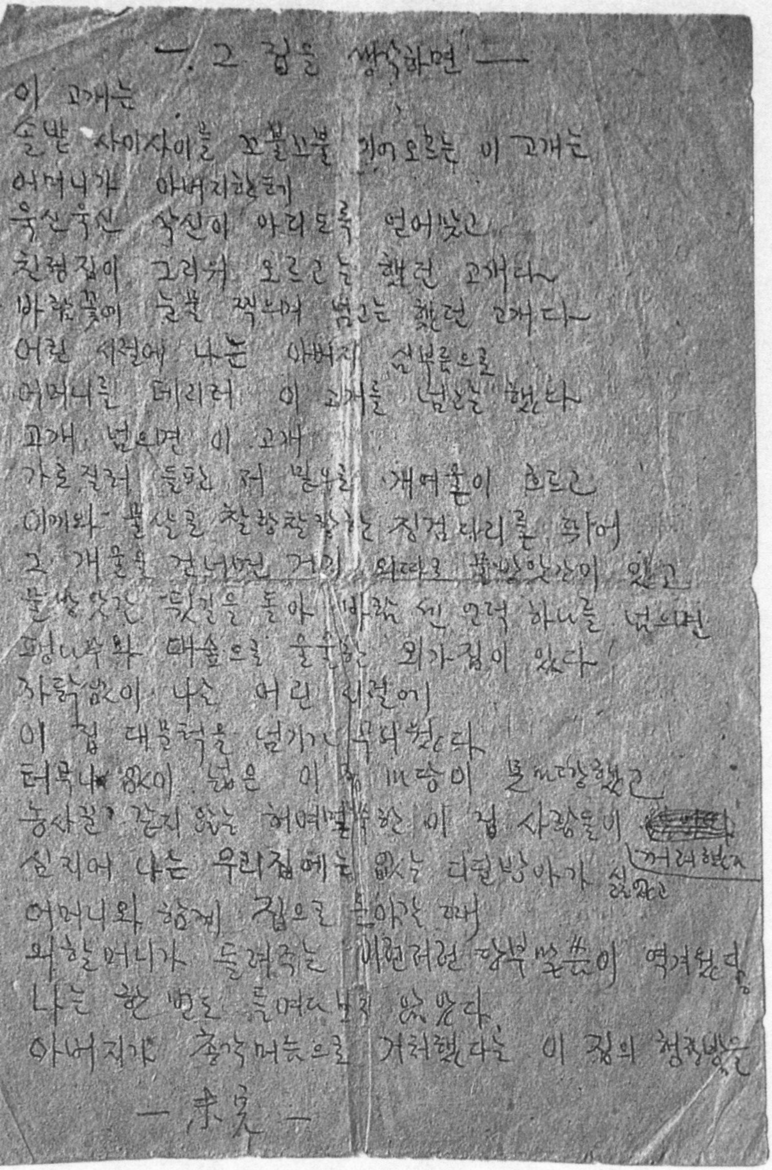

▶ 옥중에서 화장지에 몰래 쓴 「그 집을 생각하면」 육필 원고

덕종이 보아라.

네가 보내 도서목록 잘 받았다. 왜 샐러는 보내지 않았느냐? 다음에 올 때는 샐러와 같이 있는 것 중에서 Walt Whitman (월터 휘트먼) 시집 (영어)이 있거든 같이 넣고 와서 화입시켜라. 그리고 신간서점에 들러, 다음 서적을 문의해 보고 면회 때 알려라. ① 中央公論社(중앙공론사)에서 刊行(간행)한 世界史(세계사)(20권으로 앎으로 있어)와 平凡社(평범사)에서 간행한 "도큐멘타리 현대사"(16券(권))을 구입하고 싶은데 그 값이 얼마인지 알아 보아라. 여러 분권되어 편지 오는데 나중에 내 代金(대금)과 맞지 않는 숫자로도 있는지, 있으면 上卷(상권)은 목록에 없는 것이니까 차입이 된다. 내 때낼 주의에 있을 때는 下卷(하권) 취하게 매달로 것 있더라. 못하게 어두워서 치는 경우에 내가 입고 온 동내로 나누 시일이 비싸나 내가 정의도록 하여 죽게 고향길로 처리해라. ※ 여기서 책은 질이나면 그때그때 붙는 책을 잃으실 때 편의를 알려라. 신출하고 각보수하게 넣어라.

네가 보낸 목록 중에서 우선 멀로든 먹가 보내서 신간서점 아저씨에게 잘 부탁하여 구입토록 하여라.

1. 世界觀(세계관)의 歷史(역사), 高田求(고전구) 著(저), 學習(학습)의 友社(우사),
2. 哲學辭典(철학사전)(增補版(증보판)), 森宏一(삼굉일), 青木書店(청목서점)
3. 働くも99哲學(철학)
4. 哲學教室(철학교실), 學習(학습)의 友社(우사),
5. 貸勞働(임노동)と資本講義(자본강의), 〃
6. 班學(철학), 芝田進午(지전진오), 青木店書(청목점서)
7. 獄中(옥중)의 獄中(옥중)의 로자, C.베라-ト 편 渡辺文太郎(도변문태랑)의 新泉社(신천사),
8. 佃人(전인)と共同体(공동체), A.헬라- 著(저) 法政大學出版局(법정대학출판국), 良知力(양지력) 역,

면회 올 때는 좀 일찍 와서 내게 부탁한 것이 있을리요 1234 부탁한 것을 이행하여 가도록 해라. 이 편리 값은 조금이 한번 드려라. 그럼 어머님 모시고 잘 받거라.

▶ 1988년 12월 21일, 전주교도소에서 출감할 당시의 모습

▶ 석방 직후 5·18 묘역을 찾은 김남주

▶ '김남주 문학기행' 중 어머니와 함께(1989년)

▶ 광주 문빈정사에서 동지 박광숙과 결혼식을 올리는 모습(1989년)

▶ 창작의 방

▶ 김남주 시인의 시집, 산문집, 번역서

▶ 제6회 단재상 문학 부분을 수상하며 찍은 사진(1992년)

▶ 아들 김토일 군과 함께(1993년)

▶ 1993년 11월 투병 중 최권행, 윤한봉, 김현장과 함께한 모습

▶ 1994년 2월 16일, 전남대학교 중앙도서관 앞에서 치러진 민족시인 김남주 노제

김남주 연보

1945년   10월 16일 전남 해남군 삼산면 봉학리 535번지에서 아버지 김봉수, 어머니 문일님 사이에서 둘째 아들로 태어남.

1960년   삼화국민학교 졸업.

1963년   해남중학교 졸업.

1964년   광주일고 입학.

1964년   출세를 부추기는 교육에 반대하여 자퇴. 대입 검정고시 합격.

1969년   전남대학교 문리대 영문학과 입학. 대학 1학년 때부터 3선 개헌 반대운동 과 교련 반대운동에 주도적으로 참여, 반독재 민주화 투쟁에 앞장.

1972년   장기집권을 획책하고자 박정희 정권 유신헌법 선포. 이에 전남대 법대 친구 이강과 함께 전국 최초의 반유신투쟁 지하 신문 《함성》제작. 전남대·조선대 및 광주 시내 5개 고등학교에 이를 배포.

1973년   2월, 전국적인 반유신 투쟁을 전개하고자 이강과 함께 지하 신문 《고발》 제작. 3월, 이 사건으로 박석무·이강 등 15명 체포·구속. 국가보안법·반공 법 위반 혐의로 제1심에서 징역 10년, 항소심에서 징역 2년 집행유예 3년 을 선고받고 12월 28일, 투옥 8개월 만에 석방. 이 사건으로 전남대학교에 서 제적.

1974년   고향에 내려가 농사를 지으며 농민 문제에 깊은 관심 쏟음. 《창작과 비평》 여름호에 「진혼가」, 「잿더미」 등 7편의 시로 문단 데뷔.

1975년   광주 최초의 사회과학전문서점 '카프카' 개점, 광주의 사회문화운동 구심 점 역할 수행.

1977년   재차 귀향, 농민들과 함께 '해남농민회' 결성. 후일 발족된 '한국기독교농 민회'의 기본 모체가 됨. 그해 말 다시 광주로 나와 광주지역 활동가들과 '민중문화연구소' 개설, 초대회장 역임.

1978년   '민중문화연구소' 활동의 일환으로 녹두서점에서 후배들을 가르침. 일본어 강독 수업에서 '파리코뮌'을 가르쳤다는 이유로 중앙정보부가 급습하여 도피활동 시작. 수배된 상태에서 알제리 해방운동의 기수 프란츠 파농의 저서 『검은 피부 하얀 가면』을 번역하여 『자기의 땅에서 유배당한 자들』이라는 제목으로 출간(도서출판 청사). 이후 서울로 올라가 남조선민족해방전선 준비위원회 가입. 박석률 등과 함께 남민전 '전위대' 전사로 활동.

1979년　10월 4일, '남민전' 조직원으로 활동 중에 약 80명의 동지와 함께 체포·구속. 60여 일 동안 구금되어 혹독한 고문 수사를 받다 투옥.

1980년　5월 2일, '남민전' 사건 1심 판결. 9월 5일 항소심 판결. 12월 23일, 대법원에서 징역 15년 실형 확정, 광주교도소 수감.

1984년　첫 시집 『진혼가』 출간(도서출판 청사). 12월 22일, 자유실천문인협의회·민중문화운동협의회·민중문화연구회·전남민주청년운동협의회 공동주최로 석방촉구출판기념회 개최.

1985년　자유실천문인협의회·민주언론운동협의회·민중문화운동협의회·민중문화연구회 공동명의로 석방촉구성명서 채택. 4월 27일, '김남주 석방대책위' 발기.

1986년　전주교도소로 이감. 독일 함부르크에서 개최된 국제 펜(PEN) 대회에서 '김남주 시인 석방결의문' 채택.

1987년　민족문학작가회의 창립총회(9월 17일)에서 석방촉구결의문 채택. 일본에서 시집 『농부의 밤』(일어판) 출간. 일본 펜클럽 명예회원으로 추대. 제2시집 『나의 칼 나의 피』 출간(도서출판 인동).

1988년　문인 502명이 서명한 석방탄원서를 법무부장관 등에게 제출. 펜클럽 세계본부·미국 펜클럽, 정부 측에 석방촉구 공한 발송. 미국 펜클럽 명예회원으로 추대. 광주·서울·부산·전주에서 '김남주 문학의 밤' 개최, 석방촉구성명서 및 결의문 채택. 제3시집 『조국은 하나다』 및 하이네·브레히트·네루다의 혁명시집 『아침저녁으로 읽기 위하여』 출간(도서출판 남풍). 12월 21일에 형 집행정지를 받아 '남민전' 사건 투옥 이후 만 9년 3개월 만에 전주교도소에서 석방.

1989년　1월 29일, 광주 '문빈정사'에서 오랜 동지인 약혼자 박광숙과 결혼. 옥중서한집 『산이라면 넘어주고 강이라면 건너주고』 출간(삼천리출판사). 시전집 『사랑의 무기』 출간(창작과비평사). 제4시집 『솔직히 말하자』 출간(도서출판 풀빛). 민족문학작가회의 자유실천위원장을 맡음.

1990년　광주항쟁시선집 『학살』 출간(한마당출판사). 민족문학작가회의 민족문학연구소장(1992년 12월까지)을 맡음.

1991년 한국대표시인 100인 선집 제87권으로 시선집『함께 가자 우리 이 길을』출간(미래사). 제5시집『사상의 거처』출간(창작과비평사). 제9회 '신동엽창작기금' 수혜. 산문집『시와 혁명』출간(나루출판사). 하이네 정치풍자시집『아타 트롤』번역 출간(창작과비평사).

1992년 제6시집『이 좋은 세상에』출간(한길사). 옥중시전집『저 창살에 햇살이 1·2』출간(창작과비평사). 제6회 '단재상' 문학부문 수상.

1993년 '윤상원 문화상' 수상. 제2시집『나의 칼 나의 피』재출간(실천문학사). 제3시집『조국은 하나다』재출간(실천문학사). 민족문학작가회의 상임이사 및 한국민족예술인총연합 이사. 12월 23일, 여의도 여성백인회관 강당에서 '김남주 문학의 밤' 개최.

1994년 2월 13일(일). 새벽 2시 30분 췌장암으로 투병하다가 별세(고려병원 620호). 15일, 경기대 민주광장에서 고 김남주 시인 추모의 밤 '만인을 위해 일할 때 나는 자유' 개최. 16일, '민족시인 고 김남주 선생 민주사회장' 영결식, 전남대 5월 광장에서 노제 후 광주 5·18 묘역에 안장. 2월 19일, '민족예술상' 수상. 4월 2일, 서울 대각사에서 사십구재 지냄.

1995년 유고시집『나와 함께 모든 노래가 사라진다면』(창작과비평사) 출간.

1997년 김남주기념사업 준비위원회 주최로 김남주를 기리는 고향그림전(展) 〈고향유정〉이 광주에서 개최.

2000년 김남주기념사업회에서『김남주통신1』을 발간. 5월 광주비엔날레 기념동산에 대표작 「노래」 시비 건립.

2003년 〈민족시인 김남주-그 문학과 삶〉전 개최(광주광역시 북구·해남군 주최 및 전시, 광주전남민족문학작가회의 후원).

2004년 2월 광주와 해남에서 10주기 추모문화제 개최. 시선집『꽃 속에 피가 흐른다』(창작과비평사) 간행. 9월 2일 계간《시와시학》이 주관하는 영랑시문학상 제2회 수상자로 선정. 11~12월 서울에서 〈김남주의 삶과 문학〉 심포지엄 및 〈사랑과 전투의 시인 김남주〉전 개최.

2014년 2월 김남주 20주기 심포지엄이 개최되고,『김남주 시전집』(창작과비평사),『김남주 문학의 세계』(창작과비평사)가 발간. 현재까지 매해 김남주 추모제가 열리고, 해남에서 김남주 문학제를 진행.

• 유족으로 부인 박광숙 여사와 아들 토일 군이 있음.

참고 자료

이야기를 전해주신 분들

박광숙(아내)
김덕종(동생)
김숙자(동생)
김경윤(김남주기념사업회)
박석무(선배)
이강(친구)
이황(친구 동생)
최권행(의형제)
이개석(고교동창)
이학영(후배, 동지, 시인)
박석삼(남민전 동지)
차성환(남민전 동지)
김종삼(남민전 동지)
이영진(시인)

참고문헌

강대석, 『김남주 평전』, 시대의창, 2017.
김남주, 『김남주 시전집』, 창비, 2014.
_____, 『나의 칼 나의 피-김남주 옥중시집』, 실천문학사, 1993.
_____, 『불씨 하나가 광야를 태우리라』, 시와사회사, 1994.
_____, 『산이라면 넘어주고 강이라면 건너주고: 김남주 옥중연서』, 삼천리, 1989.
_____, 『시와 혁명』, 나루, 1991.
_____, 『옛 마을을 지나며: 김남주 서정시집』, 문학동네, 1999.
_____, 『저 창살에 햇살이-김남주 옥중시선집』, 창비, 1992.

김명기, 『이기홍 평전』, 도서출판선인, 2019.

김삼웅, 『김남주 평전: 산이라면 넘어주고 강이라면 건너주고』, 꽃자리, 2016.

김수영, 『김수영 전집 1』, 민음사, 2018.

김준태, 『형제: 김준태 육필시집』, 지식을만드는지식, 2012.

김준태, 이강 외, 『김남주론』, 광주, 1988.

김지하, 『남녘땅 뱃노래』, 두레, 1985.

_____ , 『타는 목마름으로』, 창비, 1993.

노준현추모문집발간위원회, 『남녘의 노둣돌 노준현』, 미디어민, 2006.

문규현, 임재경, 유홍준 외, 『합수 윤한봉 선생 추모문집』, 한마당, 2010.

박영자, 『이데올로기에 갇힌 해남의 근·현대사』, 해남신문사, 2005.

성찬성, 「그 사람 김남주」, 《사회문화리뷰》, 1977. 2.

송경자, 『스물두 살 박기순』, 심미안, 2018.

신동호, 『오늘의 한국정치와 6·3세대』, 예문, 1996.

안재성, 『윤한봉』, 창비, 2017.

이강, 「김남주의 삶과 문학」(유인물).

이성부, 『백제행』, 창비, 1977.

임헌영, 유성호, 『문학의 길 역사의 광장』, 한길사, 2021.

최권행, 「옛 마을을 지나는 시인, 김남주」, 《시와시학》, 2004, 통권 55.

최용탁, 『민중의 벗 정광훈 평전』, 한국농정, 2017.

한홍구, 『유신』, 한겨레출판, 2014.

해남문화원 군지편찬위원회, 『해남군지』, 해남군, 2015.

황광우, 『젊음이여, 오래 거기 남아 있거라』, 창비, 2007.

황석영, 『수인』, 문학동네, 2017.

황석영 외, 『내가 만난 김남주』, 이룸, 2000.

브루스 커밍스, 김동노 외 옮김, 『브루스 커밍스의 한국현대사』, 창작과비평사, 2001.

파블로 네루다, 김수영 옮김, 「도시로 돌아오다」, 《창작과 비평》, 1968, 여름호.

표트르 알렉세예비치 크로포트킨, 이상률 옮김, 『빵의 쟁취』, 이책, 2016.

프란츠 파농, 김남주 옮김, 『자기의 땅에서 유배당한 자들』, 청사, 1978.

• 저작권 허락을 받지 못한 일부 작품은 추후 저작권이 확인되는 대로 필요한 절차를 따르겠습니다.

김남주 평전

초판 1쇄 발행 2022년 12월 16일
초판 2쇄 발행 2023년 5월 26일

지은이 김형수
펴낸이 김선식

경영총괄이사 김은영
콘텐츠사업2본부장 박현미
콘텐츠사업6팀장 임경섭 **콘텐츠사업6팀** 한나래, 임고운, 임소정, 정명희
편집관리팀 조세현, 백설희 **저작권팀** 한승빈, 이슬
마케팅본부장 권장규 **마케팅4팀** 박태준, 문서희
미디어홍보본부장 정명찬 **브랜드관리팀** 안지혜, 오수미, 문윤정, 이예주
크리에이티브팀 임유나, 박지수, 변승주, 김화정 **뉴미디어팀** 김민정, 이지은, 홍수경, 서가을
지식교양팀 이수인, 염아라, 김혜원, 석찬미, 백지은 **영상디자인파트** 송현석, 박장미, 김은지, 이소영
재무관리팀 하미선, 윤이경, 김재경, 안혜선, 이보람 **인사총무팀** 강미숙, 김혜진, 지석배, 박예찬, 황종원
제작관리팀 이소현, 최완규, 이지우, 김소영, 김진경, 양지환
물류관리팀 김형기, 김선진, 한유현, 전태환, 전태연, 양문현, 최창우

외부스태프 표지 송윤형

펴낸곳 다산북스 **출판등록** 2005년 12월 23일 제313-2005-00277호
주소 경기도 파주시 회동길 490
전화 02-704-1724 **팩스** 02-703-2219
이메일 dasanbooks@dasanbooks.com
홈페이지 www.dasan.group **블로그** blog.naver.com/dasan_books
용지 한솔피엔에스 **인쇄·제본** 갑우문화사 **코팅 및 후가공** 제이오엘엔피
ISBN 979-11-306-9558-7 (03810)

다산북스(DASANBOOKS)는 독자 여러분의 책에 관한 아이디어와 원고 투고를 기쁜 마음으로 기다리고 있습니다.
책 출간을 원하는 아이디어가 있으신 분은 다산북스 홈페이지 '투고원고'란으로 간단한 개요와 취지, 연락처 등을 보내주세요.
머뭇거리지 말고 문을 두드리세요.